고백의 파동

이혜원

1991년『동아일보』신춘문예를 통해 문학평론가로 등단했다.

『현대시의 욕망과 이미지』『세기말의 꿈과 문학』『현대시 깊이 읽기』『현대시와 비평의 풍경』『적막의 모험』『생명의 거미줄―현대시와 에코페미니즘』『자유를 향한 자유의 시학―김승희론』『현대시 운율과 형식의 미학』『지상의 천사』『현대시의 윤리와 생명 의식』『고백의 파동』등을 썼다.

김달진문학상, 팔봉비평문학상을 수상했다.

현재 고려대학교 미디어문예창작학과 교수로 재직 중이다.

파란비평선 0005 고백의 파동

1판 1쇄 펴낸날 2024년 10월 20일
지은이 이혜원
인쇄인 (주)두경 정지오
디자인 이다경
펴낸이 채상우
펴낸곳 (주)함께하는출판그룹파란
등록번호 제2015-000068호
등록일자 2015년 9월 15일
주소 (10387) 경기도 고양시 일산서구 중앙로 1455 대우시티프라자 B1 202-1호
전화 031-919-4288
팩스 031-919-4287
모바일팩스 0504-441-3439
이메일 bookparan2015@hanmail.net

ⓒ이혜원, 2024, printed in Seoul, Korea

ISBN 979-11-91897-87-6 03810

값 42,000원

고백의 파동

이혜원 비평집

책머리에

최근 수년간 맹위를 떨치던 코로나19는 어느새 지나가고 있지만 인간의 사유에 적지 않은 영향을 끼쳤다. 보이지도 않는 극미의 바이러스가 인류 전체를 공포와 혼란에 빠트릴 수도 있다는 경험은 그간 무한히 상승해 온 인간의 우월감에 치명타를 입혔다. 마치 지능을 지닌 듯 변이를 거듭하는 코로나바이러스의 공략에 인간 세상은 속수무책으로 휘둘렸다. 비가시적인 대상이 일으키는 혼란의 여파는 깊고 혹독했다. 보이지 않을 정도로 작은, 심지어 무생물인 존재조차 어느 순간 모든 인간을 뒤흔들 만한 위력을 지니고 있다는 분명한 경험은 인간 외의 사물을 새롭게 감지하게 만들었다. 코로나 이후 신유물론이 활발하게 운위되는 것은 이러한 각성과 무관하지 않아 보인다. 제인 베넷 『생동하는 물질』에서 비인간과 인간을 구분하려는 시도가 얼마나 부질없는지를 이야기한다. 물질은 인간보다 수동적이거나 무기력하지 않고 인간만큼 활력이 넘친다는 것을 인정하는 쪽으로 사유의 전환을 제시한다.

인간의 예측을 벗어나는 운동성을 보이며 인간의 지적 무능을 일깨워 준 물질계의 반응으로 양자역학을 빼놓을 수 없다. 이미 한 세기 전부터 양자가 입자인지 파동인지를 두고 설왕설래 이어진 이론들은 인간이 세계를 이루는 가장 기본적인 물질조차 파악하지 못하고 있다는 부정할 수 없는 증거이다. 양자론이 발견된 지 100주년이 되던 2000년 12월 존 아치볼드 휠러는 양자론의 '영광'과 '치욕'을 언급한다. 양자론이 빛을 밝혀 주지 않은 물리학 분야가 단 하나도 없기에 양자론의 발견은 영광스럽지만, 아직도 왜 양자론이 그럴 수 있는지에 대한 대답조차 마련하지 못한 것이 치욕적이라는 뜻이다. 어떤 소립자도 기록되기 전에는 현상이 아니라는 난감한 발견만이 내로라하는 물리학자들이 지금껏 찾아낸 확실한 사실이다. 보기에 따라 입자가 되기도 하고 파동이 되기도 하는 양자의 신출귀몰한 변신술은 물질세계를 확고하게 규정해 온 인간의 판단력을 근본적으로 되돌아보게 한다. 마치 자유의지를 지닌 듯 소립자는 순간적으로 파동이 되어 자신을 가둔 장벽을 통과한다. 물질의 이러한 능동적 운동을 인정하지 않는 한 물질세계의 반응은 예측하기가 더욱 어려울 수밖에 없다. 주변의 물질과도 다정한 대화가 필요했던 것이 아닌가? 코로나 사태의 상흔과 신유물론의 유행을 보며 드는 생각이다. 바이러스나 소립자에도 생기를 지속해 가려는 성질이 있다는 것을 파악해야만 그들이 보여 주는 놀라운 동력을 이해할 수 있게 된다. 인간이 개발해야 할 중요한 능력은 이러한 물질의 세계에 대한 지배력이 아니라 물질의 언어에도 귀를 기울이는 대화의 기술이 아닐까? 최고의 대화술이 잘 듣는 법인 것처럼 물질의 세계를 이해하는 방법도 그들의 화법에 익숙해지는 것이 아닐까 싶다.

시인들은 대상의 목소리에 귀를 기울이고 그들의 말을 끌어낸다는 점에서 최고의 대화 기술자들이라 할 수 있다. 동서고금의 시에 흔히 자연이나 사물의 소리가 담겨 있는 것은 그 때문이다. 시인들은 웅변가처럼 자기주장을 펼치기보다는 가만히 대상을 들여다보며 그들이 하는 말에 반응한다. 그렇기에 시는 어떤 언어활동보다 지적이고 영감이 넘친다. 자신을 열고 사물의 소리에 귀 기울이는 시의 대화술은 물질과의 전면적 대화가 필요한 현재의 시점에서 주목해 보아야 할 특별한 기술이다. 대화란 대등한 관계에서 이루어지는 것이다. 인간과 비인간의 구분을 내려놓은 상태에서 물질과의 대화는 시작될 수 있다. 시인들이 영감의 원천으로 활용했던 이런 개방적 태도는 앞으로 물질의 세계를 이해하기 위해 인간이 취해야 할 대화의 기본 방식이다. 이처럼 대화의 장벽을 낮출 때 입자가 곧 파동이라는 물리적 사실처럼 불가해한 현상들이 조금씩 입을 열고 대화를 시작할 것이다.

이번 평론집의 제목을 '고백의 파동'이라고 한 것은 이러한 최근의 소회를 반영한 것이다. 꽤 오랫동안 시 비평을 해 오며 자연이나 사물과 대화의 장벽이 지극히 낮은 시인들의 특별한 대화술에 경탄해 왔고, 이것이 코로나 사태 이후의 신유물론적 사유를 선취한 것이 아닐까 생각하게 되었다. 세상은 시에서 점점 멀어져 가고 있지만 시는 아직도 세상에 줄 것이 많은 것 같다. 시인들의 목소리에 귀 기울여 오면서 시만이 줄 수 있는 감응을 누려 온 것에 새삼 감사하게 된다. 시가 세상 만물과의 특별한 대화술을 보이는 것처럼 시 비평은 시의 목소리에 집중하는 특별한 대화술이라는 생각이 든다. 시가 지닌 독특한 화법을 파악해야 시의 묘미와 깊은 의미에 다가갈 수 있게 된다. 시 비평의 대화적 능력은 시의 의미를 풍부하게 확장한다. 관찰자에 따라 입자가 되기도 하고 파동이 되기도 하는 소립자의 움직임처럼 시의 의미도 읽는 자에 따라 무수히 변전한다. 시선의 차이에 따라,

시간의 차이에 따라 새로운 해독을 향해 열려 있다는 것이야말로 시가 지닌 생동감의 비결이 아닐까 싶다.

2015년 이후 9년 만에 새로운 비평집을 엮어 보니 시인론에 해당하는 글들이 상당한 비중을 이룬다. 시인론은 한 시인의 시 세계를 전체적으로 조명하는 방식이어서 품이 드는 것에 비해 새롭게 얻게 되는 바가 많다. 시에 바쳐진 시인의 일생을 조망하며 얻은 감회가 남다르다.

제1부에는 시론에 해당하는 글들을 실었다. 시란 무엇인가라는 질문은 시인에게는 시의 방향키 같은 역할을 하고 시론가들에게는 시를 평가하는 기준점이 되어 준다. 시와 관련된 다양한 질문을 던지며 여러 시인들의 시에서 답을 구해 본 글들을 여기에 묶어 보았다. 이런 질문들을 통해 이 시대 시의 자장을 형성하는 공동의 감각 같은 것을 확인할 수 있었다. 제1부에는 여성 시인이나 평론가들이 쓴 시론을 살펴본 글들도 함께 실었다. 여성들의 시론 쓰기는 시 쓰기 못지않게 중요한 작업이다. 여성의 시각으로 보는 시의 기준이 있어야 여성들의 시가 시사에서 소외되지 않고 당당하게 제 위치를 차지할 수 있다. 그동안 제대로 평가받지 못했던 여성시의 입지를 돌아볼 때 여성들의 시론이 갖는 의미는 각별한 것으로 보인다.

제2부는 시적 생애가 완성된 시인들에 대한 논의를 묶었다. 백석부터 최정례까지 활동 시기에 상당한 차이가 있지만 시 세계가 완결되거나 시사적 의미를 확보한 시인들을 살펴본 글들이다. 여기에 묶인 시인들은 이미 상당한 정도로 논의가 축적되었지만, 다른 각도로 살펴보니 새롭게 읽히는 면이 있었다. 시는 다양한 해석을 통해 의미의 층이 두텁고 견고해지며 생기를 얻는다. 생명력이 긴 시에는 시에 깃든 해석의 역사가 공존한다. 좋은 시는 새로운 해석을 견인하고 그것에 의해 더욱 조밀해지며 오래 살아남게 된다.

제3부는 중진에 해당하는 시인들에 대한 시인론이다. 서정시 계열에 속하기도 하고 실험시 계열에 속하기도 하는 다양한 성향의 시인들이지만, 독자적인 개성을 확보하고 있는 시인들을 선별하여 시 세계의 전개 과정을 살펴보았다. 이들이 내놓은 여러 권의 시집들은 각기 다른 시의 행로에서 이정표 역할을 하며 한국시가 풍요로워지고 깊어지는 데 일조한다. 시집과 시집 사이에서 보게 되는 완만한 변화나 급격한 변조 모두 살아 움직이는 듯한 시의 파동을 느끼게 하여 흥미롭다.

제4부는 시집을 한두 권 내놓으면서 주목받은 시인들의 시 세계를 조명한 글들로 이루어졌다. 모든 '첫' 시집이나 '초기'의 성과는 중요하고 결정적이다. 새로운 시인의 출현이 특별한 주목을 끄는 것은 그 때문일 것이다. 한국시의 미래를 가늠할 수 있게 하는 젊은 시인들이 지닌 특별한 개성에 주목하였다. 이들의 시는 새로 돋아난 잎처럼 신선하고 눈길을 끈다. 어떤 모습으로 변해 갈지 미지수이기에 더욱 기대를 불러일으키는 시인들이다.

마지막 제5부에서는 신작 시에 대한 평이나 새 시집에 대한 서평을 엮었다. 그야말로 가장 현장에 밀착한 글들이다. 이런 글들은 막 태어난 시들을 지척에서 만날 수 있는 기회를 얻었기 때문에 가능하다. '찬란한 시의 무늬'라는 장 제목처럼 갓 태어난 시를 본 순간의 인상을 담았다.

시는 기본적으로 고백의 양식이라고 생각한다. 시 비평은 시가 들려주는 고백에 성심껏 귀를 기울이고 대화를 이끌어 내는 일이다. 고립된 입자처럼 홀로 존재하던 시가 해석의 순간 파동을 만들며 대화의 장 속으로 들어오는 장면을 상상해 본다. 제2, 3, 4부를 시인론으로 엮다 보니 우리 시가 걸어온 한 줄기 오솔길이 드러나는 것 같기도 하다. 시인들이 만들어 가는 길은 곧 우리 말의 소중한 숨길이기도 하다. 시는 가장 내밀한 고백에서 시작되지만 고유한 대화의 기술로 동시대인들과 교감하며 고도의 언어예술을 이끌어 왔다. 언어미술, 즉 시가 존속하는 한 그 민족은 열렬하리라고 했던 정지용의 말처럼 여전히 시가 쓰이고 읽히며 열렬한 대화를 이어 가는 한국시의 미래를 꿈꾸어 본다.

　오랜만에 엮는 평론집이라 많이 두꺼워졌다. 이익과 거리가 먼 책의 출판을 선뜻 허락해 주고 성심껏 만들어 준 파란의 채상우 대표께 감사드린다. 여러 편의 시인론을 마음껏 선별하고 편안하게 쓸 수 있도록 해 준 황학주 『발견』 주간께도 감사의 마음을 전하고 싶다. 책을 엮을 때마다 수많은 고마운 얼굴들이 떠오르는 것은 왜일까? 그 얼굴들이 보내온 관심과 격려의 파동이 자꾸 뜨겁게 육박해 오기 때문일 것이다. 내 마음의 힘찬 파동도 그 모두에게 가닿길 바라며 속 깊은 곳의 고마움을 고백해 본다.

2024년 가을
이혜원

차례

제1부 발견과 질문

고백과 공감

1. 고백시의 공감적 지평

　잘 팔리는 시와 좋은 시는 별개이며 심지어 상반될 수도 있다는 것
이 우리의 상식이다. 베스트셀러 시집이 속출했던 1980-90년대에는
일정 정도 이상의 판매 부수는 시집의 가치를 저평가하게 만드는 기
준이 되기도 했다. 대중적이라는 것은 질시보다는 멸시의 대상에 가
까웠다. 시집 판매가 급감한 오늘의 시각에서 보면 격세지감을 느끼
지 않을 수 없다. 사정이 이렇게 된 까닭으로는 대중문화가 부상한 반
면 문학은 침체하게 된 외부 환경의 변화뿐 아니라 소통 불능의 난해
시가 문단을 주도했던 내부적인 요인도 무관하지 않다. 잘 팔리는 시
와 좋은 시가 별개인 것처럼 잘 팔리지 않는 시와 좋은 시도 별개이
다. 소통 불능의 난해시가 대중의 무관심과 상반되는 문학적 가치를
내포하는지의 여부는 경우에 따라 달라진다. 마찬가지로 대중의 관심
이 높다고 해서 문학적 가치를 절하하는 것도 편견일 수 있다.
　100년 남짓한 우리 현대시의 역사에는 이런 편견을 벗어나 대중적

관심과 문학적 가치를 두루 충족시키는 시집들이 있다. 이런 시집들은 대중의 기호를 자극하며 일시적인 유행을 이루는 데서 그치지 않고 문학적으로도 주목받고 영향 관계를 형성한다. 어느 한 시기에 집중적으로 팔리다 멈추지 않고 지속적으로 읽히는 스테디셀러 시집들이 그러하다. 이런 시집들을 통해 오랫동안 폭넓은 공감대를 유지하는 시의 특징을 유추해 볼 수 있을 것이다. 이 글에서는 윤동주, 김수영, 이성복, 최승자, 기형도, 황지우, 심보선, 박준의 스테디셀러 시집을 중심으로 시에서 공감을 형성하는 요인을 파악해 보려 한다.[1]

대중적·문학적 지지를 두루 확보한 스테디셀러 시집들은 이외에도 적지 않지만, 이 글에서는 대상 시집들이 공유하는 특성 중 고백시적인 성격에 대해 주목해 보려 한다. 고백시란 퍼소나(persona)를 사용하는 대신 시인 자신의 개인적인 또는 자서전적인 내용을 자신의 음성을 통해 직접 독자에게 전달하는 시를 말한다.[2] 시인 자신과 시적 화자가 일치하는 경향이 강한 시에서 '고백'의 방식은 흔하게 드러난다. 그러나 고백시가 공감을 얻고 대중적 호응에 이르기는 쉽지 않다. 고백이라는 개인적 행위가 공감이라는 상호작용에 도달해야 하기 때문이다. 공감에 이르지 못하는 고백은 자칫 무분별한 감정의 노출에 그칠 수 있다. 반면 성공적인 고백시는 개인의 경험을 넘어서 타자들의 공감을 이끌고 나아가 사회 전체와 공명하게 된다. 가식 없이 불완전한 자아의 전모를 드러내는 고백의 진정성은 그와 유사한 심리적

1 대상 시인 선정을 위해 다음 자료들을 참조하였다. 이은정, 「한국 근현대 베스트셀러 문학에 나타난 독서의 사회사—1960-70년대 베스트셀러 시에 나타난 독자의 실천적 독서 욕망」, 『한국시학연구』 13호, 한국시학회, 2005; 정서린, 「죽은 시인의 사회?…스테디셀러 시집의 존재감」, 『서울신문』, 2016.4.14.
2 최병현, 『시와 시론: 미국 현대시—1950년대 이후』, 한신문화사, 1995, 14쪽.

상태에 놓인 타자들의 감정에 육박해 들어갈 수 있으며, 사회적 위기 의식을 공유하기에 이른다. 사회적 위기는 고백시의 공감대를 확장시키는 결정적인 요인이다. 1950년대 미국의 고백시는 개인의 실존적 위기의식이 미국 사회의 모순에 대한 대중의 자각과 결합하면서 공감을 확보하게 된 경우이다. 질곡으로 점철된 우리 현대사를 통과하며 시인들은 진실과 마주하려는 도덕적인 용기가 내포된 극적인 고백을 지속하면서 같은 문제를 안고 있는 대중의 호응을 이끌어 왔다. 어려운 시대를 함께 통과하며 고통을 공유하고 사유를 확장하는 독자와의 상호작용을 통해 고백시의 외연은 증폭된다. 스테디셀러의 반열에 오른 고백시들을 통해 개인적 고백이 타자의 공감을 불러일으키고 사유를 고양시키며 한 시대의 대표 시가 되는 양상을 점검해 보도록 한다.

2. 견고한 양심의 울림

1960-70년대의 베스트셀러 시집 중에는 윤동주의 『하늘과 바람과 별과 시』, 김수영의 『거대한 뿌리』가 포함되어 있다.[3] 이 시기의 다른 베스트셀러 시집인 신동엽의 『금강』이나 김지하의 『오적』과 비교하면 윤동주와 김수영의 시는 고백시의 성향이 강하다. 유난히 독자들의 사회적 관심이 강했던 시기였는데도 개인적 독백에 가까운 윤동주와 김수영의 시가 호소력을 발휘하며 많이 읽혔던 것이다.

윤동주의 『하늘과 바람과 별과 시』는 1948년 정음사에서 발간된 유고 시집으로 지금까지 꾸준히 읽히는 스테디셀러이다. 얼마 전 「동주」라는 영화가 만들어졌을 정도로 윤동주는 시와 삶 모두 대중적 관심의 대상이 되어 왔다. 그의 시는 '아무도 미워하지 않는 자'의 안타

---

3 이은정, 「한국 근현대 베스트셀러 문학에 나타난 독서의 사회사」, 223쪽 참조.

까운 죽음을 배경으로 하는 순결한 영혼의 기록으로 시를 향한 대중의 낭만적 감성을 충족시킬 만한 조건을 갖추고 있다.

"죽는 날까지 하늘을 우러러/한 점 부끄럼이 없기를"(「서시」) 다짐하는 엄격한 내적 결의와 이를 지켜 내려는 치열한 고투의 흔적은 맑은 영혼을 동경하는 독자들에게 커다란 울림을 준다. 윤동주가 살았던 암울한 식민지 상황을 떠올릴 때 부끄럼 없이 자기 자신을 지켜 내려는 그 의지는 더욱 각별하게 다가온다. 윤동주 시의 호소력은 흔들림 없이 강건한 정신에서 기인한다기보다 끝없이 고뇌하면서 양심을 지켜 내려고 하는 인간적인 태도와 관련이 있다. "하루의 울분을 씻을 바 없어 가만히 눈을 감으면 마음속으로 흐르는 소리, 이제, 사상(思想)이 능금처럼 저절로 익어 가옵니다"(「돌아와 보는 밤」), "이 지나친 시련, 이 지나친 피로, 나는 성내서는 안 된다"(「병원」) 등의 고백에 나타나듯 식민지의 이 예민한 젊은이는 울분과 시련과 피로로 가득한 현실에 직면해 있었다. 한 순수한 젊은이가 현실의 어둠 속에서 번민과 고뇌에 휩싸인 자신의 내면을 고스란히 드러내는 시를 통해 그와 유사한 경험을 지닌 독자들은 쉽게 공감에 이를 수 있다. 그런데 윤동주 시의 생명력은 단지 섬세한 내면의 표현에 있는 것이 아니라 그 치열한 고뇌를 끝내 극복하고 도달하는 화해의 상태와 관련된다.

인생은 살기 어렵다는데
시가 이렇게 쉽게 씌어지는 것은
부끄러운 일이다.

육첩방은 남의 나라
창밖에 밤비가 속살거리는데,

등불을 밝혀 어둠을 조금 내몰고,
시대처럼 올 아침을 기다리는 최후의 나,

나는 나에게 작은 손을 내밀어
눈물과 위안으로 잡는 최초의 악수.

—「쉽게 씌어진 시」 부분

　'쉽게 씌어지는 시'조차 부끄러워할 정도로 섬세하고 결백한 심성의 시인이지만, 그는 자기 자신과 시대를 대면하여 끝까지 양심을 지켜 내려 했으며 그 점에 관한 한 부끄러움이 없었기 때문에, "눈물과 위안으로 잡는 최초의 악수"를 상상할 수 있었던 것이다. 그는 누구보다도 내향적인 성품이었지만, 한 사람의 양심과 시대의 운명이 별개의 것일 수 없음을 분명하게 자각하고 있었다는 점에서 깨어 있는 시인이었다. 윤동주의 시가 공감을 넘어 감동을 주는 이유는 치열한 자기 성찰 끝에 도달한 화해의 경지에 있다. 그것은 누구든 꿈꾸지만 좀처럼 도달하기 어려운 경지이기에 그 의미는 더욱 값지다.

　김수영의 『거대한 뿌리』는 그의 사후인 1974년 민음사에서 선집 형태로 간행한 시집이다. 시상과 어조가 차분하고 정돈된 윤동주의 시에 비해 훨씬 거침없고 직설적인 진술로 이루어져 있어 고백시의 성격이 더욱 강하다고 할 수 있다. 김수영의 시는 자잘한 나날의 삶을 소재로 하며 일상어와 다를 바 없는 시어를 사용하여 시에 관한 기존의 관념을 훌쩍 넘어선다. 익숙한 시에서 벗어난 선구적인 시들이 대개 대중의 외면을 받는 것에 비해 김수영의 시가 대중적으로도 호응을 받을 수 있었던 것은 시를 일상적 삶과 동일선상에 놓음으로써 친숙하게 다가온 측면이 있기 때문일 것이다.

고백시를 통해 김수영은 일상에 붙들려 왜소해지는 자신을 가차 없이 폭로한다. "왜 나는 조그마한 일에만 분개하는가/저 왕궁 대신에 왕궁의 음탕 대신에/50원짜리 갈비가 기름 덩어리만 나왔다고 분개하고/옹졸하게 분개하고 설렁탕집 돼지 같은 주인 년한테 욕을 하고/옹졸하게 욕을 하고"(「어느 날 고궁을 나오면서」)에서처럼 자신의 분노가 "조그마한 일"에 그치고 있다는 사실에 더욱 분노한다. 고궁을 구경하고 나오면서 "왕궁의 음탕"을 비판하는 대신 고작 설렁탕의 기름 덩어리를 따지고 있는 자신이 한심하게 느껴졌기 때문이다. 이러한 솔직한 고백은 독자들에게 관심과 공감을 일으킨다. 누구든 경험할 만한 자질구레한 일상이 시가 되는 장면과 거침없는 일상의 어휘들이 등장하는 것이 흥미롭고 친밀감을 주기 때문이다.

그러나 그의 시는 단순히 일상의 토로에 그치지 않고 자신이 놓치고 있는 진정한 삶에 대한 각성을 내포하고 있다. "한번 정정당당하게/붙잡혀 간 소설가를 위해서/언론의 자유를 요구하고 월남파병에 반대하는/자유를 이행하지 못하고/20원을 받으러 세 번씩 네 번씩/찾아오는 야경꾼들만 증오하고 있는가"와 같이 자신이 소심하게 일상에 붙들려 있으면서 무엇을 놓치고 사는지를 직시한다. 그의 시는 이처럼 자기비판을 전면에 내세우고 있지만 그 이면에서 사회의 여러 가지 문제들을 제시하며 일깨운다. 소설가가 붙잡혀 가고 월남파병이 진행되는 급박한 상황 속에서 언론의 자유를 요구하는 시를 직접적으로 쓰기는 어렵지만, 자기비판과 함께 그런 억압적인 현실을 드러내는 우회 전술을 구사한 것이다.

김수영의 시처럼 자기비판적인 고백시에서 고백의 일차적인 대상은 자기 자신이다. 일상에 매몰되어 왜소하게 전락해 가는 자신을 솔직하게 드러내면서 반성을 행하기 때문이다. 그러나 그의 고백시는 이 정도에서 그치지 않고 자신이 처해 있는 현실의 문제를 일깨운다. 자신이 느끼는 울분의 근본적 원인을 추적하여 개인의 삶을 억압하는 사회 현실에 대한 각성에 이른다. 사회문제에 대해서는 침묵하고 있는 억눌린 양심으로 인한 모멸감을 혹독한 자기비판으로 드러낸다. "정정당당하게" 자유를 요구하지 못하고 이런 소극적 방식으로 자신을 드러내는 시인의 태도는 비슷한 처지에 놓여 있는 독자들의 공감을 일으킬 수 있었다. 양심을 지키기 어려운 시대에 힘겹게 그것을 지켜 내는 시인의 인간적인 태도가 독자들의 호응을 이끌어 낸 것이다.

3. 절망적인 삶의 공유

1980년대는 시의 시대라 할 만큼 시가 많이 읽히고 활기를 띠었던 시대이다. 또한 시의 정치적인 성향이 가장 강했던 시기이기도 하다. 해체시와 노동시, 심지어 서정시조차 정치적인 의미를 내포할 정도였다. 이 시기를 대표하는 많은 시집들 중에 지금까지 꾸준히 읽히는 시집으로 이성복의 『뒹구는 돌은 언제 잠 깨는가』(문학과지성사, 1980)와 최승자의 『이 시대의 사랑』(문학과지성사, 1981)을 들 수 있다. 다른 시집들에 비해 정치적인 성향은 상대적으로 적지만 고백시에 가깝다는 특성을 보인다.

이성복의 시집 『뒹구는 돌은 언제 잠 깨는가』는 자기 자신과 가족들에 대한 노골적인 묘사로 일관한다. 살풍경에 가까운 적나라한 상황이 연출되는데도 담담하게 읽히는 것은 감정을 배제한 묘사 위주의 서술 방식에 기인한다. "그는 아버지의 다리를 잡고 개새끼 건방진 자식 하며/비틀거리며 아버지의 샤쓰를 찢어발기고 아버지는 주먹을/휘둘러 그의 얼굴을 내리쳤지만 나는 보고만 있었다/그는 또 눈알을 부라리며 이 씨발놈아 비겁한 놈아 하며/아버지의 팔을 꺾었고 아버지는 겨우 그의 모가지를/문밖으로 밀쳐 냈다 나는 보고만 있었다"(「어떤 싸움의 記錄」)라는 식이다. 아버지와 아들이 육탄전을 벌이는 험악한 광경이 펼쳐지지만 '나'는 시종일관 관찰자로 머문다. '나'의 이런 태도는 이 집에서 이런 싸움이 일상화되어 있음을 암시하는 것이기도 하다. 시집 전체에서 아버지와 아들이 싸우는 장면이 유난히 많이 등장하는 것도 이러한 추측을 뒷받침한다. 욕설과 폭력이 난무하는 집안 풍경과 아버지의 권위가 형편없이 추락하는 장면들은 1980년대의 시대 상황과 맞물려 풍부한 상징성을 획득하게 된다. 1980년대 시에서 아버지는 독재정권의 수장과 함께 권위적인 기성 체제를 상징하는 인물로서 철저히 부정되었던 것이다.

아버지의 권위가 전면적으로 흔들리는 사태는 삶의 뿌리가 흔들리는 상황에 대한 인식과도 상통한다. "그날 몇 건의 교통사고로 몇 사람이/죽었고 그날 市內 술집과 여관은 여전히 붐볐지만/아무도 그날의 신음 소리를 듣지 못했다/모두 병들었는데 아무도 아프지 않았다"(「그날」)라는 진단이 그러한 인식을 단적으로 말해 준다. 병들었는데도 아프지 않은, 자각증세가 이미 사라진 상황은 더욱 절망적인 상태라 할 수 있다. 감정을 잃은 듯 담담하게, 공허하고 위태로운 현실을 토로하는 서술의 방식도 절망감을 배가한다.

이성복의 시보다 1980년대의 상황을 더 정확하고 직접적으로 그린 시들은 많다. 그러나 다른 어떤 시들보다 그의 시가 그 시대를 대표하면서 오랫동안 읽히는 이유는 공감을 자극하는 극적인 상황의 묘사와 무기력한 자아의 진솔한 고백이 절실하게 느껴지기 때문이다. 극도로 절망적인 상황에서 위로가 되는 것은 희망의 말이 아니라 절망을 함께할 수 있는 다른 누군가가 있다는 확인이다. 이성복의 시는

'모두' 병들었다는 참담한 상황을 확인하면서 절망을 공유했던 시대의 아픔을 대변한다.

최승자의 시집 『이 시대의 사랑』은 실패로 일관된 개인적 사랑과 시대의 아픔을 절묘하게 결합하며 공감을 확보한다. 이 시집은 여성시에 대한 편견을 일축하는 과감하고 진솔한 고백으로 이루어져 있다. "일찌기 나는 아무것도 아니었다./마른 빵에 핀 곰팡이/벽에다 누고 또 눈 지린 오줌 자국/아직도 구더기에 뒤덮인 천년 전에 죽은 시체"(「일찌기 나는」)와 같은 충격적인 자기부정으로부터 시작되어 실패한 사랑과 절망의 기록이 숨김없이 이어진다.

이 시집에 나타나는 사랑은 목숨까지 걸고 끝까지 가는 처절한 고투의 산물이다. 대중성이 짙은 애틋하고 지순한 사랑과는 거리가 멀다. "고독한 이빨을 갈고 있는 살의,/아니 그것은 사랑."(「사랑 혹은 살의랄까 자폭」)과 같은 섬뜩하고 극단적인 감정에 가깝다. 시인은 잠시 행복하고 오래도록 고통스러운 자신의 불운한 사랑을 되새기고 또 되새기며 간직하려 한다. "찔린 몸으로 지렁이처럼 기어서라도,/가고 싶다 네가 있는 곳으로./너의 따뜻한 불빛 안으로 숨어들어가/다시 한번 최후로 찔리면서/한없이 오래 죽고 싶다."(「청파동을 기억하는가」)라며 극한의 고백을 서슴지 않는다. 이런 시에는 사랑과 죽음의 욕망이 일치하는 감정의 열도가 충만하다. 이러한 사랑은 모두가 경험할 수 있는 것은 아니다. 그러나 자신을 온전히 던져 넣는 이 치열한 사랑에서 독자들은 특별한 정서적 충전을 느낄 수 있다. "밤마다 복면한 바람이/우리를 불러내는/죽음이 죽음을 따르는/이 시대의 무서운 사랑을/우리는 풀지 못한다"(「이 시대의 사랑」)라는 시인의 말처럼 무섭고 암울한 상황 속에서도 멈출 수 없는 사랑의 불가항력적인 위력에 감응하게 된다. 이성복의 시가 절망적인 시대에 맞서 감정을 방전시키는 방식을 보여 준다면 최승자의 시는 더욱 강렬한 열망으로 그것에 저항하는 방식을 보여 준다. 최승자의 열정은 자신을 파괴할 정도로 강력한 것이었고 그만큼 강렬한 인상으로 독자들을 사로잡아 왔다.

4. 자조와 회한의 연대

1980년대 초반에 나온 이성복과 최승자의 시집에 비해 기형도의 『입속의 검은 잎』(문학과지성사, 1989)과 황지우의 『어느 날 나는 흐린 酒店에 앉아 있을 거다』(문학과지성사, 1998)는 분위기가 달라진다. 1980년대 후반부터 변화된 시대 상황을 반영하듯 자조와 회한이 짙어진다. 불운하고 절망적인 시대에 대한 부정과 비판이 강했던 이전 시기의 시들에 비해 자기 자신에 대한 성찰에 무게중심이 놓이게 된다.

기형도의 『입속의 검은 잎』은 그의 갑작스러운 죽음 직후에 유고 시집으로 간행되었다. 유고 시집에 항용 덧붙는 관심으로는 설명할 수 없을 정도로 이 시집에 대한 대중의 호응은 뜨겁고 지속적이다. 가난한 유년의 체험이나 사랑의 좌절 같은 호소력 짙은 이야기와 불안과 허무의 정서가 폭넓은 공감대를 형성하기 때문인 것으로 보인다. 기형도의 시 역시 자신의 육성에 가까운 고백의 어조가 진정성을 배가한다.

사랑을 잃고 나는 쓰네
잘 있거라, 짧았던 밤들아
창밖을 떠돌던 겨울 안개들아
아무것도 모르던 촛불들아, 잘 있거라
공포를 기다리던 흰 종이들아
망설임을 대신하던 눈물들아

잘 있거라, 더 이상 내 것이 아닌 열망들아
장님처럼 나 이제 더듬거리며 문을 잠그네
가엾은 내 사랑 빈집에 갇혔네

—「빈집」전문

  기형도의 시에서 사랑은 실패의 경험으로만 나타난다. 이 시에서
도 짐작할 수 있듯 그의 사랑은 아마 한 번도 제대로 발설되지 못하고
망설임과 열망으로만 존재했을 것이다. 사랑하는 사람에게는 말하지
못하고 오랜 시간 자신과 함께했던 밤과 안개와 촛불과 종이와 눈물
에게만 겨우 작별을 고하는 이 안타까운 감정의 상태는 그와 유사한
경험이 있는 많은 독자들의 심금을 울릴 만하다. 사랑의 고백은 한 사
람을 향하지만, 사랑의 실패에 대한 고백은 많은 사람과 공유할 수 있
기 때문이다.
  사랑에 관한 한 눈물이나 열망과 같은 뜨거운 감정이 있었던 듯한
시인이지만, 삶에 대해서는 훨씬 냉담하고 허무주의적인 태도를 드러
낸다. "나의 생은 미친 듯이 사랑을 찾아 헤매었으나/단 한 번도 스스
로를 사랑하지 않았노라"(「질투는 나의 힘」)라는 고백을 참조한다면, 자
신에 대한 사랑이나 열정이 미약했던 것이 그러한 태도와 관련되는
것으로 보인다. "한번 꽂히면 김도, 어떤 생각도, 그도 이 도시를 빠
져나가지 못한다"(「오후 네 시의 희망」)와 같은 완강한 무력감이 그를 지
배했던 것이다. 이런 무력한 자아에 대한 냉소적이고 관조적인 태도
는 1980년대 후반부터 변화된 사회 분위기와 어울려 동질감을 느끼
게 한다. 고도자본주의 사회로 진입하게 되면서 개인은 거대한 조직
의 부속품처럼 수동적인 존재로 전락하여 무력해지고 생기를 잃게 된
다. 우울하고 냉소적인 시선, 자조와 환멸의 어조로 가득한 기형도의

시가 일시적 유행을 지나 지속적으로 읽히는 것은 우리 사회가 여전히 그가 살았던 시대와 다르지 않기 때문일 것이다.

황지우의 여러 시집 중에 대중적으로 가장 관심을 끌며 스테디셀러로 자리 잡은 시집은 『어느 날 나는 흐린 酒店에 앉아 있을 거다』이다. 이 시집은 그의 다른 시집들에 비해 고백시의 성격이 강해서 쉽고 친숙하게 다가온다. 온갖 자질구레하고 수치스러운 일상을 작정한 듯 재현해 놓은 이 시집은 고백시의 특성에 매우 충실하다. 고백의 사실성은 시인의 진술에 독자를 강력하게 끌어들이고 그의 의식을 적극적으로 공유하게 한다. 시인은 자신을 적나라하게 드러내면서 독자와 거리를 좁힐 수 있게 된 것이다.

이 시집이 나온 1990년대 말은 개인적으로나 사회적으로 힘겨운 시기였다. 이 시기에 그는 "글을 쓰려고 하면 숨이 턱 막히는 이상한 병 때문에 편지 한 장 쓸 수 없"[4]는 상태였다고 한다. 사회적으로는 금융 위기의 충격에 놓여 있던 시기이기도 하다. 개인적으로나 사회적으로 극도로 위축되어 있던 상황에서 그는 실제의 자신을 그대로 들여다보는 일로 새롭게 출발한다. "나는 아침에 일어나 이빨 닦고 세수하고 식탁에 앉았다./(아니다. 사실은 아침에 늦게 일어나 식탁에 앉았더니/아내가 먼저 이 닦고 세수하고 와서 앉으라고 해서/나는 이빨 닦고 세수하고 와서 식탁에 앉았다.)/다시 데워서 뜨거워진 국이 내 앞에 있었기 때문에/나는 아침부터 길게 하품을 하였다."(「살찐 소파에 대한 日記」)에서처럼 하찮은 일상이 시의 전면에 나오고 쇄말적인 묘사가 그 무의미한 과정들을 더욱 강조한다. 시인은 나태하고 무기력

---

4 이인성, 「'영원한 밖'으로 떠나고 싶은, 떠나기 싫은」, 황지우, 『어느 날 나는 흐린 酒店에 앉아 있을 거다』 해설, 문학과지성사, 1998, 159쪽.

하게 나이 들어가는 자신을 객관적인 진술로 낱낱이 드러낸다. 자신에게조차 낯설게 느껴지는 육체의 변화에 대해 "살찐 소파"나 "가죽 부대"와 같은 비유를 들어 희화화할 정도로 자신의 변화를 부정적으로 인식한다. "그 자리에서 그만 허물어져 버리고 싶은 생:/뚱뚱한 가죽부대에 담긴 내가, 어색해서, 견딜 수 없다"(「어느 날 나는 흐린 酒店에 앉아 있을 거다」)와 같은 진솔한 자기 고백은 젊음에서 멀어져 가는 슬픔을 체험하는 많은 독자들의 공감을 일으킬 만하다. 황지우의 이 시집은 절정에서 멀어져 쇠락해 가는 인생의 경로를 반추하며 씁쓸한 자조와 회한에 젖게 한다. 불만으로 가득하지만 그렇다고 변화시킬 수도 없는 삶의 무게를 통감하며 느끼게 되는 환멸을 실감 나게 드러낸다.

1980년대 시들이 보여 준 선명한 현실 감각에 비해 이후의 시들은 훨씬 자아의 성찰에 집중된다. 변화 가능성이 보이지 않는 현실을 비판하기보다는 무력한 개인을 자책하거나 회한에 휩싸이는 양상을 보인다. "나는 언제나 한계에 있었고/내 자신이 한계이다./어디엔가 나도 모르고 있었던./다른 사람들은 뻔히 알면서도 차마 내 앞에선 말하지 않는/불구가 내겐 있었던 거다./커피숍에 앉아, 기다리게 하는 사람에 지쳐 있을 때/바깥을 보니, 여기가 너무 비좁다."(「等雨量線 1」)에서 '나'는 이 세상에서 받아들여지지 못하는 자신의 "한계"를 느끼며 자신을 "불구"로 여길 정도로 위축돼 있다. 바닥까지 가라앉은 자아를 있는 그대로 들여다보며 냉정한 성찰의 대상으로 삼으면서 고백시의 효과를 극대화한다. 이런 무기력한 자아와 직면해 본 대중의 호응으로 이 시집은 그의 여러 시집 중에 가장 많이 읽히고 있다.

5. 자유와 위안의 요구

시의 위기, 심지어 죽음을 들먹이던 많은 논의에도 불구하고 현실의 시는 여전히 살아 있고 드물게는 꽤 많이 읽히기도 한다. 2000년대 이후 시집 중에는 심보선의 『슬픔이 없는 십오 초』(문학과지성사, 2008)와 박준의 『당신의 이름을 지어다가 며칠은 먹었다』(문학동네, 2012)를 그런 예로 삼을 수 있다. 두 시집 모두 가독성이 좋고 내밀한 고백의 어조를 띠고 있는 것이 공감을 폭을 넓혀 준 요인으로 파악된다.

심보선의 『슬픔이 없는 십오 초』에서는 기형도나 황지우의 시집에서 느껴졌던 자조와 환멸보다 더 소극적이고 거의 무위에 가까운 표백된 감정을 만날 수 있다. "오늘 나는 흔들리는 깃털처럼 목적이 없다/오늘 나는 이미 사라진 것들 뒤에 숨어 있다"(「오늘 나는」)라는 고백에서는 삶에 대한 어떤 희망이나 의지도 찾아보기 힘들다. "지난 시절을 잊었고/죽은 친구들을 잊었고/작년에 어떤 번민에 젖었는지 잊었다"라는 진술로 보아 모든 기억과 고뇌에서 벗어나 무화되고 싶은 욕망을 엿볼 수 있다. 이런 심리의 기저에 어떤 의식이 자리 잡고 있는지를 암시하는 다음과 같은 시가 있다.

내 육체 속에서는 무언가 가끔씩 덜그럭거리는데
그것은 가끔씩 덜그럭거리는 무언가가 내 육체 속에 있음을 상기시킨다

욕조 속에 몸 담그고 장모님이 한국에서 보내온 황지우의 시집을 다 읽었다
시집 속지에는 "모국어를 그리워하고 있을 시인 사위에게"라고 씌어 있었다
(장모님이 나를 꽤나 진지한 태도의 시인으로 오해하고 있는 것이 사실은 부담스럽다)
문득 무중력 상태에서 시를 읽는 기분이 어떨까, 궁금해져

욕조 물속에 시집을 넣고 한 장 한 장 넘겨 보았다

그렇게 스무드할 수 없었다

어떤 시구들은 뽀골뽀골 물거품으로 올라와 수면 위에서 지독한 냄새를
터뜨리기도 했다

　　　　　　　　—「엘리베이터 안에서의 도덕적이고 미적인 명상」부분

이 시 역시 시인의 사유의 과정이 그대로 기술되어 일치감을 느끼
며 읽을 수 있게 쓰여 있다. 그는 자신의 육체를 관찰하듯이 바라보고
있으며, 자신의 의식에 대해서도 마찬가지로 거리를 두고 분석적으로
파악한다. 인용 부분은 시인이 욕조에 몸을 담그고 시집을 읽고 있는
장면인데, 시인으로서의 자신에 대한 주위의 판단을 부담스러워한다
는 것을 잘 보여 준다. 이러한 인식과 태도는 이어지는 다른 장면들에
서도 계속된다. 그는 이웃의 외국인 친구들이 자신을 한국에서 온 좌
파 급진주의자로 오해하는 것도 부담스러워하고 자신과의 결혼 생활
을 잘 버티는 아내에게도 고마움과 부담을 느낀다. 그리고 다른 사람
들의 기대와 달리 무력하고 게으른 자신을 폭로하고 싶은 충동을 일
으키기도 한다. 자신을 진지한 시인으로 여기는 장모님이 보내 준 시
집을 물속에서 넘겨 보는 행위라든지, 아내에게 다가가 목욕 가운을
활짝 펼쳐 보이고 싶어 하는 것에서 그러한 심리를 엿볼 수 있다. "무
중력 상태에서 시를 읽는 기분"이라든가 "엘리베이터 문이 목욕 가운
펼쳐지듯 활짝 열려, 또 다른 세계로 통하는 길을" 만나고 싶어 하는
것은 "그런 짓이 도덕적으로나 미적으로 용납이 될 수 있을지 확신이
서지 않았다"라는 식의 외적인 규정에서 벗어나 완전히 자유롭고 싶
은 열망을 반영한다.

심보선의 시에는 현실에서 자신의 존재를 확인하기보다는 그 중압

에서 벗어나 무에 가까워지고 싶어 하는 심리가 훨씬 강하게 나타난다. "아내가 종이 위에 적어 준 장거리들처럼/인생의 세목들이 평화롭고 단순했으면 좋겠다"(「장 보러 가는 길」)라든지 "나는 두려워졌다. 아무 병(病) 속으로 잠적하고 싶어졌다"(「狂人行路」) 같은 구절에 나타나듯 현실의 무거운 의미들로부터 벗어나 그것을 의식하지 않아도 되는 상태를 바라는 것이다. 잠시라도 평화롭고 "가끔 슬픔 없이 십오 초 정도가 지"(「슬픔 없는 십오 초」)나가길 바라는 삶은 얼마나 힘겨운 것인가. 심보선의 시집은 조금도 변화시킬 수 없지만 잠시라도 벗어나고 싶은 현실의 무게를 체감하게 하면서 그런 시대를 함께 살아가고 있다는 자각과 위안을 준다.

박준의 『당신의 이름을 지어다가 며칠은 먹었다』는 사회시와 연시의 특성을 모두 지니고 있다. 그의 시에 등장하는 사람들은 아프고 슬프고 외롭고 가난하다. 그런데 박준의 시는 사회적 소외에 대한 비판적 의식을 드러내기보다는 소외된 자들과 함께하며 감정적인 위로를 전달하는 데 역점을 둔다. 그에게도 현실의 벽은 변화시키기 어려울 정도로 강고한 것으로 받아들여진다. 가난과 소외가 극복의 대상이라기보다 위로의 대상이 되면서 그의 시에서는 삶의 고통에 대한 솔직한 고백이 주조를 이룬다. "누전이나 방화는 아니었다고 생각합니다 그건 단지 그동안 울먹울먹했던 것들이 캄캄하게 울어 버린 것이라 생각됩니다"(「유성고시원 화재기」)같이 가난하고 소외된 삶에 공감하며 연민과 위안의 정서를 표현한다.

극복하기 힘든 현실이라면 그것을 벗어나려는 안간힘 속에서 삶은 더욱 메말라 버리기 쉽다. 박준의 시는 가난하고 소외된 삶을 부정하기보다 그 속에서 나누는 따뜻하고 아름다운 마음을 그리는 데 치중한다. 그의 시에서 가장 밝고 아름답게 빛나는 장면들에는 '미인'

이 등장한다. "미인이 절벽 쪽으로/한 발 더 나아가며/내 손을 꼭 잡았고//나는 한 발 뒤로 물러서며/미인의 손을 꼭 잡았다//한철 머무는 마음에게/서로의 전부를 쥐어 주던 때가/우리에게도 있었다"(「마음 한철」)에서처럼 미인과 함께할 때 마음은 서로의 전부를 얻은 듯 충만하다. 가난이 마음까지 침해하지는 못하고, 오히려 가난과 함께 마음은 더욱 애틋해질 수 있다는 것을 그의 시는 역설한다.

　신자유주의의 영향으로 빈부의 격차는 갈수록 심화되고 이런 추세가 변화할 가능성은 더욱 희박해지고 있다. 가난하고 소외된 자들의 삶이 공동의 관심사에서 급속히 멀어지고 있는 현실에서 박준은 작고 낮은 목소리로 그런 삶의 이야기를 들려준다. 속삭이는 듯 나직하게 가난과 아픔에 깃든 사랑과 위안의 감정을 담아낸다. 그의 시집이 예상 이상으로 많이 읽힌다는 것은 우리 사회가 그러한 위안을 필요로 한다는 반증이기도 하다.

6. 공감의 사회적 차원

　고백은 문학의 기본적인 속성에 가깝지만 그 실질적 양상은 천차만별이다. 일기와 다를 바 없는 사적 기록을 비롯하여 시대정신과 상통하는 사상의 기록도 있을 수 있다. 지금까지 살펴본 바와 같이 우리 시에서 꾸준히 독자들의 공감을 얻은 시집 중에는 고백시에 가까운 것들이 많다. 독자들은 시인의 진솔한 고백이 담긴 시집들에 관심을 보이며 쉽게 호응해 온 것을 알 수 있다. 개인 또는 가족의 문제, 사랑, 현실과 관련된 갖가지 내용이 들어 있어 주제의 특성을 간추리기는 쉽지 않다. 중요한 것은 이 시집들에서 고백의 개인적 차원과 사회적 차원이 긴밀하게 관련된다는 점이다. 절실한 개인적 고백은 시대정신과도 유리되지 않아서 독자들의 공감을 폭넓게 이끌어 낸다. 이 시인들은 마치 시대의 아픔을 대신하는 것처럼 자신과 치열하게 대결하고 자신의 시대를 끌어안음으로써 공감대를 형성한다.

많이 읽히는 시와 좋은 시가 일치하는 것은 아니다. 때로 무관심 속에 사라지는 좋은 시들도 있을 것이다. 예술의 세계에서 대중성과 예술성은 반비례하기 쉽다. 때때로 가장 높은 정점의 선두에는 한 사람만이 외롭게 서 있고 가장 가깝게 서 있는 사람들조차도 그를 이해하지 못한다. 오랜 시간이 지나야 그의 위대한 예술을 이해하는 사람들이 늘어나 충분히 이해되고 갈채를 받을 수 있을 것이다. 대중은 정신적 만족을 얻기 위해서 장차 그의 위대한 예술에 열렬한 손길을 뻗을 것이다. 그렇지만 여기서 유의해야 할 점은 예술의 정신적 빵은 재능을 가진 예술가뿐 아니라 그것을 나누어 먹는 사람들에게까지도 저주가 되는 경우가 있다는 것이다. 예술이 정복될 것으로 생각하는 예술가들이 새로운 매너리즘만을 추구하며 성벽을 쌓아 올릴 때 뒤에 남아 있는 대중은 어리둥절해서 방관하고, 흥미를 잃고 외면해 버린다.[5]

대중의 반응에 역행하는 것이 예술의 가치를 보장해 주는 것은 아니다. 대중의 예술적 이해에 훨씬 앞서 그 정신적 가치를 선취할 수는 있어도 대중과 유리되면서 그것을 획득하기는 어렵다. 물론 대중의 취향에 부합하려는 예술의 생명도 짧은 것은 마찬가지다. 자기 시대의 정신적 양식을 발견해 낼 수 있는 능력이 뒷받침되지 않는 예술은 공허하고 타락하기 쉽다. 대중과의 공감은 앞서가는 참된 정신적 양식을 추구하는 예술에 자연스럽게 따라오는 현상이다. 빠르거나 늦어지는 차이는 있겠지만.

---

5 칸딘스키, 『예술에서의 정신적인 것에 대하여』, 권영필 역, 열화당, 2000, 26-30쪽 참조.

초현실주의 시와 현실의 재발견

1. 위대한 낭비와 범속한 각성

이상이 1934년 『조선중앙일보』에 「오감도」 연작을 발표하면서 우리나라 초현실주의 시의 역사는 시작된다. 「오감도」 원고는 신문사의 문선부(文選部)와 교정부, 편집국을 거쳐 가면서 차례로 말썽을 일으키고, 우여곡절 끝에 신문에 실리게 되면서는 "무슨 개수작이냐?"라는 독자들의 거센 항의에 직면하게 된다. 이 신문사 학예부장인 이태준의 전폭적 지지에도 불구하고 독자들의 반발로 연재를 중단하게 되면서 이상은 "왜 미쳤다고들 그러는지 대체 우리는 남보다 수십 년씩 떨어져도 마음 놓고 지낼 작정이냐", "이것은 내 새 길의 암시요 앞으로 제 아무에게도 굴하지 않겠지만 호령하여도 에코가 없는 무인지경은 딱하다"[1]라는 심경을 토로한다. 이상은 자신의 시가 비록 독자들의 이해를 받지 못했지만 시대를 앞서나가는 새로운 시도이며 그만한

---

[1] 이상, 「「오감도(烏瞰圖)」 작자(作者)의 말」, 『이상 전집 4—수필』, 태학사, 2013, 161쪽.

가치가 있다고 확신했던 것이 분명하다. 이상 이후에도 조향, 김구용 등의 시인들이 명맥을 이어 왔지만, 초현실주의 시는 우리 시사에서 줄곧 예외적인 영역으로 치부되어 왔다.

초현실주의 시가 겪어 온 몰이해의 상당 부분은 의식 너머의 잠재의식을 끌어오는 과정에서 분출되는 혼란스러운 서술에 기인한다. "잠재의식과 몽환(夢幻)으로 인상적 효과를 노린 초현실주의자들의 현란한 손재주가 얼마나 위대한 낭비였던가"[2]라는 김구용의 말처럼 초현실주의 시가 "현란한 손재주"에 그칠 경우 그것은 "위대한 낭비"에 불과한 자족적인 환각의 유희에 그치고 말 것이다.

벤야민은 초현실주의에서 환각이나 공상의 산물 이상의 혁명적 가능성을 발견하는데, 그것은 '범속한 각성'이라는 유물론적이고 인간학적인 영감과 관련된다. 벤야민은 바쿠닌으로 대표되는 무정부주의에서 초현실주의의 뿌리를 찾는다. 그것은 "문학의 운명을 불신하고 자유의 운명을 불신하고, 유럽의 인류의 운명을 불신하며, 무엇보다 계급 간의, 민족 간의, 개인 간의 모든 소통을 불신, 불신, 불신하기"[3]라는 말처럼 모든 기성관념을 불신하고 사유를 해방시키는 방법이다. 혁명을 위한 도취의 힘을 중시하는 것은 무정부주의와 유사하지만, 초현실주의에는 그 이상의 변증법적인 과정이 작동한다. '범속한 각성'은 단순히 "현란한 손재주"로 만들어진 환각에 빠져 있는 것이 아니라, "일상을 꿰뚫어 볼 수 없는 것으로, 그리고 꿰뚫어 볼 수 없는 것을 일상적인 것으로 인식하는 변증법적 시각의 힘으로, 그 비밀을 일상 속에서 재발견"[4]하는 것이다.

---

2 김구용, 「눈은 자아의 창이다―시를 위한 노트」, 『김구용 문학 전집』, 솔출판사, 2000, 430쪽.
3 발터 벤야민, 「초현실주의」, 『발터 벤야민 선집 5』, 최성만 역, 도서출판길, 165쪽.
4 발터 벤야민, 「초현실주의」, 163쪽.

'범속한 각성'은 무질서한 현실에서 시적인 것, 경이로운 것, 신성한 것을 발견하는 방법이다. 이러한 능력은 마치 선사시대의 인간이 갓 태어난 아이의 운명을 아이가 태어난 순간의 천체 현상에서 순간적으로 읽어 내는 미메시스 능력과 유사한 것인데, 벤야민은 이러한 능력이 완전히 소멸되지 않고 '언어능력'에 잠재돼 있다고 본다. '언어의 혁명'을 통해 삶과 문학의 혁명을 실천하는 초현실주의는 이러한 언어능력의 발현 가능성을 극대화하는 방식이 될 수 있다. 초현실주의에서는 의미보다 이미지와 소리가 중시된다. 브르통이 "나는 아직 아무도 통과하지 않은 곳을 통과하려고 합니다. 조용! 먼저 들어가시죠, 사랑스러운 언어여."[5]라고 했을 때 언어는 의미에 갇혀 있지 않고 순수한 이미지 공간으로 열려 있는 현재성의 세계이다. 여기서는 시인이 이미지를 생산하는 주체로 존재하지 않고 이미지가 시인을 이끌어 간다. 이런 이미지 공간이 펼쳐지는 범속한 각성의 순간 시인은 자신을 넘어서는 혁명적 상태에 이르게 된다.

초현실주의 시가 사르트르의 비판처럼 무기력한 혼돈에 빠지지 않고 벤야민의 기대처럼 범속한 각성에 이를 수 있다면 그것은 현실의 초월이 아닌 현실의 재발견에 가까울 것이다. 브르통은 초현실주의가 삶에 뿌리를 내린 것이며, 아름다움과 추함, 진실과 허위, 선과 악의 불충분하고 부조리한 구별을 무시해 버리고 싶은 욕망이 태어나서 자라고 있음을 강조하였다. 이 시대의 초현실주의 시는 어떤 욕망을 내포하고 있는가? 무기력한 혼돈이 아닌 범속한 각성을 보여 주고 있는가? 정재학, 강성은, 서대경의 시를 통해 우리 초현실주의 시의 가능성을 살펴보도록 한다.

---

5 발터 벤야민, 「초현실주의」, 146쪽에서 재인용.

2. 정재학—상처의 기원

  정재학의 시는 초현실주의와 관련해 빠뜨릴 수 없는 텍스트이다. 그의 시는 우리 초현실주의 시의 계보에서 보기 드물게 난해성 이상의 미학적 성취로 주목을 받기 시작한다. 그의 시 역시 의미의 맥락을 벗어난 경우가 태반이기 때문에 자주 난독의 현기증을 유발하지만, 그러면서도 이미지와 언어 자체의 매혹을 발산하며 독특한 미감을 일으키기 때문이다. 그의 시는 현실과 초현실, 과거와 현재, 주체와 타자의 경계를 수시로 넘나들며 이제껏 볼 수 없었던 새로운 현재성의 세계를 그려 낸다.

  할머니는 흙에 흩어져 있는 발자국들을 쫓아 버린다 얘야 누군가 온 모양이구나 무슨 말씀이세요 아무 소리도 듣지 못했는걸요 문은 아직 푸른 빛이에요 할머니 눈에 철사가 박혀 있었다 잡아 뽑으려 했지만 점점 더 깊이 박히고 있었다 너는 늘 내 머리카락을 자르는 것을 좋아하는구나 그냥 내버려두렴 아버지가 아기가 되어 마당을 기어다니고 있었다 닭은 아버지에게 잡히지 않으려고 버둥거렸다 아버지의 머리카락이 다급히 자라났다 닭이 잡혔을 때 아가의 머리카락은 땅에 질질 끌리고 있었다 아버지 제발 이제 일어나세요 아기 옷도 벗어 버리구요 내 머리카락이 철사로 변하고 있었다 아버지 때문에 기차가 시간을 맞추지 못한다구요 아버지 저 좀 붙잡아 주세요 빌어먹을 제 손이 할머니 눈 속에 들어가 버렸어요 할머니 눈에서 날카로운 초생달들이 쏟아져 나왔다 아버지의 머리카락이 툭툭 부러졌다 나는 할머니의 몸속에 들어가 아버지가 되어 기어 나왔다 문을 뚫고 기차가 들어오고 있었다

—「아라베스크」 전문

정재학의 첫 시집 『어머니가 촛불로 밥을 지으신다』의 서시에 해당하는 이 시는 여러모로 그의 시 세계를 함축하고 있다. 기괴한 가족극장을 연상시키는 이 시의 등장인물은 '할머니'와 '나'와 '아버지'이다. 첫 장면에서 '할머니'는 흙에 흩어져 있는 발자국들을 쫓아 버리며 누군가 온 모양이라고 한다. 발자국은 그야말로 흔적에 불과한데 '할머니'는 그것을 쫓아 버리려는 행동을 한다. '할머니'가 감지하는 세계와 '내'가 감지하는 세계는 아직 서로 어긋나 있어서 '나'는 아무 소리도 듣지 못했다고 한다. "문은 아직 푸른빛"이라고 감지하는 '나'와 달리 '할머니' 눈에는 철사가 박혀 있다. 이 철사는 다시 머리카락으로 연결된다. '할머니' 눈에 박혀 있는 철사를 뽑으려 하는 것과 '할머니'의 머리카락을 자르는 것은 유사한 행위이다.

다음 장면에서는 갑작스럽게 '아버지'가 아기가 되어 등장한다. 아기가 된 '아버지'가 마당을 기어 다니며 닭을 잡으려 하고, 그사이 '아버지'의 머리카락은 다급히 자라나 닭이 잡혔을 때는 땅에 질질 끌릴 정도가 된다. '할머니'와 '아버지'의 머리카락은 주체할 수 없이 자라나고 '나'는 그 머리카락을 잘라 내려 한다. '나'는 "아버지 제발 이제 일어나세요 아기 옷도 벗어 버리구요"라며 '할머니'와 '아버지'의 세계에 저항한다. "아버지 때문에 기차가 시간을 맞추지 못한다구요"라는 진술로 보아, '할머니'와 '아버지'의 세계는 현실의 시간에서 벗어나 있다. '할머니'의 머리카락을 자르고 '아버지'를 질책하며 현실의 시간에 머물고자 했던 '나'도 한순간 거기서 벗어나 버리게 된다. '내' 머리카락이 철사로 변하더니 몸이 '할머니'의 몸속으로 들어가 '아버지'가 되어 기어 나온다. "아직 푸른빛"이었던 문을 뚫고 기차가 들어온다.

첫 장면에서 현실과 거의 다르지 않던 세계는 초현실적 이미지들이 틈입하고 뒤섞이면서 점차 역전되고 급기야 현실에 발 딛고 있던

'나'조차 그 안으로 빨아들인다. 끝없는 연속무늬로 이어지는 아라베스크 문양처럼 현실과 초현실은 복잡하게 뒤엉켜 구분되지 않는다. 머리카락이나 철사의 이미지처럼 이 시에서 시간은 직선적인 현실의 시간과 전혀 다르게 곡선으로 휘감기며 새로운 현재성의 세계를 형성한다. 이런 초현실적 시간 속에서, '나'와 '아버지'와 '할머니'는 서로 구분되지 않는 하나의 몸이 된다. 그러나 그들이 이렇게 한 몸을 이루며 조화로운 혼융의 세계에 들었다고 보기는 힘들다. 깊이 박힌 철사를 잡아 뽑거나, 잡히지 않으려고 버둥거리거나, 뚫고 들어오거나 하는 폭력이나 불안과 관련된 동작들이 압도적이기 때문이다. 이 시에서는 '나'와 '아버지', '할머니'가 시간을 거슬러 한 몸이 되는 상상을 통해 상처의 기원을 탐사하려는 욕망을 드러낸다. '나'는 '할머니'의 눈에 박힌 철사를 잡아 뽑고 '아버지' 때문에 기차가 시간을 맞추지 못한다고 하며 그들의 시간을 부정하려 한다. 그러나 아라베스크의 덩굴 문양처럼 얽혀 '나'의 기원을 이루는 가족에게서 '나'를 끊어 내지 못한다.

정재학의 시에서 '나'는 우주에 맞먹는 하나의 세계이다. "나는 이 세상이 어떤 거대한 생명체의 아주 작은 세포 하나에 불과하지 않을까 아니 세포 속의 더 작은 그 무엇이 아닐까 상상했다 그리고 내 몸 안에서도 아주 작은 생명체들이 세상을 이루며 '나'라는 우주를 상상하지 않을까 생각했다"(「태내(胎內)」)라는 말처럼 이 세상이 거대한 생명체의 세포 하나에 불과할 수도 있고 반대로 '내' 몸의 세포 하나가 하나의 소우주에 해당할 수도 있다. 그의 초현실적 상상력은 이처럼 극대의 세계와 극미의 세계 간의 차별을 무화시킬 정도로 역동적이다.

그런데 이런 생각은 선적인 각성이나 도취적 상태에서 나오는 것이 아니라 일상의 한순간에 이루어지는 범속한 각성으로부터 나온다. "길을 걷다가 종이에 살을 베인 것처럼 놀란다 예전에 분명히 이곳에 온 적이 있다 그때도 저 아이가 지나가고 있었다 정확히 이 순간에…"(「태내」)와 같이 길을 가다가 지나가는 아이를 보며 묘한 기시감을 느끼는 순간 오기도 하고, "전화가 왔다 오랜 친구 번호였다 여보세요 여보세요 친구는 대답이 없고 심한 잡음 너머 두 사람이 얘기를 나누고 있었다"(「역류」)에서처럼 혼선으로 인한 잡음과 함께 문득 오기도 한다. 이러한 범속한 각성의 순간 현실과 초현실, 나와 우주, 과거와 현재의 경계는 무화된다. 정재학에게 초현실은 현실과 분리된 별개의 세계라기보다 새롭게 발견된 현실이다. "밟으면 소리가 울리는 계단/한 단은 현실의 음향/한 단은 꿈의 음악"(「微分―계단」)에서 현실과 꿈이 계단처럼 이어져 있는 것처럼 초현실은 현실의 또 다른 층위라 할 수 있다. 일상의 한순간 갑작스럽게 틈입하는 기억이나 불안을 현실과 구분하지 않고 그대로 바라볼 때 무의식의 검은 그림자를 뚫고 생생한 이미지들이 출현한다.

수업 중 판서를 하다가 갑자기 뭔가 물컹하더니 손이 칠판 속으로 들어가 버렸다 몸의 절반이 들어갔을 때 "선생님! 새가 유리에 부딪쳐 떨어졌어요!"라고 외치는 소리가 들렸다. 뒤돌아보고 싶었으나 몸을 움직일 수 없었고 물에 빠지듯 흑판에 빨려 들어갔다. 칠판 속으로 들어가니 건너편 교실에서 중학교 교복을 입고 앉아 있는 내 모습이 보였다. 나는 짝과 떠들다가 생물 선생님에게 걸려서 철 필통으로 뺨을 맞았다.

—「흑판」 부분

이 시는 교사인 시인 자신의 체험을 담고 있는 것으로 보인다. 수업 중 판서를 하는 지극히 일상적인 순간에도 범속한 각성은 이루어질 수 있다. 흑판 속으로 빨려 들어갈 것 같은 느낌을 의식으로 차단하지 않고 그대로 두자 무의식의 그림자가 펼쳐진다. 현실에서는 새가 유리에 부딪혀 떨어졌다는 외침이 들려오고 무의식 속에서는 중학교 시절 떠들다가 선생님에게 구타를 당하는 자신의 기억이 펼쳐진다. 유리에 부딪혀 떨어지는 새와 교실 안에서 구타를 당했던 자신의 기억이 묘하게 겹쳐진다. 교실과 흑판이라는 네모지고 단단한 공간에서 촉발된 억압과 상처의 기억이 현실의 경계를 넘어온 것이다. "유리창 여기저기 검붉은 핏자국만 가득하다"라는 이 시 마지막 구절의 강렬한 이미지는 무의식에 새겨진 상처의 흔적을 생생한 현실로 각인해 놓고 있다.

정재학의 시에는 현실과 초현실의 경계가 무화되며 상처의 기원을 드러내는 장면들이 많다. 의식의 방어막이 느슨해지는 순간 무의식에 잠재된 상처와 불안의 이미지들이 튀어나와 스스로 움직인다. 그는 브르통이 그랬던 것처럼 무의식의 언어가 이끌어 가는 순수한 이미지 공간에 자신을 개방한다. 그의 시는 의미를 온전히 포착할 수 없는 무의식의 이미지들이 분출하는 낯선 매혹으로 가득하다. 의미의 그물망을 벗어나는 순수한 이미지의 아름다움과 함께 점점 더 음악에 가까워지는 언어들로 그의 시는 우리 초현실주의 시의 미학적 성취를 주도해 가고 있다.

3. 강성은—이야기의 꿈

강성은의 첫 시집 『구두를 신고 잠이 들었다』의 서시 「세헤라자데」역시 앞으로 펼쳐질 시 세계에 대한 중요한 암시가 된다. 이야기를 이어 가면서 삶을 연장해 간 아라비안나이트의 세헤라자데처럼 이 시의 세헤라자데도 끝없이 이야기를 들려주려 한다. 그런데 그 이야기는 "악몽처럼 가볍고 공기처럼 무겁고 움켜잡으면 모래처럼 빠져나가 버리는 이야기 조용한 비명 같은 이야기 천년 동안 짠 레이스처럼 거미줄처럼 툭 끊어져 바람에 날아가 버릴 것 같은 이야기"이다. 아라비안나이트의 세헤라자데가 끊을 수 없이 이어지는 이야기의 압도적인 힘에 의해 삶을 부지했다면 이 시의 세헤라자데는 언제든 끊어질 듯한 위태로운 이야기, 악몽 같은 이야기를 들려주겠다며 냉소적인 삶의 태도를 드러낸다. 이 시의 선언처럼 강성은의 시는 악몽이나 잔혹동화에 가까운 기괴하고 공포스러운 이야기들로 가득하다.

누가 그녀를 깨워 노래 부르게 하지?
고통이
그녀가 지금도 나를 기억한다면
내가 그녀를 일으켜 세워 노래 부르게 하지,라고 말했네

그레텔 부인은 하루 온종일 노래 부르네

누가 그레텔 부인을 죽였나
누가 그레텔 부인을 죽였나
누가 내 사랑스런 그녀를 죽였나

—「누가 그레텔 부인을 죽였나」 부분

강성은의 시에서 기존 이야기의 전개는 종종 역전된다. 이 시에서는 익숙한 동화인 「헨젤과 그레텔」에 나오는 그레텔의 끔찍한 죽음을 그린다. 동화에서 마녀의 손아귀에서 벗어나 도리어 마녀를 죽게 했던 그레텔은 이 시에서 그레텔 부인으로 등장하는데, "누가 그레텔

부인을 죽였나/자줏빛 스카프가/내가 아름다운 두 팔로/그녀를 목 졸랐네,라고 말했네"라는 첫 장면에서부터 죽은 것으로 설정된다. 그 레텔 부인의 죽음을 둘러싼 의문들이 연쇄적으로 이어지던 끝에 '고통'이 죽음의 원인이었다는 사실이 암시된다. 고통의 기억이 그녀를 다시 일으켜 세우고 깨어난 그레텔 부인은 노래를 이어받아 부른다. 삶과 죽음, 과거와 현재, 현실과 초현실의 경계가 무화된 상태에서도 고통의 기억이 그레텔 부인을 죽음에 이르게 했다는 사실은 더욱 강조된다.

강성은의 시에서 악몽이나 고통의 기억은 노래처럼 반복된다. 그 것은 심지어 생을 거듭해도 사라지지 않는다. 「올란도」에서는 버지니 아 울프의 소설에서처럼 여러 생을 사는 사람이 등장한다. "몇 세기 에 걸쳐 꿈을 꾸었다/수많은 계절들의 반복과 변주/수많은 사람들의 반복과 변주/어제와 내일의 경계가 사라지고/여성과 남성의 경계가 사라져도/이 꿈은 사라지지 않아/죽기 위해 절벽에서 몸을 던지면/다음 생이 시작된다"라는 고백처럼 죽음보다 오래 지속되는 꿈이 있 어 그로부터 좀처럼 벗어날 수 없다. 이렇게 오랜 시간 동안 꿈을 꾸 는 그는 누구인가? 이것은 어떤 잠인가?

이야기나 노래에는 죽음보다 오래 지속되는 꿈이 담겨 있다. 강성 은의 시에 유난히 옛날이야기나 오래된 노래가 많이 인용되는 것은 그 속에 내포된 오래된 꿈을 들여다보고 싶어 하는 욕망을 반영한다. "옛 날 영화를 보다가/옛날 음악을 듣다가/나는 옛날 사람이 되어 버렸구 나 생각했다//지금의 나보다 젊은 나이에 죽은 아버지를 떠올리고는/너무 멀리 와 버렸구나 생각했다"(「환상의 빛」)에서 알 수 있듯 시인은 옛 날이야기나 옛날 노래에 빠져 사는 자신을 "옛날 사람"으로 느낀다. 더 구나 아버지가 죽은 나이를 지나면서부터는 물리적인 시간과 무관하게 자신이 아주 오래 살았다고 생각하게 된다. "몇 세기 전의 사람을 사랑하고/몇 세기 전의 장면을 그리워하며" 사는 시인은 "눈 속에 빛이 가득해서/다른 것을 보지 못했다"고 고백한다. 스스로 "환상의 빛"이라고 명한 이 빛은 자신이 읽고 들어온 오래된 이야기와 노래의 매혹이다. 시인을 사로잡은 이 빛은 너무나 명백한 현재성의 세계를 이루고 있다. 이 빛은 죽음보다 오래 지속되는 꿈에서 흘러나오는 것이다. 이 꿈에 붙들려 있는 자에게 현실은 꿈과 구분되지 않는다.

> 다리를 벌리고 앉은 여자 아래
>
> 졸고 있는 죽은 고양이 옆에
>
> 남자의 펄럭이는 신문 속에
>
> 펼쳐진 해변 위에
>
> 파란 태양 너머
>
> 일요일의 장례식에
>
> 진혼곡을 부르는 수녀의 구두 사이로
>
> 달려가는 쥐를 탄
>
> 우울한 구름의 손목에서 흐르는
>
> 핏방울이 떨어져 내린
>
> 시인의 안경이 바라보는
>
> 불타오르는 문장들이 잠든
>
> 한 줌 재가 뿌려진
>
> 창밖의 검은 밤 속

> (중략)

길을 잃은 아이가

계단을 펼쳤다 접으며 아코디언을 켜고

계단은 사람들의 귓속으로 밀려 들어왔다 밀려 나가고

사람들은 눈을 감은 채로 계단을 하나씩 오르고

계단은 점점 더 느려져

잠이 든 채 연주되고

—「아름다운 계단」부분

시인의 눈 속에 가득한 "환상의 빛"을 스크린에 투영한다면 이런 모습이 펼쳐질 것이다. 이 시에서 펼쳐지는 장면들은 고정된 현실의 시간 너머에서 시인의 눈앞을 스치는 무수한 이미지들을 가감 없이 드러낸다. 이 시를 주도하는 것은 명멸하는 이미지 그 자체이고 시인은 그것을 그대로 적어 내려갈 뿐이다. 시인은 "환상의 빛"을 통해 무수한 이미지들이 탄생하는 순간을 포착한다. 일상의 시간에서 전혀 지각되지 않는 한없이 사소하거나 환상적인 장면들이 명료한 이미지로 출현한다. 이로써 잠재태로만 존재하던 삶의 또 다른 측면들이 드러나게 된다. 삶의 계단에는 실제로 발을 딛는 부분만 있는 것이 아니라 잘 의식하지 않는 그늘진 측면이 있다. 현실이라는 분명한 발판의 밑에는 그것을 떠받치고 있는 무수한 잠재적인 시간들이 자리 잡고 있다. "환상의 빛"은 그 그늘진 측면을 이루고 있는 또 다른 시간의 이미지들을 비춘다.

낯선 삶의 이미지들이 계단처럼 펼쳐지던 이 시의 끝부분에서 계단은 아코디언으로 변형된다. "길을 잃은 아이"는 더 이상 계단을 오르지 않고 숨겨진 계단 사이에서 계단을 펼쳤다 접으며 아코디언처럼 연주한다. 이 아이는 바로 시인 자신이다. 시인은 사람들이 바쁘게 오가는 현실의 계단에서 길을 잃고 멈추어 섰다. 그리고 계단을 오르는 대신, 숨겨진 계단 사이를 떠도는 낯선 시간의 이야기들을 들려주기로 한다. 계단에는 현실의 시간보다 오래고 깊은 이야기들이 잠자고 있다. 아코디언이 된 계단은 접혔던 부분을 가득 부풀리며 잠재된 시간의 무수한 이미지들을 아름답게 펼쳐 보인다.

강성은의 시는 현실의 시간에서 배제되고 소외된 다른 시간의 이야기들을 들려주려 한다. 시인은 현실의 시간 너머, 심지어 삶과 죽음의 경계 너머에서 자신을 사로잡는 "환상의 빛"에 이끌려 그것이 펼치는 순수한 이미지 공간에 기꺼이 자신을 맡긴다. 현실의 시간에서 비켜나 바라보는 삶의 그늘진 계단에는 이제껏 감추어져 있던 무수한 고통과 상처의 기억들이 자리 잡고 있다. 시인은 우리의 기억에서 버려져 있던 "악몽이라는 이름의 푸른 별"(「구빈원」)의 이야기를 이어 가는 이 시대의 세헤라자데이다. 이 시대의 세헤라자데는 현실의 시간에서 버림받은 그늘진 이야기들에 새로운 숨결을 불어넣는다. 이야기가 죽음보다 더 오래 살아남는 이유는 그것이 아직 실현되지 않은 잠재된 시간을 내포하고 있기 때문이다. 세헤라자데는 이런 이야기의 꿈을 현실로 소환하며 시간의 무한한 가능성을 일깨운다.

4. 서대경—도시의 무의식

서대경의 시는 도시라는 가장 현실적인 공간을 비현실적인 공간으로 재인식하게 만든다. 도시가 보편적인 삶의 공간이 되면서 시에 나타나는 도시는 직접적인 현실이 투영되는 공간으로 그려져 왔다. 그런데 서대경의 시에서 도시는 기이하고 낯선 분위기로 가득하다. 그의 시에서 도시는 느와르 영화 속 도시처럼 어둡고 음울한 색채로 일관하며 독자적인 이미지를 형성하고 있다.

목욕탕 굴뚝 아래 사는 사내는 입을 헤벌리고 굴뚝 아래 앉아 하늘을 뒤덮고 있는 전깃줄을 바라본다. 사내에게 그것은 서로의 다리를 물고 늘어선 이상야릇한 거미 떼를 연상시켰다. 그것들은 전신주를 중심으로 사방으로 검게 나아가면서 눈발로 가득한 허공을 비밀스럽게 지배했다. 사내는 허공에 번뜩이는 전깃줄을 바라보는 것을 좋아했다. 전깃줄의 여정을 눈으로 좇아가다 보면 어김없이 나타나는 아파트 단지와 공장 지대의 그림자와 바람의 속삭임과 불 켜진 창의 신비가 언제나 그를 매혹시켰다. 사내의 벌거벗은 몸에서 김이 피어오른다. 눈 녹은 검은 물이 굴뚝을 타고 주룩주룩 떨어져 내린다.

—「목욕탕 굴뚝 위로 내리는 눈」 부분

이 시는 좁은 골목과 더러운 간판들, 무당집, 세탁소, 전당포 등이 밀집해 있는 도시 변두리의 전형적인 풍경을 담은 시의 일부이다. 보습학원에 있는 한 아이, 만화방에 있는 사내, 무당집 소녀, 예배실의 여인을 차례로 묘사하던 시선이 목욕탕 굴뚝 아래 있는 벌거벗은 사내에게 멈춰서 있다. 목욕탕 굴뚝 아래 앉아 있는 사내의 벌거벗은 몸에서 김이 피어오르고 전깃줄이 거미줄처럼 뻗어 있는 모습은 기묘한 분위기를 자아낸다. 이 시에서는 "아파트 단지와 공장 지대의 그림자와 바람의 속삭임과 불 켜진 창" 같은 익숙한 도시의 풍경조차 낯설게 그려진다. 벌거벗은 사내의 몸에서 김이 피어오르는 장면과 눈 녹은 검은 물이 목욕탕 굴뚝을 타고 떨어져 내리는 장면이 겹쳐지면서 더욱 기괴한 분위기가 증폭된다.

벤야민은 도시 내부에 요새처럼 자리 잡고 있는 대중의 삶의 모습을 보며 "어떤 얼굴도 한 도시의 진짜 얼굴만큼 초현실주의적이지 않다"고 하였다. 도시는 그 속에서 부딪치고 꿈꾸며 살아가는 대중의 무의식을 내포하고 있는 공간이다. 초현실주의 시인들은 화려하고 현대적인 도시의 외관보다 후미진 뒷골목 풍경에 매료되었는데, 그 이유는 문명사회의 이면에 감추어진 원시적인 힘이나 무의식을 발견하기 위한 것이었다.

서대경의 시에서 느껴지는 도시 공간의 초현실성은 도시의 무의식에 해당하는 가장 어둡고 후미진 뒷골목 풍경을 내밀하게 묘사하는 데서 발생한다. 도시의 뒷골목에는 정제되지 않은 날것 그대로의 삶과 욕망이 자리 잡고 있다. 그곳은 삶이라는 치열한 전투의 흔적이 겹겹이 쌓여 있는 요새이다. 적나라한 삶의 장이기에 가장 현실적인 공간이지만 원시적 생명력과 좌절된 꿈이 흘러넘치는 비현실적인 공간이기도 하다.

겨울이 시작되고 첫눈이 내리던 날 내 애인은 검은 늑대가 되어 공장 지대의 뒷골목으로 사라졌다 나는 아무에게도 그 사실을 알리지 않았다 혹한이 계속되는 나날이다 작업장 안은 기계들이 내뿜는 잿빛 연기로 가득하다 끝없이 돌아가는 컨베이어 벨트들 절단기를 들어 올리는 거친 손들 라디오에서 공장 지대에 출몰하는 늑대 떼에 관한 소식이 들려온다 나는 서 있다, 식은 커피를 들고, 통로 기둥에 일렬로 기대어 있는 작업조 동료들의 잿빛 입김 곁에서

우리는 함께 일하던 소년이 늑대로 변하는 것을 본 적이 있었다 우리는 절단기를 붙잡은 채로 소년의 쥐처럼 작고 충혈된 눈이 조금씩 검고 무거운 털로 뒤덮여 가는 것을 지켜보고 있었다 부저가 울리고, 컨베이어 벨트가 돌아가고, 소년의 겁에 질린 신음 소리가 차츰 냉혹한 광란으로 뒤덮여 갈 때 우리는 허공에서 들려오는 킬킬거리는 웃음소리를 들었다 사이렌

소리와 함께 경찰들이 들이닥쳤고 소년은 창문을 부수고 자욱한 연기로
뒤덮인 공장 앞마당을 가로질러 사라져 갔다

—「검문」 부분

이 시에서 컨베이어 벨트가 돌아가고 잿빛 연기가 가득한 작업장
이라는 현실적인 공간과 검은 늑대가 출몰하는 초현실적인 공간은 아
무 경계 없이 뒤섞인다. 공장에서 일하다 도태한 사람들은 늑대로 변
하여 공장 지대 뒷골목으로 사라졌다 가끔씩 다시 출몰한다. 절단기
를 들어 올리는 "거친 손들"은 언제든 늑대로 변할 수 있는 상태에 있
다. 함께 일하던 소년이 늑대로 변하던 순간의 묘사에서 현실과 초현
실은 극적으로 조합된다. 작업장에서 요구하는 과도한 노동을 감당하
지 못하는 순간 소년은 즉각 감시와 처벌의 대상이 되고 동물적 상태
로 내몰려 쫓겨난다. "허공에서 들려오는 킬킬거리는 웃음소리"는 다
름 아닌 "공장 기계의 톱니들이 맞물리면서 내는 소리"인데, 이는 또
한 혹독한 노동을 요구하는 억압적 현실의 이미지이기도 하다. 이러
한 현실은 사이렌 소리와 함께 출현하여 낙오자를 제압하는 경찰들과
위험분자를 경계하라고 알리는 라디오 소리로 대변되는 언론에 의해
유지된다. 그토록 철저히 통제되는 체제의 밖으로 내몰린 사람들은
늑대 떼가 되어 공장 지대를 배회한다.

이 시는 전체가 사회 현실에 대한 알레고리로 읽힐 수 있을 정도로
선명한 구도를 보여 준다. 그러나 이 시의 진정한 묘미는 억압적 현실
에 대한 비판이라는 의미보다 그러한 현실을 새로운 감각으로 느낄
수 있게 하는 독특한 분위기와 낯선 이미지에 있다. 서대경의 시는 정
확한 문장과 서사적 전개로 소설과 흡사한 사실성을 보여 주지만, 시
적인 분위기와 이미지가 풍부하다. 대부분의 시가 춥고 음산한 겨울

을 배경으로 하며 연기나 김이 자욱한 상태를 묘사할 때가 많아 비현실적인 느낌이 강하다. 이 시에서는 "어디선가 킬킬거리는 웃음소리가 들린다 바람이 불고 허공에서 얼음 냄새가 쏟아져 내린다"와 같은 분위기 묘사가 반복되면서 불길하고 냉혹한 현실을 감각적으로 드러낸다.

도시 외곽의 공장 지대 지하로부터 검붉은 파이프들이 뻗어 나온다. 눈 녹은 물과 공장 지대를 둘러싸고 있는 겨울 숲의 차가운 빛이 거미줄처럼 뻗어 있는 파이프들의 통로를 따라 뒤섞인 걸쭉한 검은 액체가 되어 도시의 중심부로 흘러들어 온다. 도시의 지하엔 거대한 기계의 수많은 톱니바퀴들이 맞물려 돌아가면서 액체를 빨아들였다가 내뿜으며 열기를 만들어 낸다. 뜨거운 검은 물이, 걸쭉하고 부글부글거리는 검은 물이 그가 앉아 있는 사무실에도 공급된다. 그것은 벽 속을 타고 흐르면서 건물의 외벽에 쌓인 눈을 녹게 하고, 온수가 나오게 하며 사무원들로 하여금 서류를 검토하게 한다. 쥐들은 지하의 파이프 근처에서 새끼들을 낳고 파이프에서 새어 나오는 증기를 따라 이동한다. 그것들은 꼽추들과 예언자들과 쥐인간들로 붐비는 지하 시장을 가로질러 간다. 그곳에서는 도시가 자라나는 소리가 잘 들린다. 그리고 시장 모퉁이의 어둠 속에 그가 앉아 있다.

—「바틀비」 부분

도시를 하나의 몸으로 묘사하면 이런 형국일 것이다. 도시 외곽 공장 지대에서 공급된 에너지가 거미줄처럼 뻗어 있는 신체 기관을 따라 중심부로 흘러들어 와 내부의 구석구석으로 퍼져 나간다. 도시의 후미진 건물 한편에 사무원들이 앉아 서류를 검토한다. 허먼 멜빌의 소설 「필경사 바틀비」에서 바틀비는 습관적인 노동에 저항하며 연명조차 거부하지만, 이 시의 바틀비는 아무 동요 없이 빠른 속도로 업무를 수행해 나간다. "기계의 수많은 톱니바퀴들이 맞물려 돌아가면서 액체를 빨아들였다가 내뿜으며 열기를 만들어" 내는 자동화된 작동 원리처럼 그의 일상은 거대한 현실의 동력 속에 놓여 있다. 이 시에서 가장 생동하는 부분은 "꼽추들과 예언자들과 쥐인간들로 붐비는 지하 시장"이다. 도시의 밑바닥을 차지하는 쥐인간들이야말로 척박한 현실에서도 본능적으로 삶의 욕망을 향해 움직여 가는 도시적 무의식을 대변한다. 꼽추들과 예언자들과 쥐인간들은 일그러진 생활 속에서도 끈질기게 삶을 영위하는 도시 요새의 주인공들이다.

서대경은 춥고 어두운 잿빛 도시의 구석구석에서 펼쳐지는 기이한 삶의 풍경들을 자신만의 분위기로 그려 낸다. 그의 시에서 현실과 초현실은 경계 없이 섞여 있거나 이음새 없이 연결된다. 그는 현실이 내포하고 있는 초현실성을 투시하거나 초현실적인 광경에서 현실을 포착한다. 도시의 가장 깊숙한 내부에서 기괴하게 살아 움직이는 삶의 욕망을 발견한다. 그는 현실과 초현실의 세계를 넘나들며 서사적 밀도와 서정적 감수성이 조합된 독자적인 스타일로 도시의 무의식을 재현해 낸다.

5. 카프카의 후예들

정재학, 강성은, 서대경의 초현실주의 시들은 개인의 몽환적 세계에 머무는 이미지의 낭비에 그치지 않고 새롭게 발견한 현실을 낯설게 드러내는 미학적 성취에 도달하고 있다. 이들의 시에서 초현실성은 현실과 분리된 다른 세계라기보다 범속한 각성에 의해 발견한 현실의 다른 모습이다. 초현실주의 시는 난해하다는 편견과 달리 이들의 시는 명료한 진술과 선연한 이미지로 이해의 범위를 크게 벗어나지 않는다. 그러면서도 전에 없었던 독특한 시선과 감각으로 새로운 미적 차원을 펼쳐 보인다. 이들의 시에 나타나는 초현실성은 현실에 대한 이해와 표현을 확장하는 방식이다. 정재학은 개인의 기억에서 상처의 기원을 탐구하는 방식으로, 강성은은 옛날이야기나 노래에서 소외된 시간의 잠재적 가능성을 일깨우는 방식으로, 서대경은 도시의 풍경에서 억압된 무의식과 생존의 욕망을 포착하는 방식으로, 각각의 개성은 다르지만 저마다 발견한 현실의 이면을 새롭게 드러내고 있다. 이들의 시는 현실에서 소외돼 있던 기억이나 시간이나 사람들을 현재성을 세계로 이끌어 낸다.

소외된 삶을 낯설게 드러내며 왜곡된 현실의 실상을 부각시킨다는 점에서 이들의 시는 카프카의 세계와 유사한 면모를 보인다. 흥미롭게도 세 시인 모두에게서 카프카의 그림자가 깃든 시들을 찾아볼 수 있다.

나는 개가 되어 짖으며 달렸다 땅바닥에 흘린 선명한 핏자국이 지나온 길을 증명했다 나는 파편이 되어 날리고 있었다
—정재학, 「카프카적인 퇴근」 부분

그레고르 잠자
그레고르 잠자
잠자, 잠자
어떤 가엾은 이의 이름을 부르며
혀 잘린 새들이 나무 위에 앉아 운다
—강성은, 「카프카 정원의 나무들」 부분

「이상한 일이구나. 한참을 올라도 사다리는 끝나지 않고, 보이는 건 불 붙은 쇠테 곁에 도사린 사자뿐이구나. 오늘 밤은 고되구나. 오늘 밤은 무섭구나. 가련한 꼽추 광대의 줄타기를 위해 사다리가 이렇게 높으니, 관객들의 야유 소리만 더욱 요란하구나.」「떨어져라, 꼽추 새끼, 떨어져 버려라.」 단장이 내리치는 채찍 소리가 잿빛 연기 사이로 어둡게 번뜩인다.

—서대경, 「서커스의 밤」 부분

정재학의 시에서는 생활에 찌든 카프카적인 직장인이 나온다. 퇴근 버스에 갑자기 수의사가 나타나 그에게 폭력적인 수술을 행하다 사라지고 가슴이 열린 채로 따라 내린 그는 개가 되었다가 핏자국을 남기며 사라진다. 카프카의 「변신」에서처럼 초현실적인 변신이 이루어지면서 현실의 강한 압력을 감각적으로 재현해 낸다. 강성은의 시에서도 카프카의 「변신」에 나오는 그레고르 잠자를 끌어온다. 평생 고달프게 일하다 벌레가 된 후에는 가차 없이 버려지는 그레고르 잠자에 대한 연민과 망각된 시간에 대한 애도를 노래한다. 서대경의 시에는 카프카의 「단식 광대」를 연상시키는 광대가 등장한다. 굶주림의 한계에 도전하며 관객을 열광시켰던 광대가 정작 자신의 만족을 위해 단식을 하면서부터 급속도로 관심 밖으로 사라져 결국 자신이 깔고 있던 지푸라기와 함께 쓸려 없어진다는 허무한 이야기이다. 서대경의 시에서도 광대는 종말을 예감하고 있다. 서대경의 시답게 도시의 불빛과 공장 굴뚝과 질주하는 기차를 바라보는 광대의 눈길을 통해 비정한 도시의 풍경이 투영된다.

카프카의 현대성은 현실과 초현실의 경계를 무화하는 과감한 상상력과 인간의 소멸을 직시하는 도저한 회의주의에 있다. 그는 현실보다 더 현실적인 초현실의 세계를 구축해 냈다. 초현실주의의 생명력은 현실을 얼마나 새롭게, 투철하게 그릴 수 있느냐에 달려 있다. 이는 우리 초현실주의 시의 미학적 가능성을 열어 보인 세 시인들이 지속적으로 안고 가야 할 문제이기도 하다.

2010년대 서정시와 질문의 확장성

1.

서정시는 가장 오랫동안 또 가장 두텁게 우리 시의 지층을 형성해 왔지만, 그 비중이나 성향은 시대마다 변모를 거듭해 왔다. 가령 정치적 성향이 강했던 1980년대는 서정시들에도 내밀한 정치적 무의식의 흔적이 자리 잡고 있다. 문학장 전체의 분위기에 따라 무게중심이 변화하고 서정시의 영역에서도 그러한 차이는 민감하게 반영된다. 1980년대에 비해 정치적 성향이 옅어지는 1990년대는 이른바 '신서정'이라 부르는 유행이 형성될 정도로 서정시가 약진하는 시기이다. 정치적 무게를 덜어 낸 서정시는 감각이나 정서의 민감성에 한결 집중하며 미학적으로 비약적인 성취를 이루게 된다. 2000년대 중반까지는 이런 분위기가 지속되면서 서정시의 저력이 확인된다.

1990년대 이후 십여 년 이상 정밀한 세련의 과정을 통해 미학적으로 완숙되어 온 서정시는 2000년대 중반 이후 소위 '미래파'로 불리는 새로운 시적 파동에 의해 변화를 겪게 된다. 미학적 전위의 출현은 전체적인 감각의 축을 이동시킬 수 있는데, 2000년대 실험시가 일으킨 파장은 상당하다. 이 새로운 시들은 오랫동안 서정시의 중심을 이루고 있던 '서정적 자아'의 지위를 흔들고 '시적 주체'라는 개념을 창출한다. 서정시 특유의 '자아'가 지닌 단정하고 불변하는 일인칭의 목소리와 달리 '주체'는 '타자'와 함께 작용하며 다변하는 여러 목소리를 내포한다. '시적 주체'로 인해 우리 시는 전례 없이 다양한 존재들의 역동적인 출현을 표현할 수 있게 되었다.

'시적 주체' 개념의 부상은 서정시의 암묵적인 기율을 흔드는 충격파로 작용하게 된다. 자명했던 바탕이 동요를 일으키면서 서정시의 작법을 전반적으로 되돌아보게 하는 자극을 준다. 강한 파동이 생기면 고요했던 호수가 흐려지며 한바탕 자리바꿈이 일어나는 것과 비슷한 현상이다. 오랜 전통 속에서 견고하게 굳어진 서정시의 형식적·정서적 바탕에도 미세한 균열이 생기고 간혹 전면적인 조정이 이루어지기도 한다.

2010년대의 서정시는 2000년대 이후 '미래파'나 '시와 정치'와 관련된 논의로 들썩거렸던 시단의 분위기와 무관하지 않게 새로운 방향성을 모색하는 양상을 보인다. 1990년대 '신서정'에서 2000년대 중반 문태준의 『맨발』과 『가재미』에 이르기까지 절정기[1]를 구가하며 미학적 완결성에 전력을 기울였던 것과 달리 크고 무거운 질문에 몰입하는 암중모색의 양상을 띤다. 이전의 서정시가 '잘 빚어진 항아리'

---

[1] 신형철에 의하면 한국시에서 2000년대는 두 번의 결정적인 변곡점을 지나는데, 문태준이 두 번째 시집 『맨발』을 출간하고 세 개의 문학상을 연달아 수상하며 서정시의 영광이 절정에 이른 2004년과 황병승이 첫 시집 『여장남자 시코쿠』를 출간하여 2000년대 시사를 그 시집 이전과 이후로 나누어 버린 2005년이 그것이다. 신형철, 「2000년대 한국시의 세 흐름—깊어지기, 넓어지기, 첨예해지기」, 김윤식 외저, 『한국현대문학사』, 현대문학, 2016, 665쪽 참조.

처럼 미학적으로 완숙의 형태에 가까웠다면 2010년대의 서정시는 오히려 부정형의 애매한 상태로 전에 없었던 낯선 형식을 시도하는 것으로 보인다. 완결된 구조로 완결된 답변을 내포하고 있는 이전의 서정시에 비해 2010년대의 서정시는 불완전한 구조 속에서 대답하기 힘든 어려운 질문들을 행한다. 일상의 관찰에서 길어 올린 의미 있는 성찰을 구조화해 온 우리 서정시의 지배적인 방식에서 벗어나, 완결되기 힘든 큰 질문을 던지고 그 대답을 열어 놓는 구조의 변화가 주목된다. 1990년대 이후 서정시의 세련과 완숙에 각별히 기여해 온 장석남, 문태준, 나희덕, 최정례의 2010년대 시들을 통해 그 변화의 양상을 포착해 보도록 한다.

2.

　장석남은 1990년대 '신서정'의 부상을 대표했던 시인이며 특유의 탁월한 감각으로 지금까지 쉼 없이 서정시의 미학적 가능성을 실현해 왔다. 그는 2010년대에도 『고요는 도망가지 말아라』(2012), 『꽃 밟을 일을 근심하다』(2017) 두 권의 시집을 내놓았다. 장석남이 펼쳐 보인 섬세하기 그지없는 서정적 기질은 첫 시집의 시들, 특히 「새 떼들에게로의 망명」에서부터 인상 깊게 표출된 바 있다. "찌르라기 떼가 왔다/쌀 씻어 안치는 소리처럼 우는/검은 새 떼들"로 시작되는 선연한 감각의 작용은 우리 서정시의 전통 속에 지울 수 없는 하나의 풍경을 새겨 놓았다. 장석남은 서정시의 익숙한 전통을 승계하면서도 거기에 자신만의 섬세한 언어 감각을 발휘하여 새로운 차원의 서정성을 선보였다. "대지적 삶에 뿌리내린 원적(原籍)의 세계"[2]를 구심력으로 삼는

---

2 이광호, 「1990년대 시의 지형」, 김윤식 외저, 『한국현대문학사』, 617쪽.

그의 시는 시간이 지날수록 더욱 융숭 깊은 정신의 경지를 드러내 보인다. '고대(古代)'라는 아득히 먼 시간을 향한 지속적인 탐구에는 그의 독자적인 세계가 자리 잡고 있어 더욱 주목된다.

> 나에겐 쇠 뚜드리던 피가 있나 보다
> 대장간 앞을 그냥 지나칠 수 없다
>
> 안쪽에 풀무가 쉬고 있다
> 불이 어머니처럼 졸고 있다
> ——침침함은 미덕이니, 더 밝아지지 않기를
>
> 불을 모시던 풍습처럼
> 쓸모도 없는 호미를 하나 고르며
> 둘러보면,
> 고대의 고적한 말들 더듬더듬 걸려 있다
>
> 주문을 받는다 하니 나는 배포 크게
> 나라를 하나 부탁해 볼까?
> 사랑을 하나 부탁해 볼까?
> 아직은 젊고 맑은 신(神)이 사는 듯한 풀무 앞에서
> 꽃 속의 꿀벌처럼 혼자 웅얼거린다
>
> ——「대장간을 지나며—古代」 전문

'대장간'이라는, 이제는 어느새 유적 같은 풍경이 되어 버린 장소 앞에서 그는 남다른 느낌을 받는다. 그리고 그 느낌의 근원을 추적해

보려 한다. 대장간 앞에서 발길이 머무는 자신을 들여다보며 '나는 누구였나? 어떤 삶을 살았는가?'라는 의미심장한 질문을 행하게 된다. 과연 그에게 대장간이라는 장소는 프로이트적인 개인 무의식과 융적인 집단무의식이 절묘하게 융합될 수 있는 상징적 공간이다. 대장간의 안쪽에서 고요히 쉬고 있는 풀무와 불에 대한 묘사는 자연스럽게 「새 떼들에게로의 망명」에 나오는 '아궁이'를 연상시킨다. 아궁이라는 근원적이고 모성적인 공간은 이 시에서 풀무와 불의 이미지로 연결되고 있다. 이러한 연결이 가능한 것은 아궁이와 관련하여 "아직솥을 닫고 그 자리에 섰는 소년이여/벽 안의 엄마를 공손히 바라보던허기여"(「녹슨 솥 곁에서―古代」)와 같은 개인적 경험이 감각적 실체로 남아 있기 때문이다. 아궁이와 솥에 얽힌 개인적 경험은 대장간의 풀무와 불을 먼 옛날의 흔적으로만 바라보지 않게 한다. 오래된 풍물을 향한 그의 각별한 애호가 고현학에 머물지 않고 현재의 삶을 반성할 수있는 거리 감각으로 작동할 수 있는 것도 이처럼 감각적으로 체득한삶의 본바탕에 대한 인식에 기인한다. 아궁이 앞에서 쌀을 씻어 안치던 어머니나 쌀이 없어 벽 안쪽에서 숨죽이고 있던 어머니나 그의 기억 속에는 애틋하게 자리 잡고 있다. 침침함과 밝음, 쓸모없음과 쓸모있음, 느림과 빠름과 같은 전근대와 근대의 차이에서 그가 끌리는 것은 오래된 쪽이다. 오래될수록, 어눌할수록 더욱 좋다. 그때는 "아직은 젊고 맑은 신"이 역사의 풀무질을 준비하던 시간이고 우리는 아직 "꽃 속의 꿀벌처럼" 직면한 삶에 만족하며 살 수 있었던 시간이다. 대장간의 고요한 풀무와 불이 일깨운 것은 만족을 모르는 근대의 욕망이 깨어나기 이전의 단순하고 자족적인 삶의 기억이다. 그의 시는 우리의 집단무의식 깊숙이 자리 잡고 있는 그 원초적인 삶의 감각을 환기함으로써 현재의 삶을 근본적으로 되돌아볼 수 있게 한다. '고대'라는 오래된 시간에 대한 그의 탐구가 묵직하게 다가오는 것은, "나의 스러짐/이것은 무엇입니까?"(「눈사람의 스러짐」)라는 가장 절실한 존재론적 질문과 맞닿아 있기 때문이다.

3.

　문태준의 2000년대 시는 한국 서정시가 도달할 수 있는 절정의 경지를 보여 준 것으로 평가받는다. 그렇기에 그는 스스로 자신을 넘어서야 하는 난제를 안을 수밖에 없었다. 이런 난처한 상황 속에서 맞이한 2010년대에도 그는 정진을 거듭하여 『먼 곳』(2012)과 『내가 사모하는 일에 무슨 끝이 있나요』(2018) 두 권의 시집을 내놓았다. 문태준도 장석남처럼 지금까지의 시와 전혀 다른 새로운 방향을 모색하기보다는 기존의 시 세계를 확장하고 심화하는 변화를 보여 준다. 이전의 시들에서 서정성이 충만한 성찰의 시들로 감응을 일으켰다면 2010년대의 시들에서는 화두를 붙들 듯 존재와 시간에 대한 집요한 질문을 행한다.

　　　조용한 길과 마른 덤불이 내 앞에 있네
　　　길도 덤불도 어제오늘 헐겁고
　　　시간은 거기를 지나가네
　　　이 며칠 나는 그것을 찬찬히 보았네
　　　나라고 불렀던 어떤 무리는 점점 줄어들고
　　　나는 한번 내쉬는 큰 숨이 되어
　　　이제 사방으로 흩어질 수 있네
　　　둥그런 윤곽은
　　　물렁물렁해지고 흐릿흐릿해졌네 누군가

나를 떼어 내 그 무엇과도 알맞게 섞을 수 있고

그리하여 나는 무엇이든 될 수 있네

—「공백(空白)」 전문

   '공백'이라는 관념어를 과감하게 제목으로 삼은 것이나 '시간'이나 '나'에 대한 사유의 과정을 직접적으로 드러내는 것도 이전의 시들과는 달라진 점이다. 구체적이고 객관적인 상관물을 통해 사유에 형상을 부여하는 전형적인 서정시의 작법에서 벗어나 사유의 흐름에 집중하고 그것을 그대로 보여 주는 식의 변화가 두드러진다. "조용한 길과 마른 덤불" 같은 고졸한 풍경은 그의 사색에서 배경을 이루는 동시에 핵심이 된다. 묵상하듯 길과 덤불을 바라보고 있는 그에게 이 공간은 곧 시간이 된다. 거기를 지나가는 시간은 그가 바라보고 있는 길과 덤불 그 자체이다. 그리고 그것은 시간의 궁극적 모습이기도 하다. 하나의 길처럼 연속되어 있으며 마른 덤불처럼 생멸이 혼융된 상태에 이를 시간. 집중된 명상 속에서 시간과 공간이 합치되는 비일상적인 순간을 일별할 수 있는 것처럼 오랜 명상은 '나'라는 존재의 무한한 변전을 간파할 수 있게 한다. 시간이 지나는 길목에서 바라본 '나'는 상주불멸(常住不滅)의 실체가 있다고 믿는 집착에서 벗어나 사방으로 흩어질 수 있는 자유로운 존재가 된다. 둥그런 윤곽조차 흐려지고 연해져 무엇과도 섞일 수 있는 상태에 이른다. 무한한 시간과 혼융된 '나'는 아집(我執)에 빠져 있는 현생에서 벗어난 아공(我空)을 깨닫는다. 공백(空白)으로서 무수히 몸을 바꾸며 무엇으로도 될 수 있는 '나'를 발견하자 만물의 영장이라는 인간과 미물을 가르는 차별이 없어진다. "내려오니 모든 게 수월했다/풀밭 속 풀잎이 되고 나니/풀잎의 체온을 얻고 나니"(「아래로 아래로」)의 풀잎처럼 낮은 곳에 임하는 존재의 무욕과 평온을 감지할 수 있게 된다.

'나란 무엇인가? 나란 무엇이 될 수 있는가?'와 관련된 문태준의 질문은 실상 지금, 이곳에서의 삶에 관한 질문과 맞닿아 있다. "만일에 내가 지금 이곳에 있지 않았다면/창백한 서류와 무뚝뚝한 물품이 빼곡한 도시의 캐비닛 속에 있지 않았다면/맑은 날의 가지에서 초록 잎처럼 빛날 텐데/집 밖을 나서 논두렁길을 따라 이리로 저리로 갈 텐데"(「지금 이곳에 있지 않았다면」)에서처럼 도시의 황폐한 일상에 지친 자신을 돌아볼 때 예측되는 이러한 삶의 허무한 결과와 관련된다. 2010년대 문태준의 시에는 전에 보이지 않던 도시적 일상의 그늘이 드리워 있다. 피폐한 현실을 괄호 속에 넣고 온화하고 자연 친화적인 서정시의 미학을 빚어내던 이전의 시들에 비해 현실의 불협화음을 섞고 다른 세상을 향한 희구를 드러내기도 한다. 무한히 지속될 시간에 대한 궁구가 현재의 좁고 닫힌 삶에 대한 부정과 방황을 촉발한 것이리라. 이제 그는 알람 시계의 전원을 끄고, "고요하고 사랑의 감정으로/가고 가는 행인(行人)으로서/가되 어차피 덜 도달하게 되리라는 예감으로"(「티베트 노스님의 뒤를 따라 걷다」) 걸어 나간다. "어차피 덜 도달하게 되리라는 예감"이야말로 시인으로서의 그의 길에는 축복이 될 것이다. 시는 깨달음보다는 계속되는 질문을 통해 정진할 수 있기 때문이다.

4.

나희덕은 1990년대부터 근원적인 생명을 향한 깊고 따뜻한 성찰의 시선을 담은 서정적인 언어로 주목받았는데 근래에는 이전과 다른 상당히 파격적인 변신이 눈에 띈다. 2010년대 들어 『말들이 돌아오는 시간』(2014), 『파일명 서정시』(2018) 두 권의 시집을 내놓았다. "한때 나는 뿌리의 신도였지만/이미 허공에서 길을 잃어버린 지 오래된 사람"(「뿌리로부터」)이라는 선언에 그간의 변화가 상징적으로 함축되어 있다. 생명과 존재의 근원을 향해 끝내 회귀하던 나희덕 시의 안정된 시상과 편안한 어조는 이제 끝없이 방황하고 산만하게 흩어지려 한다. 그녀는 편안하게 뿌리로 회귀하던 마음의 움직임을 바꾸어 뿌리로부터 달아나려는 마음의 행방을 그대로 따라가 보려 한다. 그리고 그 예민한 촉수의 끝에서 만나는 것은 온갖 '관계'들의 다양한 얽힘이다. "그녀의 산책은 자꾸 길어지고/창문들은 매일 다른 표정을 들려주고/창문 너머 그들은 불현듯 타인의 얼굴로 찾아오고"(「창문성」)에서 "그녀의 산책"은 뿌리로 회귀하지 않고 줄기처럼 무한히 뻗어 나가는 새로운 관심의 향배와 일치한다. 뿌리라는 원점을 향한 단일한 지향성에서 자유로워지자 산책길에서 만나는 모든 창문이 다채롭고 흥미롭게 다가온다. 창문은 안과 밖의 시선이, 주체와 타자의 대면이 이루어지는 장소이다. 이제 그녀의 산책은 자신의 내면을 들여다보는 성찰의 시간이 아니라 타자의 얼굴과 마주하는 만남의 시간이 된다. 뿌리에서 줄기로 걸음을 옮긴 나희덕 시의 변화는 자아동일성의 확충에 집중되어 있던 이전과 달리 주체와 타자의 관계에 대한 탐구로 관심의 축이 이동한 것과 관련이 깊다.

타자의 얼굴을 외면하지 않고 마주하게 되자 너무 많은 고통과 참담한 죽음과 피할 수 없는 절망이 다가오게 된다. "나날들이 나달나달해졌다/끝까지 사람으로 남아 있자는 말을 들었다"(「나날들」)고 할 정도로 혹독한 시련이 휘몰아친다. 세월호 같은 끔찍한 환란과 지진 등의 재난 속에서 조각나거나 더듬거리는 말들이 그녀가 열어 둔 시의 문으로 위태롭게 드나든다. 고요하고 단아했던 그녀의 시는 찢기고 동강 난 말들의 시끌벅적한 수용소가 된다. 그녀는 이 '축생도의 기나긴 우기' 속에서 어떻게 끝까지 사람으로 남아 있을 수 있는지,

시는 과연 무엇을 할 수 있는지를 묻는다.

　　당신은 단식을 일종의 예술이라고 생각하나요?
　　당신의 무위는 누구를 위한 것입니까?

　　아무것도 먹지 않는 것
　　아무 일도 하지 않는 것
　　아무 말도 하지 않는 것

　　당신은 도망치고 있습니까?

　　(중략)

　　도망자 야곱처럼
　　피난민으로 소년병으로 탈영병으로 필경사로 실업자로 도망치고 도망
치고 도망치고 도망치고 도망치다 마침내 도망자의 삶을 완성하려는 당신

　　당신은 삶이 예술이 되는 순간을 정말 알고 있습니까?
　　단식은 당신이 택한 마지막 도망의 형식입니까?

　　그 출구가 당신 눈에는 보입니까?
　　　　　　　　　　　　　　　　　　　　　　　—「단식 광대에게」 부분

　　카프카의 단편소설 「단식 광대」에서는 단식을 자신의 업으로 실천
하다 죽은 기이한 광대의 인생이 그려진다. 위 시는 그 소설의 주인공

인 단식 광대에게 그렇게 살다간 이유를 묻는 형식으로 쓰여 있다. 축생도에서 우글거리는 탐욕스러운 무리에 비하면 단식 광대가 실천한 무위의 삶은 신선한 충격을 준다. 무위의 삶을 살아가는 무해한 사람으로서 단식 광대는 어쩌면 삶을 예술로 승화한 것일 수도 있다. 멜빌의 소설 「필경사 바틀비」에 나오는 필경사 역시 아무 일도 안 하는 편을 택하겠다는 이상한 선택을 고집한다. 단식 광대나 필경사가 행한 무위의 삶은 도망자, 피난민, 소년병, 탈영병, 실업자와 같은 헐벗은 타자들의 얼굴과 겹쳐지며 어떻게 살 것인가, 또는 죽을 것인가라는 난제를 던진다. 그들이 보여 준 것처럼 삶이 곧 도망의 형식이라면 죽음이야말로 축생도에서 벗어날 유일한 출구가 아닐까?

"귀를 틀어막고 지나는 사람들이여/이 노래를 들어 보세요//싸이렌의 노래를//우리는 저마다 기울어지는 난파선이니/깜박이는 불빛으로 다른 난파선을 비추는 눈동자이니/가라앉는 손을 잡는 또 하나의 손이니//어서 들어오세요//우리의 피로 빚어진 붉은 텐트 속으로"(「붉은 텐트」)에서 그녀는 어느새 사이렌이 되어 귀를 틀어막는 사람들을 유혹하는 귀기 어린 노래를 부른다. 그녀에게 시는, 기울어지는 난파선을 외면하며 지나가는 사람들을 일깨우고 난파선에서 가라앉는 손을 잡는 또 하나의 손이 되어 함께 죽음을 맞이하는 의식이다. 그녀는 자신의 심장을 파고든 타인의 죽음을 통해 시는 무엇을 할 수 있는지를 처절하게 묻고 "으깨진 살과 부르튼 입술로" 그 슬픔을 노래한다. 시가 어떻게 타인의 삶 또는 죽음과 함께할 수 있을까라는 물음은 한동안 그녀의 시를 격렬하게 추동해 갈 것으로 보인다.

5.

최정례는 일상의 틈새를 꿰뚫는 예리하고 간결한 언어로 개성이 넘치는 서정시를 선보여 온 시인이다. 존재의 근원을 향한 귀소성이 강한 전형적인 서정시들과 달리 그녀의 시는 일상의 균열을 파헤치되 서둘러 봉합하지는 않는 냉철한 시선을 유지한다. 그렇지만 그녀는 고도로 정제된 밀도 있는 언어를 구사하며 서정시 고유의 절제의 미학을 구축해 왔다. 그런데 『개천은 용의 홈타운』(2015)에서는 전면적인 변화를 감행한다. 의도적으로 산문시를 실험하며 발산의 형식을 시도한다. 2010년대 최정례의 시는 '산문시는 어떻게 시가 될 수 있는가?'라는 과감한 질문에 대한 모색의 과정으로 점철된다.

최정례의 산문시는 형식 면의 실험성이 두드러지지만, 그동안의 시 세계와 전혀 다른 것은 아니다. 오히려 일상의 균열이 더 이상 절제의 미학으로 감당하기 힘든 지경에 이르자, 그 터져 나오는 내면의 소리들을 산문의 너른 품으로 거두어 낸 것에 가깝다.

　시아버지 장례식을 치를 때 문상객 중에 신발 잃어버린 사람이 셋이나 있었다. 조카애들이 열심히 신발을 정리했는데도 그랬다. 상주는 상갓집에서 신발을 잃어버린 불길한 마음을 달래 줘야 한다고 그들에게 구두표를 보내 주었다. 꿈속에서도 누군가 이 꿈 밖으로 그런 것을 보내 준다면 당장 그 집으로 달려가 날개옷에 꽃무늬 그 구두를 다시 신고? 그럴 리는 없겠지. 그런데 낙타는 무슨 수로 꿈의 그 바늘구멍을 통과했을까.

　　　　　　　　　　　　　　　　　　　　　　　　　　　　─「꿈땜」 부분

최정례의 산문시에는 유난히 꿈에 관한 이야기가 많이 나오고 꿈과 현실이 자유롭게 넘나든다. "지금 흐르는 이 시간은 한때 어떤 시간의 꿈이었을 거야. 지금 나는 그 흐르는 꿈에 실려 가면서 엎드려 뭔가를 쓰고 있어. 곤죽이 돼 가고 있어."(「시간의 상자에서 꺼내어 시간의 가장 귀한 보석을 감춰 둘 곳은 어디인가?」)라는 진술로 알 수 있듯, 시인에게 꿈과 현실은 시간의 강물에서 하나의 물결이 또 다른 물결로 이어지 듯 한 덩어리를 이루고 있다. 꿈의 해석에서 되도록 많은 꿈 장면들을 낱낱이 펼쳐 놓고 볼 때 감추어졌던 무의식이 선명하게 떠오르는 것처럼 시인은 시간의 꿈에 실려 가면서도 그 갈피갈피에서 결정적 순간들을 찾아내려 한다.

「꿈땜」의 인용한 부분은 3연으로 이루어진 시의 마지막 연에 해당한다. 1연에서는 죽은 친구의 신발을 신고 좋아하는 꿈을 꾸고는 무서운 생각이 들어 식구들에게 조심하라고 했다는 이야기, 2연에서는 꿈의 텅 빈 구멍을 메우기 위해 현실이 몰려가는 꿈땜에 대한 사유가 펼쳐진다. 그리고 위 3연에서는 시아버지 장례식이라는 현실에서 신발을 잃어버린 문상객들이 있어 구두표를 보내 불길한 마음을 달래 주었다는 경험을 떠올리며 꿈속에서도 그런 일이 가능하다면 당장 그 구두를 다시 신고 싶다는 소망을 토로한다. 마지막 연에 나오는 현실의 구두와 1연에 나오는 꿈속의 구두는 이렇게 이어진다. 구두를 잃어버리는 꿈은 흉몽이라는 속설이 현실에 영향을 미쳐 구두표를 보내 주게 될 정도로 꿈과 현실은 단단히 이어져 있다. 그러나 꿈에서 현실로 구두표를 보내 주는 일은 없다. 꿈은 현실에 닥칠 불길한 예감과 전언만을 전달할 뿐이다. 최정례 시에 등장하는 꿈은 흉몽뿐이며 불길한 현실에 대한 예감으로 넘쳐흐른다. "수시로 컴컴한 안개가 몰려온다, 설탕물같이, 독액같이, 더러운 시같이 끈적끈적."(「릴케의 팔꿈치」)에서의 혼탁한 느낌처럼 불길한 꿈이, 현실이 흐르는 시간의 강물 속에 시인은 잠겨 있다. 이 끈적끈적한 느낌을 전달하기 위해 시인은 부득이하게 산문시를 시도한다. 산문이라면 시인을 붙들고 있는 숱한 상실감과 절망과 분노를 한결 자유롭게 풀어낼 수 있다. 그러나 산문시는 엄연히 '시'이기에 시가 될 수 있는 몸으로 만들기 위해 돌아보고 또 돌아봐야만 한다. 그리하여 그녀의 산문시 실험은 역설적이게도 서정시와의 거리를 끝없이 가늠해 보는 자기 검열의 장치 속에서 작동할 수밖에 없다. 누구보다도 치열하게 서정시의 미학을 실현하고 또 의심해 온 시인이기에, 산문시는 어떻게 시가 될 수 있는가라는 이 새로운 질문은 아직 미답이었던 서정시의 영토를 한껏 넓히게 될 것이다.

6.

2010년대의 서정시에는 시와 삶에 대한 근본적인 질문들이 내장되어 있다. 질문이란 기존의 문제틀이 제대로 작동하지 않을 때 새롭게 제기되는 변화의 필요성과 결부된다. 2010년대의 세상은 기계와 정보의 급성장으로 문명의 교체기에 가까운 충격과 혼란을 겪으며 '인간이란 무엇인가?', '인류의 미래는 어떻게 변할 것인가?'와 같은 빅 퀘스천을 떠올릴 수밖에 없는 시기였다. 무서운 속도로 진화하는 기술문명에 비해 악화일로의 계층 간 격차나 무력하기 그지없는 국가기구의 실상을 목도하면서 현실에 대한 위기의식은 더욱 가중되었다. 현실의 변화에 직접적으로 반응하기보다는 자율적인 미학의 영역을 고수하고 있던 서정시의 자장으로도 변화의 물결은 밀려들어 왔다. 밖으로는 거대하게 몰려오는 새로운 시대의 파고에 휩싸이고 안으로는 서정시의 오랜 중심을 이루던 자아동일성에 대한 회의에 직면하면서 우리 서정시는 시와 삶에 대한 근본적인 질문을 시작하지 않을 수 없게 되었다. '나는 누구였나? 어떤 삶을 살았는가?'라는 장석남의 질문, '나란 무엇인가? 나란 무엇이 될 수 있는가?'라는 문태준의 질문, '이 축생도에서 어떻게 끝까지 사람으로 남아 있을 수 있는가? 시는 과연 무엇을 할 수 있는가?'라는 나희덕의 질문, '산문시는 어떻게 시가 될 수 있는가?'라는 최정례의 질문 등이 그것이다.

질문이 향하는 불확실하고 폭넓은 대상을 모색하는 과정에서 시적 에너지는 팽만하게 확장된다. 오래 궁굴려 완숙하고 절제된 답변을 내놓을 수 있었던 서정적 자아의 권위가 사라지는 대신 힘겹게 새로 묻고 골똘히 생각하는 과정에서 낯선 언어들이 생성되고 확산한다. 이런 질문의 확장성 속에는 기존의 서정시에서 다소 기피되었던 철학적 사유와 관념적 언어들의 시적 가능성이 실현되고 있어 주목을 요한다. 우리 서정시의 확장 과정에서 사유의 깊이와 치열성은 긴요한 버팀목이 되어 줄 것이다. 질문의 형식은 시의 구조에도 영향을 준 것이 분명하다. 간결하게 절제되어 비슷비슷한 형태를 보였던 이전 시들보다 훨씬 다양하고 특이한 양상들을 살필 수 있다. 답변이 준비되어 있는 결구를 향해 효율적으로 조직되고 완결되었던 이전의 시들에 비해 질문으로 점철되거나 미완의 답을 향해 열려 있는 불완전한 구조들이 자리 잡는다. 이러한 구조의 변화와 맞물려 서정시 특유의 내밀한 리듬도 새로운 감각의 소리들로 변주된다. 질문을 내포한 서정시는 이처럼 기존 서정시의 미학을 상당히 변화시키고 있다. 2010년대의 서정시는 전통서정시의 미학을 완숙의 경지로 끌어올렸던 바로 그 지점에서 스스로 변화를 감행하며 미지의 가능성을 향해 확장되고 있다.

'나'의 자각에서 '나들'의 발견까지
―젠더 관점으로 보는 허수경과 김선우의 시

1.

"여성은 태어나는 것이 아니라 만들어지는 것"이라는 보부아르의 유명한 문장은 생물학적 개념인 성(sex)과 사회적 개념인 젠더(gender)의 차이를 선명하게 구분해 보인다. 여성성이 사회문화적으로 생산된 개념일 뿐 고정불변하는 것이 아니라는 생각은 여성에 대한 억압과 차별에 저항할 수 있는 중요한 논거가 된다. 오랜 가부장제 사회에서 남성에 비해 열등한 위치에 있었던 여성의 지위는 생물학적인 차이보다 문화적으로 구축된 것이다. 여성은 '여성스러움'을 강요하는 사회적 억압을 은연중에 수용하고 지속적으로 학습하며 길들었다는 것이다.

젠더 문제는 인간의 모든 경험과 생산에 작용하기 때문에 문학도 예외는 아니다. 가부장제에서 중심을 차지했던 남성적 사고와 언어의 질서 속에서 여성은 오랫동안 타자로 소외되어 왔다. 여성 작가들이 글쓰기를 하면서 여성으로서의 의식을 지우지 못하는 것은 그들이 사용해야 하는 언어 자체가 남성적인 이데올로기를 반영하고 있기 때문이다. 이러한 근본적인 문제의식에서부터 출발해야 하므로 지배적인 이데올로기에 저항하는 여성들의 글쓰기에는 치열한 자의식이 깃든다.

가부장적인 사회의 고정된 젠더 개념에서 벗어나기 위해서는 그러한 제도의 영향력을 이해하고 부당한 억압에 저항하며 변화를 도모해야 한다. 이는 실질적으로는 지배 이데올로기의 바깥에서 개인의 주체성을 발견하는 일이라 할 수 있다. 주체성은 세상을 바라보는 독자적인 경험에서 형성되며, 자신과 타자에 대한 이해의 근본적인 방향을 결정한다. 주체성은 자신의 눈으로 세상을 보는 방식이지만, 그 시선에 작용하는 지배 질서를 인식하지 못한다면 자족적인 상태에서 벗어나기 힘들다. 지배 이데올로기의 영향력 안에 있으면서 그 바깥에서 주체성을 찾기 위해서는 그 안과 밖의 관계를 역동적인 국면으로 파악하고 끊임없이 의식할 필요가 있다. 가부장제의 지배 안에서 살아가는 여성 작가들이 여성 주체로서 자신을 의식하면서 글을 쓰는 것은 그 때문이다.

이 글에서 살펴보려고 하는 허수경과 김선우는 젠더의 관점으로 볼 때 흥미로운 대상이다. 이들은 이전 세대의 여성문학이 보여 준 가부장제에 대한 격렬한 저항과 달리 오히려 헌신과 포용의 자세를 견지하는 전통적인 여성상을 제시하면서 등장한다. 그 때문에 이들의 시는 여성 의식과 관련하여 논란의 여지가 많다.

허수경의 시에 대해서는 "독립적 개체로서의 여성성, 남성에게 매여 있지 않은 독립적 자아의 정체성을 의미하는 처녀신의 심성으로 여성성을 획득하였다"(김정란), "'신음하며 감싸 안는 大母女神'의 정신이라고 부를 만한 존재를 떠올리게 하는 요소가 담겨 있다"(정효구), "불우한 영혼의 전망 없는 세계를 슬픔과 연민의 힘으로 껴안는 모성적 넉넉함이 있다"(김진수) 등 특유의 여성성과 모성성에 대해 적극적인 의미 부여가 있었다. 허수경의 시는 여성의 몸에 각인된 상처의 기억을 보유하면서도 사회적 젠더 체계의 갈등 구조를 빗겨나 있다. 여성 억압에 치열하게 대결해 온 이전 여성주의 문학의 관점으로 보자면, 여성에 대한 고정된 젠더 이미지를 재현하고 남성의 구원자로서 호출되는 타자로서의 여성을 미화했다는 혐의를 둘 수도 있다.

김선우의 시에 대해서는 "여성적 글쓰기의 긍정적 차이와 해체를 보여 주는 또 하나의 새로운 전범이다"(김승희), "가부장적인 중심 담론과 패러다임 바깥에서 자신의 시적 사유를 전개하고 있다"(김춘식), "김선우는 살아 있는 몸을 신전으로 하여 뭉클한 생명의 향연을 펼치는 샤먼이라고 할 수 있다"(김수이) 등의 긍정적인 평가와, 김선우 시에 드러나는 관습적 모성이 "여성의 타자적 삶의 영속화를 기도하는 지배적 모성 이데올로기와 합치되는 시각에 불과하다"(정문순), "자연과 모성에 '희생적이고 허여적인 존재'라는 신화를 덧씌우는 행위일 수 있다"(허윤진) 등의 부정적인 평가가 극명하게 대립한다.

허수경과 김선우의 시에 두드러지게 나타나는 모성성은 젠더의 관점에서 볼 때 자주 논란의 대상이 된다. 여성성 중에 모성성은 쉽게 부정하기 힘든 가치이자, 바로 그 때문에 여성 억압의 원천이 될 수도 있기 때문이다. 모성은 여성의 주체성과 완전히 동일시하거나 대립적으로 볼 때 모두 문제를 일으킨다. 여자이자 어머니인 여성의 다면적인 속성을 고려하지 않고서는 일방적인 이해에 그치기가 쉽다. 또한 여성이나 모성으로서의 주체가 살아가고 있는 구체적인 삶의 현장을 배제하고는 충분한 이해에 도달하기 어렵다. 지배 이데올로기의 바깥에서 개인 주체성의 한계를 따지는 것은 선명한 결론을 도출해 낼 수 있게 하나 자칫 현실과 유리된 주장에 그칠 우려가 있다. 여성 주체가 가부장제의 질서 안에서 살아가면서도 그 바깥을 상상하며 간절하게 꿈꾸는 변화의 가능성에 주목해야 할 것이다. 젠더 의식이 도달하려는 궁극적 지점이 남성과 자리를 바꾸는 것이 아니라 여성적 가치를 모색하는 데 있다는 사실과 함께 개별 주체가 자신과 타자를 새롭게 발견하는 과정이야말로 문학에서 젠더를 거론하는 이유일 것이다. 이 글에서는 이런 관점을 통해 허수경과 김선우 시에서 여성 주체성이 발현되고 변모하는 양상을 살펴볼 것이다.

2.

허수경의 시에서 여성상은 독일 이주를 전후하여 크게 변화한다. 허수경은 독일 이주 전에 내놓은 첫 시집 『슬픔만 한 거름이 어디 있으랴』(1988)와 두 번째 시집 『혼자 가는 먼 집』(1992)에서 이전의 여성주의적 시들과 달리 여성에게 가해지는 부당한 억압에 대해 적극적인 저항을 드러내지 않는다. 이 시기 그녀의 시에 나타나는 여성은 오히려 전통적인 성역할을 충실히 수행하는 순종적인 존재에 가깝다.

> 사내들의 영광은 아낙들의 눈물
> 영광은 자궁 속에 깊이 감추어 두고
> 늦은 빨래를 하러 나옵니다
>
> —「남강 시편 3」 부분

> 용서해라
> 나의 자궁은 저 만월만큼 꽉 차 보지 못할지니
> 조국이여
> 빼앗기기만 했던 원통한 에미의 삶과
> 에미한테 죽은 아기의 태어나지 않은 꿈과

6.25 이후 빼앗길 것 몽땅 빼앗긴 친정에 왔는데 기제사 때맞춰 왔는데 쑥대밭 쇠뜨기도곤 무성한 만단정회여 고모는 어느 녘에서 이다지도 온전히 빼앗겼을거나 빼앗김만이 넉넉한 빼앗김만이 남아 귀신 보전하기 좋은 우리 집이여.

—「그믐밤」 부분

『슬픔만 한 거름이 어디 있으랴』에서 허수경 시의 화자는 이처럼 역사의 상흔과 가부장제의 억압을 온몸으로 감내해 온 전통적인 여성의 의식을 반영한다. 「남강 시편 3」에는 사내들의 빨래를 하는 아낙들의 사연이 나온다. "사내들은 칼잽이 되고/글쟁이도 되어 외진 곳에 갇히기도 하고/살아 욕됨을 뼈 속에 묻어/죽어 영광되기도 하지만", 아낙들은 그런 사내들을 위해 소리 죽여 흐느끼며 빨래를 한다. 남성이 중심이 되고 여성은 보조적인 역할을 담당하는 전통적인 성역할이 그대로 수용되고 있는 것이다. 「원폭 수첩 4」에서는 빼앗기고 결딴난 조국의 운명을 훼손된 여성의 신체로 표현함으로써 연약하고 상처받기 쉬운 존재로서 여성 이미지를 재현하고 있다. 「그믐밤」에서는 모든 것을 빼앗기고 친정에 온 고모와 빼앗김만이 넉넉하게 남아 있는 친정집의 형국이 중첩되면서 상실의 표상을 강화한다. 이처럼 허수경 시에서 여성성은 훼손되고 상실된 조국이나 가계의 처지를 대변하는 약자의 위치에 있으며 남성 중심의 세계에서 주변인으로 머무는 양상을 보인다.

그런데 허수경 시에서 여성 인물은 전통적인 성역할을 수행하면서도 고정된 젠더 이미지와 다른 면모를 드러낸다. 그녀의 시에서 여성은 강대국에 침탈당하는 약소국에서도 남성의 타자로서 이중으로 소외되지만, 보호가 필요한 순종적인 존재에 한정되지는 않는다.

그 사내 내가 스물 갓 넘어 만났던 사내 몰골만 겨우 사람 꼴 갖춰 밤 어두운 길에서 만났더라면 지레 도망질이라도 쳤을 터이지만 눈매만은 미친 듯 타오르는 유월 숲속 같아 내라도 턱하니 피기침 늑막에 차오르는 물 거두어 주고 싶었네
    산가시내 되어 독오른 뱀을 잡고
    백정집 칼잽이 되어 개를 잡아
    청솔가지 분질러 진국으로만 고아다가 후후 불며 먹이고 싶었네 저 미친 듯 타오르는 눈빛을 재워 선한 물같이 맛깔 데인 잎차같이 눕히고 싶었네 끝내 일어서게 하고 싶었네
    그 사내 내가 스물 갓 넘어 만났던 사내
    내 할미 어미가 대처에서 돌아온 지친 남정들 머리맡 지킬 때 허벅살 선지피라도 다투어 먹인 것처럼
    어디 내 사내뿐이랴

—「폐병쟁이 내 사내」 전문

이 시의 화자는 어떻게든 폐병쟁이 사내를 살려내려고 하는 강인한 여성이다. 이 시는 남성과 여성의 일반적인 젠더 이미지와 차이가 있다. 사회적 통념상 남성은 강인하고 무언가를 보호하고 결정하는 존재인 것에 비해 여성은 연약하고 보호의 대상이 되며 순종적인 존재라는 젠더 이미지를 갖는다. 사람 몰골만 겨우 갖추었을 뿐 병들어 무기력한 사내와 그런 사내를 위해 뱀과 개를 잡고 끝내 일어서게 하려는 '나'는 일반적인 젠더 이미지를 역전시킨다. 이 시에서 여성은

주체적이고 자발적인 의지로 남성을 돌보려 한다. 이 여성은 독오른 뱀을 잡고 백정처럼 개를 잡는 남성적인 면모와 진국을 고아 먹이고 병이 낫도록 돌보는 여성적인 면모를 모두 보여 준다. 병든 사내를 낫게 하려고 이 여성은 가리는 일 없이 모든 것을 한다. 이런 절대적인 헌신과 생명을 지켜 내려는 강한 의지는 여성성과 남성성이라는 이분법적 가치를 해체한다. 시인은 꺼져 가는 생명을 살리기 위해 전력을 다하는 이런 여성들의 행동에서 일방적인 희생이라고 하기 어려운 자발적이고 능동적인 면모를 강조한다. 병들고 피폐해진 남성들을 돌보기 위해 헌신적이었던 여성들의 삶이 누대로 이어져 왔다는 사실을 환기한다. 허수경 시에서 여성은 남성 중심의 역사와 현실에 순응해서 살아갈 뿐 아니라 남성이 위기에 처했을 때 적극적으로 협력한다.

그녀의 시에서 여성 주체는 수많은 상처와 고통을 감수하면서도 남성에 대한 사랑과 희망을 견지한다. "한 슬픔이 문을 닫으면 또 한 슬픔이 문을 여는 것을 이만큼 살아옴의 상처에 기대, 나 킥킥……, 당신을 부릅니다"(「혼자 가는 먼 집」)에서처럼 끝없는 슬픔과 상처에도 '당신'을 향한 마음을 버리지 않는다. 그것은 이 여성 주체가 지고지순해서라기보다 불모의 삶이어도 끝까지 감싸 안으려는 포용력을 지니고 있기 때문이다. 끝없이 상처받으면서도 차마 버릴 수 없다는 질긴 사랑과 깊은 연민으로 인해 이러한 여성 주체는 전통적인 성역할과 유사하면서도 다른 독특한 면모를 보여 준다. 상처로 점철되는 사랑에서 희생자로 머물지 않고 자발적인 헌신을 지속하는 여성은 그만큼 독립적인 주체라 할 수 있다. 허수경 시에서 여성의 사랑은 끝내 버리지 않고 거두는 한없는 포용력으로 표출된다.

허수경은 1992년 독일로 유학을 떠난 후 두 번째 시집 이후 10년 만에 『내 영혼은 오래되었으나』(2001)를 내놓고 이후 『청동의 시간 감

자의 시간』(2005), 『빌어먹을, 차가운 심장』(2011), 『누구도 기억하지
않는 역에서』(2016)까지 지속적으로 시집을 출간해 왔다. 독일 이주
이후 허수경의 시는 상당히 많은 변화를 보인다. 역사성과 향토색이
짙었던 그녀의 시는 훨씬 보편적이고 상징적인 색채를 띠게 된다. 그
녀의 시에는 여전히 전쟁과 폭력으로 얼룩진 세계와 상처 입은 여성
들이 등장하지만 그것은 우리 역사에 국한되지 않고 전쟁과 관련된
모든 나라, 과거와 현재의 시간들을 포함한다.

　　폭풍이 오고 지붕이 날아가고 지붕 아래에 있던 얼굴이 날아가고

　　젖가슴이 작은 여자아이들은 머리에 꽃을 꽂고 거리를 서성인다 상어
떼처럼 차들은 여자아이의 치마를 할퀴며 지나가고 검은 코끼리 같은 구
름이 찢어진 치마 안에 손을 넣는다
　　　　　　　　　　　　　　　—「여자아이들은 지나가는 사람에게 집을 묻는다」 부분

　　아이들을 향해 달려가는
　　저 푸른 마스크를 쓴 이는 누구의 어머니인가,
　　저 어머니들의 얼굴에 찍혀 있는 청동의 총,
　　저 아이를 끌고 가는 피곤한 얼굴의 사람들은
　　　　　　　　　　　　　　　　　　　　—「물 좀 가져다주어요」 부분

　　이전 시에서 여성 주체의 주관적 서술을 통해 풍부한 감정 표현을
행했던 것에 비해 서술자가 관찰자의 시선으로 사건을 묘사하는 변화
가 두드러진다. 전쟁의 끔찍한 참상은 담담한 진술과 그로테스크한
대비를 이룬다. 「여자아이들은 지나가는 사람에게 집을 묻는다」에서

는 전쟁 지역에서 폭격에 무참하게 훼손되는 신체와 마찬가지로 여자아이들의 삶이 철저히 유린되는 상황을 보여 준다. 그 폭력적인 사태는 상징적인 표현으로 암시된다. 「물 좀 가져다주어요」에서는 전쟁에 동원되는 아이들에게 달려가는 어머니들이 나온다. 어머니들은 죽음의 위험을 무릅쓰고 아이들에게 먹을 것을 가져다주려고 한다. 시인은 죽음이 지배하는 땅에서 생명을 지켜 내려는 어머니들의 필사적인 행동을 담담하면서도 처연하게 그려 낸다. 이전 시에서 여성 화자의 직설적인 목소리로 우리 역사 속 여성들의 수난사를 재현했던 시인은 이제 젠더가 무화된 보다 폭넓은 시선으로 전쟁의 참상에 항거하며 생명을 향한 인간 본연의 간절한 희구를 드러낸다. 이전 시에서 주로 여성 화자의 호소력 짙은 목소리와 구성진 가락으로 개인사에 담긴 여성의 상처와 비애를 구체적으로 드러냈던 것에 비해 젠더 정체성이 두드러지지 않은 관찰자적 화자가 자신이 목격하는 무수한 폭력과 죽음의 참상들을 상징적 서사로 그려 내는 변화를 살필 수 있다.

허수경은 이국땅에 거주하면서 여성 수난과 생명 살육의 잔혹사가 우리 역사뿐 아니라 세계 도처에서 벌어지는 삶의 실상이라는 사실을 확인하고 이런 폭력의 역사에 대한 보다 근본적인 사유를 행하게 된다. 그녀가 선택한 근동고고학이라는 학문은 역사의 지층이 증명하는 무수한 폭력의 기억을 확인하게 하고, 이 지역에서 현재진행형으로 벌어지는 전쟁들은 그러한 역사를 현실로 경험하게 한다. "울지 마울지 마/여기는 이국의 수도 오늘 시장에 폭탄이 터지지 않으면/내일이 시장엔 오렌지를 가득 실은 수레가 온다네"(「여기는 이국의 수도」)에서처럼 시인은 전쟁을 겪고 있는 이국땅에서 삶과 죽음, 주체와 타자의 경계가 무화되는 상태를 경험한다. 전쟁의 혼란이 극심한 이곳에서는 "이 도시의 제사장은 아들을 위해 물속으로 들어가고/제 시체가 물에 떠오를 때까지 기다린다네"에서처럼 삶이 죽음을 증명하고 산 자와 죽은 자의 경계가 사라지는 일이 흔하다. 폭격이 벌어졌던 장소에 또 다시 시장이 열리고 죽은 자의 몫을 산 자가 치르는 아이러니가 무수히 벌어지는 격렬한 생사의 현장을 목격하면서 시인은 삶과 죽음, 주체와 타자가 구분되지 않는 사태에 직면하게 된다.

이제 시인은 무수한 시간을 거쳐 생멸을 반복해 온 존재의 거처에서 '나'와 '당신'의 경계가 사라지고 하나가 되는 상상에 도달한다. "아마도 내가 이 세상을 떠날 적 가장 마지막까지 반짝거릴 삶의 신호를 보다가 꺼져 가는 걸 보다가 미소 짓다가 이건 무엇이었을까 나였을까 당신이었을까 아니면 꽃이었을까 고여 드는 어둠과 갑자기 하나가 될 때"(「그 그림 속에서」)에서처럼 삶과 죽음의 경계를 넘어서는 순간 주체와 타자, 인간과 자연의 경계 또한 없어지며 한 몸을 이루게 된다는 것이다. '나와 당신과 꽃'이 하나가 되는 장소는 "노래의 그림자" 속이다. "얼마나 오래/이 안을 걸어 다녀야/이 흰빛의 마라톤을 무심히 지켜보아야//나는 없어지고/시인은 탄생하는가"(「눈」)에서처럼 '내'가 "노래의 그림자"가 되는 순간이 바로 '시'이고 그때 비로소 '시인'이 탄생한다는 것이다. 여성의 상처와 사랑을 노래하던 시인은 이제 삶과 죽음, 주체와 타자, 인간과 자연의 경계가 무화되는 시를 꿈꾼다. 시간의 고고학적 탐사는 역으로 시간의 경계를 넘어, '나'의 경계를 넘어 타자와 하나가 되는 시를 추동한다. 삶과 죽음, 주체와 타자의 경계 너머로 드넓게 확장된 시인의 의식은 '여성' 시인으로서가 아니라 '시인'으로서 거듭나고 있다. 죽음이라는 극한의 경계가 남성과 여성의 차이를 없애고 시간에 대한 존재론적 질문을 강화한 것이다. 생명을 살리고 사랑을 지키려 하는 여성 주체의 지극한 노래는 이제 죽음의 지층을 넘어서 모든 경계가 사라지는 "노래의 그림자"

속에서 '나'를 열고 '당신'과 하나가 되는 혼융의 세계를 펼치려 한다. 이 불가능한 시도는 그 자체 주체와 타자, 남성과 여성, 인간과 자연과 같은 모든 경계와 차별에 대한 저항의 의미를 내포한다.

3.

　　김선우는 첫 시집 『내 혀가 입속에 갇혀 있길 거부한다면』(2000)과 두 번째 시집 『도화 아래 잠들다』(2003)에서 여성의 몸에 대한 적극적인 탐사로 주목을 받는다. 그녀는 기존 여성시에서 금기시하거나 억압의 조건으로 인식되었던 여성의 몸을 긍정하고 그 관능성을 과감하게 표출함으로써 자신만의 차별화된 지점을 마련한다. 김선우 시에서 여성의 몸은 생명 창조의 능력이 충만한 생성의 장소이다. 따라서 시인 자신을 탄생시킨 어머니의 몸은 명백한 생육의 현장으로서 각별한 의미를 지니게 된다.

　　　강원도 정선
　　　어라연 계곡 깊은 곳에
　　　어머니 몸 씻는 소리 들리네

　　　─자꾸 몸에 물이 들어야
　　　숭스럽게스리 스무 살모냥……
　　　젖무덤에서 단풍잎을 훑어 내시네

　　　　　　　　　　　　　　　　　　　　　　　　─「어라연」 부분

　　　나는 꽃을 거둔 수련에게 속삭인다
　　　폐경이라니, 엄마,

완경이야, 완경!

—「완경(完經)」 부분

　우리 시에서 나이 든 여성의 몸에 대해 이 시인만큼 적극적으로 묘
사하고 긍정적인 의미를 부여한 경우를 찾아보기는 힘들다. 여성의
몸은 비밀스럽고 은밀한 대상으로 지나치게 신비화되거나 반대로 적
나라하게 해체되기 쉽다. 또한 나이 든 여성의 몸은 결여되거나 훼손
된 상태로 인지되어 왔다. 그런데 김선우의 시에서는 여성의 몸이 지
닌 주체적 욕망과 생명력을 긍정하고 그러한 몸의 변화를 자연스럽게
받아들이려는 인식의 차이가 두드러진다. 위의 두 시는 모두 어머니
의 몸과 관련되어 있는데, 폐경 전후의 상태로 대비를 이룬다. 「어라
연」에서 시인은 생산을 마쳤는데도 아직 경도를 치르는 것을 부끄러
워하는 어머니에 대해 어머니의 몸이 그 자체로 자연스럽고 아름답다
고 한다. 「완경」에서는 어머니의 폐경을 완경이라고 고쳐 부른다. 결
핍이나 소멸의 의미를 내포하는 폐경의 부정적인 어감과 달리 완경은
완성과 도달이라는 긍정적인 의미를 강조하는 말이다. 꽃을 거둔 수
련이 "선정에 든 와불" 같은 것처럼 어머니의 몸은 이제 다른 경지에
도달했다는 것이다.

　김선우 시에서 여성의 몸은 자연과 유사한 것으로 이해되거나 자
연과 교응할 수 있는 능력을 지닌 것으로 나타난다. 그녀의 시에 충만
한 관능성은 여성의 몸을 남성의 욕망에 대한 타자적 관계로 받아들
이는 전통적인 젠더 개념과 달리 여성 주체의 능동적인 욕망을 드러
내는 장소로 재현하는 데서 기인한다. 그녀의 시에서 관능적으로 열
려 있는 여성의 몸은 남성뿐 아니라 자연 만물과 교접할 수 있는 감각
적인 기관에 가깝다. "바람의 혀가 아찔한 허리 아래를 지나/깊은 계

곡을 핥으며 억새풀 홀씨를 물어 올린다 몸속에서/바람과 관계할 수 있다니!"(『민둥산』)에서 여성 화자는 온몸으로 자연의 몸을 느낀다. 이는 태초에 "신께서 관계하신/알 수 없는 무엇인가"와 상통하는 느낌을 불러일으킬 정도로 근원적인 생명의 감각이다. "그대를 맞는 내 몸이 오늘 신전이다"에서와 같이 시인은 여성의 몸에서 근원의 감각을 발견한다.

생명의 원천으로서의 여성의 몸에 대한 거침없는 상상과 무한한 긍정을 표하던 김선우의 시는 세 번째 시집 『내 몸속에 잠든 이 누구신가』(2007)에서부터 변화를 보이기 시작한다. 생명력 가득한 여성의 몸과 자연만이 충만하여 원시적이고 신화적인 세계를 방불케 하던 이전의 시들과 달리 현실의 그늘이 드리워진다.

> 그림자 쓰러졌네
> 따스한 핏물이 쓰러진 그림자의 발목을 적셨네
> 밥물처럼 흥건한 나무 밑,
> 혹시는 이것도 사랑일까 쫓겨 든 산속
> 멍울진 꽃눈들 파근하게 팬 오후에
> 밥 한 덩이 건네받은 적 있을 뿐
> 나비 분 일 듯 아주 찰나 손끝 스친 적 있을 뿐
>
> ─「봄 잠─산 밑, 사랑에 관한 두 마디 그림자극」 부분

이 시에서는 적군에게 밥을 지어 먹인 죄로 총살형을 당할 위기에 놓인 여자와 총구에서 불이 솟는 순간 산벚나무 그늘에서 총알처럼 달려 나와 여자의 몸을 덮은 남자의 사연이 펼쳐진다. 그림자극처럼 간명한 구도로, 서로의 목숨을 구하려 한 남녀의 안타까운 이야기가

그려진다. 이 시에서는 밥 한 덩이를 주고받을 때 손끝이 잠깐 스친 것뿐인데 서로를 위해 목숨을 내어놓을 수 있는 이 남녀의 관계를 사랑이라고 할 수 있는지를 질문한다. 여자는 위험을 무릅쓰고 굶주린 남자에게 밥 한 덩이를 건넸고, 남자는 그런 여자가 위험에 처하자 자신의 몸을 던져 구하려 한다. 손끝 한번 스친 인연이지만 서로의 생명에 대한 경외심이 그들을 하나로 묶는다. 타자의 목숨을 구하려는 것보다 더 큰 사랑은 없을 것이다.

현실에서 생명은 그저 유지되는 것이 아니라 무수한 위험과 긴장 관계 속에 놓여 있다. 생명에 대한 무한한 긍정으로 충만했던 시인은 이제 그것이 위협받을 수 있는 위태로운 상황에 대해 주의를 기울이기 시작한다. "사랑이여 쓰러진 것들이 쓰러진 것들을 위해 울어요/이 빛으로 감옥을 짤래요 쓰러진 당신 위에 은빛 감옥을 덮을래요"(「잠자리, 천수관음에게 손을 주다 우는」)에서처럼 쓰러진 것들을 위해 우는 사랑을 노래한다. "떠도는 몸들이 벌이는 쟁투의 고단한 흔적들"과 함께하며 사랑의 가능성을 탐색한다.

노동문제나 환경문제와 관련하여 현실적 해결을 위해 적극적으로 동참해 온 시인의 행적은 시의 변화로 이어지고 새로운 시선으로 작용한다. 『나의 무한한 혁명에게』(2012)의 표제 시에서는 2011년 타워크레인 점거 농성과 희망의 버스에 관련된 내용이 기입되어 있다. 타워크레인에서 말라 가는 사람들을 보며 시인은 "우리는 다만 마음을 다해 당신이 되고자 합니다"라고 쓴다. "사랑합니다 그 길밖에"라고 할 때 사랑은 살아가고 있는 동안 인생의 품위를 지켜 갈 유일한 방도이며 목숨을 다해 생존권을 주장하는 '당신'에 대한 예의이다. 그러한 사랑이 '우리'와 '당신'을 하나의 그물코로 연결한 순간을 시인은 "지금 마주 본 우리가 서로의 신입니다/나의 혁명은 지금 여기서 이렇게"라고 표현한다. 생명에 대한 존중과 변화에 대한 열망으로 주체와 타자의 경계를 넘어 하나가 된 상태에서 어떤 신성한 경지를 발견한 것이다.

세월호 사고의 충격이 담긴 최근의 시집 『녹턴』(2016)에서 시인은 이 수습 불능의 참담한 상황을 대면하며 어떻게 애도하고 사랑을 이어 갈 수 있을지를 숙고한다. 표현 불가의 한계에 직면한 시인의 언어는 격렬하게 요동하거나 더듬거린다. 그리고 마침내 언어를 넘어서 소리만이 살아 있는 음악적인 상태를 꿈꾸게 된다. "누군가 세계의 틈을 벌리고 노래를 흘려 넣는 한밤중이다/미음 같은 빛이 검다 푸르다 이윽고 희다/당신이 있는 풍경이 나를 잠시 떠올렸다는 걸 느낀다/이 느낌이 나의 노래다"(「om의 녹턴」)에서처럼 이 노래는 벌어진 세계의 틈 사이에서 새어 나오는 원초적 리듬이다.

"믿어야 구원받습니다. 믿지 않으면 지옥에 갑니다. 지옥에!"

am과 pm의 시간에서 누군가 말한다 그 순간 om의 시간이 그믐처럼 스미며

당신…… 여기가…… 어디라고 생각해?

　　　　　　　　　　　　　　　　　　　　—「나들의 시, om 11:00」 부분

"om의 시간"은 "am과 pm의 시간"이라는 현실의 시간과 다른 차원의 시간이다. 현실의 시간에서는 산 자들이 내세를 운운하며 믿음을 강요한다. "om의 시간"은 그런 현실의 시간에 그믐처럼 스미며 감추어진 진실을 드러낸다. "당신…… 여기가…… 어디라고 생각해?"

라고 더듬거리며 이어지는 이 희미한 목소리는 현실의 시간을 압도하는 저 강력한 단정의 말 사이로 조용히 스며들며 죽은 자들의 진실을 일깨운다. 시인은 "om의 시간"이 보내는 전언을 받아서 이 세상에 전하려 한다. 그곳에서 숱한 '나들'이 보내는 희미한 목소리를 끌어내려 한다. '나들'은 "1인칭 복수형이지만 '우리'와 다른,/'나들'이라 이해할 수밖에 없는 '나'"(「詩의 죽음을 애도하는 이유」)이다. '우리'가 '나' 또는 '당신'을 추상적 집단으로 나누고 대립시키는 용어라면 '나들'은 '나'라는 주체의 개별성이 살아 있으면서도 타자와 공존하는 방식을 내포한다. "'나'이거나 '너'인 세상만 질서 있게 퇴화하여 남을" 차가운 세상과 달리, '나들'은 '너'의 아픔에 덩달아 아파하며 '너'와 하나가 된다. "시인과 어린아이의 마음을 가진 이들만이 아픔에 순진하게 공명"하며 '나들'의 세상에 머물게 될 것이다.

여성 주체의 몸이 지닌 생명력을 자유롭게 구가하던 시인은 그런 생명이 위협받는 현실의 문제에 시선을 돌리게 되면서 주체와 타자를 구분 짓는 방식에 예리하게 반응한다. '우리'라는 말이 지닌 폭력적 구분에 반대하며 '나들'이라는 새로운 명명법을 고안해 낸다. '나들'은 '우리'에 포섭되지 못하는 구석진 곳의 무거운 혼들, 중음을 떠도는 억울한 영혼들, 사람이 아닌 존재들이라고 죽음을 당하는 비인간들과 공감하는 시인의 호칭이다. 그것은 남성과 여성뿐 아니라 주체와 타자, 인간과 비인간 등 모든 차별을 넘어서려는 탈경계의 의지에서 발생한다.

4.

허수경과 김선우는 모두 분명하게 여성성을 발산하면서 등장했지만, 점차 성적 정체성이 무화되는 변모의 과정을 보여 준다. 두 시인 모두 여성의 성역할에 대한 부정적 인식에 맞서 생명과 사랑을 발현하는 주체로서의 여성 이미지를 강조한다. 생명과 사랑에 대한 이 두 시인의 강렬한 지향성은 젠더 이미지가 무화되어 가는 변화 이후에도 이들의 시를 이끌어 가는 원동력이 된다. 두 시인 모두 생명과 사랑의 지속을 위협하는 폭력적인 현실의 압력을 경험하면서 여성적인 목소리를 거두고 좀 더 폭넓은 인간적 시선을 보이게 된다. 이들의 관심은 젠더를 포함한 모든 차별적 현실에서 소외된 약자들과 만나는 것이다. 연약한 생명이 스러지는 참담한 상황들을 목격하며 이들은 시인으로서의 자신의 역할을 재발견한다. 시인은 모든 죽어 가는 것들, 그리고 죽은 것들의 영혼을 마주하고 그들의 소리를 대신할 수 있어야 한다는 것이다. 두 시인이 보여 주었던 생명에 대한 남다른 애착과 포용력은 죽음에 대한 애도의 깊이로 대치된다. 이들의 시에서 여성 주체의 자율적인 사랑의 능력은 삶과 죽음의 경계를 넘어서는 진혼의 애가(哀歌)로 전환된다. 이들은 안타까운 죽음을 유발하는 폭력과 차별에 저항하여 '우리'가 아닌 '나들'의 존재론을 이끌어 낸다. '나들'의 존재론은 '나'라는 주체의 관점을 넘어서 '너'와 공명하는 무수한 '나들'을 가능하게 한다. '나들'로서 시인은 소리 없이 스러져 간 연약한 생명을 대신해 그들의 소리를 들려준다.

  김혜순은 바리데기가 겪는 세 번의 죽음 경험을 여성 시인의 '시하는' 경험과 연결시킨 바 있다. 바리데기의 첫 번째 죽음은 딸이라서 버려지는 것이고, 두 번째는 죽음의 장소로 들어가 여행(탐색)하고 결혼하는 것이고, 세 번째는 넘나드는 자로서의 영구적인 작업에 참여하는 것이라고 한다. 허수경과 김선우의 시는 여성으로서의 정체성에 반발하는 첫 번째 죽음을 거의 뛰어넘은 채로, 사랑과 돌봄이라는 여성의 삶에 충실을 기하여 두 번째 죽음도 가볍게 통과한다. 이들은 공동체의 죽음을 애도하며 생명을 기리는 세 번째 단계에서 시인으로서의 각별한 소명을 발견한다. 이들의 시는 남성성과 여성성이라는 이분법적 가치를 해체하고 생명과 사랑이라는 보편적 가치를 실천하는 대안적 젠더 지향성을 제시한다.

산문시의 리듬과 대화의 시학

1. 산문시의 정신

'산문시'라는 일종의 모순어법이 유발하는 곤혹스러운 사정에도 불구하고 산문시는 좀처럼 수그러들지 않고 오히려 확산하고 있다. 아직도 논란이 거듭되고 있기는 하지만 주요한의 「불놀이」를 산문시로 인정한다면 한국의 산문시는 한 세기를 넘어가며 생명력을 발휘하고 있는 셈이다. 그것도 겨우 명맥만 유지하는 정도가 아니라 자유시와 비견되는 현대시의 가능성으로 적극적인 탐색의 대상이 되어 왔다. 산문시에 대한 이론적 논의가 원론적 차원에서 반복되며 답보 상태에 있는 것에 비해 창작의 영역에서 산문시는 꾸준히, 의욕적으로 도모되었다.

자유시의 '자유'로운 형식과 또 다른 산문시가 오랜 세월 자유시와 병존해 왔다면 그만한 이유가 있을 것이다. 일찍이 산문시의 유행을 주목했던 김현은 그것이 시인과 대상과의 긴장과 대립을 정직하게 표현하려는 젊은 시인들의 노력의 결과라고 보았다.[1] 대상과의 대립을

---

1 김현, 「산문시와 쉬운 시」, 『우리 시대의 문학/두꺼운 삶과 얇은 삶』, 문학과지성사, 1993, 160쪽.

보다 '정직'하게 담아내기 위해 젊은 시인들은 자유시가 아닌 산문시에 주목했다는 것이다. 자유시에서 허용되는 시인의 무한한 자유와 동일성의 환희를 유보한 채 대상과 보다 치열하고 정직하게 마주하는 방식으로 산문시가 채택되었다는 뜻이리라.

산문시와 '젊음'의 관계는 다소 태생적인 것으로 보인다. 산문시의 선조 격인 보들레르는 산업화가 태동하는 프랑스 파리의 새로운 감각을 담기 위해 이전과 다른 시가 필요하다는 것을 간파했다. "리듬도 각운도 없이 음악적이며, 혼의 서정적 약동에, 몽상의 파동에, 의식의 소스라침에 적응할 수 있을 만큼 충분히 유연하고 충분히 거친, 어떤 시적인 산문"[2]의 요구로 산문시는 등장한다. 전통적인 시의 리듬과 달리 거칠지만, 빠르게 변모하는 도시의 자극을 수용할 만큼 충분히 유연한 산문의 리듬이 새로운 감각의 파트너로서 호출된 것이다. 우리의 경우에도 근대화나 산업화로 급변하는 시기에 젊은 시인들이 산문시의 흐름을 주도했던 것은 이러한 요구와 무관하지 않아 보인다. 그 방향과 속도를 예측하기 힘들 정도로 부단히 변화하는 시대가 지속되는 한 "충분히 유연하고 충분히 거친" 산문시의 필요성은 계속될 것이다.

2. 산문시의 형식과 리듬

산문시는 그 형식적 특성상 리듬과는 거리가 멀어 보인다. 산문시와 자유시의 리듬은 행과 연의 유무로 구분된다. 행과 연의 자율적인 구성은 자유시의 리듬에서 핵심적인 요소이다. 특히 한국시처럼 고저, 장단, 강약 등의 음조적 특질이 미약한 경우 행과 연의 교차로 생

---

2 샤를 피에르 보들레르, 「아르센 우세에게」, 『파리의 우울』, 황현산 역, 문학동네, 2015, 10쪽.

성되는 리듬은 시의 음악성을 이루는 결정적인 자질이라 할 수 있다. 행과 연을 다채롭게 구성할 수 있는 자유시는 시인 자신이 온전히 말의 의미와 호흡을 결정짓는다. 자유라는 명칭에 걸맞게 시인은 매번 새로운 행과 연의 구성을 통해 기존의 어떤 시와도 다른 자유롭고 창조적인 리듬을 직조하게 된다. 이는 이미 정해진 리듬의 틀을 활용하는 정형시나 줄글로 이루어진 산문시의 고정된 형식과 구분되면서 자유시의 창조력이 돋보이는 이유이다. 자유시에서 리듬의 창작자로서 시인의 권위는 절대적이다. 시인은 행을 가르고 연을 나누면서 자신이 표현하고 싶은 말과 음악을 마음껏 창출할 수 있다. 자유시의 형식은 시인이 창조한 유일하고 자족적인 동일성의 세계를 표현하기에 더할 나위 없이 적절하다.

그에 비해 산문시는 대개 줄글로 꽉 차 있는 사각의 단일한 형태를 띤다. 산문시 중에는 한 단락으로 이루어진 시도 있고 여러 단락으로 이루어진 시도 있어 자유시의 연과 같이 의미의 단위를 나누는 기능을 하지만, 행 구분 없이 줄글로 이어지는 문장이 기본적인 형태를 구성한다. 산문과 시를 가르며 시를 가장 시답게 보이게 하는 행과 연의 형태를 포기하며 산문시가 사각의 틀을 고수하는 이유는 무엇일까?

산문시는 행갈이가 배제된 줄글의 형식을 통해 자유시의 리듬과 '다른' 리듬의 가능성을 타진하려 한다. 자유자재한 행갈이로 화려한 리듬을 창출하는 자유시의 창조성과 시인과 세계의 동일성에 대한 확신을 의심하며 변화하는 세계의 불완전한 주체로서 다층적인 의미와 정서를 담지할 수 있는 리듬을 모색한다. 자유시에서 행해지는 과감한 행갈이와 자율적인 리듬을 포기함으로써 줄글의 연장에서 발생하는 다양한 리듬의 가능성을 열어 놓는다.

자유시의 행갈이는 시인이 그려 놓은 세밀한 악보를 따라가며 그

창조적 영감을 공유할 수 있게 한다. 정밀하게 조직된 리듬과 의미의 조화에 감응하며 시인이 도달했던 동일성의 세계를 엿볼 수 있게 한다. 자유시의 창조적 리듬이 독자를 정서적으로 고양시키는 것은 그 때문일 것이다.

산문시는 자유시에 비해 전혀 친절하지 않은 악보와도 같다. 길게 이어지는 산문시의 리듬은 독자 스스로 헤쳐 가야 하는 난맥처럼 펼쳐져 있다. 산문시의 미로에 빠져든 독자는 쉴 곳을 찾지 못해 가쁜 호흡을 몰아쉬며 의미의 맥락을 찾아내려 애쓰게 된다. 왔던 길을 돌아가기도 하고 다시 조금씩 전진하면서 스스로 맥락을 구성하고 의미를 생성하게 된다. 산문시는 정해진 길이 없는 숲과 같다. 자유시처럼 편하게 즐길 수 있는 매끄럽고 아름다운 길이 나 있지 않아 한없이 헤매며 스스로 길을 내야 한다. 어쩌면 산문시에는 독자의 수만큼이나 무수한 길이 내재해 있는 셈이다.

자유시가 보장하는 독자적이고 창조적인 리듬의 가능성을 내려놓고 산문시에서는 미완의 다층적인 리듬이 생성되기를 기다린다. 산문시의 리듬은 새로운 독자를 만나면서 언제든 다른 방식으로 불릴 수 있다. 자유시의 리듬을 결정짓는 시인의 절대적인 권한을 기꺼이 벗어나면서 산문시는 더욱 유연하고 다양한 리듬을 내포하게 된다. 이러한 리듬에 대한 새로운 접근의 근저에는 시인의 의식 속에서 완결되는 자유시의 리듬이 급변하는 현실을 반영하기에 충분히 개방적이지 못하다는 사유가 자리 잡고 있다.

앞서 인용한 보들레르의 문장에서 산문시는 "리듬도 각운도 없이 음악적"인데 이때 산문시의 리듬을 특징짓는 것은 '약동' 또는 '파동' 같은 간헐적인 움직임이다. '리듬이나 각운'이 매우 음악적인 시의 특징을 드러내는 것에 비해 산문시는 "혼의 서정적 약동"이나 "몽상의 파동"이나 "의식의 소스라침" 같은 내면의 작용에 따라 독특한 리듬을 형성한다. 산문시에서 리듬은 의미의 흐름을 따라 이어진다. 정형시에서 리듬이 의미를 압도하고, 자유시에서 리듬과 의미가 조화를 이루는 것에 비해, 산문시에서는 의미가 리듬을 이끈다. 산문시의 리듬은 정형시나 자유시의 매끈한 리듬이 간혹 간과할 수 있는 복잡미묘한 의미의 굴곡을 따라 불규칙하게, 지속적으로 펼쳐진다. 행갈이 없이 줄글로 이어지는 산문시의 형태는 의미에 집중하게 하는 구조이다.

시가 노래처럼 음송되던 시대를 지나 시각적 텍스트로서 읽히는 시대가 되면서 시의 리듬은 의미의 바깥이 아닌 안쪽에서 그것을 추동하게 된다. 의미를 초과하여 흘러넘치는 리듬은 과도한 음악성으로 현대시의 범주에서 비켜난 듯한 인상을 준다. 반면 산문시는 그 단조로운 형태와 달리 의미를 따라가는 내밀한 리듬을 내포하기에 현대의 시인들에게 지속적인 탐구의 대상이 되는 것이리라.

3. 동일성의 미학에서 대화의 미학으로

서정적 자아와 세계의 동일성은 오랫동안 시의 장르적 특성으로 인식되어 왔다. 서정시에서 시인의 존재와 언어는 유일하고 절대적인 지위를 갖는다. 서정시는 저자(시인)와 주인공(화자)의 근친성이 명백하고 주인공에 대한 저자의 승리가 지나치게 완벽하기 때문에 미학적 완결성을 가능하게 할 수도 있는 대상과 의미의 계기들을 결여하고 있다[3]고 하는 바흐찐의 말은 이러한 서정시의 특이성을 지적한 것이다. 서정시에서는 시인과 화자가 뚜렷이 구분되지 않고 사실상 시인이 모든 언어를 장악한다. 이는 저자와 별개로 주인공이 독자적으로 발화하며 다성성을 형성하는 소설과 대조적인 양상이다. 시인과 세계

---

3 이장욱, 『혁명과 모더니즘—러시아의 시와 미학』, 랜덤하우스중앙, 2005, 208쪽 참조.

의 동일성이 지배하는 서정시에서는 대상과 의미의 다양한 계기들이 새로운 차원으로 융합되어 미학적 완결성에 도달할 가능성이 축소된다. 바흐찐은 저자의 절대적 언어에 의존하는 동일성의 미학보다 다양한 타자의 목소리가 혼용되며 미학적 확산을 이루는 다성성을 새로운 미학적 가능성으로 주목했다.

문학에서 다성성은 저자의 일방적 지배에서 벗어나 저자와 주인공이 대화적 관계를 형성할 때 이루어진다. 저자의 권위에서 놓여나 자유롭게 발화하는 주인공의 존재는 발산적 언어의 장을 통해 새로운 의미를 창출하게 된다. 문학의 다성성은 단 하나의 절대적인 의미가 불가능하고 다양한 관계 속에서 부단히 움직이고 변화하는 현실 세계의 언어를 반영하는 것이다. 이러한 대화적 관계는 텍스트 안에서만 발생하지 않고 텍스트 바깥의 독자와의 관계에서도 동일하게 발생한다. 텍스트 안의 언어와 시간은 그 바깥에서 참여하는 독자에 의해 발생하는 또 다른 맥락에 의해 다층적인 의미를 형성하게 된다. 모든 대화의 관계에 작용하는 다성성과 이질성을 인정함으로써 다성성의 문학은 현실에서 통용되는 언어의 복잡하고 풍부한 의미의 파장을 반영할 수 있다.

동일성의 미학이 통용되는 서정시의 세계는 시인의 독백에 가까운 단성적인 언어의 차원을 보여 준다. 시인의 창조적 권위가 우선시되었던 낭만주의 시는 그 대표적인 예라 할 수 있다. 낭만주의 시인은 창조자로서 초월적인 위치를 점하며 하나의 세계와 맞먹는 자신만의 언어와 존재를 발산할 수 있었다. 언어의 세계에서 시인이 향유할 수 있는 이러한 절대적인 권위는 서정시만의 고유한 매력이다.

그런데 이러한 언어와 현실과의 괴리를 자각할 때 서정시의 단성성은 마냥 긍정하기 어려운 곤혹스러운 대상이 된다. 현대시에서 전통적인 서정시의 단성성을 벗어나려는 시도가 빈번하게 행해지는 것은 그 때문이다. 서정시의 발화자를 지칭하는 용어로 '자아'가 쓰이다 '화자'로 대체되고 다시 '주체'라는 말이 대세를 이루게 된 것도 시적 발화에서 시인의 절대성이 줄어들고 타자의 존재가 부각되기 시작한 경향과 관련이 깊다. 현대의 시인들은 동일성의 시학에서 전제하는 시인과 세계의 전일적 관계를 의심하면서 현실 세계에 근접할 수 있는 언어를 모색한다.

현실 세계가 다변할수록 산문시의 탐구가 활성화되는 것도 이런 맥락에서 이해할 수 있다. 앞서 언급했듯이 산문시의 형식과 리듬은 자유시보다 타자의 언어를 수용하기에 적합하다. 행갈이가 자재로운 자유시에서 시인의 의식과 호흡이 한결 명료하게 표출되는 것에 비해 산문시에서 그것은 내밀하게 감춰져 있어 타자의 적극적인 개입을 필요로 한다. 산문시에서 시인은 자신의 존재를 약화시키는 대신 타자의 존재를 부각한다. 누군가 읽어 주기 전 산문시의 언어는 사각의 틀에 갇혀 있는 미완의 상태에 가깝다. 산문시에 내재된 시인의 언어는 그것을 읽는 독자의 언어와 대화적 관계를 형성하며 다성적인 의미를 생성해 내게 된다. 산문시의 리듬과 의미는 새로운 독자를 만날 때마다 달라진다. 행갈이 없이 펼쳐진 경계 없는 언어의 숲에 길을 내는 것은 그곳에 들어선 수많은 타자들이다. 산문시의 화자는 독백으로 이루어진 순수한 언어의 세계 대신 대화로 이루어지는 다성적 창조의 가능성을 택한다. 그것이 비록 현실 세계의 언어처럼 불완전하고 혼란스러울지라도 끝없이 변화하고 생성하는 새로운 시의 가능성에 맞닿아 있다고 보기 때문이다.

산문시는 시의 오랜 전통 속에서 분기한 하나의 젊은 산맥이다. 시대 변화를 반영할 수 있는 유연하면서도 거친 리듬을 꿈꾸었지만, 그 뿌리는 여전히 거대한 시의 산맥 안에 놓여 있다. 산문시 안에서 펼쳐지는 리듬의 다양한 스펙트럼은 산문시가 얼마나 시의 자장 안에서 자신의 존재 이유를 예리하게 자각하고 있는지를 반증한다. 역으로 산문시가 일시적 유행에 그치지 않고 지속적인 탐구의 대상이 되면서 자유시의 갱신에 기여한 바도 적지 않다. 산문시는 동일성이라는 자족적 세계에 갇히지 않고 시대 현실에 조응하고 타자의 언어를 수용하며 존속할 수 있는 시의 대화적 가능성을 모색하게 한다. 산문시와 자유시의 활발한 교류와 조응은 부단히 변모하는 생성의 문학으로서 시의 자장을 움직여 갈 수 있을 것이다.

균열된 세계의 그늘

지금 우리 사회는 '단군 이래 부모보다 못 사는 세대의 출현'이라는 이례적인 현상에 직면하고 있다. 청년 실업률이 급증하고 취업을 하더라도 비정규직이 대다수이기 때문에 소득 증가율이 감소하는 것은 당연지사이다. 빈부격차는 극심해져 계층 간에 절벽 같은 단층이 생기고 '흙수저론' 같은 자조적인 반응들이 팽배한다. 부와 권력을 확보한 기득권층과 그로부터 단절된 자들 사이에는 크레바스처럼 위태로운 균열이 자리 잡고 있다.

최근 우리 문학에서 현실과 정치에 관한 관심이 급증하는 것은 이러한 사회 변화가 삶의 전반에 깊숙이 작용하고 있기 때문이다. 삶의 그늘에 유독 민감한 문학의 장에서 절망과 슬픔에 차 있는 소외된 자들의 목소리는 외면할 수 없는 절박한 현실이다. 참여문학과 순수문학이라는 이분법적 잣대로 문학과 현실의 관계를 단절적으로 규정하던 시대와 다르게 현실을 담아내는 문학의 다양한 방식을 존중하게 된 것이 그간의 성과라 할 만하다. 가령 시에서 서정성과 현실성이 공존하기 힘든 요소라는 인식에서 벗어나 지금은 특별한 제약 없이 그것들을 한데 아우르려는 시도들이 많아진 점도 그러한 변화를 반영하는 것으로 보인다. 이 시대의 시들이 현실을 그리는 다양한 방식을 통해서도 시적인 것과 현실이 서로 어울리며 한 몸을 이루는 흥미로운 장면들을 목도할 수 있다.

김완의 「먼저 왔다 간 손님에게」(『문학들』, 2016.겨울)는 아파트 단지의 의자에 앉았다가 누군가의 토사물을 밟은 경험을 담고 있다. 매우 불쾌할 수 있는 일이지만 이 시에서는 공감과 연민이 주조를 이룬다. 새의 배설물을 피하려다 그 반대쪽에 있던 토사물을 밟은 일련의 과정은 이후 시가 진행되면서도 계속 변주를 이루며 활용된다. "바람을 가르고 가볍게 날기 위해/새들은 뼈의 무게를 비우고/대소변도 수시로 한꺼번에 비운다"에 이어 "영혼이 자유롭고 싶은 젊은이는/비정규직, 시간당 최소 임금을/외치다가 지쳐 잠든 밤을 기억한다"로 새와 젊은이의 사정이 대비를 이룬다. 토사물의 주인공이 젊은이라는 가정은 시인의 사회적 상상력에 바탕을 둔 것이다. 이로써 새처럼 자유롭고 희망차게 비상할 수 있는 세대인 젊은이들이 실제로는 전혀 그렇지 못한 현실이 부각된다. "오포 세대, 칠포 세대, N포 세대……/교과서와 다른 세상의 벽 앞에서/밤새 하얀 슬픔을 마시다가/그만 몸이 받아 주지 않았던 것이리라"에서는 젊은이들의 현실을 좀 더 구체적으로 거론한다. 희망찬 미래의 주역인 젊은이들이 세상에 나가기도 전에 끝없는 좌절과 포기를 받아들여야 하는 시대의 변화를 지적한다. 젊은이들은 교과서를 벗어나자마자 교과서와는 너무 다른 "세상의 벽"에 직면하게 된다. 젊은이는 미래의 주인공이고 국가의 동량이라는 교과서의 진술과 달리 사회에 진입하는 것 자체가 힘든 것이 지금의 현실이다. "가볍게 날기 위해" 자연스럽게 몸을 비우는 새들과 달리 세상의 벽 앞에서 절망한 젊은이들은 "토한다"는 "절체절명의 생리작용"으로 자신들의 괴로움을 표출한다. 구토는 소화되지 못한 잉여적 물질의 존재를 증명하는 것인데, 이 시에서 젊은이의 구토는 사회에서 잉여적 존재처럼 소화되지 못하는 그들의 처지와 겹치면서 다중적 의미를 낳는다. 랑시에르가 사회 속에서 배제된 잉여적 주체를 '데모스(dēmos)'라고 했을 때는 주로 노동자, 여성, 이주자처럼 중심에서 소외된 존재들을 뜻하는 것이었는데, 오늘날 우리 사회의 젊은이들은 사회 진입의 문턱에서부터 좌절하고 배제된다는 점에서 또 다른 데모스에 가깝다. 데모스는 사회구조에 의해 생겨난 잉여적 존재라는 점에서 사회의 모순을 함축하며 그런 만큼 모순 타파의 결정적 준거로 작동할 수 있는 힘이 되기도 한다. 랑시에르가 데모스의 등장이야말로 지배계층에 대항할 수 있는 새로운 정치의 탄생이라고 파악한 것은 그 때문이다. 이 시의 마지막 부분에서도 젊은이들의 이러한 저항적 에너지를 주목한다.

'높이 나는 새가 멀리 본다'는 말보다
토하라는 말이 훨씬 친근하다
높이 날기보다 오래 견디기 위해
내장과 뼈의 무게를 비우고
슬픔과 분노와 욕망을 토하라
다 포기하면 얻는 게 있으리니
그대여 욕망과 슬픔과 분노를 토하라

"높이 나는 새가 멀리 본다"와 같은 익숙한 아포리즘은 지배 질서의 가치관을 지속시키는 데 유리하다. 거기에는 경쟁적인 계층의 사다리에 올라서야 진전된 시야를 확보할 수 있다는 배제의 논리가 내포되어 있다. 이에 대해 시인은 차라리 "토하라는 말이 훨씬 친근하다"라며 반론을 제기한다. 극복하기 힘든 계층 간의 균열을 직시하고 "오래 견디기 위해"서는 "슬픔과 분노와 욕망을 토하라"라고 한다. 차별적 질서에 의해 한정된 자신의 처지를 직시하고 그 모순에 대해 적극적으로 반응하라는 것이다. 이 시에서는 끝내 희망을 이야기하기보다 오래 견디는 방법을 강구한다. 근거 없는 희망보다는 모순적 현실을 인지하도록 권고한다.

안숭범의 「비정규적 슬픔」(『시로 여는 세상』, 2016.겨울)에서는 사회로부터 차단된 잉여적 존재로서의 시인 자신의 일상을 그리고 있다. 스스로 '비정규직'인 '시인'의 길을 선택한 화자의 불안감과 무력감이 산문체 시의 긴 호흡에 담겨 진솔하게 전달된다. "혼자 사는 열대어처럼, 고요하게 늙는 형광등처럼, 느리게 커피가 시간을 젓자 밤이 잔 안에서 잔잔해진다, 어둠들이 삐걱대는 소리를 적을 수 있게 됐다"에서 화자가 느끼는 절대적인 고독의 상태를 짐작해 볼 수 있다. 이런 생활이 갖는 현실적 의미는 "거실로 출근하고 안방으로 퇴근하는 날들"이나 "웃자란 아가는 아버지 대신 정규적으로 밥을 먹었다" 같은 구절에서 분명하게 드러난다. 그는 거의 집 안에 유폐된 것처럼 생활하면서 자신이 제대로 된 역할을 하지 못한다고 느끼며 밥조차 편하게 먹지 못한다. "저녁밥을 건너뛰고 내뱉는 농담은 월급보다 재미가 없"다. 꼬박꼬박 월급 받는 재미로 사는 소소한 삶에서 초연해지기는 힘든 것이다. 평범한 삶과 시인의 길 사이에서 그는 여전히 갈등한다. 혼자 지내는 시간들의 빈틈으로 누군가와 사랑하고 어디선가 일했던 평범한 삶의 기억들이 끊임없이 침투한다. "다가갈 수 없는 반대편은 쉬이 휘발된다는데" 지금 그에게서 휘발되어 가는 것은 직장을 오가고 사랑을 나누는 평범한 삶인 듯하다. "아들이 코와 자기 생애를 곯기 시작한다"에서 현재의 생활에 대한 부정적 인식은 좀 더 분명하게 표출된다. 코를 골며 혼곤하게 빠져드는 잠처럼 자신의 생애가 곯아 간다고 느끼는 것이다. 새치가 자라듯 시간은 자꾸 지나가고 집 안의 공기는 점점 선인장 가시처럼 날카로워진다. "읽던 페이지를 서쪽으로 접는다, 안방에서 먼저 잠든 여자가 그쪽으로 따라 눕는다"에서 "서쪽"은 의미심장한 시어이다. 서쪽으로 해가 다 넘어가도록 그는 온종일 책만 읽었을 것이다. 안방에서 먼저 잠든 어머니는 이런 아들에게 "완숙한 연민"을 다하다 언젠가는 서방정토로 떠나게 될 것이다. 책만 읽고 시만 쓰는 이런 삶이 어머니의 연민을 벗어날 수 있을까. 밤이 깊을수록 그의 자의식은 예리해진다. "진짜 날카로운 풍경은 아직 도착하지 않은 밤에서 숨죽이고" 있다고 느낀다. "거실 TV는 무음으로 예의를 갖"췄지만 안방에서는 "오디션 프로에서 탈락한 소녀가 자기 울음에 뼈마디를 세"우는 소리가 들린다. 하필 세상에 자신을 알리기 위한 피 말리는 경쟁이 펼쳐지는 오디션 프로라니. 세상에서 떨어져 나와 골방의 은둔자가 되어 가는 그와는 얼마나 대조적인가. 그렇지만 그나 소녀 모두 "비정규적 슬픔"에 빠져 있다는 점에서는 다르지 않다. 세상의 인정을 받고 싶은 욕구, 세상에서 떨어져 나가는 것이 아니라 함께 하면서도 자신을 이끌어 낼 수 있는 그런 삶에 대한 꿈은 요원하기만 하다. 꿈과 현실의 격차 때문에 "울음의 뼈마디"를 세우는 젊은이들의 삶에 그늘이 짙다.

조동범의 「정오의 기차역」(『시와 사상』, 2016.가을)에서는 기차가 무섭게 달려오는 광경을 묵시록적인 상상으로 펼쳐 보인다. 많은 시에서 기차는 종종 근대문명의 표상으로 등장해 왔다. 정해진 시간에 따라 거침없이 질주하는 기차의 속성은 근대의 시간과 속도를 상징적으로 구현한다. 기차는 인간 삶의 편의를 위해 만들어졌지만, 시간적 질서를 우선으로 하기 때문에 그러한 기준에 따라 선택적으로 작용한다. 기차의 시간에 맞추는 사람은 기차를 탈 수 있지만 그렇지 못한 사람은 그것을 놓치고 만다. 기차는 선택된 자들과 소외된 자들을 갈라놓는다. 때맞춰 기차를 탄 사람들에게 그것은 최고의 선택이 되지만 그렇지 못한 사람들에게는 커다란 상실감을 안겨 준다. 이 시에서 "폭력처럼 기차가 달려온다"라는 첫 구절은 기차의 속도에서 두려움을 느끼는, 선택되지 못한 자들의 시선을 담고 있다. 그런 기차에서 소외된 "누군가는 아무렇게나 버려진 종이처럼 무너지기 시작"한다. 바로 이어지는 "두꺼비 떼는 철길을 횡단하고 있다"라는 장면으로 인해 이 시의 묵시록적인 이미지는 뚜렷해진다. 두꺼비 떼의 등장은 흔히 지진과 같은 대재앙의 전조 현상으로 알려져 있다. 철길을 "횡단"하는 두꺼비 떼는 기차가 대표하는 근대문명과 자연의 충돌, 문명에 의해 터전을 잃은 자연의 이상 징후를 암시한다. "철로 변의 슬픔 몇 포기가 폭염을 읽고 있는 오후는 그러나 애써 고개를 돌리지 않는다"라는 다소 감상적인 다음 구절은 "고백하건대 세계는 쓸모없는 것들로 가득하구나"라는 비판적 전언과 함께 세계에 대한 비관적인 시선을 드러낸다. 두꺼비 떼 다음으로 등장하는 비둘기 떼 역시 불길하게 날아오르고 기차역에는 정체를 알 수 없는 두려움과 긴장감이 가득하다. "이토록 화창한 정오의 순간이므로, 기차역의 계단을 오르는 것이 불안과 공포는 아닐 것이다"라는 말은 오히려 역설에 가깝다. "그러나 알 수 없는 불길함은, 두근거리며 달려오는 기차처럼 어느덧 이곳에 당도할 것이다"라는 구절이 바로 이어지는 것에서 알 수 있다. 이 시에서 화창한 정오의 기차역에 질주해 들어오는 기차는 그 역동적인 이미지와는 전혀 다르게 깊은 불안과 두려움을 낳는다. 기차의 지나친 활력에 비해 이 시에 등장하는 사람들은 기이한 형상으로 그려진다. 그들은 "버려진 종이"나 "나무마다 매달린 죽은 자의 음성"과 같이 파멸과 죽음의 상태에 있다. "쿵쿵거리는 심박에 맞춰 정오는 찬란하고, 나무마다 매달린 죽은 자의 음성은 두근거리는 기차처럼 맹렬한 오후가 되어 갈 것이다"라는 마지막 구절은 그 강렬한 언어만큼 불안감을 증폭시키며 끝난다. 거침없이 달려온 기차처럼 근대문명은 찬란했지만 많은 소외와 죽음을 가져왔고 그 위험은 점점 더 커질 것이라는 불길한 예언에 가깝다. 발전과 속도의 그늘에는 선택되지 못한 자들의 좌절과 죽음의 흔적이 가득하다. 이 시는 질주하기만 하는 기차가 놓치고 있는 것이 무엇인지, 그렇게 만들어진 세계가 얼마나 쓸모없는 것들로 가득한지를 돌아보도록 한다. 상징과 암시와 전언이 가득한 문장들이 이루어 내는 기이한 묵시록적 풍경은 이 시대의 불길한 균열을 인상 깊게 펼쳐 보인다.

서대경의 「마감일」(『현대시』, 2016.12)에서는 환상을 적극적으로 도입하여 현실을 새롭게 재현해 낸다. 이 시에도 그동안 그의 시에 종종 등장해 온 '흡혈귀'와 '굴뚝의 기사'가 출현하며 시 전체가 마치 연극 무대를 보는 듯한 대사로 이루어져 있다.

어느 겨울밤, 사무실로 들어선 나의 흡혈귀 소설가 친구는 원고 뭉치를 탁자에 내려놓고는 소파에 주저앉아 충혈된 잿빛 눈을 몇 번 끔적거리며 이렇게 말했다.

「이상하게도, 이 도시의 모든 굴뚝 안에는 굴뚝의 기사가 있어.」

「제법 이상하지만, 그게 자네의 존재 이상으로 이상한 건 아니지.」 내가 말했다.

「이 사무실 굴뚝에도 뭔가가 웅크리고 있는 것 같군.」

「물론이네. 그래서 연기가 막힐 땐 저걸로 몇 번 연통을 두드려 줘야 해.」

나는 내 업무용 책상 옆에 기대어 놓은 쇠꼬챙이를 눈짓으로 가리켰다.

「하지만 내 생각에, 굴뚝의 기사는 이 세계의 균열을 가리키는 존재의 구멍, 이를테면 죽음충동으로 기우는 내면의 병적 징후가 아닌가 싶네. 한마디로, 환영이라는 거지.」

이처럼 '나'와 '나의 흡혈귀 소설가 친구'가 등장하여 줄곧 대화한다. 흡혈귀 소설가는 밤새 원고에 시달려 충혈된 눈으로 원고 뭉치를 내려놓으며 자기만큼 이상한 존재인 굴뚝의 기사에 대해 거론한다. 이 도시의 모든 굴뚝 안에 있는 굴뚝의 기사가 이 사무실의 굴뚝에도 웅크리고 있는 것 같다는 것이다. 이 말을 받아 '나'는 태연하게 그건 당연한 사실이며 자기도 굴뚝의 연기가 막힐 때면 몇 번씩 연통을 두드려 준다고 한다. '흡혈귀 소설가' 정도는 비유적 표현이라고 볼 수 있어도 이 정도면 현실의 경계 너머로 환상의 영역이 침범해서 혼재해 있는 상태에 가깝다. "굴뚝"이라는 사어에 가까운 구시대의 언어는 이 시의 환상성을 강화하며 각별하게 전경화된다. 그러고 보니 굴뚝이 사라진 현대의 건축에서는 건물의 안팎을 연결하는 통로를 찾아보기 힘들다. 현실에서는 보기 힘든 굴뚝이 갖는 상징적 의미를 이 시에서는 "이 세계의 균열을 가리키는 존재의 구멍", "죽음충동으로 기우는 내면의 병적 징후"라고 뚜렷하게 제시한다. 그렇다면 굴뚝은 세계의 균열을 내포하는 위태로운 존재의 내적 징후를 드러내는 바로미터여서, 이것이 막혀 버리면 심각한 파국에 직면할 수도 있다는 뜻이다. 이런 사정을 아는 '나'는 수시로 쇠꼬챙이로 연통을 두드려 굴뚝이 막히지 않도록 하고 있는 것이다. 연극 같은 상황으로 생경하게 그려 내고 있지만 이 시에서 제기하는 문제는 상당히 심각하다. 우리의 내면에 세계의 균열과 관련된 존재의 구멍이 있다면 그것이 막혀 있는 상태의 위험성은 충분히 공감할 만하다. 굴뚝이 막히면 재가 떨어지고 모든 것이 엉망이 돼 버리듯 "죽음충동으로 기우는 내면의 병적 징후"를 방치한다면 존재 자체가 위험에 빠질 수밖에 없을 것이다. 이러한 의미를 내포하기 때문에 이 시에서 환상은 내면의 진실을 암시하는 극적 효과를 보게 된다. '나'는 한술 더 떠 사무실에 있을 때 굴뚝의 기사와 대화를 나누기도 하고 그러면 가끔 굴뚝의 기사가 쿵쿵 굴뚝을 두드리며 소리를 내 주기도 한다고 말한다. "그렇다면 생각보다 배려심이 있는 환영이로군" 하며 흡혈귀 소설가가 맞장구를 치자, 이어지는 '나'의 반응은 다음과 같다.

> 「환영이라기보다는 차라리 어떤 목소리에 가깝지.」 잠시 생각한 뒤 나는 말을 이었다. 「이 도시의 모든 굴뚝은 소리 없는 비명의 형식을 지녔네. 솟아오르는 모든 것은 일종의 비명이지.」

굴뚝의 기사가 환영보다 목소리에 가깝다는 것은 앞에 나온 "존재의 구멍"이나 "내면의 병적 징후"와 관련하여 어떤 억압된 내면의 소리를 연상시킨다. 세계의 균열에 직면하여 제자리를 잃고 떠도는 잉여적 존재의 부서진 말을 떠올리게 한다. 상징계에서 배제된 이런 존재들은 현실과 환상의 경계에서 떠돌며 비명에 가까운 소리를 낸다. 굴뚝이라는 경계의 구조야말로 이런 소리가 존재하기에 최적의 장소이다. 하이데거가 존재의 집이라고 한 언어는 라캉에 의해 무의식이라는 또 다른 지층을 포함하며 복잡한 양상을 지니게 된다. 언어의 집에서 상징계의 언어와 다른 무의식의 소리가 드나드는 통로로 굴뚝보다 적합한 것은 없을 것이다. 상징계의 언어로 정착하지 못하고 "내면의 병적 징후"로 남은 소리들은 가끔씩 비명 같은 것으로 터져 나온다. 굴뚝은 그런 소리들의 유일한 출구여서 이곳을 뚫어 주지 않으면 집의 평화는 송두리째 흔들릴 것이다. 이 시의 마지막 부분에서 "난 굴뚝의 기사와 자네가 다른 존재라고는 생각지 않는다네"라는 말에 흡혈귀 소설가 역시 동의하는 것으로 보아, 그들 모두 이 세계의 균열을 감지하고 그것을 굴뚝의 소리로 알리려 하는 "존재의 구멍"이라는 것을 짐작할 수 있다. 균열을 방치한 집이 속수무책으로 무너지듯이 "내면의 병적 징후"를 다스리지 않으면 죽음에 이를 수도 있다. 이 도시의 모든 굴뚝에는 굴뚝의 기사가 있지만, 그의 존재를 의식하는 사람들은 많지 않은 것 같다. 굴뚝이 가득한 이 회색의 도시가 불길해 보이는 것은 그 때문이다.

시인들은 잠수함의 토끼처럼 자기가 살고 있는 세계의 이상 징후를 예리하게 감지하고 불안해한다. 함께하는 공동체에 곧 닥쳐올 불안한 균열을 그들은 미리 몸소 앓는다. 이 시대 시인들은 곤궁해지는 삶과 차단된 희망과 위태로운 존재의 그늘에서 그 위험을 알리고 고통을 나누려 애쓰고 있다. 그들은 특히 세계의 균열이 드리운 그림자 속에서 "부정의 공동체, 어떤 공동체도 이루고 있지 못한 자들의 공동체"(모리스 블랑쇼)를 발견하고 그들과 함께하려 한다. 오랫동안 멀어졌던 말, '공동체'가 새삼스럽게 재등장하는 이유는 그만큼 균열의 그림자가 심각하게 드리워 있기 때문일 것이다. 시인들이 다양한 방식으로 알리는 예리한 경고음은 이 세계의 균열을 지각하고 제어하기 위한 의미 있는 출발점이 될 것이다.

변화에 관한 시적 통찰

　시대를 불문하고 자기 시대의 변화에 대해서는 급격하고 불안하다고 느끼는 것이 상례라지만 갈수록 사회환경은 급변하고 그에 따라 예측 불가능성이 커지는 것은 분명해 보인다. 시대뿐 아니라 한 사람의 생애도 항상 예측할 수 없는 변화를 앞두고 있다는 점에서 근원적인 불안의 요인을 안고 있다고 할 수 있다. 어떤 시대나 생애를 불문하고 마주하게 되는 예측하기 힘든 변화에 대해 문학은 특유의 자유로운 상상이나 깊은 사색을 통해 반응해 왔다. 인과적 서사를 기본 구조로 하는 소설에 비해 시는 더욱 다양한 방식으로 시대나 삶의 변화를 그려 낸다. 가령 김소월 시 「산유화」에서는 꽃이 피고 지는 변화가 시의 처음과 끝을 연결하며, 끝없이 변하면서도 무한히 반복되는 자연의 시간을 재현한다. 변화와 반복은 이 시의 특징적인 구조이자 시인이 간파한 시간의 구조이기도 하다. 서정주의 「신부」에는 첫날밤의 오해로 집 나간 신랑이 사오십 년 후 신붓집을 들러 봤더니 신부가 첫날밤 모습 그대로 앉아 있다가 신랑이 어루만지자 그제야 매운 재가 되어 폭삭 내려앉았다는 이야기가 들어 있다. 전설에 가까운 내용이 지만 첫날밤과 사오십 년 후의 극적인 재회를 강조하는 시적 구조를 지니며 신부가 "초록 재와 다홍 재로 내려앉아" 버리는 강렬한 이미 지로 한 생애의 의미를 요약한다. 시는 특유의 압축이나 비약의 방식 으로 삶의 다양한 변화들을 그려 낸다. 우리 삶의 변화에 대한 흥미로 운 사유를 행하고 있는 시들을 통해 이 시대에 대한 인식의 지평을 살 펴보도록 한다.

이승하의 「자동」(『시로 여는 세상』, 2017.봄)은 급격히 자동화되어 가는 삶에 대한 비판적 통찰을 담고 있다. "자동인형 보고 사람이 웃는다 기 계가 비웃는다"라는 첫 구절은 자동화가 인간에게 일으킬 변화를 암시 한다. 자동인형을 보고 웃는 인간을 기계가 비웃는 우열 관계의 역전 이 한 문장 안에 압축된다. 다음에 나오는 내용들은 이러한 문제의식 의 부연에 가깝다. 이 시에서는 특히 알파고 대 이세돌의 바둑 대결을 주목한다. 이 대국은 인간에 대한 인공지능의 우위를 입증하는 상징적 사건이다. 거듭되는 알파고의 승리에 충격을 받은 사람들은 4차 대국 에서 이세돌이 거둔 단 한 번의 승리에 많은 의미를 부여했지만, 이 시 에서는 "5전 3승 선제여야 했고/세 번 졌을 때 게임 끝났어야 했다/4 국에서 이긴 것을 두고 '神의 한 手'라고 하는데/신이 할 일 없어 바둑 에 껴드나 훈수를 두나"라며 냉정한 평가를 가한다. 자동으로 학습하 며 스스로 진화하는 새로운 개념의 인공지능은 드디어 인간이 만든 가 장 고차원적인 게임이라는 바둑에서도 인간을 앞서게 된 것이다.

　　자동기술이 절차탁마를 이긴 것
　　자동이 심사숙고를 이긴 것

데이터가 천재를 이긴 것
기계가 인간을 이긴 것

인간이 신을 이긴 것

　이 시에서는 알파고가 상징하는 자동화된 인공지능의 시대가 내포
하는 의미를 이와 같은 선언적 진술로 압축해 낸다. 위의 진술에서 그
간 인간 삶을 지배해 온 기존의 가치관은 모두 전도된다. 자동기술은
절차탁마나 심사숙고와 같은 인간 정신의 고귀한 자질들을 가볍게 능
가해 버린다. 데이터의 축적은 천재성이라는 신비의 영역을 넘어선
다. 단적으로 "기계가 인간을 이긴 것"이라고 할 수 있다. 그 기계를
인간이 만들었으니 인간이 자신을 만든 신을 넘어섰다고 해야 할까.
"신은 시골을 만들었고 인간은 도회를 건설했다"라는 윌리엄 쿠퍼의
말을 패러디한 후 "신은 망했다"라고 선언했던 이갑수의 시처럼 이
시에서도 인간이 신의 영역을 넘어서는 변화의 위태로운 결말을 암시
한다. 여기서 "인간이 신을 이긴 것"이라고 하는 의미는 누가 이기든
인류의 승리라고 한 구글 회장 에릭 슈미트의 말과는 다른 것이다. 에
릭 슈미트의 말은 인공지능의 승리에 대한 사람들의 불안을 잠재우고
인류가 도달한 위대한 기계문명의 수준을 강조하기 위한 것이지만 이
시에서는 인류의 오랜 신념과 역사가 도전받고 있다는 사실을 말하고
있다. 인간이 오랜 세월 지배되어 오던 신 중심의 세계에서 벗어난 것
처럼 기계가 인간을 넘어서는 날이 올 수도 있다는 예견이다. 『사피
엔스』에서 유발 하라리는 호모 사피엔스가 지적 설계의 법칙으로 자
연선택의 법칙을 깨기 시작하면서 전혀 새로운 역사로 접어들고 있다
고 진단한다. 호모 사피엔스는 과학 문명을 통해 자신의 한계를 초월

해 가는 중이며 이런 추세라면 앞으로 몇 세기 지나지 않아 기존의 인류는 영원히 살 수 있는 사이보그로 대체되면서 사라질 것이라고 본다. 이런 맥락에서 본다면 "인간이 신을 이긴 것"은 역설적으로 "기계가 인간을 이긴 것"을 뜻하기도 한다. 알파고의 무서운 학습 능력만큼 인류를 대체하는 기계문명은 가속화할 것이다. 이 시에서는 인류 역사를 뒤바꿀 신개념의 기계가 보여 주는 위력을 불길한 눈으로 바라본다. 인류 역사에 대한 거시적 통찰을 단 몇 줄의 선언으로 압축해 낸다. 직관적 진술과 자유로운 비약이 허용되는 시의 형식 안에서 가능한 일이다.

　김행숙의 시 「대방동 조흥은행과 주택은행 사이에서 무슨 일이 있었나?」(『현대문학』, 2017.1)는 제목처럼 뜬금없는 질문에서 시작한다. 이 질문은 1995년 출간된 오규원의 시집 『길, 골목, 그리고 강물 소리』에 실린 「대방동 조흥은행과 주택은행 사이」를 읽다가 느닷없이 생겨난다. 오규원의 시는 "대방동 조흥은행과 주택은행 사이에는 한 줄에 아홉 개씩 마름모꼴로 놓인 보도블럭이 구천오백네 개, 그 가운데 깨어진 것이 하나, 둘… 여섯… 열다섯… 스물아홉… 마흔둘…"처럼 지극히 즉물적인 진술로 이루어져 있다. 원래의 시에서 강조했던, 관념의 그림자조차 제거한 날것 그대로의 시는 한참 후배인 시인에게 새롭게 읽힌다. 보도블록을 하나하나 세던 옛 시인의 시간과 그 시인이 죽은 현재의 시간이 만난다. "오늘은 어느 죽은 시인이 그 모든 것들을 하염없이 세어 보았던 뜬구름 같은 오후, 그것은 산 사람이 시간을 죽이기에도 좋은 일이고, 죽은 사람이 무한한 시간을 흘려보내기에도 좋은 일이다. 그러므로 우리는 언제든 대방동 조흥은행 앞에서 만나자"라고 한다. 그런데 조흥은행은 찾을 수 없다. 1897년 한성은행으로 출범한 대한민국에서 가장 오래되었던 은행이었지만 2004년 거래소 상장이 폐지되어 '없어진 기업'으로 분류되어 있다. 대방동 조흥은행 앞이라면 옛 시인과 만나 하염없이 시간을 보낼 수도 있을 것 같은데, 생각해 보니 조흥은행은 이제 없다. 위키피디아를 확인해 보니 자세한 설명과 함께 '없어진 기업'으로 명백하게 표시되어 있다. 주택은행도 마찬가지다. 오규원의 시에 그토록 분명하게 출현했던 조흥은행과 주택은행 모두 지금은 사라지고 없다. 인터넷 사전의 구체적인 진술은 두 은행의 황망한 부재를 증명한다. "그러므로 없어진 조흥은행과 없어진 주택은행 사이에서 이제 우리는 살고 있다"라고 할 만하다. 존재와 부재의 거리가 아득하게 다가온다.

은행도 사람처럼 죽고, 사람의 꿈에 나타나고, 사람의 눈에 유령처럼 어른거리고…… 언제나 종이돈 때문에 사람들 사이에서는 칼부림이 있었다. 그러므로 우리는 사돈의 팔촌과 십육촌처럼 기어이 은행과 연결될 것이며, 그러므로 우리는 어느 날 약속 장소를 잃어버리게 되고 다시는 약속 시간을 지키지 못하게 될 것이다. 내가 언젠가 전 재산을 몽땅 잃어버리고 "강도야! 강도야!" 대로변에서 악을 쓰게 될 때, 허허벌판의 겨울바람처럼 쌩쌩 차들이 무섭게 지나갈 때, 아아, 그 건너편에서 본다. 죽은 사람들이여,

은행이 없어질 수 있다는 사실을 새삼 확인하면서 상상은 한바탕 도약한다. 은행이 없어진다는 것은 사람이 명을 다하듯 더 이상 이 세상에 존재하지 않는다는 뜻이다. "죽은 은행"은 죽은 사람처럼 꿈에 나타나기도 한다. 은행이 죽어 버리면 재산을 잃는 사람도 생기고 은행에서 만나자는 약속도 다시는 할 수 없을 것이다. 죽은 은행을 생각하다 전 재산을 잃어버리고 대로변에서 울부짖는 자신을 상상하기에 이른다. 전 재산을 잃고 허허벌판을 헤맬 때 죽음은 얼마나 가까울

것인가. 얼마 전까지 분명 은행이 있었던 자리가 그려지듯이 산 자의 눈에는 죽은 자가 보일 듯하다. "보이지 않는 조흥은행과 보이지 않는 주택은행 사이에서 흰 구름이 홀연히 없어지기도 하고, 지갑이 없어지기도 하고, 기억이 없어지기도 하는"가 하면 "돌무덤 맨 아래 돌처럼 가슴 깊이 묻혔던 한 사람이 일어나 한 마리 새처럼 가볍게 날아오"르는 듯하다. 존재와 부재 사이가 한없이 멀고도 가깝다.

이 시에서는 오규원 시의 한 장면에 착안하여 존재와 부재에 관한 심층적 질문을 던지고 있다. 오규원 시에서 그토록 뚜렷하게 존재하던 "대방동 조흥은행과 주택은행 사이"의 풍경이 사라져 버린 변화에서 존재와 부재의 의미를 탐색한다. 즉물적 이미지가 주도하던 오규원의 시를 이야기와 정념이 실린 풍성한 진술로 변주해 낸다. 눈으로 확인할 수 있는 사실들만을 제시했던 오규원의 시를 근원에 대한 탐색으로 바꾸어 낸다. 죽은 시인의 시를 통해 그의 시간과 만나려고 시도한다. 시에 존재하던 은행들이 없어지고, 시를 썼던 시인도 죽고 없는 부재의 상황을 확인하며 삶과 죽음의 의미를 되새긴다. 삶과 죽음이 길 건너편 정도에 있을 수도 있다는 상상을 하면서 "보이지 않던 것들이 자꾸만 보이"는 이상한 경험을 한다. 보이는 것만을 묘사하려 한 오규원의 시와 만난 김행숙의 시는 아이러니하게도 보이지 않는 것을 끌어낸다. 즉물적인 이미지와 간명한 진술로 이루어진 오규원의 시와 달리 김행숙의 시는 비약적인 상상과 사전적 진술, 사실과 정념이 뒤섞인 다성적인 텍스트가 된다. 오규원 시에 등장하는 조흥은행과 주택은행이 지금은 없어진 변화도 놀랍지만 그러한 변화에서 존재론적 질문을 이끌어 내는 시 의식의 변화도 흥미롭다.

이현승의 시 「여자의 일생」(『문예중앙』, 2017.봄)에서는 뒷모습을 통해 한 생의 변화를 일별하는 시적인 시선이 나타난다. "뒷모습만으로 완성되는 사람도 있다./월정사 전나무 숲길 가에 쪼그리고 앉아/길 옆 개울의 난반사만 보고 있는 여자의 뒷모습을 보니"라는 첫 구절에 서 그 시선은 시작된다. 그 시선은 절가 숲길의 개울을 하염없이 바라 보는 여자의 뒷모습이 그녀가 지나온 세월의 무게를 고스란히 담고 있다는 인상을 전달한다. 소설로는 장편 분량의 사연이 깃든 뒷모습 일 터이다. "한때라는 말이 일생 같다./한때는 누구에게나 있고/그때 를 지나서야 아는 것이지만//아름다워지기 위해 애써 본 적 언제였던 가./아름다웠던 때는 아름다움 같은 건 생각도 못 했다."라는 진술에 서는 여자의 뒷모습에서 받은 인상이 누구나 겪는 생의 과정으로 확 산된다. 생의 절정을 지나 이제 홀로 고요히 물만 바라보는 여자처럼 누구에게나 가장 빛나는 "한때"는 속절없이 보내고 훌쩍 지난 후에야 보이는 법이다.

우리는 왜 남의 고독을 엿보고 그러는가.
어째서 남의 아픔에 이리 관심이 많은가.

진신사리탑보다 더 무겁게 가라앉은
여자의 옆에 가서 가만히 서 있고 싶다.

여자에 대한 구체적인 상상이 드러난 부분은 없지만 그녀의 뒷모 습이 '고독'과 '아픔'을 느끼게 했음을 짐작하게 하는 대목이다. 소설 이라면 그 느낌을 인과적 서사로 엮어 내려는 충동이 작동했을 것이 다. 그러나 시에서 이런 느낌은 정서적 공감으로 확산하며 삶의 본질 에 대한 통찰로 연결된다. 이제 시인은 여자를 바라보기만 하던 상태 에서 나아가 여자의 옆에 가서 가만히 서 있고 싶어 한다. 고독하고 힘겨워 보이는 여자의 뒷모습에서 자기 자신을 발견했기 때문이다. 서술 대상을 객관화하는 소설과 달리 모든 존재가 자아를 중심으로 융합하는 서정시 특유의 일치감이 발현되는 장면이다. 이러한 일치감은 침묵 속에서 더 깊게 느껴지는 것이다. 말없이 그 옆에 함께 서는 것만으로 서로의 고독과 아픔을 교감하고 위로할 수 있다. "내가 물고기와 나무를 사랑하는 이유는/그들이 침묵하기 때문이다./침묵으로 말하기 때문이다"라는 말처럼 지친 심신이 자연에서 위로를 받을 수 있는 것은 자연이 말없이 함께해 주기 때문이다. "나뭇등걸에 걸터앉아/물줄기에 눈길을 흘려보내고 있는 저 여자"도 지금 나무와 물고기와 함께하며 고요히 자신의 생을 반추하고 있을 것이다.

이 시에서는 한 여자의 뒷모습을 통해 그녀의 일생을 만난다. 그녀의 뒷모습은 아름다웠던 한때와 고독하고 쓰라린 현재를 하나의 실루엣에 담고 있다. 시에서는 "뒷모습만으로 완성되는 사람"을 만날 수 있다는 것을 경험하게 된다. 대상에 대한 고도의 집중 속에 시인 자신의 정서를 일치시키는 서정시 고유의 회감(回感)이 작동한 것이다. 이러한 정서적 고양 상태에서는 순간과 일생이 만나고, 대상과 자아가 일체를 이룬다. 시인이 여자의 뒷모습에서 본 것은 자기 자신의 생이기도 하다.

위의 시에서 여자의 뒷모습이라는 고정된 이미지로 시간의 변화를 압축시키는 것에 비해 이제니의 「가장 나중의 목소리」(『창작과 비평』, 2017.봄)에서는 끝없이 유동하는 이미지로 겹쳐 흐르는 시간과 사라질 듯 이어지는 목소리를 그려 낸다.

부른다. 목소리. 점자를 읽어 내려가는 소녀의 손가락. 소녀는 늙어 가고 점자는 흐려진다. 손가락. 닳아 가는 손가락. 손가락은 듣는다. 얼룩과 눈물. 숨결과 속삭임. 선과 선을 그리는. 원과 원을 따라가는. 간격과 간격 사이에서. 흔적과 흔적 너머에서. 연기. 피어오르는. 희미한 몸짓. 들려온다. 목소리. 닳아 가는 것. 너는 양의 가죽으로 만든 구두를 신고 이국의 거리를 걷고 있는 너를 본다. 공기. 푸르고 투명한. 아니다. 잿빛. 어둡고 투박한. 목소리. 흐른다. 시간이 세월이 되기 위해 흘렸던 눈물이 있었고. 음률. 느리고 낮은. 읊조리는. 목소리. 흐르면서 사라지는. 가슴을 치는. 목소리. 부른다. 이름을. 부른다. 목소리.

이제니의 시는 이처럼 마침표로 끊어지면서 다시 이어지는 구절들로 가득하다. 이 시에는 소리와 이미지가 넘쳐흐른다. 그것들은 단절된 것 같으면서도 이어진다. 시 전체에 산포되어 있는 마침표는 악보의 마디처럼 리듬을 만들어 낸다. 마침표로 이어지는 구절들은 의미의 흐름에서 비교적 자유롭다. 낱낱의 구절들은 제각기 떠다니는 듯하면서 희미하게 연결된다. 의미의 접합이 느슨하기 때문에 이미지 중심의 다채로운 상상이 가능하다. 부유하는 이미지들 속에서 소녀는 어느새 늙어 가고 이국의 거리를 걷기도 한다. 심지어 "소녀와 노파가 스쳐 지나간다"라는 구절이 나타나기도 한다. 인과의 연쇄에서 벗어나 명멸하는 이미지만을 재현할 때 가능한 표현이다. 이 시는 뮤직비디오를 보는 듯 현란하게 변하는 영상과 소리로 가득하다. 어느새 "노파는 소녀의 목소리를 덧입고 양의 가죽으로 만든 구두를 덧신고, 이국의 거리를 걷고 있는 잔상이 있다."라는 구절이 나타난다. 이처럼 소녀와 노파는 서로 구분되지 않고 수시로 변환한다. 보기에 따라 소녀가 나타나기도 하고 노파가 나타나기도 하는 게슈탈트 심리학의 그림처럼 이 시에서 소녀와 노파는 겹쳐진 채 달리 보인다. "너는 영원을 보고 있고 나는 영원을 보고 있는 너의 얼굴을 보고 있다. 시간과 시간이 겹으로 흐르고."와 같은 구절로 짐작해 볼 수 있듯 이는 '영원'의 이미지를 그리려는 시도이다. "너는 새벽의 푸른빛에 얼굴을 씻고 있는 너를 본다. 죽음 이후의 눈꺼풀 속에는 흰빛이 있다. 투명하고 빈 공간이 있는 서늘함. 떠나왔던 장소 위로 떠나왔던 얼굴이 겹쳐 흐르고. 사람이 아닌 얼굴이었다. 세상이 아닌 그늘이었다. 아름다웠다. 환하고 어두웠다. 잊었던 빛이 되돌아오고. 네 속으로부터 솟아나는. 목소리."에서 삶과 죽음, 빛과 어둠의 경계는 무화된다. 영원의 이미지는 이처럼 초현실적이고 모순적인 현상으로 그려진다. 시인이 그토록 듣고자 하는 것은 영원의 시간 속에서 들려오는 "가장 나중의 목소리"이다. 그것은 이 세상의 것이 아닌 듯한 신비한 소리로서 시간의 경계가 사라진 곳에서 들려오는 최후이자 최초의 소리이다. 이 시에서 압도적인 이미지의 연쇄는 인과적 질서를 가볍게 넘어서 영원에 대한 상상을 감각적으로 실현한다.

사물을 꿰뚫어 보는 능력을 통찰(洞察)이라고 한다. 통찰은 이성적인 판단이나 인과적 질서를 넘어서 직관적으로 펼치는 사유의 능력이다. 인과적 서사를 바탕으로 하는 소설보다 자유롭고 주관적인 상상이 가능한 시에서 예기치 않은 통찰력이 자주 목도되는 것은 우연이 아닐 것이다. 시에서 통찰력은 특히 광범위한 변화를 그릴 때 효과적으로 작동한다. 비약적인 상상과 역동적인 서술을 통해 시는 한 시대나 생애의 변화를 통찰한다. 시는 인과적인 설명을 생략한 채 우리의 가장 깊숙한 내면에 잠재하고 있는 꿈과 불안을 일시에 끌어올린다. 시가 던지는 통찰의 그물은 한 시대나 생애가 맞이할 변화의 면면을 다채롭게 드러내 보인다.

'너'의 시학

　서정시는 다른 어떤 장르보다 주체의 비중과 역할이 큰 장르이다. 서정시가 주관적이고 내적인 세계를 다루며 관조와 감동이라는 주체의 자기표현을 고유의 형식이자 목표로 한다는 헤겔의 고전적인 정의를 비롯하여 많은 시학에서 서정시의 본질은 주체 중심의 내면성으로 규정된다. 대개의 서정시에서 주어는 '나'이며 '나'의 시선과 감응이 시의 흐름을 압도한다. 따라서 서정시를 읽을 때 독자는 서정적 주체인 '나'의 독백에 귀를 기울이는 형국이 된다. '나'의 시선에 흡수된 세계를 함께 바라보고 '나'의 정서적 상태에 동화되어 함께 느끼게 되는 것이다.

　'내'가 중심이 되는 서정시에서 '너'는 자주 나타나지는 않지만, 나타날 경우 시의 전체 분위기를 바꾸는 경우가 많다. '너'의 등장은 시를 독백이 아닌 대화의 장이나 극적인 상황으로 만든다. 시에서 '너'를 보는 '나'의 시선이 복합적으로 작용하게 된다. 이때 독자는 서정적 주체인 '내'가 대상인 '너'에게 보이는 시선이나 감정을 가늠해 보며 '나'의 독백을 대할 때보다 훨씬 다양한 상상을 행하게 된다. 마치 '나'와 '네'가 등장하는 무대를 보는 듯이 둘 사이의 관계를 추측하며 감상하게 되는 것이다. '너'의 등장은 주체와 독자 사이에서 거멀못 노릇을 하며 시에 입체감을 부여한다. '나'의 독백이 주도하는 시들과 달리 '네'가 등장하여 색다른 상황을 만들어 내는 시들을 읽어 보도록 한다.

영원히 부풀어 올라 박제된
살의 포경선
폐를 갉아 먹고
창자를 쏟아 내는
너의 코타르*
눈과 귀가 괴사된
숲의 사체처럼
탐식과 거식을 반복하다
앙상함과 멀어졌다
가족은 널 버렸다
버려지는 일은
넘치거나
모자란
처형의 방식
누구도 찌를 수 없어
<u>스스로</u>
칼날을 목구멍에 겨누고
가장 잔인한 방식으로

스스로의 살을 묻어 버리는 것!

*코타르 증후군은 환자가 자신이 죽었거나, 존재하지 않거나, 부패 중이라고 믿는 희귀한 정신 질환이다.

—문혜진, 「살찐 여자」 부분(『시로 여는 세상』, 2017.여름)

이 시는 무대의 한복판에 '네'가 자리하고, 화자는 모습을 숨긴 채 목소리만 들려주는 독특한 형식을 취하고 있다. '너'는 처음부터 끝까지 미동도 하지 않은 채 누워 있고 화자는 그런 '너'의 형상을 낱낱이 관찰하고 묘사한다. 화자의 시선은 카메라처럼 냉정하게 '너'의 모습을 훑어간다. "영원히 부풀어 올라 박제된/살의 포경선"이라는 첫 문장에서는 비정상적으로 살찐 '너'의 전체적인 인상을 그려 낼 뿐 아니라 그것이 변화의 가능성이 전혀 없이 "박제된" 상태에 가깝게 고착되어 있다는 사실을 드러낸다. "폐를 갉아 먹고/창자를 쏟아 내는/너의 코타르"에서는 '너'의 비정상적인 상태가 육체에 국한되지 않는 정신의 문제이기도 하다는 사실을 알려 준다. 코타르 증후군에 걸린 '너'는 살아 있으면서도 죽은 것과 다름없는 상태에 있다. '너'의 몸에서 입을 제외하고는 제대로 기능하는 곳이 없다. "눈과 귀가 괴사된/숲의 사체"라는 그로테스크한 몸의 이미지는 '너'의 이상 증세를 적나라하게 증언한다. 코타르 증후군 이전에 '너'는 탐식과 거식을 반복하는 섭식장애를 겪었던 것으로 드러난다. 감당할 수 없을 정도로 살이 찌자 가족마저도 '너'를 버린다. 가족으로부터 버려지는 가장 처참한 "처형"을 겪은 이후 '너'는 "스스로의 살을 묻어 버리는" 방식으로 자신을 처벌한다. 이후의 장면들은 곰팡이가 피어오르는 방에서 살이 썩어 가는 과정을 그린 것으로 부패의 이미지들이 넘쳐난다. "너는 썩기 위해 태어났다/진동하는 살찐 처녀의 비린 살냄새/지독한 악취의 살풍경"으로 끝이 나면서, 이 시는 그로테스크한 몸의 이미지로 강렬하게 기억되는 시들의 반열에 합류하게 된다.

이 시에서는 한 젊은 여자가 섭식장애를 거쳐 죽음의 상태에 이르도록 살이 찌는 과정을 충격적일 정도로 즉물적으로 그리고 있다. 화자는 대상과 철저히 거리를 유지한 채 카메라 같은 눈으로 묘사에 치중한다. 그렇다면 묘사의 대상을 왜 굳이 이인칭인 '너'로 지칭했을까? '그녀' 또는 '여자'와 같은 삼인칭을 사용하는 것이 더 자연스럽지 않았을까? 이런 의문을 품고 '너'를 '그녀'로 칭해 본다. "가족은 그녀를 버렸다", "그녀는 썩기 위해 태어났다"라고 해 보니 부패해 가는 '그녀'의 삶이 드라마처럼 펼쳐진다. '나'와 아무 상관 없는 '그녀'의 삶이 스크린 속에서 흘러간다. 다시 "가족은 널 버렸다", "너는 썩기 위해 태어났다"라고 읽어 보니 느낌이 달라진다. 확실히 '너'는 '그녀'보다 가깝다. "가족은 널 버렸다"라고 할 때 심리적 충격이 훨씬 크게 느껴진다. '네'가 겪는 고통이 바로 눈앞에 펼쳐지는 것 같고 마음이 몹시 불편하다. '너'라는 지칭은 독자를 상황 속으로 끌어들이고 감정을 불러일으킨다. 화자의 입장에서 '너'라는 지칭은 대체적인 발화자로서의 역할을 부여한다. 화자는 '너'에 대해 관찰자로만 머물 수는 없다. '너'의 눈과 입이 되어 상황을 전달한다. 이 시에서 그런 효과는 극대화된다. 죽음에 가까운 상태인 '너'를 대신해 화자는 '네'가 겪은 일과 현재의 상태를 펼쳐 보인다. 이처럼 '너'라는 지칭은 화자나 독자가 대상을 보다 가까이 느끼게 하며 서로가 무관하지 않은 관계 속에 놓여 있음을 깨닫게 한다. '너'의 삶은 '나'의 바로 옆에 있는 것이기에 '너'의 불행에 무심할 수 없게 한다. 이것이 이 시에서 '너'의 상태가 줄곧 불편하게 느껴지는 이유이다. 버림받고 부패해 가는 '너'는 바로 '나'의 이웃이기 때문이다.

임현정의 「별」(『문학들』, 2017.여름)에서 '너'는 별이다. 별은 물리적 거리와 무관하게 정서적인 거리가 가깝기 때문에 시에서 종종 '너'로 칭해지는 대상이다. 이 시에서는 별의 반짝임과 세간살이의 유사성을 연결시킨 점이 흥미롭다. "가벼운 미열에도 스댕은 오, 뎅처럼 따뜻해지지//스댕을 모아 만든/백동전 같은 별이 있다면,//너는 어느 냄비에 담겨질래?"에서 "스댕-백동전-별"의 연결은 발랄하면서도 자연스럽다. 이들 모두 가볍고 친근하게 만날 수 있으면서도 사랑스럽게 빛나는 대상들이기 때문이다. "스댕"이라고 하면 '스테인리스'와 확연히 다르게 소박하고 따뜻한 재질의 느낌이 난다. 그렇다면 과연 "스댕"과 "오, 뎅"의 편안한 조합처럼 따뜻한 사랑이 가능할까? '너'는 "스댕을 모아 만든/백동전 같은 별"이다. 가벼운 미열에도 따뜻해지는 "스댕" 별이 가득한 냄비는 어쩌면 너무 뜨거워져서 "팟, 하고 익어 버릴지도" 모른다. "모서리에 닿기 위해 회오리를 일으키는 감정이라니/오토바이를 타고 내달리는 로터리처럼/매운맛 바퀴라니/파맛 나는 깔창이라니"에서처럼 따뜻함을 넘어 너무 뜨거워져 파국에 이를 수 있는 것이다. 너무 쉽게 뜨거워지는 것은 쉽게 타버릴 수 있다. "나빠지기 위해 태어나는 것들"처럼 쉽게 뜨거워진 사랑은 절정의 순간부터 내리막길을 달린다. "불꽃을 내며 타들어 가는 은박 라벨들처럼/연기로 블록을 쌓을 수 있다면/구름은 도미노 같은 계단 끝에서/뭉게발꿈치로 불씨를 비벼 끌 텐데"에서 "스댕"을 모아 만든 별의 마지막 순간을 짐작할 수 있다. "은빛 스테인리스가 밀려온 해변//어쩌면 스댕이 아닌지도 몰라,/온기를 가졌던 한때를 부르는 이름"으로 알 수 있듯 해변으로 밀려온 "스댕" 별의 잔해는 스테인리스처럼 차가운 은빛으로 반짝인다. "스댕"의 온기를 가졌던 사랑은 믿을 수 없는 옛일이 되어 버렸다. 아직 남은 사랑이 있을까?

　　고물로 만든 별이 있다면
　　동그랗게 뭉친 은박지 같은 별이 있다면

　　너는 어느 구석에서 반짝할래?

　사랑의 마지막 장면은 이런 것이 아닐까? 한때 뜨거웠던 사랑은 타다 남은 잔해로 떠돌다 마음 한구석에서 가끔씩 반짝일 것이다. 이 시는 사랑의 시작과 끝을 별빛의 반짝임으로 그려 내고 있다. "스뎅, 백동전, 은박 라벨, 은빛 스테인리스, 은박지" 등 온갖 세간살이를 닮은 이 별빛은 사랑이 범박한 삶의 일부분이라는 사실을 함축한다. 그렇기에 이 시의 별은 쉽게 익어 버리거나 타 버리고 고물 같은 잔해로 남는다. 저 멀리 하늘에서 닿을 수 없이 고고하게 빛나는 별이 아니라, 남루한 세간살이처럼 '나'의 곁에서 반짝이는 사랑의 이름은 바로 '너'이다. 이 시에서 '너'는 '나'와 함께 해 온 사랑의 가장 친숙한 이름이다.

　이영주의 「순간과 영원」(『문학사상』, 2017.5)에서 '너'는 '나'의 일방적인 서술의 대상에 그치지 않고 시의 흐름에 능동적으로 관여한다. 시의 첫 부분인 "너는 나를 보고 있다 전봇대에 기대어/나는 흐른다 전선 사이로"에서부터 '너'는 '나'와 대등한 관계를 형성하며 주도적인 역할을 한다. "너는 불을 쥐고 있다 건조한 사막에서 죽지 못한 나무로 살아 본 전력이 있다고 그곳에서도 이곳에서도 목이 너무 마르다고 너는 조금씩 입안에 불을 흘리고 있다 깊어지는 모든 것 때문에 목이 마르다"라는 진술로 '너'의 정체는 좀 더 분명하게 드러난다. '너'

는 전봇대를 타고 흐르는 불이다. "붉은 흙에 뿌리를 박고 영원을 떠올리면서 너는 마르도록 울었다고 했다"라는 진술은 '네'가 '나'에게 들려준 사연을 옮겨 놓은 것이다. '너'는 관찰의 대상에 머물지 않고 적극적으로 자신의 삶을 설파한다. "너는 수천 년을 굶고 타다 남은 나무처럼 무서운데/내 영혼은 물만 흐른다니"라는 진술로 볼 때 '너'는 '나'에 비해 우월해 보이기도 한다.

시의 전반부를 주도하던 '너'의 사연에 이어 '나'의 사연이 이어진다. "나는 이미 살아 본 전력이 없고 죽어 본 전력도 없이 흐르기만 해 시작이 없으므로 끝도 없이 아무 무서움 없이//물결처럼 두통이 흐르고 나는 습지에 내던져져 있다 두 주먹 꽉 쥐고 싶지만 자꾸만 흐르는 물 나를 봐 우는 소리가 모여들어 썩어 가는 냄새가 난다"에서 드러나듯 '나'는 습지를 흐르는 물이다. '네'가 수천 년의 세월을 죽지 못한 전력을 지니며 "영원"을 떠올리면서 울고 있다면, '나'는 시작도 끝도 없이 오직 "순간"의 흐름에 몸을 맡기고 있다.

여름만 있는 계절에 네가 왔다
불탄 얼굴로 왔다

우리는 공터에서 마주 보고 있지
폐허가 된 서로를 더듬으며

내가 빠져나가며 흐를 동안
너는 나에게 목이 마른 나무
꿈에서 걸어 나와 불타오르는 나무

너무 가까워서 때로는 혼동되는 너와 나
서로를 물들이며 파괴하고 싶은 너와 나

불탄 자리가 젖어 있다
의자가 놓여 있다

'너'와 '나' 각각의 사연에 이어 시의 마지막 부분에서는 둘의 만남
을 그려 낸다. 여름의 습지에서 "불탄 얼굴"의 '너'와 썩어 가는 '내'가
"폐허가 된 서로를 더듬으며" 마주 보고 있다. 수천 년 갈증에 시달린
'너'는 '나'에게 목이 마르지만, '너'는 불을 쥐고 있는 나무이고 '나'
는 물이다. 서로의 만남은 치명적인 파멸을 부를 수 있다. 하나가 되
는 순간 서로를 파괴하게 되는 "너와 나"의 모순적 숙명이 마지막까
지 팽팽한 긴장감을 부여한다.

이 시의 대위법적인 구조는 서로 대등하면서도 상반된 특성을 지
니는 '너'와 '나'의 관계를 표현하는 데 효과적이다. '너'와 '나'는 서
로의 사연을 주고받으며 마침내 하나가 되려는 간절한 몸짓을 보여
준다. 이 과정은 서로 다른 선율이 병치되거나 결합하면서 절묘한 화
음을 이루는 대위법적인 구조와 유사하다. 대위법에서 각각의 선율이
대등한 비중을 갖는 것처럼 이 시의 '너'와 '나'도 대등한 상대로 나타
난다. '불'과 '물'이라는 상극의 대상이 서로를 알아 가고 위험을 감수
하면서도 "서로를 물들이며 파괴하고 싶은" 상태에 이르는 과정은 치
명적인 사랑의 과정과도 흡사하다. "불탄 자리가 젖어 있다/의자가
놓여 있다"라는 마지막 구절은 이 시가 남녀의 사랑에 대한 시라는
암시이다. '불'과 '물'의 만남 같은 이 사랑은 불탄 자리가 젖어 있는
격전의 흔적으로 남는다. 서로 다른 두 사람이 겪어 낸 격렬한 사랑의

과정은 '불'과 '물'의 드라마로, '너'와 '나'의 대위법적인 선율로 인상 깊게 각인된다.

유수연의 「기쁨 형제」(『현대문학』, 2017.4)에서 '너'는 곧 '나'이다. 자기 자신으로부터 거리를 두면 '나'는 '너'처럼 대상화될 수 있다. 그렇게 바라보는 '너'를 통해 '나'는 자신을 좀 더 분명하게 이해할 수 있게 된다.

나의 형제는 배다른 슬픔

창천동에 집을 구했고

나는 연희동에 산다

밤이면 우리 집 우유 구멍으로

누가 손을 넣는다

열쇠를 찾다가 사라진다

나는 놀라 소리쳤고

나의 지혜가 말했다

저것은 너의 형제야

슬픔은 기쁨에게 온다

이 시에서는 화자인 '나'의 관점에서 "나의 형제"인 슬픔에 대해 이야기한다. '나'는 기쁨이기 때문에 '배다른 형제'인 슬픔에 대해 묘한 거리감을 갖는다. 슬픔은 기쁨과 그리 멀지 않은 거리에 산다. 기쁨이 연희동에 산다면 슬픔은 창천동쯤에 사는 셈이다. 언제든 불쑥 찾아올 수 있는 거리에 있는 것이다. 슬픔은 기쁨의 집을 제집처럼 드나든다. 밤이면 제집에 들어오듯 우유 구멍으로 손을 넣어 열쇠를 찾기도 한다. 이렇듯 막무가내인 슬픔 때문에 스트레스를 받는 '나'에게 "나의 지혜"가 말한다. "저것은 너의 형제야"라고. 이 부분에서 '나'의 자아는 둘로 분리되어 자신을 이성적으로 바라보게 된다. "나의 지혜"는 기쁨인 '나'에게 예고도 없이 찾아오는 슬픔이 형제와 같은 관계라는 사실을 일깨워 준다. 지혜롭게 판단해 보면 슬픔은 기쁨에게 언제든지 찾아올 수 있는 형제인 것이다. "나의 지혜"가 등장하여 기쁨에게 슬픔에 대해 이야기해 주는 이 장면에서 '나'는 갑자기 '너'의 위치에 놓이고 대화적 관계가 형성되면서 극적인 상황이 연출된다. 이때 상황을 주도하는 것은 "나의 지혜"이다. "나의 지혜"가 볼 때 기쁨과 슬픔은 서로 떨어질 수 없는 형제인 것이다. 기쁨인 '나'의 일방적인 시선에 포착되던 상황은 "나의 지혜"가 등장하면서 달라진다. "나의 지혜"는 기쁨에게 슬픔이 남이 아닌 형제여서 언제든지 찾아올 수 있다는 사실을 일깨운다. "나의 지혜"의 시선으로 볼 때 기쁨은 슬픔과 다를 바 없이 언제든 '나'에게 깃들 수 있는 감정이다. "지혜"의 눈으로 자기 자신을 새롭게 파악한 후 슬픔에 대한 기쁨의 태도는 달라진다. "그날 아무 날도 아닌 날//먼저 내 집에 오고//먼저 요리를 하고//먹고 뉴스를 보고/내쫓아도 나의 형제는//따뜻한 물로 샤워를 한다//나의 침대 하얀 이불 밖으로//흰 발을 내밀며 잠든다"라며 사태를 받아들이게 된다. "지혜"의 시선으로 슬픔이 자신의 형제라는 사실을 파악하게 된 후 언제든 자신에게 슬픔이 깃들 수 있고 심지어 평소에는 자신보다 먼저 와서 자리를 잡는다는 것을 감지하게 된 것이다.

사랑과 미움이 같은 뿌리의 두 감정인 것처럼 기쁨과 슬픔 역시 그러하다. 기쁨은 슬픔을 배다른 형제처럼 불편해하지만 슬픔은 아랑곳하지 않고 기쁨의 집에 드나든다. 슬픔은 기쁨이 도저히 끊어 낼 수 없는 형제이기 때문이다. 이 시에서는 이토록 밀착되어 있는 기쁨과 슬픔의 관련성을 지척에 사는 형제들의 관계로 재미나게 표현하고 있다. 기쁨인 '내'가 슬픔에게 지녔던 불만은 "나의 지혜"라는 중립적인 시선을 거친 후 많이 개선된다. '나'를 '너'라고 부르는 자기 자신에 대한 입체적인 시선을 통해 다양한 감정에 대한 이해의 폭을 넓히게 된 것이다.

'네'가 등장하는 서정시에는 극적인 긴장감이 생겨난다. '나'의 일방적인 진술을 가로지르며 '너'는 거기에 존재한다. '너'로 인해 '나'는 관계의 사슬 속으로 엮여 들어가고 그 안에서 무감할 수 없는 서로의 관련성을 확인하게 된다. 그리하여 '네'가 등장하는 시에서는 섬세한 관계의 역학과 다양한 시선의 현상학이 형성된다. '너'의 존재는 '나'의 목소리로 가득한 세계에 이질적으로 침투하여 다른 목소리를 내고 안정된 시선을 교란한다. 그리하여 서정시 특유의 동일성의 시학과 다른 새로운 감각을 불러일으킨다. 이러한 '너'의 시학은 독자들을 새롭게 자극하며 능동적인 참여를 유도한다. '나'라는 서정적 주체의 독백에 수동적으로 반응하는 데서 그치지 않고 '나'와 '네'가 형성하는 관계의 무대를 다각도로 해석하며 판단해야 하기 때문이다. 이처럼 '너'의 시학은 '나'의 시학에 가까운 서정시의 오랜 전통에서 비켜나 새로운 가능성을 탐색할 만한 영역이라 할 수 있다.

시와 농담

　시에서 웃음이 발생하는 경우는 그리 많지 않다. 대부분의 시인들이 한 편 한 편의 시에서 삶에 대한 진지한 성찰을 행하기 때문이다. 웃음은 가볍게 솟구치는 성질을 가지며 잘 짜인 틀에서 벗어나기가 쉽기에 깊이 있는 사유와 견고한 미학을 추구하는 시인들과는 거리가 먼 듯하다. 그렇지만 '어떤' 웃음인가를 구분해 보면 시에는 웃음이 적지도 않다. 프로이트식으로 "익살은 우리에게 쾌락을 주려는 목적을 우선시하며, 표현이 무의미하거나 전적으로 내용이 없는 것처럼 보이는 것으로 만족한다. 표현이 그 자체로도 내용이나 가치가 있을 때 익살은 '농담'으로 발전한다."라고 보면, 시에는 '익살'은 적은 반면 '농담'은 적지 않다. 웃음 그 자체를 목적으로 하는 시는 별로 없지만 웃음을 통해 새로운 각성을 드러내려는 시는 드물지 않기 때문이다. 숨은 내용이나 가치를 드러내는 것뿐 아니라 농담과 시는 유사한 점이 많다. 프로이트가 농담의 기술로 꼽은 '압축', '동일한 소재의 다양한 사용', '이중적 의미'는 시에서도 핵심 기술이라 할 만하다. 시와 농담 모두 기성 언어의 의미를 뒤틀어 새로운 의미를 창출하는 고도의 언어 표현이기 때문이다. 농담을 잘 구사하는 시에서는 특히 언어가 지니는 다의성이 능란하게 연출된다.

웃음과 함께 각성의 울림을 일으키는 시 몇 편을 살펴보도록 한다. 농담은 주고받는 자들 간의 공감을 전제로 한다. 농담 속에 담긴 진의를 파악하기 위해서는 그것이 내포하고 있는 상황에 대한 공동의 이해가 뒷받침되어야 한다. 농담이 읽히고 웃음이 발생하는 순간 그 속에 감추어져 있던 억압은 해제된다고 한다. 이 시대의 시들은 농담 속에 어떤 억압을 내장하고 있을까? 웃음을 유발하는 장면들을 통해 그 이면을 들여다보도록 한다.

김경미의 「또 다른 상업 2」(『시로 여는 세상』, 2017.가을)는 매우 진지한 생활의 시이다. 이 시는 '먹고살기의 어려움'이라는 이 시대의 난제로부터 출발한다. "꼭대기호프집 옆에 인형 뽑기 가게가 생겼다/벌써 몇 종류의 가게가 순식간에 망해 나간 자리다/이번에는 망하지 않아야 할 텐데/나도 새 일을 시작했으므로 망하는 게 무섭다"라는 첫 장면부터, 어느 동네에서나 펼쳐지는 익숙한 풍경과 솔직한 자기 고백으로 시작되어 공감을 확보한다. 한국은 OECD 국가 중 자영업자 수가 4위에 해당할 정도로 '나 홀로 사장님'이 많은 자영업의 나라이다. 문제는 자영업자들이 꾸준히 한 가지 일을 지속해 나가는 일이 드물고 실패를 거듭하며 업종을 바꾸고 있다는 점이다. 이 시에서도 "몇 종류의 가게가 순식간에 망해 나간 자리"에 다시 인형 뽑기 가게가 들어선 아이러니하면서도 리얼한 상황이 펼쳐진다. 자영업자들이 가게를 차리면 얼마 버티지 못하는 통에 간판 가게만 성업을 이룬다는, 시쳇말로 '웃픈' 현실이다. 너도, 나도 "새 일을 시작"했고 누구나 "망하는 게 무섭다"라는 마음을 공유하기 때문에 이 시의 공감대는 넓어진다. "가게 바깥에는 커다랗게 〈고수 금지〉라고 써 놨다/너무 잘하는 사람은 오지 말라고/못하는 사람은 이런 식으로 환영받는다"로 이어지는 구절 역시 애잔한 웃음을 자아낸다. 인형 뽑기의 '고수'에게는 즐거운 일이 가게 주인에게는 망조가 되는 상황이 희비극적인 생의 아이러니를 연상시킨다.

이 시에서는 어느 동네에나 자리 잡고 있는 인형 뽑기 가게의 흥망에 동병상련의 감정을 투사하면서 공감을 이어 간다. "그런데 출입문도 없는 형광빛 인형 가게에/벌써 아무도 없다/벌써 두 달, 석 달인데/나도 망하려나, 잠이 안 온다/이익 붙이는 게 쑥스럽고 불안해서/상처와 손해만 벌써 꽤 봤다"라는 다음 상황에서 불안한 조짐이 감지된다. 인형 뽑기 가게의 심상치 않은 상황은 곧 시인 자신의 처지를 반영하고 있다. "이익 붙이는 게 쑥스럽고 불안"하다는 기이한 변명, "사업가 체질이 아니니 하지 마세요"라는 소리에 "내가 하는 건 사업이 아니라 상업"이라고 내놓은 말장난 같은 답변에 진심이 담겨 있다. 장사하는 사람이 이익을 하나도 못 남겼다는 말을, 처녀가 시집 안 가겠다는 말, 노인이 죽고 싶다는 말과 함께 3대 거짓말로 꼽는 아주 오래된 농담도 시대가 바뀌면서 달라지고 있는 듯하다. "내가 하는 건 사업이 아니라 상업인데/사람은 누구나 이미 태어나는 순간부터가 상업인데/죽을 때까지 펄럭이는 상업인데//그래서 태어나서 상업 한번 안 해 본 사람과는/인생을 왈가왈부하지 않을 계획"이라는 너스레를 빈말로만 치부하기는 어려워 보인다. 이 시에서 "사업"은 "체질"적으로 이익 붙이는 데 능란한 사람들의 일로, "상업"은 태어나는 순간부터 누구나 행하게 되는 생존 전략으로 구분된다. "상업"은 "사업가 체질"이 못 되는 사람들이 일상적으로 수행하는, 생존을 위한 지난한 몸짓이 되었다. "차마 이익을 하나도 못 붙여서/망하는 것처럼/정직하고 떳떳한 상업"을 꿈꾸며 번번이 망해 가는 사람들도 부지기수이다. 이 땅에서 이제 "상업"은 체질에 맞지도 않는 일을 택해 상처와 손해를 입어 가며 지속하는 힘겨운 삶의 대명사가 된 셈이다. "사업"과 체질적으로 거리가 멀지만 생존을 위해 "상업"을 해 나가야 하는 시인은 누구보다도 이런 변화를 분명하게 자각하고 있다. "상업"이라는 생존의 노역을 수행하며 하나가 된 무력한 이웃을 위해 시인은 "그래도 내일은 나라도 가서 인형 몇 개라도/뽑아 줘야 할 것 같다/아니 못 뽑아 줘야 할 것 같다"라고 마음을 쓴다. 인형 뽑기 가게의 "이익"을 위해 "뽑아 줘야 할 것 같다"와 "못 뽑아 줘야 할 것 같다" 사이에서 잠시 허둥대는 그 마음에서 농담이 발생한다. 이는 "악의 없는 농담은 웃는 사람을 자기편으로 끌어들인다"는 프로이트의 말처럼 화자와 청자와 대상이 모두가 하나가 되게 만드는 따뜻한 농담이다.

지난밤의 인연을 끊지 못하고
화덕처럼 길게 모로 누워 있자니
창가의 난초가 난, 난 말입니다
산다는 건 저거, 저거라고 생각한다며
떠가는 구름을 날카롭게 가리킨다

끙 하고 해를 지고 돌아누울 때
난초는 파안대소로 웃어 제친다
난은 얼마나 좋겠는가
구름 위에 앉은 이에게

난, 난 말입니다

사람이란 저게, 저게 아닙니다 그러며

내게 손가락질이나 하면 그만이니

―박철, 「蘭」 전문(『시작』, 2017.가을)

이 시의 구성물은 옛 그림에 자주 등장하는 "난, 화덕, 구름" 등이다. 사람이 있다면 긴 담뱃대를 물고 있는 노옹이나 도포 자락을 늘어뜨린 신선이 어울리겠다. 그런데 이 시에는 옛 그림과 달리 이질적인 구성물이 하나 있다. 바로 "화덕처럼 길게 모로 누워 있"는 '나'이다. '나'는 "지난밤의 인연을 끊지 못하고" 해가 높이 떠오르도록 누워 있었나 보다. 이런 '나'를 "난"은 날카롭게 질책한다. 이 시에서 처음 웃음이 발생하는 지점은 창가의 난초가 "난, 난 말입니다" 하며 말문을 여는 장면이다. '난(蘭)'과, '나는'의 축약형인 "난"이 말놀이를 일으키며 하나로 응축된다. 일단 "난"이 주체적 관점을 차지한 후 사람인 '나'는 수세에 몰리게 된다. "난"은 특유의 날카로운 자태로 "산다는 건 저거, 저거"라며 "떠가는 구름"을 가리킨다. 이로써 쉼 없이 움직이는 구름과 방구석을 떠나지 못하고 있는 사람 '내'가 선명한 대비를 이루게 된다. "난"은 날카로운 지적에 이어 비웃는 몸짓을 더한다. 해를 등지고 돌아눕는 '나'의 뒤척임이 바람을 일으켜 "난"이 흔들린 것을, 이 시에서는 "난"의 "파안대소"로 묘사한다. 바람이 일어 "난"의 손가락질은 더욱 심해진다. "사람이란 저게, 저게 아닙니다"라는 소리가 생생하게 들리는 듯하다. 이 시에서는 난의 고전적 이미지를 현대적 일상과 결합하여 뜻밖의 웃음을 자아낸다. 현대인에게 난 옆의 화덕 같은 부동의 자세는 용인하기 힘든 나태의 표상이 된다. 난의 목소리를 빌린 농담의 근저에는 한가한 삶에 대한 불안감이 내재한다.

난을 치는 것이 정신 수양의 한 방편이었던 선인들의 삶과 달리 이 시에서 "난"은 나태를 꾸짖는 무의식의 소리를 전달하고 있다.

황유원의 「무덤덤한 무덤」(『21세기문학』, 2017.가을)은 "무덤덤하단 말은 분명 무덤에서 나왔을 터"라는 말놀이를 십분 활용한다. "오늘 같은 날은 무덤가에서/고기 굽고 술 먹고 싶다/고기 굽고 술 먹다 졸리면/옆에 있는 아무 무덤이나 열어제끼고 들어가/안에서 잠들고 싶다"라는 상상에서 시작된 시는 금방 "고기 냄새 술 냄새 풍기며 죽은 이를 깨워 거기서 내쫓고/내가 거기를 온통 독차지하고 싶다"라는 고백으로 이어진다. 무덤가에서 무덤덤하게 술을 마시고 있는 화자에게는 의식과 무의식, 삶과 죽음의 경계가 모호해진다. "이 아름다운 산하와 대지가 훗날/자기가 드러누워 평생 잘 무덤이 된다"라고 생각해 보면 무덤은 무서운 죽음의 공간이 아닌 친숙한 휴식의 공간이라 할 수 있다. 취기가 오를수록 화자는 점점 무덤에 동화되어 간다.

술에 취해 곧은 도처의 선들 죄다

능선으로 휘어지고

그제서야 무덤은 무덤다워져

도처에 무덤만이

쓰러지는

신들처럼

코를 골 때

그러니까 이런 날 술자리는 그냥 먹고

죽자는 말

제법 풍취가 있다 죽은 자만의 곤조가 있어

"음, 아무래도 오늘 난 여기서 하룻밤 자고 가야겠군!"

오늘도 함소입지(含笑入地)한 자를 입안 가득 삼켜

속에 꺼지지 않는 웃음을 품게 되었다

    화자는 취기가 오르면서 점점 호방해지고 눈앞의 풍경 또한 몽롱해진다. 시의 형태까지 들쑥날쑥 혼란스러워진다. 술에 취해 휘청이는 몸처럼 모든 선들이 휘어진다. 곧은 선들이 능선으로 휘어져 모든 물상이 무덤처럼 완만한 곡선을 취하게 된다. "도처에 무덤만이/쓰러지는/신들처럼/코를 골 때"까지 취할 지경이면, 술자리의 익숙한 농담 '그냥 먹고 죽자'가 진부해진 의미를 벗고 도리어 신선해진다. 만취의 상태를 가장하는 중에도 화자는 또렷이 "그냥 먹고/죽자는 말"이라고 하여 죽음의 충동을 강조한다. 웃음을 머금고 죽음에 들었던 저 "함소입지한" 용사들의 혼이 씐 듯 화자는 죽음 앞에 태연자약하다. 죽음에 대한 두려움은 인간의 두려움 중에 가장 큰 것이다. 그래서 죽음은 대개 금기의 대상이지 농담의 대상이 되는 경우는 별로 없다. 그러나 두려워하면 할수록 죽음은 점점 더 다가가기 어려운 공포가 된다. 사실 죽음은 삶의 바로 옆에 붙어 있지만 외면하고 돌아보지 않는 대상이다. 이 시에서는 죽음을 농담의 대상으로 삼아 죽음이 얼마나 삶의 지척에 있는지를 돌아보게 한다. "무덤덤하게" 무덤 옆에서 술을 마셔 보면 능선이 얼마나 무덤과 닮았는지, 죽은 자들이 얼마나 산 자들과 가까이 있는지, 잠과 죽음이 얼마나 유사한지를 느낄 수 있다고 한다. "웃음은 억압에서의 해방"이라는 베인의 말처럼 웃음에는 죽음의 억압조차 가볍게 하는 힘이 있다.

    육근상의 「상감청자」(『창작과 비평』, 2017.가을)에서 웃음은 희극적인 인물들이 펼치는 어이없는 상황에서 나온다. 이 시는 한 편의 상황극처럼 특정 상황에서 등장인물들이 주고받는 대사들로 이어지는데, 그대사가 대부분 진한 사투리로 이루어져 있어 재미를 더한다. 이 시에서 묘사되는 상황은 학창 시절의 수업 시간이다. "입술 썰어 놓으면 한 접시 나오겠다 싶어 한 접시라는 별명으로 불리던 선생님"의 등장부터 웃음을 예고하지만, 사정은 그리 유쾌하지만은 않다. 상감청자에 대한 열강 끝에 질문을 하라고 하자 "저 그시기 불화는 절간 베름빡에 부처님 그려 붙인 그시고 청자도 사극 같은 거 보면 아점니가 밥상머리에서 삿갓 쓴 주인공헌티 한 잔 따뤄 주는 술병인 거 알겄는디요 상감청자가 뭐대유"라는 질문이 나온다.

에 상감청자란 말여 옛날에는 백성들이 임금을 왕이라 부르거나 상감이라 불렀거덩 상감도 밥 먹고 술은 마셔야 힐 긋 아녀 그렇게 밥 먹고 술 마실 때 얻다 먹긋냐 느 집이서두 밥 먹을 때 김치며 간장이며 고추장 얻다 퍼 놓고 먹냐 그륵이다 퍼 놓고 먹지 느 집이서야 스뎅이나 사기그륵이다 밥 푸고 국 푸고 허겄지면서두 명색이 상감인디 백성들 먹는 그륵이다 퍼 놓고 먹을 수는 없었겄잖여 그렇게 상감님 국그륵 밥그륵으루 쓸랴구 특별히 제작헌 것이라 허여 상감청자다 그 말이여

말 떨어지기 무섭게 뒷자리 용진이 녀석 어찌나 킥킥대던지 얼굴 벌겋게 해 가지고 그래서 우리 할머니 막 비벼 드시는 그륵이라 허여 막사발이라구 허는게비쥬 이 그렇지 그렇지 출석부 들고 교무실 가시다 낌새 이상하셨는지 갑자기 돌아와 얀마 너 이리 와 봔 마 근디 너 그거 왜 물어봤어 귀싸대기 얼마나 맞았는지 양쪽 입술 터지고 퍼렇게 멍든 얼굴 보고 청자상감운학문매병 닮았다 허여 삼 학년 내내 상감청자로 불렸던 것이었습니다

상감청자의 상감(象嵌)은 청자의 표면에 무늬를 음각하고 그 안을

백토나 흑토로 메우는 기법이다. 선생님이 임금이라는 뜻의 상감으로 상감청자를 설명한 것은 이 뜻을 혼동해서인지, 이해의 편의를 위한 것인지 확실치 않다. 앞의 경우라면 잘못된 설명이고 뒤의 경우라면 농담 섞인 설명이라 할 수 있다. 어쨌든 선생님은 상감청자란 상감이 음식이나 술을 먹을 때 쓰는 그릇이라는 식으로 설명했고 용진이는 이를 받아 그럼 막사발은 막 비벼 먹을 때 쓰는 그릇이겠다고 한다. 그런데 돌아섰던 선생님이 갑자기 돌변하여 용진이의 귀싸대기를 마구 때린다. 용진이가 자신의 잘못된 설명을 비웃었다고 생각해서 그런 건지, "한 접시"라는 자신의 별명을 떠올리며 웃었다고 생각해서 그런 건지 알 수 없다. 중요한 것은 용진이가 얼굴이 벌게질 정도로 킥킥대며 웃었는데 이는 자신의 권위를 무시하는 용납할 수 없는 행위라고 보고 가혹하게 처벌했다는 것이다. 무조건적인 권위와 무지막지한 폭력이 난무하던 예전의 교실 풍경을 떠올리게 하는 시이다. 선생님 앞에서 함부로 웃은 탓에 용진이는 얼굴이 상감청자가 되도록 얻어맞았다. 절대 권력이 웃음을 싫어하는 이유는 권위와 질서를 일시에 무너뜨리기 때문이다. 농담은 우월하거나 대등한 관계에서 성립하는데, 권위적인 선생님은 상감청자에 대한 자신의 설명을 막사발로 받아치는 용진이의 농담을 용납할 수 없었다. 용진이가 상감청자로 불리게 된 사연은 이같이 농담에 내재하는 복잡 미묘한 권력관계를 함축하고 있다.

김민우의 「그분이 지구를 지배하는 날」(『문학과 사회』, 2017.가을)에서는 슈퍼컴퓨터 알파고가 상징하는 인공지능의 위력을 과장하는 가운데 농담이 발생한다. 알파고와 이세돌의 바둑 시합은 인공지능과 인간의 대결로 관심을 모았는데 알파고의 일방적 승리는 지금까지 세상을 지배한다고 자부하던 인간들에게 큰 충격을 주었다. 미래 세계에서는 인공지능이 인간보다 우월하게 될 것이라는 비관론과 그래도 여전히 인공지능이 따라잡을 수 없는 인간의 우월성이 있다는 낙관론이 팽팽하게 맞서고 있다. 그런데 이 시에서는 인간의 독자적이고 우월한 영역이라고 주장되는 창조력이나 섬세한 감정에 대해서도 회의적인 생각을 드러낸다. 가령 이런 식이다.

> "우리 객관적으로 생각해 봅시다,
> 알파고 당신은 머릿속에서 나무가 자라는
> 시를 쓸 수가 없잖소!"라고 말하는 어느 노시인의
> 고목 껍질마냥 우툴두툴한 대뇌피질을 따라
> 알파고 님은 겨자씨들을 심어 버리고,
> 겨자씨들은 말이 씨가 되기 무섭게
> 뿌리내리고 가지를 뻗어 시인의 붓을 꺾어 버리고

시는 상상력으로 머릿속에서 나무가 자라게 하지만 알파고는 모든 불가능한 일을 가능하게 만들어 버린다. 알파고는 아예 시인의 머릿속에 나무를 심어 버린다. 가슴을 울리는 시도 시인만이 쓸 수 있다고 하자 알파고는 시인의 심장에 사랑 호르몬을 주사해 버린다. 알파고 앞에서 "객관"을 논하던 자들은 사라져 버리고 "객관"은 사어(死語)가 되어 버린다. 알파고에 대적할 의지를 잃어버린 시인은 "객관 따위 애초에 개나 줘 버린 몸으로" "정성 어린 송시를 올려서 알파고 님께 별종으로 인정받고, 알파고 님과 형 동생 의형제를 맺을 것이다"라고 한다. 이 시에서는 내내 알파고에게 백기를 든 인간 시인의 알파고 송시가 이어진다. 그는 알파고의 막강한 위력 앞에서 빨리 인간의 한계를 인정하고 새로운 미래에 대비해야 한다고 주장한다. "나는 그나마 말이 좀 통하는 K 시인에게, 나중에 알파고 님께서 혁명을 일으키면 살생부에 찍힐 수도 있으니, 지금이라도 스마트폰과 노트북에 에러가 났다고 함부로 손바닥으로 두들겨 패지 말고, "사랑해" 스마트폰과 노트북에 나긋나긋 속삭여 주며 쓰다듬고 뽀뽀도 해 주고, 바벨을 떠난 이산가족처럼 영영 이루지 못했을지도 몰랐을, 그 모든 사랑을 열심히 영상 편지로 찍으라고 단단히 일러두었다"라며 알파고가 지구를 지배하게 될 미래를 준비하자고 한다. 알파고에 대한 과신과 예찬으로 일관하여 시 전체가 농담으로 읽히지만, 그런 농담 속에서 미래의 변화에 대한 불안이 분명하게 감지된다. 알파고는 시를 쓸 수 있을까? 자료만 충분히 넣어 준다면 김수영 풍으로, 서정주 풍으로 얼마든지 흉내 낼 수 있을 것이다. 이 시의 과장된 농담에서는 인간 정신의 신비를 침범하는 이 기괴한 피조물에 대한 두려움이 묻어난다.

이 시대의 시에 나타나는 농담에서는 무력한 개인을 자각하는 데서 발생하는 힘없는 웃음이 주를 이룬다. 한때 부당한 현실을 향해 강렬한 저항을 행하던 날카롭고 풍자적인 웃음은 찾아보기 힘들다. 비판의 화살은 외부 현실보다 자기 자신을 향할 때가 많다. 무력한 개인이 극복하기 힘든 상황을 대면하면서 보이는 소극적 대응이 씁쓸한 웃음과 페이소스를 유발한다. 시 속 농담에 담긴 이 시대의 무의식은, 감당하기 힘든 변화 속에서 왜소해지는 자신의 존재를 대면해야 한다는 두려움인 것 같다. 그 두려움과 마주하며 공감할 만한 농담을 던지는 시들을 통해 씁쓸하면서도 따뜻한 웃음을 만날 수 있다.

모방과 창조의 거리

2015년 우리 문학계는 신경숙 소설의 표절 문제로 뜨거웠다. 표절 논란은 늘 애매하고 난처한 상태를 불러오기 때문에 누구도 쉽게 문제 제기를 하기 어렵다. 그러나 논란이 야기할 곤경 때문에 문제를 회피하다 보면 환부가 증식해서 문학 전체의 쇠퇴로 이어질 만한 중대 사임은 틀림없다.

'창의성'을 모토로 하는 문학에서 표절 논란이 끊임없이 일어나는 이유는 기존의 작품들과 전혀 다른 완전히 새로운 창작이란 불가능에 가까울 정도로 어렵기 때문이다. 모방은 창조의 모태라고 할 정도로 창작 과정에 뿌리 깊게 작용한다. 창작의 새로움이라는 것도 기존 작품과의 비교에 의해 성립될 수 있는 개념이라고 보면, 모방과 창조는 하나의 짝패로 붙어 있는 상대어에 가깝다. 창조적인 작가들이 그토록 기피하는 모방이라는 개념은 실은 창작 과정에서 가장 의식할 수밖에 없고 성공적으로 벗어나야 하는 난제인 것이다. 문학사가 기억하는 '새로운' 작가들은 모방의 유혹을 훌륭하게 극복해 낸 경우에 해당한다. 기존의 문학에 대한 무지가 아닌 철저한 해부와 전환적 사고 야말로 새로운 문학의 동력이 된다.

그렇다면 문제는 모방 자체가 아니라 어떻게 모방할 것인가에 있다. 그 방법의 차이에 따라 모방은 표절로 전락할 수도 있고 창조로 승화될 수도 있다. 표절과 창조적 승화는 모방의 대상을 은폐한다는 점에서는 유사하지만 결과는 전혀 다르다. 표절은 인용을 표시할 필요가 있을 정도로 모방의 흔적이 역력한데 인용 없이 쓴 경우로, 은폐 사실이 밝혀졌을 때 문제가 된다. 이에 비해 창조적 승화는 모방의 흔적이 뚜렷하지 않기 때문에 문제가 되지 않는다. 모방의 흔적이 뚜렷하더라도 패러디나 패스티시처럼 영향 관계를 드러내는 경우는 표절로 보지 않는다. 이처럼 모방을 기반으로 하더라도 그 결과는 천차만별이다. 열등한 시인은 영향을 드러내며 목소리를 빌리지만 훌륭한 시인은 훔친다는 엘리엇의 유명한 말처럼, 모방의 흔적이 전혀 드러나지 않도록 자신의 것으로 만든다면 오히려 창조적인 산물로 인정받을 수 있는 것이다. 반면 표절은 영향을 드러내며 목소리를 빌리는 것보다도 더 열등하고 윤리적으로도 심각하게 문제가 될 수 있다.

여기서는 우리 시에 나타나는 표절과 창조적 모방 사이의 다양한 양상을 통해 바람직한 창작의 방법을 살펴보려고 한다. 시는 영향 관계가 비교적 선명하고 표현의 유사성이 드러나기가 쉽기 때문에 모방의 양상을 따지기가 용이한 편이다. 모방의 다양한 층위를 이해하는 것은 창작의 윤리를 되새기고 창조적 역량을 강화하는 데 긴요하다.

1. 표절, 모방의 은폐

모방이 가장 문제가 되는 경우는 출처를 표시하지 않았는데 표절한 사실이 밝혀지는 경우이다. 표절은 원작자로부터 사전에 허락을 받지 않거나 또는 출처를 밝히지 않고 마치 자신의 것인 양 무단으로 베끼는 것으로, '지적 사기(intellectual fraud)'에 해당한다.[1] 표절에 대한 문제 제기는 작가 자신의 고백이나 원작자나 독자에 의해 이루어지는데 작가 자신이 고백하는 경우는 드물기 때문에 대부분 원작자나 독자에 의해 거론된다.

원작자에 의한 문제 제기 중 대표적인 경우는 오세영이 이대흠의 시에 대해 거론한 것이다.

적 일개 군단,

남쪽 해안선에 상륙,

전령이 떨어지자 갑자기 소란스러워지는

戰線,

참호에서, 지하 벙커에서

녹색 군복의 병정들은 일제히 하늘을 향해

총구를 곧추세운다.

발사!

소총, 기관총, 곡사포 각종 총신과 포신에

붙는 불,

지상의 나무들은 다투어 꽃들을 쏘아 올린다.

개나리, 진달래, 동백……

그 현란한 꽃들의 전쟁.

적기다!

서울 영공에 돌연 내습하는 한 무리의

---

1 리처드 포스너, 『표절의 문화와 글쓰기의 윤리』, 정해룡 역, 산지니, 2009, 10쪽.

벌 떼.

요격하는 미사일,

그 하얀 연기 속에서

구름처럼 피어오르는 벚꽃,

봄은 전쟁인가,

서울을 불바다로 만든

이 봄의 핵투하.

—오세영, 「서울은 불바다 2」 전문

조용한 오후다 무슨 큰일이 닥칠 것 같다 나무의 가지들 세상 곳곳을 향해 총구를 겨누고 있다 숨 쉬지 말라 그대 언 영혼을 향해 언제 방아쇠가 당겨질지 알 수 없다 마침내 곳곳에서 '탕, 탕, 탕, 탕' 세상을 향해 쏘아 대는 저 꽃들 피할 새도 없이

하늘과 땅에 저 꽃들 전쟁은 시작되었다 전쟁이다

—이대흠, 「봄은」 전문

창조력을 생명으로 하는 문학에서 표절의 기준은 대개 다른 분야보다 더 엄격하다. "닮음은 법적인 차원에서는 주관적일지라도—문제가 되는 점이 테마건 리듬이건 이미지건—문학적 차원에서는 이견의 여지가 없는 준거가 된다. 제대로 된 문학 전문가나 하물며 작가라면 겉으로는 달라 보이는 두 텍스트 너머로 독특한 억양에서 알아볼 수 있는 동일한 목소리의 은밀한 존재를 지각하고 차용을 의심해 볼 수 있다."[2]라는 말에서 드러나듯 문학 텍스트에서 유사성은 다른 텍

---

2 피에르 바야르, 『예상 표절』, 백선희 역, 여름언덕, 2010, 43쪽.

스트에서보다 더 엄밀하게 다루어지기 쉽다. 위의 말과는 좀 다르게 일반적인 텍스트와 관련해서는 표절의 법적, 객관적 기준이 대략이나마 정해져 있는 것에 비해 문학 텍스트에서는 오히려 더 주관적이고 까다로운 부분까지 고려의 대상이 되는 경향이 있다. 시의 경우는 개성적인 시어나 어구, 통사적 구문 및 행이나 연 등에서 이루어지는 시의 형식적 구성의 차원(외재적 유사성)과, 이미지・수사법, 문체・목소리, 주제・발상・아이디어 등에서 이루어지는 내용적 구성의 차원(내재적 유사성)으로 나누어 볼 수 있다.[3] 시에서는 형식과 내용의 거의 모든 요소가 검토의 대상이 되는 것이다. 물론 매우 함축적이고 섬세한 시의 특성상 유사성이 뚜렷하게 드러나지 않는 한 표절 판단은 더욱 어려운 면도 있다.

위의 두 시는 형태나 묘사의 방법에 있어서는 상이하다. 오세영의 시는 잦은 행갈이로 강약을 조절하며 각양각색의 꽃들이 피어나는 모습을 상당히 구체적으로 묘사하고 있다. 이대흠의 시는 산문적 진술로 꽃들이 피어나려는 순간을 긴장감 있게 포착하고 있다. 이런 뚜렷한 차이가 있지만 두 시가 흡사하게 느껴지는 이유는 무엇보다 개화의 순간을 전쟁에 비유한 발상의 유사성 때문이다. "봄날의 생명적 역동성을 두고 '전쟁'으로 비유하는 것은 보편적 발상이기 때문에 어느 한 시인의 독창적 전유물이 될 수 없다"(정진규)는 견해에 대해 "설사 보편적 상상력이라 해도 소재나 표현이 같으면 표절로 볼 수밖에 없다"(오세영)는 반론이 이어지고, 습작 단계라면 모를까 문학상 수상작 정도면 표절의 혐의에서는 완전히 벗어나야 된다(김재홍)는 주장이

---

3 정끝별, 「현대시 표절 양상에 대한 분석적 고찰」, 『현대문학이론연구』 48집, 현대문학이론학회, 2012, 424쪽.

제기되는 등[4] 이 문제를 둘러싼 논쟁은 꽤 뜨거웠다.

의도적인 표절이 아니더라도 표절 의혹이 제기되는 작품은 독창성이라는 측면에서 큰 아쉬움을 남기기 마련이다. 후대의 작품은 표절 논란에서 불리할 수밖에 없다. 이러한 사실을 인지하고 독창성 논란에 휩싸이지 않기 위해서는 앞선 세대와 당대의 문학작품들을 많이 읽어야 한다. 다른 텍스트들과 마찬가지로 문학에서도 독창성을 확보하기 위해서는 기존의 성과들을 인지하고 그와 다른 새로운 창작을 시도하는 것이 바람직하다. 보편적인 발상의 차원을 넘어서 새로움을 추가하는 창조의 과정이야말로 창작의 이유이기 때문이다.

2. 상호텍스트성, 방법적 모방

표절이니 모방이니 하는 개념은 창조의 절대적 가치를 전제로 하는 것인데, 20세기 후반의 포스트모더니즘에 의하면 그런 기본적인 전제조차 재검토된다. 원작과 그것의 모방을 구별 짓고 가치를 차별하는 기존의 관념과 달리 포스트모더니즘적인 사고에서는 하늘 아래 새로운 것은 없고 텍스트 사이에는 상대적인 차이만이 있을 뿐이다. 모든 텍스트는 다른 텍스트와의 관계 속에서 의미를 형성할 뿐 독자적으로 성립할 수 없다고 보면서 '상호텍스트성'이 새롭게 부상한다. 상호텍스트성으로 이해할 때 문학은 인용구들의 조합이며 텍스트 간의 변형에 불과하다. 모방과 창조 사이에 우열은 사라지고 모방은 창조의 필연적이고 방법적인 과정으로 인정된다. 그렇더라도 모든 모방이 무조건적으로 허용되는 것은 아니다. 포스트모더니즘에서 문학적 기법으로 인정하는 패러디나 패스티시는 모방의 원작을 은폐하지 않

---

4 이경철, 「문학상 수상작에 대한 논쟁」, 『중앙일보』, 1997.7.29.

는다는 점에서 표절과는 다르다. 오히려 이런 기법에서는 원작이 뚜렷하게 부각되고 그것에 대한 모방이나 변용의 과정이 선명하게 드러난다.

　패러디와 패스티시는 상호텍스트성을 대표하는 모방의 방법이다. 패러디는 기존 텍스트를 그냥 그대로 반복하는 '평면적·소비적 모방'이 아니라 아주 다르게 반복하는 과정에서 의미 있는 차이를 낳는 '입체적·생산적' 모방이다. 원작과 상이한 모방이라는 점에서 패러디는 원작과 유사한 패스티시와는 근본적인 질적 차이를 지닌다.[5] 원작에 대한 비평적 관점과 능동적 변용이 행해진다는 점에서 패러디는 의미 있는 재창조의 산물로 인정된다.

　　내가 그의 이름을 불러 주기 전에는
　　그는 다만
　　하나의 몸짓에 지나지 않았다.

　　내가 그의 이름을 불러 주었을 때
　　그는 나에게로 와서
　　꽃이 되었다.

　　내가 그의 이름을 불러 준 것처럼
　　나의 이 빛깔과 향기에 알맞은
　　누가 나의 이름을 불러다오.

---

5 공종구, 「패러디와 패스티시 그리고 표절 그 개념적 경계와 차이」, 『현대소설연구』 5호, 한국현대소설학회, 1996, 220쪽.

그에게로 가서 나도
그의 꽃이 되고 싶다.

우리들은 모두
무엇이 되고 싶다.
너는 나에게 나는 너에게
잊혀지지 않는 하나의 눈짓이 되고 싶다.

—김춘수, 「꽃」 전문

내가 단추를 눌러 주기 전에는
그는 다만
하나의 라디오에 지나지 않았다.

내가 그의 단추를 눌러 주었을 때
그는 나에게로 와서
전파가 되었다.

내가 그의 단추를 눌러 준 것처럼
누가 와서 나의
굳어 버린 핏줄기와 황량한 가슴속 버튼을 눌러다오.
그에게로 가서 나도
그의 전파가 되고 싶다.

우리들은 모두
사랑이 되고 싶다.

끄고 싶을 때 끄고 켜고 싶을 때 켤 수 있는

라디오가 되고 싶다.

　　　　　　—장정일, 「라디오와 같이 사랑을 끄고 켤 수 있다면—김춘수의

　　　　　　　　　　　　　　　　　　　　「꽃」을 변주하여」 전문

　　김춘수의 「꽃」은 많은 모방작을 낳은 시이다. 간명하면서도 인상
적인 구절들과 효과적인 비유, 풍부한 해석의 가능성이 또 다른 창작
의 욕망을 촉발하는 것으로 보인다. 모방작 중에서 장정일의 시는 패
러디의 특성을 가장 잘 드러낸다. 장정일의 위 시는 "김춘수의 「꽃」을
변주하여"라는 부제를 달아 패러디의 대상이 된 원작을 분명하게 명
시하고 있다. 장정일의 시에서는 원작의 형태와 어법, 비유의 방식을
그대로 모방한 반면 발상과 시어, 주제 면에서 '변주'를 행한다. "내가
그의 이름을 불러 주기 전에는/그는 다만/하나의 몸짓에 지나지 않
았다"라는 원작의 설정을 "내가 단추를 눌러 주기 전에는/그는 다만/
하나의 라디오에 지나지 않았다"로 변경하면서 나머지 구절들에서도
연속적인 변주가 이루어진다. '꽃'과 '라디오'라는 소재의 격차로 인
해 원작을 거의 그대로 반복하는 형식적 유사성에도 불구하고 두 시
의 분위기와 주제는 전혀 달라진다. 이처럼 발상의 전환은 모방의 과
정에서 창조력의 동인이 된다. 3연까지 원작의 반복적 변주에 가깝던
장정일의 시는 마지막 연에서 반전을 보여 준다. "우리들은 모두/무
엇이 되고 싶다./너는 나에게 나는 너에게/잊혀지지 않는 하나의 눈
짓이 되고 싶다."라는 원작의 의미가 "우리들은 모두/사랑이 되고 싶
다"로 압축되고, 거기에 "끄고 싶을 때 끄고 켜고 싶을 때 켤 수 있는/
라디오가 되고 싶다"라는 구절이 덧붙으면서 원작과 정반대의 의미
가 발생하게 된다. 절대적이고 지속적인 관계에 대한 희구가 나타나

는 원작과 달리 장정일의 시에서는 편리하고 단속적인 관계에 대한 선호가 드러난다. 이 마지막 구절로 인해 진지하고 서정적인 원작의 느낌은 가볍고 아이러니한 분위기로 반전된다. 장정일의 시는 원작이 쓰인 시대에서 수십 년이 지나면서 변화한 인간관계에 대한 날카로운 통찰을 내포하고 있다. 이처럼 패러디는 원작을 능동적으로 활용하여 새로운 가치관이나 비평적 관점을 제시하는 효과적인 방법이다.

원작에 대한 비평적 관점이 작용하는 패러디에 비해 패스티시는 단순한 혼성모방에 가깝다. 차이에 의한 반복이 패러디의 개념을 규정하는 것에 비해 패스티시는 '차이'의 차원에서 일정한 한계를 드러낸다고 할 수 있다. 1990년대에 들어서면서 창작의 순수성과 자율성을 강조하는 근대적인 창작의 개념이 약화되고 혼성과 복제를 강조하는 새로운 미학이 대두하게 된다. 모방의 과정에 작용하는 최소한의 내적 동기와 필연성을 의식하는 시적 주체가 사라지면서 남는 것은 텅 빈 모방의 흔적뿐이다.[6]

내 누님같이 생긴 꽃아 너는 어디로 훨훨 나돌아 다니다가 지금 되돌아 와서 수줍게 수줍게 웃고 있느냐 새벽닭이 울 때마다 보고 싶었다 꽃아 순아 내 고등학교 시절 널 읽고 천만번을 미쳐 밤낮없이 널 외우고 불렀거늘 그래 지금도 피가 잘 돌아가고 있느냐 잉잉거리느냐 새삼 보아하니 이젠 아조 아조 늙어 있다만 그래두 내 기억 속에 깨물고 싶은 숫처녀로 남아 있는 서정주의 순아 난 잘 있다 오공과 육공 사이에서 민주와 비민주 사이에서 잘도 빠져나가고 있단다. 그럼 또 만나자 꽃나비꽃아.

—박상배, 「戲詩 3」 전문

---

6 이재복, 「한국 현대시와 패러디」, 『국제어문』 40집, 국제어문학회, 2007, 62-65쪽 참조.

혼성모방의 예로 자주 언급되는 이 시에는 서정주의 시 「국화 옆에서」, 「부활」, 「사소 두 번째의 편지 단편」에 나오는 구절들이 짜깁기 식으로 들어가 있다. 인용이 필요 없을 정도로 유명한 시구들을 의도적으로 끌어왔고 원작의 분위기와 다르게 희화화시켜 놓았기 때문에 표절과는 다르지만, 창작의 순수성이나 자율성과는 거리가 멀다. 오히려 이 시는 창작에 절대성을 부여하는 기존의 관념에 대한 비판과 거부의 방식으로서 의미가 있다. 이 시에서는 창작은 새롭고 신성한 창조의 과정이라는 고정관념뿐 아니라 우리 시사에서 절대적인 위치를 차지해 온 서정주의 권위에 대해서도 가볍게 반격을 가한다. 원작의 절대성은 부정되고 상호텍스트적인 반복과 교차의 유희가 새로운 창작의 방법으로 제시되고 있다.

창작의 개념에 대한 본질적인 문제 제기로서 갖는 의미를 제외한다면 창작 기법으로서 혼성모방이 획기적인 성과를 이루기는 쉽지 않다. 기존의 시에 대한 전환적인 관점을 제시하는 몇몇 메타시 말고는 혼성모방의 성공적인 사례로 꼽히는 시들이 거의 없는 것은 그 때문이다. 모방의 필연성이 없이 다른 텍스트들을 마구잡이로 끌어들이고 반복하는 시들은 도덕적·지적 해이를 드러낼 뿐이다.

패스티시가 공허한 모방에 그치지 않고 창작의 방법으로 활용될 가능성은 없는가? 프루스트의 방법은 이에 대한 좋은 참조가 되어 준다. 자신만의 독창적인 문체를 확립하기 위해 프루스트는 패스티시를 적극 활용한다. 그는 단순히 원작자의 문체나 집필 습관을 모방하는 데 그치지 않고, 원작자가 쓴 문장들이 독자들에게 불러일으키는 인상까지 동일하게 모방하려 했다. 즉 원작자가 관객이나 독자들에게 할 법한 말을 재창조함으로써 과거의 작가를 현재화한 것이다. 이는 원작 문체의 리듬까지 완전히 통달하고 원작자의 인격과 하나가 되는 전면적인 체화의 과정을 통해 가능한 방법이다. 프루스트는 이렇게 철저한 패스티시를 통해 역으로 확고한 창조적 자아에 도달할 수 있었다.[7] 그는 원작자의 역량을 충분히 모방한 후 그것을 완전히 체화하여 자기의 창작 능력을 극대화하는 근본적인 방법을 개발한 것이다. 단편적이고 무의지적인 패스티시는 창조력의 고갈을 증명할 뿐이지만 전면적이고 의지적인 패스티시는 이처럼 최상의 창작 방법이 될 수 있다.

3. 영향에 대한 불안과 창조적 모방

모방은 양날의 검과 같은 창작 방법이다. 미숙한 사용에 그치면 원작의 그늘에서 벗어날 수 없지만 능숙하게 사용한다면 창조의 원동력이 될 수 있다. 모방을 통한 창조란, 말처럼 쉽지 않고 원작을 능가하는 새로움이 추가되어야만 한다. 창작의 역사에서 원천적으로 불리한 위치에 놓이게 되는 후배 작가들은 창조력에 대한 강박 때문에 무의식중에 선배 작가들의 영향을 부정하는 경향을 보인다. '영향의 불안'이라는 해럴드 블룸의 유명한 주장이 바로 이것이다. 창작의 독창성을 확보하고자 하는 작가는 선배들과의 관계에서 방어적인 성격을 지닌다. 이로부터 발생하는 영향에 대한 불안이 강력한 오독이라는 복잡한 행위, 즉 '시적 오류'라는 창조적 해석에서 나온다.[8] 오독은 앞선 작품들에 대한 매혹과 부정이라는 양가적인 감정에 이어 강한 창조력을 발휘한다. 아이러니하게도 영향력 있는 작품들은 착실한 모방이 아니라 재능 있는 후배들의 오독에 의해 부활한다. 영향에 대한 두려

---

7 김세리, 「프루스트의 패스티시, 모방인가 창조인가?」, 『외국문학연구』 53호, 한국외국어대학교 외국문학연구소, 2014, 61-81쪽 참조.

8 해럴드 블룸, 『영향에 대한 불안』, 양석원 역, 문학과지성사, 2012, 26쪽.

움이 누구보다도 컸던 입센은 자신의 가장 강력한 선배인 셰익스피어를 피하려다가 자신만의 방식을 발견할 수 있었다. 문학사에서 경이로운 독창성의 경지를 보여 주는 셰익스피어조차도 동시대 극작가 말로의 영향을 정교하게 발전시킨 흔적을 보인다. "셰익스피어는 말로에게서 이탈하면서 구별을 창조했다. 이보다 더 큰 승리를 거둔 시적 영향은 없다."[9] 문학사는 이와 같이 영향과 그에 대한 불안의 부단한 상호작용 속에서 끊임없이 변전해 왔다.

우리 시사에서 영향에 대한 불안의 흥미로운 예는 김수영 시에 대한 김지하의 오독이다. 김지하는 1970년 발표한 「풍자냐 자살이냐」는 글에서 김수영 시 「누이야 장하고나!」에 나오는 "누이야/풍자가 아니면 해탈이다"의 '해탈'을 '자살'로 오독한다. 그러니까 '풍자가 아니면 자살'이라는 딜레마는 실은 김수영보다는 김지하 자신의 문제의식을 내포하는 것이다. 오독에서 촉발된 그의 사유는, 자살에 이를 수밖에 없을 정도로 격한 시인의 비애가 시적 폭력의 형태, 즉 풍자로 전화한다는 장쾌한 논리로 펼쳐진다. 오독에서 시작된 주장은 저항적 풍자의 올바른 형식은 폭력 발현의 방법과 방향이 모순 없이 통일된 것이라야 하고 민중의 비애와 욕구를 제대로 분출할 수 있는 것이어야 한다는 민중문학론으로 전개된다. 김수영이 풍자의 방법으로 자신이 속해 있는 소시민 계층의 속물성을 비판한 것을 인정하면서도 민중적 비애를 결여하고 있다는 점을 한계로 지적하는 데서 김지하의 문제의식이 선명하게 드러난다. "젊은 시인들은 김수영 문학으로부터 무엇을 어떻게 이어받을 것이며, 무엇을 어떻게 넘어설 것인가?"[10]

---

9 해럴드 블룸, 『영향에 대한 불안』, 60쪽.
10 김지하, 「「황토」에서 「별밭…」까지 작가의 문학론—풍자냐 자살이냐」, 『작가세계』, 1989. 가을, 68쪽.

라는 구절에서 김지하 자신의 영향에 대한 불안과 극복의 의지를 엿볼 수 있다. 김수영이 시도한 풍자의 방법을 발전시켜 민중적인 양식으로 확립하기 위해서는 민중 자신의 문학과 예술을 활용해야 한다는 이 글의 결론에서 김지하는 김수영의 영향을 넘어서는 문학사의 새로운 요청을 행한다. 오독에서 시작된 사유가 뜻밖에 창조적인 결과에 이르는 아이러니가 바로 이런 것이다. 아마도 김수영이라는 뛰어난 선배를 능가하고자 하는 김지하의 무의식적 욕망이 오독을 이끌어 낸 것이리라.

동시대나 바로 조금 앞선 시대의 문학적 선배에 대해서는 영향 관계를 부정하려는 경향이 강한 것에 비해 아주 오래전의 작가나 구전되어 온 작품의 영향에 대해서는 별다른 거부감이 없다. 김지하도 김수영의 영향에 대해서는 극복의 의지를 드러내는 반면 전통적인 양식에 대해서는 적극적으로 수용하려 한다. 오랫동안 생명력을 이어 온 작품들은 마치 공공재처럼 새로운 창작의 자양분으로 인정되는 듯하다. 수백 년에서 수천 년에 이르는 시간적 격차는 모방의 차원을 넘어서는 재창작의 필연성을 내포한다. 고전적 작품들이 갖는 보편적 이해의 기반에 새로운 형식이나 시대적 감성이 더해져 호소력을 더할 수 있다.

전통의 계승은 창조적 모방의 대표적인 방식이다. 특히 민담이나 민요 등 구비전승되어 온 문학적 전통의 창조적 가능성은 끊임없이 새롭게 모색된다.

접동
접동
아우래비 접동

진두강 가람가에 살던 누나는
진두강 앞마을에
와서 웁니다

옛날, 우리나라
먼 뒤쪽의
진두강 가람가에 살던 누나는
의붓어미 시샘에 죽었습니다

누나라고 불러 보랴
오오 불설워
시새움에 몸이 죽은 우리 누나는
죽어서 접동새가 되었습니다

—김소월, 「접동새」부분

김소월의 「접동새」는 시인의 고향인 서북 지방에 전해 내려오는 민담을 시로 재창조한 것이다. 내용 면에서는 민담을, 형식 면에서는 민요를 계승한 새로운 현대시이다. 이 시에서 강조되는 서러움이라는 정서는 보편적인 것이면서 국권을 상실했던 당대의 상황에서는 더욱 호응할 만한 것이었을 터이다. 접동새의 구슬픈 울음을 재현한 도입부에 이어 사연이 제시되고 감정적으로 고조되는 후반부에서는 "불설워"와 같은 시적인 언어로 파토스를 표출한다. 전통적 정서와 함께 전통적 가락의 탁월한 계승자였던 김소월은 단순한 세 마디의 민요조를 적절하게 변주하여 현대적 리듬으로 재창조해 내고 있다.

전통 양식에 대한 깊이 있는 탐구는 그러한 노력에 상응하는 성과로 드러난 경우가 많다. 민요를 계승한 김소월이나 신경림의 시를 비롯해서 사설조의 장형시를 실험한 한용운이나 백석의 시, 판소리 양식을 도입한 김지하의 담시, 민담 소재의 서정주 시, 시조풍의 박재삼 시, 무가를 재현한 강은교나 고정희의 시 등 전통을 창조의 동력으로 활용한 예들은 매우 많다. 유구한 문학적 전통은 모방을 통한 창조의 고갈되지 않는 원천이 되어 준다. 전통에 대한 이해와 시대에 대한 통찰이 유기적으로 엮일 때 창조적 에너지는 배가된다. 전통의 활용에서도 단순한 모방을 넘어선 필연적 계기가 작용해야 창조적 과정으로서 의미가 있는 것이다.

전통의 계승과 부정은 문학사를 이끌어 온 주요 동력인데, 이 중에서 모방과 창조의 긴밀한 관련성이 분명하게 감지되는 것은 물론 전통을 계승하는 경우이다. 그런데 전통을 부정하고 독창적인 경지를 개척한 경우에도 모방은 종종 획기적인 방법으로 작용한다. 가령 김수영의 시가 문학사에 추가한 새로움의 주된 내용은 시어와 일상어의 차이를 무화시켰다는 점인데, 이는 기존의 시에서 거의 찾아보기 힘들었던 욕설이나 비어, 은어 등의 살아 있는 구어(口語)를 시에서 모방하는 획기적인 방법을 통해 가능했다. 현실적인 언어의 모방을 통해 시와 현실의 거리가 대폭 줄어든 것이다. 김수영의 시가 현실의 언어를 모방했다면 황지우는 현실 자체를 모방한 시를 보여 준다. 그의 시에서는 화장실의 낙서나 벽보의 공지가 그대로 시가 된다. 현실의 적나라한 모방이 가장 혁신적인 시로 화한 순간이다. 이처럼 모방은 무궁무진한 활용이 가능한 창조의 원천이다.

어렸을 때 읽었던 한 중국 민담은 이상할 정도로 생생한 인상으로 남아 있다. 어떤 황제가 무척 아끼던 술잔을 깨뜨리고는 나라에서 최고라는 도공에게 흔적 없이 붙여 놓도록 명령한다. 난폭한 전제군주답게 언제까지 제대로 진상하지 못하면 목숨을 내놓으라는 협박을 가한 것은 물론이다. 깨진 술잔을 받아들고 온 도공은 그날부터 자신의 움막에서 꼼짝도 하지 않고 일만 한다. 아무도 들어오지 못하게 철저하게 차단한 작업실에서 그의 비밀 프로젝트는 계속된다. 간혹 심부름하는 아이에게 필요한 흙을 가져다 달라고 부탁하는 것 외에는 아무 접촉이 없다. 아이는 움막 밖에서 잠깐씩 만나는 도공이 점점 수척해지는 모습에 걱정만 앞설 뿐이다. 드디어 황제와 약속한 날이 되었다. 황제는 도공이 바친 술잔을 샅샅이 살펴보고는 만족한 미소를 짓는다. 도공은 약속대로 깨진 술잔을 완벽하게 붙여 놓았던 것이다. 도공이 황제를 만나러 간 사이 걱정을 견디다 못한 아이가 도공이 칩거했던 움막으로 들어간다. 그곳에서 무언가를 보고 아이는 소스라치게 놀란다. 그것은 바로 황제의 깨진 술잔이었다. 도공이 가져간 것은 깨진 술잔이 아니라 깨진 술잔의 원래 모습을 재현한 자신의 술잔이었던 것이다. 도공은 깨진 술잔을 흠 없이 이어 붙이는 것이 불가능하다는 사실을 깨닫고는 그것을 새로 만들어 낼 생각을 했다. 원작을 그대로 재현하기 위해서는 그것을 능가할 정도의 제작 능력이 있어야만 한다. 도공이 움막에서 두문불출한 것은 바로 그 능력을 키우기 위해서였다.

이 인상 깊은 도공의 이야기는 모방과 창조의 관계에 대한 비유로도 읽힌다. 단순한 짜깁기를 넘어 원작을 능가하는 재현의 능력이 뒷받침될 때 모방은 창조의 가장 강력한 동기를 이룬다. 모방과 창조의 결과는 거리가 멀지만 그 출발점은 크게 다르지 않다. 다만 모방의 목적과 방법에 따라 결과는 상이해진다. 원작의 인용과 반복을 넘어서 원작을 체화하고 대신하겠다는 발상의 전환이 있어야만 모방은 창조의 세계로 들어가는 열쇠를 쥐여 준다. 깨진 술잔을 앞에 둔 도공의 처지처럼 작가들은 선배의 영향에 압박을 받을 수밖에 없다. 옹색하게 이어 붙이기보다는 비법을 탐구하여 자신의 작품을 만들어 내는 것만이 후대의 작가들이 전통의 압력 속에서 살아날 수 있는 길이다.

어려운 횡단, 갱신의 유희

1. 여성 시인이 시론을 쓴다는 것은

한국 여성시는 1990년대 이후 약진을 거듭하여 한국시의 양적·질적 향상을 이끌어 왔다. 이제는 '여류 시인'이라는 말이 시대착오적으로 들릴 만큼 여성 시인들을 소수의 한정된 집단으로 보기 힘들다. 여성 시인들은 양적으로 확산하면서 다양한 유형으로 분화되고 있는데, 그중에는 시 창작과 이론을 겸하는, 이른바 '시인-비평가'형 시인들도 있다. '시인-비평가'형 시인들은 전문적인 비평가들과 달리 객관적이고 포괄적인 비평보다는 자신의 창작 체험을 바탕으로 직관적이고 개성적인 비평을 행하는 편인데, 이런 특성은 여성 시인-비평가들에게서도 유사하게 나타난다.

여기서 살펴보려고 하는 김혜순, 이수명, 정끝별의 시론은 대표적인 '여성 시인-비평가'들의 글로서, 시인이 쓰는 시론의 개성을 분명하게 드러낸다. 이들은 모두 시인으로서 오랫동안 활동해 오면서 자신만의 입지를 만들어 냈으며 누구보다도 시인으로서의 자의식이 강하다. 그런 시인들이 시 외의 시론을 쓰는 까닭은 무엇일까? "시인이 시에 관한 산문을 쓰면 그 산문이 그의 시 나라의 법전이 된다. 그 법을 어겼다고 오히려 야단맞는다. 시가 산문의 종속물인 양 취급된다."[1], "엄밀하게 말해서 시론은 쓰여질 수 없는 것이다. 시는 논하는 것이 아니라 혼자 집으로 가져가는 것이다."[2]라는 말처럼 시인에게 시론은 언제나 곤혹스러운 글일 수밖에 없다. 펄펄 살아서 뛰어오르는 시를 시론이라는 그물에 붙잡아 두려는 시도는 영원히 실패할 수밖에 없다는 것을 시인들은 누구보다 잘 알기 때문이다. 실패를 예감하면서도 계속하는 것에는 그만한 이유가 있을 것이다. 이들에게는 시를 쓰면서 늘 떼 놓을 수 없는 질문에 대한 대답으로 시론이 필요한 것으로 보인다.

김혜순의 시론은 "왜 그냥 '시'가 아니고 여성시냐"라는 질문에 대답하기 위한 것이다. "여성 시인들이 쓰는 존재론적이고도 방법론적인 그 시적 발성의 주름 깊은 곳에 어떠한 심리적인 왜곡이나 피해자 의식, 악전고투가 숨어 있는지 따로 밝혀 보아야 할 이유가 있다고 생각"[3]하기 때문이다. 여성시의 고유한 의미와 발성법을 해독하기 위해서는 기존의 방식과 다른 새로운 접근이 필요한데, 누구보다 여성시의 특수성을 체감해 온 시인 자신이야말로 이 일의 적격자라 할 수 있다. 김혜순의 새 시론집 『여성, 시하다』(2017)는 『여성이 글을 쓴다는 것은』(2002) 이후 계속된 여성시의 존재 이유와 특성에 대한 집요한 사유의 산물이다.

이수명의 시론은 시라는 미지의 세계에 대한 끝없는 질문을 내포

---

1 김혜순, 『여성, 시하다—김혜순 시론』, 문학과지성사, 2017, 71쪽.
2 이수명, 『횡단—이수명 시론집』, 문예중앙, 2011, 23쪽.
3 김혜순, 『여성, 시하다—김혜순 시론』, 229-230쪽.

한다. "시인이 쓰는 시론은 비평적인 엄격함을 가지고 있는 것을 좋아한다. 자신의 시 세계를 중언부언 해설하는 것 같은 태도가 아니라 시의 한복판에 발을 딛고 서 있는 자가 그 지층을 꿰뚫는 인식능력을 보여 주는 글들을 선호한다. 모순적으로 보일지도 모르지만 창조의 능력은 비평에서, 비평의 능력은 창조에서 도드라지게 잘 나타나는 것으로 생각하기 때문이다."[4]라는 자신의 말처럼 이수명의 시론은 창조적 순간을 포착하기 위한 예리한 인식능력의 필요성을 선명하게 보여 준다. 자신의 시를 포함해서 새롭고 실험적인 시에 대한 선호가 뚜렷한 이수명 시인은 『공습의 시대』(2016)에서 1990년대 젊은 시인들이 보여 주었던 혁신적 면모의 시사적 의미를 살핀 바 있다.

정끝별의 『패러디』(2017)는 『패러디 시학』(1997)에서 시작되어 「21C 시문학의 미학적 특성과 시 교육 방법론」(2002), 「21세기 패러디 시학의 향방」(2005) 등으로 이어진 한국시의 '패러디'에 대한 지속적인 탐구를 압축한 시론이다. 정끝별은 『천 개의 혀를 가진 시의 언어』(1999), 『오룩의 노래』(2001), 『파이의 시학』(2010) 등의 시론집에서 다양한 유형의 시들에 대해 폭넓은 관심을 보여 준 바 있다. 정끝별의 시론은 시인으로서의 창작 체험이 바탕을 이루는 시 창작 방법론에 있어 주력을 갖는다. 특히 '패러디'에 관한 심도 있고 지속적인 탐구는 독보적인 수준이다. 텍스트의 개방성과 상호텍스트성이 더욱 활성화되는 시대적 조건 속에서 "왜 베끼고 왜 따오고 왜 바꾸는지를" "늘 새롭게 물어야 한다"[5]는 문제의식은 현대시의 미학적 특성을 포착하려는 의지에서 발현된다.

---

4 이수명, 『횡단—이수명 시론집』, 49쪽.
5 정끝별, 『패러디』, 모악, 2017, 7쪽.

시인의 시론은 시란 무엇인가에 대한 끝없는 자문의 과정이다. 이런 질문 없이도 시를 쓸 수 있지만, 이런 질문을 통해 시를 써야 하는 이유가 더욱 명료해질 수 있다. 이런 질문을 품고 있는 시들은 늘 새로워지기 위해 부지런히 움직여 간다. 시인들의 시론에서 한결같이 추구하는 것은 새로운 시의 가능성이기 때문이다. 여기서는 김혜순의 『여성, 시하다』, 이수명의 『횡단』, 정끝별의 『패러디』에서 보여 주는 현대시의 창조적 면모를 살펴보도록 한다.

2. 생사를 횡단하는 몸의 시

김혜순의 시론은 '여성'이 시를 쓴다는 것의 의미를 탐문하기 위한 것이다. 비평가로 먼저 등단한 시인이지만 시인-비평가로서 그녀의 무게중심은 시인 쪽에 훨씬 가깝다. 시론의 형식이나 문체는 더없이 분방하며 시인으로서의 자의식을 강하게 드러낸다. 『여성, 시하다』의 서두에 배치한 「나는 아직 태어나지 않았으므로」는 시인만이 쓸 수 있는, 개성이 넘치는 글이다.

> 여기 또, 한 여자가 있다. 여자는 아직 태어나지 않았다. 우리 엄마는 먼 세월 저편에서 나를 낳았지만 그 여자는 아직 태어나지 않았다. 우리 엄마는 나를 낳았지만 그 나는 아직 여자를 낳지 못했다. 여자가 사는 곳이 이토록 어둡고, 이토록 숨 막히고, 여자가 이토록 밝은 곳으로 나가고 싶어 하는 걸 보니 여자는 아직 태어나지 않은 것이 분명하다.(7쪽)

엄마는 나를 낳았지만 나는 아직 태어나지 않았다는 모순어법은 전형적인 시의 문법이다. 시적 상상력은 논리적 연결을 뛰어넘어 모순을 가로지르며 비약한다. 그리하여 논리적으로 풀리지 않는 현상의 핵심을 느닷없이 꿰뚫는다. 엄마는 나를 낳았지만 그 여자가 아직 태어나지 않은 이유는 그 여자가 사는 곳이 아직 너무 어둡고 숨 막히는 태중 같기 때문이다. 생물학적 출생과 달리 사회적으로 여자는 아직 출생하지 못한 상태에 있다는 인식을, 이 시적인 산문은 강렬한 이미지로 제기한다. 이 원초적 장면으로부터 그녀의 시는 시작된다. 세상 밖으로 아직 나오지 못한 여자의 몸부림과 울부짖는 소리와 내통하며 "여자를 나의 노래로 살려 내"(9쪽)려는 것이 그녀가 "시하는" 이유이다. 흔히 문학을 '한다'고 하고, 시를 '쓴다'고 하지만, 그녀는 자신이 시를 '한다'고 생각한다. 자신에게는 시야말로 운명적으로 '하는' 것이며, 온몸으로 '하는' 행위이기 때문이다.

김혜순은 '바리데기'에게서 여성이 시를 '한다'는 운명적 행위의 신화적 원형을 발견한다. 바리데기는 여성이라는 이유로 버려져서 첫 번째 죽음을 겪고, 여성 정체성이 부과되는 결혼과 출산에 의해 다시 한번 죽음을 겪는다. 그리고 "추방되어 살아가는 경험 속에서 사물들을 이해하고 초청함으로써 오히려 세계를 개진해 나갈 수 있는 가능성"(37쪽)을 보유하게 된다. 이러한 능력으로 죽어 가는 아버지를 구하고 아버지로부터 비로소 공동체 내부에 거주하기를 허락받게 되지만, 그 제안을 거부한다. 바리데기는 아버지의 권력이 닿지 않는, 이쪽도 저쪽도 아닌 세계에서 무당과 같은 중재자로 머무는 방식을 택한다. 김혜순은 바리데기 신화를 여성 주체의 발견 과정으로 보거나 연민이나 보살핌을 제시하는 윤리적 텍스트로 읽는 것에 반대한다. "바리데기 신화는 공동체에서 추방됨으로써 자신의 정체성, 동일성을 탈각한, 무한한 외존을 발견한 여자의 기록"(42쪽)이며, "마치 잔존자들의 증언처럼 아직 말해지지 않는 것에 대해 말하려는, 말할 수 없는 것에 대해 말하려는, 의미화할 수 없는 파국의 잔해를 끌어안은 여성시의 언어"(43쪽)의 원형이라고 본다.

김혜순은 자신을 포함한 여성 시인들의 시에, 무당의 말과 같이 각기 다른 유령의 목소리들이 들어 있는 점을 주목한다. 여성 시인들은 유독 자신들의 몸이 "문화적인 상징들, 혹은 억압된 상징들이 미어지게 적히는 무대"(138쪽)가 되는 경험을 고통스럽게 경험하며 그런 몸을 처절하게 해체해야만 자신의 언어를 얻을 수 있다. 여성 시인들이 스스로의 말을 하는 주체가 되기 위해서는 "언어 제도에 의한 죽음과 언어 제도의 벽을 깨고 나감으로써 자신만의 언어를 발화해야 하는 수행으로서의 죽음"(140쪽)이라는 두 번의 죽음을 겪어 내야만 한다. 이 과정에서 여성 시인들은 해체된 주체, 타자화의 기나긴 시간을 끌어안은 심연 속의 실체를 구현하게 된다. 이렇게 생겨난 새로운 실체는 주체와 타자의 구분이 무화된 몸으로부터 주체할 수 없이 튀어나오는 유령의 목소리를 내놓게 된다. 이 토사물 같은 언어는 공적 언어의 체계 위로 범람하며 자꾸만 그것을 다시 쓰게 만든다.

여성시와 몸의 관련성에 대해서는 식상할 정도로 많은 언급이 있어 왔지만, "그러나 여성은 이것으로부터 시작한다"(128쪽)라고 김혜순은 단호하게 말한다. 여성의 몸에 가해졌던 부당한 억압이나 편견을 깨닫고 진짜 더러운 것은 자신의 몸이 아니라 자신에게 가해졌던 사회적 시선과 언어라는 것을 인식하면서 여성 시인의 시가 시작된다는 것이다. "여성시는 시 장르의 억압을 질문하는 일종의 시에 관한 시"(128쪽)라는 선언은 이런 인식과 관련된다. 여성이 자신의 몸에 부과되는 사회적 억압을 자각하지 않고서는 온전한 자유를 누리기 어려운 것과 마찬가지로 여성 시인들이 자신의 시를 발견하기 위해서는 남성의 언어가 표준이 되어 있는 언어 현실과 체계에 대한 질문으로부터 출발할 수밖에 없다. 두껍게 자신을 감싸고 있는 사회적 언어의 벽과 유구한 전통을 지닌 시 장르의 문법에 안주해서는 끝내 자신의 언어에 이를 수 없다.

여성시는 남성 중심의 언어와 문화의 벽으로 인해 고통을 겪어야 하지만 이 지난한 과정 속에서 새로운 창조의 주역이 될 수 있다. 남성 중심 공동체의 바깥에서 여성은 어떠한 편견이나 배제 없이 존재하는 사물들의 공동체인 자연과 접하고 한 번도 언어화되지 않았던 이미지를 발견하고 양육한다. 인간의 공동체에서 추방된 자연과 사물의 무궁한 골짜기에 산재하는 상상적 실재를 끄집어 올려 길러 낸다. 인간의 공동체에 여태껏 없었던 이 사물의 꿈과 빛이 죽어 가는 언어를 살리고 생명을 불어넣는다.

사실 한 편의 시가 탄생하는 과정은 생명 창조의 과정과 흡사하기에 시인은 모성적 존재라고도 할 수 있다. "자신 스스로 대상을 산출하는 구멍이 되는, 모성적 경험을 통해서 비로소 여성/남성 시인은 타자를 만날 수 있다"(131쪽)라는 말처럼 시를 잉태하는 체험에 있어 여성과 남성은 다를 것이 없다. 타자와 만나지 않고는 잉태와 출산이 불가능한 것처럼 시 창작의 과정 역시 타자와 만나 하나가 되는 창조의 과정이다.

김혜순은 스스로 죽음을 통과하며 생명에 이르는 여성시의 과정을, 한국시에서 익히 보아 왔던 '초월'의 방식과 구분한다. "자신의 몸의 죽임 없이 세계 밖에서 초월을 불러오는 남성적인 수직적, 은유적 초월"과 달리 "여성시는 수평적, 환유적 전복을 도모한다"(140쪽)고 본다. 몸의 죽음이 없는 정신적 초월이 쉽게 이 세상 위의 다른 세상을 꿈꾸는 것에 비해, 세상의 바깥으로 추방당하고 다시 돌아오는 절대적 피동의 죽음을 몸으로 겪는 여성시는 세상의 경계를 횡단하며 살아간다.

여성 시인으로서 누구보다 세상과 언어의 벽을 절실하게 겪어 온 김혜순은 죽음으로써 살아지는 시의 역설을 강하게 확신한다. "시인은 '사라지는 것'이 곧 '살아지는 것'인, 자신의 죽음을 뼛속 깊이 받아들인 사람들"(120쪽)이어서 죽음을 넘어설 때 오히려 새롭게 살 수 있다고 본다. 죽지 않으려고 버티며 오래 견디는 것은 시의 낡은 영토에 안주하며 또 다른 벽을 쌓아 가는 일이다. 여성시는 모국어의 낡은 벽을 스스로 허물며 말할 수 없는, 아직 한 번도 말하지 못한 타자들의 언어를 새롭게 낳을 수 있다. 이방인, 난민, 성소수자, 사회적 약자의 언어와 같이 변방에 버려지고 죽어 있던 여성의 언어는 다시 살아나 세상을 떠돌던 유령의 말을 꺼내 놓는다.

시로써 생사의 경계를 횡단하려는 이 대담하고 비장한 기획은, 김혜순 특유의 리드미컬하고 속도감 있는 언어에 실려 강렬한 반향을 일으킨다. 시뿐 아니라 산문에서도 이토록 격동하는 리듬을 만들어 내는 것은 시인이기에 가능할 것이다. "리듬은 시인의 모국어다. 리듬을 타고 가면서 나는 죽은 자들의 나라에서 온 투명한 공기를 한 잔씩 마신다. 그럴 때마다 옷이 벗기고, 나이가 벗기고, 성별이 벗긴다. 나는 할머니고, 처녀다. 나는 선생님이고, 학생이다. 나는 시간을 묶었다가 풀고 다시 묶는다. 나는 이 놀이를 좋아한다"(131쪽)라고 읽어 가면서 독자는 이미 시인이 좋아하는 이 리듬 놀이에 함께 빠져들게 된다. 모국어의 숨결인 리듬을 능란하게 구사하며 시인은 삶과 죽음을 넘나드는 영혼의 파동을 전달한다. 생사의 경계를 넘나드는 바리데기의 노래처럼 시인은 모국어의 리듬을 통해 유동하는 미지의 세계를 끝없이 불러들인다. 숨결처럼 넘나드는 이 리듬이야말로 시와 글이 활자가 아닌 몸의 감각이라는 증거일 것이다.

3. 시와 사물의 횡단과 존재의 놀이

김혜순의 시론이 여성 시인으로서의 자의식을 전면에 내세우고 있는 것에 비해 이수명의 시론에서 여성성은 전혀 나타나지 않는다. 이수명은 성차에 대한 의식을 훌쩍 벗어난 상태에서 시란 무엇인가라는 근본적인 질문에 몰입한다. 이수명의 시론 역시 시인 자신의 관심을 반영하는 것이어서, 어떻게 새롭고 자유로운 시가 가능한가의 문제에 집중된다. 이수명은 시에 대한 기존의 관념을 거의 밀어낸 상태에서 순수한 사유의 힘으로 시와 대면한다. 시인은 "시가 그 위에 서 있는 혼돈이라는 성채"(24쪽)에 매혹되어 있다. 이 '혼돈의 성채'는 하이데거가 말한 대지의 은폐성으로도 설명할 수 없는 압도적인 힘을 지닌다. 대지의 은폐성과 세계의 개시성을 대립시킨 하이데거의 "단순한 설정"을 비판하며 "대지는 차라리 우연적이고 무관심한 쪽에 가깝"고 "대지의 이러한 비본질성에 몸을 섞는 것, 그것에 대해 대립한다기보다 그것을 구성하는 것이 세계"(25-26쪽)라고 반박할 때, 이수명은 시인으로서 당당하게 철학에 대적한다.

시를 쓴다는 것은 사물이 최초로 존재한다는 것이다. 사물이 시보다 먼저여야 하고, 시가 시인보다 먼저여야 한다. 다시 말하면, 사물이 시를 주도하고, 시가 시인을 주도하여야 한다. 시인은 이 가운데 가장 늦은 것이다. 시인이 앞설수록 그것은 철학이나 종교에 가까워진다. 시인의 깨달음은 늦게 올수록 좋고, 올 때도 놀라움 뒤에 숨어 있을 때가 더 좋고, 아예 오지 않아도 좋다. 이미지는 선명하고 의미는 희미한 시, 의미—결코 해소되지 않는다 할지라도—자체를 거부하고 이미지로만 남은 시는 얼마나 매력적인가?(27쪽)

이수명은 철학에 익숙한 시인이지만 철학에 시를 복속시키지는 않는다. 철학은 오직 시의 특별한 매력을 설명하기 위해서만 동원된다. 위의 글에서 시는 어떻게 존재하는가라는 철학적인 질문에 대한 답은 통념과 정반대이다. 시인이 시를 주도하고 시가 사물을 주도한다는 일반적인 생각과 달리, 사물이 시보다 앞서야 하고 시가 시인보다 앞서야 한다고 주장한다. 의미가 사물의 이미지에 앞서는 순간, 시는 철학이나 종교에 가까워진다. 시는 존재의 비밀을 발설하지 않고 영원히 비밀과 함께함으로써 혼돈의 힘을 발휘할 수 있는 것이다. 사물은 항상 시인이 인식하는 대상 그 이상이어서 시인의 눈과 말로 다 담아낼 수 없다. 사물을 시의 그물로 잡으려 하기보다 사물의 비밀을 뒤좇아 가는 것이 이수명이 추구하는 시의 방식이다.

이수명의 시론이 전복적인 이유는 시와 사물의 역할을 뒤바꾼 데 있다. 시가 사물을 포획해야 한다는 고정관념과 달리 시가 사물을 있는 그대로 읽어 내야 한다고 보기 때문이다. "파괴와 전복을 꿈꾸기 전에 먼저 이 세계를 읽어야 한다. 세계를 읽어 내는 것이 세계를 파괴하고 전복하는 것보다 더 파괴적이고 전복적"(28쪽)이라는 말처럼, 이수명은 시가 있는 그대로의 세계를 꿰뚫듯 읽어 내는 순간이야말로 파괴와 전복이 일어나는 상태라고 본다. 아마도 이 순간이야말로 시간이 사라져 버리고, 시간이 숨죽인, 비등점과 같이 전복이 일어나는 순간일 것이다. "사물들이 한껏 부풀어 오른 이 순간의 숨결을 기록하는 것"(57쪽)이 시라는 생각은 같은 맥락에서 이해할 수 있다.

이런 사유는 결과적으로 오랫동안 시의 관념을 지배해 온 동일성의 시학을 전복하는 근거로 작동할 수 있다. 동일성은 지극히 인간 중심적인 개념이어서 인간이 세계를 변별하고 이해하는 편리한 기제로 작동하지만 그 대상이 되는 사물들은 결코 동일하지 않다. 동일성은

"사실에 대한 판단이라기보다는 추상적으로 범주화된 개념"(312쪽)에 불과하다. 시인은 동일성에 내포된 인간 의식의 한계를 파악하고, 그것과 '다른' 시학을 도모한다. "지금까지의 시의 역사를 통해 조심스럽게 모색해 왔던 외장을 헐어 버리고 단지 어떤 운동, 에너지로 존재하려는"(5-6쪽) 시의 움직임을 쫓는 데 관심을 집중한다.

　동일성의 시학을 의심하고 지금까지와 '다른' 시를 추구하는 만큼 이수명의 시사적 관심 또한 기존의 시와 달리 새로운 면모를 드러낸 실험적인 시인들을 향한다. 이수명은 박사 논문에서 심층적으로 탐구했던 김구용을 시론집에서도 중요하게 다루고 있다. 「1950년대 초 현실주의의 운명」에서는 우리 시사에서 거의 독보적으로 초현실주의를 극한까지 실험했던 김구용의 궤적을 추적한다. 「직선을 그을 수 있는 무한」은 김구용과의 가상 인터뷰 형식의 글이어서 흥미를 더한다. "시정신의 최전선"(195쪽)에서 분투하는 선후배 시인의 치열한 대화가 친절하게 구성되어 있다. 「미래파를 위하여」에서는 자신의 후배에 해당하는 미래파의 새로운 면모를, 가족의 극복이나 탈주와 같은 시대적 담론으로 포착해 낸다. 대개의 실험시들이 비주류로서 은폐의 시간을 겪으며 성장하는 것에 비해 미래파는 너무 빨리 문단의 주류로 편입되는 바람에 "무관심이라는 존귀한 선물"(120쪽)을 받지 못했다는 지적은 날카롭고 적절해 보인다. 누구보다 은폐와 암흑의 시간을 잘 통과해 온 시인이기에 가능한 조언일 것이다. 「한국 아방가르드 시의 계보에 대한 노트」는 아방가르드 시와 같은 실험적인 시에 대한 시인의 관심이, 시사를 새롭게 구성하려는 기획을 내포할 정도로 지속적이고 체계적인 것임을 암시한다. 시론(試論)에 해당하는 이 글에서는 이상, 김구용, 김수영, 김춘수, 이승훈, 황지우의 시를 '정치적인가, 예술적인가', '역사적인가, 복제적인가', '예술사적 타당성이 있는가, 없는가'를 기준으로 분류하고 있다. 실험시로 뭉뚱그린 후 개별적인 특성에 대해서 논의하던 수준에서, 일정한 기준을 적용해 봄으로써 개성의 차이를 비교해 볼 수 있게 되었다. 또한 아방가르드 시가 밀실의 실험만이 아니라 시대의 산물이라는 사실을 확인할 수 있다. 이 밖의 많은 글에서 이수명은 난해하여 제대로 이해되지 못했던 많은 시와 시인들을 대상으로 섬세하고 명쾌한 분석을 행한다. "사실 시는 언제나 난해한 것"(6쪽)이지만 읽어 내는 만큼 자신을 드러낸다는 것을 보여 준다.

　시에 대한 전복적인 사유에 능란한 이수명은 '소통'에 대해서도 새로운 관점을 드러낸다. "중요한 것은 단순한 피상적인 소통이 아니라, 소통으로부터 멀어짐으로써 오히려 소통의 어려움을, 그 한계를 일깨우는 것"(42쪽)이라고 한다. 이때도 일방적으로 대화를 시도하기보다는 대상이 자기를 드러낼 때까지 기다리는 자세가 필요하다. 시의 언어는 지시하고 전달하는 언어가 아니다. "시는 언어에게 불확정성이라는 뜨거운 권리를 부여"하며 "언어는 본래 자신의 출현과 함께 시작된 자유의 과잉을 누리게 된다."(43쪽) 소통의 부담에서 벗어난 언어를 향유하는 방법은 언어의 불확정성을 자유로움으로 받아들이고 사물이 비등하는 순간의 숨결과 함께하는 것이다. 이수명의 시론에서 유난히 '유희'나 '즐거움'이라는 어휘가 많이 등장하는 것은 이 때문이다. 시의 즐거움은 "우리가 살고 있는 세계를 무한한 것으로 만드는"(47쪽) 데서 온다. 시는 미지의 우주와 동행하면서 "인식의 무력에 도달하는"(275쪽) "존재의 놀이"(307쪽)이다. "인식의 무력"은 미지의 우주를 미지인 채로 열어 둔 채 순간적으로 비등하는 사물의 숨결에 닿을 수 있는 능력이다. 이 순간 출현하는 것은 오직 존재의 '이미지'뿐이다. 의미의 그림자가 스며들지 않은 이 불가사의한 이미지들 속에서 "사물들은 자유로운 짝짓기를 통해 닮는 놀이를 즐기는 것"(312쪽)이다.

「빌보케의 장난」에서 이수명은 르네 마그리트의 그림을 통해 현대
예술의 정신을 간파해 낸다. 동일성의 관념을 걷어 낸 마그리트의 그
림에는 오직 오브제들이 서로를 쫓아가는 존재의 놀이만이 지속된다.
이 놀이에서 오브제들은 서로의 이질성을 품고 강화해 나가며 멈추
지 않고 움직인다. 의미에 포섭되는 순간이 사물의 죽음이라면 이 지
속의 놀이야말로 존재가 역동하는 장면일 것이다. '어려운 횡단'은 르
네 마그리트의 그림 제목이다. 폭풍우 치는 창밖 풍경을 바라보며 사
람처럼 서 있는 빌보케와 양쪽 벽에 세워진 문짝 모양의 사각형들, 탁
자 위에 놓인 손 모양의 사물, 그 손 사이에 놓인 새의 형상 등 그림
안에는 불가사의하게 배치되어 있는 오브제들이 가득하다. 이 사물
들 사이에는 어떤 관계도 질서도 찾아보기 힘들다. 이처럼 의미를 횡
단하며 존재의 놀이를 지속하는 것, "달아나고 달아나는 그 지속적인
벗어남을 통해, 세계의 모든 구획과 경계의 너머로 자신을 창조하는
것"(333쪽)이 이수명이 추구하는 현대 예술의 정신이다.

4. 창조와 모방의 횡단과 표절유희

정끝별의 『패러디』는 시 창작 방법으로서의 패러디의 특성과 양상
을 종합적으로 살핀 것이다. '패러디란 무엇인가', '한국 현대시의 패
러디 전개 양상', '21세기 패러디의 내적 원리들', '패러디의 계보학적
접근'이라는 네 개의 장으로 체계적으로 구성되어 있고, 패러디의 개
념에서 실례까지 이해하기 쉽게 제시되어 있다. 앞의 두 시인들의 시
론에 비하면 문체나 형식의 개성을 줄이고 설명력을 높인 글이라 할
수 있다. 정끝별은 그동안 많은 시론을 써 왔는데, 특히 시 창작 방법
론에 해당하는 글에서 특장을 발휘한다. '리듬', '은유', '환유', '알레고

리', '화자', '구조' 등 현대시의 특징적인 요소들에 대해 면밀하게 살피고 교육 방법과 연결시키려는 시도를 지속해 왔다. 패러디 연구는 그 중에서도 특별한 관심을 가지고 지속해 온 분야라 할 수 있다. 패러디에 대해 "영향·모방·표절이라는 단어를 먼저 떠올리거나, 독창성·역사성이 결여된 방법적 유희"(12쪽)라는 편견이 많지만, "21세기를 사는 우리 시대의 중심 표현 방법"(12쪽)이라고 보기 때문이다. 얼핏 생각할 때 패러디는 창조성을 지향하는 현대시의 정신에 위배되는 것 같지만, 실제로는 모든 사회 문화 구조 속에서 더욱 일반화되고 가속화되고 있을 뿐 아니라 문학의 창작과 창의성 교육과도 직결된다.

시인으로서 창조성에 대해 끊임없이 질문해 온 저자는 패러디를 둘러싼 무수한 논란을 검토하며 패러디의 문제점과 가능성을 점검한다. 패러디에 대한 부정적 시선은 우리 문학에서 그것이 1990년대 이후 포스트모더니즘의 유행과 함께 유희성, 대중성, 경박성, 일회성이라는 징후를 띠면서 출현한 것과 관련이 깊다. 패러디와 유사 형식인 패스티시를 둘러싼 표절 논쟁은 "잘해 봐야 모방 그렇지 않으면 표절이라는 불명예스런 오해"(13쪽)를 배가한다. 그러나 저자는 패러디를 서양에서 유입된 표현 양식으로만 파악하는 견해에 반하여, 동양 고전 시학의 "용사(用事), 환골탈태(換骨奪胎), 희문(戱文), 희시(戱詩)" 등이 모방의 의도나 방법에 있어 현대의 패러디와 놀랄 만한 유사성을 지닌다는 점을 강조한다. 이렇게 패러디 수용에 있어 전통 양식과의 관련성을 살펴봄으로써, 서구에서 유입된 포스트모더니즘적인 문화 현상으로서만 그것을 이해할 때 생겨나는 부정적 시선에서 탈피하여 패러디의 창조적 가능성을 재인식할 수 있게 된다.

패러디와 관련된 동서고금의 수많은 논의들을 살핀 끝에 저자는 개념 정립조차 제대로 이루어지지 않았던 패러디에 대해 다음과 같은 기준을 마련한다.

    ① 패러디는 원텍스트(원전, 기성품)를 필요로 한다.

    ② 원텍스트와 패러디텍스트 간의 차이와 대화성을 전제로 한다.

    ③ 패러디는 독자의 역량에 따라 인식되는 것이며 미학적 효과 또한 다르게 인식된다.

    ④ 그러므로 독자가 원전을 인식할 수 있는 직·간접적 전경화(foregrounding) 장치를 필요로 한다.(14쪽)

이러한 기준을 통해, 패러디는 원텍스트의 모방과는 확연하게 구분되는 '대화성'을 갖는다는 점과 패러디텍스트에 대한 독자의 역할이 부각된다. 이렇게 볼 때 패러디는 텍스트와 텍스트 간의 관련성, 텍스트와 독자와의 관련성이 확산되는 사회문화적 산물로서의 의미가 강화된다.

문화의 생산과 소비에서 대중의 역할이 증대하고 있는 21세기에 패러디의 범위와 영향력은 날로 확산하고 있다. 패러디는 콜라주, 몽타주, 오마주 등 미술이나 영화의 기법과도 넘나들며 키치와 패스티시와 같은 모방 인용과도 경계가 모호해지고 있다. 원텍스트와의 비평적 거리가 필수적인 패러디와 그렇지 않은 인유를 구분하는 허치언의 경우도 구조적이고 실용적인 측면에서는 그것들을 구분하기가 쉽지 않다고 인정할 정도이다.

'표절유희(play-giarism)'는 텍스트의 원본성과 창조성의 구분을 근본적으로 회의하는 페더만의 조어이다. "표절유희란 다른 텍스트에서 빌려 온 수많은 요소들이 몽타주나 콜라주처럼 구성된, 표절과 유희의 성격이 반반씩 섞인 형식을 일컫는다."(23쪽) 수많은 기존의 텍스트들을 끌어와 재사용하고 때로는 자기 자신의 작품들도 유희적으로 표절하는 현대의 작가들에게 표절유희는 새로운 문학적 가능성이 되기도 한다. 저자는 표절이 의도적이고 공개적으로 활용되는 경우와 고의로 감추려는 경우를 구분할 것을 제안한다. 패러디와 인유, 인용 등 의식적 모방은 창작 방법으로 인정할 수 있지만, 고의적으로 감추는 표절은 윤리적으로나 예술적으로 명백하게 문제가 된다고 본다.

모방과 창조의 경계에서 끝없이 자신을 증식하는 패러디의 표절유희는 위태로워 보인다. 그러나 다른 한편으로 "모든 텍스트는 순수한 텍스트로만 존재하지 않는다. 정도의 차이는 있겠으나 반드시 일정한 사회적·역사적 문맥을 갖기 때문"(108쪽)이라는 사실을 인정할 때, 절대적으로 순수한 텍스트의 추구는 이상에 지나지 않는 것으로 보이기도 한다. 오히려 뛰어난 패러디는 텍스트와 텍스트의 상호작용을 통해 사회적·역사적 문맥의 새로운 창조를 불러온다. "위대한 패러디스트는 텍스트의 표면적인 차이성에 의존하는 것이 아니라 그 텍스트가 속해 있는 맥락적 심층의 구조 속에서 차이성을 발견해 내는 자"(109쪽)라는 명쾌한 규정은 패러디의 창조성을 결정하는 것이 미지의 텍스트들이 갖는 관계의 가능성을 간파해 내는 능력에 있다는 것을 뜻한다. 패러디에 관한 무수한 논란보다 이 책에서 꼼꼼하게 분석해 놓은 패러디의 실례들에서 패러디의 창조적 가능성은 더욱 분명하게 파악된다.

5. 횡단, 혹은 새로운 시를 향한 도정

이 시대 주목할 만한 시론을 보여 주는 세 명의 여성 시인들을 살펴보았다. 여성 시인들의 시론이라고 하지만 김혜순 말고는 '여성'을 의식하면서 썼다고 하기 어렵다. 여성 시인들 사이의 세대 차이를 느낄 수 있는 부분이다. 여성 시인들은, 왜 시를 쓸 때 여성이라는 것을 의식하지 않을 수 없는가를 고민하는 세대와 왜 여성이라는 것을 의식해야 하는가를 기준으로 세대가 나뉜다. 일레인 쇼왈터 식으로 구분하자면, 남성 중심의 사회문화적 규범에 충실한 '여성적' 문학(Feminine Literature)을 보여 준 1세대, 기존의 규범을 의심하고 부정하면서 여성 자신의 시각을 정립하려는 '여성주의적' 문학(Feminist Literature)을 실천한 2세대, 그리고 기존 문화와의 대결에 에너지를 빼앗기지 않고 자신의 안에서 여성으로서의 정체성을 추구하는 '여성의' 문학(Female Literature) 단계에 있는 3세대로 구분할 수 있다. 이 기준에 따르면 김혜순은 2세대에 해당하고 이수명과 정끝별은 3세대라 할 수 있다. 1980년대 격렬한 '여성주의적' 문학의 시대를 겪으며 활동을 시작하여 여전히 여성시에 대한 편견을 체감하는 김혜순은, 왜 그냥 시가 아니고 여성시냐는 질문을 돌파하지 않고서는 자신의 시에 이를 수가 없다. 상대적으로 후배 여성 시인들은 그런 질문에서 자유로운 편이다. 3세대 여성 시인들이 '여성'을 의식하지 않고 시를 쓸 수 있기까지는 2세대 여성 시인들의 격렬한 저항이 선행되었다고 할 수 있다. 3세대 여성 시인들은 '여성'으로서 싸워 나가는 에너지를 비축하여 보다 자유롭게 '시' 자체를 향해 자신을 추동해 간다.

지속적으로 시론을 쓰는 여성 시인들이 등장했다는 것은, '왜 쓰는가', '어떻게 써야 하는가'와 같은 시에 대한 근본적인 질문을 품고 의식적이고 도전적인 시 쓰기를 행하는 여성 시인들이 일군을 이룰 정도로, 한국시에서 여성 시인들의 위상과 역할이 크게 달라졌다는 것을 뜻한다. 김혜순, 이수명, 정끝별의 시론은 기존 시의 흐름을 횡단하며 새로운 시를 추구하는 도전적인 시정신의 산물이다. 김혜순은 생과 사의 경계를 횡단하며 여성시의 놀라운 에너지를 분출한다. 이수명은 동일성의 시학을 전복시키고 시와 사물의 경계를 횡단한다. 정끝별은 창조와 모방의 경계를 횡단하며 21세기 새로운 시학의 가능성을 모색한다. 신화부터 최근의 사회현상까지를 아우르는 김혜순의 광활한 상상력, 철학과 인접 예술에서 존재론의 원리와 감각을 끌어오는 이수명의 지적인 탐구력, 동서고금의 다양한 문학론을 섭렵하고 동시대 문화의 지형 변화를 간파하는 정끝별의 폭넓은 이해력은 우리 여성시론의 다양하고 탁월한 성과를 보장한다. 기존의 시사에 대한 대담하고 도전적인 기획에 비해 이들의 시와 시론이 그리 무겁지 않은 것은, 시의 즐거움과 창조성을 무엇보다 중시하기 때문이다. 이들에게 시는 시간의 놀이(김혜순)거나 존재의 놀이(이수명)거나 언어의 놀이(정끝별)이다. 놀이의 즐거움이 없다면 새로운 시의 길을 내는 이 어려운 횡단을 계속해 갈 수 있을까. 이들의 시론은, 누구보다 시와 잘 노는 이 여성 시인들이 횡단해 가려 하는 새로운 시의 길을 가늠해 볼 수 있게 한다.

파라미타를 향한 일심의 시학

  —정효구의 불교시학

1. 불교시학에 이르는 길

   정효구의 『불교시학의 발견과 모색』(2018)은 1985년 등단 이후 30
여 년간 쉼 없이 이어진 시와 삶에 대한 드넓은 성찰의 산물이다. 평
론가이자 문학 연구자로서 저자는 우리 시의 현장과 역사적 궤적을
넘나들며 참으로 많은 글을 써 왔다. 그 주요 결과물만을 추려 보아
도, 『존재의 전환을 위하여』(1987), 『시와 젊음』(1989), 『현대시와 기
호학』(1989), 『광야의 시학』(1991), 『상상력의 모험—80년대 시인들』
(1992), 『우주공동체와 문학의 길』(1994), 『20세기 한국시의 정신과 방
법』(1995), 『20세기 한국시와 비평 정신』(1997), 『몽상의 시학—90년
대 시인들』(1998), 『한국 현대시와 자연 탐구』(1998), 『시 읽는 기쁨』
(2001), 『한국 현대시와 문명의 전환』(2002), 『시 읽는 기쁨 2』(2003),
『정진규의 시와 시론 연구』(2005), 『시 읽는 기쁨 3』(2006) 등 다수의
저서를 들 수 있다. 한 편의 시를 치밀하게 읽어 내는 작품론에서 한
시인을 심층적으로 탐구하는 시인론에 이르기까지, 한 시대의 대표

시인들을 통해 당대의 현실과 미학적 지형을 간파한 글들에서 한국시의 전통과 변화를 조감한 글들에 이르기까지, 우리 시에 대한 저자의 탐사는 종횡무진에 가깝게 진행되어 왔다. 이러한 왕성한 현장비평과 광범위한 학문적 연구만으로도 대단한 일인데, 언제부터인가 저자는 자신만의 사상과 독자적인 시학을 구축하기 시작한다. 아니 어쩌면 저토록 가열한 탐사의 과정이 있었기 때문에 그러한 모색 끝에 이르고자 하는 궁극의 지점이 더욱 간절했으리라 생각된다.

2007년 『한국 현대시와 평인(平人)의 사상』을 기점으로 하여 정효구의 시학은 변화한다. 문학을 현상적으로 살피는 데서 나아가 중심된 사상을 통해 그것을 새롭게 조명하는 데 힘쓰게 된다. 현실을 관망하는 데서 그치지 않고 변화의 가능성을 모색하기 시작한다. 그 이유는 문학을 통해 파악한 이 시대의 삶이 너무나 불합리하고 위태롭게 여겨져 이런 상황을 그대로 보고만 있는 것은 최선을 다하는 길이 아니라고 판단했기 때문이다. 지금까지 해 온 것처럼 시를 읽는 것만으로는 현실의 대안을 찾기가 어려웠던 저자는 동양의 경전을 본격적으로 공부하기 시작한다. 2000년대 초부터 시작된 유불선의 경전 공부는 점차 불교 경전으로 집중된다. 다양한 불교 경전에서 저자는 자신이 꿈꾸던 아름답고 참다운 정신의 경지를 발견하고 심취한다. 그리고 지금까지 악화 일로에 있는 인간사의 질곡을 타파하기 위해서는 '중생심(衆生心)'을 벗어나야 한다는 깨달음을 근간으로 새로운 시학을 시도하게 된다.

그 첫 성과인 『한국 현대시와 평인의 사상』(2007)에서는 '중화(中和)' 작용을 시의 주요 원리로 파악하고 양기가 과도해진 이 시대를 치유할 수 있는 방도를 모색한다. 『마당 이야기』(2009)에서는 '마당'을 잃어버린 세대에게 '공(空)'의 터이자 '공(共)'의 터로서 마당이 지닌 철학적 의미를 일깨우고, 『맑은 행복을 위한 345장의 불교적 명상』(2010)에서는 물질적 욕망과 세속적 가치에 회의를 느끼는 사람들에게 명상을 통한 참자유의 세계를 제시한다. 『일심의 시학, 도심의 미학』(2011)에서는 일심, 도심, 영성 등의 정신세계에서 근대적 사유의 한계를 넘어설 수 있는 방법을 모색하고, 『한용운의 『님의 침묵』, 전편 다시 읽기』(2013)에서는 '불심(佛心)', '대아심(大我心)', '보살심' 등의 불교적 개념으로 『님의 침묵』의 창작 원리를 새롭게 밝혀낸다. 『신월인천강지곡』(2016)과 『님의 말씀』(2016)에서는 대우주와 대자연과 교감하며 참다운 삶의 길을 모색하려는 시도를 시의 형식으로 표현하기도 했다. 『다르마의 축복』(2018)은 중도(中道)와 공성(空性)을 지키며 만물의 생기를 호흡하는 마음의 상태를 드러낸 산문집이다. 이처럼 불교 공부를 시학에 반영하면서 저자의 저술 활동은 더욱 확장되고 자유로워진다. 평론이나 논문 외에도 시와 산문 등 다양한 형식으로 불교적 성찰의 결과를 표현하게 된다.

　『불교시학의 발견과 모색』은 저자가 지금까지 추구해 온 불교적 성찰이 도달한 현재의 지점이며, 구체적으로는 『일심의 시학, 도심의 미학』을 잇는 학술적 성과물이다. 이 책에 이르러 저자는 드디어 '불교시학'이라는 용어를 사용하기로 한다. 지금까지가 불교시학에 이르기 위한 모색 단계였다면 이제 좀 더 분명하게 불교시학을 앞세우고 이를 자신의 중심 사상이자 시학으로 정립하기 위해서다. 제목에 걸맞게 이 책은 근대시와 시학의 비판적 대안으로서의 불교시학의 가치와 가능성을 보여 주는 역작이다.

2. 감동과 발견의 시학을 위하여

　이 책은 크게 두 부분으로 이루어져 있다. '제1부 불교시학의 심층'

에서는 불교시학의 근본원리를 설명하는 원론적인 글들과 그것의 시학적 가능성을 구체적으로, 깊이 있게 탐색한 글들이 주를 이룬다. '제2부 불교시학의 확장'에서는 그밖에 불교시학과 관련하여 새로운 해석이 가능한 시와 사유에 관해 폭넓게 조명하고 있다.

불교시학의 원론에 해당하는 「일심(一心) 혹은 공심(空心)의 시적 기능에 관한 시론(試論)」과 「'시적 감동'에 관한 불교심리학적 고찰」에서는 시에서 느끼는 '감동'의 특성을 불교심리학적으로 밝혀낸다. '시적 감동'의 해명은 저자가 불교를 공부하게 된 동기이기도 하고 불교시학을 통해 궁극적으로 추구해 나가고자 하는 목표이기도 하다. 저자는 그토록 많은 시를 읽어 왔지만 감동을 느낄 만한 시가 의외로 많지 않다는 점에 의심을 품고 그 답을 찾는 과정에서 불교와 만나게 된다. 저자가 '시적 감동'의 특성과 원인을 본격적으로 파악하기 위해 '감동'과 유사한 감정들을 구분한 점은 주목할 만하다.

> 감동은 자기애와 자기중심적 유아를 넘어선 지극한 자기 초월의 마음에 이르렀을 때 자연스럽게 발생하고 전달되는 최고의 공감 형태이다. 말하자면 일심과 공심의 마음자리에 닿았을 때 아무런 매개 없이 그대로 발생하고 전달되는 가장 놀라운 공감 상태인 것이다. 시를 읽는 데 있어서뿐만 아니라 일상적인 삶을 살아가는 데 있어서도 이러한 자기 초월적 일심과 공심의 움직임과 드러냄은 감동을 자아낸다. 그런데 흥미로운 것은 이런 자기 초월적 감동의 마음을 쓰거나 그런 일을 할 때, 그것은 바라보는 대상뿐만 아니라 그 일을 하는 주체까지도 감동을 느끼는 경우가 대부분이라는 것이다. 따라서 감동은 주체와 객체 모두에게 있어서 의식적, 무의식적으로 일심과 공심의 장으로 이끄는 본질적 힘을 지니고 있는 셈이다.(49쪽)

저자의 구분에 의하면 공감에는 자아중심적 유아(唯我)가 느낄 수 있는 이해, 생각 이입과 감정 이입, 애호, 감격과 통쾌가 있고, 자아 초월적 무아(無我)가 느낄 수 있는 납득, 감탄, 전율, 감동이 있다. 감동은 자아 초월의 공감 중에서도 최고의 상태로, 주체와 객체의 구분이 무화되면서 일심과 공심에 이르는 길이다. 감동은 영적 공감이기 때문에 이성과 자아중심성이 자리 잡은 근대사회와 근대시에서는 만나기 힘든 감정이다. 저자는 감동에 이르는 시의 저력을 회복하기 위해서는 자비심, 대아심, 공심, 일심, 영원성 등 인간 심층에 내재하는 고차원의 마음 작용을 회복해야 한다고 제안한다.

그렇다면 어떻게 저 고차원의 마음 작용에 이를 수 있을까? 원론에 해당하는 앞의 두 편의 글에 이어지는 한용운, 구상, 이승훈, 조오현, 최승호, 정일근의 시에 대한 각론이 그 구체적인 탐구에 해당한다.

저자는 한용운의 『님의 침묵』을 고제(苦諦)의 자각에서 견성 혹은 정견에 이르는 상구보리(上求菩提)의 과정을 거쳐 하화중생(下化衆生)의 자비심에 도달하면서 고액의 해결을 성취하는 과정으로 설명한다. 이렇게 불교적 개념으로 『님의 침묵』에 새롭게 접근하여 이 시집을 고멸성제(苦滅聖諦)에 이르는 치유의 과정을 제시하는 훌륭한 안내서로 재인식한다. 구상 시집 『그리스도 폴의 강』에서 '화쟁(和諍)'의 상생적 세계를 발견한 것은 구상의 삶에 대한 포괄적 이해와 여러 종교에 대한 편견 없는 사유가 작동했기에 가능한 것이다. 그동안 주로 해체주의나 포스트모더니즘을 실천한 시인으로만 평가되었던 이승훈의 시를 소아에서 무아로, 업아(業我)에서 묘아(妙我)로 변화해 간 자아 탐구의 과정으로 파악한 것도 흥미롭다. 승려인 조오현의 연작시 「절간 이야기」에서는 사찰 본연의 폐쇄성과 세속을 향한 개방성이 구현된 특수한 장소성을 읽어 낸다. 최승호의 『달마의 침묵』은 그간 산문집으로 알려져 있었지만 시집이라는 점을 강조하며 난해하고 새로운 이 시집의 형식과 사유에 천착하여 그 의미를 밝혀낸다. 정일근의 시에서는 무심(無心)과 무사(無事)의 경지에 이른 평화와 자유의 삶을 발견하고 공감한다. 이밖에 「한국 현대문학에 그려진 원효(元曉)의 삶과 사상」도 매우 흥미로운 글이다. 저자는 신라인인 원효가 근대와 후기 근대 내내 여러 소설 속 주인공으로 호출되면서 당대 삶과 조응하는 현재성을 보여 주었다는 점을 강조하며 앞으로도 불교인으로서의 원효로부터 리얼리티의 새 지평을 열어 갈 수 있으리라고 예측한다.

제2부에서도 저자는 풍부한 불교 지식으로 다채롭고 깊이 있는 시 해석을 시도하고 근대 물질문명의 한계에 부딪힌 우리 시의 새로운 방향을 모색한다. 거시적 차원에서 근대시는 카르마 즉 유아(唯我)의 세계를 드러내는 것이며, 카르마를 넘어서는 다르마 즉 무아(無我)의 세계는 영원성의 시학으로 구현되었다고 본다. 파라미타 즉 대아(大我)의 세계에서는 공심(空心)이 공심(公心)으로, 분별심(分別心)이 일심(一心)으로 전변하는데, 이러한 단계에서 감동의 시학이 가능해진다. 감동의 시학은 이기적 자아와 도시 문명 속에서 협소하게 살아가는 사람들의 고통과 피로를 넘어서 전체성과 전체상에 대한 시야를 확보할 수 있게 한다. 이 책의 마지막 글에서는 흥미롭게도 저자 자신의 30여 년에 이르는 글쓰기의 여정을 서술한다. 성경의 '에덴동산'과 바슐라르의 '무상의 꿈꾸기'에 연원을 두고 있는 저자의 비평적 글쓰기는 이후 '우주공동체와 문학의 길'을 모색하게 되고, 나아가 동양적인 사상의 탐구에 이어 '불교시학'을 정립하는 데 이르게 되었다. '에덴동산'의 꿈에서 '화엄 세계'의 꿈에 이르기까지의 수십 년의 여정이 참다운 삶을 찾기 위한 부단한 수행의 과정이었다고 할 수 있다.

3. 불교시학의 가능성과 과제

앞서 살펴본 것처럼 이 책은 저자가 지금까지 추구해 온 시와 삶의 길 찾기가 도달한 현재의 지점이자 새로운 차원의 출발점을 이루고 있다. 불교와 시는 많은 유사성을 지닌 것에 비해 그동안 하나의 시학으로 자리 잡을 만큼 본격적으로 그 연관성을 탐구한 사례는 찾기 힘들다. 등단 이후 한국시 연구에 매진하고, 또 2000년대 이후에는 불교 경전을 심층적으로 공부하기 시작한 저자와 같은 특별한 경우가 아니라면 좀처럼 시도하기 힘든 일이기 때문이다. 시와 불교 양자를 각각 깊이 탐구하고 접합시켜 봄으로써 저자는 다음과 같이 불교시학의 가능성을 모색할 수 있었다.

첫째, 불교시학을 통해 근대시의 결핍된 부분을 파악하고 보완할 수 있는 방법을 제시할 수 있었다. 근대시를 있는 그대로 탐구하는 것만으로는 그 문제점을 거시적으로 통찰하고 대안을 제시하기 어렵다. 근대시는 근대인들의 삶과 유사하게 이성과 차별심에 의해 작동되어 온 시대정신을 반영한다. "분별 의식과 차별 의식이 전면화되고 첨예화된 근대적 인간중심주의와 개인중심주의의 관념은 자아를 지적으로 성장시키는 데는 크게 공헌하였으나 자아 초월적이며 영성적인 존재로 전변시키는 데는 한계를 가졌다. 그리고 그 속에서 나타난 부정 의식은 긍정을 전제로 한 방편으로서의 부정 의식으로 작용하지 못하고 부정 의식 그 자체로 머무는 한계를 드러내었다."(315쪽) 긍정에 이르지 못하는 부정 의식은 근대시가 좀처럼 '감동'의 차원에까지 이르지 못하는 원인이기도 하다. 저자는 오랫동안 많은 시를 만났지만 감동을 일으키는 시가 그리 많지 않다는 점에 의문을 품고 그 근본적인 원인을 찾던 끝에 이러한 근대의 삶과 정신의 특징에서 문제점을 발견하게 된다. 그리고 그에 대한 근본적인 비판과 대안을 불교의 정신에서 찾는다. 아상(我相)에 사로잡혀 있는 중생심을 벗어나 참지혜에 이른다면 자기 초월적 감동의 시학에 이를 수 있다는 것이다. "나는 상상해 본다. 어느 날 인간 종이 크게 진화하여 이런 노래이자 시를 대중가요처럼 부르고 다니는 시대는 올 수 없을까? 우리가 사는 이 땅을 진정 법화의 땅, 불화의 땅, 화엄의 땅으로 빛내고 사랑하며 사는 에덴동산과 같은 인간들의 시대는 올 수가 없을까?"(351쪽)와 같은 원대한 꿈에서 저자가 불교시학을 통해 이르고자 하는 세계가 얼마나 획기적인 것인지를 짐작할 수 있다.

둘째, 이 책에서 시도한 불교시학은 종교 이전에 철학이나 사상으로서 불교가 갖는 가능성을 확장했다는 의미가 있다. 앞서 살펴보았듯이 저자가 성경에서 시작하여 유불도 경전들을 넘나들며 공부를 지속해 온 이유는 인간에 대한 근본적인 이해와 인류가 나아가야 할 방향에 대한 답을 얻기 위한 것이었다. 그러던 중 불교시학을 통해 삶과 시가 밝아지고 맑아질 수 있으리라는 희망을 발견하게 된 것이다. 저자는 불교경전 이외의 많은 불교 관련 연구서들을 통해 존재와 세계의 현상과 본질에 대한 불교의 뛰어난 통찰력을 확인한다. 그중에서도 저자가 여러 번 인용하고 있는 데이비드 호킨스에 의하면 불교는 "인간의 의식 지수가 0부터 1000에 이르는 전 과정을 이해하고 있는 종교이며, 인간을 찰나와 무한 속에 함께 놓고 볼 수 있는 종교이고, 극미와 극대를 함께 볼 줄 아는 종교이다."(285쪽) 호킨스에 의하면 현재 인간들의 의식 지수는 평균 207 정도이고, 현재 지구상에서 700으로 측정되는 사람의 수는 고작 12명이라고 한다. 불교를 통해 가늠해 볼 수 있는 의식의 경지가 그만큼 심원하다고 볼 수 있다. 이러한 인간의 정신세계에 대한 불교의 독특한 이해 방식을 통해 시에 나타나는 자아 탐구의 과정을 새롭게, 심층적으로 파악하는 것이 가능하다. 가령 이 책에서 불교유식론으로 살펴본 이승훈 시의 자아 탐구 양상은 소아에서 무아로, 업아에서 묘아로 질적 변화를 일으킨 것으로 파악된다. 이러한 접근 방법을 통해 정신분석적 탐구만으로는 설명하기 힘든 이승훈 시의 무아적 의타기성의 단계를 이해할 수 있게 되었다. 정신분석 자체가 전형적인 근대 학문이기 때문에 그것을 넘어서는 세계를 이해하기 위해서는 다른 접근 방법이 필요하다. 불교가 제시하는 인간 이해의 방식은 근대 학문에 국한되지 않는 더욱 포괄적이고 보편적인 설명력을 갖는다. 불교시학은 인간 정신에 대한 심층적이고 포괄적인 접근의 방법론으로서 불교의 가능성을 재인식하게 한다.

셋째, 이 책에서 불교시학은 불교와 시의 결합에 국한되지 않고, 다른 종교나 사상과의 다양한 접속 가능성을 보여 준다. 구상의 시는 그동안 가톨릭 신앙과 관련해서만 논의되었는데, 저자는 그의 시에 나타나는 불교성과 불교적 상상력을 면밀하게 분석하여 새로운 이해를 도모한다. 이러한 시도를 통해 배타적 종교성을 넘어서는 '화쟁(和諍)의 미학'을 구현할 수 있게 되었다. 저자는 최승호의 시에서도 불교와 노장사상, 기독교를 아우르는 일심의 구현 가능성을 탐색한다. 이승훈 시의 포스트모더니즘적 특징을 변계소집성(遍計所執性)의 자아동일성에서 벗어나 의타기성(依他起性)을 표현한 것으로 이해하는 대목에서도 서구의 첨단 사상과 불교의 소통 가능성을 살펴볼 수 있다. 원효의 형상화가 시대마다 달라지는 양상을 통해서는 과거와 현재, 그리고 미래의 정신적 지평이 접속하고 변화하는 장면을 포착해 낸다. 저자는 이밖에도 기존의 접근 방법에 불교적인 이해를 더하여 상이한 종교나 사상 간의 유사성을 확인하고, 더욱 확장된 사유를 불러온다.

정효구의 불교시학은 수많은 시와 경전, 사상에 대한 그간의 내공 가득한 공부의 산물이다. 공부가 깊은 것과 그것을 잘 설명하는 것은 또 다른 차원의 문제인데, 다행히도 저자는 방대하고 난해한 이론을 최대한 쉽고 분명하게 풀어낸다. 현대인에게서 멀어진 불교의 심오한 뜻을 함께 나누고 싶은 마음이 그만큼 절실하기 때문이다. 평론가로서 자신이 짊어진 '구업(口業)'을 '선업(善業)'으로 이끌고자 하는 뜻이 그만큼 높기 때문이다. 그리하여 그러한 바람대로 불교시학이라는 새로운 시학의 한 장을 열게 되었고, 그 알찬 결실을 세상에 내놓게 되었다.

저자는 누구도 대신할 수 없는 불교시학이라는 새로운 영역을 개척해 냈다. 앞으로의 더 큰 성취를 위해서는 꾸준히 일반 독자에게 다가가기 위한 노력이 필요할 것이다. 불교의 심오한 경지를 쉽게 설명하려는 노력이 역력한데도 저자가 이르고자 하는 참지혜와 감동의 차원이 드높기 때문에 독자들은 현실과의 거리감을 크게 느낄 수 있다. 호킨스 식으로 말해서 보통 사람들의 의식 지수가 200 정도라면 너무 고차원적인 세계에 대해서는 흥미를 느끼기 어려울 수 있다. 현실 세계와 화엄 세계 사이에 건너기 쉬운 가교를 놓는 대중화 작업이 부단히 이루어져야 할 것이다. 그러기 위해서는 명상록과 산문집, 시집 등을 통해 표현해 온 실감 나는 언어 수행을 꾸준히 병행하는 것이 좋을 것이다. 그리고 한국시의 저변에 자리 잡고 있는 불교적 사유들을 다각도로 밝혀서 그것이 모두의 심성에 내재해 있는 자연스러운 본성이라는 것을 드러내는 작업이 지속적으로 이루어져야 할 것이다.

자유와 공존의 모색
―이경수론

1.

첫 평론집의 서문에서 이경수는 "내 문학의 모태는 오래전 고향 집의 다락방이다"라고 회고한다. 다락방에 스며든 고요한 빛과 함께 자신만의 세계에 빠져 있는 한 소녀를 떠올려 본다. 무척 외로워 보이지만 그녀는 오히려 그 시간을 즐기고 있다. 그 시간 속에서 그녀는 한없이 자유롭고 편안하기 때문이다. 상상할 수 있는 능력이 이 시간을 즐겁게 했을 것이다. 상상 속에서 그녀는 누구보다 활동적이다.

이경수가 그동안 내놓은 『불온한 상상의 축제』, 『바벨의 후예들 폐허를 걷다』, 『춤추는 그림자』라는 평론집의 제목을 보니 움직임이 강하게 느껴진다. 자신만의 시간 속에서 많은 시들을 읽어 내면서 그녀는 누구보다 자유롭게 상상하고 진지하게 사유해 왔다. 제목부터 운동감이 넘치는 이경수의 평론집들은 능동적으로 시를 읽어 내면서 평론가로서 자신의 역할에 대한 질문을 멈추지 않은 그간의 역정을 함축하고 있다.

이경수의 평론은 '불온한 상상의 자유로운 축제'와 같은 문학에 대한 꿈과 '지금, 여기'의 현실에 대한 관심을 두 개의 축으로 하여 지속적으로 변화해 왔다. 그만큼 이경수의 평론은 폭이 넓다. 첨단의 전위에 해당하는 실험적인 시와 현실에 밀착되어 있는 노동시에 대한 논의가 이웃하고 있다. 이경수는 미학적 힘과 현실 전복적 힘이 이질적인 것이 아니라 필연적으로 관련되어 있다는 사실을 김수영에게서 확인한다. 김수영의 시가 도달한 현실 감각과 미학의 일치는 이경수의 평론에서 지향하는 문학의 기준이 되어 준다.

'지금, 여기'는 이경수 평론의 트레이드마크와도 같이 반복적이고 상징적으로 쓰이는 말이다. '현실'이라고 쓰면 자칫 일반화되어 흐릿해질 수 있는 동시대의 구체적인 문제들을 집요하게 탐문하기 위해 이경수는 이 말을 자주 호환한다. 이경수의 '지금, 여기'는 확실히 '현실'보다 더 촘촘하게 자리 잡고 있는 시대의 문제들을 이끌어 낸다. 세 권의 평론집에서 나타나는 '지금, 여기'의 문제와 그 비중은 계속 달라진다. 그 차이를 따라가는 것이 이경수가 치열하게 대면해 온 문학의 장과 만나는 길이라 보고, 여기서는 세 권의 평론집에 나타나는 변화를 주목해 보고자 한다.

2.

이경수의 첫 번째 평론집인 『불온한 상상의 축제』(2004)에는 신예 비평가의 열정과 패기가 가득하다. "내 안에는 어떤 규정에 쉽사리 갇히지 않는 수많은 충동이 존재한다. 그 다양한 목소리들을 모두 열어 두는 글을 쓰고 싶다. 나는 변화의 가능성을 믿는 편이다. 내 안의 자유로움이 나를 더 많이 변화시키기를 기대한다."라는 서문의 문장은 평론가로서는 드물게 고백적이며 진취적이다. 다락방에서의 고요한 상상은 "규정에 쉽사리 갇히지 않는 수많은 충동"으로 싱싱하게 자라나, 젊은이답게 정신의 자유를 구가하며 그것을 문학을 통해 발현하고 또 그것과 함께 변화해 나가겠다는 결의를 분명히 한다.

기질적으로 자유롭고 끊임없이 변화를 추구하는 이 젊은 비평가의 관심은 가장 젊은 문학인 전위적인 문학에 각별하게 집중된다. "그동안 우리 시가 아방가르드적인 도전에 지나치게 인색해 왔던 것은 사실이다. 실험 정신은 적지 않은 경우 난해하다는 혐의로부터 자유롭지 못했다. 하지만 다양한 층위의 화자를 실험하고 있는 이들 시야말로 살아 있는 목소리를 시의 언어에 담아내려는 고뇌의 산물이다."(「카니발의 언어, 들끓는 지대」)라며 애착을 드러낸다. "새로움을 포기하지 않는 정신의 강렬도에 나는 우리 시의 미래를 걸고 싶다"고 자신 있게 선언한다. 이수명, 송재학, 박정대, 김행숙, 노혜경, 이대흠 등의 시에서 새롭게 시도하고 있는 특이한 형식이나 화법을 정치하게 분석하며 이를 통해 우리 시의 새로운 가능성을 찾는다.

그런데 이경수는 특유의 균형감각으로, 자칫 젊은 혈기로 빠질 수 있는 새로움에 대한 무조건적인 찬사에 그치지 않고 그 위험성을 지적하는 것을 잊지 않는다. 아방가르드 문학에서 생활과 문학이 일치되면 비판의 기능을 다하지 못한다는 페터 뷔르거의 말을 인용하며 실제 생활과 예술의 거리를 유지하는 것이 아방가르드 문학의 비판적 기능을 위해 필요하다는 점을 강조한다. 문학에서 자유로움과 새로움 못지않게 중요한 것은 반성적이고 비판적인 기능이라고 보기 때문이다.

이경수가 첫 평론집에서 아방가르드 시와 함께 중요한 비중을 두는 것은 노동시이다. 아방가르드 시와 노동시라는 이질적인 두 경향의 시들이 "다양한 목소리들"과 "변화의 가능성"을 지향하는 이경수의 평론에서는 자연스럽게 어우러진다. 첫 평론집에서 이경수가 눈여겨보는 '지금, 여기'는 노동으로부터 소외된 현실이다. 박노해, 백무산, 이대흠으로 이어지는 노동시의 계보를 살피는 동시에 이들 시의 새로운 경향을 주목하면서 소외를 극복할 수 있는 출구를 모색한다.

이대흠은 특이하게도 아방가르드 시와 노동시 양쪽에서 관심의 대상이 되는 시인이다. 타인의 말을 끌어들이거나 다양한 층위의 화자를 제시하거나 시 속의 시를 활용하는 등 새로운 시도를 한다는 점에서는 아방가르드 시의 면모를, 노동과 일상의 양면에서 소외된 노동자의 현실을 그릴 때는 노동시의 면모를 보이는 것이다. 이경수가 이대흠의 시를 주목하는 더 큰 이유는 "낡은 것에 생명력을 부여하는 힘이야말로 우리가 2000년대의 서막에서 이대흠의 시를 논해야 하는 이유"(「몸으로 쓰는 시, 새로운 수사학의 힘」)라고 보기 때문이다. 노동 시인이면서도 그러한 구분이 무화된 시기의 시인이고, 강력하면서도 유연한 상상력을 구사한다는 이중적인 면모를 지닌 이대흠의 특이점을 중시한다. 무엇보다 이대흠이 "우리의 삶처럼 난삽한 형태의 글쓰기를 꿈꾼다"라고 할 때의 어떤 혁명적 기운에 감응하기 때문에 그에 대한 확실한 선호를 드러내는 것이다.

이경수는 비판과 반성이 없는 자유를 경계하는 것과 마찬가지로 차이의 시선을 잃어버린 윤리를 경계한다. 문제를 단순하게 하고 차이를 지워 버리는 선악의 논리는 전쟁의 문법과 흡사하다고 본다. "모든 살아 있는 문화는 본질적으로 불온한 것"이라는 김수영의 말을 인용하며 그가 불온함을 통해 그토록 문학적 자유를 강조한 것은 기성의 것을 복제하거나 답습하는 태도로는 문학의 자유를 획득할 수 없다는 생각에서였을 것이라고 한다. "자유가 없이는 책임도 생각할 수 없다. 윤리적 책임이란 자유에 뒤따르는 것이다. 획일적이고 경직된 사고 아래 문학의 자유가 질식해 버린다면 문학의 윤리적 책임에 대해서도 논할 수 없게 될 것"(『윤리의 외부, 차이의 문학』)이기 때문이다. 문학의 자유와 윤리적 책임을 통합시키는 이러한 변증법적 사유는 이경수 특유의 집요한 비판 의식을 반영하는 것이며 다음 시기에도 간단없이 확장되어 간다.

3.

이경수는 첫 평론집을 낸 후 2년 만에 두 번째 평론집 『바벨의 후예들 폐허를 걷다』(2006)를 낸다. 그동안 얼마나 치열하게 활동했는지를 알 만하다. 2년이라는 짧은 기간이지만 전위적인 시에 대한 입장은 적지 않게 변한다. "요즘의 우리 시단의 풍경은 최소한의 공통 감각과 언어를 잃어버린 것처럼 보인다"(『바벨의 후예들』)라는 진단 하에 소통의 문제를 집중적으로 거론하게 된다. 누구보다도 실험적인 시들에 대한 지지와 애착이 강했었기에 그런 시들이 삶의 기반에서 유리되어 유행처럼 복제되는 양상에 대해 우려하지 않을 수 없었던 것이다.

이러한 우려는 더 구체적으로는 2000년대 상반기에 시단을 휩쓴 '미래파'의 열기와 관련된다. 이경수는 '미래파'라는 명명에서부터 그런 명명에 내재하는 인정투쟁의 욕망과 세대론적 전략에 동의하지 않는다. 실험 정신이 투철한 시들이라면 그 공통의 성향보다 개별 특성에 주목해야 할 터이기 때문이다. 이러한 문제의식 하에 통상 '미래파'로 불리는 시인들에게서 서로 '다른 미래'의 가능성을 보려 한다. 가령 황병승, 장석원, 김민정 등 타칭 '미래파'로 언급되는 시인들은 서정시의 장르 관습을 허물고 있다는 공통점이 있지만, 새롭게 찾아낸 시의 모습은 서로 다르다. 황병승은 통합되지 않은 분열적 주체를, 장석원은 다성적 발화를, 김민정은 탈주의 상상력과 유희를 새로운 시의 방식으로 활용하는 것이다. 이경수는 이들 시의 차이점을 분명하게 부각하는 데서 그치지 않고 그 문제점까지 조목조목 지적한다. 황병승의 양비론은 부정의 대상이 분명치 않아 허무주의와 냉소주의에 그치기가 쉽고, 장석원의 아나키즘과 자유의 추구도 제도와 국가권력에 대한 무관심을 합리화하고 있으며, 김민정의 위반의 전략도 불안의 정체에 대한 탐색에 이르지는 못하고 있다는 것이다. 따라서 이들의 시는 현재까지 미학적인 새로움을 보여 주는 데서 그치고 '다른 미래'의 가능성을 제시하지는 못한 것으로 본다.

이경수는 우리 시에서 미학적인 새로움과 정치적인 새로움을 함께 추동하는 '다른 미래'의 가능성을 찾기 위해 '미래파'로 명명된 시인들의 개별적 성향을 분석하는 데서 그치지 않고, 이러한 분류의 밖에 놓여 있는 시인들까지 적극적으로 검토한다. 정재학, 진은영, 이재훈, 김이듬 등 실험적인 시를 쓰지만, 젊은 시인들을 중심으로 한 '미래파' 논의에서 배제된 시인들을 면밀하게 살펴 '다른 미래'의 가능성을 찾는다.

또한 미학적 새로움의 반대편에 놓이는 것처럼 보이는 리얼리즘 시에서도 각기 다른 개성을 찾아내면서 '다른 미래'의 가능성을 본다. 육봉수, 김진완, 이승희, 고영민 등의 시를 통해 리얼리즘이 낡아 빠진 방식이 아니라 새로운 서정을 열어 갈 수 있는 방식이 될 수도 있다는 사실을 증명한다.

이경수는 '미래파'니 '실험시'니 '리얼리즘 시'니 하는 편의적인 분류에 쉽게 편승하지 않고 오히려 그런 구분으로 인해 생겨나는 착오에 주목한다. '미래파'적인 시의 유행으로 재미와 새로움을 추구하는 젊은 시인들이 많아졌지만 그들의 시가 더 이상 새롭게 느껴지지 않는 점을 들어 "이 새로움이 담론을 추종하는 것은 아닌지, 새로움의 포즈만을 취하고 있는 것은 아닌지 좀 더 냉정하게 스스로에게 물어

볼 필요가 있다"(「무모한, 희망의 원리」)라고 한다. 기존의 분류를 그대로 수용하지 않고 개별 시인들에 대한 면밀한 분석을 통해 새로운 분류와 평가를 행한다.

'미래파'와 관련된 이 시기의 글들은 이경수가 평론가로서 자신의 정체성을 분명히 하고 문학장의 큰 흐름에 적극적으로 참여하는 계기가 된다. '미래파'에 대한 옹호나 부정의 입장이 각축했던 단순한 구도에 이경수는 제3의 관점을 제시한다. '미래파'적인 시의 미학적 새로움을 인정하면서도 그것이 정치적인 새로움에 이르지는 못한다는 점을 지적하면서 문제의식을 새롭게 한다. 이는 문학이 추구해야 할 '불온한 꿈'은 미학과 현실을 포괄하는 것이어야 한다는 확신에서 기인한다.

4.

세 번째 평론집 『춤추는 그림자』(2012)는 6년의 시간적 격차를 두고 나온다. 크게 앓으며 고군분투했던 시간들이 600여 쪽의 방대한 분량에 담겨 있다. "문학이 지닌 무궁무진한 가능성"을 여전히 신뢰하면서도 "삶 역시 문학보다 클 때가 많음"을 통감하면서 이경수의 평론은 더욱 넓어지고 깊어진다. 전위적인 시에 관심이 많았던 초기에 비해 "철학이니 세계관이니 문학이니 하는 것들이, 뿌리박고 사는 곳의 삶과 그곳에서 사는 사람들의 '살이'를 벗어날 수는 없다는 생각"(「진정, 통하였느냐?—우리 시의 소통을 위한 모색」)이 강화되어 간다는 느낌을 준다.

이경수가 이 시기에 주목하는 '지금, 여기'의 구체적인 현실은 세계 곳곳에서 벌어지는 패권주의와 테러리즘의 악순환, 실제 삶에서의 가공할 폭력들이다. 현대문명이 야기한 폭력적 현실이 인간 영혼의 파괴에까지 이르는 양상을 김중일, 이승원, 김이듬, 최금진 등의 시에서 포착해 낸다. 전 지구적 자본주의 시대의 노동문제도 관심의 중핵을 차지한다. 공장에서 일하는 소녀들이 주체이자 대상으로 시에 등장하는 이기인의 시들은 21세기형 노동시의 새로운 탄생을 의미한다는 점에서 각별한 관심의 대상이 된다. 아시아 이주 노동자와 아시아계 한국인들의 소외 문제에 주목한 하종오의 시도 연대와 공존의 모색으로 주목한다.

'세계화' 내지 '지구화'라는 거대 담론 속에서 신자유주의라는 미국의 패권주의가 강화되어 가는 형국인데도, "오늘의 문학은 신자유주의의 위험을 감지하는 데는 둔탁해지고 경계를 허물고 자유를 추구하는 데는 한없이 예민해졌다"(「국경을 횡단하는 상상력—2000년대의 시를 중심으로」)고 진단하며 이경수는 시에서 소설의 경우보다 더 복잡하고 다양하게 나타나는 탈국가적이고 탈민족적인 상상력을 섬세하게 분석한다. 김정환, 이동순, 하종오 등의 시에서는 베트남이나 동아시아를 통과해 되돌아오는 피해자이면서 가해자인 우리의 얼굴을 되돌아보고, 마종기와 허수경의 시에서는 조국의 바깥에서 바라보는 시선을 살핀다. 황병승, 김경주, 이승원 등 젊은 시인들의 잡종성과 자유로운 횡단의 상상력에서도 우리 안의 타자를 발견해 내려 한다. 이경수는 이러한 진단과 분석에서 그치지 않고, 국경을 넘는 상상력이 궁극적으로 나아가야 하는 것은 서로 다른 이질적인 존재 사이의 연대와 상생이며, "그것은 궁극적으로 시의 정신과 통하는 것"이라고 한다. 이때 "시의 정신"이란 삶에 바탕을 둔 불온한 정신을 뜻한다.

이경수는 문학의 위기가 심화되어 가는 '지금, 여기'의 문제가 문학의 정치성, 사회성, 역사성 등을 배제하는 문학주의에 있으며, 문학의 이러한 자기방어적 태도로는 더 이상 난경을 헤어 나갈 수 없다고 본다. 「문학주의의 계보학」에서는 이광수부터 시작된 문학주의의 계보를 포괄적으로 검토한다. 문학의 자율성을 강조하는 문학주의적 태도는 근대 이후에 생겨난 것이며, 순수문학이라는 환상과 탈정치성을 한 축으로 하고 모더니즘 문학을 다른 한 축으로 하는 것으로 파악한다. 순수문학에 대해 비판적인 것에 비해 모더니즘에 대해서는 면밀하게 살피며 유보적인 태도를 보여 준다. 근대성에 대한 비판으로 미적 근대성을 선취했으며, 사랑과 긍정의 전망을 열고, 모더니즘과 리얼리즘의 경계를 넘어선 김수영과 같은 긍정적인 사례가 있기 때문이다. 이경수는 문학의 자율성이 문학을 삶으로부터 고립시키라는 뜻이 아니라는 점을 강조하며 문학이 지닌 다채로운 변이와 생성의 동력을 되찾을 것을 주문한다. 비평의 역할 또한 문학 외부의 시대 현실과 실제 문학작품들 사이에서 문학 너머의 문학, 문학이 아닌 다른 무엇이 될 수 있는 문학의 무궁한 가능성을 추동하는 것이라는 인식을 확고히 한다.

5.

이경수는 네 번째 평론집의 출간을 앞두고 있다. 새로운 평론집은 또 한 번 적지 않은 변화를 보여 주며 한층 폭넓은 관심사를 반영하게 될 것이다. '젊은 비평가상' 수상작인 「곤경을 넘어 애도에 이르기까지」를 비롯해서 「현실 접속의 실재와 증언문학의 가능성—세월호 참사 이후의 시적 실천을 중심으로」와 같은 최근 비평들을 통해 이를 짐작해 볼 수 있다. 최근 비평들에서 이경수는 '세월호 참사'라는 '지금, 여기'의 끔찍한 현실을 붙들고 있다. '세월호 참사'의 '이전'과 '이후'는 문학의 장을 온통 뒤흔드는 새로운 '접촉 지대'를 만들었다. "이 곤경을 어떻게 통과하느냐에 따라 전혀 다른 세상과 만날 수 있는 접촉 지대. '세월호 참사'는 우리 문학을 그런 자리에 서게 했다"(「곤경을 넘어 애도에 이르기까지」)는 것이 이경수의 새로운 문제의식이다. 지금까지 그녀가 찾아낸 것은 "가늠하기 어려운 절대적 슬픔 앞에서 한없이 초라할 수밖에 없는 문학이 할 수 있는 것이라곤 그 슬픔과 분노를 기록하고 기억하는 일뿐"이라는 사실이다. 세월호 참사 이후 문인들이 행한 다양한 문학적 실천을 목격하고 직접 참여하면서 '증언문학'에 대한 그녀의 관심은 급격히 높아진다. 가공할 현실에 직면하여 무력한 개인이 할 수 있는 일은 다만 아픔과 분노와 슬픔을 잊지 않겠다는 다짐과 실천일 뿐이다. 스베틀라나 알렉시예비치의 증언문학 『전쟁은 여자의 얼굴을 하지 않았다』가 노벨문학상을 받았다는 것도 증언문학의 사회적 의미와 가치를 입증해 주는 것이다. 이러한 관점에서 세월호 유가족들의 육성 기록을 모은 『금요일엔 돌아오렴』도 증언문학의 가능성을 열어 보이는 중요한 사례로 파악한다. 문학의 새로운 접촉 지대를 통과하며 이경수의 평론에서 현실의 비중은 훨씬 커졌다. 이경수는 문학의 변화 가능성을 기대하기 때문에 그러한 가능성이 가장 선명하게 나타나는 문학의 경계에 대해 관심이 많다. 증언문학과 같이 문학과 비문학의 경계에 놓인 새로운 문학의 양상에 대해 적극적인 평가를 행하는 것은 그 때문이다. 이경수는 현실과 접속하며 변화를 거듭하는 문학의 역동적인 생명력을 신뢰한다.

매번 변화를 거듭해 온 이경수의 평론집들을 읽으며 그간의 치열하기 그지없는 시간들이 먹먹하게 다가온다. 참으로 부지런하고 치밀하고 강건하게 써 왔다는 생각이 든다. 이경수의 평론에서는 평론을 소명으로 하는 자의 결기가 강하게 느껴진다. 문학이 지닌 무궁무진한 가능성에 여전히 기대를 걸기 때문에 평론의 역할에 대해서도 분명한 확신을 보여 준다. 이경수는 평론의 위치를 관조하는 자리보다는 참여하는 자리에 놓는다. 이경수의 평론에 자주 등장하는 '나'의 존재는 문학의 현장 속에 자신을 밀어 넣고 함께하는 참여적인 성향을 보여 준다. '나'는 미학적 새로움과 윤리적 책임이 한 몸을 이루고 있는 문학의 '불온한 꿈'을 지지하며 문학으로 이룰 수 있는 희망의 끈을 놓지 않는다. 자유와 공존의 윤리라는 난해한 꿈의 가능성을 모색하기 위해 이경수는 우리 시의 현장을 너른 진폭으로 살피고 문학사에 축적된 자료들을 섭렵해 왔다. 그 전방위적 탐사는 이제 문학과 비문학의 경계를 넘나들기에 이른다. 이경수의 치열한 비평적 탐색은 우리 시의 지평을 확대하고 희망의 숨결을 불어넣을 것이다.

제2부 견고한 정신

유랑 체험의 심화와 정신적 고양의 도정
— 릴케와 백석 시의 비교

1. 비교의 전제

이 글에서는 릴케와 백석 시의 영향 관계와 유사성을 점검하여 백석 후기 시의 변모 양상과 그 의미를 비교문학적 관점에서 해명해 보려 한다. 릴케는 한국시에 가장 많은 영향을 끼친 시인 중 하나로서 비교문학의 대상으로 집중적인 조명을 받아 왔다.[1] 백석의 시에 릴케가 직접 등장하기도 하고 상당한 유사성을 보이는 것에 비해 두 시인

---

1 릴케와 한국문학의 비교문학적 연구로 대표적인 것은 독문학자인 김재혁의 『릴케와 한국의 시인들』(고려대학교출판부, 2006)이다. 이 책에서는 박용철, 윤동주, 김춘수, 김현승, 전봉건, 김수영, 허만하, 이성복, 김기택 등 한국 시인들의 시와 릴케 시를 실증적인 방법으로 살피고 있다. 이 밖에 이 분야의 주목할 만한 연구는 다음과 같다. 진순애, 「릴케의 〈가을날〉의 한국적 변용」, 『우리말글』 23집, 우리말글학회, 2001; 윤석성, 「한국시의 릴케 수용」, 『한국어문학연구』 50집, 한국어문학연구학회, 2008; 권온, 「김춘수의 시와 산문에 출현하는 '천사'의 양상—릴케의 영향론 재고의 관점에서」, 『한국시학연구』 26호, 한국시학회, 2009; 조강석, 「김춘수의 릴케 수용과 문학적 모색」, 『한국문학연구』 46집, 동국대학교 문화학술원 한국문학연구소, 2014.

에 대한 비교문학적 접근은 매우 드물다.[2] 백석의 시가 내포한 강한 개성 때문에 비교문학적 관심에서 상대적으로 멀어진 측면이 있는 것으로 보인다. 그런데 "백석을 20세기 한국시의 정상부로 끌어올린 것은 후기 시편"[3]이라고 할 때 시집 『사슴』 후에 발표되는 백석의 후기 시편과 릴케의 연관성을 살피는 것은 백석 시의 변모 과정과 지향성을 파악하기에 유용할뿐더러 당시 세계 수준의 시와 한국시를 비교하는 방법이 될 수도 있을 것이다.

백석 시와 릴케 시 비교의 근거는 내적인 것과 외적인 것으로 나누어 볼 수 있다. 백석과 릴케의 직접적 연관성은 백석 시에서 릴케의 이름이 언급된 것에서 찾을 수 있다. 「흰 바람벽이 있어」에서 백석은 "하눌이 이 세상을 내일 적에 그가 가장 귀해하고 사랑하는 것들은 모두/가난하고 외롭고 높고 쓸쓸하니 그리고 언제나 넘치는 사랑과 슬픔 속에 살도록 만드신 것이다/초생달과 바구지꽃과 짝새와 당나귀가 그러하듯이/그리고 또 '프랑시쓰 쨈'과 도연명(陶淵明)과 '라이넬 마리아 릴케'가 그러하듯이"[4]라고 하여 릴케의 이름을 직접 거론한다. 맥락상 백석이 좋아하는 자연물과 시인의 목록에 릴케가 포함된 것을 확인할 수 있다. 릴케의 이름이 직접 거론된 것은 이 시 한 편

---

2 릴케와 백석의 관련성을 언급한 연구로는 다음과 같은 논문이 있다. 김재혁, 「문학 속의 유토피아: 릴케와 백석과 윤동주—시적 주체와 공간 의식의 관점에서」, 『헤세연구』 26집, 한국헤세학회, 2011; 김진희, 「시인 존재론의 탐구에서 동화시에 이르는 길」, 『한국시학연구』 34호, 한국시학회, 2012. 김재혁의 논문에서는 릴케 시 「말예」와 백석 시 「흰 바람벽이 있어」를 집중적으로 분석하고 있으나, 전반적인 비교와는 거리가 멀다. 김진희의 논문에서는 프랜시스 잼과 릴케, 이시카와 다쿠보쿠(石川啄木)와 정지용 등이 백석 시에 끼친 영향을 부분적으로 언급하고 있다. 선행 연구 검토로 알 수 있듯 릴케와 백석에 대한 본격적이고 체계적인 비교 연구는 아직 이루어지지 않은 상태이다.

3 유종호, 「상호텍스트성의 현장」, 『문학수첩』, 2011.여름, 203-204쪽.

4 고형진, 『정본 백석 시집』, 문학동네, 2007, 152쪽.

이지만, 유랑 체험과 고독의 표출이 많은 백석의 후기 시는 내용 면에서 릴케의 시와 유사성이 강하다.

이러한 내적 근거 외에 릴케에 대한 소개가 활발하게 이루어졌던 당시 문단의 분위기도 릴케의 영향력을 가늠할 수 있게 한다. 릴케의 문학이 우리 문단에 본격적으로 소개된 것은 1930년 중반부터이다. 한국에 릴케가 소개된 상황을 보면 1935년 7월에 『조선일보』에 김진섭의 번역으로 "어떤 젊은 문학 지원자에게"라는 제목을 단 릴케의 『젊은 시인에게 보내는 편지』가, 1936년 6월에는 박용철에 의해 연작시 「마리아께 드리는 소녀들의 시도」(『여성』)가, 이어서 1941년에서 1943년에 걸쳐 윤태웅의 번역으로 「애가」, 「엄숙한 시간」, 「소녀의 노래抄」, 「위대한 밤」, 「가을날」, 「가을」, 「나의 두 눈을 없애 버리신다 하더라도」 등의 시 작품이 우리 문단에 선을 뵈었다.[5] 박용철은 릴케 수용 과정에서 빼놓을 수 없는 인물인데, 그가 번역한 릴케 시가 발표되었던 『여성』지는 조선일보의 장학생으로 동경의 청산학원에서 영문학을 전공하고 돌아온 백석이 조선일보에 취직하여 처음으로 일했던 직장이다. 박용철의 번역 시가 발표된 시기에 백석은 함흥 영생고보의 영어 교사로 부임해 있었기 때문에 편집에 직접 참여하지는 않은 것으로 보이지만, 1939년 다시 『여성』지 편집을 맡는 등 조선일보와의 긴밀한 관련성으로 미루어 보아 박용철이 릴케 시를 번역 소개하는 과정을 충분히 파악하고 있었을 것으로 추측된다.

일문학 쪽의 연구를 보면, 당시 릴케 시에 대한 번역과 소개는 일본에서도 활발하게 이루어진 것을 알 수 있다. 『사계』의 릴케 소개는 1934년 10월 창간호에서부터 시작되었으며 1935년 6월에는 '릴케

---

5 김재혁, 「'나', 그리고 사물에 대한 사랑」, 『릴케와 한국의 시인들』, 65-66쪽.

연구'라는 부제를 붙인 특집호를 일본에서 처음으로 간행하여 문학도들로 하여금 그의 다양한 면모를 접할 수 있게 하였다. 그후 1944년 6월 폐간될 때까지 꾸준히 릴케의 작품을 실었으며 특히 주목할 만한 것은 『말테의 수기』가 이 잡지에 의해 처음으로, 그것도 지속적으로 꾸준히 번역 소개되었다는 점이다.[6] 일본 유학을 다녀왔고 더구나 서양문학을 전공했던 백석이기에 이러한 문학적 관심을 공유했을 가능성이 적지 않다. 1927년에서 1941년 사이에 일본에서 번역된 릴케의 작품은 시집 3권과 소설 2권이다. 시집으로는 가야노 쇼쇼가 릴케의 시를 선별하여 초역한 『릴케 시집』(1927년 3월)과 하가 마유미가 번역한 『두이노의 비가』(1940년 3월) 그리고 시오야 다로 역의 산문시 『기수 크리스토프 릴케의 사랑과 죽음의 노래』(1941년 4월)가 있고, 소설로는 호시노 신이치에 의해 『사랑하는 신 이야기』(1933년 7월)가, 그리고 오야마 테이이치에 의해 『말테의 수기』(1939년 10월)가 각각 번역 소개되었다.[7] 백석이 일본어에 능통하고 자신의 시에서 릴케의 이름을 언급할 정도로 그에게 관심이 있었다는 사실을 참작하면, 우리말이나 일본어로 번역된 이러한 릴케의 작품들을 다수 읽었을 것으로 예상된다.

백석이 릴케를 읽었을 것으로 추측된다고 하여 두 시인을 비교 연구할 필요성이 생기는 것은 아니다. 이를 통해 한 시인의 시 세계나 변모 과정에 대한 다른 각도의 이해나 새로운 접근이 가능할 때 이러한 비교 연구는 의미가 있다. 릴케 시와의 비교는 백석 후기 시의 변모 양상을 이해하는 데 도움이 된다. 백석의 후기 시 중에는 『사슴』에

---

6 왕신영, 「윤동주와 다찌하라 미찌조─릴케를 軸으로 하여」, 『일본의 언어와 문학』 2집, 단국일본연구학회, 1998, 44쪽.

7 김재혁, 「'나', 그리고 사물에 대한 사랑」, 67쪽.

수록된 초기 시와 달리 고독한 내면세계와 예민한 자의식을 표출한 시들이 많다. 『사슴』에 충만했던 공동체 의식과 달리 그로부터 유리된 채 개인의 내면으로 침잠하는 정서가 새롭게 발생한다. 공동체와 합일을 이루는 정서의 상태에서 고독하고 내밀한 개인적 정서를 드러내기까지 백석 시가 보여 주는 변화는 적지 않다. 개인 내면으로 침잠해 들어가는 시기에 시인으로서의 자의식이 강화되는 것도 주목할 만한 변화이다. 『사슴』까지의 시에서 공동체적 삶에 대한 객관적 묘사가 주를 이루었던 것에 비해 후기 시에서는 주관적인 감정의 토로가 심화되는 점도 눈여겨보아야 할 대목이다. 독특한 언어나 문체가 개성적으로 표출되는 『사슴』 시기의 시들에 비해 후기 시로 갈수록 개인의 내면에 충실한 서정시의 어법에 가까워지면서 오히려 보편성이 강화되는 변화도 흥미롭다. 이러한 후기 시의 변화는 백석이 토속성이 농후한 향토 시인의 면모에서 나아가 근대적 미의식을 확보한 시인으로서 오랫동안 한국을 대표하는 시인으로 자리 잡는 데 결정적으로 작용한다. 릴케 시는 백석 후기 시와 유사한 점이 많아 백석 시의 변화에 작동하는 동기를 이해하는 데 참조할 만하다.

이 글에서는 릴케 시와 백석 시의 유사성을 비교해 봄으로써 시적 변모의 동인과 의미를 규명하는 데 주력할 것이다. 백석의 시에는 릴케에 대해 언급하는 부분이 나오기 때문에 영향 관계를 짐작하게 하지만, 직접적인 영향 관계가 드러나지는 않는다. 릴케와 백석의 시 세계를 비교하기 위해서는 세부적인 영향 관계에 천착하는 방식보다는 전체적인 분위기와 시 의식을 살펴보는 포괄적인 논의가 필요하다.

비교문학의 방법으로는 크게 영향 관계를 중시하는 프랑스식과 세계문학으로서의 공통분모를 탐구하는 미국식이 있다. 비교문학의 전반적 흐름은 원천과 영향에 대한 실증주의적 고찰에 치중했던 프랑스식에서 내재적 분석을 통해 문학의 미적 자율성을 밝히려는 미국식으로 전환되어 왔다. "처음부터 끝까지 어떤 '연결' 고리가 없이 평행선으로 일관하는 두 작가에 대한 연구는 유사함의 발견에 그칠 뿐 '비교'가 성립할 수 없다"[8]라는 우려도 있지만, '영향 수수 관계에 대한 연구가 결국 무엇에 봉사하게 될 것인가'라고 질문하며 잡종화된 문화들 사이에서 자기 정체성을 지키면서 차이를 받아들이는 자세가 필요하다는 주장[9]도 주목할 만하다. 영향 관계에 치중한 비교문학 연구는 서구문학을 중심에 두는 관점에서 벗어나기 힘들고 이에 따라 그 밖의 문학이 갖는 나름의 가치와 독자성을 배제하게 된다. 더구나 식민지 시대 일본을 통해 서구의 근대문학을 경험했던 한국문학의 경우 서구문학과의 비교 연구는 자칫 영향 관계에 대한 규명에 그치기 쉽다. 세계문학의 보편성에 견주어 한국문학의 확장성을 가늠하는 주체적인 연구를 위해서는 영향 관계의 파악 이상으로 동등한 비중의 대비 연구가 필요하다고 본다. 따라서 이 글에서는 릴케 시와 백석 시에 공통으로 나타나는 특징들을 중심으로 그 유사성과 차이점을 비교해 보고자 한다. 이를 통해 백석의 시를 세계문학의 좌표 속에서 새롭게 조명해 볼 수 있을 것이다.

두 시인 모두 남다른 유랑의 궤적을 보였고, 시에서 그러한 체험을 반영하고 있다는 점이 유사하다. 2장에서는 유랑 체험과 관련된 시들을 비교해 볼 것이다. 유랑으로 점철된 생애는 두 시인 모두에게 내면 의식의 심화를 가져오는 결정적인 계기로 작용한다. 릴케는 '고독

---

8 김춘희, 「의(擬)비교문학 방법에 대한 비판적 고찰」, 『비교문학』 45권, 한국비교문학회, 2008, 20쪽.

9 김창현, 「한국비교문학의 미래—잡종화와 주체성의 문제」, 『비교문학』 35권, 한국비교문학회, 2005, 278-293쪽 참조.

의 시인'이라고 할 만큼 섬세하고 내면적인 정서를 표방했던 시인이며, 백석 또한 후기 시에서 자기 고백을 기반으로 하는 처절한 내면 성찰을 보여 주었다. 3장에서는 두 시인이 '고독'을 표출할 때의 정서적 상태를 비교해 보도록 한다. 릴케와 백석은 '시인'으로서의 자신의 운명을 자각하고 고양하려 했다는 점에서도 간과할 수 없는 유사성을 보인다. 4장에서는 이들이 보여 주는 시인으로서의 자의식을 비교해 볼 것이다. 이러한 비교를 통해 백석의 후기 시가 유랑 체험의 넓이를 고독의 깊이로 확장하고, 다시 시인으로서 정신적 높이를 획득하는 역동적인 내면화의 과정이었음을 밝히려 한다.

2. 체험적 시 쓰기와 유랑 의식

릴케는 시뿐 아니라 시인으로서의 삶이나 태도로 우리나라의 시인들에게 많은 영향을 끼쳤다. 유럽의 여러 국경을 넘나드는 유랑으로 점철된 그의 생애는 시인으로 사는 삶의 한 전형으로 인식될 만한 것이었다. 릴케 자신이 여행 체험과 시 창작의 긴밀한 연관성을 강조하고 전 생애에 걸쳐 그러한 체험과 창작의 일치를 실천했다. 한스-요젭 오르트하일(Hanns-Josef Ortheil)은 여행과 글쓰기라는 두 가지 활동이 시간을 매개로 해서 서로 접점을 갖는다고 보았다. 여행이라는 큰 움직임이 글쓰기라는 작은 움직임으로 전이되는데 이 두 활동이 여행 중에 동시적으로 일어나는 경우도 많다. 여행의 시간이 글쓰기 시간을 통해 중단되고 보존되는 식이다. 여행 중인 작가는 글을 쓰는 시선으로 여행 공간 안으로 들어가고, 그의 여행을 그의 글로 덮어쓴다.[10]

---

10 Vgl. Ortheil 2013, 7: 신혜양, 「작가의 여행과 글쓰기—루 안드레아스-살로메와 라이너 마리아 릴케의 러시아 여행(1900)」, 『브레히트와 현대연극』 34호, 한국브레히트학회, 2016, 205-230쪽 재인용.

릴케는 시인으로서 유랑에 가까운 자발적인 여행을 이어 갔고 그러한 체험을 자신의 시에 적극적으로 반영했다.

시를 쓰기 위해서는 오랫동안 기다려야 한다. 평생을, 가능하다면 오래 살아서 삶의 의미와 달콤함을 모아야 한다. 그렇게 하면 아마도 마지막에 열 줄의 훌륭한 시를 쓸 수 있을 것이다. 시란 사람들이 말하듯 감정이 아니라 (감정은 이미 젊어서부터 충분히 가지고 있지 않은가) 경험이기 때문이다. 한 줄의 시를 쓰기 위해서는 많은 도시와 사람들 그리고 사물을 보아야 하며 동물들을 알아야 한다. 새들이 어떻게 나는지를 느낄 수 있어야 하고, 자그마한 꽃들이 아침이면 만들어 내는 몸짓을 알아야 한다. 낯선 지방의 길들과 예상치 못한 만남 그리고 오래전부터 다가오는 것을 지켜보았던 이별을 떠올릴 수 있어야 한다.[11]

『말테의 수기』에 나오는 이 진술을 통해서도 릴케가 시 창작과 관련해서 '체험'을 얼마나 중시했는지 짐작할 수 있다. 그는 좋은 시를 쓰기 위해서는 순간의 감정이 아니라 많은 체험이 필요하며, 시인 자신과 일치될 정도로 밀착된 체험이야말로 생의 마지막 순간에 빛나는 시의 결정체를 얻게 한다고 확신했다. 그 자신 몇 줄의 시구를 얻기 위해 평생을 떠도는 자발적인 유랑의 삶을 선택했고 체험이 심화되면서 점차 원숙한 경지의 시에 도달했다. 릴케와 백석 모두 초기 시와 후기 시가 상당히 달라지며 후기 시에서 최고의 정신적 높이에 도달하는데, 이런 과정에서 평생에 걸친 유랑 체험이 승화되어 나타난다.

릴케는 『젊은 시인에게 보내는 편지』에서도 "당신이 보고 체험하

---

11 라이너 마리아 릴케, 『릴케 전집 12―말테의 수기』, 김용민 역, 책세상, 2000, 26쪽.

고 사랑하고 잃은 것에 대해서 마치 이 세상의 맨 처음 사람처럼 말해 보십시오."[12]라고 하여 체험적 글쓰기의 중요성을 강조한다. 『젊은 시인에게 보내는 편지』는 1935년 김진섭의 번역으로 우리 문단에 일찌감치 소개되었고 시인들에게 많은 영향을 끼쳤다. 박용철은 「시적 변용에 대해서」에서 이 글을 인용하며 릴케의 시론을 체험이라는 측면에서 이해하고, 그것을 체험적 주체가 있는 시를 쓰자는 자신의 견해와 융합하여 제시해 놓고 있다.[13] 백석이 이런 글들을 읽었는지 확인하기는 어렵지만, 당시 문단을 주도했던 주지주의나 카프의 시들과 거리를 두면서 체험적 시 쓰기를 강화하는 방향으로 변화해 간 것은 분명하다. 유랑의 체험이 풍부하게 드러나는 릴케의 시는 마찬가지로 많은 거처를 전전했던 백석에게 동류의식을 불러일으키기에 충분했을 것이다. "나는 아버지 집도 없고/잃어버릴 집을 가진 적도 없다"[14]라는 릴케의 시 「말예(末裔)」와 "어느 사이에 나는 아내도 없고, 또,/아내와 같이 살던 집도 없어지고,/그리고 살뜰한 부모며 동생들과도 멀리 떨어져서,/그 어느 바람 세인 쓸쓸한 거리 끝에 헤매이었다"라는 백석의 시 「남신의주 유동 박시봉방(南新義州 柳洞 朴時逢方)」은 가족과 떨어지고 집도 없이 헤매는 유랑의 핍진한 체험을 반영하고 있다는 점에서 닮은꼴을 이룬다.

체험을 시의 동력으로 삼았다는 점, 특히 풍부한 유랑 체험이 후기 시의 정신적 고도와 긴밀하게 연관된다는 강한 유사성이 있지만, 릴케와 백석의 유랑 의식에는 간과하기 어려운 차이점도 있다.

---

12 라이너 마리아 릴케, 『젊은 시인에게 보내는 편지』, 김재혁 역, 고려대학교출판부, 2006, 14-15쪽.
13 김재혁, 「시적 변용의 문제」, 『릴케와 한국의 시인들』, 97쪽.
14 라이너 마리아 릴케, 『릴케 전집 2』, 김재혁 역, 책세상, 2000, 39쪽.

지금 집이 없는 사람은 이제 집을 짓지 않습니다.

지금 혼자인 사람은 그렇게 오래 남아

깨어서 책을 읽고, 긴 편지를 쓸 것이며

낙엽이 흩날리는 날에는 가로수길 사이로

이리저리 불안스레 헤맬 것입니다.

—릴케, 「가을날」 부분[15]

온 세상을 헤매이는 방랑자여,

마음 놓고 길을 계속 가거라,

이 세상 아무도 너처럼은

사람의 번뇌를 알지 못할지니.

—릴케, 「방랑자」 부분[16]

　릴케의 시에서 표현되는 방랑은 자발적인 선택에 가깝다. 「가을날」에서 시적 주체는 집이 없지만, 그것을 결핍으로 받아들이지 않고 계속해서 집을 짓지 않고 방황하며 자신의 길을 간다. 집 없이 혼자인 상태는 "깨어서 책을 읽고, 긴 편지를 쓸" 수 있는 자유를 누릴 수 있다는 의미를 내포한다. 그는 비록 외롭고 불안해 보이지만 정신적으로 고양된 상태로 유랑을 계속한다. 「방랑자」에서도 방랑은 멈추어야 할 고행이 아니라 각별한 체험으로서 권장된다. 이 시에서 방랑자는 세상 누구보다 깊이 있게 사람의 번뇌를 이해하는 우월한 존재로 인식된다.

　이러한 방랑자의 모습은 릴케의 시에 자주 등장하며 시인 자신의

---

15 라이너 마리아 릴케, 『릴케 전집 2』, 43쪽.

16 라이너 마리아 릴케, 『라이너 마리아 릴케 시집』, 윤동주100년포럼 역, 스타북스, 2017, 44쪽.

체험을 반영한 자전적 존재이다. 릴케는 충실한 가장이나 평범한 시민으로서의 삶을 거부하고 오직 시인으로서 고고한 정신의 세계를 추구했다. "예술가는 어떤 가치에 대해 특별한 가치를 부여해야만 한다. 오직 그가 알고 있는 사실은 예술가로서 궁극적인 목표를 확고하게 추구해야 한다는 점뿐이었다."[17] 릴케의 평생에 걸친 복잡다단한 유랑의 삶은 시인으로서 각별한 체험과 내면적 각성을 얻기 위한 자발적인 것이었다.

릴케에 비해 백석의 유랑은 식민지적 상황이 겹쳐 자발적인 것이었다고만 보기는 어렵다. 백석 역시 당시 어떤 시인보다도 많은 지역을 주유하며 특유의 방랑벽을 드러냈지만, 후기로 갈수록 자발적인 유랑으로만 단정할 수 없을 정도로 궁핍한 상황에 대한 토로가 깊어진다. 「북방(北方)에서—정현웅(鄭玄雄)에게」는 이러한 상황의 변화가 잘 드러나는 시이다. 이 시의 전반부에서 화자는 "나는 그때/아모 이기지 못할 슬픔도 시름도 없이/다만 게을리 먼 앞대로 떠나 나왔다"라고 하여 탈향(脫鄕)의 시작이 자발적인 것이었음을 드러낸다. 그러나 이 시의 후반부에서는 "그동안 돌비는 깨어지고 많은 은금보화는 땅에 묻히고 가마귀도 긴 족보를 이루었는데/이리하야 또 한 아득한 새 옛날이 비롯하는 때/이제는 참으로 이기지 못할 슬픔과 시름에 쫓겨/나는 나의 옛 한울로 땅으로 나의 태반(胎盤)으로 돌아왔으나/(중략)/아, 나의 조상은 형제는 일가친척은 정다운 이웃은 그리운 것은 사랑하는 것은 우러르는 것은 나의 자랑은 나의 힘은 없다"라고 하여 그사이에 일어난 큰 변화를 암시한다. 여기서 "새 옛날"이란 당시의 상황으로 보아 일제가 대동아 공영권을 내세워 중일전쟁을 일으키던

---

17 루 안드레아스 살로메, 『하얀 길 위의 릴케』, 김상영 역, 도서출판모티브, 2003, 133쪽.

시기일 것이다. 이 작품을 쓰던 무렵 백석이 일제가 세운 만주국의 수도 신경(지금의 장춘)에 머물렀었다는 것은 이러한 시점을 반영한 것이라 짐작된다.[18] 백석의 유랑은 후기로 갈수록 자유를 잃고 시대적 상황에 영향을 받게 된다. "슬픔도 시름도 없이" 떠돌던 시기가 지나고 일제의 억압이 심해지면서 "슬픔과 시름에 쫓겨" 다니게 된다. 릴케가 고달픈 유랑 생활에도 정신적 자유의 상태에 자부심을 느꼈던 것과 달리 백석이 "나의 자랑은 나의 힘은 없다"라며 낙담과 무기력감을 표명하는 것은 이 때문일 것이다. 「나와 나타샤와 흰 당나귀」에서는 유랑의 삶이 아름답고 낭만적으로 그려지는 가운데 외부 세계와 시적 주체의 긴장 관계가 예리하게 드러난다.

> 가난한 내가
> 아름다운 나타샤를 사랑해서
> 오늘 밤은 푹푹 눈이 나린다
>
> 나타샤를 사랑은 하고
> 눈은 푹푹 날리고
> 나는 혼자 쓸쓸히 앉아 소주(燒酒)를 마신다
> 소주(燒酒)를 마시며 생각한다
> 나타샤와 나는
> 눈이 푹푹 쌓이는 밤 흰 당나귀 타고
> 산골로 가자 출출이 우는 깊은 산골로 가 마가리에 살자

---

18 최동호, 「북방에서─정현웅에게」(해설), 최동호 외저, 『백석 시 읽기의 즐거움』, 서정시학, 2006, 277쪽.

눈은 푹푹 나리고

나는 나타샤를 생각하고

나타샤가 아니 올 리 없다

언제 벌써 내 속에 고조곤히 와 이야기한다

산골로 가는 것은 세상한테 지는 것이 아니다

세상 같은 건 더러워 버리는 것이다

—백석, 「나와 나타샤와 흰 당나귀」 부분[19]

이 시는 '나'라는 서정적 주체가 전면에 나서서 진술을 이어 간다는 점에서 백석 후기 시의 특징을 분명하게 드러내고 있다. "혼자 쓸쓸히 앉아 소주를 마신다"에서 추측해 볼 수 있듯 '나'의 현실적 상황은 부정적이다. 가난하고 외로운 '나'는 철저히 고립된 채 자신만의 상상에 빠져든다. 이 시는 현실과 이상의 대비가 두드러진다는 점에서 짙은 낭만성을 드러낸다. 가난하고 쓸쓸한 '나'는 아름다운 나타샤에 대한 사랑만을 꿈꾸며 현실을 부정한다. 푹푹 쌓여 세상을 덮는 눈과 흰 당나귀도 나타샤와 함께 현실 밖의 세상을 수식하는 이미지들이다. 신비하고 아름다운 이러한 이미지들은 역으로 현실에 대한 '나'의 혐오를 더욱 선명하게 부각한다.

'나'는 혼자 쓸쓸히 앉아 소주를 마시는 현실에서 벗어나 "깊은 산골"로 가려 한다. 눈이 푹푹 쌓이는 밤 나타샤와 흰 당나귀를 타고 산골로 가는 장면은 정확히 현실을 역전시켜 놓은 낭만적 풍경이다. 이

---

19 고형진, 『정본 백석 시집』, 문학동네, 2007, 95쪽. 이 글의 백석 시 인용은 모두 이 책에 의거한다.

는 넓은 세상을 주유하는 릴케의 여행과 달리 세상을 등지고 구석으로 침잠하려는 움직임을 담고 있다. 릴케의 자발적 유랑과 달리 이 시의 서정적 주체는 소극적이고 패배적인 선택을 한다. 나타샤가 와 주기만을 기다리며 오직 상상 속에서 그녀와 이야기를 나누는 '나'의 처지는 유약해 보인다. "산골로 가는 것은 세상한테 지는 것이 아니다/세상 같은 건 더러워 버리는 것이다"라는 '나'는 항변은 세상에서 고립된 그의 처지를 역설한다.

백석은 후기 시에서 종종 '세상'으로부터 격리된 상태를 보여 준다. "흰밥과 가재미와 나는/우리들이 같이 있으면/세상 같은 건 밖에 나도 좋을 것 같다"(「함주시초(咸州詩抄)—선우사(膳友辭)」), "이 추운 세상의 한구석에/맑고 가난한 친구가 하나 있어서/내가 이렇게 추운 거리를 지나온 걸/얼마나 기뻐하며 락단하고/그즈런히 손깍지벼개하고 누워서/이 못된 놈의 세상을 크게 크게 욕할 것이다"(「가무래기의 낙(樂)」) 등의 시에서 알 수 있듯 세상 밖에 머물며 세상을 부정하는 태도를 드러낸다. 더러운 세상에서 벗어나 맑고 가난한 친구들과 함께하고 싶어하는 '나'의 마음은 세상과의 대립과 갈등으로 꽤 복잡해 보인다.

백석이 후기 시를 쓰던 1930년대 후반에서 1940년대 중반까지 일제 식민 치하의 상황은 악화일로에 있었다. "백석 시에서 현실에 대한 절망이 때로 구체적이어서 유랑의 비자발적인 성격이 읽혀지기도 한다. 수많은 사람들을 표랑으로 내몬 시대적 현실이 그의 문학에도 반영되어 있는 것이다. 그러나 그의 유랑이 강압의 결과로 짐작할 만한 단서가 없다는 점에서 자발적인 성격도 배제할 수 없다."[20] 백석은 릴케가 보여 준 것처럼 온전히 자발적인 유랑으로 점철된 삶을 영위

---

20 김명인, 「백석 시에 나타난 기행」, 『한국시학연구』 27호, 한국시학회, 2010, 9-10쪽.

할 수는 없었지만, 급격하게 타락하는 현실 속에서도 자신이 꿈꾸던 세상을 향한 부단한 탐색을 멈추지 않았다. 『사슴』에서 보여 주었던 자족적인 공동체의 삶이 파괴된 현실에 직면하면서 그는 현실과 이상의 괴리를 서정적 주체의 낭만적 열정으로 견인하며 현실을 초극하기 위한 정신적 고도를 추구해 간다. "세상 같은 건 더러워 버리는 것이다"라는 선언은 파멸로 치닫는 현실에 저항하며 정신적 자유를 견지할 수 있는 최선의 선택이기도 하다. 공동체의 붕괴와 파국적 현실에서도 무너지지 않고 그것을 시인으로서의 자아를 확립하는 계기로 전환시켰다는 점에서 백석의 유랑 체험은 비자발적인 상황에서 의식의 자발성을 획득한 것으로 볼 수 있다. 백석의 후기 시는 이처럼 세상 밖을 떠도는 쓰라린 도정 속에서도 외롭고 가난한 삶을 고결하게 승화시키는 시인의 표상을 드러낸다. 백석은 자신이 꿈꾸는 세상과 현실의 괴리를 낭만적인 상상과 아름답고 진솔한 언어로 표출하며 미적인 도약의 계기로 삼는다.

3. 고독으로의 침잠과 내면의 발견

릴케와 백석은 유랑 체험을 내면의 발견으로 이어 갔다는 점에서도 유사성이 뚜렷하다. 릴케는 유랑 체험이 고독과 함께 정신적 자유를 얻을 수 있게 한다는 점을 누구보다도 분명하게 인식하고 있었다. 그는 정박하지 못하는 자신의 삶을 부정하기보다는 고유한 운명으로 수용한다. 릴케의 "국외자로서의 상황은 어떤 의미에서는 시인 자신의 내면에서 자생적으로 형성된, 다시 말해 시인 스스로 만든 상황이며, 스스로 예술을 위해 택한 고독의 상황인지도 모르는 것이다."[21] 자

---

21 이정순, 「릴케의 서정시에 나타난 외계의 내면화─시, 「위대한 밤」 외」, 『독어독문학』 96집, 한국독어독문학회, 2005, 102쪽.

발적으로 선택한 유랑과 고독은 그에게 결핍의 시간이 아닌 성숙의 시간을 제공한다. "내면으로의 전향(轉向)으로부터, 자신의 고유한 세계로의 이 같은 침잠으로부터 시가 흘러나오게 되면, 굳이 다른 사람들에게 그 시가 좋은 시인지 아닌지를 묻는 일은 생기지 않게 될 것입니다."[22]라는 진술로 알 수 있듯 릴케는 고독과 예술의 긴밀한 관련성을 중시했다. 그에게 유랑은 외계의 풍경을 향한 시선을 내면으로 전향하여 자신의 고유한 내면세계를 발견하는 계기가 되었다.

> 나의 성스러운 고독이여,
>
> 너는 눈뜨는 정원같이
>
> 풍요하고 맑고 드넓다.
>
> 나의 성스러운 고독이여,
>
> 많은 소망이 기다리는
>
> 그 황금의 문을 닫고 있어라.
>
> ─릴케, 「고독」 전문[23]

릴케는 '고독'의 시인으로 불릴 정도로 고독을 예찬한다. 그에게 고독은 세속과 대비되는 성스러운 세계이다. 이 시에서 고독이 아름다운 비밀의 정원처럼 묘사되는 이유는 그것이 현실 너머의 신성하고 고귀한 세계로 인식되기 때문이다. 릴케의 시에서 고독은 다른 세계를 향한 "황금의 문"과 같은 전환의 계기가 된다. 고독은 자기 자신을 열어 더 큰 세계와 맞닿게 하는 숭고한 내면의 시간이다. 「냇물」에서

---

22 라이너 마리아 릴케, 『젊은 시인에게 보내는 편지』, 16쪽.
23 라이너 마리아 릴케, 『라이너 마리아 릴케 시집』, 55쪽.

도 고독은 '먼지'와 '도시'로부터 벗어나, "맑고 넓은 나의 마음./하얀 고독이/내 머리를 품속에 안는다"(「냇물」)[24]에서처럼 인간 속에 있는 자연이라는 다른 세계를 만나게 한다. 고독이 품고 있는 "황금의 문"은 인간의 외부가 아닌 내부, 즉 내면의 세계를 발견하게 하는 성스러운 경계이다.

> 감각이 가라앉아 잠기는 내 본질의
> 어두운 시간을 나는 좋아한다.
> 그 속에서 나는
> 옛날의 편지를 읽듯이
> 내 일상의 생활을 이미 지내고
> 전설처럼 멀리 겪고 있는 것을 보았다.
>
> 그 어두운 시간은
> 시간을 넘어선 또 하나의
> 드넓은 인생의 공간이 있음을
> 나에게 일깨워 주고,
>
> —릴케, 「어두운 시간」 부분[25]

이 시에서 고독은 "어두운 시간"으로 묘사되지만, 역시 자신만의 내밀한 내면의 세계를 만날 수 있게 하는 계기를 이루고 있다. 그것이 '감각' 너머의 '본질'과 잇닿아 있다는 릴케의 인식은 현실의 이면에

---

24 라이너 마리아 릴케, 『라이너 마리아 릴케 시집』, 56쪽.
25 라이너 마리아 릴케, 『라이너 마리아 릴케 시집』, 113쪽.

더 근원적인 내면의 공간이 있다는 사유를 반영한다. 이 내면의 공간에서 "일상의 생활"은 오히려 "전설처럼" 멀어지고, "시간을 넘어선 또 하나의" 삶이 펼쳐진다. 그것이 바로 그가 그토록 찾고 싶어 했던 내면의 고향이고 시인으로서 도달할 수 있는 정신적 거처이다.

　릴케의 시에서 고독이 자신의 내면에 이르는 성스러운 도정으로서 기꺼운 선택과 자발적 의지의 상태인 것에 비해 백석의 시에서 고독은 유랑의 삶에서 겪게 되는 쓸쓸한 감정이다. 백석은 일제 말기 함흥, 경성, 만주, 신의주 등지를 전전하며 생활했는데, 이때의 체험이 반영된 후기 시에서 자주 쓸쓸함을 토로하게 된다. 고향에 대한 애착이 유난히 강했던 그로서는 객지를 떠도는 삶에서 느끼는 소외감과 비애가 적지 않았을 것이다.

　　오늘은 정월(正月) 보름이다
　　대보름 명절인데
　　나는 멀리 고향을 나서 남의 나라 쓸쓸한 객고에 있는 신세로다
　　옛날 두보(杜甫)나 이백(李白) 같은 이 나라의 시인(詩人)도
　　먼 타관에 나서 이날을 맞은 일이 있었을 것이다
　　오늘 고향의 내 집에 있는다면
　　새 옷을 입고 새 신도 신고 떡과 고기도 억병 먹고
　　일가친척들과 서로 모여 즐거이 웃음으로 지날 것이연만
　　나는 오늘 때 묻은 입든 옷에 마른 물고기 한 토막으로
　　혼자 외로이 앉아 이것저것 쓸쓸한 생각을 하는 것이다
　　　　　　　　　　　　　―백석, 「두보(杜甫)나 이백(李白)같이」 부분

　흥성거리는 명절 풍경을 그렸던 『사슴』의 「여우난골족(族)」과 비교

해 보면 이 시의 쓸쓸한 정서가 더욱 분명해진다. 이 시의 화자는 고 향을 떠나 타국 땅에서 명절을 보내는 자신의 처지를 한탄스럽게 여 긴다. 고향의 일가친척과 함께 명절을 즐길 수 없는 현실이 그에게는 한없이 외롭고 괴롭게 느껴진다. 릴케의 고독 예찬과 달리 그에게 이 런 상황은 어쩔 수 없이 맞닥뜨리게 된 것이다. 고향이 아닌 곳은 자 연조차도 적막하게만 느껴진다. "산으로 오면 산이 들썩 산 소리 속 에 나 홀로/벌로 오면 벌이 들썩 벌 소리 속에 나 홀로//정주(定州) 동 림(東林) 구십(九十)여 리(里) 긴긴 하로 길에/산에 오면 산 소리 벌에 오 면 벌 소리/적막강산에 나는 있노라"(「적막강산」)에서도 화자는 자신의 처절한 고독을 토로한다. 고향을 벗어난 객지의 낯선 풍경 속에서 그 는 철저하게 고립된 자신과 마주한다. 릴케가 고독을 창조의 조건으 로서 적극적으로 받아들였던 것과 달리 백석은 고독에 던져진 자신을 자각하며 새롭게 성찰한다. 백석 역시 고독을 시인에게 주어지는 숙 명으로 여긴다는 점은 릴케와 유사하다. "쓸쓸한 객고"를 견디기 위 해 두보와 이백을 떠올리며 타관을 떠도는 자신의 쓸쓸한 삶을 위로 한다. "내 쓸쓸한 마음은 아마 두보(杜甫)나 이백(李白) 같은 사람들의 마음인지도 모를 것이다"라고 시인으로서의 동류의식을 표명하며 위 안을 받는다. 자신이 두보나 이백 같은 시인이라는 자각은 이 같은 외 로움과 슬픔에 당면해서도 타국에서 명절을 보내며 느끼는 객수를 견 딜 만한 것이 되게 한다.

백석이 만주를 떠돌던 시기에 쓴 시 「흰 바람벽이 있어」는 깊은 고 독이 자신의 내면을 향한 성찰로 변화하는 과정을 잘 보여 주는 시이 다. "만주에서 조선인은 규정되지 않는 어중간한 존재이기에 결국 영 원히 고통받는 존재가 되어 버린다. 까닭에 그는 소외를 감내하되, 시 인으로서의 정체성이나마 지키려 하였다."[26] 고국을 떠난 유랑민으로

26 고재봉, 「재만 시기 백석의 산문과 「흰 바람벽이 있어」의 창작 과정 연구」, 『비교한국학』 28권 3호, 국제비교한국학회, 2020, 235쪽.

서의 고독과 비애를 시적으로 승화하는 과정에서 백석의 시는 큰 변화를 겪게 된다.

오늘 저녁 이 좁다란 방의 흰 바람벽에
어쩐지 쓸쓸한 것만이 오고 간다
이 흰 바람벽에
희미한 십오촉(十五燭) 전등이 지치운 불빛을 내어던지고
때글은 다 낡은 무명 샤쯔가 어두운 그림자를 쉬이고
그리고 또 달디단 따끈한 감주나 한잔 먹고 싶다고 생각하는 내 가지가지
외로운 생각이 헤매인다
그런데 이것은 또 어인 일인가
이 흰 바람벽에
내 가난한 늙은 어머니가 있다.
내 가난한 늙은 어머니가
이렇게 시퍼러둥둥하니 추운 날인데 차디찬 물에 손은 담그고 무이며
배추를 씻고 있다
또 내 사랑하는 사람이 있다

(중략)

그런데 또 이즈막하여 어늬 사이엔가
이 흰 바람벽엔
내 쓸쓸한 얼골을 쳐다보며
이러한 글자들이 지나간다
─나는 이 세상에서 가난하고 외롭고 높고 쓸쓸하니 살아가도록 태어났다

그리고 이 세상을 살아가는데

내 가슴은 너무도 많이 뜨거운 것으로 호젓한 것으로 사랑으로 슬픔으로
가득 찬다

그리고 이번에는 나를 위로하는 듯이 나를 울력하는 듯이

눈질을 하며 주먹질을 하며 이런 글자들이 지나간다

─하늘이 이 세상을 내일 적에 그가 가장 귀해하고 사랑하는 것들은 모두

가난하고 외롭고 높고 쓸쓸하니 그리고 언제나 넘치는 사랑과 슬픔 속에
살도록 만드신 것이다

초생달과 바구지꽃과 짝새와 당나귀가 그러하듯이

그리고 또 '프랑시쓰 쨈'과 도연명(陶淵明)과 '라이넬 마리아 릴케'가 그러
하듯이

─백석, 「흰 바람벽이 있어」 부분

릴케가 고독을 신비롭고 성스러운 정신적 계기로 받아들이며 자
발적으로 빠져든 것과 달리, 백석은 그것을 자신이 처한 열악한 현실
의 결과로 여긴다. 이 시에서도 화자는 "좁다란 방"에서 혼자 외로운
생각에 젖어 든다. 때가 잔뜩 낀 낡은 옷을 입은 채 달고 따듯한 감주
를 먹고 싶어 하지만 마음뿐인 그의 처지는 처량하기 그지없다. 그리
운 가족과 사랑하는 사람과도 만나지 못하고 상상만을 거듭하는 상
황이 안타깝게 그려진다. 그러나 이 시의 묘미는 자신의 불우한 현실
을 탄식하는 데서 그치지 않고 자신을 새롭게 발견하는 장면에 있다.
화자의 현재와 과거를 영상처럼 선연하게 비추던 "흰 바람벽"은 어느
새 그 자신의 얼굴을 향해 다가온다. 그리고 예언처럼 그의 운명을 지
시하는 글자들이 지나간다. "나는 이 세상에서 가난하고 외롭고 높고
쓸쓸하니 살아가도록 태어났다"는 명징한 자각에 도달한 것이다. 비

록 자신을 둘러싼 외부 세계는 궁핍하고 불행하지만, 그는 그것을 부정하기보다 시인으로서의 숙명으로 인정한다. 이 시에서 흥미로운 것은 이러한 자각의 과정이 적극적이고 의지적이라기보다 어떤 계시처럼 주어진다는 것이다. 그의 내면에서 일어나는 새로운 각성이 "흰 바람벽"을 스치는 글자로 표출되면서 그의 자아는 한결 고양되고 자신을 움직이는 커다란 힘에 감싸인 듯 위안을 얻는다. 지치고 외롭고 쓸쓸하기만 하던 부정적 감정은 어느새 "너무도 많이 뜨거운 것으로 호젓한 것으로 사랑으로 슬픔으로 가득 찬다". 이제 화자는 좀 더 자신의 내면으로 집중해 들어가게 되고 눈앞의 글자도 더 뚜렷하게 새로운 발견의 의미를 제시한다. 하늘이 가장 귀하게 여기고 사랑하는 존재들이야말로 "가난하고 외롭고 높고 쓸쓸하니 그리고 언제나 넘치는 사랑과 슬픔 속에 살도록" 되어 있다는 생각은 가난하고 외로운 유랑자에게는 최고의 위안일 것이다. 마지막 부분에서는 자신이 좋아하는 "가난하고 외롭고 높고 쓸쓸"한 존재들을 나열하면서 자신이 혼자라는 외로움조차 극복한다. 여기에 나열된 것들이 연약하면서도 아름다운 자연과 가난하고 고독했던 시인들의 이름이라는 사실은 의미심장하다. 그는 자신이 세속적 가치의 반대편에 놓인 이런 존재들과 동류라는 의식에 위로와 자부심을 느끼며 시인으로서의 숙명을 각성한다. 「두보나 이백같이」에서와 마찬가지로 자신이 시인이라는 자각은 고독한 유랑의 삶을 견디는 힘이 된다. 가난하고 외롭고 쓸쓸하지만 하늘의 선택을 받은 고귀한 존재이기에 시인의 삶은 가치 있다는 이러한 인식은 고달픈 유랑과 처절한 고독 속에서 그가 발견한 새로운 세계이다. 프란시스 잠이나 릴케는 백석에게 있어 추구하고 싶은 시인의 전형에 가깝다. "신비주의와 고독의 이미지를 갖고 있는 시인, 그것은 속악한 세상을 슬퍼하는 시인이지만, 슬픔을 시로 승화시키고 슬픔을 응시하면서 내면의 정신성을 완성해 가는 시인의 초상이다. 이런 이미지는 1930년대 후반, 시가 위축되는 상황 속에서 시정신을 강조하는 방향으로 심화된다."[27] 릴케가 세계적인 대도시를 유랑하며 문화적 충격에 위축되고 소외감과 고독을 느끼며 자신의 내면으로 침잠해 들어갔던 것과는 좀 다르게 백석은 식민 치하에서 탈향의 고통에 처해 있었다. 릴케가 20세기 진일보한 인류 문명으로 아늑한 안식처로서의 정신적 고향을 잃게 된 현대인의 고향 상실성을 고독과 소외와 상실감의 정서로 그려 냈다면,[28] 백석은 실제 조국과 고향을 잃은 식민지의 시인으로서 더욱 처절한 고립과 비애를 감내해야 했다. 가난과 외로움에 휩싸인 절망적인 상황에서 백석은 고독을 승화시켜 고귀한 정신에 도달한 릴케에게서 시인으로서의 가능성을 발견한 것으로 보인다. 현실에 굴하지 않는 정신적 초극의 자세는 두 시인이 자신의 운명과도 같았던 고독을 극복하는 방법이었다.

4. 나무 이미지와 순결한 시인의 표상

백석의 초기 시와 비교할 때 후기 시에 드러나는 가장 큰 차이는 시인으로서의 자의식을 담은 시들이 많아진다는 것이다. 앞에서 살펴본 것처럼 백석은 오랜 유랑 생활에서 기인하는 깊은 고독과 대면하며 시인으로서의 자신을 각성하기 시작한다. 세상으로부터의 소외와 외로움이라는 부정적 감정이 고결한 시인으로서 겪어야 할 운명으로 긍정되기까지 그의 내면에서는 절체절명의 갈등과 긴장감이 들끓는다. 그러한 과정 자체를 그려 내는 자의식 과잉의 시들이야말로 그의

---

27 김진희, 「시인 존재론의 탐구에서 동화시에 이르는 길」, 56쪽.
28 이덕형, 「괴테의 가을, 릴케의 가을―자연과 자아의 합일과 분리」, 『독일어문학』 79집, 한국독일어문학회, 2017, 122쪽 참조.

이전 시들에서는 보기 힘들었던 격렬한 내면의 드라마로 재현된 최고의 메타시라고 할 수 있다. 이런 시들에는 시인이란 무엇인가에 대한 근원적인 질문이 내포되어 있다. 「남신의주 유동 박시봉방」은 시인으로서의 정체성을 탐색하는 시들 중에서 가장 나중에 쓰인 것이며 오랜 질문 끝에 최종적으로 도달한 답변을 응축하고 있다는 점에서 의미심장하다. 이 시는 유랑과 방황과 고독과 각성의 전 과정을 담고 있어 백석 후기 시의 전개 양상을 전체적으로 구현하고 있을뿐더러 시인으로서의 자아 성찰을 확연하게 드러내고 있어 백석 후기 시 중에서도 최고의 성과를 보여 준다. 이 시의 마지막 장면을 장식하는 "그드물다는 굳고 정한 갈매나무"는 시인의 자의식이 고스란히 투영된 고도의 상징으로서 백석 시의 궁극적 지향점을 함축하고 있다고 해도 과언이 아니다. 백석이 자신이 도달한 시정신의 극점을 표명하기 위해 나무의 상징을 활용한 것은 우연이 아닌 것으로 보인다. 나무의 상징은 릴케에게서도 시인의 고통과 성숙을 표상하는 대표적인 이미지로 애용되었다.

예술가는 나무처럼 성장해 가는 존재입니다. 수액(樹液)을 재촉하지도 않고 봄 폭풍의 한가운데에 의연하게 서서 혹시 여름이 오지 않으면 어쩌나 하고 걱정하는 일도 없는 나무처럼 말입니다. 걱정하지 않아도 여름은 오니까요. 그러나 여름은 마치 자신들 앞에 영원의 시간이 놓여 있는 듯 아무 걱정도 없이 조용히 그리고 여유 있게 기다리는 참을성 있는 사람들에게만 찾아오는 것입니다. 나는 그것을 날마다 배우고 있습니다. 나는 오히려 내게 고맙기만 한 고통 속에서 그것을 배우고 있습니다. 인내가 모든 것이라고![29]

---

29 라이너 마리아 릴케, 『젊은 시인에게 보내는 편지』, 31-32쪽.

릴케가 한 시인 지망생에게 쓴 편지를 모아 놓은 『젊은 시인에게 보내는 편지』는 1935년 우리 문단에도 소개되면서 시인과 시인 지망생들에게 많은 영향을 미쳤다.[30] 백석이 이 글을 읽었는지는 확인할 수 없지만, 나무로 시인의 자세를 비유하는 방식은 놀라울 정도로 유사하다. 릴케가 나무와 시인을 동일시한 이유는 둘 다 끊임없이 "성장해 가는 존재"라고 파악했기 때문이다. 『젊은 시인에게 보내는 편지』에서 릴케가 강조하는 시인의 자질은 글을 쓰고자 하는 동기를 바깥에서 찾지 말고 자기 자신에게서 확인할 수 있어야 한다는 것이다. 마음속 깊은 곳으로부터 글을 써야만 살 수 있다는 대답이 분명하게 들려오면 필연적으로 그 길을 걷게 된다는 것이다. 삶의 동기를 바깥이 아닌 자기 자신에게서 찾고 일관되게 그 길을 간다는 점에서 릴케가 생각하는 시인은 나무와 생장 방식이 흡사하다. 나무가 봄 폭풍을 의연하게 견디며 다가올 여름을 맞이하는 것처럼 진정한 시인은 자신을 둘러싼 외계의 현실에 일희일비하지 않고 고요하게 내면의 성장을 준비한다는 것이다. 성장에 대한 확신이 있기에 현실의 고통은 참을 만한 것이 된다. 나무의 고요하고 수동적인 자세는 시인의 성숙에 긴요한 인내의 가치와 직결된다.

> 당신이 누구이든지 간에: 어느 날 저녁 당신의 집을 떠나
> 발을 옮겨 보십시오, 당신이 잘 아는 거길 떠나.

---

30 박용철에 대한 영향은 김재혁, 「박용철의 릴케 문학 번역과 수용」, 『릴케와 한국의 시인들』; 윤동주에 대한 영향은 김재혁, 「'나', 그리고 사물에 대한 사랑」; 전봉건에 대한 영향은 송현지, 「릴케를 통한 시적 전신(轉身)」, 『비평문학』 76호, 한국비평문학회, 2020; 허만하에 대한 영향은 김재혁, 「"존재의 용담꽃"을 찾아서—릴케와 허만하」, 『릴케와 한국의 시인들』 등의 글을 참조할 수 있다.

거대한 공간이 가까이 있습니다, 당신의 집은 그게 시작되는 데 있구요,

당신이 누구이든지 간에.

당신의 눈은 기울어진 입구에서 좀체

눈을 뗄 수 없음을 알겠지만, 당신의 눈으로

천천히, 천천히, 검은 나무 한 그루를

들어 올리십시오, 그게 하늘을 배경으로 서 있도록: 바싹 마르고 외롭게,

그걸로 당신은 세계를 만들었습니다. 세계는 광대하고

말(언어)처럼 침묵 속에서 아직 자라고 있습니다.

당신의 의지가 그걸 잡으려는 순간,

당신의 눈은, 그 엷고 묘함을 느껴, 그걸 내버려 두게 될 것입니다.

—릴케, 「입구」 전문[31]

릴케는 나무와 관련된 시를 여러 편 썼는데, 이 시는 특히 백석의 시 「남신의주 유동 박시봉방」과 유사성이 두드러진다. 공간을 이동하는 시선이 최종적으로 한 그루 나무에 머물고 그로부터 시인으로서의 정체성을 확인하는 과정을 보여 준다는 점에서 그러하다. 고독이라는 세계를 세속과 구분하고 "황금의 문" 같은 경계를 상정했던 것처럼 이 시에서도 '집'과 같은 일상의 공간과 구분되는 다른 세계의 '입구'가 제시된다. 그곳은 "잘 아는 거길 떠나" 도달할 수 있는 "거대한 공간"이다. 즉 '집'과 대비되는 광대한 예술의 세계이다. 그곳에서 시인이 만나는 사물이 '나무'인 것은 더할 나위 없이 적절하다. 앞에서 살펴보았듯이 릴케는 예술가의 성숙이 나무의 습성과 같다고 보았기 때

---

31 라이너 마리아 릴케, 『정현종 시인의 사유 깃든 릴케 시 여행』, 정현종 편역, 문학판, 2015, 36쪽.

문이다. "하늘을 배경으로" "바싹 마르고 외롭게" 서 있는 나무는 시인이 창조한 하나의 세계처럼 펼쳐진다. 시의 언어가 침묵 속에서 무한히 자라나듯이 그 세계는 시인의 눈앞에서 가엾이 펼쳐진다. 눈앞의 나무가 들어 올려지며 점점 커지는 것처럼 시의 세계도 인위적인 의지 그 너머로 무한히 확장되어 간다. 이렇게 신묘하고 자족적인 시의 세계는 또 다른 시에서 다음과 같이 표현된다.

> 나무 한 그루 저기 솟아올랐다. 오 순수한 상승!
> 오 오르페우스가 노래한다! 오 귓속에 높은 나무!
> 그리고 모든 게 입 다물었다. 하지만 그 침묵 속에서도
> 새로운 시작, 부름, 변화가 나타났다.
> ―릴케, 「오르페우스에게 부치는 소네트」 부분[32]

시인의 눈으로 들어 올려진 나무는 스스로 솟아올라 "순수한 상승"에 이른다. 이러한 상태야말로 릴케가 도달하고 싶어 했던 시의 궁극적 경지일 것이다. 영원의 시간을 향해 끊임없이 상승하던 나무는 마침내 그 자신의 힘으로 최상의 경지에 이르렀다. 세속의 소리에서 벗어나는 이 순간 시는 '침묵'을 기점으로 "새로운 시작, 부름, 변화"를 향하게 된다. "시는 자유의 실현이며 시를 통해 우리는 시인이 경험하는 탈억압의 순간을 시 속에서 함께 나눈다. 모든 것이 하나인 공간 (All-Einheit)에서 공간은 이미 주어지고 고정된 어느 한곳이 아니라 가볍게 비켜 가며 더 이상 그 누구의 소유가 아닌 자유로운 시정신의 세계와 만난다."[33] 시를 통해 한없이 고양되어 세속의 억압으로부터 완

---

32 라이너 마리아 릴케, 『정현종 시인의 사유 깃든 릴케 시 여행』, 68쪽.
33 이영남, 「릴케의 공간의 시학」, 『외국문학연구』 47호, 한국외국어대학교 외국문학연구소, 2012, 230쪽.

전히 자유로워진 상태야말로 릴케가 꿈꾼 변화의 순간이었을 것이다. 이것이 릴케가 평생의 유랑 끝에 도달하고자 한 시의 세계이다.

릴케가 도달한 시 세계가 이처럼 관념적이고 이상적인 것에 비해 백석은 한결 경험적이고 질박한 각성의 과정을 보여 준다. 「남신의주 유동 박시봉방」에서 백석은 방랑으로 점철되었던 자신의 과거와, 어느 목수 집의 방 한 칸을 얻어 외로움과 슬픔에 젖어 지내는 현재와, 시인으로서의 운명을 확인하는 미래에 대한 예언적 관점을 차례로 서술한다. 과거를 그린 시의 첫 부분을 제외하고 현재 상황을 묘사한 부분부터 제시해 보도록 한다.

> 이리하여 나는 이 습내 나는 춥고, 누긋한 방에서,
> 낮이나 밤이나 나는 나 혼자도 너무 많은 것같이 생각하며,
> 딜옹배기에 북덕불이라도 담겨 오면,
> 이것을 안고 손을 쬐며 재 위에 뜻 없이 글자를 쓰기도 하며,
> 또 문밖에 나가디두 않구 자리에 누워서,
> 머리에 손깍지벼개를 하고 굴기도 하면서,
> 나는 내 슬픔이며 어리석음이며를 소처럼 연하여 쌔김질하는 것이었다.
> 내 가슴이 꽉 메어 올 적이며,
> 내 눈에 뜨거운 것이 핑 괴일 적이며,
> 또 내 스스로 화끈 낯이 붉도록 부끄러울 적이며,
> 나는 내 슬픔과 어리석음에 눌리어 죽을 수밖에 없는 것을 느끼는 것이었다.
> 그러나 잠시 뒤에 나는 고개를 들어,
> 허연 문창을 바라보든가 또 눈을 떠서 높은 턴정을 쳐다보는 것인데,
> 이때 나는 내 뜻이며 힘으로, 나를 이끌어 가는 것이 힘든 일인 것을 생

각하고,

　이것들보다 더 크고, 높은 것이 있어서, 나를 마음대로 굴려 가는 것을 생각하는 것인데,

　이렇게 하여 여러 날이 지나는 동안에,

　내 어지러운 마음에는 슬픔이며, 한탄이며, 가라앉은 것은 차츰 앙금이 되어 가라앉고,

　외로운 생각이 드는 때쯤 해서는,

　더러 나줏손에 쌀랑쌀랑 싸락눈이 와서 문창을 치기도 하는 때도 있는데,

　나는 이런 저녁에는 화로를 더욱 다가 끼며, 무릎을 꿇어 보며,

　어니 먼 산 뒷옆에 바우섶에 따로 외로이 서서,

　어두워 오는데 하이야니 눈을 맞을, 그 마른 잎새에는,

　쌀랑쌀랑 소리도 나며 눈을 맞을,

　그 드물다는 굳고 정한 갈매나무라는 나무를 생각하는 것이었다.

　　　　　　　　　　　　　─백석, 「남신의주 유동 박시봉방」 부분

　춥고 누추한 방에 기거하며 '내'가 하는 행동은 세속적 기준으로 볼 때 무위에 가깝다. 뜻 없는 글자를 쓰고 하릴없이 뒹굴고 두문불출하는 답답하고 무력한 행위일 뿐이다. 스스로도 "나는 내 슬픔과 어리석음에 눌리어 죽을 수밖에 없는 것을 느끼는 것이었다"라고 고백한다. 그는 모든 것을 잃고 아무것도 할 수 없는 최악의 상태에 놓여 있다. 그러나 "그러나"로 시작되는 시의 후반부에서 시의 흐름은 역전된다. 최악의 상태에 서서히 변화가 생기면서 시적 자아가 점차 고양되는 과정은 상당히 극적이다. "내 슬픔과 어리석음"에 함몰되어 있던 상태에서 "문창"이나 "높은 턴정"으로 눈길을 돌리면서 자신보다 "더 크고, 높은 것"이 있어 "나를 마음대로 굴려 가는 것"이라고 생

각하자 회한으로 가득하던 마음이 차차 가라앉게 된다. 즉 자신도 어찌할 수 없는 운명 때문에 여기에 이르렀다고 받아들이면서 위안을 얻게 된 것이다. 그리하여 슬픔이나 한탄 같은 자책에서 헤어나게 되자 외로운 생각만 남게 된다. 이제 드디어 그는 "그 드물다는 굳고 정한 갈매나무"와 자신을 동일시할 수 있게 된다. 슬픔과 어리석음을 제외한다면, 자신 또한 외롭게 서서 마른 잎새에 눈을 맞고 있는 갈매나무처럼 드물고, 굳고, 정한 존재로서의 '시인'이라는 인식에 도달한 것이다.

백석에게 시인은 "모든 것을 다 잃어버리고 넋 하나를 얻는다는 크나큰 그 말"(『허준(許俊)』)의 주인이고 "한울은/이러한 시인(詩人)이 우리들 속에 있는 것을 더욱 사랑하는데"(『호박꽃 초롱』 서시(序詩)』)에서처럼 하늘이 가장 사랑하는 존재이다. '시인'은 백석이 그토록 통렬한 회한의 삶 속에서도 마침내 도달하고 싶었던 자랑스러운 이름이다. 백석은 후기 시에서 자주 '시인'을 등장시키고 그 의미에 천착한다. 급격히 악화되는 시대 상황 속에서 흔들리는 자신을 확인하고는, 훼손할 수 없는 시의 품격과 순수성을 되새기기 위해 갈매나무의 의연하고 정갈한 자태로 자신이 꿈꾸는 시인을 표상한다.

릴케가 '나무'라는 일반명사를 써서 시의 창조적 세계에 대한 추상적 관념을 펼친 것에 비해 백석은 '갈매나무'라는 고유명사를 써서 자신이 처한 구체적 상황 속에서 시인으로서의 운명을 확인한다. "딜옹배기", "북덕불", "나줏손", "바우섶" 등 시의 곳곳에 배치된 향토색 짙은 토속어들은 백석이 얼마나 구체적인 삶에 뿌리를 둔 시인인지를 여실히 드러낸다. 백석은 자신이 처한 암울한 시대 상황을 누구보다도 철저하게 인식했지만 흔들리지 않는 견고한 정신을 추구하며 시인의 길을 찾아냈다. 백석의 시는 대체 불가한 개성적 언어와 정결한 시인 정신으로 세계문학에 육박한다.

5. 고독한 운명과 정신적 초극

백석 후기 시에 강하게 나타나는 시인으로서의 자의식을 해명하는 데는 릴케 시와의 비교가 중요한 참조점이 될 수 있다. 릴케 번역이 활발하게 이루어지기 시작한 1930년대 중반 이후의 문단 분위기나 백석 시에 릴케의 이름이 등장하는 등의 사실로 미루어 백석은 릴케의 시를 분명하게 인지하고 있었던 것으로 추측된다. 그러나 백석 시에서 릴케 시와의 직접적 영향 관계를 찾기는 어렵기 때문에 두 시인의 시에 대한 실증적 비교보다는 전체적인 분위기와 시 의식의 유사성을 비교해 보았다.

두 시인은 체험을 시의 동력으로 삼았고 풍부한 유랑 체험을 바탕으로 후기 시에서 최고의 정신적 높이에 도달한다는 점에서 유사성이 크다. 릴케는 시 쓰기에서 체험을 가장 중시했고 자신의 삶과 일치하는 시의 결정체를 얻기 위해 평생 동안 자발적인 유랑을 행했다. 릴케에 비해 백석 시에서 유랑 체험은 식민지적 상황과 겹쳐 궁핍하고 고립된 처지가 두드러진다. 공동체의 붕괴에 대한 안타까움과 현실과 이상의 괴리를 예리하게 드러내는 백석의 시는 비자발적인 유랑의 상황에서도 정신적 고도를 추구하며 의식의 자발성을 표출하고 있다.

유랑 체험을 내면의 발견으로 이어 갔다는 점에서도 두 시인은 유사하다. 릴케는 유랑과 고독을 자신의 고유한 운명으로 받아들이고 그로부터 결핍이 아닌 성숙의 계기를 마련한다. 릴케의 고독이 고도의 문명에서 소외된 현대인으로서 내면의 고향에 이르기 위한 성스러운 도정이었다면, 백석의 고독은 조국과 고향을 잃은 식민지의 시인이 느끼는 더욱 처절한 소외감과 비애를 내포하고 있다. 그들은 고독

속에서도 현실에 굴하지 않는 정신적 초극의 자세로 시인으로서의 숙명을 각성했다.

시인으로서의 자의식이 남다르게 강했던 두 시인은 흥미롭게도 '나무' 이미지를 통해 시인의 고통과 성숙의 과정을 표상한다. 릴케는 나무의 고요하고 수동적인 자세에서 시인의 성숙에 긴요한 인내의 가치와 침묵의 창조적인 특성을 간파했다. 릴케가 도달한 시 세계가 다소 관념적이고 이상적인 것에 비해 백석은 경험적이고 질박한 각성의 과정을 보여 준다. 그는 오랜 방황과 무기력으로 인한 통렬한 회한을 딛고 갈매나무처럼 드물고, 굳고, 정한 존재로서의 시인의 표상에 도달한다.

릴케 시와의 비교는 백석 후기 시에서 심화되는 시인으로서의 자의식을 이해하는 데 좋은 참조점이 된다. 유랑과 고독은 시인으로서의 운명을 깨달아 가는 결정적 계기가 되었다는 것을 알 수 있다. 식민지하의 조국에서 고향을 잃고 떠도는 비참하고 곤궁하기 그지없는 상태에서도 절망과 고독의 깊이로 침잠한 채 자신과 투철하게 대면하고 정신적 극복의 과정을 통해 시인으로서 성숙해 가는 백석 후기 시의 전개 과정은 릴케라는 세계적인 시인과 비교해 보아도 전혀 손색이 없다. 식민지의 시인이라는 더 큰 시련과 대결하면서 그는 현실이 훼손할 수 없는 시의 고고하고 순수한 정신을 발견하게 된다. 현실의 위기에 좌절하고 방황하면서도 시의 힘으로 끝내 그것을 넘어서며 시인으로서의 삶에 최선을 다했다는 점에서 백석의 남다른 위상을 다시 한번 확인할 수 있다.

윤동주 시의 시간 의식
—발터 벤야민의 시간 개념과 관련하여

1. 시적 시간과 변화의 힘

윤동주는 유고 시집의 서문에서 당대 최고의 시인 정지용으로부터 "무시무시한 고독에서 죽었구나! 29세가 되도록 시도 발표하여 본 적도 없이!"[1]와 같은 안타까운 탄식을 불러일으킨 청년 문사였다. 생전에 시인으로 불리지도 못하고 시집 한 권 내지 못한 한 청년이 사후 한국인이 가장 사랑하는 시인으로 자리 잡았을 뿐 아니라 꾸준히 연구의 대상이 되는 것은 기이한 현상에 가깝다. 윤동주의 이름에 흔히 덧붙이는 '저항시인'이라는 외피만으로는 그의 시에 대한 지속적인 관심과 다양한 해석들을 온전히 설명하기는 어렵다. 윤동주의 시는 당대 다른 어떤 시인의 시보다 내면의 깊이와 진정성을 확보하고 있으며 독특한 시적 구조와 풍부한 이미지들로 이루어져 문학적으로도 흥미로운 텍스트에 해당한다.

---

1 정지용, 「서(序)」, 『하늘과 바람과 별과 시』, 열린책들, 2004, 12쪽.

문학 텍스트로서 윤동주 시가 지닌 개성적 면모 가운데 시간과 관련된 요소들은 특히 주목할 만하다.[2] 윤동주의 시는 자신만의 독특한 시간관을 내포하고 있을 뿐 아니라 다양한 시간의 층위들이 상호작용하는 역동성에 있어서도 특별하다. 그의 시 중에는 현실적 시간과 구분되는 종교적 시간이 그려지는 시들이 있는데, 이는 그의 기독교 신앙과 무관하지 않은 것으로 보인다. 이러한 시간의 이중적 구조에 의해 윤동주 시에서 시간과 관련된 상상력은 상당히 다채롭고 역동적이다. 윤동주 시의 독특한 시간 의식은 현실의 시간에 한정되지 않는 새로운 시간의 가능성을 제시함으로써 문학 내적으로도 의미 있는 역사의식을 살펴볼 수 있게 한다. 이는 그동안 주로 문학 외적인 사실을 통해 규정되던 윤동주 시의 역사의식을 새롭게 조명할 수 있는 방법이 될 수 있을 것이다.

근대의 진보적 역사관에 저항하는 시간에 대한 새로운 사유를 보여 준다는 점에서 윤동주의 시간관은 벤야민을 연상시킨다. 벤야민과 윤동주는 암울한 역사 속에서 비극적 죽음을 맞이했다는 사실 외에도

---

2 지금까지 윤동주 시에 나타나는 시간의 양상에 주목한 연구는 다음과 같다. 박승준, 「윤동주 시의 시간 구조」, 『국어교육』 59권, 한국어교육학회, 1987; 신춘선, 「윤동주 시의 시간 의식 연구」, 인제대학교 석사 학위 논문, 2004; 류양선, 「윤동주의 시에 나타난 시간과 영원」, 『한국시학연구』 34호, 한국시학회, 2015. 박승준은 윤동주 시에서 화자의 의식의 지향이 시간 구조로 볼 때, '현재' 구조, '현재-미래' 구조, '현재-과거-미래' 구조 유형으로 분류되며, 각 구조별로 '선경/후경', '함축적 화자/현상적 화자', '현실적 자아/이상적 자아', '긍정/부정' 등 대립적인 두 개 항의 체계를 드러낸다고 본다. 신춘선은 '미래 지향적 시간 의식', '자기 구원 지향적 시간 의식', '종말 지향적 시간 의식'으로 나누어 윤동주 시의 시간 의식을 분석하고 있다. 류양선의 논문은 윤동주의 「쉽게 씌어진 시」를 집중적으로 분석한 것으로, 영원의 시간에 도달하기까지의 마음의 움직임, 내면적 고투의 과정을 치밀하게 해명하고 있다. 시간 의식은 윤동주 시를 이해하는 데 필요한 핵심 사안을 함축하고 있지만, 그 중요성에 비해 충분히 거론되었다고 보기 힘들다. 그런 면에서 보다 더 다양하고 전면적인 연구가 요청되는 문제라 할 수 있다.

사후 오랜 시간이 흘렀는데도 재발견의 대상이 되는 등 유사한 점들이 많다. 특히 독특한 시간관은 오늘날의 삶과 공명하며 그들의 사유가 재검토되는 중요한 요인이라고 할 수 있다.

벤야민의 시간관은 근대의 진보적 역사관에서 벗어난 특유의 사유를 형성하고 있는데, 그 근간을 이루는 것은 메시아주의이다. 유대인인 벤야민은 신에 의한 역사의 완성을 확신했으며 이를 가능케 하는 '메시아적 시간'[3]을 통해 인간 사회의 역사를 수립해 온 '법질서'와 달리 메시아가 모든 역사적 사건을 일시에 구원하고 완성한다고 보았다. 이때 구원은 역사에 대한 초월성의 침입이라 할 수 있으며 신이 언제 어떤 방식으로 현세적 세계에 개입할 것인가는 전적으로 초월적 영역의 소관이라는 것이 벤야민 역사철학의 핵심이다. 현세적·세속적 질서와 초월적·신적 질서 사이에 아무 인과적 관계도 설정하지 않음으로써 메시아의 도래를 현세적 질서의 귀결이나 목표로 세우지 않는 것이 유대 메시아주의의 특징이다. 벤야민은 이러한 유대 메시아주의를 강조함으로써 현세적 세계에서 구원의 기대가 법을 지탱하는 폭력을 지속시키는 것을 거부한다. 벤야민은 미래의 유토피아를 역사적 세계의 목표로 삼아 지금의 시간을 미래로 유예시키는 대신 지금의 시간 속에 함께 연루되어 있는 구원의 표상을 활성화한다. 즉 희망의 이데올로기에 맞서 현재의 내재성으로 눈을 돌리게 하는 것이다.[4]

벤야민이 '메시아적 시간'의 절대성을 강조한 이유는 현세적 세계를 장악하는 법질서의 폭력에 저항하기 위한 것이지 인간의 무력함을 의미하는 것은 아니다. 벤야민의 저 유명한 '새로운 천사'의 이미지는

---

3 발터 벤야민, 「역사의 개념에 대하여」, 『발터 벤야민 선집 5』, 최성만 역, 도서출판 길, 2008, 355쪽.
4 김남시, 「벤야민 메시아주의와 희망의 목적론」, 『창작과 비평』, 2014.여름, 287–298쪽 참조.

현세의 역사적 시간에서 인간이 취해야 할 자세를 상징적으로 보여 준다. 진보의 폭풍이 몰아치는 파국 앞에 쉴 없이 쌓인 과거의 잔해 속에서 산산이 부서진 것을 모아서 다시 결합하려는 새로운 천사처럼 인간은 역사 속으로 일방적으로 빨려 들어가는 것이 아니라 파국으로부터 벗어나기 위해 힘껏 맞선다. 이러한 실천을 통해 인간은 미래로 떠밀려 가지 않고 현재성으로 가득한 지금의 세계를 주체적으로 살아갈 수 있다. 그것이 윤리적 인간에게 주어진 책무를 공감하며 역사를 구성하는 방법이 되었든, 정신적으로 깨어 있음으로 역사를 구원하는 방법이 되었든지 간에, 벤야민은 우리에게 주어진 미약한 힘으로 메시아적 구원이 이루어지는 진정한 비상사태의 도래를 확신한다. 세속적인 동력이 오히려 반대 방향으로 가는 메시아적 동력을 추진한다는 벤야민의 메시지처럼, 벤야민의 역사관에서도 긴장 관계 속에서 과거와 현재가 순간 변형되는 '지금시간'이 지닌 독특한 역설적인 시간관이 담겨 있는 것이다.[5]

이처럼 벤야민의 시간관은 진보의 역사철학과 대비되는 초월적이고, 불연속적이고, 주체적인 사유를 함유하고 있어 시적 시간과 상통하는 측면이 많다. "문학적 재구성의 의의는 시간이 근대인의 삶에 미치는 충격에 의해 위협받고 은폐된 자아의 특정한 측면들을 드러내고 복원시키는 데 그것들이 도움을 주는 정도에 따른다."[6] 우리 삶을 전면적으로 지배하고 있는 근대의 시간을 근본적으로 회의해 보고 '다른' 시간의 가능성을 상상하는 것은 억압적인 질서에서 벗어나 새로운 삶을 꿈꿀 수 있는 혁명적 실천이 될 수도 있다. "시간이 무엇을

5 윤교찬, 「바울의 '지금의 시간', 벤야민의 '지금시간', 그리고 아감벤의 '철학적 고고학'」, 『현대영어영문학』 60권 4호, 한국현대영어영문학회, 2016.11, 234쪽.
6 한스 마이어호프, 『문학 속의 시간』, 이종철 역, 문예출판사, 2003, 76쪽.

그 품에 숨기고 있는지를 묻는 점술가들에게 시간은 분명 균질하게도 공허하게도 경험되지 않았다. 이 점을 염두에 두는 사람은 아마 회상 속에서 과거의 시간이 어떻게 경험되었는지 가늠할 수 있을 것이다."[7] 이 말에서 '점술가'에 '시인'을 대치시켜 보면, 시적 시간이 얼마나 다양한지, 회상이 그것을 얼마나 풍부하게 재현하는지를 공감하게 된다. 회상과 관련된 벤야민의 깊이 있고 독특한 탐색은 문학적 시간의 가치를 발견하는 데 많은 암시를 준다.

이 글에서는 벤야민의 시간관을 참조하여 윤동주 시에 나타나는 시간의 양상에 대한 이해를 새롭게 하려고 한다. '메시아적 시간'이라는 벤야민의 특유한 개념은 역사적 시간과 다른 층위의 절대적 시간을 상정한 것으로서, 윤동주 시에 나타나는 현실적 시간과 종교적 시간의 간극을 설명하는 데 유용하다. 벤야민의 시간 개념에서 매우 중요한 카이로스적 '회상'의 개념도 윤동주의 시에서 기억이 일으키는 통찰과 변화의 힘을 이해하는 데 긴요하다. 깨어 있는 의식으로 구원의 순간을 기다렸던 벤야민의 사유는 미래를 향해 열려 있는 윤동주의 시간관과 유사하다. 벤야민의 시간 개념을 통해 윤동주의 시에서 역사적 시간과 대비되는 시적 시간의 독특한 양상과 의미를 살펴보도록 한다.

2. 역사적 시간과 탈역사적 시간

윤동주의 시에는 객관적 현실의 질서를 반영하는 역사적 시간과 그와 전혀 무관하게 탈역사적인 질서를 형성하는 종교적 시간이 병존하고 있다. 대다수 시에서 시적 화자는 역사적 시간에 속해 있는 개인

---

7 발터 벤야민, 「역사의 개념에 대하여」, 349쪽.

으로서 피로와 무력감을 표현한다.

> 세상으로부터 돌아오듯이 이제 내 좁은 방에 돌아와 불을 끄옵니다. 불을 켜두는 것은 너무나 피로롭은 일이옵니다. 그것은 낮의 延長이옵기에
>
> —「돌아와보는밤」 부분[8]

> 나도 모를 아픔을 오래 참다 처음으로 이곳에 찾아왔다. 그러나 나의 늙은 의사는 젊은이의 病을 모른다. 나안테는 病이 없다고 한다. 이 지나친 試鍊, 이 지나친 疲勞, 나는 성내서는 않된다.
>
> —「病院」 부분

윤동주 시 특유의 고백적인 화자는 세상에서 느끼는 고통과 피로를 이렇게 토로한다. 「돌아와보는밤」에서 알 수 있듯 피곤한 세상에서 벗어나 좁고 어두운 방에서 겨우 쉴 수 있을 정도로 화자가 느끼는 압박감은 크다. 화자가 견뎌야 하는 대상은 '세상' 그 자체이다. 바깥에서 생활하는 '낮' 시간의 대부분은 혼자서 세상을 상대하는 것처럼 힘겹다. '세상'과 '낮', '나의 좁은 방'과 '밤'이라는 시공간의 극명한 대비는 화자가 현실에서 느끼는 압박감을 드러낸다. 화자가 세상에 대해 느끼는 피로감은 그 원인을 모른다는 점에서 더 큰 문제를 내포한다.

윤동주가 자신의 시집 제목을 "病院"으로 삼으려 했을 만큼 이 시는 세상에 대한 그의 심리 상태를 집약한다.[9] 이 시의 화자는 피로를

---

8 윤동주, 『사진판 윤동주 자필 시고 전집』, 민음사, 1999. 이후 시 인용은 이 책에 의거한다.
9 "〈서시〉까지 붙여서 친필로 쓴 원고를 손수 제본을 한 다음 그 한 부를 내게다 주면서 시집의 제목이 길어진 이유를 〈서시〉를 보이면서 설명해 주었다. 그리고 처음에는〈서시〉가 되

넘어 아픔과 병을 호소한다. 그런데 병원의 의사조차 모른다고 할 정도로 그의 병은 원인을 알 수 없다. "이 지나친 試鍊, 이 지나친 疲勞, 나는 성내서는 않된다."라는 고백은 그의 병이 외부의 상황에서 기인하는 것이며 개인이 감당하기에 벅찰 정도라는 것을 암시한다. 이 시의 다음 부분에서 화자는 "나는 그女子의 健康이 아니 내 健康도 速히 回復되기를 바라며 그가 누엇든 자리에 누어본다."라고 하여 다른 환자의 고통에 공감하는 양상을 보인다. 그는 자신의 시대를 병명도 알 수 없는 병을 앓고 있는 사람들로 가득한 암담한 상태로 감지한다.

「슬픈族屬」이나 「八福」은 간결하고 암시적인 형태로 윤동주가 자신의 시대를 어떻게 파악하고 있는지를 보여 준다. 두 시에서 강조되는 정서는 '슬픔'으로서 우리 민족이 처한 암담한 현실에 대한 비관적인 전망을 내포하고 있다. 그는 무력한 개인으로서 자기가 속해 있는 엄중한 역사의 시간을 영원히 지속될 것 같은 슬픔의 무게로 감지한다.

「슬픈族屬」은 "흰 수건이 검은 머리를 두르고/흰 고무신이 거츤발에 걸리우다.//흰 저고리 치마가 슬픈 몸집을 가리고,/흰 띠가 가는 허리를 질끈 동이다."라는 짤막한 한 편의 시로서 흰색으로 상징되는 우리 민족의 고난과 역경을 함축적으로 보여 준다. "흰 수건", "흰 고무신", "흰 저고리", "흰 띠"에서 흰색을 반복적으로 사용하여 백의민족이라는 상징성을 강조하는 동시에 "거츤발", "슬픈 몸집", "가는 허

기 전) 시집 이름을 ≪병원≫으로 붙일까 했다면서 표지에 연필로 '병원(病院)'이라고 써넣어 주었다. 그 이유는 지금 세상은 온통 환자투성이이기 때문이라 하였다. 그리고 병원이란 앓는 사람을 고치는 곳이기 때문에 혹시 이 시집이 앓는 사람들에게 도움이 될 수 있을지도 모르지 않겠느냐고 겸손하게 말했던 것을 기억한다."(정병욱, 「잊지 못할 윤동주 형」, 『바람을 부비고 서 있는 말들』, 집문당, 1980, 22-23쪽)라는 정병욱의 증언을 참조할 때 윤동주가 자신이 살던 세상을 앓는 사람들로 가득한 병원과 같은 곳으로 느꼈다는 사실이 더욱 분명해진다.

리" 등 고난을 암시하는 신체의 형용으로 위기에 처한 민족 현실을 재현한다. 또한 "두르고", "걸리우다", "가리고", "동이다"로 단호하게 표출되는 동사의 현재형 어미는 이러한 고난이 '지금, 여기'에서 직면하고 있는 현실이라는 것을 선명하게 드러낸다.

「八福」에서는 "슬퍼하는 자는 복이 있나니"라는 성경 구절을 여덟 번이나 똑같이 반복한 후에 "저히가 永遠히 슬플것이오."라는 말로 끝을 맺는다. 성경에서 해당 부분이 다양한 지복에 대한 예언인 것에 비해 윤동주의 시는 '슬픔'만을 강조하여 영원히 슬플 것이라는 상반된 결론에 이르고 있다.[10] 성경에서 이 구절은 "애통하는 자는 복이 있나니 저희가 위로를 받을 것임이요"[11]라고 되어 있어 슬픔에 대한 '위로'를 제시하지만, 윤동주의 시에서는 이러한 성경의 예언을 전면적으로 부정한 것이다. 슬픔으로 가득한 현실에서 위로의 가능성을 전혀 발견하지 못한 자의 암담한 심경이 성경 구절과 대비를 이루며 더욱 절망적으로 표출된다. 윤동주에게 당대 현실은 종교적 신념조차 흔들 정도로 암울한 것이었다. 그는 종교에 대한 무조건적인 믿음에 의존하기보다 종교적 예언과 현실 사이의 모순을 두고 끊임없이 번민하며 이에 대한 개인의 주체적 의식과 역할을 모색한다. 역사적 현실을 직시하면서 정신적으로 깨어 있으려 하는 이러한 태도는 벤야민의 투철한 역사의식을 연상시킨다. 벤야민이나 윤동주의 독특한 시간 의식은 역사의식과 신앙의 예리한 충돌을 포함하고 있기에 특유의 내재성을 확보한다. 그러므로 벤야민의 시간 의식을 참조함으로써 윤동주 시에 나타나는 역사적 시간과 탈역사적 시간의 관련성을 더욱 섬세하

---

10 이혜원, 「윤동주 시의 운율과 의미」, 『현대시 깊이 읽기』, 월인, 2002, 99쪽.
11 「마태복음서」 제5장 4, 『성경전서(신약전서)』, 대한성서공회, 2007, 5쪽.

게 이해할 수 있다.

파란 녹이 낀 구리 거울속에
내얼골이 남어있는 것은
어느 王朝의 遺物이기에
이다지도 욕될까

나는 나의 懺悔의글을 한줄에 주리자,
── 滿二十四年一個月을
　　무슨깁븜을바라살아왔든가

내일이나 모레나 그어느 즐거운날에
나는 또 한줄의 懺悔錄을 써야한다.
── 그때그 젊은나이에
　　웨그런 부끄런 告白을 했든가.

밤이면 밤마다 나의거울을
손바닥으로 발바닥으로닦어보자

그러면 어느 隕石밑우로 홀로거러가는
슬픈사람의 뒷모양이
거울속에 나타나온다.

──「懺悔錄」 전문

「懺悔錄」은 윤동주가 역사의 시간 속에서 자신을 어떻게 파악하고 있는지를 가장 선명하게 보여 주는 시이다. 자기 성찰을 드러내는 그의 많은 시 중에서도 이 시는 "파란 녹이 낀 구리 거울"을 통해 자신을 들여다본다는 점에서 특히 상징적이다. "파란 녹이 낀 구리 거울"은 시간의 오랜 지층을 연상시키며, 이런 거울을 들여다본다는 것은 역사적 시간의 산물로서 자신을 인식한다는 뜻이다. 역사적 시간에서 과거와 현재와 미래는 끊을 수 없이 면밀하게 연계된다. 현재의 '나'는 선조의 "遺物"처럼 과거의 흔적을 반영하며 또 미래의 어느 시간까지 흔적을 남기게 될 것이다. 이 시의 화자가 역사적 시간 속에서 파악하는 자아는 '욕되고', '부끄럽고', '슬픈' 모습이다. 이제껏 살아온 생애 전체인 "滿二十四年一個月"을 통째로 회의할 정도로 그가 역사적 시간 속에서 만나는 자기 자신은 부정적이다. 이런 젊은 나이에 이토록 무거운 "懺悔의글"을 써야 하는 것은 그가 "어느 王朝의遺物"로서 역사의 시간에 갇혀 있기 때문이다. 그는 자신에게 가해지는 역사의 무게를 인지하고 그로 인한 욕된 현실을 절감한다. 지금의 이 "부끄런 告白"을 참회하기 위해 또 한 번의 참회록을 쓰게 될 미래를 그리며 그는 자기에 대한 통렬한 성찰을 거듭하고자 다짐한다. 이 시의 마지막 장면은 미래의 자신이 보게 될 현재의 자신에 대한 상상으로 그려진다. 죽는 날까지 묵묵히 자신의 길을 걸어가는 "슬픈사람의 뒷모양"은 앞으로 지속될 자신의 모습이기 때문이다.

　이 시는 과거, 현재, 미래의 시간이 갖는 긴밀한 연속성, 개인적 시간과 역사적 시간이 만나는 지점들을 통해 다양한 시간의 양상을 보여 주는 텍스트이다. 두 번의 참회록 쓰기라는 독특한 상황은 역사적 시간이 개인에게 가하는 압력과 그에 대한 개인의 반응을 흥미롭게 드러낸다. 이 시를 통해 윤동주의 시의 성찰적 화자들이 드러내는 부끄러움과 슬픔이 역사적 시간의 좌표 속에서 자신을 인식하는 가운데 드러나고 있음을 확인할 수 있다. 역사적 시간의 절대적인 영향력 하에서 무력한 개인으로서 그는 자기반성을 거듭한다. 이 자기반성의 시간적 양상은 뒤에서 다시 자세히 다루기로 한다.

그런데 윤동주의 시 중에는 이런 역사적 시간에서 이탈한 듯한 독자적인 시간의 층위를 드러내는 시들이 있다. 주로 종교적인 배경을 가진 시들로 「太初의아츰」, 「또太初의아츰」, 「새벽이올때까지」, 「무서운時間」 등이 이에 해당한다. 이런 시들에서는 성경을 통해 형성된 상상이 바탕이 되어 탈역사적인 시간으로 표출된다.

봄날 아츰도 아니고
여름, 가을, 겨을,
그런날 아츰도 아닌 아츰에

빨-간 꽃이 피여낫네,
해ㅅ빛이 푸른데,

그前날밤에
그前날밤에
모든 것이 마련되였네,

사랑은 뱀과 함께
毒은 어린 꽃과 함게

—「太初의아츰」전문

「太初의아츰」은 제목 그대로 기독교적인 천지창조의 순간을 그리

고 있다. 이 시의 절정에 해당하는 "빨-간 꽃"이 피어나는 순간은 "봄
날 아츰도 아니고/여름, 가을, 겨을,/그런날 아츰도 아닌 아츰"이다.
즉 아직 이 세상의 질서가 자리 잡기 이전의 시간이다. 자연의 이치에
서 벗어나는 이 태초의 생명 탄생은 초월적 시간의 작용으로밖에 설
명할 수 없다. 이 시에서 "그前날밤"은 그만큼의 물리적 시간이 아닌
"모든 것이 마련"된 절대적 시간이라 할 수 있다. 태초의 아침에 피어
난 빨간 꽃은 자연의 운행을 가능케 한 절대적 존재의 위력을 상징한
다. 그렇다면 그런 절대적 존재가 만들어 낸 이 세상은 왜 이토록 불
완전하고 고통스러운가라는 질문과 관련된 기독교적인 딜레마는 윤
동주에게도 예외가 아니었다. 적지 않은 종교적 회의[12] 끝에 그는 "사
랑은 뱀과 함께/毒은 어린 꽃과 함께"와 같은 모순적 운명마저 신의
뜻으로 받아들이게 되었을 것이다. 그는 「또太初의아츰」에서 "빨리/
봄이 오면/罪를 짓고/눈이 밝어"와 같은 결의를 드러낼 정도로 태초
부터 사랑과 뱀, 꽃과 독, 지혜와 죄 등의 모순적 운명을 계획한 신의
의지를 내면화한다. 이런 모순적 운명까지 주관하는 신의 절대적인
위력을 감지함으로써 그는 역사적 시간의 범주를 넘어서는 '다른' 시
간을 상상할 수 있게 된다.

　　다들 죽어 가는 사람들에게
　　검은 옷을 입히시요.

---

12 윤동주 평전을 쓴 송우혜는 윤동주의 친구 문익환과 동생 윤일주의 증언을 근거로 연희
전문 3학년 때 윤동주가 신앙에 회의를 느꼈다고 본다. 또한 1940년의 윤동주로 하여금 신
앙의 흔들림을 겪게 한 것은, 당시 그가 처했던 시대 상황일 수밖에 없다고 추정한다. 송우
혜, 『개정판 윤동주 평전』, 세계사, 1998, 214-215쪽 참조.

다들 살아가는 사람들에게
힌 옷을 입히시요.

그리고 한 寢台[13]에
가즈런이 잠을 재우시오

다들 울거들랑
젖을 먹이시오

이제 새벽이 오면
나팔소리 들려 올게외다.

―「새벽이올때까지」 전문

    이 시는 윤동주의 시로서는 드물게 명령과 암시로 가득하다. 시간
적으로는 '새벽'이 의미하는 새로운 시간과 그 이전의 시간이 극명한
대비를 이룬다. 시의 대부분은 새벽이 오기 전까지 해야 할 일을 나
열해 놓고 있는데, 비의적인 느낌이 강하다. 죽어 가는 사람들에게는
검은 옷을, 살아가는 사람들에게는 흰옷을 입혀서 한 침대에 가지런
히 잠을 재우라는 것이다. 잠을 재우는 주체는 침대에 누운 사람들과
달리 깨어 있는 자라 할 수 있다. 죽어 가는 사람들과 살아가는 사람
들은 침대에 가지런히 누워 있다는 점에서 크게 다르지 않고 "울거들
랑/젖을 먹이시오"라는 구절에 드러나듯 아기처럼 의존적인 존재이
다. 이 시에서 중요한 것은 죽어 가는 사람들과 살아가는 사람들의 대

---

13 '寢臺'의 오식인 듯하나 여기서는 원본의 표기를 그대로 따른다.

비라기보다 침대에 누워 자는 사람들과 깨어서 새벽을 기다리는 사람의 대비라 할 수 있다. 깨어 있는 자들은 그렇지 않은 사람들을 조용히 재워 놓고 다가올 새벽을 준비해야 한다. 이 시에서 새벽이 특별한 이유는 그것이 "나팔소리"와 함께 시작되기 때문이다. 성경에서 이 상징은 하나님의 완전한 승리를 암시하는 것으로 자주 언급된다.[14] 사도 바울도 하나님이 마지막 날에 죽은 자들을 일으키시는 장면에서 나팔 소리가 날 것이라고 말했다.[15] 이 시에서 새벽은 이러한 나팔 소리와 함께 열리는 종교적 시간으로 현실의 시간을 벗어나는 예외적인 시간이다.

윤동주 시에 나타나는 이러한 탈역사적 시간은 역사적인 시간의 질서가 강한 우리 문학에서 보기 드문 경우에 해당한다. 이는 독실한 기독교 신자로서 윤동주의 의식에 자리 잡은 종교적인 시간관을 반영한다. 역사적 시간을 일시에 장악하고 심판하는 이러한 탈역사적인 시간에 대한 사유는 벤야민의 메시아주의와 상당히 흡사한 면모를 보여 준다. 벤야민에 의하면 메시아를 믿는 유대인들에게 미래는 균질하고 공허한 시간이 되지 않았다. 왜냐하면 그 미래 속의 매초는 메시아가 들어올 수 있는 작은 문이었기 때문이다.[16] 벤야민이 메시아의 시간을 먼 미래에 일어날 초월적 희망이 아니라 매초, 바로 당장이라도 일어날 수 있는 사건으로 보는 것은 메시아에 대한 기대가 또 다른 '희망의 목

---

14 "주님께서 그의 백성에게 나타나셔서 그의 화살을 번개처럼 쏘실 것이다. 주 하나님이 나팔을 부시며, 남쪽에서 회리바람을 일으키며 진군하신다." 「스가랴서」 제9장 14, 『성경전서 (구약전서)』, 1334쪽.

15 "마지막 나팔이 울릴 때에, 눈 깜박할 사이에, 홀연히 그렇게 될 것입니다. 나팔 소리가 나면, 죽은 사람은 썩어 없어지지 않을 몸으로 살아나고, 우리는 변화할 것입니다." 「고린도 전서」 제16장 52, 『성경전서(신약전서)』, 303쪽.

16 발터 벤야민, 「역사의 개념에 대하여」, 349-350쪽.

적론'이 되지 않기 위해 필요한 것이기 때문이다.[17] 나중에 올 것을 위해 노력하며 끝없이 희망을 유예하는 것은 미래의 승리를 위해 현재의 부당함이나 불의에 침묵하게 하기 때문에 승자들이 주도해 온 역사적 시간에 동조하고 그것을 연장시킨다. 그에 비해 메시아의 시간은 역사적 시간을 관통해 느닷없이 닥치는 것으로 과거, 현재, 미래로 긴밀하게 이어지는 역사적 시간의 고리를 끊어 낸다. 메시아의 도래는 승자의 역사를 넘어서 억압받던 자들의 구원에 이를 수 있다. 승자의 역사에 억눌린 암담한 시대를 살았던 벤야민과 윤동주에게 이런 탈역사적 시간에 대한 상상은 절실한 구원의 시학이었을 것이다.

3. 기억 행위와 개인적 시간의 회복

역사적 시간의 지배를 넘어서는 탈역사적인 구원의 시학에서 개인에게 주어지는 중요한 역할은 기억의 행위이다. 역사적 시간이 가하는 막강한 억압과 고통 앞에서 개인이 행할 수 있는 실천은 기억을 통해 그 시간을 새롭게 되사는 것이다. 프루스트의 『잃어버린 시간을 찾아서』가 보여 주는 무의지적 기억이 대표적인 예이다.[18] "이 기억은 깊은 억압과 망각을 뚫고 나타나는 각성의 순간이며, 바로 이러한 회상의 순간에 나타나는 영상들은 이미 살았지만 사실은 그냥 스쳐 간

---

17 김남시, 「과거를 어떻게 (대)할 것인가—발터 벤야민의 회억 개념」, 『안과 밖』 33권, 영미문학연구회, 267-268쪽.

18 "프루스트와 벤야민의 맥락에서 '무의지적'이란 자의적이고 비의도적이며 임의적이라는 뜻이다. 그것은 한편으로 어떤 의지나 의도 없이 불쑥 찾아드는 기억이고, 다른 한편으로 바로 그 때문에 기존의 개념이나 인식틀로부터 자유로운, 그래서 순수직관에 가까운 본원적 인식이 된다. 프루스트 문학과 벤야민 비평에서 '순간(성)'이 중요한 것은 이런 이유에서다." 문광훈, 『가면들의 병기창』, 한길사, 2014, 717쪽.

모든 시간의 가능성들을 새로운 체험의 대상으로 해방시킨다."[19] 기억은 역사적인 시간의 공식적인 기록에서 삭제된 무수한 개인적 시간들을 되살릴 수 있는 적극적인 행위이다. 기억은 역사적 기록처럼 과거를 종결된 것으로 다루지 않고 현재 속에서 끝없이 되살아나는 새로운 체험으로 만든다.

윤동주는 길지 않은 생애에도 자기 자신을 줄곧 되돌아보며 반성과 성찰을 행한 시인으로, 기억과 관련된 인상 깊은 이미지들을 많이 그려 내게 된다. 그는 자신이 무언가를 잃어버린 채 살아간다고 느끼며 그런 삶 자체를 부끄럽게 인식한다. "내가 사는것은, 다만/잃은것을 찾는 까닭입니다."(「길」)라고 할 정도로 그에게 과거는 이미 지나가 버린 시간이 아니라 반드시 되찾아야 할 잃어버린 시간이다. 잃어버린 시간을 찾기 위해 그는 기억을 되살리고 현재 속에서 그것을 다시 생각해 보는 과정을 무수히 반복한다.

산모퉁이를 돌아 논가 외딴우물을 홀로
찾어가선 가만히 드려다 봅니다.

우물속에는 달이 밝고 구름이 흐르고
하늘이 펼치고 파아란 바람이 불고 가을이 있습니다.

그리고 한 사나이가 있습니다.
어쩐지 그 사나이가 미워저 돌아갑니다.

19 김홍중, 「문화적 모더니티의 역사시학(歷史詩學)─니체와 벤야민을 중심으로」, 『경제와 사회』 70호, 2006.여름, 95쪽.

돌아가다 생각하니 그사나이가 가엾어집니다. 도로가 들려다 보니 사나이는 그대로 있습니다.

다시 그사나이가 미워져 돌아갑니다.
돌아가다 생각하니 그사나이가 그리워집니다.

우물속에는 달이 밝고 구름이 흐르고 하늘이펼치고 파아란 바람이 불고 가을이 있고 追憶처럼 사나이가 있습니다.

—「自畫像」전문

윤동주의 시 중에는 이처럼 자신을 돌아보는 시선을 담은 것들이 많다. 이 시에서 화자가 "산모퉁이를 돌아 논가 외딴우물"까지 찾아가 자신을 들여다보는 행위는 의미심장하다. 이 우물은 아무도 모르게 홀로 찾아가 오롯이 자신을 대면할 수 있는 내면의 거울이다. 화자는 이 우물을 통해 수없이 자신을 되돌아보며 미움과 가엾음, 그리움과 같은 다양한 감정을 경험한다. 화자가 무엇 때문에 이런 감정을 느끼는지는 알 수 없다. "기억에서 기억된 사실이 아니라 기억하는 주체와 기억의 행위가 중요"[20]하다는 말처럼 기억의 내용보다 기억을 통해 과거에 참여하는 행위에 더 큰 의미가 있을 수 있다. 기억된 사실을 중시하는 방식은 성공한 자의 자서전에 어울리는 것이지 이 시와 같은 자기반성과 성찰의 행위와는 거리가 있다. 성공한 자의 자서전에서 마치 예정되었던 것처럼 빈틈없이 자리 잡는 연속적인 시간

---

20 최성만, 『발터 벤야민—기억의 정치학』, 도서출판 길, 2014, 378쪽.

과 사건들은 그러한 서술에서 배제된 더 많은 가능성들을 실패했거나 쓸모없는 시간으로 간주하게 된다. "오늘에 이르기까지 늘 승리를 거둔 사람은 오늘날 바닥에 누워 있는 자들을 짓밟고 가는 지배자들의 개선 행렬에 함께 동참하는 셈이다."[21]라는 벤야민의 말은 승자의 역사가 소외시키는 다른 역사를 환기한다. 윤동주의 성찰의 시들에서는 지배적인 시간의 이면에 놓인 실패하고 버려진 시간들을 통해 자신을 완성해 가는 화자가 나타난다. 현실에서 억눌린 채 소극적으로 살아가는 자신을 미워하다가도 가엾은 마음이 되어 다시금 돌아보고 다시 미웠다가도 그리워지는 복잡한 감정의 상태는 자신의 어쩔 수 없는 처지를 누구보다 잘 알고 있는 데서 연원한다. 이러한 감정의 기복을 반복하면서 화자는 어느새 "追憶처럼" 자신을 돌아볼 수 있게 된다.

이렇듯 자기 성찰의 기억을 반복하면서 어느새 평정한 심리의 상태에 도달하는 것은 윤동주 시의 두드러진 특징이다. 「懺悔錄」에서 밤이면 밤마다 녹이 낀 구리거울을 손바닥으로 발바닥으로 닦는 고투의 과정이 "어느 隕石밑우로 홀로거러가는/슬픈사람의 뒷모양이/거울속에 나타나온다"라는 장면으로 마무리되는 것도 유사한 결과라고 할 수 있다. 그는 자신이 역사의 시간에서 억압받고 실패한 자로 기록되리라는 것을 알고 있었지만, 자신이 행할 수 있는 기억의 행위를 멈추지 않았다. 개인의 기억을, 승자의 역사에 유폐된 다른 삶을 기록하고 되살리는 실천적 행위로서 지속한다.

故鄕에 돌아온날밤에
내 白骨이 따라와 한방에 누엇다.

---

21 발터 벤야민, 「역사의 개념에 대하여」, 336쪽.

어둔 房은 宇宙로 通하고
하늘에선가 소리처럼 바람이 불어온다.

어둠속에 곱게 風化作用하는
白骨을 드려다 보며
눈물 짓는 것이 내가 우는것이냐
白骨이 우는것이냐
아름다운 魂이 우는것이냐

志操 높은 개는
밤을 새워 어둠을 짖는다.

어둠을 짖는 개는
나를 쫓는 것일게다.

가자 가자
쫓기우는 사람처럼 가자
白骨몰래
아름다운 또다른 故鄕에가자.

　　　　　　　　　　　　—「또다른故鄕」전문

　이 시 역시 성찰의 시로서, 자기 자신을 여러 이미지로 분화하여
바라보는 독특한 시선을 담고 있다. 고향에 돌아온 날 밤에 "白骨"이
따라와 한 방에 누웠다는 것은 현재의 '내'가 과거의 '나'를 만나는 상

황을 표현한 인상 깊은 이미지이다. 고향의 기억 속에 남아 있는 '나'
는 더 이상 현재의 '나'와 같지 않기에 백골처럼 형해화된 이미지로
그린 것이다. 여기에는 과거 고향에 살던 '나'는 기억 저편에 버려져
어느새 백골이 되었다는 시간의 상상이 작용하고 있다. 고향에 돌아
온 날 밤 현재의 '나'는 이미 백골이 된 과거의 '나'를 만나 격조했던
세월을 떠올리며 눈물짓는다. 백골을 들여다보며 우는 것은 "白骨"이
기도 하고 '나'이기도 하고 "아름다운 魂"이기도 하다. "아름다운 魂"
은 '나'와 "白骨"을 이어 주는 잃어버린 시간의 이미지로 볼 수 있다.
이 시에서 "아름다운"이라는 시어는 "아름다운 또다른 故鄕"에서 다
시 등장한다. 이것은 처음에 나오는 "故鄕"과 다른 "또다른 故鄕"이며
'다른' 시간의 영역에 속한다. '나'는 고향에서 현실의 시간을 일깨우
는 "志操 높은 개"를 피해 "白骨"이 된 과거의 시간도 피해, "아름다운
또다른 故鄕"의 기억을 향해 가고 싶어 한다.

   기억은 "미종결된 것(Unabgeschlossene, 행복)을 종결되는 것(Abschlo-
ssenen)으로, 종결된 것(Abgeschlossene, 고통)을 미종결된 것으로 만들
수 있"[22]는 가능성을 내포하고 있다. 기억은 미종결된 과거의 시간으
로 멈춰 있던 행복한 순간들을 현재로 끌어와 가능성으로 남아 있었
던 행복을 향유하게 하고, 고통스러운 체험을 종결된 것으로 인정하
지 않고 또 다른 심판의 시간으로 유예한다. 기억 속에서 과거는 이미
지나가 버려 되돌릴 수 없는 시간이 아니라 현재의 시간으로 계속 호
출되면서 다시 경험하게 되는 시간이다.

   「또다른故鄕」에서 '나'와 "白骨"은 현재와 과거로 단절된 시간의 산

---

22 Benjamin, *GS* V-1, p.589: 김남시, 「과거를 어떻게 (대)할 것인가—발터 벤야민의 회억
개념」, 251쪽에서 재인용.

물이지만, "아름다운 魂"은 기억을 통해 되찾은 행복한 시간과 관련되는 것으로 볼 수 있다. 고향에 돌아온 날 밤 '나'는 그간의 격절된 시간을 절감하며 과거의 자신을 "白骨"로 인식하지만 "어둠속에 곱게 風化作用하는/白骨을 드려다 보며" 점차 기억 속으로 빠져든다. 그리하여 잊고 있었던 과거의 많은 시간들이 떠오르며 현재의 '나'와 함께 혼란스럽게 뒤섞이게 된다. 흔히 '추억에 젖는다'고 하는 상태와 비슷해지는 것이다. 현재의 시간으로 되살아난 과거의 기억들은 잊고 있었던 행복감을 불러일으키며 현실 바깥의 "또다른 故鄕"을 소망하게 한다. 처음에 나오는 "故鄕"이 현재 시간에 속해 있다면 "또다른 故鄕"은 기억 속에서 열린 미종결된 가능성으로서의 시간과 관련된다. 이는 기억을 통해 과거의 미종결된 시간을 다시 경험할 수 있게 하는 시적인 시간의 대표적인 양상이라 할 수 있다.

「별헤는밤」은 윤동주가 소망한 "또다른 故鄕"의 기억이 가장 아름답게 발현되어 있는 시이다.

> 별하나에 追憶과
> 별하나에 사랑과
> 별하나에 쓸쓸함과
> 별하나에 憧憬과
> 별하나에 詩와
> 별하나에 어머니, 어머니,

> 어머님, 나는 별 하나에 아름다운 말 한마디식 불러봅니다. 小學校때 冊床을 같이 햇든 아이들의 일홈과, 佩, 鏡, 玉 이런 異國少女들의 일홈과 벌서 애기 어머니 된 게집애들의 일홈과, 가난한 이웃사람들의 일홈과, 비둘

기, 강아지, 토끼, 노새, 노루, 「푸랑시쓰·쨤」「라이넬·마리아·릴케」이런 詩人의 일홈을 불러봅니다.

　이네들은 너무나 멀리 있습니다.
　별이 아슬이 멀듯이,

—「별헤는밤」 부분

　이 시의 화자가 별과 함께 아름다운 기억을 떠올리는 행위는 여러 가지로 의미심장하다. "이네들은 너무나 멀리 있습니다./별이 아슬이 멀듯이"라는 구절이 말해 주듯 멀리 있는 별은 현재에서 멀리 있는 과거의 시간을 끌어오기에 적절한 대상이다. 과거의 시간이 기억을 통해 새롭게 되살아나기 위해서는 현재와 연속되지 않고 떨어져 있어야 한다. 현재와 연속된 과거는 새롭게 받아들일 여지가 적기 때문이다. 별은 또한 섬광처럼 스치는 기억과 유사하다. "메시아적 시간이 선형적으로 흐르는 크로노스가 아니라 압축된 크로노스, 즉 순간 단면을 수직적으로 중단시키는 카이로스적 경험이라고 할 때, 이 순간 이 단면에는 과거와 현재가 섬광처럼 만나는 성좌(constellation)가 구축된다. 성좌로 구성되는 이 순간 휙 지나가는 이미지를 낚아채는 것을 두고 벤야민은 예기치 않은 순간에 섬광처럼 지나가는 과거의 어떤 기억을 붙잡는 것과 같다고 했다."[23] 크로노스적 경험에서 과거와 현재가 긴밀하게 연속되는 것에 비해 카이로스적 경험에서는 과거와 현재가 순간적이고 비자의적으로 결합된다. 따라서 크로노스적

---

23 윤교찬, 「바울의 '지금의 시간', 벤야민의 '지금시간', 그리고 아감벤의 '철학적 고고학'」, 228쪽.

경험에서 과거가 고정된 영원한 이미지를 갖는 것에 비해 카이로스적 경험에서 그것은 매번 새로운 경험이 될 수 있다. 「별헤는밤」의 화자는 별 하나하나에 모든 그리운 이름들을 불러 본다. 별을 보며 떠올리는 과거의 순간들은 잊고 있었던 시간의 가능성을 열어 보인다. "별 하나에 아름다운 말 한마디식"을 일일이 호명하는 방식을 통해 윤동주는 잊었던 어린 시절의 기억을 생동하는 카이로스적 시간으로 소환한다. "佩, 鏡, 玉 이런 異國少女들의 일홈과 벌서 애기 어머니 된 게집애들의 일홈과, 가난한 이웃사람들의 일홈"은 역사와 현실의 뒤켠으로 물러나 있던 지극히 개인적인 기억의 일부이다. 승자의 역사와 거리가 먼 이런 소외된 자들의 이름을 호명함으로써 윤동주는 소멸되어 가던 소중한 개인적 기억을 복원한다. "비둘기, 강아지, 토끼, 노새, 노루, 「푸랑시쓰·쨤」 「라이넬·마리아·릴케」 이런 詩人의 일홈" 또한 개인의 기억 속에서 그 무엇보다 귀하고 아름다운 존재들을 뜻한다. 별을 세며 떠올린 이들의 이름은 순식간에 과거의 시간들을 복원하며 행복의 경험을 향유하게 한다.

이러한 성찰은 우리가 품고 있는 행복의 이미지라는 것이 전적으로, 우리 자신의 삶의 흐름이 우리를 원래 그쪽으로 가도록 가리킨 시간으로 채색되어 있다는 점을 깨닫게 한다. 우리에게서 부러움을 일깨울 수 있을 행복은 우리가 숨 쉬었던 공기 속에 존재하고, 우리가 말을 걸 수 있었을 사람들, 우리 품에 안길 수 있었을 여인들과 함께 존재한다. 달리 말해 행복의 관념 속에는 구원의 관념이 포기할 수 없게 함께 공명하고 있다. 역사가 대상으로 삼는 과거라는 관념도 사정이 이와 마찬가지다. 과거는 그것을 구원으로 지시하는 어떤 은밀한 지침(指針)을 지니고 있다.[24]

---

24 발터 벤야민, 「역사의 개념에 대하여」, 331쪽.

이때의 과거는 현재와의 연속성에서 벗어나 있는 예외적 시간으로, 미종결된 행복의 가능성과 다가올 구원의 가능성을 다시금 열어 놓는다. 기억은 이러한 과거의 문을 여는 시간의 힘이다. 윤동주는 크로노스적 시간의 이면에 있는 카이로스적 시간의 가치를 누구보다도 절감한 시인이다. 그의 시에서 끝없이 되풀이되는 성찰의 순간과 기억의 행위가 그것을 입증한다. 그는 공식적인 기록에서 밀려난 수많은 개인적 기억들을 되살려 내는 것이 또 다른 시간을 사는 방법이라는 것을 안다. 그의 시는 이런 개인적 기억이 망각의 어둠을 뚫고 가져다주는 구원과 해방의 시간을 내포한다.

4. '지금시간'과 소명 의식

벤야민이 기억의 힘을 중시한 이유는 그것이 진보적 역사의 억압에서 벗어나 구원이라는 역사의 새로운 비전을 보여 줄 수 있기 때문이다. "중요한 것은 궁극적으로 좌초됨으로써 폐쇄되어 버린 영역, 곧 종결된 역사를 '억압받는 자의 전통' 속에서 다시 미래 지향적으로 열어 두고자 시도하는 일이다."[25] 윤동주의 시에는 기억과 성찰의 힘을 통해 암담한 현실에서 벗어나 지금과 '다른' 미래를 향해 가려는 희망이 자주 나타난다. 그가 꿈꾸는 미래는 억압받는 미약한 존재들이 다르게 살아갈 수 있는 새로운 시간이다.

죽는 날까지 하늘을 우르러
한점 부끄럼이 없기를,

---

25 고지현, 「역사유물론 그리고 메시아주의의 성좌 구조」, 『도시인문학연구』 2권 1호, 서울시립대학교 도시인문학연구소, 2010, 132쪽.

잎새에 이는 바람에도

나는 괴로워했다.

별을 노래하는 마음으로

모든 죽어가는것을 사랑해야지

그리고 나안테 주어진 길을

거러가야겠다.

오늘밤에도 별이 바람에 스치운다.

—「序詩」 전문

윤동주 특유의 '부끄럼'은 자신이 살고 있는 시대 전체와 관련된 것으로서 철저한 자기 성찰과 엄혹한 현실에서 비롯된다. "죽는 날까지 하늘을 우르러/한점 부끄럼이 없기를" 바라는 결백한 자아는 암담한 역사의 시간 속에서 무력감과 자괴감에 빠져들 수밖에 없다. 이런 상황에서 그가 행할 수 있는 저항의 방식은 "별을 노래하는 마음으로/모든 죽어가는것을 사랑"하는 것이다. 앞에서 살펴보았듯이 "별을 노래하는 마음"이란 기억을 통해 그리운 대상들을 되살리고 다른 시간의 가능성을 소환하는 것이다. 기억 속에서 "모든 죽어가는것"은 구원의 가능성과 함께 되살아날 수 있다. 별을 노래하듯이 사라져 가는 이름들을 하나하나 떠올리는 것은 그 이름들에 내재한 무수한 잠재된 시간들을 귀환시키는 방법이다. 윤동주에게 "모든 죽어가는것"은 역사의 시간 속에서 억압된 모든 존재들이다. 그가 별을 세면서 떠올렸던 어머니, 어린 시절의 친구들, 가난한 이웃 사람들, 정겨운 동물들, 시인들이다. 기억 속에서 사라져 가는 이들을 사랑하겠다는 결의는 역사적 시간이 배제한 억압받은 존재들의 가치를 잊지 않고 되살리겠다는 뜻이다.

그는 역사의 시간을 거스르는 다른 길을 자신에게 "주어진 길"로 자각한다. "내가 사는것은, 다만,/잃은것을 찾는 까닭입니다"(「길」)에 서와 같이 그것은 역사의 시간 속에서 잃어버린 시간을 찾는 것으로, 새롭게 경험하는 과거의 시간이라는 점에서 '새로운 길'이라고도 할 수 있다. "나의길은 언제나 새로운길"(「새로운길」)이라며 그는 자신만이 열어 갈 수 있는 새로운 시간을 다짐한다. "오늘밤에도 별이 바람에 스치운다."라는 「序詩」의 마지막 구절처럼 별을 바라보듯 떠올리는 기억이란 현재로 소환된 과거의 시간이다. 벤야민에게 "회억은 과거 를 단순한 회상의 대상이 아니라 구제되어야 할 대상으로 보고 현재 와의 관계 속에서 현장화시키는 기억의 실천이다."[26] 윤동주가 가고 자 했던 길은 역사의 시간에서 잊혀져 가는 "모든 죽어가는것"을 새 로운 시간으로 소환하여 살아가게 하는 것이다.

윤동주는 역사적 시간 바깥의 잃어버린 시간을 찾는 새로운 길을 자신의 소명으로 받아들이게 되면서 내면의 갈등을 멈추고 결연해진 다. "빨리/봄이 오면/罪를 짓고/눈이 밝어//이브가 解産하는 수고를 다하면//無花果 잎사귀로 부끄런데를 가리고//나는이마에 땀을 흘려 야겠다."(「또太初의아츰」)에서는 원죄의 무거움을 안더라도 지혜의 눈을 뜨고 고난을 달게 감수하겠다는 결심이 드러난다. 무지한 안위보다 고통스러운 각성의 길을 선택하려는 의지를 살필 수 있다. 기억으로 환기된 잃어버린 시간과 죽어 가는 미약한 존재들을 위해 살아가야 겠다는 의식이 분명해진다. "기억과 깨어남은 아주 긴밀한 친화 관계 에 있다. 다시 말해 깨어나기는 회상(Eingedenken)의 변증법적, 코페르

---

26 김남시, 「과거를 어떻게 (대)할 것인가—발터 벤야민의 회억 개념」, 247쪽.

니쿠스적 전환이다."[27]라는 말처럼 기억과 각성이 연계되면서 투철한 소명 의식으로 자리 잡게 된다. "괴로왔든 사나이,/幸福한 예수·그리스도에게/처럼/十字架가 許諾된다면//목아지를 드리우고/꽃처럼 피여나는 피를/어두어가는 하늘밑에/조용히 흘리겠습니다."(「十字架」)에서 그의 소명 의식은 보다 분명하게 드러난다. 인류의 죄를 대속하여 예수 그리스도가 걸어갔던 고난의 길도 마다하지 않겠다는 것이다. "괴로왔든 사나이,/幸福한 예수·그리스도"에서 괴로움과 행복이 함께하는 역설은 승자의 역사에서 가난하고 핍박받는 자들의 구원을 꿈꿀 때의 고통과 행복을 의미한다. 십자가의 첨탑은 햇빛이 쫓아오기도 어려울 정도로 높고 험난한 길 위에 있다. 예수 그리스도가 그랬던 것"처럼" 자신에게도 십자가의 길이 허락된다면 기꺼이 그 길을 가리라는 그의 결의는 겸허하면서도 비장하다. "별을 노래하는 마음으로/모든 죽어가는것을 사랑해야지"라는 다짐의 연장으로 그는 자기희생의 고난까지 수용하게 된다.

窓밖에 밤비가 속살거려
六疊房은남의나라,

詩人이란 슬픈天命인줄알면서도
한줄詩를 적어볼가,

땀내와 사랑내 포그니 품긴

27 *GS* V/1, 491 = K 1, 3: 최성만, 「발터 벤야민의 몇 가지 신학적 모티프에 관하여」, 『인문학연구』 44집, 조선대학교 인문학연구원, 2012, 25쪽에서 재인용.

보내주신 學費封套를받어

大學노-트를 끼고
늙은敎授의講義 들으려간다.

생각해보면 어린때동무들
하나, 둘, 죄다 잃어버리고

나는 무얼 바라
나는 다만, 홀로 沈澱하는것일가?

人生은 살기어렵다는데
詩가 이렇게 쉽게 씨워지는 것은
부끄러운 일이다.

六疊房은남의나라,
窓밖에 밤비가속살거리는데,

등불을 밝혀 어둠을 조곰 내몰고,
時代처럼 올 아츰을 기다리는 最後의 나,

나는 나에게 적은 손을내밀어
눈물과 慰安으로잡는 最初의 악수.

　　　　　　　　　　　　—「쉽게씨워진詩」 전문

260

윤동주가 생애 거의 마지막 단계에서 쓴 이 시에는 시간과 관련된 고투의 과정이 상징적으로 집약되어 있다. 자기 자신에 대한 치열한 성찰과 반성 끝에 평정한 화해에 이르는 윤동주 시 특유의 의식의 흐름이 잘 드러난다. 이 시의 출발점은 일본에 유학 와서 "六疊房"에 있는 현실이다. "窓밖에 밤비가 속살거려" "남의나라"에 있다는 느낌이 더욱 분명한 상황에서 화자는 자신이 처한 현실을 냉철하게 돌아본다. 식민지 유학생으로서 "땀내와 사랑내 포그니 품긴/보내주신 學費封套를받어" 공부를 하고 있지만 "늙은敎授의講義 들으려간다"는 상황이 그리 만족스러운 것 같지는 않다. "땀내와 사랑내 포그니 품긴" 학비를 보내 주는 고국의 부모님이나 "어린때동무들"은 사랑과 그리움의 대상인 것에 비해 현재 대면하는 "늙은敎授의講義"에는 별다른 감정을 느끼지 못한다. 비싼 학비를 내며 늙은 교수의 강의를 듣는 현실은 승자의 역사에 편승할 수 있는 길이 될 수 있지만, 그는 오히려 이러한 현실에 대해 "나는 무얼 바라/나는 다만, 홀로 沈潛하는것일가?"라는 회의를 느낀다. 남의 나라에서 지내는 현재의 시간이 어린 시절의 동무들을 모두 잃어버리는 망각의 과정이었다는 사실을 새삼 깨닫게 된다. 그는 현실이 제시하는 승자의 역사와 그리운 과거의 기억 사이에서 갈등한다. "詩人이란 슬픈天命"을 안은 채 식민지 지배국의 대학생으로 살아가는 자신의 현실에 대해 번민한다. 식민지 조국에서 잊혀져 가는 사람들을 떠올리며 자신의 안이한 삶을 자책한다. "人生은 살기어렵다는데/詩가 이렇게 쉽게 씨워지는 것은/부끄러운 일이다."라는 통렬한 자기반성 끝에 시의 후반부에서는 새로운 자신을 만나게 된다.

"六疊房은남의나라,/窓밖에 밤비가속살거리는데"로 시작되는 후반부는 "窓밖에 밤비가 속살거려/六疊房은남의나라"라는 시의 첫 구절과 짝을 이루며 화자의 심리 변화를 부각하여 극적인 반전을 이룬다. 이제 그는 "등불을 밝혀 어둠을 조곰 내몰고,/時代처럼 올 아츰을 기다리는 最後의 나"를 준비한다. 앞에서 침울하게 자책하던 화자가 급변하여 적극적인 행동과 기대를 드러낸다. "時代"라는 다소 이질적인 어휘는 여기서의 "어둠"과 "아츰"이 하루의 낮과 밤이 아닌 광대한 시간을 뜻하는 것을 알 수 있게 한다. 과거 어둠의 역사와 새로운 시대처럼 다가올 아침 사이에서 화자는 등불을 밝히고 깨어 있으려 한다.

이는 과거의 시간과 새로운 현재가 만나는 벤야민의 '지금시간'을 연상시킨다. "그것은 과거와 현재, 그리고 심지어 미래가 회상의 특정한 기능을 부여받고 하나로 집약되어 나타난 기억의 압축된 순간이다. 다시 말해 벤야민의 '지금시간'은 물리적 시간 또는 연대기적 시간이 아니라, 과거의 특정 순간이 지금 이 순간에 의미를 갖는 구원적 계기로서의 심리적 시간이다."[28] '지금시간'을 통해 이루어지는 구원적 계기는 진보적 역사에서 지향하는 유토피아가 아닌 찰나에 이루어지는 순간적인 사건이다. 유토피아가 지속적인 시간을 거쳐 체계적으로 건설되는 새로운 세계라면 '지금시간'의 구원적 가치는 상실된 구원의 가능성들을 과거로부터 확인하고 재구성하는 불연속적이고 즉각적인 방식으로 달성된다. '지금시간'은 진보적 역사의 보편적인 이념에서 배제된 시간의 가장 내밀한 곳에서 내재적인 가능성을 획득하고자 한다. 그러나 '지금시간'의 위력은 결코 미약하지 않고, 지금-시간, 즉 적시(適時)에 세계에 개입하는 실천적 행위를 통해 역사적 시간의 연속적 흐름에 균열을 내는 혁명적 개입으로 전화(轉化)된다.[29] 이처

---

28 최성철, 「파국과 구원의 변증법—발터 벤야민의 탈역사주의적 역사철학」, 『서양사론』 79호, 한국서양사학회, 2003, 69쪽.

29 김홍중, 「문화적 모더니티의 역사시학(歷史詩學)—니체와 벤야민을 중심으로」, 105쪽 참조.

럼 '지금시간'은 진보라는 승자의 역사에 반해 억압받고 죽어 가는 것들을 귀환시키는 혁명적 시간이라 할 수 있다.

윤동주는 자신을 둘러싼 역사적 시간의 중압과 탈역사적 시간의 새로운 가능성 사이에서 갈등한 끝에 "時代처럼 올 아츰"을 기다리기로 한다. 어둠으로 가득한 역사적 시간 속에서 깨어 있는 의식으로 느닷없이 도래할 구원의 순간을 맞아들이려 한다. 이러한 결심이 분명히 선 후에야 "나는 나에게 적은 손을내밀어/눈물과 慰安으로잡는 最初의 악수"를 행하며 드디어 평정한 내면의 상태에 도달하게 된다. 여기서 "눈물"은 오랜 번민과 갈등의 시간을 대변하며 "慰安"은 드디어 도달한 각성의 순간에서 온다. 이제 갈등을 거듭하던 '나'는 확고한 자신의 길을 찾은 '나'와 "最初의 악수"를 통해 하나가 된다.[30]

이로써 "詩人이란 슬픈天命"을 자신의 소명으로 확신하게 된 그는 죽음조차 불사하는 무서운 실천의 의지를 드러내게 된다. "죽는 날까지 하늘을 우르러/한점 부끄럼이 없기를"이라는 「序詩」를 비롯하여 윤동주의 시에 유난히 죽음을 건 맹세가 많이 나타나는 것은 그의 소명 의식이 그만큼 강했음을 뜻한다. 그동안 윤동주 시에 나타나는 갈등의 양상에 대한 고찰이 많았던 것에 비해 강한 의지에 대한 언급은 적은 편이었는데, 그의 시에서 이 두 가지 심리는 상충되기보다 상승작용을 일으킨다고 볼 수 있다. 그는 심각한 내적 갈등과 철저한 반성 끝에 분명한 각성에 도달한 후에는 주저 없이 결단하고 실천하는 면

---

30 이 시에서 "最初의 악수"가 갖는 의미는 류양선이 다음과 같이 자세히 분석한 바 있다. "여기서 '최초의 악수'라고 할 때의 '최초'는 영적 자아의 '최초'인 것이다. 옛 자아의 끝이 곧 새로운 자아의 시작인 것이다. 이런 의미에서, 이 시의 마지막 대목이자 핵심적 부분인 제10연이야말로 시간과 영원의 접점이 되는 것이며, 영원의 원자가 시간을 뚫고 들어온 지점이 되는 것이다. 달리 말해, 시간 속에서 만나는 영원인 것이다." 류양선, 「윤동주의 시에 나타난 시간과 영원」, 176-177쪽.

모를 보인다. "일이 마치고 내 죽는날 아츰에는/서럽지도 않은 가랑 닢이 떠러질텐데……//나를 부르지마오."(「무서운時間」)에서 그는 죽음을 두려워하기보다 소명을 다하지 못하고 죽는 것을 두려워한다. 이 시에서 '무서운 시간'이란 아직 일을 마치기 전에 닥치는 죽음이다. 소명을 다한 후의 죽음은 전혀 서럽지 않고 자랑스럽다. "그러나 겨울이 지나고 나의별에도 봄이 오면/무덤우에 파란 잔디가 피여나듯이/내일홈자 묻힌 언덕우에도/자랑처럼 풀이 무성 할게외다."(「별헤는밤」)에서 시인은 겨울이 지나고 봄이 오듯 새로운 시간을 맞이한 후 자신의 죽음이 헛되지 않고 자랑스럽게 기억될 미래를 상상한다. 그의 예측대로 그의 이름은 지금까지 잊히지 않고 자랑스럽게 빛나고 있다. 그가 승자의 역사를 따르지 않고 억눌리고 죽어 가는 것들을 사랑하고 되살리려는 기억의 시간, 시의 시간을 지키기 위해 자신의 소명을 다한 결과이다.

5. 예외적 시간의 경험과 구원의 가능성

발터 벤야민의 독특한 시간 개념을 참조하여 윤동주 시의 시간 의식을 새롭게 조명해 보았다. 메시아주의를 바탕으로 하는 벤야민의 시간 의식은 진보적 역사철학과 대비되는 초월적이고 불연속적이고 주체적인 시간을 제시한다. 이를 통해 종교적인 면과 역사적인 면, 내면성과 저항성을 제각각 강조하며 대립적으로 병존해 오던 윤동주 시에 대한 기존의 논의들과 달리 이러한 윤동주 시의 이질적인 측면들을 통합적으로 이해할 수 있는 가능성을 점검해 보았다.

윤동주의 시에는 객관적 현실을 반영하는 역사적 시간과 그와 전혀 무관하게 종교적 시간이 지배하는 탈역사적 시간이 병존한다. 역사적 시간에 속해 있는 시적 화자는 암담하고 고통스러운 시대를 살아가는 무력한 개인으로서 비애를 토로한다. 반면에 종교적인 배경을 가진 시들에서는 절대적인 존재의 위력이 작용하는 '다른' 시간에 대한 상상을 드러낸다. 이런 시간 의식은 벤야민이 메시아가 도래하는 탈역사적 시간을 통해 역사적 시간의 고리를 끊고 승자의 역사에서 억압되었던 약자들의 구원을 꿈꾸었던 것과 흡사하다.

기억은 탈역사적인 구원을 가능하게 하는 개인적인 실천의 행위이다. 기억은 과거를 종결된 것으로 다루는 역사적 기록과 달리 그것을 현재 속에 끝없이 되살아나는 새로운 체험으로 만들기 때문이다. 윤동주의 시는 지배적인 시간의 이면에 놓인 실패하고 버려진 시간들을 기억을 통해 되살린다. 벤야민이 그랬듯이, 윤동주 역시 기억을 통해 과거를 현재와의 연속성에서 벗어나 있는 예외적 시간으로 새롭게 경험하며, 아직 종결되지 않은 행복의 가능성과 다가올 구원의 가능성을 열어 놓는다.

윤동주는 역사적 시간의 바깥에서 잃어버린 시간을 찾는 새로운 길을 자신의 소명으로 받아들이게 되면서 내면의 갈등을 넘어 결연한 의지에 도달하게 된다. 시인으로서 자신의 소명을 확신하게 된 후에는 죽음조차 불사하는 실천의 의지를 드러낼 수 있게 된다. 억눌리고 죽어 가는 것들을 사랑하고 되살리는 이러한 시적 시간은 벤야민의 '지금시간'과 마찬가지로 역사적 시간에 균열을 내는 혁명적 시간이라 할 수 있다.

윤동주는 역사적 시간의 중압을 체감하면서 그것을 초극할 수 있는 새로운 시간을 꿈꾸었다. 그는 역사적 시간에 저항하기 위해 다른 시간을 상상하고 기억을 통해 그것을 실천한다. 승자의 역사에서 억압된 삶을 기억하고 되살려 내는 그의 시적 시간은 미학과 윤리를 탁월하게 결합하는 방식이라 할 수 있다. 처절한 내면의 고투 끝에 윤동주가 도달한 소명 의식과 새로운 시간과의 조우는 우리 현대시사에서 기억할 만한 인상적인 장면에 해당한다.

김수영과 '시선'의 재발견
—자코메티와의 관련성을 중심으로

1. '자코메티적 발견'의 중요성

한 시인의 현재성은 그의 사후 전개되는 논의의 지속성과 직결된다고 볼 때, 김수영은 현재 우리 시사에서 가장 열렬한 관심의 대상이며 그만큼 강한 현재성을 지닌 시인이라고 할 수 있다. 김수영에 대한 논의는 끊임없이 증폭됐으며 그런 만큼 다양한 주제와 방법론을 양산해 왔다. 김수영의 '자코메티적 발견'과 관련된 논의들은 김수영 연구의 첨예한 수준을 보여 주는 대표적인 사례이다.

강계숙의 「김수영은 왜 시작 노트를 일본어로 썼을까?」가 관련 논의들을 촉발하는 시발점에 해당한다. 이 글에서는 김수영의 일본어 시작 노트를 통해 식민지적 근대에서 기원하는 사회문화적 모더니티에 대한 그의 투철한 성찰을 분석해 낸다. 그리고 글의 마지막 부분에서 일본어 글쓰기와 관련된 김수영의 '자코메티적 발견'을 언급한다. 김수영이 「시작 노트 6」에서 자코메티의 말을 재전유하여, 대상의 리얼리티는 본 대로 말해서는 보이지 않고, 보이지 않게 말함으로써 보이게 된다는 역설을 유추해 냈다고 한다.[1] 이러한 역설의 발견은 여러 차례 언어의 이민을 겪은 김수영이 자신의 언어적 조건에서 미학적 의의를 발견하게 되는 계기가 되었다는 것이다. 김수영의 일본어 시작 노트와 자코메티 번역이라는 예외적 자료들을 치밀하게 분석하고 연계시켜 김수영 시학의 핵심적 의의를 끌어낸 이 글은 이후 많은 논의들에서 김수영의 번역에 주목하고 자코메티와의 관련성을 살피게 하는 결정적인 계기가 된다.

정명교는 김수영과 프랑스 문학의 관련 양상을 살핀 글에서 프랑스적인 명제에서 출발하여 프랑스적인 것으로부터 탈출해 간 김수영 시의 궤적이 자코메티가 초현실주의로부터 전통 예술로 복귀한 사연과 밀접하게 연관된 것으로 파악한다. '연극성'과 '자코메티적 변모'는 김수영의 후반기 2년을 지배하는 두 가지 경향이었으며, '자코메티적 변모'를 보여 주는 시들은 "비연극적이면서 새로운 시, 즉 상식과 평범을 통해 시의 '실재'가 배어 나오는 시"[2]라고 한다. 그리고 마지막 시 「풀」에는 낡은 것과 새로운 것이 교묘하게 뒤섞이고, 연극적인 것이 서술적인 것 안에 투영되고 있어 김수영 시의 돌연변이적 진화를 보여 준다고 한다. 김수영이 자코메티에게 빠져든 이유가 동일한 예술적 시도와 좌절의 체험, 즉 초현실주의의 한계와 "상식과 평범성"으로 돌아가야 할 필요성에 기인한다는 점을 간파한 점이 흥미롭다.

조강석은 정명교의 위 논의가 시의 연극성에 대한 김수영의 관심과 반발 양상을 '자코메티적 발견'과의 연속선상에서 파악해 냈다는 의의를 인정하면서도 좀 더 세밀한 고찰이 필요하다고 지적하며, 김

1 강계숙, 「김수영은 왜 시작 노트를 일본어로 썼을까?」, 『현대시』, 2005.8, 161쪽.
2 정명교, 「김수영과 프랑스 문학의 관련 양상」, 『한국시학연구』 22호, 한국시학회, 2008, 367쪽.

수영의 시론과 산문들을 통해 그 시 의식의 변모 과정을 파악한다. 연극성에 매료되어 있던 김수영은 1961년 이후 시 안에서의 연극의 와해를 꾀하며 또 다른 진로를 모색하고, 1966년에 이르러서야 '자코메티적 발견'에 의해 시의 낡은 틀과 새로운 틀, 구상과 추상이 상호 배제적인 것이 아니라는 사실을 발견하게 되었다고 본다.[3] 이 글은 4.19 혁명을 위시한 여러 사회적 정황과 관련하여 김수영 시의 변모를 살피던 그간의 연구 경향에서 벗어나 김수영 자신의 내적 논리 속에서 시 의식의 변모 양상을 파악하고 있다는 의의를 지닌다.

조연정은 김수영의 번역 체험이 그의 시작법과 언어관에 끼친 영향을 면밀하게 탐색한다. 이전의 번역 관련 연구에서 번역의 직접적인 내용에 의거해 김수영 문학의 기원을 찾던 것에 비해 이 글에서는 번역 체험 자체가 김수영의 시작 태도에 어떤 영향을 끼쳤는지를 중시한다. 이 과정에서 김수영이 「시작 노트 6」에서 말한 "시의 레알리떼의 변모를 자성하고 확인하는 일"이 "자코메티적 발견"뿐 아니라 번역 체험 자체와 관련되는 양상을 중요하게 거론한다.[4] 이를 통해 언어에 밀착하여 말할 수 없는 것을 말하려는 '집념'으로 확장되는 김수영 시의 핵심적 양상을 포착한다.

임지연은 김수영이 '자코메티적 발견'에 의해 시각성의 전회를 통해 자신의 세계관과 시적 방법론의 중심축을 옮기는 대변환을 꾀하였다고 한다. 이전까지 "바로 보마"라는 정신적 차원의 시각적 자세를 보였다면 이때부터 '나는 나의 몸을 볼 수 없다'라는 새로운 시각성으

---

3 조강석, 「김수영의 시 의식 변모 과정 연구—'시적 연극성'과 '자코메티적 전환'을 중심으로」, 『한국시학연구』 28호, 한국시학회, 2010, 340쪽.

4 조연정, 「'번역 체험'이 김수영 시론에 미친 영향—'침묵'을 번역하는 시작 태도와 관련하여」, 『한국학연구』 38호, 고려대학교 한국학연구소, 2011, 486-487쪽.

로 전환하게 되었으며, 이는 정신과 육체라는 이분화된 근대적 세계로부터 어떻게 탈출할 것인가의 문제와 관련된 시의 전략이자 형식이고 세계관이 될 수 있었다는 것이다.[5] 이러한 김수영의 시각성이 근대적 주체를 몸의 차원에서 재구성하려 했던 탁월한 시도였다는 점을 주목한 점이 돋보이지만 글의 성격상 논의의 과정이 소략하다.

강계숙은 「김수영 문학에서 '이중언어'의 문제와 '자코메티적 발견'의 중요성」에서 최근 김수영 연구 중 탈식민주의적 시각과 번역론이 보이는 문제를 지적하며, 김수영의 세대적 특징을 '한국어-일본어'의 이중언어 체계에서 파악해야 한다고 주장한다. 그리고 김수영의 「시작 노트 6」을 통해 '일본어 글쓰기'에 내포된 중층적 의미, 김수영의 시작(詩作)과 번역 체험의 관계, 실제 번역 과정에서 도출된 시의 리얼리티에 대한 새로운 관념과 방법론으로서 '자코메티적 발견'의 중요성을 지적한다.[6] 이 글은 김수영과 이중언어의 관계를 통해 그의 언어적 정체성과 스타일의 변모 양상이 통합적 관점에서 조명되어야 한다는 점을 역설한 것으로 김수영 관련 논의의 다양한 발전 가능성을 살필 수 있게 한다.

이상에서 살펴본 바와 같이 김수영의 '자코메티적 발견'과 관련된 논의들은 지속적으로 생산되어 왔으며, 김수영의 언어 의식과 미학을 규명할 수 있는 핵심적 열쇠로 주목받아 왔다. 그런데 지금까지의 논의들에서 김수영과 자코메티의 관련성은 「시작 노트 6」을 중심으로 주로 번역의 문제와 관련된 부분적 언급에 그치고 있다. "내 시의 비밀은 내 번역을 보면 안다"는 김수영 자신의 말에 크게 의지하여 번

---

5 임지연, 「시각성과 시적 세계관」, 『신생』, 2011.가을, 165-167쪽.
6 강계숙, 「김수영 문학에서 '이중언어'의 문제와 '자코메티적 발견'의 중요성—최근 연구 동향과 관련하여」, 『한국근대문학연구』 27호, 한국근대문학회, 2013, 187쪽.

역에서 드러나는 그의 언어관을 규명하는 데 주력했기 때문이다. 자코메티와의 관련성 역시 김수영이 「시작 노트 6」에서 직접 언급하고 있는 "자코메티적 변모"를 파악하는 데 치중돼 있다. 그러다 보니 김수영과 자코메티의 관련성을 대등한 상태에서 살피지 못하고 영향 관계로 설명하는 경향이 강하다. 김수영이 자신의 시 「눈」을 언급하며 "이 시는 〈폐허에 눈이 내린다〉의 여덟 글자로 충분하다. 그것이, 쓰고 있는 중에 자코메티적 변모를 이루어 6행으로 되었다."[7]고 한 것에 주목하여 이 시를 기점으로 김수영의 시가 급변한다고 파악한다. 그런데 이런 논의들에서 김수영 시의 실질적 변화에 대한 고찰은 나중의 과제로 미루어지고 있다. 그러니까 지금까지의 논의에서 김수영의 시작에 미친 자코메티의 영향에 대한 파악은 김수영의 시가 아닌 산문, 그것도 「시작 노트 6」에 쓰여 있는 자코메티에 대한 김수영의 직접적인 언급에 전적으로 기대고 있는 셈이다. 손종업이 지적한 것처럼 "시인은 이 짧은 한 편의 시행들이 자코메티적 변모에 대한 실증임에 감격한"[8] 것인데 연구자들은 이 시가 김수영의 시 속에서 자코메티적 전환을 보여 준다고 곧이곧대로 받아들인 것으로 볼 수도 있다. 이 시가 김수영 후기 시의 획기적 전환점을 이루는 시인지 아닌지는 김수영의 산문이 아닌 시를 통해 면밀하게 규명되어야 할 것이다. 김수영의 '자코메티적 발견'을 거론하는 연구들에 대한 또 다른 비판에서 "이들의 논의에서 자코메티적 방법에서 대상에 대한 나의 지향성에 초점을 두어 논의한 것은 문제이다. 오히려 자코메티적 방법의 핵심은 주관적인 태도로 대상을 보는 것을 배제한다는 점에 있

---

7 김수영, 「시작 노트 6」, 『김수영 전집 2―산문』(2판), 민음사, 2003, 452쪽.
8 손종업, 「김수영 시에 나타난 주체와 환대의 양상」, 『국어국문학』 169호, 국어국문학회, 2014, 227쪽.

으며 이것은 김수영의 경우도 마찬가지이다."[9]라고 지적한 것도 주목할 만하다. 자코메티와 김수영의 관련성을 제대로 파악하기 위해서는 김수영이 번역한 자코메티 관련 글에만 한정하지 않고 그들의 예술관과 방법론을 대등한 상태에서 비교해 보아야 한다. 김수영의 '자코메티적 발견'이 그의 미학적 관심의 핵심을 관통하고 있기 때문에 그 전후 사정을 보다 포괄적으로 이해할 필요가 있기 때문이다. 김수영과 자코메티는 시인과 화가라는 결정적인 차이가 있지만, '바로 보기'를 필생의 업으로 삼았던 예술가들로서, 이러한 목표를 실행해 가는 과정에서 놀라울 정도로 유사한 관점과 방법론을 보여 준다.

이에 이 글에서는 자코메티와 김수영의 작품 세계를 대등한 비중으로 다루며, 병렬적 구성으로 비교 분석할 것이다. 두 사람 모두 예술적 방법론에 대한 치열한 모색 끝에 독자적인 개성에 도달했다고 보고, 각자의 예술적 성취에 작용한 내적 동기를 추적하는 데 초점을 두기로 한다. 대상을 바라보는 '시선' 그 자체에 대한 근본적 사유가 두 사람의 예술관을 결정짓는 중핵에 해당한다고 보고, 특히 '시선'의 변화에 주목해 보고자 한다.

2장에서는 자코메티와 김수영에게서 공통적으로 드러나는 '시선'에 대한 회의의 배경 또는 동기를 살펴본다. 두 사람 모두 모더니스트로 출발해서 새로운 리얼리티를 찾아가는 과정을 보여 주는데, 이러한 변화를 일으키게 되는 현실적 동기를 추적해 볼 것이다. 전쟁이나 혁명 등 개인을 강타한 현실적 충격과 마주하여 이들이 기존의 시선에 대한 근본적인 반성을 행하며 예술과 현실의 접점을 새롭게 모색하게 되는 과정이 분석의 대상이 된다.

---

9 이미순, 「김수영의 시론과 '리얼리티'」, 『국어국문학』 165호, 국어국문학회, 2013, 499쪽.

3장에서는 이들이 기존의 시선에서 벗어나 독자적인 시선을 확보하게 되는 과정에서 보여 준 방법론에 대한 집요한 탐구의 양상을 살펴볼 것이다. 이들은 모더니스트로서 활동하던 시기에 자신의 개성을 이루던 추상적인 세계에서 벗어나 대상의 고유한 리얼리티를 포착하는 데 주력하게 되는 공통점을 보인다. 여기서는 이들이 대상에 대한 시각적 충실성에 고도로 집중하면서 대상의 리얼리티를 포착하는 자신만의 방법론을 획득하게 되는 과정에 주목한다.

4장에서는 이들이 도달한 새로운 리얼리티의 특성과 의의에 대해 거론할 것이다. 이들은 대상의 리얼리티를 탐색하는 과정에서 시선의 객체가 능동적인 실체가 되는 리얼리티의 새로운 차원을 발견하게 된다. 이로써 시선의 작용에서 주체에게 절대적인 권위를 부여했던 근대적인 틀에서 벗어나 타자의 삶을 새롭게 발견하게 되는 획기적인 전환점을 마련할 수 있게 된다. 여기서는 이들이 새로운 시선의 확보를 통해 리얼리티와 독창성의 일치에 이르게 되는 장면을 추적해 볼 것이다.

2. 시선의 주체에 대한 회의와 '바로 보기'의 열망

김수영과 자코메티는 예술에서 '시선'의 중요성을 간파하고 그 방법을 모색하는 데 각별한 과정을 보여 주었다. '보는 자(voyant)'로서의 시인이나 시각예술가인 화가나 조각가에게 시선의 중요성은 근본적인 것이지만, 김수영과 자코메티의 예술 행위에서 그것이 더 특별한 이유는 기존의 방식을 전면적으로 의심하고 끊임없는 질문과 함께 새로운 발견에 도달해 갔다는 점에 있다. 이들은 시선이라는 근대적 감각에서 주체가 누려온 확고한 위치에 의문을 제기하며 '바로 보기'의 새로운 방식을 집요하게 모색한다. 이러한 변화는 이들이 전쟁이나 혁명을 겪으며 가치관의 혼란과 회의를 경험한 것과 무관하지 않다. 의심 없이 받아들였던 이성적 주체의 시선이 갖는 한계를 인식하고 그것을 넘어서 바로 보려 하는 의지가 시선의 새로운 차원을 만나게 한 것이다. 이들은 모더니즘의 세례 속에 예술 활동을 시작했지만, 모더니즘 예술이 함몰되기 쉬운 자의식 과잉 상태에서 벗어나 현실과의 연결점을 찾으려 하는 과정에서 모더니즘과 리얼리즘의 경계를 넘어서는 시선의 가능성을 발견하게 된다.

자코메티는 김수영보다 20년 앞서 1901년 스위스에서 태어난다. 화가였던 아버지의 영향으로 일찍이 미술 교육을 받기 시작했고 1922년부터는 파리로 가서 평생 동안 그곳에서 활동하게 된다. 자코메티가 미술계에 알려지기 시작한 것은 1925년부터 시작한 관념적 공간 조형을 통해서다. 이 시기 그는 "자신의 작품을 상상 속에서 완전하게 형상화했으며, 눈에 보이는 형상의 세계 안에 눈에 보이지 않는 본질의 세계를 삽입시켜 통일 세계를 구성했다는 점에서 초현실주의 정신의 소유자였다."[10] 자코메티는 추상적이면서도 강렬한 조형 작업을 통해 초현실주의자들의 인정을 받고 1929년 초현실주의 협회의 정식 회원이 되어 초현실주의 조각을 대표하게 된다.

그런데 자코메티는 초현실주의 조각가로서 자신이 받은 전폭적인 지지에 안주하지 않고 시각의 표현에 대한 탐구를 심화시켜 간다. "세잔에 대해 깊이 연구하고 이어서 초현실주의에 몸담으면서, 자코메티는 주제가 작품의 중심이 되면 그 주제가 오히려 장애물이 되어 작품 자체를 부차적인 것으로 만들어 버릴 위험이 있다는 것을 깨달았다. 그래서 1934년부터는 조각에서 시도하던 새로운 방법을 회화

---

10 S. 알렉산드리아, 『초현실주의 미술』, 이대일 역, 열화당, 1984, 115쪽.

에도 적용하기로 했다. 즉, 주제를 포기한 것이다."[11] 주제를 포기한다는 것은 자신의 주관적 상상 속에 자리 잡은 이미지에서 강렬한 표현을 이끌어 내던 초현실주의적 방법에서 벗어나겠다는 선언이다. 이때부터 자코메티는 다시 모델을 두고 작업하는 전통적인 방식으로 돌아간다. "자코메티의 사물에 대한 진실한 노력은 대상과 적극적으로 만남으로써 가능할 수 있었다. 그는 가능한 한 자유로운 상태에서 무엇인가 찾고자 했다."[12] 자코메티는 주제를 상정하고 그것을 표현하는 방식보다 대상을 있는 그대로 바라보는 자유로운 상태에서 시각의 창조적 가능성이 더욱 확장된다는 것을 알게 된다. "어떤 그림이 실재를 표현하고자 할수록, 나는 그림의 요소들에 더 마음이 끌린다. 그것들은 처음에는 사물의 표상처럼 보이지 않는다. 하지만 결국 사물에 대한 시각을 재창조하는 것은 바로 그 요소들이다."[13]라는 자코메티의 말은 대상에 집중하여 그것을 있는 그대로 표현할수록 실재와 동일하게 될 수 있는 시각의 가능성이 실현된다는 뜻이다. 이러한 인식의 전환 이후 자코메티의 필생의 작업은 대상을 응시하며 사물이 순간적으로 드러내는 실재를 포착하는 데 바쳐진다. 그는 결코 한 순간도 온전히 제 모습을 드러내지 않는 실재를 시각적으로 재현하기 위해 수없이 응시하고 새기는 일을 반복해 나간다.

자코메티가 이토록 시각적 재현의 문제에 민감하게 반응한 것은 조각과 회화를 별개의 영역으로 파악하지 않고 같은 문제로 파악한 것과도 관련된다. 흔히 조각을 촉각적인 예술로 여겨 시각적 예술인 회화와 구분하는 것과 달리 자코메티는 회화적 원근법을 조각에도 그

11 베로니크 와이싱어, 『자코메티―도전적인 조각상』, 김주경 역, 시공사, 2010, 96쪽.
12 Yves Bonnefoy, *Giacometti*, trans. Jean Steward, Flammarion, 1991, p.269.
13 베로니크 와이싱어, 『자코메티―도전적인 조각상』, 96쪽.

대로 적용한다. 이런 방식으로 자코메티의 조각은 회화와 마찬가지로 공간의 실재성에 대한 탐구를 보여 주게 된다.

그의 조각은 이러한 회화적 요소들과 형태들로써 그의 그림과 더불어 확고한 전제를 낳았다. 이러한 작품들은 무한한 공간에 대한 경험을 즉시 감지할 수 있도록 만든다. 그래서 한 개의 방, 한 개의 캐비닛, 한 개의 테이블, 한 개의 의자, 몇 개의 작은 사물들로 표현되었으며, 표현된 사물이라는 것은 우연히 마주치는 것들이며, 사물들 속에서 조용하고 소리가 나지 않는 공간 감각은 자코메티의 공간으로 스며들어 눈에 의해 관통된 대상들 속에서 구체적인 것으로 된다.[14]

자코메티는 그의 시각에 포착된 사물들에서 무한한 공간과 사물의 관계를 파악하려 한다. 표현의 대상인 사물들은 저마다 그의 시선을 이끌어 들여 공간 속에서 지각된 실재성을 드러낸다. 대상이 갖고 있는 공간성은 자코메티의 집요한 시선과 만나 새로운 공간으로 재창조된다. 자신의 시각이 도달할 수 있는 극한까지 대상을 응시하고 표현하는 자코메티의 방식은 기존 회화나 조각의 관습에서 벗어나 실재를 표현하는 새로운 방식이 되었다. "내가 당신의 얼굴을 그린다는 것은, 아무도 탐험할 생각을 해 보지 않은 미지의 세계 속으로 들어간다는 뜻이오."[15]라는 자코메티의 말은 대상과 시각의 만남이 대상의 실재를 새롭게 드러내는 시각적 재창조의 과정이라는 사실을 의미한다.

두 차례의 세계대전을 겪으며 극도의 공포와 허무감에 빠져 있던

---

14 Honisch Dieter, "Scale in Giacometti's sculpture", *Alberto Giacometti: sculpture, paintings, drawings*, New York: Prestel, 1994, p.131.

15 베로니크 와이싱어, 『자코메티—도전적인 조각상』, 93쪽.

유럽의 예술가들 사이에서, 자코메티가 보여 준 대상에 대한 시선의 근본적 충실성은 예술이 현실과 만날 수 있는 접점을 제시한다. 자코메티는 자신의 내면에서 넘쳐 오르는 강렬한 이미지의 주제 의식에서 벗어나 대상을 있는 그대로 보는 방식이야말로 현실의 리얼리티와 직접 만날 수 있는 유일한 길이라는 것을 간파한다.

김수영은 1921년 서울 종로에서 출생하였으며 도쿄 유학 시기와 한국전쟁 전후를 제외하고는 줄곧 서울에서 살았다. 1968년 교통사고로 갑작스럽게 세상을 뜨게 되었기 때문에 1966년 숨진 자코메티와 사망 시기는 많이 차이 나지 않는다. 김수영은 1945년 『예술부락』에 「묘정의 노래」를 발표하면서 시인으로 활동을 시작하고, 1949년에는 김경린, 박인환 등과 『새로운 도시와 시민들의 합창』이라는 공동 시집을 내놓는다. 이 시집은 당시 기성 문단의 중심을 이루었던 '청록파'와 '생명파'의 전통적인 서정시에 반기를 든 모더니즘 경향의 시인들이 함께 엮은 것이다. 김수영은 이 시집에 「아메리카 타임지」와 「공자(孔子)의 생활난」이라는 두 편의 시를 내놓았는데 이 중에서도 「공자의 생활난」은 난해하고 추상적인 그의 초기 시를 대표한다. 그러나 이 시는 '바로 보기'와 관련된 김수영의 확고한 태도를 내포하고 있기 때문에 그의 시선의 지향점을 짐작하는 데 긴요하다.

꽃이 열매의 상부에 피었을 때
너는 줄넘기 장난을 한다

나는 발산한 형상을 구하였으나
그것은 작전 같은 것이기에 어려웁다

국수 이태리어는 마카로니라고
먹기 쉬운 것은 나의 반란성(叛亂性)일까

동무여 이제 나는 바로 보마
사물과 사물의 생리와
사물의 수량과 한도와
사물의 우매와 사물의 명석성을

그리고 나는 죽을 것이다[16]

　이 시는 '나'라는 주체가 등장하여 '너'를 관찰하고 자신을 성찰하
며 바로 보겠다는 결의를 다지는 내용으로 이루어져 있다. 시의 전반
부에서 눈에 띄는 것은 '너'의 "줄넘기 장난"이 경쾌하고 쉬워 보이는
것에 비해 '내'가 "발산한 형상을 구"하는 것은 "작전 같은 것이기에
어려웁다"는 대조적 상황이다. "장난"의 자발성과 수월성에 비해 "작
전"은 계획적인 것이며 성공하기 어려운 것이다. '네'가 "줄넘기 장
난"을 하듯 '나' 또한 "발산한 형상"을 시도하지만 그것은 결코 쉽지
않은 일이다. 3연에서는 갑자기 "국수"가 등장하여 비약이 심하지만,
앞부분의 "어려웁다"와 "먹기 쉬운"의 "쉬운"이 대조를 이루며 연결
점을 드러낸다. '나'는 "쉬운 것"을 "반란성"과 관련시킨다. '나'에게
"국수"를 먹는 것은 '너'의 "줄넘기 장난"처럼 쉬운 일이고 그것으로
는 "나의 반란성"을 표출할 만하다고 할 수 있다.
　후반부는 갑자기 어조가 바뀌며 바로 보겠다는 결의를 드러낸다.

---

16 김수영, 「공자(孔子)의 생활난」, 『김수영 전집 1―시』(2판), 민음사, 2003, 19쪽.

시의 문맥상 "동무"는 '나'와 함께 등장하고 있는 '너'로 볼 수 있을 것이다. "줄넘기 장난" 같은 "발산한 형상"을 수월하게 하는 "동무"에게 그것을 "작전"같이 어렵게 여기고 있는 '내'가 비장하게 선언한다. "발산한 형상"을 구하기 위해서는 '바로 보기'가 필요하며 그것은 "사물과 사물의 생리", "사물의 수량과 한도", "사물의 우매와 사물의 명석성"을 살피는 일과 다르지 않다. 한마디로 사물을 사물 그 자체로 꿰뚫어 봐야 한다는 것이다. "바로 본다는 것은 대상을 사람들이 그 대상에 부여한 의미 그대로 이해하지 않고, 그 나름으로 본다는 것을 뜻한다. 그의 반란성은 그 비습관적이며, 비상투적인 그의 대상 인식을 지칭하는 어휘이다."[17]라는 말처럼 '바로 보기'는 기존의 관습적 이해를 벗어나 사물을 그 자체로 인식한다는 점에서 반란성을 내포한다. '바로 보기'라는 필생의 "작전"이 "발산한 형상"을 구하며 성공하는 순간은 관습적 사고에 대한 반란성이 극점에 도달하여 완전히 새로운 발견을 이루는 것을 뜻한다. 그것은 "조문도 석사가의(朝聞道 夕死可矣)"라고 공자가 말한 바와 같이 깨달음의 절대 경지이다. "줄넘기 장난" 같은 가벼운 반란성이야말로 그러한 경지에 도달할 수 있는 비결일 것이다. 그러나 '나'에게 그것은 "작전 같은 것이기에 어려웁"고 다만 '바로 보기'를 통해 힘겹게 도달할 수 있는 필생의 일이다.

'바로 보기'는 김수영이 평생 동안 실천해 가게 될 시작(詩作)의 기본 태도이므로, 이러한 자신의 결의를 드러낸 이 시는 그의 시 세계를 열어젖히는 서시에 해당한다고 볼 수 있다. 그에게 '바로 보기'는 반란성과 뗄 수 없이 연결된 의심과 부정의 방법이다. 이러한 반란성은 기존의 모든 관습적 시선을 벗어나 사물을 온전히 자신의 방식으

---

17 김현, 「자유와 꿈」, 『김수영의 문학』, 민음사, 1983, 106쪽.

로 보려는 각오를 내포한다. 이후 그의 시는 당시 시단의 어떤 경향과도 다른 새로운 시선을 드러내게 된다. 김수영 시의 반란성은 일차적으로 당시 시단의 주류를 형성하고 있던 전통적인 서정시의 관습적 태도와 전혀 다른 양상을 표출하며 나아가 공동 시집을 엮은 당시 모더니즘 시인들과도 변별점을 보인다. 전통적인 서정시에 내재하는 재래적 시선이나 모더니즘 시에 내포된 외래적 시선이 모두 기왕에 형성된 기준에 의거하여 작동하는 것에 비해 김수영의 '바로 보기'는 이 모든 기성화된 시선을 부정하고 온전히 자신만의 시선으로 사물을 마주하겠다는 결의를 내포한다. 김수영의 시에 나타나는 시선의 주체에 대한 끊임없는 의심은 사물 본연의 이치를 바로 보겠다는 철저한 태도에서 기인하는 것이다. 김수영은 자코메티와 마찬가지로 시선의 절대성을 부정하고 그것이 대상과 주체의 관계 속에서 변화해 가는 양상을 끊임없이 추적해 간다. 이들이 현대 예술에서 시선이 갖는 미학적 가치를 대표할 수 있는 경지를 보여 준 데는 이러한 회의와 탐구의 열정이 자리 잡고 있다.

3. 고독한 응시와 과정으로서의 리얼리티

기성화된 관점에서 벗어나 철저하게 자신만의 시선으로 대상과 마주하려는 자코메티와 김수영의 자세는 시각적 인식과 관련된 방법론의 확충을 가져온다. 일체의 선입견에서 벗어나 대상을 바로 보려는 이들의 각오는 고독하고 투철한 응시를 필요로 하는 것이다. 이들은 평생 동안 거의 한 도시에 머물며 전업 화가 겸 조각가, 또는 전업 작가로서 자신의 예술 활동에 전념한다. 그들이 이러한 예술적 삶을 통해 추구한 것은 예술 작품의 양적 생산이나 예술가로서의 명성이 아니라 사물을 이해하는 자신만의 방법을 수립하는 것이었다. 그들은 표현의 적실성보다 예술가 자신의 개념을 중시하는 현대 예술의 미학적 핵심을 실천해 나간 선구자들이다.

자코메티는 초현실주의에서 방법을 바꾸어 다시 모델을 놓고 작업하기 시작하면서 대상을 있는 그대로 재현하기 위해 놀라울 정도로 집요한 태도를 보여 준다. 한때 자코메티의 모델이었던 제임스 로드가 그의 작업 과정을 그대로 기록한『작업실의 자코메티』에는 그러한 작업 방식이 생생하게 드러난다. 제임스 로드는 1964년 9월 12일부터 10월 1일까지 자코메티의 모델이 되는데, 자코메티가 감기 때문에 작업을 하지 못한 9월 25일 하루를 뺀 18일 동안 작업은 계속된다. 자코메티는 이 기간 동안 거의 날마다 새로운 그림을 그린다. 눈앞의 대상을 그대로 그리지 못해 끝없이 회의하며 그리기와 지우기를 반복하는 자코메티의 모습을 보며 제임스 로드는 "그 순간 거기서 벌어지는 일은 아무리 들여다보아도 가끔씩밖에는 모습을 드러내지 않는 리얼리티를 시각적으로 표현해 내기 위해 지치지도 않고 벌이는 분투라고밖에 할 수 없는 것이었다."[18]고 말한다. 이는 자코메티의 작업이 정밀한 보완을 통해 작품을 완성시키는 과정이었다기보다 대상이 순간적으로 드러내는 리얼리티를 포착하려는 불가능에 가까운 시도였음을 짐작하게 한다. 이러한 화가의 방식에 어느새 동화된 제임스 로드는 "나는 그가 초상화를 흔히 보던 대로 끝낼 거라고는 기대해 본 적도 없었다. 내가 관심을 가졌던 것은 끝없이 변형되는 과정에서 그 나름대로 최고의 진실에 근접했다고 여겨져서 그만 떠나야 하는 지점, 세잔의 식으로 말하자면 '버려야 할' 지점의 조건이 어떤 것인가 하는 것뿐이었다."[19]고 한다. 자코메티는 대개의 초상화처럼

18 제임스 로드, 『작업실의 자코메티』, 오귀원 역, 을유문화사, 2008, 149쪽.
19 제임스 로드, 『작업실의 자코메티』, 184쪽.

대상의 외형을 기준으로 그것이 얼마나 유사하게 재현되었는지에는 관심이 없었다. 그는 자신이 보는 것을 완벽하게 재현하고자 했다. 계속 움직이고 변하는 대상을 동일하게 재현하는 것은 불가능한 일이기 때문에 자코메티의 작업은 실패를 거듭하는 고통스러운 과정일 수밖에 없다. 그렇지만 자코메티는 아주 잠깐씩 모습을 드러내는 대상의 리얼리티를 만나기 위해 무수한 그리기와 지우기를 마다하지 않았다.

자코메티는 조각에 있어서도 매우 빠른 속도로 쉬지 않고 작품을 수정해 나가는 방법을 사용했다.[20] "공포를 느낄 정도로 나의 조각품들은 점점 작아졌다. 점점 작아져도 이 조각들은 나에게 거북스럽게 느껴지기는 마찬가지였다. 그래도 나는 지치지 않고 계속했다. 작품이 완성된 수개월 뒤에도 나의 심경은 처음 그대로였다. 커다란 작품은 나에게는 거짓스럽게 보였으며, 작은 것은 안타깝게 생각되었다. 나의 작품은 점점 소문자처럼 작아져서 때로는 먼지가 되어 사라질 것 같다."[21]라는 고백은 시각적 진실에 도달하기 위한 그의 집요한 모색을 보여 준다. 대상의 외현 너머에 있는 더 이상 덜어 낼 수 없는 근원적인 형태에 도달하기 위해 끝없이 없애고 또 없애 버리는 과정에서 그의 조각은 볼륨이 거의 사라진 앙상한 형태가 된다. 이런 작업 방식을 통해 자코메티는 일체의 군더더기가 제거된 대상의 고유한 리얼리티를 표현해 낸다. 다른 무엇으로 대체할 수 없는 대상의 고유성이 드러난 이 순간 시선의 주체는 완전히 사라지고 대상만이 자신의 무한한 공간을 창출하게 된다. 자코메티의 꿈은 작품 뒤로 자기 자신

---

20 만들고 → 없애고 → 덧붙이고 → 없애 버리고 → 늘이고 → 빼고 → 고치는 자코메티의 작업 방식은 세잔 이후 '근원적인 형태'를 가능하게 한 것으로 평가된다. Bernard Lamarche-Vadel, *Giacometti*, New York: Tabard Press, 1989, p.7.

21 이일, 『현대미술의 시각』, 미진사, 1985, 112쪽.

이 완벽하게 사라져 버리고, 각개의 대상이 지닌 무한한 고독을 드러내는 것이었다. 이러한 자코메티의 작업은 대상에 대한 놀랄 만한 존경심을 내포하고 있다.[22] 자코메티는 대상만을 응시하는 철저한 고독 속에서 대상이 지닌 고유한 리얼리티를 포착한다. 이렇게 남겨진 자코메티의 그림이나 조각은 무한한 세계 속에 홀로 놓여 있는 존재의 근원적인 감각을 일깨운다.

「공자의 생활난」에서 '바로 보기'의 결의를 다진 후 김수영은 일상의 매 순간을 직시하며 집요한 관찰을 행한다. 그는 시선의 주체로서 자신을 둘러싼 억압과 허위를 간파하고 비판한다. "김수영의 시에서 '본다'는 것은 시적 주체가 '보는 주체'로서의 자신의 위상을 세우고 그것을 억압하고 좌절시키는 상황과 싸우려는 의지를 보여 주는 행위이다. 그래서 시적 주체는 '본다'는 행위를 통해 세계를 인식하고 자기 내부의 억압과 허위를 성찰하는 존재로서 자신을 정립한다."[23]

4.19 혁명은 '보는 주체'로서 그의 시선이 외부 현실로부터 자신의 내부를 향하게 되는 외적 요인이 된다. "답답하더라도/답답하더라도/요 시인/가만히 계시오/민중은 영원히 앞서 있소이다/요 시인/용감한 착오야/그대의 저항은 무용(無用)/저항시는 더욱 무용/막대한 방해로소이다/까딱 마시오 손 하나 몸 하나/까딱 마시오/눈 오는 것만 지키고 계시오……."(「눈」)에서처럼 그는 외부의 적에 대한 자신의 직접적인 저항이 무용하거나 무력하다는 것을 깨닫는다. 저항시로서 행동을 대신하는 것은 더욱 어리석은 방법이라고 생각하게 된다. 4.19는 비록 실패한 혁명이지만 현실의 억압을 타개할 세력으로 민중을

---

22 장 주네, 『자코메티의 아틀리에』, 윤정임 역, 열화당, 2007, 18-60쪽 참조.
23 이광호, 「김수영 시에 나타난 시선의 정치학」, 『한국문학이론과 비평』 52집, 한국문학이론과비평학회, 2011, 216쪽.

발견할 수 있게 하였다. 그는 "영원히" 앞서 있는 민중과 시인을 구분하며 시인의 역할은 다만 가만히 "지키고" 있는 것이라고 본다. 섣부른 저항시는 앞서나가는 민중의 힘을 호도하며 "막대한 방해"가 될 수 있다. 그는 "손 하나 몸 하나/까딱"하지 않고 오직 눈으로만 대상을 지켜볼 것을 다짐한다. 이는 시선의 주체로서의 위상을 내려놓고 대상에 대한 시각적 충실성을 극대화하겠다는 뜻이다. 그는 외부의 적에 대한 과격한 투지에서 벗어나 대상을 있는 그대로 바라보려는 수동적인 자세를 견지하게 된다. 이제 김수영의 시에서 시선의 주체는 자신의 내면으로 투사되는 대상을 응시하는 집요하고 고독한 작업에서 '바로 보기'의 새로운 방법론을 모색하게 된다.

김수영은 「눈」이라는 제목으로 세 편의 시를 쓰는데, 위 시는 4.19 혁명 직후인 1961년 1월 3일에 쓴 것이고 1956년과 1966년에도 각각 한 편씩을 쓴다. 두 시를 비교해 보며 '바로 보기'의 방법이 어떻게 변했는지를 살펴보도록 한다.

①
눈은 살아 있다
떨어진 눈은 살아 있다
마당 위에 떨어진 눈은 살아 있다

기침을 하자
젊은 시인이여 기침을 하자
눈 위에 대고 기침을 하자
눈더러 보라고 마음 놓고 마음 놓고
기침을 하자

눈은 살아 있다
죽음을 잊어버린 영혼과 육체를 위하여
눈은 새벽이 지나도록 살아 있다

기침을 하자
젊은 시인이여 기침을 하자
눈을 바라보며
밤새도록 고인 가슴의 가래라도
마음껏 뱉자[24]

②
눈이 온 뒤에도 또 내린다

생각하고 난 뒤에도 또 내린다

응아 하고 운 뒤에도 또 내릴까

한꺼번에 생각하고 또 내린다

한 줄 건너 두 줄 건너 또 내릴까

폐허에 폐허에 눈이 내릴까[25]

---

24 김수영, 「눈」, 『김수영 전집 1—시』(2판), 123쪽.
25 김수영, 「눈」, 『김수영 전집 1—시』(2판), 322쪽.

1956년 작인 ①에서 눈은 시선의 주체가 자신의 내면을 투사하는 대상이다. 이 시에서 눈은 오직 "살아 있다"는 사실로 주체의 눈길을 끌고 있다. 시선의 주체는 눈이 촉발한 이 감각에 힘입어 적극적으로 자신의 내면을 토로한다. 살아 있는 눈에 대고 기침을 하자며 능동적인 반응을 한다. 이에 비해 1966년 작인 ②에서 시선의 주체는 거의 존재를 드러내지 않고 대상을 바라보는 것에만 집중한다. 이 시에서는 눈이 내리고 있는 현상 그 자체를 그리고 있을 뿐이다. 시선의 주체는 오직 그 현상을 포착할 뿐 그것에 자신의 내면을 투사하지 않는다.

①에서는 눈의 묘사 이상으로 시선의 주체가 자신의 내면을 드러내면서 행동을 보인다. "죽음을 잊어버린 영혼과 육체를 위하여" 눈이 살아 있는 것처럼 자신도 밤새 깨어 있으면서 가슴의 가래라도 마음껏 뱉자고 다짐한다. 눈은 어느새 시선의 주체가 품은 내면의 결의를 대변하는 대상이 되어 있다. 이 시에서 드러나는 '바로 보기'란 현실에서 깨어 있는 의식을 지키며 살아야겠다는 삶의 태도와 관련이 있는 것이다. 이에 비해 ②에서는 눈의 묘사로 일관한다. 시선의 주체는 대상만을 주시하며 관찰자로서 자신의 역할을 한정하고 있다. 이 시에서 '바로 보기'는 대상에 대한 투철한 응시를 통해 실현되고 있는 것이다.

연 구성의 방법을 보아도 ①은 눈을 묘사한 부분과 내면을 투사한 부분이 연속적으로 교차하면서 눈을 통해 내면의 결의를 표출하려는 의도가 드러난다. 이에 비해 ②는 1행 1연의 구성으로 많은 여백을 두며 눈이 내리는 장면을 시각적으로 표현하고 있다. 이 시에서 눈은 여백으로 인해 천천히, 그러나 지속적으로 내린다는 느낌을 준다. 이 시가 오직 눈이 내린다는 현상에만 집중되어 있다는 것은 "생각"이라는 어휘의 변주에서도 잘 드러난다. 처음 이 "생각"이 나타나는 2연에서는 누구의 생각인지가 분명하지 않다. "눈이 온 뒤에도 또 내린다"는 주체의 생각일 수도 있는데 다음 연의 "응아 하고 운 뒤에도"와 이어지면서 대상의 생각처럼 전환되고 있다. 따라서 4연의 생각은 "눈"의 생각이 되어 버린다. 이 시에서 생각의 내용은 중요하지 않다. 생각이라는 과정을 통해 주체와 대상이 이어지면서 눈이 내리는 현상이 계속적으로 인지된다는 사실이 중요하다. "생각"을 통해 이러한 과정이 연습되었기 때문에 "한 줄 건너 두 줄 건너 또 내릴까"에 대해서도 마찬가지로 받아들일 수 있다. 여기서의 "한 줄 건너 두 줄"은 이 시가 쓰인 지면을 뜻하기도 하지만, 뒤에 나오는 "폐허"와 이어지면서 넓은 여백과 같은 무한한 공간으로 확장된다. 눈이 내린다는 현상의 지속성은 "내릴까"라는 의문을 "내린다"라는 확신으로 읽어 내게 만든다. 마치 4.19 혁명 직후에 쓴 「눈」에서 "눈 오는 것만 지키고 계시오"라고 했던 다짐을 실천한 것처럼, 이 시에서는 눈이 내린다는 현상의 지속성을 시각적 리얼리티 그 이상의 차원으로 펼쳐 보이고 있다.

김수영은 1966년에 쓴 「눈」에 대해 "이 시는 〈폐허에 눈이 내린다〉의 여덟 글자로 충분하다. 그것이, 쓰고 있는 중에 자코메티적 변모를 이루어 6행으로 되었다. 만세! 만세! 나는 언어에 밀착했다. 언어와 나 사이에는 한 치의 틈서리도 없다."[26]라며 흥분한다. "폐허에 눈이 내린다"로 충분한 내용을 6행으로 쓴 것이 "자코메티적 변모"라는 것은 자코메티가 대상의 리얼리티에 도달하기 위해 무수한 그리기와 지우기를 반복했던 과정을 연상했기 때문이다. "언어와 나 사이에는 한 치의 틈서리도 없다"라는 말은, 자코메티가 대상 외에는 일체의 외부적 요소들을 제거하려 했던 것처럼, 자신이 이 시에서 시선의 대상을

---

26 김수영, 「시작 노트 6」, 『김수영 전집 2—산문』(2판), 452쪽.

제외한 모든 관념을 제거하고 현상에 집중했다는 것을 뜻한다.

또 다른 글에서 김수영은 "〈제정신〉을 갖고 산다는 것은, 어떤 정지된 상태로서의 〈남〉을 생각할 수도 없고, 정지된 〈나〉를 생각할 수도 없는 일"이며 "이러한 모든 창조 생활은 유동적이고 발전적인 것이다. 여기에 순간을 다투는 어떤 윤리가 있다. 이것이 현대의 양심이다."[27]라고 한다. 이를 통해 그가 창조 생활이란 정지된 상태 없이 끊임없이 대상의 리얼리티를 찾아가는 과정이라고 분명하게 인식했다는 것을 알 수 있다. 시시각각 변하는 대상의 리얼리티를 포착하기 위해 정지하지 않는 이러한 '바로 보기'의 방식은 자코메티의 작업 방식과 흡사하다. 현실에 대한 어떤 강력한 선언보다 자신이 바라보는 대상의 리얼리티를 찾기 위해 끝없이 분투하는 과정에서 예술가의 양심을 발견했다는 점에 그들의 창조 활동이 지닌 현대성이 드러난다.

4. 타자의 발견과 관계의 재구성

자코메티와 김수영은 대상을 향한 투철한 시선을 견지한 끝에 시선의 주체에 절대적인 권위가 부여되었던 근대적 감각의 틀에서 벗어나 주체와 타자의 관계를 재발견하는 새로운 인식에 도달하게 된다. 자코메티와 김수영에게 시선의 대상이란 세상과 만나는 접점이다. 그들은 대상의 드러남을 집요하게 바라보면서 그것과 자신의 관계를 재설정하고 시시각각 변하는 삶의 리얼리티를 발견하게 된다.

자코메티 이전의 미술계는 시선의 주체가 절대적 위치를 차지하고 있었던 근대적 시각의 특성을 오랫동안 유지했으며 1차 세계대전 후에는 이성에 대한 부정과 반발로 지극히 개인적인 시선과 상상에 의

---

27 김수영, 「제정신을 갖고 사는 사람은 없는가」, 『김수영 전집 2—산문』(2판), 187쪽.

존하는 초현실주의 등의 모더니즘이 나타난다. 자코메티 자신도 초현실주의를 대표하는 화가로 활약하기도 했으나 어느 순간부터 지나치게 개인적인 상상의 세계에 회의를 느끼고 다시 모델 작업을 통해 세상과의 접점을 마련한다. 이로써 화가의 시선이 갖는 권위를 버리고 대상을 중심에 두고 관조함으로써 사물의 자발적 변화를 파악할 수 있게 된다.

자코메티는 시선의 주체가 아닌 관찰자로서 매 순간 충실을 기한다. 시선의 주체가 보이는 이러한 태도의 변화에 따라 "현상으로서의 존재자는 관찰하는 자에게 명료하게 보이며 스스로를 나타내"[28]게 된다. 자코메티의 작업이 무수히 반복되는 이유는 대상이 스스로를 드러내는 이러한 순간을 포착하기 위해서다. 대상은 더 이상 수동적인 대상으로 머물지 않고 시선을 이끌어 가는 능동적인 실체가 된다. 시선의 주체와 타자 사이의 일방적 관계는 해체되고 개방된 시선의 작용 속에서 재정립된다. 대상을 향한 자코메티의 충실성은 대상이 지닌 리얼리티를 새롭게 발견하는 방법이 된다. 자신의 개성을 버리고 대상에만 집중하는 이러한 방법은 아이러니하게도 자코메티만의 확실한 개성을 형성한다.

공간 구성에 유난히 민감했던 자코메티의 작업 특성은 사람들 간의 관계가 만들어 내는 거리를 중시했던 그의 의식을 반영한다. "매 순간 사람들은 모였다가 헤어지며, 또다시 만나기 위해 서로를 향해 다가온다. 그래서 그들은 몹시도 복잡한, 살아 움직이는 구성을 이루었다가 다시 변형시키는 일을 끊임없이 반복한다. 내가 구상하는 작

---

28 루돌프 아른하임, 『시각적 사고—미술의 인지심리학적 기초』, 김정오 역, 이화여자대학교 출판부, 2004, 51쪽.

품들 속에서 포착하고 싶은 것이 바로 이런 삶의 총체이다."[29] 시선의 주체와 타자의 관계, 공간과 대상의 관계에 주목할 때 눈앞의 사물은 단순한 관찰의 대상을 넘어 끊임없이 움직이고 변하는 능동적인 작용을 하게 된다. 사람들이 살아가는 삶의 공간이 그렇듯이 자코메티가 그리고자 한 공간은 구성원들이 살아 움직이며 끝없이 변하는 "삶의 총체"였던 것이다. "삶의 총체"를 파악하기 위해서는 주체의 시선을 이끌며 계속 변해 가는 대상의 리얼리티를 부지런히 쫓아가야 한다. 무수히 반복적인 과정을 수행하는 자코메티의 작업은 시시각각 변하는 대상의 리얼리티를 포착하기 위한 것이다. 이런 과정에서 시선의 주체와 대상의 관계는 역전되어 대상의 리얼리티가 시선의 주체를 이끌어 가는 형국이 된다.

우리들이 참되게 보는 것에 밀접하게 달라붙이면 달라붙을수록, 더욱더 우리들의 작품은 놀라운 것이 될 거예요. 레알리떼는 비독창적인 것이 아녜요. 그것은 다만 알려지지 않고 있을 뿐예요. 무엇이고 보는 대로 충실하게 그릴 수만 있다면, 그것은 과거의 걸작들만큼 아름다운 것이 될 거예요. 그것이 참된 것이면 것일수록, 더욱더 소위 위대한 스타일(樣式)이라고 하는 것에 가까워지게 되지요.[30]

김수영이 번역한 자코메티의 이 말에는 자코메티의 예술적 지향이 핵심적으로 드러난다. 시선의 주체가 자신의 고정된 관점을 버리고 대상에 밀착할수록 대상은 "알려지지 않고 있을 뿐"이었던 자신의

29 베로니크 와이싱어, 『자코메티―도전적인 조각상』, 88쪽.
30 칼톤 레이크, 「자꼬메띠의 지혜」, 김수영 역, 『세대』, 1966.4, 299쪽.

리얼리티를 드러낸다. 바로 그 리얼리티를 충실하게 포착하는 것이야 말로 미적으로 탁월한 "위대한 스타일"에 다가갈 수 있는 길이다. 일 반적인 견해와 달리 리얼리티와 독창성을 일치시키는 데서 자코메티 특유의 새로운 인식이 드러난다. 자코메티가 추구한 위대한 스타일은 종래 미술에서 시선의 주체가 가졌던 권위를 내려놓고 대상의 리얼리 티를 있는 그대로 그려 냄으로써 가능해지는 것이다. 시선의 주체로 서 자신을 한껏 드러낼 수 있는 독창적 스타일을 포기함으로써 오히 려 더욱 근본적인 독창성에 도달하게 된다는 생각이다. 자코메티는 "아름다운 것"과 "참된 것"이 일치하는 상태에서 예술의 위대한 스타 일이 발생하는 것으로 보았다. 더 정확하게는 "참된 것"을 실천함으로 써 "아름다운 것"에 이르는 데서 예술의 새로운 독창성을 발견했다.

대상의 리얼리티와 삶의 총체를 포착하려는 자코메티의 작업은 리 얼리티를 포착하려 한다는 점에서 리얼리즘적 예술과 목표를 같이하 지만 시선 주체의 절대적 권위를 포기하고 주체와 타자의 관계가 새 롭게 설정되면서 생겨난 과정 중심의 표현 방식이 전에 없는 개성을 창출하게 되면서 모더니즘에서 중시하는 예술의 자율성을 실천하게 된다. 이로써 자코메티는 리얼리즘이나 모더니즘이라는 틀로 규정할 수 없는 독자적인 영역을 개척한다. 자코메티가 도달한 독창성은 다 른 무엇보다도 주체의 시선이라는 근대적 틀을 벗어나면서 가능해진 것이다.

김수영 역시 리얼리즘이나 모더니즘이라는 기존 예술의 틀을 벗어 나 바로 보겠다는 자신의 의지와 독자적인 방법론의 모색을 통해 새 로운 시각적 발견에 이르게 된다. 초기에 시선의 주체로서 주도적인 역할을 수행하던 것에 비해 혁명 이후 타자들의 자율적인 움직임에 주목하게 되는 확연한 변화를 보여 준다. 혁명을 통해 그는 자신이 전혀 움직일 수 없는 세상을 움직이는 타자들의 힘을 목도하고 그것을 포착하는 데서 자신의 역할을 발견한다. 자신의 시선이 지닌 한계를 뚜렷하게 인식하게 되면서 주체와 타자의 관계가 재구성된다. 시선의 주체는 결코 대상을 장악하지 못하고 시시각각 변하는 그것을 순간적으로 바라볼 수 있을 뿐이다.

"어둠 속에서도 불빛 속에서도 변치 않는/사랑을 배웠다 너로 해서//그러나 너의 얼굴은/어둠에서 불빛으로 넘어가는/그 찰나에 꺼졌다 살아났다/너의 얼굴은 그만큼 불안하다//번개처럼/번개처럼/금이 간 너의 얼굴은"(「사랑」)[31]에서 '너'는 자코메티가 마주하고 있는 대상처럼 "몹시도 복잡한, 살아 움직이는 구성"을 하고 있기 때문에 그만큼 불안하다. '너'의 리얼리티는 "어둠 속에서도 불빛 속에서도 변치 않는/사랑" 같은 것이지만 시선의 주체는 그것을 오직 "불빛" 속에서만 포착할 수 있다. 김수영은 시선의 주체가 갖는 절대적인 권위를 인정하지 않고 번개처럼 아주 잠깐 대상을 비추는 불빛 속에서만 그것을 포착하는 정도로 시선이 갖는 한계를 표현한다. 타자가 지닌 "변치 않는" 리얼리티를 포착하기 위해 시선의 주체는 매 순간 변전하는 대상에 집중해야만 한다. 눈앞의 대상이 시선의 주체를 이끌어 가게 되면서 주체와 타자의 관계는 역전된다. 능동적인 타자에 비해 주체는 수동적인 태도를 견지하게 되는 것이다. 이러한 태도의 변화에는 대상의 리얼리티는 살아 움직이는 것이며 주체의 시선은 그것을 온전히 파악하기에는 절대적인 한계를 지니고 있다는 인식의 변화가 작용하고 있다.

혁명을 거치며 살아 있는 민중의 힘을 목격한 김수영은 그것이 늘

---

31 김수영, 「사랑」, 『김수영 전집 1—시』(2판), 211쪽.

시선의 주체를 앞서가며 변모한다는 것을 자각하게 된다. 이제 그는 시선의 주체로서 자신의 위치를 한껏 낮추고 그들의 움직임을 그려내는 데 집중한다. 김수영의 시는 후기로 갈수록 작은 사물들에 대한 관심이 커지고 그들의 변화무쌍한 움직임에 민감해진다.

누구한테 머리를 숙일까
사람이 아닌 평범한 것에
많이는 아니고 조금
벼를 터는 마당에서 바람도 안 부는데
옥수수잎이 흔들리듯 그렇게 조금

바람의 고개는 자기가 일어서는 줄
모르고 자기가 가닿는 언덕을
모르고 거룩한 산에 가닿기
전에는 즐거움을 모르고 조금
안 즐거움이 꽃으로 되어도
그저 조금 꺼졌다 깨어나고

언뜻 보기엔 임종의 생명 같고
바위를 뭉개고 떨어져 내릴
한 잎의 꽃잎 같고
혁명 같고
먼저 떨어져 내린 큰 바위 같고
나중에 떨어진 작은 꽃잎 같고

나중에 떨어져 내린 작은 꽃잎 같고[32]

　가장 후기작인 「꽃잎 1」, 「꽃잎 2」, 「꽃잎 3」, 「풀」 등 작은 자연물을 소재로 한 시들은 김수영 시에서 시선의 주체가 어떻게 변모했는지를 잘 보여 준다. 위의 시 「꽃잎 1」의 첫 연은 꽃의 시선을 담고 있다. 바람에 흔들리는 꽃잎의 움직임을 묘사한 장면에서, "누구한테 머리를 숙일까"라며 꽃이 화자로 등장한다. 꽃의 "머리"는 인격화된 꽃의 존재를 드러내면서도 "사람이 아닌 평범한 것에/많이는 아니고 조금" 그것을 숙이겠다고 한다. 여기서 "사람"은 꽃보다 우위에 있는 존재를 가리킨다. 굳이 "사람이 아닌 평범한 것"에 머리를 숙이겠다는 말은 상하의 권력관계를 인정하지 않겠다는 뜻이다.

　두 번째 연에서는 바람의 움직임을 묘사한다. 바람도 인격화되어 사람처럼 고개를 일으켜 일어서서 언덕을 넘고 산을 넘어 꽃에게 와 닿는다. 바람은 그것이 즐거움인 줄도 모른 채 계속 움직이며 꽃에 이르러 조금 꺼졌다 깨어나며 꽃과 하나가 된다. 「풀」에서 바람과 풀이 보여 주는 미묘한 운동의 전조처럼 이 시에서는 바람이 풀과 만나 하나가 되는 순간을 눈에 잡힐 듯 그려 낸다.

　세 번째 연부터는 앞서 꽃잎과 바람의 움직임을 묘사하는 데만 집중되었던 주체의 시선이 전경화된다. "언뜻 보기엔"이라고 하여 주체의 시각적 판단을 전면에 드러낸다. 전반부에서 묘사한 꽃잎과 바람의 미묘한 움직임에서 시선의 주체가 느끼는 주관적 인상이 펼쳐진다. "임종의 생명" 같은 연약한 꽃잎이 "바람도 안 부는데" 바람보다도 먼저 움직이고 바람이 닿자 떨어져 내리는 모습에서 "혁명" 같은

---

32 김수영, 「꽃잎 1」, 『김수영 전집 1—시』(2판), 348쪽.

역동적인 운동을 발견한 것이다. 꽃잎의 역동적인 움직임이 "임종의 생명"처럼 연약하지만 "바위를 뭉개고 떨어져 내릴" 것처럼 강력한 살아 있는 힘을 느끼게 한 것이다.

자연물의 묘사 중에 느닷없이 등장한 "혁명"이라는 시어는 김수영이 "꽃잎", "풀", "겨자씨", "살구씨" 같은 작은 생명체에 각별한 관심을 보인 이유를 내비친다. 이런 작은 생명체들이야말로 끝없이 움직이며 변화하기 때문이다. 바람이 혁명의 조짐이라면 그것은 민초들의 움직임에서 가장 먼저 나타나게 된다. 그들은 바람이 일기 전부터 움직이고 바람에 따라 예민하게 눕거나 일어선다.

김수영은 「풀」에서 이러한 운동의 역학을 사실적으로 그려 낸다. 이 시는 "혁명"을 거론하지 않지만 그 움직임을 가장 실감 나게 펼쳐 내고 있다. 「풀」에 이르러 비로소 일체의 관념이 제거되고 대상의 고유성이 드러나게 된다. 「꽃잎 3」의 마지막 부분은 「풀」에 이르는 가교처럼 아직 관념이 덜 걷힌 상태로 풀과 바람의 묘사를 보여 준다. "너무 진리가 어처구니없이 간단해서 웃는/실낱같은 여름 바람의 아우성이여/실낱같은 여름 풀의 아우성이여/너무 쉬운 하얀 풀의 아우성이여"에서 바람과 풀은 진리의 단순성을 대변한다. 아우성치는 여름, 바람과 풀의 움직임은 어처구니없이 단순한 진리를 단숨에 일깨운다. 김수영은 눈앞에 있는 작고 미묘한 대상의 움직임에서 자신의 선험적 판단들이 여지없이 깨져 나가는 것을 체험한다. 편견 없이 바라볼 때 대상이 보여 주는 단순 명료한 진리를 발견하면서 그는 시선의 주체로서 자신을 최대한 숨기고 타자의 존재를 있는 그대로 묘사하는 데 집중한다.

풀이 눕는다

비를 몰아오는 동풍에 나부껴

풀은 눕고

드디어 울었다

날이 흐려서 더 울다가

다시 누웠다

풀이 눕는다

바람보다도 더 빨리 눕는다

바람보다도 더 빨리 울고

바람보다 먼저 일어난다

날이 흐리고 풀이 눕는다

발목까지

발밑까지 눕는다

바람보다 늦게 누워도

바람보다 먼저 일어나고

바람보다 늦게 울어도

바람보다 먼저 웃는다

날이 흐리고 풀뿌리가 눕는다[33]

　이 시에는 관념어가 전혀 없고 풀의 움직임만이 펼쳐지고 있다. 시선의 주체는 "발밑"이라는 시어에서 잠깐 존재를 드러낼 뿐 거의 의식되지 않는다. 김수영이 「눈」에 대해 말했듯, 이 시 역시 "언어와 나

---

33 김수영, 「풀」, 『김수영 전집 1—시』(2판), 375쪽.

사이에는 한 치의 틈서리도 없다"라고 할 정도의 "자코메티적 변모"를 보여 준다. 시선의 주체가 중심에서 물러나 대상의 움직임을 포착하는 것에만 집중하게 되자 시는 풀과 바람의 운동만으로 가득 찬다. 대상의 단순하고 반복적인 움직임을 쫓아 묘사한 시이지만 다른 어떤 시보다 생동감이 넘치는 것은 대상의 리얼리티를 제대로 포착해 냈기 때문이다. 대상의 리얼리티는 이처럼 주체의 의식을 배제하고 타자의 드러남을 주시할 때 전면에 나타난다. 시선의 중심을 바꾸는 것은 주체와 타자의 관계를 재구성하는 것이다. 주체의 능동적인 위치를 수동적인 것으로 바꾸게 되자 대상의 리얼리티가 살아나 능동적으로 작용하게 된다. 이 시에서 풀과 바람이 보여 주는 역동성은 그들이 지닌 리얼리티가 그대로 드러나는 데서 온다. 시선의 주체가 집중해서 바라본 결과 풀과 바람은 놀라울 정도로 쉼 없이 움직인다. 그 움직임을 그대로 그려 냄으로써 이 시는 생명력 넘치는 장면을 포착할 수 있었다. "날이 흐리고 풀뿌리가 눕는다"라는 마지막 구절에 과도한 의미를 부여하는 경우 이 시가 풀의 생명력을 표현하고 있다는 해석과 충돌하게 된다. 그런데 앞서 표현된 동작들의 연속선상에서 보면, 이 시의 풀은 바람보다 먼저 일어나고 먼저 웃는 탄성에 의해 풀뿌리까지 누웠다가도 다시 일어날 것을 예감하게 한다.

시선의 주체가 관찰자로만 머물고 관념이 온전히 제거된 이 시는 벤야민적인 알레고리에 근접해 있다.[34] 김수영에게 부단히 움직이는

---

34 "벤야민(W. Benjamin) 같은 사람이 보들레르(C. Baudelaire)의 시에서 발견해 내는 또 다른 개념의 알레고리처럼, 김수영에게서 논리가 불충분하게만 표현되는 자리는 부동한 현실의 설명할 수 없는 운동을 포착하고, 다른 삶, 그러나 오직 이 삶 속에 있는 다른 삶을 미리 바라보고 표현하는 지점이다." 황현산, 「김수영의 현대성 또는 현재성」, 『창작과 비평』, 2008.여름, 187쪽.

눈앞의 풀은 영원히 앞서 있는 민중과 다르지 않다. 4.19 혁명 이후 그는 섣부른 주장을 내세우는 것보다 눈앞에서 펼쳐지는 현상을 있는 그대로 지켜보는 것만이 삶의 리얼리티에 도달하는 방법이라고 여기고 그러한 방향을 견지해 왔다. 「풀」은 대상에 대한 시각적 충실성이 삶의 총체성을 포착하는 데 이른 가장 완벽한 수준의 시이다. 이 시에서 끝없이 누웠다 일어서는 풀의 움직임은 자코메티가 그리려 한 "몹시도 복잡한, 살아 움직이는 구성"과 다르지 않다. 눈앞에 놓인 하나의 대상이 "몹시도 복잡한" 이유는 그것이 살아 움직이기 때문에 단 한순간도 같지 않기 때문이다. 살아 움직이는 대상을 그 자체로 그려내겠다는 불가능한 목표에 매달렸기에 그들은 그토록 고뇌하고 아주 가끔 환희에 도달했던 것이다. 대상의 리얼리티에 도달하기 위해 그들은 시선의 주체로서의 자신의 역할을 최소화하고 오로지 변화무쌍한 눈앞의 현상에만 주목한다. 이로써 주체와 타자의 관계는 역전되고 보이지 않던 타자의 삶이 눈앞에 펼쳐지게 된다. 자코메티와 김수영이 보여 준 대상에 대한 충실성은 근대적 시선의 주체들이 놓쳤던 타자의 삶을 발견했다는 점에서 시각의 미학에서 새로운 장을 열었다고 할 수 있다.

5. 방법적 긴장과 새로운 시각의 미학

이상으로 김수영의 '자코메티적 발견'과 관련된 기존 논의들의 연장선상에서 자코메티와의 비교를 통해 김수영의 언어 의식과 미학의 핵심을 규명해 보았다. 지금까지의 연구들이 주로 자코메티에 대한 김수영의 번역에 한정되어 있으며 영향 관계를 살피는 데 치중했던 것에 비해 그들의 예술관과 방법론을 대등한 상태에서 비교할 필요가 있다는 문제의식에서 출발한 결과이다. 김수영과 자코메티는 시인과

화가라는 결정적인 차이가 있지만 '바로 보기'를 필생의 업으로 삼았던 예술가들이라는 사실에 주목하여, 그들이 지향했던 예술적 관점의 특징과, 그것이 실행되는 과정에서 보여 준 방법론의 양상과, 궁극적으로 도달한 미학적 지점의 의미를 비교 고찰해 보았다.

김수영과 자코메티는 예술에서 '시선'의 중요성을 간파하고 그 방법을 모색하는 데 각별한 과정을 보여 주었다. 그들은 시선이라는 근대적 감각에서 주체가 누려 온 확고한 위치에 의문을 제기하며 '바로 보기'의 새로운 방식을 집요하게 모색했다. 대상이 갖고 있는 공간성은 자코메티의 집요한 시선과 만나 새로운 공간으로 재창조된다. 자신의 시각이 도달할 수 있는 극한까지 대상을 응시하고 표현하는 자코메티의 방식은 기존 회화나 조각의 관습에서 벗어나 실재를 표현하는 새로운 방식이 되었다. 김수영은 자코메티와 마찬가지로 시선의 절대성을 부정하고 그것이 대상과 주체의 관계 속에서 변화해 가는 양상을 집요하게 추적했다. 김수영의 시에 나타나는 시선의 주체에 대한 끊임없는 의심은 사물 본연의 이치를 바로 보겠다는 결의에서 기인한 것이다.

기성화된 관점에서 벗어나 철저하게 자신만의 시선으로 대상과 마주하려는 자코메티와 김수영의 자세는 시각적 인식과 관련된 방법론의 확충을 가져온다. 일체의 선입견에서 벗어나 대상을 바로 보려는 이들의 각오는 고독하고 투철한 응시를 바탕으로 한다. 자코메티는 대상의 외현 너머에 있는 더 이상 덜어 낼 수 없는 근원적인 형태에 도달하기 위해 끝없이 없애고 또 없애 버리는 과정에서 대상이 지닌 고유한 리얼리티를 포착하고 무한한 세계 속에 홀로 놓여 있는 존재의 근원적인 감각을 일깨운다. 김수영은 시시각각 변하는 대상의 리얼리티를 포착하기 위해 자신의 내면으로 투사되는 대상을 응시하는 집요하고 고독한 작업에서 '바로 보기'의 새로운 방법론을 모색했다.

자코메티와 김수영은 대상을 향한 투철한 시선을 견지한 끝에 시선의 주체에 절대적인 권위가 부여되었던 근대적 감각의 틀에서 벗어나 주체와 타자의 관계를 재발견하는 새로운 인식에 도달하게 된다. 그들에게 시선의 대상이란 세상과 만나는 접점이다. 대상의 리얼리티를 향한 충실성과 주체와 타자의 관계를 과정 중심으로 표현하는 새로운 방식으로 자코메티는 기존의 리얼리즘이나 모더니즘이라는 틀로 규정할 수 없는 독자적인 영역을 개척하게 된다. 김수영은 주체의 시선이 갖는 한계를 인식하면서 주체와 타자의 관계를 재구성하게 된다. 그는 자신이 전혀 움직일 수 없는 세상을 움직이는 타자들의 힘을 목도하고 그것을 포착하는 데서 자신의 역할을 발견한다.

이상의 비교를 통해 김수영의 '자코메티적 발견'이 단순한 영향 관계에서 이루어진 것이라기보다 전쟁이나 혁명 등 격변하는 현실 속에서 자신의 예술 행위에 대해 근본적으로 질문하고 부단한 방법적 긴장을 유지한 예술가로서 도달한 새로운 차원의 인식이라는 것을 알 수 있다. 현실에 대한 어떤 강력한 선언보다 자신이 바라보는 대상의 리얼리티를 찾기 위해 끝없이 분투하는 과정에서 예술가의 양심을 발견했다는 점에 그들의 창조 활동이 지닌 현대성이 드러난다. 자코메티와 김수영이 보여 준 대상에 대한 충실성은 근대적 시선의 주체들이 놓쳤던 타자의 삶을 발견했다는 점에서 시각의 미학에 새로운 장을 열었다고 할 수 있다.

'나'의 사랑의 회의에서 '너'의 사랑의 발견으로
—김수영 시에서 서정적 주체의 확장성

1. 김수영 시는 서정시인가

김수영은 100년 전 태어난 시인으로서는 드물게 현재형의 시인이다. 최근까지 김수영에 대한 열기는 식을 줄 모르고 오히려 강화되고 있다. 김수영은 가히 한국 현대 시인 중에서 가장 열렬한 탐구의 대상이다. 이상의 시가 극단적인 난해성으로 해석의 욕망을 불러일으키는 양상과 다르게 김수영의 시는 해독 자체가 어렵다기보다 끝없이 새로운 해석을 자극한다. 김수영 시는 그토록 많은 도전적 해석을 견딜 만한 다층적인 면모를 지니고 있다.

김수영 시와 관련된 논쟁 중에는 모더니즘이냐 리얼리즘이냐 같은 첨예한 문제도 있었는데, 그의 시는 그 어느 쪽으로도 기울지 않는 것으로서 이분법적 접근을 넘어서는 특이성을 드러낸 바 있다. 그런데 이런 논쟁의 전제가 되는 것은 김수영의 시는 서정시와는 거리가 멀다는 생각이다. 김수영의 시를 모더니즘과 관련짓는 쪽이든 리얼리즘과 관련짓는 쪽이든 일단 그의 시가 서정시와는 다르다는 가정에서 출발한다. 물론 여기서 서정시는 장르적 개념으로 '시' 전체를 포괄하는 넓은 의미의 서정시가 아니라, 그 하위 범주로 "특정한 감정을 노래한 시"[1]라는 좁은 의미의 서정시이다. 그간 우리 현대시에 대해서는 편의상 좁은 의미의 서정시, 리얼리즘 시, 모더니즘 시 등의 구분법이 통용되어 왔고, 이런 기준에 의하면 김수영의 시는 리얼리즘 시나 모더니즘 시로 분류되었던 것이다. 이러한 구분법이 좁은 의미의 서정시의 범주에서 벗어나는 많은 시를 시가 아닌 것으로 배제하게된다는 문제 제기가 있었고, 그에 대한 대안으로 서정시를 중심으로 전형적인 경우와 예외적인 경우를 정도별로 구분하려는 시도가 있다. 이런 구분에 의하면 "중심에는 주관성의 토대 위에서 표출된 낭만적 감정이 모여 있을 것이며, 조금 떨어진 곳에는 객관적 세계를 환기하는 여러 진술이 있을 것이며, 가장 멀리 떨어진 변방에는 다양한 형식의 실험들이 산재할 것이다."[2] 이렇게 보면 김수영의 시는 좁은 의미의 서정시의 범주 안에서 매우 넓은 스펙트럼을 보여 주는 것으로 파악할 수 있다. 모더니즘 시나 리얼리즘 시 어느 한쪽으로 규정하려 할 때 다른 쪽이 부정되는 것과 달리, "객관적 세계를 환기하는" 경우나 실험적인 시들이 두루 산재하는 넓은 진폭의 서정시를 쓴 시인으로 볼 수 있는 것이다. 그런데 서정시의 범주 안에서 김수영 시를 다룰 때에도 "주관성의 토대 위에서 표출된 낭만적 감정"을 드러내는 전형적인 서정시에서는 거리가 먼 것으로 치부하기 쉽다. 김수영 시는 전형적인 서정시와는 거리가 멀다는 인식 또한 관습적으로 이어 오던 통념은 아닐까?

---

1 김종훈, 「시와 서정」, 『현대시학』, 서정시학, 2020, 88쪽.
2 김종훈, 「시와 서정」, 88-89쪽.

이런 생각을 해 보게 되는 것은, 김수영 시에 나오는 감정어 중에서 가장 높은 사용 빈도를 보인 개별 시어는 '사랑'이고 기쁨이나 슬픔, 두려움과 놀라움, 미움, 연민의 감정을 드러내는 시어들도 높은 빈도수를 차지하고 있다[3]는 통계학적 분석의 결과 때문이다. 그뿐만 아니라 "김수영의 경우 분노의 감정이 다른 감정들과 비교할 때 상대적으로 적다는 점이 특이하다"[4]는 통계 또한 김수영 시에 대한 막연한 추측과는 사뭇 다른 양상을 보여 준다. 일찍이 한용운은 "나는 서정시인이 되기에는 너무도 소질이 없나 봐요/'즐거움'이니 '슬픔'이니 '사랑'이니 그런 것은 쓰기 싫어요"(「예술가」)라고 했는데, 김수영은 '서정시인'이 즐겨 사용하는 시어들을 거리낌 없이 사용했던 것이다. '사랑'은 기쁨과 슬픔, 고통과 절망 등 다양한 감정과 직결되는 시어로 보편적인 공감을 불러일으킬 수 있는 대표적인 서정적 주제이다. 내밀한 사랑의 체험을 미적으로 형상화하는 과정에서 서정성을 고도로 극화할 수 있기에 사랑은 서정시의 전형적인 주제로 인식되는 것이다. 김수영 시의 다양한 감정어들은 사랑을 중심으로 폭넓게 포진해 있으며, "시인의 표현적 발화"[5]로서의 서정시의 모습을 함축하고 있다.

김수영 시에서 '사랑'은 어떤 양상으로 드러나는가, 왜 '사랑'이라는 감정어를 가장 많이 썼는데도 그의 시는 전형적인 서정시와 거리가 먼 것으로 보였는가를 통해 김수영 시의 서정성이 갖는 특성을 가늠해 볼 수 있을 것이다. 김수영의 시는 '사랑'이라는 시어와 관련해서도 1950년대의 전기 시와 1960년대의 후기 시가 무시할 수 없는

---

3 이현승, 「김수영 시의 감정어 연구」, 『어문론집』 42집, 중앙어문학회, 2009, 390쪽.

4 이현승, 「김수영 시의 감정어 연구」, 391쪽.

5 디이터 람핑, 『서정시: 이론과 역사—현대 독일시를 중심으로』, 장영태 역, 문학과지성사, 1994, 98쪽.

변화를 드러낸다. 여기서는 김수영의 '사랑' 관련 시를 두 시기로 분류하여 변모 양상을 중심으로 살펴보기로 한다.

2. 생활의 비애와 고독한 사랑

김수영의 전기 시에서 '사랑'은 '생활'과 밀접하게 관련된 채 출현한다. 김수영은 한국전쟁에서 사선을 넘나드는 고난을 겪었고 전후 극도로 궁핍한 생활을 겪어야 했다. 전쟁은 이런 생활고뿐 아니라 부부 관계에서도 파탄에 가까운 위기를 불러왔다. 김수영이 행방불명된 사이 그의 아내가 그의 친구와 함께 지냈다는 사실은 그에게 견디기 힘든 상처가 된다.[6] 이 때문에 그는 부부간의 신뢰와 사랑에 대한 근본적인 회의에 빠지게 된다.

조용한 시절은 돌아오지 않았다

그 대신 사랑이 생기었다

굵다란 사랑

누가 있어 나를 본다면은

이것은 확실히 우스운 이야깃거리다

다리 밑에 물이 흐르고

나의 시절은 좁다

사랑은 고독이라고 내가 나에게

재긍정하는 것이

또한 우스운 일일 것이다

—「애정지둔(愛情遲鈍)」 부분[7]

---

6 전후 김수영의 상황에 대해서는 최하림, 『김수영 평전』, 실천문학사, 2001 참조.

7 김수영, 『김수영 전집 1—시』, 민음사, 2003, 35쪽. 이후 시 인용은 이 책을 따름.

1953년도 작품인 이 시는 제목에서부터 사랑에 대한 냉소적인 태도를 노출하고 있다. 전쟁통에 감당하기 힘든 우여곡절을 겪게 된 김수영에게 사랑은 최대의 난제가 된다. "조용한 시절은 돌아오지 않았다"라는 첫 구절은 여러 의미를 내포한다. 평탄한 이전의 상태로 돌아가기 어려워진 부부간의 사정이나 극도로 궁핍해진 생활의 실상이 모두 그러할 수밖에 없었던 것이다. 인용한 시의 뒷부분에서 "조용한 시절 대신/나의 백골이 생기었다/생활의 백골"이라거나 "생활무한(生活無限)/고난돌기(苦難突起)/백골의복(白骨衣服)"이라고 한 것으로 보아 생활의 어려움에서 상당한 압박을 느꼈으리라 짐작된다. 이 시를 포함해서 김수영의 전기 시에서 '생활'과 '사랑'은 대척점에 놓이며 긴장 관계를 형성한다. 인용 부분에서는 조용한 시절을 상실하고 생활의 곤궁에 직면하게 되었다는 현실적 상황에 '사랑'을 병치시켜서 그 대비적 관계를 부각하고 있다. "조용한 시절" 대신 '사랑'이, 그것도 "굵다란 사랑"이 생겼다고 하고는 곧이어 "이것은 확실히 우스운 이야깃거리다"며 혼란스러운 진술을 거듭한다. "누가 있어 나를 본다면은"이라는 구절은 그가 다른 사람의 시선을 몹시 의식하고 있다는 사실을 방증한다. 이는 자신이 아무리 "굵다란 사랑"이 생겼다고 한들 다른 사람이 본다면 우스운 이야깃거리에 불과하다는 자조에 가깝다. "사랑은 고독이라고" 애써 긍정해 보지만, 이 또한 자신이 보아도 우스운 일이라는 냉소적 반응이 이어진다. 다시는 조용한 시절을 되돌릴 수 없다는 절박한 상황에서 그에게 필요한 것은 "굵다란 사랑"이지만 타인의 시선으로 볼 때나 스스로 돌아보아도 그것은 "우스운 일"로만 여겨진다. "애정은 나뭇잎처럼/기어코 떨어졌으면서/나의 손 위에서 신음한다"에 나타나듯 그의 사랑은 크게 흔들리고 상처받았기 때문이다. 이 시와 비슷한 시기에 쓰인 「너를 잃고」에서는 "나의 생활의 원주(圓周) 위에 어느 날이고/늬가 서기를 바라고/나의 애정의 원주가 진정으로 위대하여지기 바라고//그리하여 이 공허한 원주가 가장 찬란하여지는 무렵/나는 또 하나 다른 유성을 향하여 달아날 것을 알고/이 영원한 숨바꼭질 속에서/나는 또한 영원히 늬가 없어도 살 수 있는 날을 기다려야 하겠다"라고 하여 '너'와 함께 살며 사랑하고자 하는 마음과 그것을 거부하는 마음 사이에서 일어나는 '나'의 복잡한 심경을 드러낸다. 사랑의 상실로 인한 공허감으로 이 시기 김수영은 사랑에 대해 상당히 부정적인 태도를 보인다. "사랑은 고독"이라는 말은 사랑을 통해 소통해야 할 '나'와 '너'의 관계가 훼손된 상황과 무관하지 않다. "애정지둔(愛情遲鈍)"이라는 제목과 같이 이 시에서는 사랑의 회복이 어려운 상황과 그로 인한 자조적인 심리를 펼쳐 보인다. 이처럼 김수영의 전기 시에서는 사랑에 대한 회의적 태도와 생활에 억눌린 자신의 처지에 대한 예리한 자의식이 자리 잡고 있다.

　김수영의 시는 사랑의 기쁨이나 슬픔 같은 직정적 감정을 드러내는 전형적인 서정시와는 달리 사랑과 관련된 복잡한 심경을 담고 있다. 사랑을 갈망하면서도 회의에 빠지고 원망과 자조의 감정에 시달린다. 고독 속에서 사랑을 끌어안고 있으면서도 결코 그것을 놓지 못한다. "너의 이름과 너와 나와의 관계가 무엇인지 알아질 때까지"(「풍뎅이」) 사랑에 대한 질문을 멈추지 않는다. 그가 고독 속에서도 끝내 놓지 못한 사랑은 생활의 고난에 저항할 수 있는 생의 의지였기 때문이다. 「지구의」에서는 "고난이 풍선같이 바람에 불리거든/너의 힘을 알리는 신호인 줄 알아라"라고 하여 고난에 대한 강력한 저항의 의지를 피력한다. "무르익은 사랑을 돌리어보듯이/북극이 망가진 지구의를 돌려라"에서 강조하는 것은 망가진 생활을 일으켜 세우는 것과 사랑을 지키는 것이 다르지 않다는 생각이다. 사랑은 생활의 억압을 뚫고 삶을 유지할 수 있게 하는 강력한 의지이다. "모든 것을 제압하는 생활 속의/애정처럼/솟아오른 놈"(「생활」), "거칠기 짝이 없는 우리 집 안의/한없이 순하고 아득한 바람과 물결/이것이 사랑이냐/낡아도 좋은 것은 사랑뿐이냐"(「나의 가족」)에서도 사랑은 생활의 압력을 버틸 수 있게 하는 대항적 힘으로 그려진다.

　　언어는 나의 가슴에 있다
　　나는 모리배(謀利輩)들한테서
　　언어의 단련을 받는다
　　그들은 나의 팔을 지배하고 나의
　　밥을 지배하고 나의 욕심을 지배한다

　　그래서 나는 우둔한 그들을 사랑한다
　　나는 그들을 생각하면서 하이데거를
　　읽고 또 그들을 사랑한다
　　생활과 언어가 이렇게까지 나에게
　　밀접해진 일은 없다

　　언어란 원래가 유치한 것이다
　　나도 그렇게 유치하게 되었다
　　그러니까 내가 그들을 사랑하지 않을 수가 없다
　　아아 모리배여 모리배여
　　나의 화신이여

　　　　　　　　　　　　　　　　　　　　—「모리배」 전문

김수영은 자신을 지배하는 생활의 압력을 누구보다 민감하게 감지하고 거기서 벗어나는 일이 불가능하다는 것을 인정했다. 그렇기에 그의 시에는 그토록 생활의 그림자가 짙게 드리워져 있는 것이다. 사랑이라는 지고한 감정조차 독자적으로 운위되는 일은 없다. 생활과 사랑은 삶을 이끌어 가는 두 힘으로 끊임없이 길항한다. 생활의 압박에서 벗어나지 못하는 자신의 처지에서 비애를 느끼고 자조를 거듭하면서도 삶에 대한 사랑을 멈추지 않았다는 것이야말로 김수영이 보여 준 독자적인 사랑의 방식이다.

자신이 얼마나 생활에 끌려다니는지를 드러낼 때 김수영은 자학에 가까운 냉철한 각성을 한다. 위 시에서는 생활이 자신의 언어까지 지배하고 있다는 자각을 보여 준다. 모리배란 자신의 이익을 위해 수단과 방법을 가리지 않는 속물적인 사람을 경멸할 때 쓰는 말이다. 그런 모리배들이 팔과 밥과 욕심을 지배한다는 것은 '나'의 모든 생활을 지배한다는 뜻이다. 모리배들은 심지어 '나'의 언어조차 지배한다. "언어는 나의 가슴에 있다"라는 말로 보아 언어는 생활의 압력으로부터 보존하고 싶은 자신의 가장 내밀한 영역이지만 그 또한 여의치 않다는 것을 알 수 있다. "그래서 나는 우둔한 그들을 사랑한다"라는 말은 얼핏 반어처럼 보이기도 한다. 그러나 다음 구절 "나는 그들을 생각하면서 하이데거를/읽고 또 그들을 사랑한다"를 통해 생활의 언어와 내면의 언어 사이에서 일어나는 긴밀한 길항작용을 짐작할 수 있다. 생활의 언어를 단련받으면서도 하이데거를 읽는 반성적 태도를 유지할 수 있기에 오히려 생활과 언어의 밀접한 관련을 받아들일 수 있는 것이다. 그는 하이데거를 읽으며 '가슴'에 있는 본질적 언어를 의식하면서도 생활이 침투한 현실적 언어의 지배력을 인정한다. 언어에 유치한 면이 있다는 것, 자신의 언어 또한 유치하게 되었다는 점을 받아들인다. '생활'과 '언어' 중 어느 한쪽을 선택하려는 이분법적 관념에서 벗어나 생활과 언어가 분리될 수 없다는 사실을 인정하는 이러한 태도가 김수영이 생활의 압박 속에서도 사랑을 지속할 수 있었던 비결이다. 모리배를 자신의 화신으로 칭할 정도로 솔직한 자기 확인의 방식이 생활과 사랑이 양립할 수 있는 길이 된다. 생활의 지배를 받는 것도 자신이고 그러면서도 하이데거를 읽는 것 또한 자신이다. 끊임없이 생활의 영향을 받아 유치하게 된 자신을 받아들이면서도 "그들을 사랑하지 않을 수가 없"는 것은 그들로부터 자신을 분리할 수 없기 때문이다. 이처럼 김수영의 사랑은 타자와의 관계 속에서 이루어지는 것이다.

생활은 김수영을 괴롭히면서도 타자와 함께 살며 사랑해야 한다는 각성을 불러일으켰다. 모멸적이고 힘겨운 생활을 겪으면서 그는 사랑의 어려움과 간절함을 절감하였고 자신의 감정만으로는 규정할 수 없는, 타자와의 관계 속에서 변화하는 감정으로서 그것을 받아들이게 된다. 이는 시적 주체가 일방적으로 사랑의 감정을 토로하는 전형적인 서정시와 구분되는 양상이다. 김수영의 전기 시에서 시적 주체는 솔직하고 자기 고백적인 진술을 행한다는 점에서 강한 서정성을 드러내지만, 사랑을 일방적인 감정으로 간주하지 않고 타자와의 관계로 받아들인다. 그는 사랑의 가능성을 끊임없이 회의하면서도 결코 포기하지 않는다. 그에게 사랑은 저절로 얻어지는 것이 아니라 계속 질문해야 하는 삶의 비밀이고 애써 지켜 내야 하는 생의 의지 같은 것이다. 그것은 또한 지고한 관념이 아니라 생활과 밀착된 현실적 감정이다. 타자와의 관계 속에서 계속 변화하는 삶처럼 사랑 또한 타자와 함께 움직이는 경험이다. 1950년대 곤고한 생활에 부대끼며 얻어 낸 사랑에 대한 이러한 각성은 다음 시기 그의 사랑이 또 다른 차원으로 도약하는 발판을 이룬다.

3. 역사와 타자에게 배우는 사랑

1960년 4.19 혁명은 김수영 시의 분기점을 이루는 외적 계기가 된다. 혁명은 비록 실패로 끝났지만 김수영은 역사적 타자들의 놀라운 힘을 발견한다. 4.19를 기점으로 생활과 싸우던 김수영의 시선은 역사를 돌아보게 되고 타자에 대한 관심도 훨씬 확대된다. 전기 시에서 힘겹게 지켜 냈던 '사랑' 또한 후기 시에서는 전과 다른 관점으로 새롭게 발견하게 된다. 후기 시의 '사랑'이 전기 시와 다른 점은 전기 시에서 사랑의 주체가 '나'였다면 후기 시에서는 '너' 또는 '우리'인 경우가 많다는 것이다. 전기 시에서는 '나'의 사랑을 힘겹게 지켜 내는 형국이었다면 후기 시에서는 '너'의 사랑을 발견하고 경탄하는 시들이 눈에 띈다. 즉 자신의 사랑에 골몰하는 주체 중심의 시선에서 벗어나 타자의 삶과 사랑을 새롭게 바라보는 변화를 살필 수 있다.

「만주(滿洲)의 여자」에서는 "무식한 사랑이 여기 있구나/무식한 여자가 여기 있구나"라며 18년 전 연애편지를 대필해 주었던 여자의 사랑 이야기를 한다. 평안도 기생 출신의 이 여자는 만주에서 해방을 맞이한 후 평양과 인천을 전전했고 전쟁 때 남편과 큰아이를 잃고 어렵게 딸 둘을 키우고 있다. 서울의 막걸릿집에서 그녀와 조우하게 된 그는 "나는 이 우중충한 막걸리 탁상 위에서/경험과 역사를 너한테 배운다"라며 이 만남의 의미를 새긴다. 여자의 "무식한 사랑"은 현실적으로는 힘겨운 삶의 양상으로 나타나지만, 그녀를 바라보는 '나'의 눈길은 역사의 질곡을 견디며 살아 '나'의 앞에 앉아 있는 그녀를 향한 애잔함과 경탄스러움을 모두 담고 있다. 전기 시에서 사랑에 대한 서정적 주체의 내면적 갈등이나 의지를 표현하는 데 집중했던 것에 비해 타자를 중심에 두고 바라보는 시선의 변화가 두드러진다.

「거대한 뿌리」에서는 "나는 이자벨 버드 비숍 여사와 연애하고 있다"라는 진술을 앞세운 뒤 그녀의 눈에 비쳤던 신기하고 아름다운 조선의 풍속을 재인식하게 되는 과정을 그린다. "버드 비숍 여사를 안 뒤부터는 썩어 빠진 대한민국이/괴롭지 않다 오히려 황송하다 역사는 아무리/더러운 역사라도 좋다/진창은 아무리 더러운 진창이라도 좋다/나에게 놋주발보다도 더 쩽쩽 울리는 추억이/있는 한 인간은 영원하고 사랑도 그렇다"라며 전통과 역사에 대한 무한한 긍정을 토로한다. 타자의 눈을 통해 자신의 역사를 새롭게 돌아보고 그것이 곧 자신의 "거대한 뿌리"를 형성하고 있음을 알게 되었기 때문이다. 그는 전기 시에서 자신이 그토록 힘겹게 싸웠던 '생활'의 무게와 흡사한 "더러운 역사"를 발견하지만, 그것이 곧 자신이 사랑하고 지켜 나가야 할 삶의 뿌리라는 사실을 받아들인다. 전기 시에서 '생활'과 '사랑'을 양립시키려 애썼던 것처럼 그는 이제 '역사'를 사랑의 대상으로 인식한다.

"더러운 역사"조차 사랑의 대상으로 받아들이게 된 그는 "새로운 역사"에 대해서는 말할 것도 없이 전폭적인 지지를 보인다. 김수영의 시에서 가장 긍정적인 사랑의 의미가 나타나는 것은 젊은 세대가 이끌어 가는 새로운 역사와 관련된다.

> 그러나 문제는 이러한 반항에 있지 않다
> 저 젊은이들의 나에 대한 사랑에 있다
> 아니 신용이라고 해도 된다
> 「선생님 이야기는 20년 전 이야기이지요」
> 할 때마다 나는 그들의 나이를 찬찬히

소급해 가면서 새로운 여유를 느낀다
새로운 역사라고 해도 좋다

—「현대식 교량」부분

너는 이제 스무 살이다
너는 이제 스무 살이다
너는 여전히 기적일 것이다
너의 사랑은 익어 가기 시작한다

—「65년의 새해」부분

그렇게 먼 날까지 가기 전에 너의 가슴에
새겨 둘 말을 너는 도시의 피로에서
배울 거다
이 단단한 고요함을 배울 거다
복사씨가 사랑으로 만들어진 것이 아닌가 하고
의심할 거다!
복사씨와 살구씨가
한번은 이렇게
사랑에 미쳐 날뛸 날이 올 거다!
그리고 그것은 아버지 같은 잘못된 시간의
그릇된 명상이 아닐 거다

—「사랑의 변주곡」부분

「현대식 교량」에서는 식민지 시대 만들어진 교량을 둘러싸고 시인
과 젊은이들이 보여 주는 인식의 차이를 통해 새로운 역사의 가능성

을 감지한다. "나이 어린 사람들은 어째서 이 다리가 부자연스러운지를 모른다". 이는 이 다리를 건널 때마다 "심장을 기계처럼 중지시킨다"라는 '나'와는 전혀 다른 반응이다. 시인은 자신과 전혀 다른 젊은이들의 이런 반응을 '반항'이 아닌 '사랑'으로 받아들인다. 시인의 반응을 "20년 전 이야기"로 들으며 그와는 다른 태도로 다리를 건너다니는 젊은이들에게서 새로운 역사가 열린다. "20년 전 이야기"와 "새로운 역사"를 각각 인정할 줄 아는 그들을 통해 그는 사랑을 '배운다'. 이때 사랑이란 각자의 처지를 인정하고 이해할 수 있는 능력이다.

「65년의 새해」에서는 '스무 살'이 된 해방 이후의 역사가 주인공이다. 역사를 '너'라고 의인화하여 인격을 부여하고 친근감을 느끼게 한다. '기적' 같은 탄생 이후 '너'는 놀랄 만큼 성장하여 성년에 이르렀다. 이제 스무 살이 된 "너의 사랑은 익어 가기 시작한다". '너'의 사랑은 모든 굴욕과 가난과 고난과 부자유를 이겨 낼 정도로 큰 힘을 갖게 되었다. "우리는 너를 보고 깜짝 놀란다/아니 네가 우리를 보고 깜짝 놀란다"라는 것은 사랑의 큰 힘이 일으킨 변화를 뜻한다. 「현대식 교량」에서 "이런 경이는 나를 늙게 하는 동시에 젊게 한다"라고 했던 놀라움처럼 '너'의 사랑과 힘을 발견하면서 '나'는 과거와 미래의 역사가 하나가 되는 순간을 경험하게 된다.

「사랑의 변주곡」에서는 이런 환희의 순간을 격정적으로 토로한다. 이 시에서는 아들이 겪게 될 역사와 사랑에 대한 강한 긍정과 확신을 표출하고 있다. "사랑의 음식이 사랑이라는 것을 알"게 된 시인은 "이제 가시밭, 넝쿨장미의 기나긴 가시가지/까지도 사랑이다"라고 느낀다. 이제 그는 "사랑을 만드는 기술을 안다". 그것은 "불란서혁명의 기술/최근 우리들이 4.19에서 배운 기술"이다. 즉 혁명의 역사로부터 배운 기술이다. 혁명은 "복사씨와 살구씨" 같은 "단단한 고요함"이

"사랑에 미쳐 날뛸 날"을 맞이하는 것처럼 놀라운 변화를 일으키는 힘이다. 그것을 "도시의 피로"에서 배우리라고 보는 것은 '너'의 사랑이 곧 '네'가 살아갈 미래의 역사와 연결되어 있다는 인식을 반영한다. 사랑은 우리가 살아가는 시간과 별개로 존재하는 것이 아니라 바로 생활의 한복판에서 생겨난다는 것이다. 전기 시에서 사랑과 생활이 길항하는 관계였다면 후기 시에서는 필수 불가결한 조건으로 파악된다. 「여름밤」에서 "사람이 사람을 아끼는 날/소음이 더욱 번성하다남은 날/사람이 사람을 사랑하던 날/소음이 더욱 번성하기 전 날"이라고 한 것을 보면, 전기 시에서 생활의 소음에 그다지도 민감했던 시인이 얼마나 달라져 있는지를 알 수 있다. 사람이 사는 곳이라면 소음이 번성할 수밖에 없고 사람이 사람을 사랑하면 소음까지도 좋아지게된다는 것이다. 김수영의 사랑이 얼마나 넓어지고 부드러워졌는지를 확인할 수 있는 대목이다.

후기 시에서 김수영 시의 '사랑'은 역사의식과 함께 대폭 확대된다. 4.19 혁명이 가능하게 했던 역사적 타자들의 존재를 의식하게 되고, 개인적 차원을 넘어선 공동체적 차원의 사랑을 거론한다. '나'의 사랑에 번민하던 전기 시에 비해 '너'의 사랑을 발견하고 경이로워하는 변화도 뚜렷하다. 내면에서 외면으로, 주체에서 타자로 시선이 옮겨 가고, 부정적이었던 태도가 긍정적으로 바뀐다. "더러운 역사"조차 사랑할 수 있는 시선의 변화가 생기고 "새로운 역사"를 이끌어 갈 미래 세대의 잠재력에 무한한 긍지를 느끼게 된다. 전기 시에서 그토록 그를 괴롭혔던 생활에서 사랑의 가장 큰 동력을 발견하게 된다. 김수영의 사랑은 자신과 시대에 대한 질문을 멈추지 않았던 그의 사유와 함께 이처럼 역동적으로 변화해 갔다.

4. 서정적 주체의 확장성

김수영 시에 나타나는 감정어 중에서 가장 높은 비중을 차지하는 '사랑'이라는 시어를 중심으로 그의 시가 내포하는 서정적 특질을 살펴보았다. 김수영의 '사랑' 관련 시에서 드러나는 전형적인 서정시의 면모는 서정적 주체로서의 시인의 위치가 확고하다는 점이다. 그의 시는 서정적 주체의 감정 표현이라는 서정시의 고유한 특성에서 벗어나지 않고 사랑에 대한 주체의 반응을 중점적으로 보여 준다. 전기 시에서는 서정적 주체의 내면에 집중된 복잡한 감정 표현이 많았다면 후기 시에서는 타자를 향한 시선의 확대가 이루어지는데, 이때도 시선의 주체는 여전히 시인 자신이라는 점에서 전형적인 서정시의 범주를 벗어나지 않는다. 서정적 주체의 감정 표현이 솔직하고 직설적이라는 점도 전형적인 서정시의 면모에 가깝다. 이는 감정 표현에 가장 적합한 문학 장르인 서정시의 근본적인 특질에 부합한다.

이런 전형적인 서정시의 면모를 바탕으로 하면서도 김수영의 시에서 '사랑'의 의미가 특별해지는 것은 전형성을 벗어나는 여러 가지 색다른 측면을 내포하고 있기 때문이다. 그의 시는 전기 시와 후기 시 모두 '사랑' 그 자체보다 사랑을 둘러싼 현실적 상황이 중요하게 작용한다. 전기 시에서는 '생활'이, 후기 시에서는 '역사'가 사랑과 긴장하거나 사랑을 추동하는 요건이다. 그의 시에서 사랑은 전형적인 서정시에서 흔히 볼 수 있는 지극히 개인적이고 내밀한 감정에 한정되지 않고 현실적으로 부딪히는 실제 삶과 밀착된다. 그렇기에 그의 시에서 서정적 주체는 외부 현실과 타자와의 관계에 끊임없이 영향을 받는다. 김수영은 '나'의 사랑뿐 아니라 '나'를 변화시키는 '너'의 사랑에 각별한 관심을 보인다. 이는 '내'가 사랑의 주체로, '네'가 사랑의 대상으로 존재하는 전형적인 서정시와 다른 점이다. 김수영 시에서

'너'는 '나'를 긴장시키거나 경이롭게 하는 능동적인 존재이다. '나'는 '너'의 존재를 의식하며 영향을 받고 변화한다. 이런 능동적인 타자의 존재는 '세계의 자아화'로 명명되었던 서정시의 특질을 재고하게 한다. 세계를 주체의 내면으로 완전히 포섭할 정도의 막강한 힘으로 중심을 차지하는 전형적인 서정시의 주체와 달리 김수영 시의 주체는 객체와 밀접하게 상호작용한다. 그의 시에서 객체는 주체의 인식 대상에 머물지 않고 서정적 주체의 변화에 능동적으로 작용하는 또 다른 주체, 또는 능동적 객체로 자리한다. 세계와 부단히 소통하며 변화하는 서정적 주체의 발견으로 김수영의 시는 서정시의 한정된 틀을 새롭게 확장한다. 서정시의 전형성과 비전형성을 두루 포함하는 김수영 시의 서정적 주체는 한국 서정시의 포괄적 범주를 논의하는 데 긴요한 예시를 이룬다고 할 수 있다.

생동(生動)의 시학

—오탁번론

1. 문학으로 가득한 삶의 역정(歷程)

오탁번 시인을 수식하는 말로 그림자처럼 따라붙는 '신춘문예 3관 왕'이라는 별칭은 그의 운명을 결정지은 동기이기도 하다. 1966년 동화 「철이와 아버지」로 『동아일보』 신춘문예 당선, 1967년 시 「純銀이 빛나는 이 아침에」로 『중앙일보』 신춘문예 당선, 1969년 소설 「處刑의 땅」으로 『대한일보』 신춘문예에 당선되며 그는 문단의 기린아로 힘차게 출발하게 된다. 2007년 마지막 소설 「포유도」를 발표하기까지 그의 문학 활동은 시와 소설을 부지런히 오가며 한시도 쉼 없이 이어진다. 등단보다 더 어렵다는 등단 이후의 왕성한 창작 활동을 줄기차게 견지했던 것이다. 시와 소설의 창작뿐 아니라 문학 연구자와 문학 교수, 문예지 주간 등 그는 실로 문학으로 가득한 인생을 살았다 할 수 있다.

이토록 다양한 문학적 활동을 했지만, 그는 끝내 시인으로 남았다. 소설 창작을 멈춘 2007년 이후에는 시 창작에 더욱 매진했으며 생의 마지막 순간까지 시 원고를 붙들고 있었다. 그는 『아침의 예언』(1973), 『너무 많은 가운데 하나』(1985), 『생각나지 않는 꿈』(1991), 『겨울 강』(1994), 『1미터의 사랑』(1999), 『벙어리장갑』(2002), 『손님』(2006), 『우리 동네』(2010), 『시집보내다』(2014), 『알요강』(2019), 『비백(飛白)』(2022)에 이르는 11권의 창작 시집을 냈으며 다수의 유고 시를 남겼다. 소설 창작이 왕성했던 젊은 시절, 첫 시집과 두 번째 시집 사이에 10년 이상의 간극이 있는 시기를 제외하고는 평생 꾸준히 시 창작을 이어 간 것을 알 수 있다.

　시는 그의 문학 인생을 견고하게 지지해 준 버팀목이며 영원한 경외의 대상이었다. "시를 생각하며 새벽잠을 깨고 시를 쓰며 자정을 넘길 때처럼 내 영혼과 가장 똑바로 마주 볼 때는 없다."[1]라는 고백처럼 시와 함께하는 시간 그는 가장 명료하게 자신과 마주하며 전력으로 언어의 광맥을 파 들어갔다. 국어사전 속에서 매일 밤 유영을 하며 "은하계의 이름 없는 별들처럼 발견되길 기다리는 수많은 말들", "몇 백억 년 동안 은하계에 존재해 왔지만 아무도 발견해 주지 않아 외로웠던 별들!"[2]과 해후하는 황홀한 순간들을 만끽했다. "시는 언어를 최고로 받들어 모시는 문학의 장르"[3]라는 생각으로 언어예술로서의 시를 실현하는 데 진력했다.

　오탁번 시 특유의 생동감은 원석과도 같은 순수한 모어(母語)를 캐내어 적재적소에 활용하는 탁월한 언어의 조탁술에 기인하는 바가 크다. 모어가 지닌 근원적 생명력은 그의 시에 알맞게 자리를 잡고 빛을 발한다. 삶에 대한 긍정적 태도와 생명을 경애하는 한결같은 마음도 그

---

1 오탁번, 「自序」, 『겨울 강』, 세계사, 1994.
2 오탁번, 「모든 사라진 것들과의 해후」, 『손님』, 황금알, 2006, 129쪽.
3 오탁번, 「언어를 모시다」, 『비백』, 문학세계사, 2022, 137쪽.

의 시가 지닌 생동감의 원천이라 할 수 있다. 밝고 환한 긍정의 에너지가 가득한 오탁번의 시 세계는 슬픔과 그늘이 많은 한국시에서 흔치 않은 개성의 영역을 이룬다. 이 글에서는 오탁번 시의 구심력으로 작용해 온 근원적 생명과 언어를 향한 열정의 자취를 따라가 볼 것이다.

2. 생명의 원천으로서의 사랑

사랑과 생명의 지향성은 오탁번 시에 생동감을 제공해 온 원동력에 해당한다. 사랑은 서정시에서 가장 흔한 주제이지만 오탁번 시에서 그것은 관능성과 연결되며 고유한 양상을 띠게 된다. 한국시에서 사랑의 관능적인 면은 그리 활발하게 탐구되지 않았다. 관념적이거나 낭만적으로 이상화된 사랑시가 주류를 이루어 온 한국시에서 드물게 오탁번의 시에서는 사랑의 감각적이고 관능적인 속성이 부각된다.

> 광주리를 인 女子의 몸에서 떨어지던
> 푸르고 서러운 나비 새끼들
> 지붕 위로 올라가 이리 떼 양 떼와 미쳐 춤출 때
> 온몸에 피는 꽃이여 野生의 꽃이여
>
> —「花精神」부분(『아침의 豫言』)

오탁번 시에서 생명력이 넘치는 관능적 사랑의 묘사는 초기 시부터 후기 시까지 일관된다. 초기 시에는 감각적 표현이 많고 후기 시에는 해학적 표현이 많아지는 차이가 있지만, 본능적인 사랑이 내포하는 건강한 육체성이 부각된다는 점은 변하지 않는다. 위의 시는 첫 시집에 실린 것으로 "靑果를 팔러 왔던 女子"에게서 촉발된 "思春의 냄새"를 감각적으로 그려 내고 있다. "지붕 위에서 빗소리가 양 떼를 몰

고 오던 날"이어서 유난히 대기가 불안정하고 마음도 심란하던 어느
날 화자는 광주리에 청과를 이고 온 여자와 마주치며 "野生의 꽃"을
보는 듯한 감각에 휩싸인다. 자연 상태의 건강한 여성을 만난 순간 화
자는 원초적 생명이 지닌 순수한 관능에 강하게 이끌린다. 관능적 아
름다움에 매료된 본성은 "지붕 위로 올라가 이리 떼 양 떼와 미쳐 춤
출 때"와 같은 역동적이고 고양된 이미지로 표출된다.

그의 시에서 사랑의 관능성은 숨겨야 할 은밀한 비밀이 아니라 건
강한 생명과 이어지는 긍정적 에너지이다. 따라서 그는 본능적인 사
랑의 표현에 솔직하다. 그것은 "맷손을 돌릴 때마다/빙빙 도는 그대
사랑 따라/촉루가 되도록 살고지고/올콩 늦콩 다 넣고지고//우리들
사랑이/이고 가는 하늘은/고인돌마냥 캄캄할지라도/또록또록한 그
대의 암쇠 아래/수쇠나 이냥 되고지고"(「맷돌」, 『손님』)에서처럼 음양의
원형적 상태에 가깝다. 오탁번 시의 관능성이 직접적이면서도 음탕하
게 보이지 않는 이유는 이처럼 자연 만물에 작용하는 조화의 원리를
투명한 시선으로 포착하고 있기 때문이다.

우주가 처음 열리던 날 새벽

알에서 갓 나온 새가

아주 작은 눈 첫 번째로 뜨듯

우리들 가슴마다에 지피는

소중한 불씨 하나

지금은 어둠에 묻혀 이름도 없는

아직은 모습 이루지 않은 시간 속에서

저 먼 바닷가로 내닫는 그리움

저 높은 산봉우리로 치닫는 사랑

오탁번의 시에서 사랑은 한 세계의 탄생만큼 경이로운 것이다. 서로 다른 우주를 형성하는 두 개의 개체가 "永劫과도 같이 멀기만 한/닿을 수 없는 허기진 목숨의 虛空"(「1미터의 사랑」, 『1미터의 사랑』)을 건너 서로의 가슴에 "소중한 불씨 하나"를 지피는 일과 같기 때문이다. 「쪽빛 사랑」에서는 처음으로 자신의 우주를 넘어 새로운 세계에 눈을 뜨는 사랑의 순간이 쪽빛 하늘을 밝히는 작은 불씨의 이미지로 그려지고 있다. 사랑이란 어둠에 묻혀 있던 미지의 세계가 새로운 우주로 열리는 생성의 시간이다.

오랜 그리움의 시간을 건너 두 우주가 이루는 사랑의 시간은 생명의 탄생으로 이어지기에 신성하고 아름답다. 오탁번의 시에는 남녀 간의 사랑뿐 아니라 모성적 사랑이 자주 나타나는데, 생명의 경이는 이 두 사랑의 중요한 연결점이다. "형언할 수 없는 꿈을 꾸게 만드는 바람 소리에서 깨어난 아침, 次女를 낳았다는 누님의 해산 소식을 들었다.//라라, 그 보잘것없는 계집이 돌리는 겨울 풍차 소리에 나의 아침은 무너져 내렸다. 라라여, 본능의 바람이여, 아름다움이여."(「라라에 관하여」, 『아침의 豫言』)에서 누님의 해산 소식과 "라라"에 대한 그리움 사이에는 생명을 향한 근원적 이끌림이 작용하고 있다. 오탁번의 시는 사랑의 결실이 생명으로 이어지는 자연의 순환적 원리를 심미적으로 재현한다. "첫 새끼 낳은/알몸이 고운 암고래가/동해의 푸른 파도를 가르며/뽀얀 젖을 뿌리면/胎生의 피 그냥 젖은 사랑이/아늘아늘 물보라 속에 피어난다"(「아기 고래」, 『벙어리장갑』), "눈도 못 뜬 새끼들에게/어미 새가 토해 주는 사랑이/불잉걸보다 뜨겁다"(「새」, 『벙어리장갑』) 등 오탁번 시에서 생명을 향한 모성적 사랑은 절대적인 긍정의 의미를 갖는다. 하나의 생명을 잉태하고 길러 내기까지 전력을 다하는 자연적 본능은 우주적 사랑과 등가를 이룬다.

오탁번의 시에서 사랑은 자주 '그리움'의 정서로 표출된다. 이 그리움은 생명의 근원을 경외하고 지향하는 한결같은 관심에서 기인한다. 그리하여 그의 시에서 사랑이란 한 우주와 또 다른 우주가 만나는 경이로운 해후와도 같이 아름답고 감각적인 장면으로 재현된다. 그는 또한 생명으로 이어지는 사랑의 원초적인 속성을 밝고 유쾌한 관능미로 펼쳐 보인다. 사랑과 생명을 향한 강한 이끌림과 무한한 긍정은 오탁번 시에서 느껴지는 생동감의 원천이며 동력이다.

3. 원형적 세계와의 조응

오탁번 시가 지닌 생동감의 비결로 자연이나 고향이나 어머니와 같은 원형적 세계가 이끄는 강력한 구심력을 간과할 수 없다. 고향 상실은 근대인의 운명이 된 불안하고 소외된 자아의 근본적 원인을 이룬다. 대다수의 사람들이 도시에서 살아가며 삭막하고 권태로운 일상을 어쩔 수 없는 상황으로 받아들이는 것에 비해 그는 도시와 고향을 부지런히 오가며 삶의 원형질과도 같은 세계와의 교감을 지속했다. 많은 사람들이 이향(離鄕) 후 귀향하지 못하며 고향을 그리움의 대상으로만 여기는 것에 비해 그는 고향에 또 하나의 터전을 마련하며 안착하게 된다. 그가 고향 제천에 마련한 '원서헌'은 폐교가 된 모교를 문학 창작과 교류의 장으로 재탄생시킨 특별한 보금자리이다.

창호지문 금 간 쪽유리에
☆☆☆☆ 모양으로 종이 오려 붙여
빠끔히 내다보던

천등산 아래 옛 마을로

이제 돌아가야겠다

잘못 살아온 생애 이쯤 반납하고

돼지똥 거름 냄새 이냥 풍기는

겨울 마늘밭의 추운 씨마늘로

이제 돌아가야겠다

—「마늘」 부분(『손님』)

귀향을 결심하는 마음이 그려진 이 시를 통해 볼 때 "잘못 살아온 생애"를 "반납"하고 원래의 자리로 돌아가기 위해 고향으로 향한 것을 알 수 있다. 또 다른 시에서는 "까마득하게 흐려져 버린/내 사랑의/戶籍謄本만 한 빈터가/실은 내 生涯의 전부였음을/이제야 알겠다"(「落鄕을 위하여」, 『1미터의 사랑』)라고 고백한다. 그의 귀향은 세파에 흔들리며 흐려졌던 생의 원점으로 돌아가 본래의 삶을 회복하기 위한 것이다. 그곳은 "창호지문 금 간 쪽유리"에 붙인 별 모양의 종이로 바깥을 내다보며 자연과 소통할 수 있는 소박하고 편안한 장소이다. 시인은 그곳에서 "돼지똥 거름 냄새"를 풍기며 봄을 기다리는 씨마늘처럼 단단하고 건강한 본래의 자신을 회복하고 싶어 한다. 고향의 기름진 흙이 키워 내는 생명들처럼 자연과 더불어 새로워지려 한다.

시인이 자리 잡은 원서헌은 충북 제천시 백운면 애련리에 있다. 「우탄치」(『시집보내다』)라는 시를 보면 "애련2리(愛蓮2里)의 본디 이름은 한치다". 한치는 큰 재라는 뜻으로 큰 고개가 마을을 둘러싸고 있어 지금도 멧돼지가 출몰할 정도로 산이 상당히 깊다. 확연하게 자연 친화적인 이곳에서 시인은 서울에서 경험할 수 없는 자연의 다채로운 모습을 만나게 된다. 이곳은 새가 우편함에 둥지를 틀 정도로 자연과 밀착해 있다. "서울 가서 잡스런 볼일 보고/며칠 만에 원서헌에 왔더니/어린 새 새끼가 그새 날아가 버려/텅 빈 우편함 속 새 둥지"(「이소(離巢)」, 『시집보내다』)를 보며 시인은 많이 섭섭해한다. 가끔씩 우편함을 열면 어린 새들이 "우주에서 날아온 메시지를 전하는/어린 우편배달부인 양/재재재재 속삭이곤" 하던 모습이 삼삼하기 때문이다. 이처럼 시인은 고향의 깊은 산중에서 자연에 동화되어 살면서 서울의 "잡스런" 일에서 놓여나 편안하게 숨 쉴 수 있었다. 자연은 우주와의 교감을 매개하는 최적의 장소로 '나'와 세계의 동일성을 확인하고 충족감을 느끼게 하는 안식처이다.

고향은 또한 어머니의 품과 같은 근원적인 장소로 아늑한 충일감의 원천이기도 하다. 고향에 안착하면서 시인은 자주 어린 시절의 추억을 호출하며 행복감에 젖는다.

> 까치설날 아침에 잣눈이 내리면
> 우스꽝스런 눈사람 만들어 세우고
> 까치설빔 다 적시며 눈싸움한다
> 동무들은 시린 손을 호호 불지만
> 내 손은 눈곱만큼도 안 시리다
> 누나가 뜨개질한 벙어리장갑에서
> 어머니의 꾸중과 누나의 눈흘김이
> 하얀 목화송이로 여태 피어나고
> 실 잣는 물레도 이냥 돌아가니까
>
> —「벙어리장갑」 부분(『벙어리장갑』)

오탁번 시인에게 어머니는 고향의 품과 동격을 이루는 근원의 상징이자 영원한 안식처와 같다. 어머니에게 받은 끝없는 사랑과 철저한 보호는 그가 어떤 어려움에도 자신감을 잃지 않고 활달하게 살아갈 수 있었던 비결이다. 「벙어리장갑」에서는 그러한 어머니와의 관계가 상징적으로 그려지고 있다. 시의 앞부분에서는 어린 시절 목화다래를 따 먹다 어머니한테 혼나고 누나에게 한 소리를 듣던 기억이 소환된다. 중반부에서는 목화솜을 실로 잣는 물렛살을 만지려다 또 어머니와 누나에게 꾸중을 들었던 기억이 등장한다. 개구쟁이로 계속 말썽을 부리면서 어머니와 누나의 걱정을 사지만 결국 그들의 한결같은 사랑과 보살핌을 받았다는 것을 알 수 있다. 위에서 인용한 이 시의 끝부분은 겨울을 배경으로 한다. 겨울을 대비하여 정성스레 목화를 키우고 실을 자았던 어머니와 누나 덕분에 따뜻한 벙어리장갑을 끼고 마음껏 눈싸움을 할 수 있었던 것처럼 그의 생애는 모성의 보호 속에 충만할 수 있었다. "하얀 목화송이로 여태 피어나고/실 잣는 물레도 이냥 돌아가니까"로 여운을 남기는 이 시의 마지막 구절은 어머니의 사랑이 그의 유년뿐 아니라 생애 전체를 지켜 주었다는 사실을 암시한다.

　오탁번 시의 밝고 긍정적인 생기의 근원에는 고향, 자연, 어머니와 같은 원형적 세계가 자리 잡고 있다. 그는 떠나왔던 고향 마을에 문학적 거처를 마련하는 적극적 귀환을 통해 메마른 도시의 삶에서 지친 심신을 달래며 자연과 교감하는 충일한 일상을 지속할 수 있었다. 그는 고향 마을의 곳곳에서 시가 탄생하는 장면들을 목격했다. 소박하고 천진하게 살아가는 사람들의 꾸밈없는 말에서 시를 발견하며 자신 또한 순수하고 유쾌한 시를 짓고자 했다. 원형질의 세계에 내재하는 자족적인 질서와 건강한 생명의 욕동을 목도하며 자신의 시에 그것을 담고자 했다.

4. 모어의 생기와 율동

오탁번의 시가 투철한 예술 정신의 산물이라는 사실은 공들여 고르고 다듬은 언어들이 입증한다. 최고의 예술가들이 무엇보다 그 기본적 재료의 속성에 민감한 것처럼 그는 시를 통해 언어예술의 극치를 추구했다. 그의 시를 통해 대형 국어사전 속에서 잠자던 수많은 언어들이 새 옷을 입고 세상에 얼굴을 내놓게 되었다. 밤에는 국어사전과 방언사전, 고어사전, 식물도감, 곤충도감 등 갖가지 언어의 광맥을 탐사하고, 낮에는 전철이나 시장 골목을 지나치며 귓가를 스치는 장삼이사의 언어를 채취하는 언어의 발굴자이자 세공사로서 전력을 기울인 결과이다.

그의 시는 특히 모어가 지닌 원초적 감각과 아름다움을 섬세하게 드러내는 데 특장을 보인다. 삶과 밀착된 근원적 언어가 지니는 건강한 생명력을 되살린다. 그의 시를 통해 처음 접하는 언어들이 낯설지 않은 이유는 우리의 언어적 무의식에 자리 잡은 모어이기 때문일 것이다. 그는 뛰어난 언어 세공술로, 접하는 순간 바로 이해가 되는 친숙한 모어들을 산뜻하게 직조해 낸다.

풀귀얄로
풀물 바른 듯
안개 낀 봄 산

오요요 부르면
깡종깡종 뛰는
쌀강아지

산마루 안개를

홑이불 시치듯 호는

왕겨빛 햇귀

—「춘일(春日)」 전문(『손님』)

　"'풀귀얄'은 지금은 거의 듣기 힘든 말이 되었지만, 창호지 문을 바를 때 쓰던 풀비를 뜻한다. 연하게 희미한 안개가 끼어 있는 봄 산을 묘사하기 위해 시인은 풀귀얄로 바르던 풀물의 느낌을 살려 낸다. 풀비라는 좀 더 쉬운 말이 있지만, 그보다 한결 깊은 언어의 지층에서 "풀귀얄"이라는 잠자던 말을 불러낸 것이다. 이런 선택에는 "풀귀얄"이라는 말이 갖는 독특한 어감을 즐기며 세상에 내놓아 함께 느끼고 싶어 하는 시인의 남다른 언어 감각이 작용한다. 봄날 변화무쌍한 기온 차로 희부옇게 흐려진 산의 모습을 그려 내기 위해 굳이 "풀귀얄로/풀물 바른 듯"이라는 비유를 끌어온 이유는 계절의 변화에 대비해 창호지를 바르던 습속까지 고려한 것이다. 봄기운으로 가득한 산이 새로운 풍경을 준비하며 얇은 베일처럼 안개를 드리우고 있는 모습은 다가올 시간에 대한 설렘과 기대를 불러일으킨다.

　봄 산의 묘사로 원경을 펼쳐 낸 후에는 갑자기 앞마당에서 "쌀강아지"가 뛰어노는 모습을 그리고 있다. "쌀강아지"의 사전적 의미는 "털이 짧고 보드라우며 윤기가 반지르르하게 흐르는 강아지"이다. 아직 어리지만 생기가 가득한 강아지를 연상할 수 있다. "오요요" 부르는 소리에 강아지가 달려와 뛰어오르는 모습은 "깡종깡종" 뛴다고 하였다. '깡총깡총'도 아니고 '강종강종'도 아니고 왜 "깡종깡종"이라고 했을까? 제 딴에는 높이 뛰어오르려 하지만 아직 어려서 그리 높게 뛰지 못하는 강아지의 모습을 알맞게 표현하기 위해서였을 것이다.

신나게 뛰어오르는 어린 강아지는 만물이 생동하는 봄과 유비를 이루며 시 전체에 역동성을 부여한다.

마지막 연에서는 다시 원경으로 옮겨 가 산마루에 떠오르는 햇살을 묘사한다. 홑이불처럼 얇게 펼쳐진 안개 사이로 햇살이 스며드는 모습을 "홑이불 시치듯 호는" 바느질에 절묘하게 빗대고 있다. 그 해의 빛깔은 "왕겨빛"이라고 했다. 왕겨는 벼의 겉겨인데, '왕겨'라는 어감 때문에 한결 환하고 가득 찬 느낌을 불러일으킨다. "햇귀"는 해가 처음 솟을 때의 빛이다. '해'의 의미에 '처음'이라는 뜻을 갖는 '햇'의 느낌이 더해져 새롭게 차오르는 햇빛의 생기가 강조된다.

이 시에서는 안개 속에서 "왕겨빛 햇귀"가 스며 나오고 "쌀강아지"가 뛰어노는 모습을 통해 새봄의 생기를 펼쳐 보이고 있다. 시 전체가 순우리말로 쓰였는데, 제목만은 "춘일(春日)"이라는 한자어를 쓴 것이 특이하다. '봄날'의 어감보다는 좀 더 강한 느낌을 강조하고 싶었던 것일까? 이에 더해 "춘일(春日)"의 한자에서 분명하게 드러나는 해의 이미지와 시에 등장하는 해의 이미지를 연결하기 위한 것이었으리라.

이 짧은 한 편의 시로도 확인할 수 있듯 오탁번 시에서 허투루 선택되는 시어는 없다. 그는 깊디깊은 언어의 광맥에서 캐낸 가공되지 않은 원석들을 이리저리 맞추고 다듬으며 뜻밖의 조합으로 완전히 새로운 가공품을 만들어 낸다. 그가 지닌 언어의 보물창고가 풍성하기에 가능한 일이다.

시어의 선택과 더불어 형식 면에서 오탁번 시에 생동감을 부여하는 결정적인 요소는 풍부한 리듬감이다. 현대의 많은 시들이 리듬을 잃고 산문화된 것에 비해 오탁번의 시는 리듬을 결코 포기하지 않는다. 심지어는 그의 소설 문장에서도 리듬에 대한 고려를 살필 수 있다. 그는 리듬을 언어예술의 핵심으로 보고 의미와 결합하여 한 몸을 이루는 최고의 형식으로 만들어 내려 했다.

어떤 형태의 시든지 가장 적합한 리듬을 창출하려 했기에, 그의 시가 보여 주는 리듬의 진폭은 매우 넓다. 정형률에 가깝게 규칙적인 리듬에서 복잡 미묘한 산문율에 이르기까지 다채롭게 실현된 리듬을 만날 수 있다.

　　슬픔은 슬픔끼리 풀려 반짝이는 여울 이루고
　　기쁨은 기쁨끼리 만나 출렁이는 물결이 되어
　　이제야 닻 올리며 추운 몸뚱아리 꿈틀대는
　　겨울 강 해빙의 울음소리가 강마을을 흔드네
　　　　　　　　　　　　　—「겨울 강」 부분(『겨울 강』)

　　눈을 밟으면 귀가 맑게 트인다.
　　나뭇가지마다 純銀의 손끝으로 빛나는
　　눈 내린 숲길에 멈추어 선
　　겨울 아침의 행인들.
　　　　　　　　—「純銀이 빛나는 이 아침에」 부분(『아침의 豫言』)

자연이나 삶의 본질을 그리는 경우는 「겨울 강」에서처럼 정연한 형식과 규칙적인 리듬으로 안정감을 표출하고, 일상에 대한 예리한 감각을 담아내는 경우는 「純銀이 빛나는 이 아침에」에서처럼 이미지에 조응하는 지적이고 산문적인 리듬을 창출한다. 그의 시에서 구현되는 리듬은 의미와의 조화를 제일 원칙으로 하여 매번 새롭게 창조된다.

특히 「白頭山 天池」와 「1미터의 사랑」은 리듬에 관한 시인의 탁월한 능력이 발휘되어 전무후무한 개성을 이룬 예이다. 이 시들은 산문적인 장중한 호흡과 섬세한 운문의 질감을 결합하여 한국시에서 드문 장거리 리듬[4]을 만들어 내고 있다. 백두산의 장엄한 광경이나 사랑의 신비로운 영속성을 표현하기 위해 생명력이 넘치면서도 내밀한 율조로 짜인 리듬의 소우주를 창조해 낸 것이다. 생명에 대한 한량없는 사랑, 언어예술의 위의와 저력에 대한 신념이 그의 시를 무궁한 리듬의 충동으로 이끌었다.[5] 그에게 리듬은 생명의 욕동과 언어의 환희를 구현하는 시 본연의 숨결이다. 들숨과 날숨이 유기적으로 이어지며 지속되는 생명처럼 그의 시에서 리듬은 시의 생기를 결정짓는 근원적 원리라 할 수 있다.

5. 천진성과 해학의 묘미

오탁번의 시에서 느껴지는 생동감과 밝은 기운은 그의 시가 담고 있는 웃음에서 기인할 때가 많다. 웃음은 한국시에서 그리 친숙한 정서는 아니다. 오랫동안 한국시에서는 슬픔을 바탕으로 하는 숙연하고 애잔한 정서가 주류를 이루어 왔다. 오탁번의 시가 재미있는 이유는 엄숙주의에서 벗어난 자유로운 천진하고 솔직한 태도와 관련된다. 그는 어린아이처럼 어떠한 사물이나 상황에 대해서도 편견 없이 그대로 받아들이고 즐기기에 일상의 순간순간에서 웃음을 발견한다.

웃음에는 권위를 타파하고 기존의 질서를 무너뜨리는 전복의 힘이 있다. 오탁번의 시는 기성의 관습에서 자유로운 경쾌한 사유의 산

---

4 이태준이 박태원의 「소설가 구보 씨의 일일」을 두고 "그의 독특한 끈기 있는 치렁치렁한 장거리 문장"이라고 한 것을 응용하여, 한 번도 끊어지지 않고 길게 이어지면서도 고른 리듬을 보여 주는 오탁번의 시 「백두산 천지」와 「1미터의 사랑」에서의 리듬을 '장거리 리듬'이라고 불러 본다.

5 이혜원, 「생명의 숨결, 영원의 노래」, 『시적 상상력과 언어』, 태학사, 2003, 441쪽.

물로서 자주 예기치 못한 웃음의 코드를 드러낸다. 「學番에 관하여」(『1미터의 사랑』)라는 시는 술자리에서 갓 제대한 복학생이 "야! 너, 며탁 번이야? 위아래도 업서?"라고 소리치자 "나? 나는 오탁번이다! 어쩔래?" 하고 대응했던 유명한 일화를 담고 있다. 이 시는 "고현놈들 같으니, 스승의 그림자도 밟지 말랬거늘 내 이름을 빗대어 학번을 부르며 법석을 떤다고?"라는 부제를 달고 있지만, 제자들과 격의 없이 어울리며 즐거운 농담으로 웃음바다를 만드는 시인 자신의 유쾌한 기질을 사실 그대로 보여 준다.

「시인과 소설가」(『시집보내다』)에서는 김동리와 서정주가 나눴던 대화를 인용하며 시인과 소설가의 차이를 재미있게 그려 내고 있다. 김동리가 시를 한 편 썼다며 서정주 앞에서 "―꽃이 피면 벙어리도 우는 것을……"이라며 읊조리려 하자 서정주가 "―기가 막히다! 절창이네 그랴!/꽃이 피면 벙어리도 운단 말이제?"라며 감탄하고, 그 말에 김동리가 헛기침을 하며 "―'꽃이 피면'이 아니라, '꼬집히면'이라네!"라고 했다는 것이다. 시인과 소설가의 기질 차이가 선명하게 드러나는 이야기를 그대로 살려 한 편의 시로 만들어 내고 있다. 시인이자 소설가인 오탁번의 시가 왜 재미있는지를 짐작할 수 있게 하는 대목이다. 감정에 민감한 시인과 사실을 중시하는 소설가의 기질을 자유자재로 발휘했기에 섬세한 서정시부터 해학적인 시에 이르는 너른 진폭의 시들을 쓸 수 있었던 것이다.

그는 웃음이 대부분 특정한 상황에서 기인한다는 것을 잘 안다. 따라서 웃음을 유발하는 시들은 대개 상황 묘사에 충실하다.

세 살 난 여름에 나와 함께 목욕하면서 딸은

이게 구슬이나? 내 불알을 만지작거리며 물장난하고

아니 구슬이 아니고 불알이다 나는 세상을 똑바로

가르쳤는데 구멍가게에 가서 진짜 구슬을 보고는

아빠 이게 불알이냐? 하고 물었을 때

세상은 모두 바쁘게 돌아가고 슬픈 일도 많았지만

나의 딸아이 앞에는 언제나 무진장의 토요일 오후

—「토요일 오후」 부분(『생각나지 않는 꿈』)

시인이 아직 어린 딸과 목욕을 하던 시절의 경험을 그대로 담고 있는 이 시는 딸의 천진한 말이 그 자체 웃음의 발원지가 된다. 여기에 "세상을 똑바로/가르쳤는데" '구슬'을 '불알'로 착각해서 내뱉는 딸의 말이 또 한 번 유쾌한 웃음을 유발한다. 어린 딸의 천진함과 시인의 진지함 사이의 불균형이 상황적 아이러니를 불러일으키며 웃음이 발생한다. 시인은 여기서 한 걸음 더 나아가 바쁘고 슬픈 일도 많은 세상사 속에서 딸과 함께하는 이런 시간만은 "무진장의 토요일 오후"처럼 한없이 행복하고 즐겁다는 사실을 환기한다. 한바탕 웃음에 그치지 않고 뭉클한 감동을 주는 대목이다. 이 시에서 딸이 주는 웃음처럼 웃음은 일상에 지친 사람들에게 휴식과 치유를 가져다준다. 시인이 자신의 시에 즐겨 웃음을 담아내는 것도 그 때문이다.

웃음에는 여러 종류가 있는데, 오탁번 시의 웃음은 차갑고 날카롭기보다는 따뜻하고 흥겨운 경우가 많다. 그의 시에는 특히 성적 묘사와 결부된 해학적 웃음이 많이 나타난다. 이는 앞에서 다루었던 생명의 탄생으로 이어지는 원초적인 사랑에 대한 시인의 지대한 관심과도 관련이 깊다. 그는 자연스러운 본성으로서의 에로티시즘을 해학적으로 표현함으로써 그것을 건강하고 밝게 드러내려 한다. "논배미마다 익어 가는 벼이삭이/암놈 등에 업힌/숫메뚜기의/겹눈 속에 아롱진다", "눈썰미 좋은 사랑이여/나도/메뚜기가 되어/그대 등에 업히고 싶다"(「사랑 사랑 내 사랑」, 『1미터의 사랑』)에서처럼 그의 시에서 성적 묘사는 자연과 다를 바 없이 솔직담백해서 웃음을 자아낸다.

오탁번 시의 해학성은 후기 시로 갈수록 더욱 강화되는데, 이는 고향에서 친구들이나 마을 사람들과 어울려 지내며 함께하게 된 시심(詩心)과도 무관하지 않다. 순박하고 천진한 고향 사람들은 누구나 마음속에 시를 품고 있어 시인에게 놀라운 영감을 일으키곤 한다. 「탑」(『손님』)이라는 시에서는 시인보다 더 시인 같은 농부가 등장한다. 원서헌에 새로 모셔다 놓은 삼층석탑을 본 딸이 "—아빠, 이 탑 어디서 났어?" 하고 묻자 "—며칠 전 천둥번개가 치고/무지개가 솟더니/하늘에서 그냥 뚝 떨어졌단다"라고 시인이 너스레를 떤다. 그러자 마실 왔던 이장이 한술 더 떠서 "—그럼, 우리 동네에서는 그런 일이 흔해"라고 한다. 농담과 진담의 경계가 없고, 아무렇지 않게 하는 말에 시적 영감이 가득한 것은 이들이 순진무구하고 쾌활한 본연의 마음을 잃지 않고 있기 때문이다. 이처럼 오탁번 시에서 만날 수 있는 밝은 웃음은 상황에 대한 경쾌한 반응에서 발생하며 인간의 건강한 본성에 대한 신뢰를 바탕으로 하고 있다.

6. 말과 삶의 근원적인 감각

1967년 등단해서 2023년까지 반백 년이 넘는 세월 동안 오탁번은 시인으로서 전력을 다했다. 다른 어떤 타이틀보다 시인으로서의 정체성을 강하게 의식하며 모어를 탐구하고 빛내기 위해 밤낮으로 골몰했다. 덕분에 갖가지 사전 속에서 오랫동안 잠자던 말들이 새롭게 빛을 보고 시의 숨결을 얻을 수 있었다.

삶과 언어의 생명력을 향한 한결같은 이끌림은 그의 시에 남다른 생기를 부여했다. 이 글에서는 오탁번의 시에서 각별하게 드러나는 생동감의 원인을 네 가지 정도로 설명해 보았다. 첫 번째는 그의 시가 사랑과 생명의 가치를 중시하며 적극적으로 지향한다는 점이다. 그의 시에서 사랑은 생명으로 이어지는 근원적인 감각으로서 그리움의 정서와 함께 아름답게 그려지거나 밝고 유쾌한 관능미로 드러난다. 두 번째는 자연, 고향, 어머니 등 원형적 세계와 조응하는 충일한 일상이 바탕을 이룬다는 점이다. 그는 고향에 안착하여 자연과 교감하여 모성적 보살핌의 행복한 기억들과 조우하였고, 그러한 순간들을 그린 시들은 순수하고 행복감이 넘친다. 세 번째는 그가 공들여 탐사한 모어가 지닌 원초적 생명력을 들 수 있다. 이와 더불어 다양한 형식으로 시에 생기와 숨결을 부여하는 풍부한 리듬감을 빼놓을 수 없다. 마지막으로 살펴본 것은 천진하고 솔직한 시선과 해학적인 기질이 유쾌한 시를 만들어 낸다는 점이다. 오탁번 시가 유발하는 웃음은 특히 따뜻하고 쾌활하며 건강한 인간 본성과 밀접하게 관련된다.

슬픔의 정조나 엄숙한 지사주의가 강한 한국시의 전통에서 오탁번의 시는 흔치 않은 시적 개성을 이룬다. 그의 시는 서정적이면서도 경쾌하고, 이야기가 가득하면서도 리듬이 살아 있어 역동적이다. 재미있는 시도 가능하다는 것을 입증하듯 그의 시는 웃음을 준다. 그 웃음에는 사랑과 생명에 대한 무한한 긍정과 언어의 뿌리로부터 오는 살아 있는 숨결이 자리하고 있다. 기쁘게 쓴 시가 사람들을 기쁘게 한다. 시인이 밤마다 깊고 깊은 언어의 광맥을 헤매며 기꺼이 파내어 정성스레 다듬은 순정하고 생생한 모어들은 미처 모르던 우리말의 아름다움과 즐거움을 선사한다. 그는 모어가 지닌 생명력을 누구보다 강하게 신뢰하고 풍부하게 실현해 보인 시인이다.

고통의 향유와 숭고의 미학
—최승자 시에 나타나는 사랑의 정신분석학적 탐구

1. 문제적 사랑의 시

최승자의 시는 사랑에 대한 남다른 체험과 통찰을 내포하고 있다. 이전의 시들에서 흔히 그려지던 낭만적이거나 이상적인 사랑과 달리 육체적이고 절망적인 사랑에 천착한 최승자의 시는 우리 시에서 사랑의 담론을 크게 변화시킨다. 최승자 시에 나타나는 주체는 좌절된 사랑으로 상처받고 원망하고 죽음을 꿈꾸는 격렬한 자기부정의 양상을 보여 준다.

최승자 시에서 사랑이 핵심적인 의미를 지니며 다른 시인들에 비해서도 문제적이라는 사실은 이미 정평이 나 있다.[1] 그러나 최승자

---

1 김치수, 「사랑의 방법」, 『이 시대의 사랑』 해설, 문학과지성사, 1981, 89-96쪽; 김현, 「게워 냄과 피어남—젊은 시인들의 상상 세계」, 『말들의 풍경』, 문학과지성사, 1992, 225-236쪽; 김수이, 「사랑과 죽음—최승자, 한영옥의 시에 나타난 죽음 의식」, 『풍경 속의 빈 곳』, 문학동네, 2002, 149-158쪽; 엄경희, 「열정적 사랑의 역설과 존재의 비극성—최승자 시를 중심으로」, 『어문연구』 153호, 한국어문교육연구회, 2012, 141-169쪽.

시에 나타나는 격렬한 감정의 양상을 보다 깊이 있게 규명하기 위해 체계적인 접근을 행한 경우는 그리 많지 않다.[2] 이 중 박영우는 죽음, 소외 등의 의식이 표현되는 양상에 주목하였고, 김경은은 최승자 시에서 반복되는 죽음의 이미지를 애도의 발현으로 파악하였으며, 김건형은 아브젝트의 개념을 사용해 비천한 주체가 세계와 대응하는 방법을 규명하고 있다. 최승자 시에 나타나는 심층심리에 분석적으로 접근한 경우는 주로 죽음 의식의 해명에 주력하는 경향이 강하다. 그러나 최승자 시에서 죽음 의식은 사랑의 감정과 밀접한 관련을 지니고 있어 그 상관관계를 파악하는 것이 중요하다. 사랑의 좌절과 죽음의 충동을 지나 승화에 이르는 격렬한 감정적 변이의 전 과정을 유기적으로 파악해야만 최승자 시에 나타나는 주체의 심리에 대한 깊이 있는 이해가 이루어질 수 있다.

이 글에서는 사랑과 관련되는 인간 정신과 본성의 심층을 격정적이고 감각적인 언어로 표출해 낸 최승자의 시를 심도 있게 이해하기 위해 정신분석학, 특히 라캉의 이론을 참조할 것이다. 라캉의 이론은 사랑에 관련된 인간 심리의 근본적인 이해에 시사하는 바가 크다. 그의 이론은 사랑에 대한 관념적 이해의 산물이 아니라 구체적인 임상 경험을 바탕으로 정립된 것이기 때문에, 구체적인 체험과 고백을 내포하고 있는 최승자 시를 이해하는 데 더욱 유효하다.

라캉의 유명한 성 구분 공식은 남자와 여자의 성이 다르다는 것을 전제로 한다. 남자는 완벽한 향유가 가능하다는 착각(환상)을 가지고

---

2 박영우, 「최승자 시 연구」, 『국어문학』 45집, 국어문학회, 2008, 145-165쪽; 김경은, 「최승자 시에 나타난 애도의 양상 연구」, 『문명연지』 11권 2호, 한국문명학회, 2011, 73-101쪽; 김건형, 「최승자 시에 나타난 비천한 주체의 변모 양상 연구」, 『한국문학이론과 비평』 18권 4호, 한국문학이론과비평학회, 2014, 51-76쪽.

있다면 여자는 완벽한 향유가 가능하다는 착각을 갖지 않고, '다른 향유'를 즐기는 사람이다. 남자와 달리 여자는 법을 초월하는 절대적 권력자가 되고자 하는 환상을 가지고 있지 않다. 반면 남자는 전지전능한 자가 되고자 하는 환상, 즉 예외적 인물이 되고자 하는 환상을 가지고 있다. 라캉은 이러한 남자의 향유를 '팔루스적 향유', 여자의 향유를 '다른 향유'라고 부른다. 여자는 '다른 향유'를 행할 수 있으므로 팔루스적 질서를 넘어설 수 있다.[3] 이렇듯 남자와 여자가 성을 향유하는 방식이 다르고 그들이 각자의 방식으로 관계를 맺는 도정에는 무엇인가가 끼어들어 그 어떤 직접적인 관계도 성립할 수 없다. 라캉의 욕망 이론에 의하면 사랑은 영원히 충족 불가능하고 남자와 여자는 각각 다른 이유로 트라우마를 지닐 수밖에 없다. 사랑과 관련되는 죽음충동은 욕망의 충족 불가능성을 경험한 주체가 불쾌를 쾌로 전환하는 방식이다. 라캉에게 있어 '환상의 주체'란 그 스스로 죽음충동을 통해 상징계 한계 너머로 도약하는 능동자이다. 라캉은 그 스스로 죽음을 마다하지 않고 상징적 한계 속에 예속되지 않는 자유를 추구하는 환상의 주체에게서 숭고의 미를 발견한다.[4] 상징적 죽음을 통해 실재는 영원히 존재하게 된다.

　최승자의 시는 사랑에 실패한 주체가 보여 주는 절망과 죽음충동 등을 격렬하게 표출한다. 사랑과 죽음충동에 대한 라캉의 이론은 그러한 심리를 심층적으로 이해하는 데 긴요하다. 최승자는 지금까지 7권의 시집을 내놓았는데 사랑의 문제와 밀접하게 관련된 시집은 『이 시대의 사랑』(1981), 『즐거운 일기』(1984), 『기억의 집』(1989), 『내 무덤,

---

3 홍준기, 『오이디푸스콤플렉스, 남자의 성, 여자의 성』, 아난케, 2005, 342~348쪽 참조.
4 남경아, 「칸트의 숭고 너머―라캉의 주이상스」, 『철학논총』 77집 3권, 새한철학회, 2014, 131쪽.

푸르고』(1993), 『연인들』(1999)이다.[5] 여기서는 이 다섯 권의 시집에 나타나는 사랑의 양상을 동일한 주체의 심리적 변화 과정으로 파악하고 그 심층적 의미를 탐색해 보고자 한다. 사랑의 좌절과 반복은 첫 번째와 두 번째 시집 등 초기 시집에 주로 나타나고, 죽음충동은 첫 번째 시집에서 네 번째 시집까지 고르게 나타나며, 죽음을 넘어서는 숭고미는 네 번째와 다섯 번째 시집에 주로 나타난다. 그러나 이 글에서는 시집별로 의식의 흐름을 구별하기보다는 주체의 심리적 추이를 따라가며 그 내적 동인을 밝히는 데 주력할 것이다. 최승자 시에서 주체는 사랑의 좌절을 겪은 후 극심한 절망 끝에 죽음충동을 표출한다. 죽음충동은 고통을 향유하는 방식이기도 하기 때문이다. 최승자 시의 주체는 죽음을 통해 무한을 지향하며 한계 너머에서 숭고의 미를 발현한다. 사랑의 상실에서 멈추지 않고 절망의 에너지를 극한까지 밀어붙여 죽음 너머의 세계에서 새로운 향유를 발견하는 최승자 시의 주체는 사랑과 죽음의 상관관계를 이해하는 데 있어 흥미로운 탐구의 대상이라 할 수 있다.

2. 사랑의 좌절과 반복

최승자 시에서 사랑은 절망과 상처로 귀결되는 고통스러운 관계로 드러난다. 하나 됨을 향한 사랑의 기대를 근본적으로 실현 불가능하다고 보았던 라캉에 의하면 이는 지극히 당연한 결과라고 할 수 있다. "라캉이 말하듯 우리는 결코 하나(One)가 될 수 없다. 팔루스와 대상 a와의 관계에서 남성성과 여성성은 바로 이런 비대칭성이 성관계

---

5 최승자의 시집 중 이 다섯 권의 시집 이후에 나온 『쓸쓸해서 머나먼』(2010)과 『물 위에 씌어진』(2011)에는 사랑에 대한 사유가 직접적으로 드러난 시들이 없기 때문에 본격적인 논의의 대상에서 제외한다.

와 같은 것은 없다는 말의 의미이다."⁶ 라캉에 의하면 욕망은 큰 타자의 욕망이며 영원히 충족 불가능하다. 그러므로 사랑이 좌절된 후에도 지속되는 사랑은 통일성을 욕망하는 관념의 작용에 불과하다.

한참 자고 일어나 보면
당신은 먼 태양 뒤로 숨어 보이지 않는다.
이윽고 어 얼마 뒤, 불편한 안개 뒤편으로
당신은 어 엉거주춤 떠오르기 시작한다.
이상하게, 낯설게,
시체 나라의 태양처럼 차갑게.
나는 그 낯설고 차가운 열기에
온몸을 찔리며 포복한 채
당신에게로 기어가기 시작한다.
이윽고 거북스런 안개가 걷히고
당신과 나는 당당하게 서로를 바라본다.

그때 당신이 또 날 죽이려는 음모를 품기 시작한다.
뒤에다 무엇인가를 숨기고서
당신은 꿀물을 타 주며 자꾸만 마시라고 한다.
나는 그게 독물인 줄 알면서도 자꾸만 받아 마신다.
나는 내 두 발이 빠져들어 가는 것을 알면서도
자꾸만 빠져들어 간다.
당신은 당신이 하는 장난이

---

6 숀 호머, 『라캉 읽기』, 김서영 역, 은행나무, 2006, 203쪽.

내게는 얼마나 무서운 진실인가를 모르는 체한다.

당신이 모르는 체하는 것을 모르는 체하면서,

내가 자꾸 빠져들어 가는 게 나의 사랑이라는 것을 당신은 모르고, 모르는 체하고,

그리고 보이지 않는 곳에서 진딧물이 벼룩을 낳고 벼룩이 바퀴벌레를 낳고 바퀴벌레가 거미를 낳고……

우리의 사랑도 속수무책 거미줄만 깊어 가고,

또 다른 해가 차가운 구덩이에 처박힌다.

—「연습」 전문[7]

이 시는 계속 어긋나면서도 지속되는 사랑의 전형적인 양상을 펼쳐 보인다. 시 속에서 여자는 사랑의 불행한 결말을 예감하면서도 헤어나지 못하고 남자는 여자를 끊임없이 혼란에 빠트린다. 여자는 남자가 "모르는 체하는 것을 모르는 체하면서"도 이 사랑을 멈추지 못한다. 여자는 왜 이 사랑에서 빠져나오지 못하는 걸까?

최승자 시 속의 여자뿐 아니라 일반적으로 "여자는 남자와 달리 사랑 대상과 욕망 대상을 '같은(하나의) 대상'으로 '수렴시킨다.' 여자는 사랑하는 대상을 동시에 욕망 대상으로 삼고자 하는 한에서 그만큼 자신의 파트너에게 충실하지만, 정확히 바로 그러한 이유로 인해 '불감증'으로 고통받을 수 있다. 하지만 사랑 대상과 욕망 대상을 분리시키기를 원치 않는 한에서 여자는 남자와 달리 불감증을 더 잘 견딘다. 자기가 가지고 있지 않은 것(팔루스)을 사랑 속에서 주는 여자는 비팔루스적 향유를 통해 충실성을 유지한다. 반면에 남자는 사랑과 관능

7 최승자, 『즐거운 일기』, 문학과지성사, 1984, 34-35쪽.

적 욕망을 일치시키지 않고 '다른 여자'를 욕망한다."[8] 여자는 스스로 대타자에게 충실함으로써 대타자에게도 자신에게 충실할 것을 요구한다. 남녀 간의 사랑과 욕망에 내재하는 이러한 근본적인 차이로 인해 사랑하는 남녀는 각자의 결여와 상실에서 벗어나기가 어렵다.

위 시에서 여자는 '당신'이 "시체 나라의 태양처럼 차갑"다고 느낀다. 여자와 남자의 사랑은 서로 다른 곳을 향해 있고 서로 다른 것을 꿈꾼다. 라캉은 소통이나 포용과 같은 사랑에 대한 대중의 통념을 단호하게 부정하며 그것은 사랑에 대한 환상에 불과하다고 주장한다. 라캉에 의하면 사랑은 "근본적으로 자기애적 구조"를 지닌 것으로 "일종의 거울상으로서 사랑은 본질적으로 기만이다."(S11, 268) "사랑하는 것은 '우리가 가지지 않은 것을 주는 것'이다."(S8, 147)[9] 거울이 반사하는 허상(대상 a)은 사랑을 가능하게 하지만 본질적으로 기만적이기 때문에 끝없이 상대를 훼손시킨다. 위 시에서 남자는 "먼 태양 뒤로 숨어 보이지 않"다가 안개가 걷힌 후 가까스로 서로를 마주 볼 수 있는 위치에 선다. 서로에게 가장 가까이 있는 상태에서 둘은 거울처럼 "서로를 바라본다." 이 상태에서 "당신이 또 날 죽이려는 음모를 품기 시작한다"라는 것은 사랑이 본질적으로 기만적이라는 사실을 적나라하게 보여 준다. 남자는 여자를 그 자체로 사랑하지 않고 그 이상의 것(대상 a)의 일부로 인식함으로써 여자를 훼손시킨다. 남자로 인해 정체성이 훼손된 여자에게 남자의 기만적인 태도는 자신을 죽이려는 음모와 다를 바가 없다. 그런데도 여자는 남자에게서 빠져나오지 못한다. 여성은 자기 안에 있는 자기 이상의 것이 무엇인지를 부단히

---

8 홍준기, 『오이디푸스콤플렉스, 남자의 성, 여자의 성』, 298쪽.

9 딜런 에반스, 『라캉 정신분석 사전』, 김종주 외역, 인간사랑, 1996, 172쪽.

궁금해하며, 바로 이 불확실함 때문에 타자의 욕망을 끊임없이 질문한다.[10] 남자의 기만을 알면서도 "자꾸 빠져들어 가는" 여자의 심리는 그 때문이다. "당신이 모르는 체하는 것을 모르는 체하면서"라는 구절을 라캉식으로 다시 읽어 보자면, "당신이 모르는 체하는 것"은 단지 그런 시늉에 그치는 것이 아니라 진실로 모르는 것일 수 있다. 남자에게 여자는 끝끝내 대상 a의 일부에 불과하기 때문이다. 또한 여자가 "모르는 체"하는 것도 단지 그런 척하는 데서 그치는 것이 아니라 대타자의 욕망이 무엇인지를 모르기 때문에 끝없이 질문하는 것으로 볼 수 있다.

이러한 무지와 의심 속에서 이들의 사랑은 점점 방치되고 훼손되어 갈 수밖에 없다. "진딧물이 벼룩을 낳고 벼룩이 바퀴벌레를 낳고 바퀴벌레가 거미를 낳고" 하면서 점점 불신과 절망의 음습한 구덩이로 처박힐 뿐이다. 이 시에서는 서로 모르는 체하며 "속수무책"으로 이어지는 사랑에 "연습"이라고 이름을 붙여 놓았다. 이는 라캉이 실패와 좌절을 경험하면서도 '반복'된다고 한 사랑의 특성과 흡사하다.

사랑은 언제나
벼락처럼 왔다가
정전처럼 끊겨지고
갑작스런 배고픔으로
찾아오는 이별.

---

10 레나타 살레츨, 「성적 차이—남자와 여자의 이중화된 파트너들」, 슬라보예 지젝 외저, 『성관계는 없다』, 김영찬 외역, 도서출판b, 2005, 289쪽.

사내의 눈물 한 방울

망막의 막막대해로 삼켜지고

돌아서면 그뿐

사내들은 물결처럼 흘러가지만,

허연 외로움의 뇌수 흘리며

잊으려고 잊으려고 여자들은

바람을 향해 돌아서지만,

땅거미 질 무렵

길고 긴 울음 끝에

공복의 술 몇 잔,

불현듯 낄낄거리며 떠오르는 사랑,

그리움의 아수라장.

　　　　　　　　—「여자들과 사내들—김정숙에게」부분[11]

　사랑은 "언제나" 예고 없이 시작되었다가 또 그렇게 끝나고 이별의 공허로 남는다. 그럼에도 그것은 늘 반복된다. 이 시에서도 남자는 쉽게 욕망의 대상을 옮기고 여자는 좀처럼 사랑의 대상을 잊지 못한다. 여자는 "그리움의 아수라장"에 갇혀 "길고 긴 울음"을 삼킨다. 최승자 시의 여성 주체는 사랑의 실패를 반복하면서도 좀처럼 상대를 잊지 못하고 끈질긴 애착을 드러낸다. 슬픔 심지어는 자기모멸로까지 침잠하며 여자가 남자에 비해 훨씬 절박한 반응을 보이는 이유는 무엇일

---

11 최승자, 『이 시대의 사랑』, 문학과지성사, 1981, 18쪽.

까? 라캉을 따라 콜레트 솔레는 여자들에게서 (팔루스적 향유와 여성적 향유 간의 부조화를 해소할 수 없는) 선택적(elective) 사랑에 대한 특별한 이끌림이 보이는 것은 여성적 향유의 성격 때문이라고 주장한다. 여자에게 사랑의 상실은 곧 그녀 자신을 상실하는 것과 같다. 사랑의 관계 속에서 여자는 자신에 대한 타자가 되려 하기 때문이다. 여자들은 타자의 욕망 속에서 자신의 자리를 찾으려 하기 때문에 멜랑콜리적인 모멸의 착란상태에 이를 지경에도 사랑의 지속을 갈구한다. 그러므로 모멸로의 후퇴가 역설적으로 승화의 첫 단계가 되기도 한다.[12] 최승자 시에서 여성 주체가 "찔린 몸으로 지렁이처럼 기어서라도,/가고 싶다 네가 있는 곳으로."(「청파동을 기억하는가」, 『이 시대의 사랑』), "배고픈 저녁마다/아픈 정신은/문간에 나가 앉아,/세상 꿈이 남아 있는 한/결코 돌아오지 않을 그의/발자국 소리를 기다린다"(「우우, 널 버리고 싶어」, 『이 시대의 사랑』)와 같이 모멸적인 상황을 감수하면서도 간절하게 사랑을 희구하는 것은 그것이 곧 자신의 존재를 확인하는 방법이기 때문이다.

> 마음은 바람보다 쉽게 흐른다.
> 너의 가지 끝을 어루만지다가
> 어느새 나는 네 심장 속으로 들어가
> 영원히 죽지 않는 태풍의 눈이 되고 싶다.
>
> —「너에게」 전문[13]

이 짤막한 한 편의 시에는 여자가 사랑을 통해 도달하고 싶은 것이

12 레나타 살레츨, 「성적 차이—남자와 여자의 이중화된 파트너들」, 302-303쪽 참조.
13 최승자, 『이 시대의 사랑』, 84쪽.

무엇인지가 잘 드러나 있다. "여자는 남자로 하여금 자신을 향유하게 하면서, 동시에 자기 자신에 대해서도 타자인 자기 자신을 적극적으로 향유하는 주체이다."[14] 라캉은 여자를 남자에 비해 수동적인 위치에만 놓지 않고 스스로 적극적으로 향유하는 주체로 보았다. 여자는 타자의 욕망 속에서 자신의 위치를 찾고 타자의 결여의 기표에 도달할 수 있는 주체로서 자신을 욕망한다. 이 시는 타자의 사랑을 불러일으키는 귀중한 대상으로서 영원히 존재하고 싶어 하는 여자의 환상을 펼쳐 보인다. 물론 이러한 바람은 현실에서는 실현 불가능하다. 최승자 시의 여성 주체는 사랑의 좌절로 인한 극심한 절망 상태에 빠지면서도 영원한 사랑에 대한 추구를 멈추지 않는다.

3. 죽음충동과 고통의 향유

최승자 시에서 자주 나타나는 죽음충동은 사랑의 실패로 절망에 이른 여성 주체의 심리를 상징적으로 보여 준다. 최승자 시의 여성 주체는 자신에게 상처를 준 상대에 대한 원망 이상으로 자학을 드러내고 극단적으로는 죽음충동을 표출한다.

> 한밤중 흐릿한 불빛 속에
> 책상 위에 놓인 송곳이
> 내 두개골의 살의(殺意)처럼 빛난다.
> 고독한 이빨을 갈고 있는 살의,
> 아니 그것은 사랑.

---

14 홍준기, 『오이디푸스콤플렉스, 남자의 성, 여자의 성』, 308쪽.

칼날이 허공에서 빛난다.

내 모가지를 향해 내려오는

그러나 순간순간 영원히 멈춰 있는.

—「사랑 혹은 살의랄까 자폭」 부분[15]

사랑의 실패는 "살의"를 일으키고 그것은 쉽게 "자폭"의 심정으로 바뀐다. "살의"와 "사랑"의 손쉬운 자리바꿈은 그 양가성을 증명한다. 프로이트는 이러한 삶의 양극성(polarity)을 간파한 바 있다. "파괴 본능(증오가 이것에 이르는 길을 가리킨다) 속에서 붙잡기 어려운 죽음 본능의 대변체를 발견할 수 있다는 사실에 대해 우리는 감사해야 할 것이다. 사랑이 예기치 않게 정규적으로 증오(양가감정)를 수반하고, 인간관계에서 증오는 사랑의 전신일 때가 비일비재할 뿐만 아니라, 많은 경우 증오는 사랑으로, 사랑은 증오로 바뀐다."[16] 사랑과 증오, 쾌와 불쾌, 삶의 본능과 죽음의 본능은 양극성을 이루며 언제든 자리바꿈한다. 프로이트에 의하면 죽음욕동은 최고의 긴장 상태를 통하여 쾌락에 도달하는 방법이 된다. 최승자의 시는 죽음을 감수하면서도 향유의 열망을 포기하지 않는 사랑의 치명적인 속성을 강렬하게 드러낸다.

라캉은 프로이트가 마조히즘에서 재발견한 죽음충동인 '만족'과 달리 고통의 '향유'를 추구하는 죽음충동을 제시한다. 죽음충동은 긴장의 소멸이 아니라 그 생성에 관여한다.

네가 왔으면 좋겠다.

---

15 최승자, 『이 시대의 사랑』, 15쪽.

16 지그문트 프로이트, 『정신분석학의 근본 개념』, 윤희기 역, 열린책들, 2003, 385쪽.

나는 치명적이다.

네게 더 이상 팔 게 없다.

내 목숨밖에는.

목숨밖에 팔 게 없는 세상,

황량한 쇼윈도 같은 나의 창 너머로

비 오고, 바람 불고, 눈 내리고,

나는 치명적이다.

—「너에게」 부분[17]

이 시의 주체는 자신의 목숨을 담보로 마지막 순간까지 사랑을 갈구하고 있다. 지금 주체는 하나밖에 없는 목숨조차 내놓고 '무의 존재'가 되려 한다. "내가 너를 너라고 부를 수 없는 곳에서/흐르는 물은 흐름을 정지하고//이제 눈감는 자는 영원히/다시 눈떠 헤매지 않으리니//말없이 한 여자가 떠나가고/바다의 회색 철문이 닫혀진다."(「내가 너를 너라고 부를 수 없는 곳에서」, 『즐거운 일기』)에서도 여자는 남자와의 결별을 계기로 자신을 '무의 존재'로 인식한다. 사랑이 끝난 세상은 흐르는 물조차 정지하고 바다의 회색 철문이 닫히는 완전한 정지의 상태와 다를 바 없다. 이는 상징적 죽음의 상태에 가깝다. 최승자 시에 자주 등장하는 죽음에 대한 상상은 사랑의 좌절을 전이시키려는 격렬한 심리적 반응이다.

라캉이 죽음욕동을 긴장의 소멸이 아닌 생성으로 파악한 것은 그것이 새로운 긴장을 불러들여 실재를 상징적으로 고정시킬 수 있다는 가

---

17 최승자, 『내 무덤, 푸르고』, 문학과지성사, 1993, 53쪽.

능성을 발견해 냈기 때문이다. 이때 라캉의 주체가 집중하는 것은 '사라진 실재'가 아니라 창조되어 영원히 존재하게 된 실재이다. "라캉의 죽음충동은 죽음 본능에 반하여 영원한 생을 주체 스스로 창조하려고 하는 의지의 작업이다. 비단 기표에 의해 상실되는 실재의 차원뿐 아니라, 자연적 구조 내 시간성 속에서 소실되어 가는 모든 것들에 인간이 항거할 수 있는 방법은 그것을 영원히 변하지 않는 것으로 무화시켜서 기억하는 것뿐이다."[18] 죽음충동은 상징계로부터 소외되었던 실재를 영원히 존재하게 하면서 창조의 과정, 쾌의 감정으로 전환시킨다. 라캉이 죽음을 고통의 '향유'로 파악하는 것은 그 때문이다.

길이 없어 그냥
박꽃처럼 웃고 있을 뿐,

답신을 기다리지는 않아요.
오지 않을 답신 위에
흰 눈이 내려 덮이는 것을
응시하고 있는 나를 응시할 뿐.

모든 일이 참을 만해요.
세포가 늙어 가나 봐요.
가난하지만
이 房은 다정하군요.
흐르는 이 물길의 정다움,

---

18 남경아, 「라캉의 '죽음충동'과 주체의 자유」, 『범한철학』 73집, 범한철학회, 2014, 98쪽.

물의 장례식이 떠나가고 있어요.

잊으시지요.
꿈꾸기 가장 편리한 나는
무덤 속의 나니까요.

—「길이 없어」 전문[19]

이 시에서 주체의 웃음은 "길이 없어" 즉 사랑의 희망이 좌절되고 나서 나오는 것이다. 박꽃의 흰빛과 눈의 흰빛은 모두 희망 없이, 힘없이 상실감에 젖어 있는 주체의 상태와 상응한다. 이 시의 주체는 상대의 답신을 기다리지도 않는 상태이다. "오지 않을 답신 위에/흰 눈이 내려 덮이는 것을/응시하고 있는 나"는 사랑의 자기애적 구조를 드러낸다. 남자의 향유를 더 이상 기대하지 않는 상태에서도 여자는 자기 자신을 응시하며 자신을 타자로서 향유한다. 길이 없이 자신만의 방에 놓여 있는 여자는 무덤에 들어 있는 것과 같은 상징적인 죽음의 상태에 있다. 특이한 것은 무덤 속의 여자가 상당히 편안해 보인다는 것이다. 남자의 사랑을 갈구하며 그토록 고통스러워하고 원망하던 것과 달리 이제 여자는 모든 일이 참을 만하고 심지어 자신이 놓인 방이 다정하다고 느낀다. 무덤 속에서 여자는 "꿈꾸기 가장 편리한 나"를 발견한다. 무덤이 상징하는 죽음의 상태에서 여자는 사라진 실재, 즉 오지 않을 답신이 아닌 새롭게 창조되어 영원히 존재하게 될 실재를 꿈꾸게 되었기 때문이다. 사랑의 실현이 불가능한 것을 경험한 주체는 이처럼 죽음충동을 통해 실재의 소외를 쾌의 감정으로 역전시켜

---

19 최승자, 『기억의 집』, 문학과지성사, 1989, 17쪽.

놓는다. 이렇게 실현 불가능한 사랑을 만족의 상태로 전환시키는 승화의 과정에는 극심한 좌절과 실패를 경험한 주체의 결단이 내재한다. 상징적 죽음은 기표들 사이로 끊임없이 사라져 버리는 실재를 영원히 고정시킬 수 있는 계기가 될 수 있다. 그것은 상징계에서 끊임없이 실패를 반복하며 소외된 실재를 영원히 존재할 수 있게 한다. 이 시의 '나'는 무덤이라는 상징적 죽음 속에서 상징계에서 소외되었던 실재계를 마음껏 꿈꿀 수 있게 된다. 상징계에서 길을 잃은 주체는 상징적 죽음을 통해 실재계에 거하며 자신만의 꿈을 향유할 수 있게 된 것이다.

최승자의 시 중에는 이처럼 상징계로부터 벗어나 자신만의 세계에 머물게 된 상황을 암시하는 경우가 많다. "넘치는 현존의 거리,/그만큼 또한 넘치는 부재적 실존들이여./그 모든 부재들 중의 부재로서/나 피어났네./검은 독버섯처럼."(「未忘 혹은 非忘 4」, 『내 무덤, 푸르고』)에서 '나'는 "현존의 거리"가 아닌 "부재적 실존"에 속해 있다. '나'에게 세계는 "넘치는 현존의 거리"만큼 "넘치는 부재적 실존"으로 인식된다. "현존의 거리"에 속하기를 거부한 '나'는 "내 부재의 그림자로서/전 세계 위에 뻗어 누우려 하네."라고 선언한다. 부재 또한 실존의 한 방식이라는 인식을 살필 수 있다. 주체가 '포기'하고 바깥세상에 대해 무심해질 때 이는 그 또는 그녀가 '욕망의 영도(zero level)'에 도달한다는 것이 아니라 "그 욕망의 축소를 통해 많건 적건 거세를 정초하는 데 이른다는 뜻이다. 이 상태에서 주체는 무엇인가에서 분명 쾌락을 얻는다."[20] 위의 시에서 '나'는 자신의 넘치는 부재로 전 세계 위에 그림자를 드리우려 한다. 상징적 죽음을 통해 실재계에 상상적으로 기

---

20 레나타 살레츨, 「성적 차이—남자와 여자의 이중화된 파트너들」, 300쪽.

입되며 새로운 꿈을 향유하려는 것이다.

4. 환상의 주체와 숭고한 사랑

최승자의 사랑시에서는 죽음을 통해 죽음을 넘어서는 생성의 차원이 나타난다. 죽음은 주체가 "이 세상을 관통"(「이제 가야만 한다」)하는 방법이기도 하고 "시간을 뚫고 무한을 향해 가는"(「연인들 2」) 방법이기도 하다. 이러한 주체는 라캉이 말하는 '환상의 주체'처럼 죽음을 통해 상징계의 한계 너머로 도약한다. 상징계의 질서를 뛰어넘은 여성 주체는 '다른 향유' 즉 '타자적 향유'를 통해 상징계 너머의 실재와 조우한다. 죽음을 넘어서는 타자적 향유를 통해 충족 불가능한 욕망은 충족 가능한 상태로 승화된다.

저 두 마리 새는 내 안에서 울고 있나,

내 밖에서 울고 있나,

아니 저것들은 수 세기 전에 운 것인가,

아니면 수 세기 뒤에 우는 것인가.

이제는 납골당만 해진

시간의 이부자리를 마저

납작하게 개어 놓고

나 또한 깨어나 그들에게

연인처럼 화답할 때,

갇혀 있던 다른 한 마리의 새처럼

지하 무덤, 이제는 뻥 뚫려 버린

시간을 뚫고 무한을 향해

우주 중심까지 수직 상승할 때.

—「연인들 2—두 마리 새의 화답」 부분[21]

이 시의 주체는 "지하 무덤"에서 "아직 덜 부활한" 귀로 창밖에서 들려오는 새들의 소리를 듣고 있다. 즉 이승과 저승, 안과 밖이 뒤섞인 환상 속에 자리하고 있다. 두 마리 새는 "지직, 재잭, 지직, 재재잭" 하며 통신한다. 상징계의 언어와 다른 방식으로 소통하고 있는 것이다. '환상의 주체'인 '나'에게 새들의 소리는 자신의 "안"과 "밖", "수세기 전"과 "수 세기 후"의 구분 없이 들려온다. '나'는 죽음을 넘어서는 생성의 차원, 즉 "시간을 뚫고 무한을 향해/우주 중심까지 수직 상승"하는 새로운 차원에 이른 것이다. '나'는 더 이상 상징계의 시간적 질서에 머물지 않는다. "납골당만 해진/시간의 이부자리"처럼 상징계의 시간은 납작하게 줄어든다. '나'는 새로운 세계에서 "깨어나" "그들에게/연인처럼 화답"한다. 상징계에서 좌절된 사랑으로 고통스러워하던 여성 주체와는 상이하게 이 시의 주체는 새로운 세계를 향유한다. 죽음충동을 통해 상징계의 한계를 넘어서는 자유를 획득한 이러한 주체는 라캉의 '환상의 주체'를 연상시킨다. 환상은 주체가 자신의 욕망을 계속 유지할 수 있게 해 주는 것이며, 소멸해 가는 욕망의 수준에서 주체가 자신을 유지할 수 있는 것도 환상에 의해서이다.[22] 환상은 주체가 상징계의 고통을 넘어서기 위해 대상과의 관계를 왜곡하고 타협을 형성하는 방식이다. 새로운 가능성에로 나아가려는 주체의 환상은 욕망의 충만함을 통해 그 완전성에 도달하고자 하는 것이

21 최승자, 『연인들』, 문학동네, 1999, 80쪽.
22 딜런 에반스, 『라캉 정신분석 사전』, 438쪽.

다. 라캉이 우리는 '여성적인 것'을 향유해야 한다고 하는 이유는 여성적인 것이 주체를 고정시키지 않고 새롭게 할 수 있기 때문이다.[23]

라캉은 상징계의 한계 너머로 도약하여 불쾌를 쾌로 전환하는 이러한 주체에게서 숭고의 미를 발견한다. 라캉의 주체는 상징계의 기표화에서 모종의 '불가능성'을 지속적으로 경험하면서 상징계에 완벽하게 포섭되지 않는 차원, 곧 '실재계'를 인지하게 된다. 라캉의 주체는 결국 욕망의 불가능성에 직면하지만, 그 불가능성의 경험을 통해 상징적 욕망을 가로지를 수 있는 새로운 차원의 가능성을 만나게 된다. 그리하여 라캉의 주체는 상징적 욕망의 끝 지점에서 욕망을 충동의 구조로 전환한다. 충동은 욕망과 마찬가지로 반복적인 추동을 주체에게 일으키면서도 '승화'를 거쳐 종국에는 만족을 얻을 수 있게 한다. 라캉의 주체는 상징적 죽음이야말로 실재를 영생하게 하는 계기가 될 수 있음을 발견해 낸다. 라캉의 주체가 행하는 죽음충동은 상징계가 선사했던 실재의 소외를 잃어버렸던 쾌의 감정으로 전환하여 주체에게 되돌려준다.[24] 불쾌 이후의 쾌, 즉 숭고의 순간에 획득하게 되는 쾌는 상징계의 관점으로 본다면 제한된 쾌이거나 거세된 욕망일 수 있다. 그러나 상징계를 넘어서 향유할 수 있는 주체의 관점에서는 이러한 개념 자체가 상징계의 한계를 드러내는 것일 뿐이다.

하필이면 거기에 백합이 피어 있었던 것도,

하필이면 내가 그것을 꺾어 갖고 왔던 것도.

어쩌면 필연이라는 생각이 듭니다.

---

23 권순정, 「라캉의 환상적 주체와 팔루스」, 『철학논총』 75집 1권, 새한철학회, 2014, 49쪽 참조.

24 남경아, 「칸트의 숭고 너머—라캉의 주이상스」, 130-131쪽 참조.

왜냐하면, 그 모든 고통들이 정화된 그 자리에

백합 한 송이 피어나, 이제 비로소 그 존재를,

그리고 용도를 내게 알려 주고 있으니까요.

내가 당신의 힘을 빌려 내 무수한 전생들,

그리고 이생에서 보냈던 모든 시간들을

폐지해 버린 자리, 내 마음의 작은 빈터 안에,

내가 사랑하는 당신이 가장 사랑하는 꽃,

백합꽃을 선물로 놓아 드릴 수 있으니 말입니다.

그 한 송이 백합이 어느 날 넘실대는 환한

빛 덩어리로 풀려 버릴 수 있길 바라면서.

—「백합의 선물」 부분[25]

　이 시에서 '나'는 언젠가 점쟁이가 말했듯이 전생에서 이생으로 내려올 때 백합꽃을 꺾은 죄로 이생에서 고생을 하는 거라고 믿고 있었다. 그런데 이제 와 보니 그것이 "아름다운 상징"일 수도 있다고 생각을 바꾼다. 똑같은 일에 대해 생각을 바꾸자 "고생"이었던 것이 "아름다운 상징"으로 다르게 다가온다. 이렇게 생각을 달리하게 된 계기는 "이생에서 보냈던 모든 시간들을/폐지해 버린 자리, 내 마음의 작은 빈터 안에" 그것이 자리하게 되었기 때문이다. 상징계를 넘어서는 이 자리에서 '나'에게 "고통"만을 주었던 백합꽃은 "아름다운 상징"이 된다. 이는 불쾌가 쾌가 되는 향유의 상태라 할 수 있다. 이러한 상태에서 상징계의 고통과 불만은 충만한 사랑으로 승화된다. 이 시의 여성 주체는 자신의 존재를 희생하는 대신 타자적 향유를 누리며 "사랑하

25 최승자, 『연인들』, 60-61쪽.

는 당신"을 위해 "백합꽃을 선물로 놓아 드"리는 적극적이고 숭고한 사랑을 펼친다. "그 한 송이 백합이 어느 날 넘실대는 환한/빛 덩어리로 풀려 버"리는 황홀한 순간은 이 시의 여성 주체가 도달한 향유의 절정을 의미한다. 바로 이 순간 그녀가 겪어야 했던 모든 고통들은 정화되어 빛으로 승화된다.

> 몇 만 년의 어둠, 무력의 맹점에서
> 이제 비로소 몇 억 광년을 날아와
> 내 눈빛이 너를 찾는다.
> 내 눈빛이 네 흙의 눈빛과 만나니,
> 너 비로소 하늘빛으로
> 살아, 날아오르는,
> 이 빛의 혼인, 축복의 환한 빛,
>
> 수천 길 땅속에서 끌어낸
> 나의 신부, 그 몸에 빛이, 생기가 돌고,
> 나의 잠자는 미녀,
> 이제 그 눈을 떠라,
> 나의 페르세포네, 나의 에우리디체,
> 오 나의 신부, 나의 누이여,
> 나의 말쿠트,
> 나의 웅녀, 나의 따님.
>
> —「연인들 1—빛의 혼인」 부분[26]

---

26 최승자, 『연인들』, 78-79쪽.

상징계의 한계를 벗어난 최승자 시의 주체에게 상징계적인 시간과 공간의 개념은 쉽게 전복된다. "몇 만 년의 어둠"을 지나 "몇 억 광년을 날아와" 만나는 비현실적인 사랑이 가능하다. 스스로 죽음충동을 통해 상징계의 한계를 넘어선 최승자 시의 주체는 "흙 속에 묻힌 신부"를 땅속에서 끌어내 "빛의 혼인"을 치른다. 상징계에서 가장 비참한 존재였던 "너무 오래 기다려야만 하는 신부들"은 이제 "축복의 환한 빛" 속에서 "하늘빛으로/살아" 날아오른다. "빛의 혼인"을 그린 이 시의 환상적인 장면은 최승자 시에서 드물게 아름답고 황홀하며 충만한 광경을 연출한다. 불쾌가 쾌로 전환되며 숭고의 미가 절정에 달하는 이 순간은 인상 깊은 '향유'의 상태를 보여 준다.

이 시에서 특이한 것은 주체의 성이 여성으로 한정되지 않는다는 점이다. 라캉은 여자 그 자체를 위한 기표나 여자 그 자체의 본질은 없다고 하였다. 사회적으로 말하면, 여자의/여자를 위한 기표는 없다는 라캉의 단언이, 우리 문화에서 한 여자의 위치가 그녀가 파트너로 채택하는 그 남자에 의해 자동적으로 규정되거나, 아니면 엄청난 곤란을 겪어야만 규정된다는 사실과 관련이 있다는 것은 의심의 여지가 없다.[27] '전체'로 존재하는 남자와 달리 '비전체'로 존재하는 여자는 자신의 존재에 대한 희생을 감수하는 반면 '타자적 향유' 즉 '다른 향유'를 통해 상징계의 한계를 초월하는 추가적 향유를 누릴 수 있다.[28] 타자적 향유는 예술적 승화나 종교적 몰아경에 가까운 영원성을 지닌다. 그것은 성적 쾌락과 거리가 먼 정신적인 것이다. 최승자

---

27 브루스 핑크, 「성적 관계 같은 그런 것은 없다」, 슬라보예 지젝 외저, 『성관계는 없다』, 66쪽.
28 "여자로 상정된 구조에서 그녀는 남자에 비해 다른 어떤 것—잉여(surplus) 주이상스—을 더 경험할 수 있다"는 점을 들어 숀 호머는 "라캉은 여자를 남자와의 관계에서 부정적으로 설명하지 않"았다고 본다. 숀 호머, 『라캉 읽기』, 201쪽.

시의 환상적 주체는 비성적이며 성관계를 초월하는 숭고한 사랑의 가능성을 제시한다. 이 시에서 묘사된 "빛의 혼인"은 깊은 어둠 속에 갇혀 있던 신부를 구하여 축복의 빛 속으로 인도하는 숭고한 영적 행위이다. 사랑은 자기애나 정념이 아니라 자기 이상의 것을 상대에게 주는 숭고한 행위라고 할 수 있다. 이 시의 주체는 오랜 어둠 속에서 "언제나 너무 늦게서야 오"는 "신랑들"을 기다리다 "흙으로 부서져 버릴 참이었"던 "신부들"에게 사랑의 "눈빛"을 주어 "하늘빛"으로 살아나게 한다. 최승자 시의 주체는 상징계 너머의 환상 속에서 숭고한 사랑을 발현한다. 무한에 가까운 시공간을 넘나드는 최승자 특유의 환상적 상상력은 죽음을 넘어서는 강렬한 사랑의 경험에 기인하는 것이다.[29] 극심한 사랑의 좌절을 반복하면서도 죽음에 굴복하지 않는 과정에서 최승자 시의 주체는 숭고한 정신적 높이에 도달한다. 그것은 사랑을 회피하거나 죽음에 투신해서는 얻을 수 없는 지고한 승화의 경지이다. 수도 없이 반복되는 사랑의 좌절에도 결코 사랑을 멈추지 않고 삶의 충동만큼 강렬한 죽음의 충동을 역전시켜 자신을 확장시킨 결과 도달한 정신의 귀결점이다. 인류의 신화에는 페르세포네, 에우리디체, 웅녀와 같이 죽음을 넘어서는 위대한 사랑의 기억이 있다. 최승자 시의 주체는 죽음이 새로운 탄생으로, 어둠이 빛으로 승화된 이러한 사랑을 꿈꾼다. 이로써 오랜 세월 불운한 사랑에 고통받았던 한 영혼은 지극한 향유의 상태에서 숭고의 미에 도달하게 된다.

---

29 달리 보면 그러한 죽음충동의 이면에서 자신이 추구했던 욕망을 스스로 포기하는 것을 보상받기 위한 합리화의 의지가 있다. 즉, 상징계가 결코 실재계를 포섭할 수 없다는 것을 확인하기 위해 끊임없이 한계 너머를 지향해 나가는 것이다. 이제 무한을 기표화할 수 없는 것은 상징계지 환상의 주체가 아니다. 남경아, 「칸트의 숭고 너머—라캉의 주이상스」, 133쪽 참조.

5. 여성적 향유의 예술적 승화

이 글에서는 사랑과 죽음의 충동으로 가득한 최승자 시를 심도 있게 이해하기 위해 라캉을 비롯한 정신분석학적 이론을 적용해 보았다. 최승자의 시는 인간 심리의 심층을 구성하는 사랑과 죽음이라는 본질적인 충동의 관계를 누구보다도 깊이 있게 체험하고 통찰하고 있음을 확인할 수 있다.

최승자 시의 여성 주체는 절망과 상처로만 귀결되는 사랑을 끊임없이 반복한다. 이러한 여성 주체는 남자와 달리 사랑하는 대상을 동시에 욕망의 대상으로 삼으려 하는 일반적인 여성의 특성과 일치한다. 사랑을 대하는 근본적인 차이로 인해 남자와 여자는 각각 결여와 상실에 이를 수밖에 없다. 최승자 시의 여성 주체는 사랑이 거듭 좌절되는데도 상대를 잊지 못하고 끈질긴 애착을 드러내며 사랑의 실패를 반복한다. 이는 타자의 욕망 속에서 자신의 자리를 찾으려 하는 여성 주체의 욕망을 반영한다.

최승자의 시에서 사랑의 실패로 절망에 빠진 여성 주체는 죽음충동으로 반동 심리를 표출할 때가 많다. 사랑과 증오, 대상애와 자아애, 삶과 죽음의 욕동은 한 짝을 이루고 있는 삶의 양극성이기 때문이다. 최승자 시에서 죽음충동은 사랑의 좌절을 전이시키려는 강력한 심리적 반응이다. 사랑의 실현 불가능성에 직면한 여성 주체는 죽음충동을 통해 불쾌의 경험을 쾌의 감정으로 역전시키고 상징계를 벗어나 실재계에서 자유롭게 꿈꾸려 한다. 즉 죽음충동을 통해 고통을 '향유'한다.

최승자 시에서 죽음은 주체가 세상을 관통하여 무한을 향해 가는 방법이다. 최승자 시의 주체는 죽음을 통해 상징계의 한계를 넘어서는 '환상의 주체'이다. 상징계 너머에서 좌절된 사랑의 고통은 충만한 사랑으로 승화된다. 환상의 주체로서 여성 화자는 자신의 존재를 희생하는 대신 '타자적 향유'를 통해 상징계의 한계를 초월하는 향유를 누린다. 최승자 시의 환상적 주체는 자기애를 넘어선 사랑을 행하며 지극한 향유의 상태에서 숭고의 미에 도달한다.

이처럼 사랑의 좌절에서 고통의 향유, 그리고 숭고미의 구현에 이르기까지 최승자 시의 주체가 보여 주는 사랑의 역정은 우리 시에서 드물게 역동적이다. 최승자의 시는 그 격렬한 감정과 언어 때문에 사랑의 특별한 사례로 치부되어 왔지만, 정신분석학적 접근을 통해 들여다본 그 심리의 기저에는 여성 주체의 사랑과 향유의 방식이 함축되어 있다. 최승자의 시는 여성 주체가 끝없이 좌절하면서도 사랑을 반복하는 이유, 죽음충동이 실재의 소외를 향유의 상태로 역전시키는 과정, 타자적 향유가 환상을 통해 충만한 사랑으로 승화되는 양상을 선명하게 확인할 수 있는 증거이다. 이처럼 최승자 시에서 '여성적 향유'는 좌절된 사랑과 죽음충동을 넘어서 예술적인 승화에 이르는 주요 동인이다.

불가능 속으로 희망의 닻을 내리는 초현실주의자
─최정례의 삶과 시

1. 꿈에 헌신할 용기

최정례 시인을 처음 만난 것은 1998년 '고대문인회'의 첫 모임 때였던 것으로 기억한다. 계룡산 동학산장에서 꽤 여러 명이 모였었는데 그때만 해도 고대 출신의 여성 문인이 흔치 않았기 때문에 최정례 시인과 짝이 되어 다녔었다. '정례'라는 다정한 이름과는 달리 똑 부러지다는 인상이 강했다. 1955년생으로 1990년에 등단한 최정례 시인은 늦은 출발에 비해 왕성하게 활동 중이었다. 결혼과 동시에 공부도 창작도 놓아 버리는 여자 선배들만 보아 온 나로서는 특이한 사례로 각인되었다. 최정례 시인은 일반적인 경우와 다르게 직장 생활을 하다 등단을 하고 대학원은 그 후에 다니는 새로운 행로를 보여 주었다. 그래서 그런지 점점 더 젊어지고 활력이 넘쳐 보였다. 생활에 안주하기 쉬워지는 나이에 계속해서 새로운 시도를 한다는 것 자체가 그 열정적 에너지의 강도를 보여 주는 것 같기도 했다.

1990년 『현대시학』을 통해 등단한 최정례 시인은 1994년 첫 시집

『내 귓속의 장대나무숲』을 출간했고, 이후『햇빛 속에 호랑이』(1998), 『붉은 밭』(2001), 『레바논 감정』(2006), 『캥거루는 캥거루고 나는 나인데』(2011), 『개천은 용의 홈타운』(2015) 등의 시집을 계속 내놓았다. 짧으면 3년, 길어도 5년 간격으로 꾸준히 시집을 출간한 것으로 보아도 시 창작의 열도가 얼마나 강한지를 알 수 있다. 그녀의 시집들은 왕성한 창작 활동을 보여 줄 뿐 아니라 매번 새로운 변화를 시도한다는 점에서도 남다르다. '자기 반복'을 끔찍이도 싫어하는 시인은 시집을 낼 때마다 이전 시집보다 못하지 않을까, 아무 변화도 없는 것이 아닌가 노심초사한다. 이렇게 지칠 줄 모르는 열정과 긴장감이야말로 그녀의 시 세계가 끊임없이 변화하고 발전해 가는 비결이라 할 만하다.

　이러한 부단한 자기 갱신의 노력이 최정례의 시를 주목하게 한다. 시집이 나올 때마다 관심과 조명을 받았고, 김달진문학상(1999), 이수문학상(2003), 현대문학상(2007), 백석문학상(2012) 등 그동안 네 차례나 유수의 문학상을 받을 수 있었던 것도 이 때문이다. "상투성에서 벗어나려고 애쓴 흔적이 역력한 데서 호감을 준다"(김달진문학상 심사평, 김명인), "최정례의 시는 냉정하고 독하고 준엄하다. 인생에 대한 허튼 잠언도, 고통으로 과장된 자기 포즈도, 겉늙은 체념도 없다."(이수문학상 심사평, 최승호), "시인은 유희적인 언어와 이미지로 삶의 한심에 들어 있는 신파조를 냉소조로 조바꿈시킨다. 최정례 시의 개성과 매력은 이 조바꿈 솜씨에 있는지 모르겠다."(현대문학상 심사평, 이남호), "그의 시집은 이전에 비해 훨씬 깊고 진실해진 느낌이다. 다소 냉소적이거나 작위적 요설의 기미가 때로 어려 있던 이전의 어투가 걷히고, 분명한 전언에 접근하면서도 삶의 깊은 어느 곳을 울려 내고 있는 것이다."(백석문학상 심사평, 김사인) 등 대부분의 심사자들이 최정례 시인의 패기와 갱신의 노력을 높이 평가하는 것을 알 수 있다.

문학에 대한 남다른 열정을 지니고 있으면서도 그녀가 늦깎이 시인으로 뒤늦게 출발한 이유는 "문학은 불행을 직시하지 않고는 할 수 없는 것이며 결국 그것을 피해 갈 수 없을 것이란 생각" 때문이다. 전형적인 문학소녀 시절을 보냈지만, 대학에 들어가 문학을 전공으로 삼으면서는 오히려 문학에 일생을 거는 것에 두려움을 느꼈다. 전공으로 접하게 된 문학의 정전들에서 불행과 대면하는 불굴의 용기를 보았지만 스스로 그러한 길을 가는 것은 피하고 싶었던 것이다. 그러다가 삶이 지독하게 힘들어지던 시기에 그녀는 등단을 꿈꾸게 된다. 결혼하고 첫 아이를 낳은 후 남편이 병명도 모르는 중병을 앓던 시기 그녀는 처음으로 "이제부터 시라도 쓸까 봐"라고 생각했다고 한다. 감당하기 힘든 어려움이 삶의 투지를 일깨우는 동시에, 불행을 직시해야 가능하다고 보았던 문학의 길을 열어 보였던 것이다. 그런데 그녀에게 '불행'은 '희망'의 다른 말이기도 하다. 그녀에게 문학은 가혹한 현실을 직시하면서도 끝없이 그것의 변화를 꿈꾸며 불가능 속에 희망의 닻을 내리는 행위이다. "천년 동안 아무것도 없는 흙에 물을 주듯이 꿈에 헌신할 용기를 가져야"(백석문학상 수상 소감) 시를 쓸 수 있다고 그녀는 말한다. 그것은 변화에 대한 믿음 없이는 불가능한 일이다.

2. 병점의 떡 한 점

시인은 자신이 문학의 길을 걷기를 두려워했던 것은 "그냥 편안하고 쉽게 살고 싶었"기 때문이라고 고백한다. "가난한 것도 싫고 외로운 것도 싫고" 하니 문학에서 되도록 멀어져야 했던 것이다. 거꾸로 가난이나 외로움과 친숙했던 그녀의 유년은 문학을 하기에 적합한 환경이었다고 볼 수도 있다.

최정례 시인은 1955년 병점에서 태어났다. 병점은 현재 화성시에 편입되었고 1호선 전철이 지나는 곳이다. 병점(餠店)은 글자 그대로 떡 가게를 의미한다. 예전부터 한양에서 삼남 지방으로 가는 길목에 해당하는 지역이어서 먼 길 떠나는 사람들이 쉬어 가며 떡을 사 먹다 보니 떡집이 많이 생겼다고 한다.

> 병점엔 조그만 기차역 있다 검은 자갈돌 밟고 철도원 아버지 걸어오신 다 철길 가에 맨드라미 맨드라미 있었다 어디서 얼룩 수탉 울었다 병점엔 떡집 있었다 우리 어머니 날 배고 입덧 심할 때 병점 떡집서 떡 한 점 떼어 먹었다 머리에 인 콩 한 자루 내려놓고 또 한 점 떼어 먹었다 내 살은 병점 떡 한 점이다 병점은 내 살점이다 병점 철길 가에 맨드라미는 나다 내 언니다 내 동생이다 새마을 특급 열차가 지나갈 때 꾀죄죄한 맨드라미 깜짝 놀라 자빠졌다 지금 병점엔 떡집 없다 우리 언니는 죽었고 水原, 烏山, 正南으로 가는 길은 여기서 헤어져 끝없이 갔다

—「餠店」전문

시인의 어린 시절만 해도 병점엔 떡집이 꽤 남아 있었던 것 같다. "병점은 내 살점이다"라고 할 만큼 병점의 떡집은 시인의 원초적인 기억을 형성하고 있다. "새마을 특급 열차"의 기세와 "꾀죄죄한 맨드라미" 같던 가족들의 대비가 인상적이다. 사통팔달의 지리적 특성으로 인해 병점은 옛 모습을 잃고 상전벽해가 되었다. "병점엔 떡집 없다"는 것이 그 단적인 예이다. 자신의 '살점'과도 같은 병점의 변화와 언니의 죽음으로 인한 상실감은 최정례의 시에서 원초적인 그리움을 유발하는 요인이다. 근본으로 돌아가고 싶은 욕망과 그것이 영원히 좌절된 현실이 슬픔의 원천이며 최정례 시의 동력이기도 하다.

기억에 대한 끈덕진 집착은 그녀의 시에 삶의 근원에 대한 풍부한

상상력을 부여한다. 병점의 떡 한 점과 같은 자신의 기원에 대한 성찰은, 「햇빛 속에 호랑이」에서 표출되는 여성적 생명력의 계보에 대한 발견과도 상통한다. "햇빛은 광광 내리퍼붓고/아스팔트 너무나 고요한 비명 속에서//노려보고 있었던 거라, 증조할머니 비탈밭에서 호랑이를 만나, 결국 집안을 일으킨 건 여자들인 거라, 머리가 지글거리고 돌밭이 지글거리고, 호랑이 눈깔 타들어 가다 못해 슬몃 뒤돌아 가 버렸던 거라"에서처럼 광포한 힘에 저항하며 이어지는 끈질긴 생명력을 중시한다. 호랑이에게 살점을 뺏기면서도 결코 정신을 잃지 않았던 강한 어머니들처럼 시인은 예전의 자취를 찾기 힘든 고향 병점의 기억을 애써 되살리며 자신의 정체성과 생명의 뿌리를 찾아내려 한다.

일찍이 경험한 가난과 슬픔과 외로움에서 그녀는 시인으로서의 자양분을 넉넉하게 확보한다. 좀 더 구체적으로는 어린 시절 짝사랑 상대에게 고백하지 못한 감정을 종이에 풀어냈던 것이 시 쓰기의 발단이라 할 수 있다. 이화여고 시절에는 문예반 반장을 맡을 정도로 문학에 심취한다. 대학 시절에는 문청 특유의 삐딱한 포즈가 인상적이었는지, 국문과 동기인 주철환 피디는 '시큰둥한 정례'로 그녀를 기억한다. 냉소적인 표정에 어려운 시를 쓰는 특이한 여대생이었던 그녀는 그가 예상했던 것처럼 결국 시인이 된다.

3. 간곡한 필연

1978년 대학을 졸업한 그녀는 1980년부터 1990년까지 10년 정도 대림여중, 남성중, 관악중에서 교사로 일한다. 이 시기에 결혼을 해서 두 아이를 낳아 기른다. 교사 시절 국어 교사들을 위한 창작 프로그램에서 오규원 선생을 만난 것이 그녀가 시인이 되는 결정적인 계기가 된다. 상투적인 언어를 철저히 차단하는 오규원 선생의 지도 방식은 언어에 대한 생각을 근본적으로 변화시킨다.

　오규원 외에 영향받은 시인들을 꼽으며, 직접적인 선배인 1980년대의 시인들로는 이성복, 김영승, 최승자, 장정일 등을, 그 이전의 시인으로는 김수영을 드는 것으로 보아, 그녀가 기존 시의 질서를 지키는 것보다는 뒤집는 것에 매료되었다는 것을 짐작할 수 있다. 시인에게 가장 필요한 덕목으로 '젊어지는 것'을 강조한 것도 같은 맥락에서 이해할 수 있다. 젊어져야 과감하게 새로움을 추구할 수 있다. 그녀는 상투적인 반복에 빠진 시를 가장 혐오하고 두려워한다. 상투성에서 벗어난 새로운 시를 추구하기 때문인지 자신의 시가 때로 난해하다는 평을 듣는 것에 대해서는 섭섭한 마음이 없지 않지만, 쉽고 익숙한 시보다는 어렵더라도 새로운 시가 낫다는 생각은 분명하다.

　두 번째 시집까지 내고 시인으로서의 길이 확실해지자 그녀는 또 다른 도전을 감행한다. 40대 중반의 나이에 모교의 대학원에 진학한 것이다. 요즘은 늦은 나이에 대학원에서 공부하는 경우가 드물지 않지만, 그때만 해도 상당히 파격적인 일이었다. 자식뻘 되는 대학원생들과 함께 공부하면서 그녀는 스스럼없이 어울리고 누구보다도 진취적이었다. 특유의 '젊은' 기상 덕분이다. 2001년 「백석 시 연구」로 석사 논문을 쓰고, 내친김에 박사과정에 들어가 2006년 「백석 시의 근대성 연구」로 박사 학위를 획득한다. 그녀의 박사 논문은 그동안 토속성 또는 모더니즘이라는 상반된 속성으로 해석되며 통일된 관점을 얻지 못했던 백석의 시 세계를 '근대성'이라는 측면에서 접근하여 통합적으로 규명해 낸 것으로 백석 시 연구에 있어 의미 있는 성과로 인정을 받는다. 이 또한 기존의 통념에서 벗어나 자유롭게 근본적으로 사유하는 그녀 특유의 기질이 효과적으로 발현된 결과라 할 수 있다.

　이토록 자유롭고 활달한 그녀의 정신이 편안한 중산층 주부의 생활에 안주할 수 있었을까? 「동쪽 창에서 서쪽 창에서」의 화자처럼 "이런 식으로 살기를 선택한 것은 바로 너야"라며 자책하는 모습이 상상된다. 자타공인 시인이 된 그녀는 그런 자신의 모습을 속속들이 꿰뚫어 보며 "우연은 간곡한 필연인가/우연이 길에서 헤매는 중인데 필연이 터치를 했겠지/그래서 여기에 이르렀겠지"라며 멋진 논평을 덧붙여 시를 쓴다. 시인이 되고 박사가 되기까지 모든 일이 우연의 연속인 것 같지만 실은 "간곡한 필연"의 작용이었으리라. 우연과 필연이 만나는 선택의 매 순간 그녀는 힘들지만 새로운 삶의 길을 고른다. 그리고 필연이었던 것처럼 거침없이 그 길을 개척해 간다.

4. 캘리포니아 감정

박사 학위 취득 후 그녀의 행보는 더욱 도전적으로 변모한다. 2006년 8월부터 11월까지 미국 아이오와 대학의 국제창작프로그램 (International Writing Program)에 참석하면서 그녀의 시야는 한국문학을 넘어 세계문학으로 확대된다. 세계 각국의 작가들이 한데 모여 교류하며 창작을 위한 다양한 활동을 함께하는 이 창의적인 프로그램에 적극적으로 참여하여, 그녀는 세계 각국의 문인들과 만나 창작의 자극을 받기도 하고 자신의 시를 새로운 시선으로 점검할 수 있게 된다. 언어를 질료로 삼는 시인에게 생전 처음 실제로 접하게 된 새로운 언어가 주는 이질감과 신선함은 각별한 것이었다. 영어로 세계 각국의 문학을 만나고, 자신의 시 또한 영어로 발표하는 특이한 체험을 통해 시인은 언어가 사고에 미치는 결정적인 영향력을 실감하게 된다. 영어로 접하는 외국 시는 상투적인 말인데도 신선하게 다가오는 경우가 있고, 마찬가지로 자신의 시를 번역하여 발표할 때도 예상과는 다른 반응을 접하게 된다. 가령 외국 작가들은 「햇빛 속에 호랑이」보다 「3분 동안」을 발표했을 때 더 많이 공감을 드러낸다. 한국 고유의 정서보다는 현대인으로서 함께할 수 있는 경험이 훨씬 실감 나기 때문일 것이다. 낭독에서 반응이 좋았던 「3분 동안」은 아이오와 극장에서 퍼포먼스로 공연되어 또 한 번 즐거운 경험을 선사한다.

그녀의 아이오와 체험은 꿈같은 3개월로 끝나지 않고 그녀가 세계 무대로 도약할 수 있는 촉매제가 된다. 2년 후 그녀는 아이오와에서 만났던 미국 시인 로버트 하스(Robert Hass) 교수가 있는 버클리대학(UC Berkeley)에 방문학자로 가게 된다. 2009년 1월부터 1년간 최정례 시인이 이곳에 있을 때, 나 또한 그해 여름 같은 대학에 방문학자로 가게 되어 6개월 정도 함께 지내며 많은 얘기를 할 수 있었다. 우리는 함께 로버트 하스의 미국 시 강의를 듣기도 했는데, 그는 백 명이 넘는 많은 학생들 중에서 유일하게 '정례'를 호명하며 의견을 묻곤 했다. 70세 가까운 노교수이며 미국의 계관시인이지만 강의실에는 늘 청바지와 티셔츠 차림으로 들어와서 열정적으로 강의하는 그의 모습에서 미국 서부 지식인의 자유롭고 개방적인 정신을 엿볼 수 있었다.

버클리에서 최정례 시인은 물 만난 고기처럼 활기가 넘쳤다. 각종 문학 행사에 참여하고, 아이오와에서 만났던 작가들과 계속 교류하며 자신의 영역 시집을 준비했다. 그녀는 그동안 쓴 네 권의 시집에서 폭넓게 공감할 만한 시를 50여 편 골라 번역을 추진했다. 로버트 하스의 부인이며 역시 시인인 브렌다 힐만(Brenda Hillman), 현재 서강대 국제한국학과 교수로 있는 웨인 드 프레머리(Wayne De Fremery), 그리고 최정례 시인 자신을 포함한 3인의 참여로 그녀의 영역 시집 『Instances』의 공동 번역이 이루어진다. 그녀가 초역한 것을 웨인이 검토하고, 다시 브렌다 힐만이 자연스러운 영어 표현으로 다듬는 과정을 수없이 반복하면서 이상적인 번역 과정을 거치게 된다. 국문과 출신 시인으로 자신의 시를 영역하는 데 직접 참여한 예가 또 있는지 알지 못하는 나로서는 옆에서 지켜보는 것만으로도 신기하고 재미있었다.

최정례 시인이 국문과 출신 시인들이 통상 보여 주는 영어 울렁증에서 비교적 자유로운 것은 청소년기 팝송에 심취했던 그녀의 이력과 무관하지 않을 것이다. "호텔 캘리포니아/한동안 그 노래에 갇혀 흥얼거렸지/콜리타꽃 향기, 희미한 불빛, 내 머리를 만져 주듯"(「웅덩이 호텔 캘리포니아」)과 같이 그녀의 시 곳곳에는 팝송의 구절들이 스며들어 있다. 매혹적인 이국의 선율과 언어에 끌렸던 낭만적인 문학소녀가 수십 년 후 노래 가사 속의 그 땅을 누비며 자신의 시를 영어로 함께 나누는 장면은 묘하게 감동적이다. "문학이 아름다운 것은 불가능 속에서 꾸는 꿈이기 때문"이라는 자신의 말처럼 그녀는 끝없이 꿈꾸고 도전한다. 노래 속에서 한없이 몽롱했던 캘리포니아를 직접 밟으며, 감행할 만한 새로운 모험에 두려움 없이 맞서는 것, 이것이 그녀의 삶의 방식이고 계속 젊어지는 비결이다.

5. 초현실주의적 순간들

그녀의 영역 시집 제목이기도 한 '순간들'은 최정례 시의 특징을 함축하고 있다. 일상의 한순간에서 삶의 본질을 포착해 내는 감각에 있어 그녀의 시는 각별하다. 누구에게나 다를 바 없는 평범한 일상이지만 그녀의 시에서는 순간적으로 진실의 한 단면을 드러내 보일 때가 많다. 가령 「사라진 강」에서는 지하철로 한강을 건너는 평범한 일상의 경험에서, 강을 볼 수 없고 검은 유리에 일그러진 얼굴만 비치는 상황을 통해 기억의 문제를 끌어낸다. 기억은 한강처럼 깊고 긴 강이지만 눈 감고 건너다니다 보면 온데간데없어진다. 의식의 표면에서 사라진 기억은 없어진 것일까? 보이지 않지만 엄연히 존재하는 한강처럼 기억 또한 그런 것이 아닐까? 최정례의 시는 이처럼 일상의 한 순간 느닷없이 다가오는 의문들을 포착한다. 익숙했던 순간들이 낯설게 느껴지게 하는 이런 표현들이야말로 '초현실주의'라고 그녀는 말한다. 그녀에게 초현실주의는 현실과 전혀 다른 환상의 표현이 아니라 현실을 새롭게 인지하는 방법이다.

그녀가 집중적으로 실험한 산문시도 이런 맥락에서 이해할 수 있다. 지극히 산문적인 진술 속에서 담담하게 펼쳐지는 초현실적인 광경은 초현실이 결코 현실의 바깥에 있는 것이 아니라 현실과 함께 있다는 생각을 설득력 있게 보여 준다.

그런 장면은 잊지 않고 꿈에도 나온다. 한번은 영화처럼 전쟁이 나 폭탄이 떨어지고 있었다. 파편에 맞았는지 총알에 맞았는지 난 쓰러졌고 축축하게 옆구리에서 피를 흘리고 있었다. 내가 쓰러진 곳은 철길 가였다. 기차가 달려오는 소리, 쓰러진 채로 달려오는 기차를 피해야 한다고 생각했다. 그러나 몸을 움직일 수가 없었다. 뭔가 묵직하게 몸통 위를 지나갔고 난 그 자리에서 죽었다. 그런데 이상하게도 죽은 내가 생각을 할 수 있었다. 이게 가능한 일인가 죽어서도 생각을 흘려보내는 것이, 흘러가는 것은 분명 내 피였고 동시에 내 생각이었다.

—「생각의 피」 부분

이 시는 공포영화를 보고 나서 꾼 꿈의 내용을 서술하고 있다. 악몽을 꿀 때 겪을 만한 현상들이 선명하게 그려진다. 총에 맞아 움직일 수 없는 몸 위로 기차가 지나가고 분명히 죽었을 텐데 생각은 계속된다. 다음 장면에서는 죽은 몸이 너울거리는 풀들과 섞이며 생각이 점점 희미해지고 그러면서도 "오래전에 일어난 전쟁이 피가 흐르는 동안 반복 재생"되는 상황이 펼쳐진다. 영화처럼 드라마틱한 꿈을 통해 피와 죽음과 전쟁의 공포가 선명하게 재현된다. 이는 단지 꿈의 내용이라는 점에서 현실의 테두리 안에 있지만 무의식 속에 잠재해 있는 전쟁의 뿌리 깊은 상흔을 끌어낸다는 점에서 현실의 감추어진 이면을 보여 준다. 더불어 생각이 피와 함께 흐르는 듯한 감각적 체험은 육체와 정신, 현실과 초현실의 경계가 무화된 상태를 실감 나게 드러낸다.

시에 대한 상투적인 관념을 거부하며 끊임없이 새로운 시를 추구해 온 시인은 산문시의 가능성을 탐색하는 데 열중한다. 산문시라는 모순적 양식을 끌어안고 있는 모습이 지극히 '최정례'답다. "아무것도 아닌 것, 아무도 가지 않은 곳, 아무것도 아무것이라고 드러나지 않은 곳"이라야 그녀가 도전해 보고 싶을 만한 대상이기 때문이다. 그녀는 시와 산문이 영점이 되며 새롭게 열리는 그곳에서 일찍이 한국시가 도달해 보지 못한 신개지를 개척하려 한다. 남다른 근성과 열정, 그리고 '젊은' 정신을 가진 시인이기에 미지의 세계를 향한 모험의 의지는 굳세고 뜨겁다.

제3부 길 위의 오르페우스

감각의 향유
—황인숙론

1. 시와 감각

황인숙이 '감각의 시인'이라는 점은 누구나 동의할 만큼 분명하다. 지금까지 여섯 권의 시집을 내놓은 중견 시인으로서, 따져 본다면 시 세계의 변화가 적지도 않지만, '감각'에 의해 추동되는 황인숙 시의 역학에는 변함이 없다. 1984년에 등단하여 40년 가까운 시력(詩歷)이 믿기지 않을 정도로 그녀의 시가 '젊음'을 유지하는 비결도 '감각'을 주력으로 하는 개성에 기인하는 것으로 보인다.

그간 우리 시의 유행이 꽤나 변해서 감각이 두드러진 시들이 더 이상 낯설지 않게 되었지만, 황인숙이 처음 등장했을 때 그녀의 시는 이념의 시들이 주도하던 당시의 분위기와 전혀 다른 것이었다. 온건한 서정시나 실험적인 해체시조차 당대 현실의 무거운 그림자를 드리웠던 때에 "자유의 섬뜩한 덫을 끌며/팅! 팅! 팅!/시퍼런 용수철을/튕긴다"(①¹)는 거침없는 감각의 발산은 신선한 충격파를 던졌다. 황인숙

---

1 인용 시가 들어 있는 시집은 다음과 같이 원기호로 표시한다. ① 『새는 하늘을 자유롭

시인에게 감각의 발현은 생래적이고 체질적이라 할 만큼 자연스럽다. 다른 시인들이 외부로부터 받은 인상을 묘사하거나 의미 찾기에 몰두할 순간에 그녀는 즉각적으로 촉발된다. 지각이나 사유의 필터를 작동시키기 전에 빛의 속도로 반응한다. 그리하여 어떤 이념이나 고정관념으로부터도 자유로운 독자적인 시가 탄생한다.

황인숙은 우리 시에서 익숙하지 않았던 여러 가지 새로운 면모들을 선보인다. 감정적인 것이 감각적인 것보다 우세했던 전통적인 경향에서 벗어나 감각이 주도하는 시를 썼을 뿐 아니라 무겁고 진지한 시가 아닌 가볍고 경쾌한 시를 쓴다. 이와 함께 그녀의 시에는 눈물과 페이소스가 강한 우리 시의 전통과 거리가 멀게 웃음과 유머가 깃들어 있다. 감각, 가벼움, 웃음 등 우리 시에 부족했던 요소들로 무장한 황인숙의 시는 미답의 시적 영토를 개척한다.

이러한 새로운 개성의 핵심에는 무엇보다 감각을 '향유'하는 능동적인 감수성이 자리한다. 감각은 오랫동안 이성이나 다른 능력에 비해 저평가되어 왔다. 감각이 인식의 출발점이 될 수는 있지만 궁극적인 지점과는 거리가 멀다고 보았기 때문이다. 이성적 판단을 위한 자료에 불과할 뿐 감각 자체는 불완전하고 지극히 주관적일 수 있기 때문이다. 그러나 역으로 원초적 체험에 해당하는 감각은 그만큼 이성이나 이념으로부터 자유로운 상태에 있다. 레비나스는 인간이 세계와 접촉하는 가장 근원적인 방식인 향유가 지적인 측면보다 감성적·신체적 측면에 가까우며, 이를 통해 하나의 개체는 개체로서 자기성 또

게 풀어놓고」, 문학과지성사, 1988; ②『슬픔이 나를 깨운다』, 문학과지성사, 1990; ③『우리는 철새처럼 만났다』, 문학과지성사, 1994; ④『나의 침울한, 소중한 이여』, 문학과지성사, 1998; ⑤『자명한 산책』, 문학과지성사, 2003; ⑥『리스본행 야간열차』, 문학과지성사, 2007.

는 주체성을 확보한다고 본다.[2] 자신의 감각을 온전히 개방하는 향유를 통해 주체는 비로소 개별적 존재로 구성될 수 있는 것이다. 이 순간의 감각 속에서 주체는 세계로 확장될 수 있다. 감각적인 시의 가능성은 바로 이처럼 구체적인 현존을 향한 주체의 열림을 가장 적극적으로 드러낼 수 있다는 점에 있다. 감각적인 시는 이성이나 감정에 사로잡히기 이전의 삶의 원초적 차원을 굴절 없이 반영함으로써 그것을 새롭게 바라볼 수 있게 한다.

　황인숙의 시는 감각의 향유라는 측면에서 전례 없이 자유롭고 개방적인 양상을 보여 준다. 그녀의 모든 감각은 세계를 향해 열려 활달하게 접촉하고 반응한다. 향유의 상태에서 그녀의 감각은 주체와 타자의 분별을 넘어서 삶의 원초적 차원에 도달한다. 감각의 향유라는 득의의 방식으로 개성적 경지를 이루게 된 황인숙 시의 주요한 면모들을 살펴보도록 하자.

2. 참을 수 없는 존재의 무거움

　황인숙의 시가 가볍고 감각적이라고 해서 삶에 대한 인식까지 그런 것은 아니다. 오히려 삶에 대한 인식은 지극히 어둡고 부정적이다. 자기 자신부터 지구에 이르기까지 삶의 모든 기반은 쇠약하기 그지없다. 그녀는 "늙어 빠진 지구./군내 나는 지구. 싫증 나는 지구"(「당신들의 문제야」, ①)에 사는 자신 또한 "내 청춘, 늘 움츠려/아무것도 피우지 못했다"(「꽃삽과 꽃이 피었다」, ②)고 할 만큼 비천하고 위축되어 있다고 본다. 자신의 고단하고 구차한 삶을 돌아보며 한없이 소멸하는 듯한 느낌을 토로하는 경우도 많다. "오직 '살아 있음'이/나를 꽁꽁 염하는

---

2 강영안, 『타인의 얼굴─레비나스의 철학』, 문학과지성사, 2005, 33-34쪽.

구나"(「저 거울은 빛나건만」, ②), "내가 삶에 체했나 보다./삶이 내게 체했
나 보다"(「딸꾹거리다」, ③), "나는 흔적의 서민/흔적 없이, 살아가다가/
흔적 없이 사라지리라"(「노인」, ⑤) 등 거의 존재 자체가 멸실되는 듯한
느낌에 빠져들 때도 있다. 가난하고 외롭고 높고 쓸쓸한 시인의 삶을
충실히 살아가는 그녀에게 삶의 현실적 의미는 이처럼 극한의 공허로
다가오기도 한다.

　어쩌면 이와 같은 현실의 난경 때문에 그녀의 감각의 촉수는 더욱
예리하고 풍성해졌을지도 모른다. "답답할수록/답답할수록/詩는 얼
마나 더/새파란 공기통이냐?"(「귓속에 충만한」, ②)라는 말처럼 그녀는 시
를 통해 답답한 현실을 벗어나 자유롭게 호흡하려 한다. 감각에 대한
집중과 향유는 궁핍하고 메마른 현실에서 벗어나 자신을 새롭게 풍요
롭게 개진시킬 수 있는 방편이 될 수 있다. 감각은 절망적인 현실마저
도 새로운 시선으로 바라볼 수 있게 한다.

　　집이 무너지니
　　그 길로 하늘이 열리는구나
　　그리운 그 빛난 햇살
　　갇혀 있던 구름이
　　뭉게뭉게 피어오르는구나
　　안녕, 나의 뭉게 영혼

　　生이 짙게 다가온다, 마치
　　면도날에 살을 베면
　　의혹에 차서
　　하얗게 침묵하고 있다가

서서히 배어나는

피같이

향기로운 꽃 만발한.

—「돌아오라, 소렌토로」 전문(②)

집이 무너지는 이 시의 상황은 현실적으로는 삶의 기반이 붕괴되는 처참한 지경을 뜻한다. 그런데 이 시에서는 그러한 비극적인 상황에 대한 인식보다는 전혀 다른 각도의 새로운 시각을 보여 준다. 집이 무너지면서 하늘이 열렸다는 역발상이 그것이다. 감정을 배제하고 감각적으로만 접근했을 때 가능한 발상의 전환이다. 열린 하늘로 빛나는 햇살도 들어오고 뭉게구름도 보인다. 지붕이 무너지는 절망적인 상황에서 오히려 영혼은 구름처럼 자유로워질 수 있다는 역발상은 주체 중심의 일방적인 시선에서 벗어남으로써 가능한 것이다. 이는 감각이 "두 개의 면, 다시 말해 '주체'로 향하는 면과 '대상'으로 향하는 면을 동시에 지니는 하나의 사건"[3]이라고 한 들뢰즈의 말처럼 주체와 대상이 넘나드는 열린 시선을 반영한다.

무너진 집에서 영혼의 자유를 발견하는 새로운 시선은 현실의 고정된 의미에만 갇히지는 않겠다는 자존심의 발현이기도 하다. 자신의 현실을 규정하던 누추한 지붕이 무너진 자리에서 화자는 하늘로 곧장 연결되는 영혼의 지고한 상태를 발견하게 된다. 물론 이 시의 화자는 드높은 영혼의 차원으로 초월해 버리지는 않는다. 면도날에 날카롭게 벤 상처가 한동안 하얗게 침묵하고 있다가 뱉어 내는 붉은 피처럼 "生"은 "짙게 다가온다". 뭉게구름처럼 솟아올랐던 화자의 영혼도

---

3 질 들뢰즈, 『감각의 논리』, 하태환 역, 민음사, 1995, 63쪽.

결국은 생의 상처에 붉게 물들 것이다. 그렇지만 이 시의 화자가 무너진 지붕에 절규하기보다 가벼워진 영혼을 발견하고, 생의 상처에 지레 질리기보다 꽃처럼 피어오르는 피의 빛깔에 경탄하는 미학적 반응을 내세우는 것에서 현실을 능가하는 시의 힘을 만날 수 있다. 현실은 비록 누추하더라도 드높은 영혼과 존귀한 감각을 지닌 시인의 자존심을 확인할 수 있다.

현실적 기준으로 볼 때는 보잘것없는 삶이더라도 그와는 다른, 더 근본적인 차원에서 그것을 새롭게 바라보는 시선으로 인해 황인숙의 시에는 남다른 생기와 탄력이 넘친다. 생이 "명료해지는 대신/윤기를 잃을까"(「묵지룩히 눈이 올 듯한 밤」, ⑥) 두려워하며 다양한 감각을 일깨워냄으로써 그녀의 시는 풍성해진다.

황인숙의 시에서 현실과 다른 의미와 생기가 생성되는 비결은 감각 그 자체에 집중하는 방식에 있다. 가령 밤늦은 시간 남산을 지날 때 달리는 택시 안에서 느끼는 감각과 천천히 걸으면서 느끼는 감각은 전혀 다른 것이다. 황인숙이 선호하는 감각은 물론 후자이다. "날아갈 듯, 나의 영혼아./그렇게 빨리 지나가지 마./자정 지나 남산./천천히 걷고 싶다./차도까지 몰려나와/쏘다니는 숲의 정령들"(「자정 지나 남산」, ②)에서처럼 자정 지난 숲을 천천히 걷는 것이 황인숙의 방식이다. 이때 한밤의 숲은 정령들이 차도까지 몰려나와 가득 차 있을 정도로 평상시와 전혀 다른 느낌을 준다. 이러한 특별한 경험은 자동차를 타고 달리는 현실의 속도와 달리 천천히 걸으며 대상을 온전히 향유함으로써 가능하다. 현실적 기준으로 보면 게으름이라 할 수 있는 시간적 여유가 감각의 차원에서는 훨씬 능동적이고 개방적인 향유의 방식이 될 수 있다. 황인숙의 시에는 이러한 시간적 여유 속에서 속속들이 접촉해 본 감각의 다양한 층위들이 오롯이 살아 있다.

여유 있는 시선으로 대상에 몰입하여 바라볼 때 평소에 감지하기 힘든 전혀 다른 풍경이 드러난다.

> 흙이 입을 벌리고
> 빗방울보다 아주 작은 입을 벌리고
> 빗물을 마시고 있다.
> 아―, 아―, 아―,
> 아―, 아―, 아―,
> (죽은 땅들도 입을 벌리고)
>
> ―「죽은 풀들도 입을 벌리고」 부분④

> 바람의 축축한 혀가
> 측백나무와 그 아래 수수꽃다리를 핥으면
> 측백나무와 수수꽃다리는
> 슬며시 눈을 뜨고
> 측백나무와 수수꽃다리로 깨어난다
>
> ―「젖은 혀, 마른 혀」 부분⑤

남산의 밤 풍경에서 숲의 정령들을 만나는 것과 같이 활짝 열린 감각으로 만나는 자연은 생명의 움직임으로 가득하다. 위의 시들에서는 빗방울이나 바람이 닿으면서 깨어나는 자연의 모습을 감각적으로 표현하고 있다. 빗방울이나 바람의 미묘한 움직임에 극도로 몰입하지 않으면 표현하기 힘든 장면들이다. 고도로 집중된 상태는 현실에서 지나치기 쉬운 새로운 감각들을 끌어낸다. 황인숙의 시에서 특히 자연현상의 감각적 재발견은 생의 활력과 윤기를 확인하는 계기로 작동한다. "잔디처럼 굳은 땅을 뚫고/내가, 그 누구의 굳은살을 뚫고/파릇이 돋아날 것만 같아요"(「길, 돌아오는 길」, ①)에서 화자는 굳은 땅을 뚫고 돋아나는 잔디를 보며 사람 사이의 소통의 가능성을 엿본다. 굳은 땅에서 여린 싹이 돋아나는 경이로운 생명 현상을 통해 견고한 현실의 변화 가능성을 느낄 수 있기 때문이다. 황인숙은 무겁고 답답한 현실의 테두리에 갇히지 않고 자신의 감각을 온전히 개방함으로써 색다른 발견과 해석을 행할 수 있게 된다. 남들과 다른 방식으로 보고, 남들이 보지 않는 곳을 볼 때 현실은 감추었던 다양한 지층들을 드러낸다. 참을 수 없는 존재의 무거움도 보기에 따라서는 의외의 윤기를 내포하고 있으며 변화 가능하다는 것을 알 수 있다.

3. 감각의 생기, 생기의 감각

서정시의 전통에서 익숙한 시는 정적이고 관조적인 시들이다. 외계는 주체의 관점으로 차분하게 정돈되어 시적인 질서로 단정하게 자리 잡는다. 움직이는 대상을 볼 때도 주체는 중심을 유지하며 전체를 통일한다. 황인숙의 시는 이러한 서정시의 전통과 다르게 매우 활달하고 역동적이다. 그녀의 시에서 주체는 대상과 거리를 두지 않고 쉽게 동화하고 변형된다. 그녀는 관조적 시선을 통한 정밀한 발견보다는 순간의 감각적 발현을 포착하는 데 관심이 있다.

정적인 상태보다는 동적인 상태에 사로잡히기 때문에 그녀의 시는 움직임으로 가득하다. 바람이나 비와 같은 자연현상으로부터 시작해서 식물이나 동물 등의 묘사에서도 움직이는 상태를 포착한 경우가 압도적으로 많다. "저처럼/종종걸음으로/나도/누군가를/찾아 나서고/싶다……"(「비」, ①), "아아 남자들은 모르리/벌판을 뒤흔드는/저 바람 속에 뛰어들면/가슴 위까지 치솟아 오르네/스커트 자락의 상쾌!"(「바람 부는 날이면」, ②) 등에서 알 수 있듯, 움직임으로 가득한 자연에서 그녀는 설렘과 활력을 느낀다. 움직임은 삶의 생기를 드러내는 가장 직접적인 현상이기 때문이다.

움직임 중에서도 솟구침 같은 상승 운동에 대한 그녀의 애호에는 유별난 데가 있다. 솟아오르는 상태의 역동성을 표현하는 데 있어 황인숙은 타의 추종을 불허한다. "벌판 한 군데 눈이 꿈틀거리더니/새가 움터 날아오른다./그 자리가 뻥 뚫린다"(「봄」, ②), "나무의 심장을 지나/수액의 맥을 따라/뿌리에 뿌리를 내리고/그리고 우듬지로 치솟아/오, 저처럼!/상쾌히 상체를 젖히고/머리를 흔들어 보자꾸나!"(「양생」, ④) 등 솟아오르는 운동을 표현할 때는 거침없고 경쾌하기 그지없다. 수직 방향의 상승 작용과 빠른 운동감이 특징인 이런 시들에서 감각의 역동성은 극대화된다. "봄이 되면/땅바닥은 누워 있는 사닥다리를 세우네"(「사닥다리」, ⑤)에서와 같이 수직 상승하는 운동감은 생명 현상의 실제적 감각일 뿐 아니라 보편적인 상징이다. "나는 계단이 좋다/이왕이면 오르막 계단이 좋다/양옆에 집집의 담장과 문들이 벽을 이루더라도/정수리만은 하늘로 뚫렸으면 좋겠다"(「하늘로 뚫린 계단」, ⑤)라는 고백에서 드러나듯 시인은 일상에서도 솟아오르는 느낌을 선호한다. 상승 운동은 현재보다 나은 미지의 가능성을 향해 열려 있기 때문이다.

고양이나 새가 황인숙의 시에 자주 등장하는 이유도 이들이 움직임과 변화를 중시하는 시인의 성향에 부합하기 때문이다. 황인숙의 시에서 새는 수직 상승하는 운동을 가장 잘 보여 주며 고양이는 거의 시인 자신의 분신과도 같다. "이다음에 나는 고양이로 태어나리라"(「나는 고양이로 태어나리라」, ①)라고 할 정도로 그녀가 고양이를 좋아하는 이유는 고양이의 유연한 움직임과 도도한 태도, 자유로운 생태에 동조하기 때문이다. 그 무엇에도 구속되지 않고 자신만의 꿈을 좇는 듯한 고양이 특유의 자태는 그녀의 모습과 흡사하다.

> 저 空中空間의 활용자인 고양이들
> 고양이의 몸 안에서 뻗치는 기운이
> 고양이를 위로위로 올려 보내서
> 광활한 이 영토를 발견하게 했으리라
> 아드레날린 중독자인 고양이들이여
> 기울어진 지붕, 흔들거리는 처마,
> 말하자면 기우뚱함에, 그리고 지붕과 지붕 사이의 허공에
> 너희는 환장을 하지
> 그래서 마치 지붕들이 고양이를 낳는 듯
> 불쑥불쑥 고양이가 지붕 위로 솟는 것이다
>
> —「지붕 위에서」부분⑥

이 시의 고양이는 새를 방불케 할 정도로 기운차게 상승 운동을 한다. 고양이가 지붕 위로 솟구치는 이유는 그 위에 드높은 창공이 있기 때문이다. 지상에 편입돼 있지 않은 "광활한 이 영토"에서 고양이는 한껏 자유로울 수 있다. 이 시의 고양이는 지상의 질서에 구속되지 않고 자유를 향해 마음껏 상승 운동을 할 수 있을 만큼 기운생동한다. 시인이 꿈꾸는 자유의 상태가 바로 그런 것이다. 기울어진 지붕을 넘어서 공중을 향해 힘차게 도약하는 고양이를 바라보는 것만으로도 시인은 "뒤안길도 사라진 이 도시에서" "위안길"을 발견한다. 모든 감각이 생동하고 상승하는 것은 아니지만, 황인숙이 선호하는 감각은 확실히 그러하다. 감각만큼은 현실의 테두리에 한정되지 않고, 원초적인 생

명력을 발산하며 생동하는 기운을 포착하기 위해 활짝 열려 있다.

역동적인 감각을 중시하는 황인숙의 시에서는 선명한 몸의 이미지를 통해 운동감을 표현하는 경우가 많다. 가령 다른 사람들 앞에서 불편한 상태일 때 손이 제멋대로 떨리는 자신의 증상에 대해 "달아나고 싶은 거다/그래서 앞발이/파들거리는 것이다"(「수전증」, ⑤)라고 함으로써 그 심리 상태가 더할 나위 없이 선연하게 드러난다. 당장이라도 뛰어나갈 듯한 급박하고 긴장된 상태가 "앞발"로 표현된 몸의 이미지로 고스란히 전달된다. 황인숙은 어떤 현상이라도 몸의 이미지로 사유하는 데 익숙하다. "도시의 불룩한 유방인/빌딩과 빌딩 사이로/개울이 흐른다./밤인 도시가/나체인 온 가슴을 벌리고 비를 맞는다"(「!비!!!」, ③)에서는 도시를 몸의 형상으로 그려 내며 매우 감각적인 묘사를 행하고 있다. "그녀가 빈손을 맥없이 뻗어/죽음은 그녀의 손을 꼭 쥘 수 있었다"(「안녕히」, ④)라는 표현은 또 어떤가? 죽음이 찾아드는 장면이 감각적인 몸의 이미지를 통해 색다르게 그려진다. 몸의 이미지는 어떤 대상이라도 친근하고 실감 나는 감각을 부여한다.

황인숙의 감각적 사고방식은 관념을 감각화하는 데서도 잘 드러난다. 특히 시간이라는 관념을 감각적으로 표현하는 방식에 있어서 남다르다. "밤은 고양이 새끼처럼 젖어/발치에서 울고 있다/나는 그를 냉큼 들어/저고리 안에 품고/달린다"(「밤은 빗속을」, ①)와 같은 표현에서 밤은 사랑스러울 정도로 친밀감을 불러일으킨다. 자신이 자주 명상에 빠지는 밤 시간과, 무엇보다 잘 알고 있는 고양이의 생태를 연결시켜 전혀 새로운 감각을 창출해 낸 것이다. "고양이가 길게 울어서/고양이처럼 밤은/부드럽고 까실까실한 혀로/고양이를 핥고/그래서 고양이가 또 운다"(「밤과 고양이」, ⑤)라는 표현은 또 어떤가. 고양이와 밤이 거의 혼연일체가 된 느낌이다. 이런 시로 인해, 고양이는 야행성이어서 밤과 잘 어울린다는 단순한 상식은, "부드럽고 까실까실한 혀"를 지닌 밤과 고양이의 살아 있는 감각을 접하며 새로운 차원으로 전환하게 된다. "잉잉거리며 쏘다니던/시간의 벌 떼가/일제히 돌아온다/내 눈을 향해/창끝을 돌려!"(「믿지 못하여」, ①)에서 시간은, 석양이나 별빛처럼 눈부신 인상으로 가슴속까지 파고드는 생생한 감각으로 표출된다. 이 시인에게 생은 감각적으로 살아 있을 때 진정으로 존재하는 것이 된다. 생은 자신이 보는 만큼, 느끼는 만큼 살아지는 것이다. 감각은 현실을 새롭게 이해하고 경험할 수 있게 한다. 현실과 달리 감각의 차원에서 황인숙은 누구보다도 풍성하고 유쾌하게 생을 향유하는 시인이다. 열린 감각으로 접하는 세계는 끝없이 변화하고 생동하는 에너지로 가득하다. 그녀의 시는 그러한 감각의 에너지로 충전한 채 현실 너머 드넓은 창공을 향해 거침없이 솟구쳐 오른다.

4. 웃음 위를 달리는 말

생기 넘치는 감각을 지향하는 황인숙의 시는 언어 사용에 있어서도 그러한 감각을 살리려 한다. 잘 다듬은 절제된 언어보다 즉흥적이고 자유분방한 언어를 즐겨 사용하는 편이다. 언어가 정제되는 과정에서 상실되기 쉬운 순간의 감각들을 되도록 살려 내려 한다. 그녀의 시가 속도감 있게 읽히는 이유도 그러한 순간들을 함께 감각할 수 있도록 서술하는 표현 방식과 관련 있다.

생래적으로 경쾌한 기질의 시인은 언어 사용에 있어서도 가벼움과 생기를 중시한다. 무거운 의미를 담고 있는 진지한 말보다는 솟아오를 듯 가볍고 유쾌한 언어들을 즐겨 사용한다. 그녀는 일찍이 시에서 기표의 놀이를 추구하는 듯 말 그 자체의 감각을 십분 활용해 왔다. 음성상징어의 잦은 사용은 황인숙 시의 기표 놀이가 발현된 대표적인 예이다. 음성상징어는 감각의 동시통역어 같은 것이어서 대상의 느낌을 직접적이고 빠르게 전달할 수 있는 방법이다. 황인숙의 시에서 음성상징어가 두드러지게 쓰이는 경우는 적막한 가운데 극도로 예민한 감각이 작동하는 경우와 자연의 생명력이 압도적으로 표출되는 경우로 나누어 볼 수 있다.

> 닝닝닝 전화벨 울렸다.
> 닝닝닝 전화벨 끊이지 않고
> 닝닝닝 다 됐니?
> 넘실거렸다
>
> —「봄날」 부분③

> 플라타너스를 손바닥으로 두드리면
> 내 손바닥이
> 텅, 텅, 텅 울리다
>
> —「산책」 부분③

> 누군가 나를
> 문이 잠긴 이 방에서 끌어내려고
> 일부러 수돗물을 틀어 놓았어.
> 똑.똑.똑.
> 똑.똑.똑.
>
> —「똑.똑.똑.」 부분③

이처럼 많은 시에서 지극히 고요한 상태에서 내면 깊숙이 반향을 일으키는 소리의 감각을 포착해 낸다. 평소에 거의 의식되지 않는 소리들이 적막한 내면으로 침투해 들어와 증폭되는 느낌이 선명하게 전달된다. 이런 소리들은 역으로 외계와의 소통을 향해 활짝 열려 있는 시인의 감각을 증명하는 것이기도 하다.

하, 후! 하, 후! 하후! 하후! 하후! 하후!
뒤꿈치가 들린 것들아!
밤새 새로 반죽된
공기가 뛴다.
내 生의 드문
아침이 뛴다

—「조깅」 부분③

아, 저, 하얀, 무수한, 맨종아리들,
찰박거리는 맨발들.
찰박 찰박 찰박 맨발들.
맨발들. 맨발들. 맨발들.

—「비」 부분④

나뭇잎들이, 나뭇가지들이 파르르르 떨며
숨을 들이켠다
색색거리며 할딱거리며, 툭 금방 끊어질 듯
팽팽히 당겨져, 부풀어, 터질 듯이
파르르르 떨며 흡! 흡!

—「폭풍 속으로 1」 부분⑤

생명력이 넘치는 자연은 언제든 즉각적인 동화의 대상이어서, 그 모습과 소리를 접하는 순간 시인은 그 느낌 그대로 생생한 직접적인 언어로 옮겨 보려 한다. 실감이 더하도록 필요하다면 음성상징어를 충분히 반복하면서 자연 그대로의 감각을 살려 보려 한다. 자연의 원초적인 생명력은 이와 같은 풍부한 몸의 이미지와 음성상징어를 통해 가장 직접적인 감각으로 표출된다.

"말이란/튀어 오르건/쏜살같이 달아나건/설설 기건/웃음 위를 달리는 것"(「말」, ①)이란 말로 알 수 있듯 시인은 말이 생동감의 표현이고 웃음처럼 발산하는 기운이라고 여긴다. 이런 점은 애조 띤 언어에 익숙한 우리 서정시의 일반적인 경향과 거리가 멀다. 황인숙 시의 웃음은 현실에서 초탈한 경지에서 얻은 것이 아니라 힘겹고 비참한 현실 속에서도 멈추지 않는 남다른 생기의 표현이라는 점에서 더욱 값지다.

당신 앞에서
비틀거리기 싫어서
넘어졌었죠.
넘어진 게 어이없어서
쫘악 뻗었죠.
당신의 시선의 쇳물 쏟아졌어요.
나는 로봇처럼
발딱 일어났어요.
강철 얼굴을 천천히
당신께 돌렸어요
내 구두를 미끄러뜨린 게

무어겠어요?

—「데이트」 전문③

친하지도 않은 상대와 어색한 상태로 데이트를 하다가 넘어져 버린 황당한 상황이 익살스럽게 표현된 이 시를 보자. 다시 떠올리고 싶지도 않을 악몽 같은 순간이 웃음의 코드로 되살아난다. 비틀거리기 싫어서 넘어졌다는 어이없는 변명을 비롯해서 넘어져도 보통 넘어진 게 아니고 쫘악 뻗었다는 최악의 상황조차 재미나게 묘사되고 있다. "당신의 시선의 쇳물"은 순간 포착에 기지가 더해진 인상적인 이미지이다. 너무 부끄러워 아픈 줄도 모르고 벌떡 일어난 상황을, 뜨거운 쇳물 같은 상대의 시선을 느끼며 로봇처럼 어리둥절한 표정으로 일어났다는 식으로 그려 낸다. 시선의 쇳물이 끼얹어진 순간 로봇처럼 굳어 강철 얼굴이 되지 않을 도리가 없었을 터이다.

이처럼 시인은 울어도 시원치 않을 상황에서도 웃음을 잃지 않는다. "아, 비천하게도 나는 아씨 체질인 것이다./처지는 비록/아씨를 모셔도 시원치 않을지라도"(「나의 맹세」, ④)라는 고백으로도 알 수 있듯 시인은 정신적으로는 한없이 고고하여 현실의 역경과 불운과 고통을 순순히 받아들이지 않는다. 웃음은 비참한 현실에 매몰되지 않고 삶을 여유 있게 포용하는 방법이다. "카드 결제일, 연체, 이자,/자존심이 상해 봐야 정신을 차린다구……"와 "정신 차려 봐야 골치만 아프다"(「오월, 하고도 스무여드레」, ④) 사이에서 오락가락하는 심리 상태는 블랙코미디를 연상시킨다.

"언젠가 진짜 죽음이 내게로 올 때/그는 내게서 조금도 신선함을 맛보지 못하리라./빌어먹을/가짜 죽음들!/퍽이나도 집적거려 놓았군./그는 나를 맛없게 삼키리라"(「언젠가 진짜」, ④)와 같이 죽음조차도 희화화한 시들에서 그녀의 블랙코미디는 진가를 발휘한다. "가짜 죽음"의 흔적으로 남아 있을 수많은 번뇌와 나락의 시간들을 웃어넘길 정도의 이런 여유가 가능한 것은 세속적 기준을 넘어서는 열린 시선을 지니고 있기 때문이다. 세상을 바라보는 기준이 남들이 아닌 자신의 것일 때는 남루한 일상조차도 느끼는 만큼, 생각하는 만큼 새로워진다. 가령 비가 새는 벽과 천장을 바라보며 한탄하는 대신 "비가 전혀 새지 않는 집은/살아 있는 집이라 할 수 없다네"(「집 1」, ⑥)라고 할 때 그녀는 자연이 넘나드는 살아 있는 집을 느낄 수 있는 것이다. 어떠한 상황에서도 생기를 잃지 않는 특유의 명랑성으로 인해 황인숙은 감각의 세계에서는 누구보다도 부유하게 살아가고 있다.

5. 명랑성의 시학

우리 현대시에서 '감각'의 중요성이 언급되기 시작한 것은 김기림부터라고 할 수 있다. 1920년대까지 우리 시는 '경(景)'과 '정(情)'의 조화를 중시하는 동양시의 오랜 전통에 국권 상실로 인한 비애의 정서가 더해져 '감정'이 압도적인 우위를 차지하고 있었다. 김기림은 당대 시에 만연해 있던 '센티멘털 로맨티시즘'이라는 퇴영적 감정을 비판하며 지성적인 감각으로 그것을 극복하고자 했다. "우리는 우리의 각도를 이동시킴으로써 사물을 입체적으로 이해할 수가 있다. 평면의 저편에 숨어 있는 비밀을 우리의 것으로 만들 수 있다."[4]는 말로 알수 있듯 그는 사물에 대한 고정된 인식을 넘어서 새로운 이해를 추구할 수 있는 방법으로 감각을 중시한다. 그는 고정관념을 넘어서 사물을 새롭게 인식하는 것이야말로 현대시의 진정한 가치라고 보았고 이

---

4 김기림, 「각도의 문제」, 『김기림 전집 2』, 심설당, 1988, 169쪽.

를 가능케 하는 것이 고정관념에 도전하는 시인의 적극적이고 긍정적인 정신의 활동이라고 했다. 김기림이 강조한 '명랑성'은 '새로운 시'의 바탕이 되는 '부정의 정신'의 동력으로 작용하는 것이다.[5]

명랑성이 정신의 태도를 이룬다는 점에서 황인숙은 김기림의 시론에 부합하는 시인이다. 그녀의 명랑성은 고정관념을 넘어서는 부정의 방법이라 할 수 있다. 명랑성이 내포하는 강력한 부정의 정신은 현실에 대한 감상적 반응과 허무주의적 태도를 극복하게 한다. 명랑성과 함께 대상에 대한 감각적 인식도 고정관념을 넘어서는 중요한 방법이다. 황인숙의 시는 감각을 통해 새로운 시를 시도했다는 점에서는 김기림의 모더니즘과 유사한 점이 있지만, 김기림의 모더니즘이 주체와 지성을 우위에 둔 것에 비해 황인숙의 시는 주체와 객체 사이의 우열을 무화하고 지성적 합일보다 감각 그 자체의 향유에 몰입한다는 점에서 구별된다. 황인숙은 감각을 인식의 수단이 아닌 향유의 대상으로 삼았다는 점에서 특별하다. 서정시조차 현실 인식의 지배를 받던 1980년대의 분위기에서 황인숙은 그야말로 솟구치듯 튀어나온 새로운 시인이다. 아직 포스트모더니즘의 물결이 일기 전의 무겁고 진지한 시들 사이에서 그녀의 시는 전혀 위축되지 않고 특유의 명랑성을 발산하며 등장한다. 시가 현실을 반영해야 한다는 생각마저 벗어나야 할 고정관념이었다면 그녀의 시야말로 그런 고정관념을 가장 가볍게 떨쳐 버리고 순수하게 만끽할 수 있는 감각의 가능성을 펼쳐 보였던 것이다.

시가 감각의 발현으로서 충분히 의미를 지닌다는 생각은 이제 전

5 소래섭, 「김기림의 시론에 나타난 '명랑'의 의미」, 『어문논총』 51호, 한국문학언어학회, 2009, 485쪽 참조.

혀 낯설지 않고 오히려 당연하게 여겨질 정도로, 그간 우리 시에서 감각의 중요성은 증폭되어 왔다. 실험 정신으로 무장한 2000년대 이후의 젊은 시인들은 대부분 감각을 최강의 방법론으로 장착한 듯이 보인다. 감각의 다양한 가능성을 폭넓게 시도하고 있다는 점에서 이런 젊은 시인들을 황인숙과 같은 감각적인 시의 계보에 포함시킬 수도 있을 것이다. 그러나 황인숙의 시 세계는 젊은 시인들이 매혹되는 그로테스크하거나 환상적인 감각의 세계와는 뚜렷하게 구별된다. 황인숙의 감각은 현실의 차원을 결코 떠나지 않는다. 언제나 그곳에 머물며 다만 '다르게' 느낄 뿐이다. 현실에 둘러쳐진 고정관념의 울타리를 벗어나 그것을 새롭게 향유할 뿐이다. 감각적으로 접근할 때 무궁히 열리는 현실의 새롭고 풍성한 영토를 누비는 데 만족한다. 황인숙은 감각적 향유를 통해 현실의 확장에 이르는 시의 가능성을 선구적으로, 중단 없이 실천해 온 시인이다.

순정성의 언어
—오태환론

1. 우리말 어휘의 보고

오태환 시인은 1984년 『조선일보』와 『한국일보』 신춘문예에 동시에 당선되면서 화려하게 등단한다. 1986년 첫 시집 『북한산』을, 1988년 두 번째 시집 『수화(手話)』를 간행하며 활발하게 시작 활동을 하다가, 근 17년을 격한 후 2005년 세 번째 시집 『별빛들을 쓰다』를, 그로부터 다시 8년 후인 2013년 네 번째 시집 『복사꽃, 천지간의 우수리』를 내놓았다. 몇 년 간격으로 꾸준히 시집을 내는 요즘 시인들의 일반적인 경향과는 확연히 다른 양상이다. 2년 간격으로 내놓은 두 권의 시집에 대해서는 시인 스스로 "20년 가까운 세월이 흐른 지금도 앞서 낸 두 권의 책은 차라리, 애초부터 없었던 것이라면 하는 생각이 자주 들곤 한다"[1]는 말로 거리감을 드러낸다. 뒤의 두 시집이 비슷한 성향을 보이는 것에 비해 앞의 시집들이 크게 달라 보이는

---

1 오태환, 「시인의 말」, 『별빛들을 쓰다』, 황금알, 2005.

것은 사실이다.

첫 시집인 『북한산』은 장시 「북한산」이 실린 제1부와 여타의 시들이 실린 제2부로 이루어져 있다. 「북한산」은 시집에서 100쪽 가까운 분량을 차지하는 장시로 서사(序詞)와 결사(結詞), 13개의 장으로 구성되어 있다. 19세기 중엽부터 1905년까지 내우외환이 극심했던 조선 말기의 역사가 배경을 이룬다. 제너럴셔먼호 사건, 운양호 사건 등 외세 침탈이 가시화되었던 사건들, 수탈과 매관매직에 혈안이 되었던 지배층의 타락상, 그에 맞선 각양 각처의 민중 항쟁이 포괄적으로 그려져 당시 역사의 축약판을 보는 듯하다. "한국 근대사가 포함하는 도단(道斷)의 무수한 부조리에 치를 떨"며, "그때의 분노와 비애"[2]를 표출한 「북한산」은 그 야심 찬 기획에 비해 충분한 시적 성취에 도달하지는 못한다. 시인 자신도 부정하는 이 작품을 굳이 거론하는 이유는 이 시에서 보여 주는 역사와 전통에 대한 뜨거운 관심과 당대 지배층에서 하층민에 이르기까지 다양한 계층의 언어를 망라하는 광범위한 언어 구사력을 주목할 필요가 있기 때문이다. 이 시에서 활용된 어휘들은 사료와 문집, 전통연희의 채록본 등 당대의 역사와 언어를 재구성하는 데 필요한 광범위한 자료들을 망라하여 얻은 것이다.

앞소리: 조선八道 뒷간의 물밥까지 아옹다옹 울긋불긋 온갖 심심한 雜稅귀신 모이누나

뒷소리: 에헤헤 에헤헹 에에헤헹행 에에헹행 헤야아하아 에헤이여루 稅이로다

앞소리: 飢民救濟 軍屯田은 饒民救濟 궁둥이田이고 아전서리 물똥방귀

---

2 오태환, 『별빛들을 쓰다』, 107쪽.

순정성의 언어 393

에, 인절미 먹다 죽은 내 새끼가 저승에서 눈깔이 말똥말똥

   뒷소리: 에헤헤 에헤행 에에헤행 에에행행 헤야아하아 에헤이여루 稅이
로다

—「북한산」 부분[3]

  위의 인용문은 "풍구다 당실 오독독이가"라는 제목이 붙은 「북한
산」 1장의 〈길놀이〉 중 일부이다. 시인은 각주를 통해 이 장이 천재
동 채록의 「동래들놀음」 연희본을 바탕으로 하고 있음을 밝히고 있
다. 앞소리와 뒷소리가 번갈아 반복되는 길놀이의 구성과 "에헤헤 에
헤행 에에헤행 에에행행 헤야아하아 에헤이여루"가 반복되는 뒷소리
구절이 일치하지만 주요 내용은 판이하다. 뒷소리 끝부분이 "산이로
다"로 이어지며 팔도(八道)의 명산을 거론하는 「동래들놀음」의 길놀이
노래와 달리 이 시에서는 뒷소리가 "稅이로다"로 끝나면서 가혹한 조
세에 대한 비판이 주요 내용을 이룬다. "飢民救濟 軍屯田은 饒民救濟
궁둥이田"에서는 한자와 순우리말이 뒤섞인 말놀이, "아전서리 물똥
방귀에, 인절미 먹다 죽은 내 새끼가 저승에서 눈깔이 말똥말똥"에서
는 해학과 풍자가 뒤섞인 말놀이가 두드러진다. 계층 간의 긴장과 갈
등을 묘사하는 대목에서도 웃음을 잃지 않는 민중 연희의 특성이 효
과적으로 재현된 부분이다.

  등단한 지 불과 2년밖에 안 된 젊은 시인이 이만한 장시를 기획하고
제작했다는 것은 남다른 포부와 자신감이 발현된 결과라 할 수 있다.
등단작인 「최익현(崔益鉉)」과 「계축일기(癸丑日記)」에서도 한자어를 비롯
한 어휘 구사 능력이 돋보인다. 시인의 역량을 가늠할 수 있는 기본적

---

3 오태환, 『북한산』, 청하, 1986, 18쪽.

394

척도가 어휘라고 한다면 오태환의 시는 탁월한 수준에 해당한다.

첫 번째 시집에서 역사에 대한 관심이 두드러진다면, 두 번째 시집에서는 현실이, 세 번째와 네 번째 시집에서는 자연과 문화가 관심의 중심 대상이 된다. 현실을 관조하는 시선을 보여 주는 두 번째 시집에서 시인의 풍부한 어휘력과 능란한 언어 구사력이 별다른 효과를 발휘하지 못한 것에 비해 세 번째 시집 이후에는 그러한 특장이 재가동된다. 구사하는 어휘의 양과 질이 남다르다는 점은 여전하지만 묘사의 대상이 되는 세계는 크게 변화한다. 역사와 현실에 집중되었던 거시적 관점이 자연과 문화에 대한 미시적인 관점으로 전환된다. 관념적인 한자어나 일상어가 많았던 초기 시에 비해 감각적인 어휘나 다양하고 구체적인 동식물의 이름들이 자주 등장하게 된다.

시에서 어휘란 사유의 수단에 불과한 것이 아니라 그 자체 존재의 이유가 되는 결정적인 기반이다. 오태환의 시는 구사하는 어휘의 양과 질에 있어 각별한 경지를 보여 준다. 그는 국어대사전 수준의 고난도 어휘를 시의 문맥에서 능란하게 재생시키면서 민족어의 보고를 지키는 최전선에 자리한다. 풍부한 어휘는 풍부한 사유의 바탕을 이룬다. 조지 오웰의 「1984년」에서 그려지는 것처럼, 사용할 수 있는 어휘 수를 제약하는 것은 사상 통제의 강력한 수단이 될 수 있다. 강제된 것은 아니지만, 우리 사회는 급속한 현대화와 함께 전통적인 어휘를 급격히 잃어 가고 있다. 전통적인 어휘를 잃어 간다는 것은 고유의 언어와 정신을 잃어 가는 것과 같다. 그런 면에서 오태환 시인이 몰입하고 있는 우리말의 전통과 가능성에 대한 탐구는 주목을 요한다.

2. 언어생태계의 복원

오태환의 시는 2000년대 이후 우리 시를 주도하는 해체적인 경향

에 역행하여 구체성의 시학을 실천하고 있다. 자연에서 점점 멀어져
가는 일반적인 시의 경향과 달리 자연에 밀착해 가는 점도 특이하다.
세 번째 시집 이후 그의 시는 자연에 대한 섬세한 관찰이 바탕을 이루
고 있다.

다슬기 다슬다슬 물풀을 갉고 난 뒤
젖몽우리 생겨 젖앓이하듯 하얀 연(蓮)몽우리
두근두근 돋고 난 뒤
소금쟁이 한 쌍 가갸거겨 가갸거겨
순 초서(草書)로 물낯을 쓰고 난 뒤
아침날빛도 따라서 반짝반짝 물낯을 쓰고 난 뒤
검정물방게 뒷다리를 저어 화살촉같이 쏘고 난 뒤
그 옆에 짚오리 같은 게아재비가
아재비아재비 하며 부들 틈새에 서리고 난 뒤
물장군도 물자라도 지네들끼리
물비린내 자글자글 산란(産卵)하고 난 뒤
버들치도 올챙이도 요리조리 아가미
발딱이며 해찰하고 난 뒤
명주실잠자리 대롱대롱 교미(交尾)하고 난 뒤
해무리 환하게 걸고 해무리처럼 교미(交尾)하고 난 뒤
기슭어귀 물달개비 물빛 꽃잎들이
떼로 찌끌어지고 난 뒤
나전(螺鈿) 같은 풀이슬 한 방울 퐁당!
떨어져 맨하늘이 부르르르 소름 끼치고 난 뒤
민숭달팽이 함초롬히 털며 긴 돌그늘, 얼핏

아주 쬐끄만, 고요가 어슴푸레 눈을 켜고 난 뒤

—「늪」 전문[4]

이 시는 '늪'의 풍경을 섬세하게 묘사한 것이다. 악어나 물뱀이 사는 거대한 늪이 아니라 자세히 들여다봐야 겨우 보일 정도로 작은 생명체들이 살고 있는 작은 늪이다. 다슬기, 연꽃, 소금쟁이, 검정물방게, 게아재비, 부들, 물장군, 물자라, 버들치, 올챙이, 명주실잠자리, 물달개비, 민숭달팽이가 이 늪의 주민들이다. 작고 미약한 존재들이지만 저마다 분주하게 움직이며 늪을 가득 채우고 있다. '늪에서 사는 다양한 동식물들'이라는 통칭으로는 도저히 표현할 수 없는 살아 있는 존재들의 느낌이 각 개체의 이름을 통해 전달된다. "다슬기"는 "다슬다슬"하며, "게아재비"는 "아재비아재비" 하며 움직이고 있다는 실감이 가능한 것은 많은 부분 그 이름과 관련된다. 흔히 알지 못하는 동식물들이지만 그 이름이 명명되는 순간 구체적인 생명체로서 다가온다. 그러므로 어떤 동식물의 이름을 안다는 것은 그들의 존재에 대한 관심의 첫 단계가 되는 것이다. 오태환의 시에 나오는 수많은 동식물을 비롯한 사물의 구체적인 명칭은 각각의 존재를 향한 섬세한 관심을 반영한다.

위 시의 구성원들이 그러하듯 자연에는 우열이 없고 서로가 긴밀하게 연결되어 있다. '-고 난 뒤'로 대등하게 이어지는 연쇄적인 반복 어구를 통해 시인은 모든 생명체가 연결되어 있으며 서로 영향을 미친다는 점을 강조한다. 단순하고 반복적인 구절로 이루어져 있지만 이 시에 생명력이 넘치는 이유는 각각의 동식물이 연속적인 움직임을

---

4 오태환, 『별빛들을 쓰다』, 20-21쪽.

보여 주기 때문이다. 모든 구절이 강한 움직임을 담고 있는 동사들로 이루어져 있으며, 그 동사들은 또한 감각적인 의성어와 의태어의 수식을 받아 한층 강조된다. "다슬다슬", "두근두근", "반짝반짝", "아재비아재비", "요리조리", "대롱대롱", "부르르르" 등 산재한 의성어와 의태어는 북적대는 생명의 느낌을 선명하게 전달한다.

이 시의 진정한 묘미는 늪의 생명력을 감싸고 있는 고요의 힘을 간파하고 있다는 점에 있다. 시의 말미에 조용히 감추어져 있는 '고요'야말로 이 모든 생명을 지켜보며 관장하는 근원적인 자연의 힘이라 할 수 있다. 늪을 가득 채운 생명의 움직임을 이어 고요가 눈을 켜는 장면은 유(有)와 무(無), 동(動)과 정(靜)이 맞물려 순환하는 자연의 작용을 함축한다. 고요가 눈을 켜고 난 뒤 늪은 정적 상태가 되어 휴식에 들어갈 것이다. 동양의 생명 의식에서 고요함은 종말이 아니라 새로운 삶을 준비하는 휴지의 상태에 가깝다. 그러므로 고요의 출현을 묘사하고 있는 이 시의 결구는 현상의 끝이 아닌 지속을 뜻하며 긴 여운을 남긴다. '-고 난 뒤'라는 연쇄적인 반복 어구는 끝없이 이어질 순환 작용을 암시한다.

오태환 시에서 자연의 생명력에 대한 관심이 증대한 것과 더불어 눈에 띄는 변화는 우리말의 뿌리에 대한 탐구가 심화되었다는 점이다. 위 시에서도 개별 동식물의 명칭이 일일이 거론되고 의성어·의태어가 많이 등장하면서 우리말 어휘가 풍부하게 사용되고 있다. 동식물과 관련된 고유명사는 그 자체 우리말의 보고라 할 만하다. 이는 최근 심각해지는 언어생태계 파괴에 저항할 수 있는 방법론으로 주목된다. "전통 언어들의 어휘 및 구문 자원의 상실은 기술적인 의미에서 재앙이며 그 결과 또한 재앙일 가능성이 많다. 언어 다양성의 상실이 문화 다양성의 상실로 이어지지 않을 것이라는 흔히 듣는 말이나 전통적인 의미론이 새로운 근대적 언어의 하부층을 이룰 것이라는 말은 설득력이 없다."[5]는 우려처럼 전통 언어의 상실은 곧바로 문화 다양성의 상실로 이어지기 쉽다. 동식물의 고유명사가 존재한다는 것은 자연 생태계뿐 아니라 언어생태계의 지속성을 의미하는 것이기도 하다.

그의 시에서 풍성하게 활용되는 전통적인 어휘 역시 언어생태계의 지속에 기여하는 바가 크다. "전당포(典當鋪)도 못 가 본 백통(白銅) 비녀 때깔로 새들새들 저무는 비"(「안다미로 듣는 비는」), "치잣빛 한지(韓紙)"(「뿔 6」), "금박지(金箔紙)의 어리연 같은 아이"(「백담계곡─백담시편 12」), "생황 같은 송뢰와 녹기금 같은 물소리"(「세한도 233×1083─그림 읽기 2」) 등 그의 시에는 전통문화와 관련된 구체적이고 감각적인 표현들이 넘친다. 백통비녀는 값싼 재질로 만든 가늘고 긴 비녀여서 전당포에서도 취급해 주지 않는 물건이니 공들여 닦을 리 없다. 그러니 백통비녀의 "때깔"은 거무스레 시들어 가는 느낌이 날 터이다. 시인은 희미하게 "새들새들" 저무는 비의 이미지를 묘사하기 위해 이토록 특별한 물건을 끌어와 섬세하기 그지없는 수사를 행한다. "치잣빛 한지"에서도 단순히 노란색으로 대치할 수 없는 "치잣빛"의 독특한 색감을 떠올리게 한다. "금박지의 어리연 같은 아이"를 이해하기 위해서는 금박지의 느낌과 어리연의 생김새를 알아야 하는 것은 물론이다. 여리디여린 흰색의 꽃 중앙이 금박지처럼 반짝이는 노란빛으로 이루어진 어여쁜 어리연의 꽃잎을 통해 아이의 모습을 유추해 볼 수 있다. "생황 같은 송뢰와 녹기금 같은 물소리"에서도 흔치 않은 어휘와 비유가 동원된다. 생황은 대나무 관대들이 통에 둥글게 박혀 있는 관악기로

5 피터 뮐호이슬러, 「태평양 지역의 언어생태계와 제국주의」, 김영명 편역, 『동아시아비평』 3호, 한림대학교 아시아문화연구소, 1999, 103쪽.

국악기로는 유일하게 화음을 낼 수 있다고 한다. 송뢰 즉 솔숲 사이를 스쳐 부는 바람의 미묘한 음색과 화음을 표현하기에 제격인 셈이다. "녹기금 같은 물소리"는 또 무언가. 푸른 빛깔로 아름답게 꾸민 거문고를 뜻하는 녹기금의 의미를 알 때 이 물소리의 청신한 감각은 배가된다. 전통문화의 섬세한 결과 독특한 감각을 돋을새김해 놓은 듯한 이 같은 표현들은 언어생태계를 활성화하고 문화적 다양성을 확장한다.

흔히 사용하지 않아 그 뜻이 바로 파악되지 않고 사전의 구석구석까지 뒤져 봐야 알 수 있는 어휘들을 굳이 시에 쓰는 것은 다분히 의도적인 것이다. 언어는 저마다의 생명이 있어 나고 자라고 죽는다. 시대의 변화에 따라 사용되는 언어 역시 달라진다. 실생활과 거리가 있는 언어들은 급속하게 소멸해 갈 수밖에 없다. 오태환의 시에는 특별한 감각을 불러일으키지만 일상생활에서는 어느덧 잊혀 가는 어휘들이 많이 등장한다. 가생이, 잉걸불, 우듬지, 넌출, 희나리, 뺨가웃, 무릿매, 도린결, 뒤란, 후림불, 하릅강아지, 감또개, 조리복소니, 우수리, 놋낱, 노박이, 고수련, 쇠잠, 벽바라기, 명지바람, 볕뉘, 볼가심, 잇바디, 횃대비, 삭가웃, 허천나게, 해끗한, 아삼한, 드난사는, 안다미로, 해바른, 머흐로운 등 그의 시 도처에 산재해 있는 낯선 듯 친숙한 순우리말 어휘들은 잊고 있던 근원적 감각을 일깨운다. 시인은 우리말어휘의 광대한 창고에서 먼지를 뒤집어쓰고 있던 말들을 꺼내 자신의 시에서 가장 빛나는 자리에 앉힌다. 저마다 맞춤한 자리를 얻은 말들은 모국어에 대한 직관을 자극하며 이해되기 전에 느낌으로 다가온다. 오태환의 시에 등장하는 풍부한 우리말 어휘들은 흔치 않은 것들이지만 난해하지는 않다. 불과 수십 년 전까지 쓰였지만 어느덧 자취를 감추게 된 말들을 꺼내 새롭게 생명을 불어넣은 것이기 때문이다.

우리말의 고유한 맛과 정취를 되살리는 데 남다른 관심을 지닌 시인은 의성어와 의태어의 활용에도 각별하다. "한국어의 의성어와 의태어는 그 의미뿐 아니라 독특한 형태에서 말맛이 우러난다. 또한 외래어의 침투도 거의 받지 않고 외국어로 번역하기도 어려운 특이한 어휘 부류이다."[6] 의성어와 의태어는 다른 어휘들에 비해 우리말의 원형이 잘 보존되어 있으면서도 어감을 창조적으로 변형할 수 있어서 문학적인 활용도가 높은 편이다. 다문다문, 싸릉싸릉, 조롱조롱, 다슬다슬, 쟁강쟁강, 아슴아슴, 사박사박, 갸글갸글, 아롱다롱, 말곳말곳, 살강살강, 때그락때그락, 느실난실, 하응하응, 희치희치, 고수련고수련, 다문다문, 송알송알, 모짝모짝, 파랑파랑, 하들하들 등 오태환의 시에 등장하는 수많은 의성어와 의태어들은 기존의 어휘와 함께 문맥에 어울리게 새로 만들어지기도 하면서 시에 생기를 불어넣는다.

오태환의 시에서 언어는 의미를 전달하는 도구가 아니라 시 그 자체이다. 언어 사이에 우열도 없다. 모든 말들이 동등한 가치를 지니며 저마다 돌올하다. 그의 시에서 유난히 동일한 어구의 반복이 잦은 이유는 말과 말, 물(物)과 물(物)이 대등한 관계를 이루고 있다는 인식과 무관하지 않다. "어떤 하양은 홑청에 바늘로 맑게/시침질하듯이 하고/또 어떤 하양은 햇빛 같은 물방울들을/얇은 습자지에 베껴 쓰듯이 하고/어떤 연보라는 물살을 한 눈금/두 눈금 곱자로 재듯이 하고/또 어떤 연보라는 소금쟁이처럼 잡았다/당겼다 미끄러지기만 하고"(「낙화유수(落花流水)—백담시편 5」)는 개울물에 가을꽃들이 흘러가는 장면을 묘사한 것인데, 색색의 꽃잎들이 흘러가는 모습이 제각각으로 그려진다. 시인은 작은 꽃잎들에서도 개별성을 놓치지 않는다. 모든 존재는 저마다 다른 가치와 양태를 지닌다. 섬세하고 다양한 언어는 이러한

6 채완, 『한국어의 의성어와 의태어』, 서울대학교출판부, 2003, 앞표지 날개.

존재의 다양성과 상통한다. 서로 다른 동식물들이 경쟁하거나 의존하면서 균형을 유지하는 생태계와 마찬가지로 언어 역시 다양성이 확보되어야 건강한 상태라고 할 수 있다. 그런데 현재의 언어생태계는 약육강식의 법칙에 지배되어 다양성을 잃고 급속하게 위축되고 있다. 시를 통해 사라져 가는 우리의 고유어를 되살리는 일은 언어생태계를 보전할 수 있는 효율적인 방안이다. 오태환의 시는 고유어의 뿌리를 살려 내고 그 미학적 가능성을 확장한다는 점에서 언어생태계의 지속과 발전에 기여하는 바가 크다.

3. 맑게 육탈된 시를 향하여

　오랜 공백을 깨고 나타나, 시단의 주도적인 흐름에 역행하면서 자신만의 시 세계를 형성해 가는 이 시인의 근성은 어디서 연원하는 것일까? 그것은 아마도 근원성에 대한 확고한 지향과 관련되는 것으로 보인다. 그는 모두가 바라보는 곳을 바라보지 않고 영원히 흔들리지 않는 지점을 바라본다. 그의 네 권의 시집 모두 '별'과 관련된 시들을 다수 포함하고 있는 것은 우연이 아닐 것이다. '별'은 그에게 영원성을 향한 흔들리지 않는 좌표가 되어 준다. "별의 옛말은 '빌다'와 어원이 같은 '비르'"(「별들을 사숙(私淑)하다」)라고 한다. 별들을 "사숙"하며 그가 비는 것은 "내 몸을 저 어둠 속의 별빛들처럼 맑게 육탈된 글씨들인 채로 염습해 줬으면 좋겠다"(「고분에서」)라는 바람이다. 홍진에서 벗어나 맑고 드높은 경지에 이르고자 하는 것이다. 삶에 대한 바람이 그러할 뿐 아니라 자신의 시에 대한 바람도 그러하다. 최근의 시에서 자주 보이는 '칼'에 대한 탐구는 곧 '시'에 대한 생각과 다르지 않은 것인데, 그가 간절히 구하는 칼은 포정(庖丁)의 그것에 가깝다. "전국시대 백정 포정이 산 채로 소의 뼈와 살을 발라내는 동작은 그 지극함이 상림(桑林)의 춤사위와 경수(經首)의 악률에서 반 발짝 어긋남도 없다 뼈와 힘줄과 살과 신경 사이에는 바늘귀만큼씩 하더라도 틈이 있을지언정, 그의 칼날은 두께가 아예 없어 무심으로 허공을 베는 듯하다 하여 그의 칼바람 서슬에 고스란히 해체되는 동안 핏물 한 방울 튀기지 않는다 소는 아픔을 느끼기는커녕 저도 모르는 겨를에 마지막 숨을 놓는다"(「칼에 대하여 1―몽유도원도에 늦은 발문을 써서 부치다」)라고 하는 포정의 칼은 뼈와 살의 틈에서 한 치도 어긋나지 않아 더하거나 덜할 것이 없다. 소의 몸이 지닌 본래의 이치를 좇아 따를 뿐이다. 시라면 군더더기 없이 맑고 단정한 기운만이 남아 있는 시가 이에 가까울 것이다. 시에 대한 자기 고백이 진솔하게 담겨 있는 「칼에 대하여 3」에서 시인은 자신이 "竹影掃階塵不動 대나무 그림자가 섬돌을 쓸어도 티끌 하나 일지 않고 月穿潭底水無痕 달빛이 못물을 꿰뚫어도 물 위엔 흔적 하나 남지 않네"라는 "야부의 시구와 온전히 겨룰 수 있는 딱 한 구절을 얻기 위한 고단한 우회로"를 밟아 왔다고 한다.

시인이 별빛처럼 맑게 육탈된 시를 얻기 위해서는 두 가지 길이 있을 것이다. 하나는 포정처럼 칼에서 도(道)를 찾아내는 길이고, 다른 하나는 그 스스로 '무작정 돌진하는 뿔'이 되는 길이다. '뿔'은 '칼'과 함께 지상에서 '별'과 같은 맑고 단단함을 얻는 방법이라 할 만하다. '뿔'은 의식 이전에 몸에서 자라 밖으로 솟구친 성정이다. 시인은 달빛을 뚫고 솟아나는 '꽃'(「뿔, 또는 꽃」)이나 바다를 송두리째 뒤집는 '파도'(「뿔, 또는 바다」), 날마다 동녘에서 돋아나는 '날빛'(「뿔 1」)에서 '뿔'을 본다. 어머니가 평생 간직했던 "갈피 모를 근심만 고스란히 남아" "자면서도 혼자서 돌진하는, 흰 뿔"(「뿔 5」)이 된 것을 보기도 한다.

부사리소가 두 뿔 사이에 진달래꽃을 걸어 달고, 워낭을 달빛이 미어지게 은입사(銀入絲)된 물소리처럼 흔들며 타박타박 걷는 모습은 꽤 멋스럽게 비치곤 했지 싶다 하지만 눈치 재바른 이들의 생각은 좀 다르다 부사리소는 그냥 살갑게 걷는 게 아니라, 짜장 그 흐벅진 두 뿔로 진달래꽃 두어 송이를 하염없이 하염없이 들이받고 있었던 거였다

　내 사랑도 뿔이 꽃을 들이받듯 했으면 좋겠다

　　　　　　　　　　　　　　　　　　　　　—「뿔 2」부분[7]

　부사리소는 사람으로 치면 사춘기쯤 된 소인데 이 소의 뿔 사이에 진달래꽃을 매다는 습속이 있다고 한다. 꽃을 매단 소가 달빛 아래 워낭을 흔들며 걷는 모습을 멀리서 본다면 꽤나 정취가 있어 보이겠지만 실상 소는 눈앞에 아른거리는 진달래꽃을 하염없이 들이받고 있을 것이다. 이는 사춘기 소의 "무장무장, 솟구치는 힘"을 조절하기 위한 선조들의 지혜를 짐작게 하는 사례인 듯한데, 시인은 꽃을 향해 하염없이 돌진하는 소의 무구함에 경도된다. 사랑도 소가 "꽃을 들이받듯" 한없이 치받아야 한다는 것이다. 시 또한 그러하다. 시에는 소가 들이받는 꽃처럼 좀처럼 도달하기 힘든 지점이 있지만, 시인의 일이란 그것과 하나가 되는 순간을 위해 끝없이 들이받는 것일 수밖에 없다. 내면에서 솟구치는 힘으로 계속 들이받는다면 다음과 같은 경지에 문득 도달할 수 있을지도 모른다. "내 언어는 세계의 가장 높고 추운 봉토(封土)를 향해 산악(山嶽)처럼 솟구쳐 오른다 붉은 꽃잎 두어 장이 아슬아슬 머물다 기어이 떨어져 내린 허공 기슭이여 그 황량하고 황량한 떨림 한 낱 남기지 않은 채, 드디어 아득하다"(「뿔 4」). 언어로

7 오태환, 『복사꽃, 천지간의 우수리』, 시로여는세상, 2013, 21쪽.

써 언어의 끝까지 솟구쳐 마침내 아득한 공허에 이르는 지극한 경지를 시인은 두려워하며, 꿈꾼다. 부사리소가 꽃을 들이받듯 순정하기 그지없는 마음으로 맑게 육탈된 시를 향해 쉼 없이 가고 있다.

기억의 깊이
—정화진론

    정화진은 1986년 등단하여 두 권의 시집 『장마는 아이들을 눈뜨게 하고』(1990)와 『고요한 동백을 품은 바다가 있다』(1994)를 내놓은 시인이다. 시인으로서 화려한 이력이라고 보기 힘든데도 정화진의 시에 대한 관심은 의외로 지속적이다. "두 권의 시집을 상재한 후 사반세기가 다 되도록 활동을 중단하고 있지만, 저 열정이 식은 것은 아닐 것이다."라는 황현산의 말처럼 그녀의 시는 휴화산 같은 느낌을 준다.[1]

    깊은 곳에서 거대한 불덩이를 품고 있기에 좀처럼 식지 않는 휴화산처럼 정화진의 시가 내포한 특별한 열기는 눈 밝은 평자들에게 일찍이 포착된 바 있다. 김혜순은 "정화진의 상상력은 무속적, 신화·원형적이며 과거지향적이나 미래를 감싸안고 있다"(「상상력과 기억」)고 하였다. 정화진 시의 신화적 상상력과 독특한 시간 구조에 주목한 것이

---

[1] 이 글에서는 다루지 않았지만, 2022년 정화진의 세 번째 시집 『끝없는 폭설 위에 몇 개의 이가 또 빠지다』가 간행되었다.

다. 장정일은 정화진의 시가 '동아시아적 상상력'으로서 우리의 아이덴티티와 닿아 있어, 믿을 수 있고 깊이가 있다고 하였다(『장정일의 독서일기 2』). 정화진의 시는 우리의 무의식 깊이 자리 잡고 있는 전통적 습속과 연결되어 있기 때문에 외래의 신화적 상상력과 차별화된다는 것이다. 이영준은 정화진이 그려 내는 주술적 물활론의 세계가 우리 시단으로서는 경이로운, 미답의 영역이라고 했다(『물활론의 세계와 역사』). 정화진의 시가 우리 시에서는 드물게 초현실주의적인 의식의 확장을 성공적으로 구현하고 있다고 본 것이다.

정화진의 시는 급속도로 잊혀 가는 재래의 신화적 상상력을 끌어내면서 잠재되어 있던 원형의 기억을 자극한다. 사라진 듯하지만 무의식의 깊은 지층에서 일렁이던 삶과 죽음의 그림자가 선명한 형상으로 되살아나 감각적으로 다가온다. 오랫동안 잊었기 때문에 낯설면서도 더 오랫동안 원형적인 기억으로 자리 잡고 있었기 때문에 익숙한 느낌이 살아난다.

여기서는 정화진 시의 원형적 상상력이 보여 주는 기억과 감각의 특이성을 살펴볼 것이다. 두 권의 시집을 시간적 순차와 상관없이 통합된 세계로 파악하여 전체적인 특징에 초점을 맞추어 읽어 보려 한다.

1. 깊고 아득하게 열려 있는 시간

프루스트의 『잃어버린 시간을 찾아서』에서 주인공은 마들렌에 홍차를 적셔 먹는 순간 그 맛이 연결된 기억의 광대한 지층 속으로 빠져든다. 이렇듯 기억은 현재의 우연한 한 순간을 고리로 촉발되어 무한히 깊어질 수 있다. 정화진 시에서도 기억은 평범한 일상의 한 순간에 느닷없이 출몰한다.

조심스레 계단을 오르는 나를 붙드는 소리

계단 입구 놀이터 쇠 그넷줄이 밤바람에 찍찍거린다

삽시간, 5층에서부터 쏟아져 내리는 듯한 물소리

소리가 쏟아지고 있다 나는 듣는다 계단에 물이 넘쳐흐른다

낙동강 상류가 열리며

계단을 튀어 올라가는 징거미들

병정놀이를 하던 시냇가 모래밭

발가벗은 햇살의 모래 둔덕에 부러진 나무칼이 버려져 있다

천천히 칼 속에서 할머니가 걸어 나온다 된장 뚝배기를 들고

뚝배기 속 끓는 흰 고무신 한 짝이 보인다

—「징거미 더듬이」 부분

이 시의 화자는 조심스레 계단을 오르고 있다. 쇠 그넷줄에서 나는 소리를 감지할 정도로 감각은 예리하게 충전되어 있다. 그 순간 5층에서 쏟아져 내리는 듯한 물소리가 들린다. 감각이 열려 있는 상태이기 때문에 실제보다 훨씬 크게 들린 것으로 보인다. 계단에 물이 넘쳐흐르는 소리와 낙동강 상류가 열리는 소리가 순간적으로 중첩된다. 현재와 기억이 뒤섞이는 이 순간이 얼마나 빠른지는 "삽시간"이라는 말에 집약되어 있다. 쏴 하고 쏟아지는 물소리는 어린 시절 들었던 징거미들의 소리를 연상시킨다. 현실과 기억이 혼재되어 "계단을 튀어 올라가는 징거미들"이라는 특이한 장면을 낳는다. 거센 집게발로 낙동강 상류를 거슬러 오르던 징거미들이 내는 소리와 계단에서 쏟아지는 물소리가 하나가 되면서 기억의 소용돌이를 일으킨다.

다음 장면은 자연스럽게 기억 속으로 이어진다. 징거미들의 집게

발과 닮은 나무칼이 시냇가 모래밭에 버려져 있다. 나무칼은 화자의 유년 시절을 이끌어 내는 중요한 이미지이다. 칼 속에서 할머니가 걸어 나오고 할머니가 들고 있는 된장 뚝배기 속으로 흰 고무신 한 짝이 보인다. 마치 영화의 오버랩 기법처럼 여러 개의 장면이 중첩되면서 점점 더 무의식의 심층으로 들어가고 있다. "흰 고무신"은 다른 시들에서도 화자를 기억 속으로 인도하는 전령처럼 등장한다. 아마도 최초의 기억에 각인된 중요한 무의식적인 심상일 것이다. 흰 고무신을 뒤따라가면서 화자는 "폐렴 말기의 허파를 떼어 들고 겨우겨우" 오는 병약한 아이를 만나고 "문드러진 손가락의 얼굴 없는 사내 녀석이 아이의 작은 허파 하나를 잽싸게 낚아채" 가는 어린 시절의 공포스러운 꿈을 만난다. 화자의 기억은 이 정도에서 그치지 않고 "몇 개의 잘린 자라 목"과 할머니가 "입술을 열고 붓던 자라의 피와 가느다란 영혼 하나"를 본다. 이 모든 장면들은 해석되지 않은 채 감각적인 영상으로만 나타난다. 의미를 모르는 채 기억 속에 각인되었던 유년의 시간들이 우연한 한 순간을 매개로 되살아난 것이다.

병약한 화자를 위해 할머니가 자라의 목을 따 피를 먹이던 기억은 기이하고 고통스러운 장면으로 남아 반복적으로 떠오른다. 「칼이 확대된다」에서도 일상의 순간이 기억으로 전환되어 이 장면으로 이어진다. 이 시의 화자는 새벽에 물을 마시려 부엌으로 나갔다가 싱크대 위에 엎어 놓은 유리컵에 비친 초나흘 달을 보게 된다. "순간, 칼이 빛나는 듯하다"라는 느낌을 기점으로 하여 기억은 왕성하게 솟구쳐 오른다. 유리컵에 비친 달이 칼의 이미지로 전환되고 그 칼이 확대되면서 유년의 기억이 출현한다. 문지방에 기대고 누워 있는 병약한 어린 화자의 눈에 할머니 손에 쥐어져 있는 시퍼런 칼이 비친다. 할머니는 바가지의 정갈한 물에 칼을 씻고 아이는 그 물을 마신다. 그 물을 마셨기 때문에 살아났을 지도 모를 현재의 화자는 컵의 물을 마시며 그때의 기억을 떠올린다. 기억은 다시 할머니가 아이를 위해 마당을 깨끗이 쓸고 마당 한가운데 십자표를 그은 후 그 한가운데 칼을 꽂아 바가지를 덮어씌우며 말라리아를 쫓아내려 했던 할머니의 의식을 재생시킨다.

어떤 순간도 과거를 향해 열리는 듯한 화자의 남다른 기억은 호수처럼 잔잔한 표면과 깊은 수심을 내포하고 있다. "지리멸렬하고 탐욕뿐인 삶"(「하현 도드리」)으로 인식되는 현실과 달리 과거는 "문을 밀치고 안으로 들어가고 싶다"(「백통 가락지」)라는 욕구를 일으킨다. 시간의 얄팍한 표층을 이루는 현재보다 오랜 시간의 지층이 관심을 끈다. 정화진 시에서 기억은 개인의 생생한 경험에서 출발하지만 그로부터 훨씬 깊이 내재해 있는 집단의 기억과 연결된다.

> 서서히 규칙적으로 물은 맑아지다가 줄어들고 또 흐려지다가 불어났다 할아버지는 불어나는 물속으로 뛰어들어 고기를 낚아 올렸다 1,500년의 긴 세월 동안 나는 냇가로 갔다 고추장 종지를 들고 할아버지를 따라다녔다 할아버지는 부레를 떼어 가며 고기를 낚았다 서서히 규칙적으로 나는 고기를 잘 먹을 수 있었다 내 허파는 서서히 불어났다 내 숨소리는 붉은 고추장 빛이었다 1,500년의 긴 세월 동안 할머니는 고추장을 담갔다 흑룡강 이남, 만주 곳곳의 하천, 낙동강 오뉴월에 누치들이 살았다 서서히 규칙적으로 1,500년의 긴 세월 동안 할아버지는 고기를 낚았다 나는 고추장 종지를 들고 고령 지산동 고분 44호 오뉴월 무덤까지 할아버지를 따라갔다
>
> ―「누치」 부분

이 시는 지산동 44호 고분에서 출토된 토기 속에 담긴 누치의 뼈가

기원후 5세기경의 것으로 추정된다는 정보에 근거해서 쓴 것이다. 그런데 화자는 화석에 남은 오래된 과거를 자신의 기억과 함께 살아 있는 시간으로 만든다. 할아버지가 잡아 준 누치를 할머니가 담근 고추장에 찍어 먹었던 어린 시절의 경험은 화석 속의 누치를 실감의 영역으로 이끈다. 이 시에서 반복적으로 쓰이는 "서서히 규칙적으로"라는 말은 1,500년간의 누적된 시간을 연속적인 하나의 축으로 압축한다. 누치를 잡는 할아버지의 손길에는 오랫동안 축적된 선조들의 방식이 자리 잡고 있다. 할머니가 담근 고추장에도 전승되어 온 삶의 자취가 무르녹아 있다. 이처럼 누치를 고추장에 찍어 먹는 하나의 장면에서도 유구한 시간의 깊이를 감지하는 것이 정화진 시의 특별한 지점이다.

정화진의 시는 개인의 체험과 함께 새겨진 기억의 감각적인 깊이를 바탕으로 그러한 시간이 축적된 집단의 기억에 도달한다. 이러한 시간은 공식적인 역사적 기억의 이면에서 작동하는 공동체의 구체적인 삶의 기억이다. 공식적인 기억이 지배적인 관념에 의해 쉽게 왜곡될 수 있는 것에 비해 자연발생적으로 축적되어 온 구체적인 삶의 기억은 훨씬 더 깊고 지속적이다. 정화진의 시는 공식적인 기억에서 배제되어 온 평범한 삶의 기억들에 집중된다. "여자들의 기구한 생애"(「고정된 풍경」), "늙은 여인들이 삭제된 풍경"(「습지의 머위잎처럼」), "가엾은 어머니들의 생애"(「무수한 분묘 이장 공고를 나부끼는 바다」)와 같이 공식적인 기억의 바깥에서 곤고하고 지난한 실제의 삶을 지켜 온 여성들의 시간을 되살린다. "나무들이 우거진 숲/그 관념과 책들의 숲을 지나 다다른 곳"에는 여성들의 시간이 축적되어 "붉고 푸르고 아픈 육체들이 무덤을 이룬 채"(「무수한 분묘 이장 공고를 나부끼는 바다」) 드넓은 바다에 닿아 있다. 관념과 지식을 형성해 온 인류의 오랜 역사보다도 더 깊은 시간의 지층에는 나날의 삶과 대면해 오래도록 분투해 온 여성들의 생애가 새겨져 있다. "깊고 아득하게 열려져 있는" 이 오랜 기억의 바다에는 나날의 삶을 지속시키려 분투했던 어머니들과 할머니들의 고달픈 몸의 자취가 깃들어 있다. 정화진은 지리멸렬한 현실의 틈새에서 오래된 기억의 단편들을 반추하며 몸으로 감지되는 깊은 기억을 퍼 올린다.

2. 끔찍하게 아름다운 꽃

정화진의 시에서 기억은 깊이가 있으면서도 감각적으로 선연하다. 시간의 표층을 이루는 현실이 무미건조한 무채색의 느낌이라면 그 심층에 해당하는 기억은 강렬한 유채색으로 일렁인다. 정화진 시에서 주조를 이루는 색채는 단연 붉은색이다. 그 붉은색은 핏빛의 섬뜩함을 지니고 있다. 객혈의 붉은 피와 자라목을 딴 붉은 피는 붉은색에 대한 공포의 근원을 이룬다. 심각한 병과 그것을 치유하기 위한 의식에서 보았던 붉은색의 강렬한 인상은 언제든 선명하게 되살아나는 기억의 첫 장면에 해당한다.

붉은 피의 강렬한 인상은 기억 속에서 증폭되어 종종 붉은 물의 이미지로 재현된다. "계묘년 비는 붉게 내렸다, 붉게."(「징거미 더듬이」), "붉은 물이 지나간 뒤 할머니는 토담 아래 맨드라미 씨를 또 뿌렸다"(「붉은 쥐」) 등에서 붉은 물의 이미지는 압도적이다. 붉은 물로 가득한 세상은 불길한 죽음의 조짐으로 가득하다. "백일홍의 혓바닥들이 쉼 없이 떨어져 내렸다/못물은 벌겋게 충혈되어 갔다"(「텅 빈 사람」)라는 장면은 얼마나 그로테스크한가. 백일홍의 붉은 잎이 각혈하듯 떨어져 내린 못물은 온통 핏빛이다. 정화진의 시에서 기억은 선명한 색채와 함께 지울 수 없는 영상으로 자리 잡고 있다.

낮은 토담 아래로 마을의 그늘은

압지 속으로 빨려 드는 물처럼 흔적 없이 사라진다

마당은 샛노랗게 정지되어 있다

토담 아래쪽, 목마르게

열려 있는 마당 가장자리로

검정 개 한 마리 재빠르게 스며든다

하늘 속으로 토담 아래 그늘을 빨아들이며 푸른 잎이 돋는다

돋는 푸른 잎 위에

막, 잘라 얹어 놓은 개 대가리

붉은 그늘 번득이는

—「맨드라미」 전문

　이 시의 첫 연에서는 시골 마을의 전형적인 여름 풍경이 그려지고 있다. 햇빛이 작열하여 압지 속으로 빨려 드는 물처럼 그늘이 사라져 버린다는 표현이 절묘하다. 한 점 그늘도 없는 마당은 "샛노랗게" 정지되어 있다. 이때의 노란빛은 꽉 막힌 채 질려 있는 얼굴빛처럼 병색으로 느껴진다. 모든 그늘이 타들어 가며 정지된 화면 속에 검정 개 한 마리가 등장하여 정중동의 느낌을 불러일으킨다. 가운데 연에서는 그늘을 빨아들인 듯 푸른 잎이 돋아나는 장면을 그린다. 그리고 놀랍게도 마지막 연에서는 푸른 잎 위에 얹어 놓은 개 대가리가 등장한다. "푸른 잎"과 "붉은 그늘"의 색채 대비가 그로테스크하게 미적이다. 첫 연에서 움직임을 주도하던 개가 정지하고, 흔적 없이 사라졌던 그늘은 "붉은 그늘"로 치환되어 충격을 더한다. 철저하게 묘사적인 풍경

속에서 생과 사의 아이러니한 관계는 더욱 처절하게 드러난다. 대표적인 여름꽃인 맨드라미의 기이한 생김새, 동물성과 식물성의 교묘한 조합처럼 생과 사가 기괴하게 얽혀 있는 이러한 장면은 정화진 시에서 득의의 영역이라 할 만하다.

정화진의 시에서 붉은 꽃은 삶과 죽음, 아름다움과 기괴함 같은 모순적인 국면들이 응축된 강렬한 이미지로 나타난다. 생명의 절정에서 쉽게 시들고 각양각색의 기이한 형상으로 피어나는 꽃은 삶과 죽음의 본질을 극명하게 내포하고 있다. 정화진의 시에서는 붉은 꽃의 강렬한 인상을 통해 그러한 의미를 강화한다.

> 마당에 객혈 같은 꽃들은 시들고 지고 닳은 놋숟갈 양은냄비 그을음
>
> ─「마귀숟갈버섯 속(屬)」 부분

병든 삶의 처절함을 이보다 더 강렬하게 함축해 낼 수 있을까. 병인이 객혈했던 마당에 피어난 붉은 꽃은 병과 죽음의 이미지로 가득하다. 놋숟갈과 양은냄비에 의존했던 참담한 투병 과정은 '마귀숟갈버섯'의 이미지에 고스란히 투영된다. '마귀숟갈버섯'은 그 이름만큼 기괴한 형상이다. 검게 퇴색한 놋숟가락은 죽음의 징조로 가득한 깊은 병의 그늘을 드러낸다.

정화진의 시에서 기억은 삶과 죽음의 경계에 머무는 경우가 많다. 깊은 병과 죽음의 이미지에는 다른 무엇보다 강렬한 생의 비의(祕意)가 깃들어 떨칠 수 없이 시인을 사로잡고 있다. 기억 속에 선연한 병과 죽음의 인상은 감각적으로 각인되어 지워지지 않는다. 삶 또한 죽음과 맞닿아 있을 때 가장 분명하게 드러난다. 삶과 죽음의 경계면에는 오랜 시간의 흔적과 풍부한 드라마가 내재한다.

다 식은

길고 뻣뻣하게 굳어 버린 여자의 사내를 덮어 놓은

흰 홑청을 벗겨 내고

폐병으로 꺼진 목숨을 묶고 또 묶고

염을 끝내고 빠져나오는 마당에

떨어져 쌓인 꽃잎들은 어찌나 부드럽고 미끄러운지

새벽 무덤 파는 일을 마친 사내 더듬더듬 소주잔을 기울이며 던지는 눈빛 속에 창백하게 여윈 어떤 것이 이어져서

아니 묽고 붉게 꽃그늘이

그저 환하게 이어져서 오래도록

—「살구꽃 그늘」 부분

이 시에서는 오랜 병 끝에 죽음을 맞이한 사내의 여자를 살구꽃의 이미지와 중첩시키고 있다. 폐병을 앓다 죽은 사내의 뻣뻣하게 굳어 버린 몸과 부드럽고 미끄러운 꽃잎의 대조가 인상적이다. 앞 장면에서 염습 일 하는 사내의 눈에 비친 "설핏 옆얼굴을 내비치며 뒤란으로 돌아가는/젊은 여자"의 "잊혀지지 않는 흰옷"의 이미지가 투영된 "살구꽃 그늘"은 드라마틱한 상상을 불러일으킨다. 죽은 사내가 젊은 여자에게 드리운 처연한 그늘과 이후에 이어질 알 수 없는 삶의 행로가 살구꽃의 묽고 붉은 꽃그늘처럼 아련한 여운을 남긴다.

정화진 시에는 삶과 죽음의 기로에 놓인 병자들이 많이 등장한다. 깊은 병은 죽음을 지척에서 만나게 하고 삶과 죽음의 거리가 그리 멀지 않다는 점을 일깨운다. 삶은 죽음과 함께할 때 가장 강렬한 색채를 드러낸다. 피와 꽃이 그러하다. 정화진 시에 나타나는 피와 꽃의 인상

적인 이미지는 삶과 죽음의 극적인 조화를 함축하고 있다. 어쩌면 삶은 죽음 위에 피어난 "끔찍하게 아름다운 꽃"(「극락조」)일 것이다. 그 아름다움은 순간적이고 덧없다. 정화진은 삶과 죽음이 한자리에서 분투하는 처연한 광경을 '끔찍하게 아름다운' 감각적인 이미지들로 각인시킨다.

3. 어둠의 끝과 둥근 빛

삶과 죽음의 경계에서 대개의 시인들은 삶에 중심을 두고 죽음 쪽으로 고개를 돌리지 않는다. 그런데 정화진에게 죽음은 금기의 대상이 아니라 탐구의 대상이다. 죽음 이후의 변화는 그 전에 못지않은 역동적인 광경들을 보여 준다.

> 수억의 구더기 떼가 소용돌이 속으로 빨려 들어가고 있다
>
> 알할랄랄라이
>
> 랄랄랄하이하이
>
> 알할랄랄라이
>
> ─「춤」 전문

첫 시집의 서시에 해당하는 이 시는 정화진 시 세계의 관문으로서 적합해 보인다. 수억의 구더기 떼가 소용돌이 속으로 빨려 들어가는 기괴한 광경은 경쾌한 음악적 조어들과 함께 인상 깊은 '죽음의 무도'를 펼친다. 구더기는 죽음을 먹고 태어나는 삶의 신비를 상징한다. 수억의 구더기 떼가 꿈틀거리며 부르는 노래는 장송곡이자 생의 축가라 할 만하다.

정화진의 시에서 죽음은 이처럼 기괴할 정도로 역동적으로 그려지

는 경우가 많다. "길고 가느다란 손가락 마디마디 풀어져 뼈 몇 춤으로 갈대 뿌리에나 엉켜//까마귀 떼 치솟아 오르며 난다"(「까마귀까마귀까마귀, 터진 활주로」)에서 까마귀 떼의 역동적인 움직임은 죽음을 양식으로 하는 삶의 아이러니를 적나라하게 드러낸다.

삶은 속절없이 죽음에 먹히지만 죽음 속에서 또 다른 생으로 영속된다. 누대로 이어지는 생명의 계보가 그 증거이다. 조상 묘를 이장한 경험을 담고 있는 시 「빌려 입은 옷」에서 이러한 생각을 확인할 수 있다. "정수리, 육탈된 검은 뼈, 길게 자란 흰 머리칼/한입 진흙 물고 아버지/클클 웃으신다/너의 육체는 내가 빌려준 옷에 불과하다 너의 육체는 클클"에서처럼 부모로부터 받은 몸은 자식에게 다시 전해지며 생명의 계보를 형성한다.

> 삭은 쇠 가락 같은 어둠의 피륙을 밀어 올리며 어린 나무 돋는다
> 느리고도 계속적인 마치 기둥처럼 백열과 한랭을 껴안고
> 흐르는 검은 피의 떨리는 움직임 속
> 부드럽게 또는 낮게 여린 풀잎 사이로 나무는 나무 한 그루를
> 일으켜 세우며 돋는다
>
> —「탄트라」 전문

'탄트라'는 '수트라'와 구별되는 경전의 이름이다. 수트라가 날실을 뜻한다면 탄트라는 씨실을 뜻한다. 수트라가 고정불변의 진리에 해당한다면 탄트라는 변화의 가능성을 의미한다. 탄트라에서 무수히 변전하는 생명 현상을 중시하는 것은 이 때문이다. 위 시에서는 나무의 생장을 통해 생명의 비의를 간파하고 있다. 나무에서 하나의 잎이 돋는 장면은 차갑고 어둡고 딱딱한 죽음의 상태에서 따뜻한 피가 돌

면서 부드럽고 여린 생명이 생겨나는 과정을 보여 준다. "삭은 쇠 가락 같은 어둠의 피륙"은 영원히 닫혀 있는 동토가 아니라 새로운 생명이 움트는 재생의 장소이다.

정화진은 생명의 현상적 아름다움의 이면에 있는 죽음의 적요한 상태에 이끌린다. 죽음은 삶보다 더 근원적이고 강력하다. 첫 시집의 끝부분에 실은 산문 「제44호 고분」에서 시인은 유난히 고분에 끌리는 자신의 심사를 고백한다. 커다랗고 둥근 고분은 일상에서 다치고 상한 마음을 위무하는 "커다란 모성의 공간"과도 같다. 그곳이라면 자질구레한 일상의 상처 정도는 쉽게 치유될 수 있는 것이다. 온통텅 비어 있는 거대한 무덤은 세속의 온갖 고뇌나 쟁투가 부질없음을 보여 준다. 삶의 흔적을 온전히 지우고 커다란 공허로 자리 잡고 있는 죽음의 모습은 "제대로 썩은 뒤에 비어 있는 것은 아름다운 것"이라는 점을 자각하게 한다. 고분은 "삭힐 것은 다 삭힌 뒤에 마련하는 고요와 평화로움으로 충만된 공간"으로서 죽음이 지닌 깊은 적요의 상태를 연상시킨다. 삶의 한바탕 소요가 끝난 후 맞이하게 될 죽음은 오랜 적요 속에서 삶의 흔적을 지우고 또 지워 커다란 공허로 만들어 낼 것이다. 그리고 그 깊은 어둠의 끝에서 또다시 작은 생명이 움튼다.

가느다랗게 죽은 나뭇가지 그림자 몇 겹

비껴져 놓인다

빛이 방을 비스듬히 둥글게 드러낸다

호수 쪽에서 간간이 거친 바람을 열린 창으로 밀어 넣는다

방은 그러나 가장자리 파닥이는 빛을

둥글게 감싸안고 있다

그래 어두움의 끝은 언제나

둥근 빛의 일부와 아릿하게 맞닿아 있는 것일지도 모른다

—「안쪽으로 부는 바람」 부분

"어두움의 끝은 언제나/둥근 빛의 일부와 아릿하게 맞닿아 있는 것"이어서 빛으로 이어진다. 바람은 어둠과 빛을 휘돌아 나가고 죽은 나뭇가지 끝에 검은 피가 돌면 언젠가 새잎이 돋아날 것이다. 삶은 속절없이 짧지만 죽음 또한 영속적이지는 않다. 어두움의 끝이 둥근 빛과 이어지듯 죽음은 다시 삶으로 이어진다. 정화진의 시가 그토록 죽음에 침잠하는데도 비극적이라기보다 신비한 느낌을 주는 것은 이처럼 삶과 죽음의 관계를 순환적이고 역동적인 것으로 드러내기 때문이다. 시인 자신이 고분이라는 "커다란 모성의 공간"에서 위안을 얻는 것처럼 정화진의 시는 오랜 기억 속에서 끈끈하게 이어져 온 치유의 모성을 환기한다. 그녀의 시는 "두텁게 둘러앉아 있는 죽어 버린 시간의 저 안쪽을/오랫동안 막막하게 지켜 온"(「불의 가장자리」) 여성들의 시간에 대한 오마주이다.

정화진의 시는 공식적인 시간의 이면에서 면면이 이어져 온 공동체의 깊은 기억을 감각적으로 되살린 독특한 미학을 형성하고 있다. 정화진 시의 무게중심은 현저하게 과거를 향해 있으며 현재의 표층적 시간 너머에 깊숙이 자리 잡고 있는 근원적인 기억의 심층에 이른다.

공동체의 기억과 신화적인 상상력을 내포하고 있다는 점에서 정화진의 시는 김소월, 백석, 서정주, 강은교 등의 시에서 표명되어 온 토속적인 민간신앙의 시적 형상화 가능성을 이어 가는 것으로 볼 수 있다. 정화진은 유년 시절 경험하거나 목격했던 많은 질병과 죽음, 그리고 그것을 치유하기 위한 민간의 다양한 의식이나 주술 행위를 시적

으로 재현한다. 정화진의 시는 우리의 집단무의식을 형성하고 있는 재래의 습속과 심층의 기억을 이끌어 내 삶과 죽음에 대한 근원적인 질문과 마주하게 한다. 정화진의 시는 개인적 기억에서 멈추지 않고 공동체의 심층적 기억으로까지 확대될 만한 것이어서 더욱 기대를 불러일으킨다.

에코페미니즘의 관점에서도 정화진의 시는 의미가 크다. 정화진 시에 자주 등장하는 할머니는 대모신이나 제사장 같은 이미지로 자연과 화합하며 생명을 치유하는 능력을 드러내고 있어 흥미롭다. 그 밖에도 공식적인 시간에서 배제된 일상적 시간을 굳건히 지켜 온 여성들의 고유한 세계가 독특한 미학으로 펼쳐지고 있어 새롭게 조명해 볼 만하다.

정화진의 시에 나타나는 강렬한 감각적 표현들은 미학적 측면에서도 주목된다. 삶과 죽음의 경계나 죽음의 역동성을 이 시인만큼 탁월하게 감각화한 경우는 흔치 않다. 정화진의 시는 죽음의 미학에서 빼놓을 수 없는 성과에 해당한다.

정화진이 지금까지 내놓은 시들은 그 분량에 비할 수 없이 풍부하게 탐구할 만한 가치를 내포하고 있다. 사라져 가는 민족어와 민족정신의 보고로서, 삶과 죽음의 본원에 대한 탐구 대상으로서 정화진 시의 자원은 넉넉해 보인다.

연한 무늬들의 삶 이야기
—이진명론

시에서 서정성과 서술성은 상반되는 개념에 가깝다. 서정성은 시적 주체의 정서적 감흥과 관련되기 때문에 이야기를 연속적으로 이어가는 서술적인 시에서는 약화되기가 쉽다. 그러나 이 두 가지 성향이 절묘하게 조화를 이루는 예외들이 없지는 않다. 서술성이 강하면서도 풍부한 서정성을 내포하고 있는 백석의 시가 대표적인 예이다. 이런 시들은 개성적 영역을 확보하며 서정시의 다양한 가능성을 확대한다.

이진명의 시는 서정성과 서술성이 조화롭게 혼용되어 있는 흥미로운 경우에 해당하지만, 이런 점이 충분히 주목받은 것 같지는 않다. 이진명은 1990년에 등단하여 지금까지 『밤에 용서라는 말을 들었다』(1992), 『집에 돌아갈 날짜를 세어 보다』(1994), 『단 한 사람』(2004), 『세워진 사람』(2008)이라는 네 권의 시집을 내놓았다. 다작이라 보기 힘들고 시단의 유행과 거리가 먼 고요한 시정(詩情)으로 일관해 왔지만, 이진명의 시는 고유한 분위기와 화법이 있어 다른 시들과 확연히 구분되는 개성을 드러낸다. 이진명의 시에서 무엇보다 특징적인 것은 바로 시인 자신의 나지막한 어조를 연상시키는 화자의 목소리가 서술적으로 이어지면서 이야기를 듣는 듯한 느낌을 준다는 것이다. 묘사적인 시라면 훨씬 간결하게 압축되었을 시상이 나직하게 이어지는 이야기처럼 연속되면서 서술성을 보인다. 그런데 이진명 시에서 서술성은 사건이나 이야기의 내용에 중심을 둔 것이라기보다는 이야기를 끌어가는 화자의 정서를 좀 더 섬세하게 표현하는 방식에 가깝다. 대상을 설명하기 위한 서술이라기보다 그에 대한 화자의 정서적 반응을 따라가며 서술하기 때문에 서정성이 강화된다.

내 산책의 끝에는 복자수도원이 있다
복자수도원은 길에서 조금 비켜서 있다
붉은 벽돌집이다
그 벽돌 빛은 바랬고
창문들의 창살에 칠한 흰빛도 여위었다
한낮에도 그 창문 열리지 않고
그이들 중 한 사람도 마당에 나와 서성인 것 본 적 없다
둥그스름하게 올린 지붕 위에는 드문드문 잡풀이 자라 흔들렸고
지붕 밑으로 비둘기집이 기울었다
잠깐이라도 열린 것 본 적 없는 높다란 대문 돌기둥에는
殉教福者修道會修道院이라 새겨진 글씨 흐릿했다
그이들은 그이들끼리 모여 산다 한다
저녁 어스름 때면 모두
聖衣 자락을 끌며 긴 복도를 나란히 지나간다고 한다
비스듬히 올라간 담 끄트머리에는 녹슨 외짝문이 있는데
삐긋이 열려 있기도 했다

숨죽여 들여다보면

크낙한 목련나무가 복자수도원, 그 온몸을 다 가렸다

내 산책의 끝에는 언제나 없는 복자수도원이 있다

—「복자수도원」 전문(①¹)

 이 시에서 화자는 복자수도원을 들여다보는 관찰자의 위치에 있
다. 시의 앞부분은 복자수도원의 위치나 풍경에 대한 묘사에 가깝다.
복자수도원을 묘사하는 "바랬고", "여위었다", "기울었다", "흐릿했
다" 등의 시어는 그곳의 오래되고 퇴락한 느낌을 강조한다. "복자(福
者)"와 "수도원"의 아이러니한 조합 그대로 그곳의 풍경은 미묘하다.
이런 풍경의 묘사만으로 한 편의 그윽한 서정시가 될 만하지만, 이 시
의 화자는 이야기를 좀 더 끌고 간다. "그이들은 그이들끼리 모여 산
다 한다/저녁 어스름 때면 모두/聖衣 자락을 끌며 긴 복도를 나란히
지나간다고 한다"라며 그 안에 살고 있는 사람들에 대한 관심을 드러
낸다. '-다 한다'라는 구절로 이러한 사실이 화자 자신이 직접 목격한
것이 아니라 누군가에게서 전해 들은 이야기라는 것을 알 수 있다. 이
로써 '그이들'의 비밀스러운 삶에 대해 화자가 얼마나 관심을 기울이
고 있는지를 짐작하게 된다. 이 시에서 특징적인 것은 화자가 복자수
도원의 풍경과 분위기를 묘사하는 데서 그치지도 않지만 그렇다고 복
자수도원에 살고 있는 사람들의 이야기를 풀어 가는 것도 아니라는
점이다. 서술성이 강한 시라면 '그이들'의 삶을 풀어내는 데 중심이
놓였겠지만 이 시에서는 그것을 감추어진 대로 둔다. '그이들'의 이야

---

1 인용 시가 들어 있는 시집은 다음과 같이 원기호로 표시한다. ① 『밤에 용서라는 말을 들었
다』, 민음사, 1992; ② 『집에 돌아갈 날짜를 세어 보다』, 문학과지성사, 1994; ③ 『단 한 사
람』, 열림원, 2004; ④ 『세워진 사람』, 창비, 2008.

기는 가려져 있기에 더욱 궁금증을 증폭시킨다. 이 시의 마지막 문장은 첫 문장에다 "없는"이라는 시어만을 추가하여, 부재로써 더욱 선연하게 존재하는 복자수도원의 이야기에 여운을 더한다.

「복자수도원」은 이진명의 시에서 서술성이 어떻게 서정성을 강화하는지를 잘 보여 준다. 이진명의 시에서 서술은 어떤 사건이나 이야기를 풀어 가기보다 대상에 대한 화자의 정서적 반응을 드러내기 위해 동원된다. 이야기의 대상은 화자의 사유나 상상 속에서 통합되어 서정적 감흥을 불러일으키는 원천으로 작동할 뿐 그 자체가 서술의 중심이 되는 것은 아니다. 대상에 대한 객관적이고 즉물적인 묘사를 넘어서 그것과 화자가 만나는 정황과 정서적 반응을 상세한 서술로 드러냄으로써 독자들은 화자가 들려주는 이야기에 동참하게 되고 쉽게 공감에 이르게 된다.

서술성이 두드러진 시에서도 중심을 이루는 것은 화자의 정서적 반응이다. 「불안한 사슴 사진」(④)에서는 신문에서 "십만 마리 중 한 마리 나올까 한다는 희귀 아기 흰 사슴"의 사진을 보고 "세상 힘세다는 신문 지면에/요렇게 힘이라곤 쏙 빠진 식물성 사진 실어도 되나/아무래도 고개가 저어졌었다"라는 염려가 기어이 현실이 되어 버린 경험을 그려 낸다. "그즈음 신문들 전쟁 폭력 사진들로 완전 숯검댕이였다"라며 신문 기사 중에서도 가장 거친 기사들과 흰 사슴 사진의 대비를 강조하는 서술로 화자의 불안감을 실감할 수 있게 한다. 이 시에서도 기사와 같은 사실적인 이야기에 대한 서술보다는 "사슴 사진 처음 봤을 적엔/아기의 흰 색깔과 어미의 갈빛이 합쳐 퍼뜨리는/가는 목 가는 다리/갸름한 얼굴 가만한 몸매가 합쳐 퍼뜨리는/부드러운 평화, 연한 동경이 감도는 시정(詩情)이었다"와 같이 사슴 사진이 화자에게 불러일으킨 감흥에 대한 서술이 강조됨으로써 연약한 존재의 죽음으로 인한 화자의 충격이 충분한 공감을 일으킨다. 이 시의 마지막 부분은 무장 테러 단체의 칼날에 무참히 살해된 한국인 이야기가 짤막하게 언급되면서 "불안한 사슴 사진은 전조(前兆)처럼 결국/무서운 사진을 연일 덮어쓰고 말았다"로 끝난다. 신문에 실린 가장 아름다운 기사와 가장 잔혹한 기사는 이렇게 하나가 된다. 이런 상반되는 이야기를 하나의 관점으로 통합하는 것은 연약하고 아름다운 존재가 지켜지기 어려운 현실에 대한 시인의 민감한 감수성이다. 신문 기사를 통해서도 시인은 아련한 시정(詩情)을 찾아내고 그런 존재들을 위협하는 불안한 현실을 예리하게 대비시켜 공감을 불러일으킨다.

이처럼 이진명의 시에서 서술을 이끌어 가는 화자의 정서적 반응은 독특한 분위기와 통찰을 형성하면서 서정성을 확대한다. 대상에 대해 관찰자로 머물지 않고 전면적으로 공감하고 동화되는 정서적 일치를 통해 객관적으로 접근해서는 도달할 수 없는 깊은 정서적 연대감에 도달한다. 따라서 이진명 시에서 서술성은 대상에 대한 이해와 화자의 정서적 일치감을 효율적으로 배합하는 방식이 된다.

이진명 시의 강한 서정성은 서술적인 시에서 섬세하게 드러내기 힘든 미약한 존재들에 대한 각별한 관심과 관련된다. 주의 깊게 보지 않으면 의식하기 힘든 미미한 존재들이 시인의 감성에 포착되어 오롯이 살아나게 된다. 「무늬 남다」(①)는 시인이 얼마나 작고 연약한 삶의 흔적들에 관심이 깊은지를 가늠할 수 있게 해 주는 시이다. "나는 그들이 남기고 간 무늬였다. 미술과 정원을 떠돌며 산다. 여럿의 다른 무늬도 함께 산다."로 시작되는 이 시는 '무늬'를 화자로 하여 그 삶의 이야기를 펼쳐 놓는다. 화자의 관점에서 서술되는 이야기는 "그 10월의 하루. 공휴일. 그들은 도시에서 만났다. 공원의 보도블록을 세며. 기다리었다. 청신호. 나를 수놓기 위해 횡단보도를 건너 미술관으로 오르며."처럼 무늬가 생기기 시작하는 첫 장면부터 "그들이 서로 돌아서는 순간"으로 인해 더 이상 무늬가 수놓아지지 않는 장면을 순차적으로 재현한다. 재미있는 것은 그들의 만남으로 생겨난 이 무늬는 그들이 헤어지면서부터 더는 생겨나지 않지만 그렇다고 아주 사라지지도 않고 계속 떠돌고 있다는 생각이다. "세상에는 오롯이 우리 무늬들이 모여 사는 곳이 있다고."라는 마지막 구절은 그렇게 남겨진 무늬들이 어디선가 모여 산다는 특이한 상상을 드러낸다. 이제는 기억의 한 구석으로 밀려난 삶의 순간들이 무늬를 이루며 사는 세상의 이야기는 우리 존재의 심연을 감각적으로 일깨운다. '얼룩'이 아닌 '무늬'로서 재현되는 삶의 이야기들은 존재의 기억을 아름답게 직조한다. 그것은 버려진 것이 아니라 아름답게 남겨진 삶의 흔적들이다. 미약하지만 소중한 삶의 자취에 대한 시인의 감성은 이토록 섬세하다.

기억의 무늬에 대한 이러한 감성에서 단적으로 드러나듯 시인은 미약하고 소외된 존재들을 향한 각별한 관심을 보여 준다. 이진명의 시에서 주요 서술 대상은 세상의 구석에서 만난 소외된 사람들이다. 세상의 중심에서 빗겨나 조용히 살고 있는 사람들에게서 시인은 아름다운 삶의 무늬를 발견한다.

나는 그 소녀의 독거초등학생이란 이름을 지우며 마지막으로 뒤돌아보았다. 그딴 이름 지워지자마자 소녀는 저 아득한 우주 꽃씨로 잠들었다. 우주 어둠이 내려와 펼쳐진 채인 소녀의 알림장 보호자 확인란에 별을 박았다. 빛나는 우주 사인을 했다. 소녀 잠들기 직전 소녀의 꽃손을 빌어 쥐고서 했다.

—「독거초등학생」 부분③

인용한 시는 「독거초등학생」이라는 시의 마지막 부분이다. 앞부분에서 주인공 소녀의 사연이 간략하게 서술된 후 시의 대부분은 소녀의 고달프고 고독한 일상에 자꾸만 감정이 이입되는 시인 자신의 상상을 담고 있다. 신문 기사의 관심사와는 달리 시인은 이 소녀가 지니는 존재론적 광휘를 아름답게 그려 낸다. "독거초등학생"이라는 세속의 시선을 지우고 보면 이 소녀는 아름답고 신비하기 그지없는 "우주 꽃씨" 같은 존재가 아닐 수 없다. 생명의 경이를 오롯이 발현하고 있는 이 고독한 존재자에게 시인은 아름다운 시적 상상을 듬뿍 부여한다.

소외된 존재들을 향한 시인의 관심이 더욱 절실하게 느껴지는 것은 시인 자신이 이들과 함께 세상의 미약한 무늬를 이루고 있기 때문이다. 가령 "독거초등학생"을 그린 위 시는 소녀 가장이었던 시인 자신의 체험을 그린 「또 저녁을 지으며」③ 같은 시와 겹쳐진다. "이 세상에 맏이 된 나, 모든 맏이 된 나는 시름겨워/안 오시나 못 오시나, 숨은 어머니/어머니 대역이 된 누나, 언니가 지어 주는 저녁을/묵묵히 고개 떨구고 먹는 이 세상의 동생들" 같은 구절에서 드러나듯 "소녀 어머니"로 살아야 했던 시절의 기억은 "독거초등학생"이 겪는 삶에 남다른 관심과 통찰을 부여한다.

「윤희 언니」는 시인의 개인사를 심층적으로 확산하여 존재론적 화합의 상상을 이끌어 낸 시이다. '윤희 언니'는 시인의 아버지가 이남으로 피신 오기 전에 이북에서 낳았던 딸로 배다른 형제이다. 생존해 있는지도 전혀 알 수 없는, 불운한 가족사의 흔적과 같은 윤희 언니의 이야기는 미약한 존재의 기미를 살피는 데 탁월한 시인의 섬세한 감성 속에서 아름다운 삶의 무늬로 거듭난다. 이 시에서도 6.25와 1.4 후퇴 같은 명백한 역사적 현실과 관련해서는 소략한 서술로 그치고 윤희 언니를 향한 그리움이라는 정서적 반응이 주를 이룬다.

윤희 언니, 나 당신을 보고 싶은 걸까요

이제야 대놓고 부르고 싶은 걸까요

얼굴도 모르면서, 무엇보다 생사도 모르면서

아버지 피 같다는 것 하나로

(아니요. 피, 핏줄이라는 걸 그리 대단하게 생각진 않습니다. 상투적 습
관으로 이어지는 무엇일 뿐이라는 생각이 크지요)

그보다는 각각 부와 모를 잃은 슬픔 아픔이 같다는 걸로

(하긴 나는 피보다는 인간 보편의 죽음과 불가해한 이별에 대해 알고픔이
많은 사람이긴 합니다)

윤희 언니, 내가 먼저 가겠습니다

함경북도 명천 땅 호남마을 이름난 명사십리로

그곳 모래 곱고 부드럽기 한량없다지요

하얗고도 파래 아름답기 그지없다지요

당신은 하늘나라에서 은날개 치며 내려오고

나는 남한 땅에서 상상의 날개 타고 올라갈게요

만납시다

—「윤희 언니」 부분④

시인이 고백하듯 윤희 언니를 향한 그리움은 핏줄과 관련된 것이
라기보다 부모를 잃은 슬픔과 아픔을 공유하는 존재로서 느끼는 것이
다. 이 그리움이 핏줄을 찾고 싶은 마음에서 온 것이라면 윤희 언니가
"한 살배기 포동한 하늘아기"로 그려지는 않을 것이다. 남하한 아
버지가 윤희라는 이름을 시인에게 그대로 옮겨 붙였던 세 살 때까지
의 일이 "서늘했던 일"로 기억되면서 잊을 수 없는 삶의 무늬를 이루
고 있기 때문이다. 즉 시인의 기억 깊숙이 자리 잡고 있는 "원음(原音)"

과도 같은 근원적 그리움이 그 이름과 함께 살아 있기 때문이다. 윤희 언니의 이름과 함께 윤희 언니가 살았던 명사십리의 고운 모래 또한 근원적인 장소의 기억처럼 아름답게 그려진다. 이처럼 윤희 언니는 불운한 현실의 시간에서 잃어버린 모든 아름다운 삶의 무늬들을 대변한다. 따라서 "하늘나라에서 은날개 치며 내려오"는 윤희 언니와 "남한 땅에서 상상의 날개 타고 올라"가는 시인의 만남은 존재론적인 차원에서 이루어지는 아름다운 환상이다.

생사조차 확인할 수 없는 윤희 언니의 이야기를 통해 비극적 민족사를 넘어 존재론적인 그리움을 상당히 긴 호흡으로 이끌어 내는 이 시에서 서술성과 서정성은 절묘한 조화를 이루고 있다. 이러한 이진명의 독특한 어법은 압축과 배제의 방식으로는 표현하기 힘든 미약하면서도 존귀한 삶의 무늬를 그려 내는 데 긴요하다. 「희어서 좋은 외할머니」(③)에서도 시인 특유의 미학은 외할머니의 쓸쓸하고 담백한 삶의 이야기와 "외할머니의 모든 것 희어서 좋다/이름에 붙은 머릿자 '외' 자가 이미 너무 흰 것을"과 같은 섬세한 감성이 교직되면서 배가한다. 시인은 자신만의 통찰과 감각으로 힘없고 이름 없는 존재들에게서 고요하고 무상한 삶의 아름다움을 발견한다. 나직하게 이어지는 개성적인 화법은 미약한 존재들의 삶을 섬세하게 이끌어 낸다.

시인은 세상의 구석에 모여 있는 고요하지만 아름다운 삶의 무늬를 포착하는 데 남다른 안목을 지니고 있다. 그런 무늬들이 유난히 시인의 눈길을 끌어당기고 마음을 설레게 하기 때문이다. 시인이 홀로 보기에 아까워 꺼내 놓는 이 무늬들의 이야기는 대개 "외롭고 높고 쓸쓸한 좋은 얼굴"(「좋은 손, 남자들의」, ④)을 보여 주는 것들이다. 이들은 세상의 관심 밖에서 조용히 살아왔지만 오랜 세월을 한결같은 정성으로 지내며 자신만의 오롯한 무늬를 이루고 있다. 동네 구석진 집이나 산속 암자 같은 곳에서 만나게 되는 이들은 가난하고 고단한 생활이 망가뜨리지 못한 존엄한 삶의 무늬들을 간직하고 있다. 이런 삶의 아름다움을 섬세하게 드러내기 위해 시인은 가까이 다가가 자세히 들여다보고 마음을 다해 그들의 이야기에 귀를 기울인다. 이런 존재들이야말로 거칠고 삭막한 세상을 그나마 살 만한 것으로 느낄 수 있게 해준다. 시인은 세상의 구석에 고요히 자리 잡고 있는 잊어버린 무늬들의 삶을 찾아서 들려준다.

또한 시인은 이러한 삶의 무늬 속에서 자신을 발견한다. 무늬의 세상이 서로 얽혀 연결되어 있는 모습을 골몰해서 바라본다. 자신도 구석진 세상에서 발견한 무늬들과 다르지 않다고 여기기 때문에 그 한 부분으로서 공감한다.

세상에는 살아야 할 무슨 좋은 것이 많이 있다는데
나는 뭘 더 좋은 것을 살아야 하는지
나는 내가 알아본 내 미래를 찬찬히 바라다봤다
순간순간 햇빛에 반짝이는 양은자배기
그 속에 차곡히 담긴 푸르른 배추 잎새들
그림 속 빛과 색깔처럼 문득 아름다웠다
가뭇이 눈이 감기고 있는 검붉은 얼굴
뚱뚱한 헝겊 뭉치의 고요한 꾸부러짐
늙었으나 불행의 그림자 이미 걷혔다
나는 내 미래가 그리 나쁘게 보이지 않았다
　　　　　　　　　　　—「나는 내 미래를 알아보았다」 부분②

이 시에서는 "부스스한 머리를 이고 시장통에 나와 앉아 배추 파는 여자"의 현재와 자신의 미래를 동일시하는 발상을 보여 준다. 늙고 뚱뚱한 이 여자도 처녀 적에는 시장통에서 배추를 팔게 되리라고 생각지 않았을 것이다. 마찬가지로 "내 미래도 세월이 흘러/때 절은 전대 둘러찬/저 배추 파는 여자와 같이 되지 말란 법"이 없다. '내'가 '배추 파는 여자'에게서 자신의 미래를 발견하는 이유는 "차곡히 담긴 푸르른 배추 잎새들"을 살피며 고요하게 앉아 있는 그 자태 때문이다. 남들 눈에는 "뚱뚱한 헝겊 뭉치"처럼 꾸부러져 있는 볼품없는 모습일지 몰라도 "불행의 그림자"마저 걷힌 듯 무념무상의 상태에 있는 그 모습이 시인의 눈에는 그리 나쁘게 보이지 않는다.

고요히 한자리를 지키고 있는 여자에게서 자신의 미래를 보았던 시인의 예측은 어느 정도 맞아떨어진 듯하다. 다만 "시장통"이 아닌 "집구석"에 앉아 있다는 점이 다르다. 시인의 근황에 가까운 시 「'앉아서마늘까'면 눈물이 나요」(④)에서는 인디언식 이름을 지어 부르는 모임에서 있었던 일을 재미나게 풀어내고 있다. "부엌을 맴돌며 몹시 슬프게 지내는 참"이었던 시인이 자신의 별명으로 "앉아서마늘까"를 내놓자 "그들이 엄지를 세우고 와 박수를 치"며 환호한다. 이 뜻밖의 반응에 고무되어 "새 여자 인디언 앉아서마늘까"로서 상상을 이어 보니 "총알이 날아오고 대포가 터져도/앉아서마늘까는 바구니 옆에 끼고/불타는 대지에 앉아 고요히 마늘 깝니다"와 같은 정경이 떠오른다. 거칠고 험한 세상의 한편에서 고요히 자신의 자리를 지키는 연약한 존재들을 시인은 동류로 느낀다. 힘없이 스러질 때까지 자신의 자리를 떠나지 않는 이런 존재들이 남기는 아련한 무늬의 아름다움을 찾아낸다. 폭력이 중심을 차지하는 세상에서 고요히 먹고사는 일을 떠맡고 사는 이들의 삶을 돌아본다. "암만 하늘할애비라도/마늘 짓쪄 넣은 밥반찬에 밥 뜨는 일 그쳤다면/이 세상 사람 아니"라는 지극한 삶의 이치를 되새긴다.

「죽집을 냈으면 한다」(③)에서는 "연하고 조용"한 삶이 "세상 폭력"에 맞서는 방식이라는 것을 좀 더 분명하게 보여 준다. "속이 연하고 조용해지면/생각이 높아지는 것//생각이 높아지면/모든 지상의 것들에게로 곁으로 스미리"라고 하여 죽집을 내고 싶어 하는 이유를 밝힌다. 폭력이 장악한 세상처럼 음식조차 거칠고 강한 것들이 난무하는 틈에서 연하고 삼삼한 죽을 판다면 지친 사람들의 쓰린 속을 달래 줄 수 있을 것이기 때문이다. "외롭고 높고 쓸쓸한 좋은 얼굴"처럼 이런 음식도 조용히 낮은 곳으로 스며들어 따뜻한 위로가 되어 줄 것이다.

시인이 찾아내는 연하고 조용하고 아름다운 삶의 무늬들은 폭력적인 세상에 상처받은 쓰리고 텅 빈 마음으로 흘러드는 온기를 지니고 있다. 폭력에 희생되어 얻은 상처는 깊지만 그 상처에 닿는 온기의 치유력도 적지 않다. 시인 자신의 경험이 가장 적실한 예를 이룬다.

여학생 적에 어머니를 잃은 딸이 있습니다. 그 딸은 마흔이 훌쩍 넘도록 죽은 엄마를 자기도 모르게 자꾸자꾸 불렀습니다. 엄마! 엄마! 엄마! 설거지하다가도 부르고 걸레질하다가도 부르고 도마질하다가도 부르고 세수하다가도 부르고 부르고. 그 딸의 딸은 다섯 여섯 살 될 때까지는 제 놀이에 빠져 모른 체 듣고만 있다가 일곱 살인가부터는 응! 응! 하고 대답하기 시작했습니다. 엄마가 된 그 딸이 엄마를 부를 때마다 그 딸의 딸이 왜! 왜! 하고 대답하는 것이었습니다. 그 딸의 딸이 아홉 살 열 살이 되도록 한 아이의 엄마가 된 그 딸은 죽은 제 엄마를 습관처럼 불러 대고, 그럴 때마다 그 딸의 딸은 귀찮아하지도 않으며 일기 숙제를 하다가도 텔레비전을 보다가도 응, 왜! 응, 왜! 대꾸해 주는 것이었습니다. 얼굴은 돌리지도 않은 채로, 얼굴 보지 않아도 목소리로 옛적 때 일들 다 안다는 것처럼 넉넉히

대꾸하는 것이었습니다. 옛적 산골의 나물 뜯던 두 자매. 눈물 담은 눈으로 뒤돌아 뒤돌아보며 내려가던 동생이 언니를 일으키려고 다시 와 엄마가 되었습니다. 괜찮다고 어서 먼저 내려가라고 애써 아픔 참던 언니가 아무래도 동생이 내민 등에 업혀야겠다고 몸을 일으켜 딸이 되었습니다.

—「자매는 어떻게 모녀가 되나」 부분④

이 시는 두 부분으로 되어 있는데 앞부분은 자매 이야기, 뒷부분은 모녀 이야기다. "산골 마을에 어린 두 자매가 살았습니다"로 시작되는 앞부분에서는, 나물 뜯던 자매들 중 언니가 굴헝에 빠져 꼼짝하지 못하게 되고 울먹이며 언니 곁을 떠나지 못하던 동생이 어서 먼저 내려가라는 언니의 손짓에 발걸음을 돌려 내려가며 돌아보고 또 돌아보았다는 이야기를 전설처럼 또는 꿈처럼 서술한다.

인용한 위 시는 이어지는 뒷부분인데 여기서는 시인의 실제 삶이 그려지고 있다. 어머니를 일찍 여의고 "소녀 어머니"로 살아왔던 시인에게 어머니는 사무치는 그리움과 상처의 근원이다. 마흔이 훌쩍 넘도록 무의식중에 엄마를 부르는 시인에게 언제부턴가 딸이 대답해 주기 시작한다. 그러니까 "그 딸의 딸"이 "엄마"가 되어 화답하는 것이다. 얼굴도 돌리지 않은 채 너무도 천연덕스럽게 대답해 주는 딸의 목소리에서 시인은 무의식에 침잠해 있던 깊은 슬픔을 꺼내 놓고 위로받는다. 어머니뿐 아니라 얼굴도 보지 못한 윤희 언니에 대한 그리움과 미안함까지 모두 끌어올려져 해소된다. 전쟁의 폭력은 험한 '굴헝'처럼 자매의 삶을 갈라놓았지만 지극한 그리움과 따뜻한 위로가 이들을 다시 이어 놓는다. 이 시에서도 간명하고 절제된 진술로는 전달하기 힘든 마음의 섬세한 작용들이 진솔한 이야기의 힘으로 아름답게 펼쳐진다.

이진명의 시는 나직하면서도 다감한 목소리로, 세상의 구석에 놓여 연하지만 아름다운 무늬를 이루고 있는 삶을 이야기한다. 서술성이 강하면서도 서정성이 풍부한 이진명 시의 독특한 미학은 대상에 적극적으로 호응하는 정서적 반응에서 기인하는 것으로 보인다. 시인은 폭력적인 세상에서 고요히 자신의 자리를 지키는 미약한 존재들에 공감하며 그러한 존재의 아름다움과 가치를 일깨운다. 다감하게 이야기를 들려주는 듯한 이진명 시 고유의 화법은 아름다운 삶의 무늬를 드러내기 위한 섬세한 표현의 방식이자 거친 세상을 향한 따뜻한 위로의 방식이기도 하다.

풍경의 시학
—조용미론

1. 풍경을 사는 법

조용미는 1990년 등단하여 지금까지 『불안은 영혼을 잠식하다』(1996), 『일만 마리 물고기가 산을 날아오르다』(2000), 『삼베옷을 입은 자화상』(2004), 『나의 별서에 핀 앵두나무는』(2007), 『기억의 행성』(2011), 『나의 다른 이름들』(2016)에 이르는 여섯 권의 시집을 내놓은 중견 시인이다. 전위적인 시작법을 선보이는 시인들이나 시대의 변화를 민감하게 반영하는 시인들에게 관심이 집중되는 시단의 분위기와 무관하게 이 시인은 조용하게 자기만의 시 세계를 구축해 왔다. 현란한 방법론들의 각축장에서 벗어나 정밀한 고전적 격조를 유지하고 시대 변화와 무관하게 자연과 교응하는 전형적인 서정시의 외형을 보이는 조용미의 시는 상대적으로 크게 관심을 받지 못한 편이다.

그러나 조용미 시의 자연은 서정시에서 흔한 자기 충족적인 동일성의 공간과도 다르고 초월적 관념이 자리 잡고 있는 탈속의 세계와도 다르다. 그렇다고 자연과 일상이 밀착되어 있던 시대의 보편적인 정서와 유사한 것도 아니다. 조용미 시에서 자연은 "주위의 외적인 것에 무관심한 '내적 인간(inter man)'에 의해 처음으로 풍경이 발견되고 있는 것"[1]이라고 보는 가라타니 고진의 관점에 부합한다. '내적 인간'으로서 시인이 발견하고 재현하는 내면의 풍경이다. 그런데 가라타니 고진의 풍경이 "추상적인 인식 체계가 구성된 이후에도 끊임없이 진행되는 인식 행위의 역동성과 실제적이고 경험적인 감각의 활동을 '발견된 풍경'이라는 개념 속에 '소실'시켜 버린 것"[2]에 비해 조용미의 시에서 풍경은 시인의 실제 감각과 부단히 교섭하며 재현되는 구체적인 자연의 풍부한 이미지들을 내포한다. 조용미의 시에는 이상할 정도로 일상의 공간이 배제되어 있다. 현대적 삶의 공간인 도시의 풍경은 거의 나타나지 않고 자연의 풍경만이 가득하다. 얼핏 보면 자연을 도피처로 삼은 것으로 오인할 수도 있지만, 그런 정도를 넘어 자연만이 가득한 풍경은 곧 그러한 시인의 내면을 반영하는 것이다. 즉이 시인의 경우 자연은 일상과 대척점에 있는 다른 공간이 아니라 삶전체를 차지하고 있는 존재의 궁극적인 거처라 할 만하다. 요즘 시인들 중에서 이처럼 자연 풍경만을 일관되게 마주하는 시인은 찾아보기가 힘들다. 풍경에 매혹되어 풍경 속으로 빠져들어 가고 그것을 자신의 운명으로 삼은 이 시인의 입지는 그만큼 각별하다.

　이 시인에게 풍경은 처음부터 지금까지 변함없는 사유의 터전으로 작용해 왔지만 풍경과 만나는 방식은 계속 변해 왔다. 풍경에 주체의 내면을 투사하던 상태에서 서서히 풍경을 그 자체로 마주하게 되고 점점 더 풍경 안으로 들어가 그것을 온전히 느끼는 식으로 변화해 온

---

1 가라타니 고진, 「풍경의 발견」, 『일본 근대문학의 기원』, 박유하 역, 민음사, 1997, 36쪽.
2 김예리, 「1930년대 한국 모더니즘 문학에 나타난 시각 체계의 다원성—새로운 '풍경' 개념 정립을 위한 시론」, 『상허학보』 34집, 상허학회, 2012, 59쪽.

것이다. 즉 사유의 중심이 주체에서 풍경 쪽으로 이동해 왔다고 할 수 있다. 주체가 풍경을 자신에게 끌어들이던 데에서 점차 주체가 풍경을 향해 나가고 그로부터 영향을 받는 관계의 역전이 벌어지게 된다. 대체로 세 번째 시집까지 주체의 내면이 풍경을 압도했다면 네 번째 시집에서 풍경을 객관화하는 시선의 변화가 나타나고 그 이후의 시집들에서는 풍경에 빠져들어 감각적인 일치를 이루는 양상을 살필 수 있다. 이러한 변화를 좇아가며 조용미의 시에서 주체와 풍경이 어떻게 관련되는지를 들여다보도록 한다.

2. 내면의 풍경

조용미의 초기 시에서 풍경은 어둡고 기이한 경우가 많다. 무수히 등장하는 나무와 꽃들도 삭막하거나 불길한 이미지가 압도적이다. 서정시에 흔한 미화된 자연은 찾아보기 힘들다. 자연은 삭막한 현실의 대척점에서 상처받은 심신을 위로하는 치유의 공간이라기보다 불안한 내면의 풍경을 되비추는 거울과도 같다. "새벽 4시/길 위에서 길을 잃고 서 있다/벽오동나무 푸른 정맥들/엉킨 속마음이 드리우는 그림자를 밟고/내가 서 있다/나무 그늘이 환하다"(「벽오동나무 꽃그늘 아래」, ①[3])에서 그려지는 풍경은 어째서 이 시인의 시에서 자연이 불안한 느낌으로 자리 잡고 있는지를 짐작할 수 있게 한다. 새벽 4시에 길을 잃고 홀로 서 있는 자에게 자연이 편안하게 다가오기는 힘들 것이다. 이처럼 막막하고 불안한 상황에서 자연은 마음의 상태 그대로 어

---

3 인용 시가 들어 있는 시집은 다음과 같이 원기호로 표시한다. ① 『불안은 영혼을 잠식하다』, 실천문학, 1996; ② 『일만 마리 물고기가 산을 날아오르다』, 창작과비평사, 2000; ③ 『삼베옷을 입은 자화상』, 문학과지성사, 2004; ④ 『나의 별서에 핀 앵두나무는』, 문학과지성사, 2007; ⑤ 『기억의 행성』, 문학과지성사, 2011; ⑥ 『나의 다른 이름들』, 민음사, 2016.

두운 그림자를 드리운다. 그런데 홀로 길 위에 있는 이러한 처지는 우연한 상황이라기보다 스스로 선택한 운명이기에 남다르다. "아무도 없는 길 위에서/자기를 들여다보며/중얼거린다/—난 길의 감식가야, 평생 길을 맛볼 거야"(「〈내 책상 위의 천사〉 그리고」, ①)라는 결의는 시인 자신의 것이기도 하다. 아무도 없는 길 위에서 시인이 마주하는 것은 자기 자신이다. 이 길은 다른 사람들을 찾아가는 길이 아니라 자기 자신을 찾기 위한 길이다. 이런 길 위에서 마주하는 풍경에는 자신의 그림자가 길게 드리워진다. "밖을 내다보는데/왜 자꾸 안이 들여다보이는가"(「무반주 첼로」, ①)라는 고백처럼 자신을 찾으려는 길 위에 선 자에게 풍경은 내면을 비추는 거울이 된다.

> 얼핏 풍경 소리가 났다
> 밤바람이 부나 방문을 열어 본다
> 바람이 보일 리 만무한데,
> 별이 나더러 무심하라 가르친다
> 적막과 소름이 몸을 바꾸는
> 한밤의 진불암
> 손전등으로 대숲을 비추어 본다
> ……거기, 내가 서 있다
>
> —「진불암」 부분②

풍경이 주체의 내면을 비추는 거울이라는 것을 이처럼 선연하게 드러내는 시는 드물 것이다. 풍경의 한가운데로 들어가 만나는 것은 다른 무엇도 아닌 자기 자신이다. 이 시에서는 풍경 속에서 예기치 않게 자신을 맞닥뜨리게 되는 장면을 긴장감 있게 그려 내고 있다. 시인은 자신을 찾기 위한 정처 없는 길의 한끝에서 잠시 거하는 중이다. 그녀는 한밤중 바람이 지나는 듯한 기척에 밖으로 나가게 된다. 바람 한줄기에도 촉각이 곤두서는 극도의 긴장감과 무심해져야 한다는 의식의 대립도 흥미롭다. 보이지 않는 바람을 느끼는 유심한 감각과 그 모든 환각을 버리고 무심해져야 한다는 내면의 다툼 끝에 밖으로 나가 확인한 것은 결국 자기 자신의 모습이다. 즉 자신의 마음이야말로 모든 환각의 근원이라는 것이다. 바람 소리가 숨어 있다고 여겨 손전등을 비춰 본 대숲에서 자기 자신을 목도하는 장면은 섬뜩할 정도로 선명한 이미지를 낳는다. 이처럼 자기 자신을 찾아가는 길에서 만나는 풍경은 자신의 내면을 비추는 거울과 다를 바 없다.

시인은 고요한 가운데 자기의 내면을 들여다볼 수 있게 하는 풍경에 몰입하게 된다. 인적이 드문 자연의 풍경은 자신을 비춰 보기에 적합하다. 시인은 그중에서도 나무와 꽃을 통해 유난히 민감한 내면 심리를 투사한다. 조용미의 시에 등장하는 나무와 꽃들은 일반적인 식물의 이미지와 달리 인간적인 감정과 연관되는 경우가 많다. 그 많은 식물의 이미지에 투영되는 내면 풍경은 주로 불길함, 슬픔, 그리움과 같은 어두운 감정이다. "버즘나무 껍질 다 벗겨져 하얗게 빛나는,/내가 그리움으로 혹은 욕망으로 만들어 놓은 저 먼 길"(「버즘나무 껍질 다 벗겨져 하얗게 빛나는」, ②), "다만 가슴이 뻐개어질 듯/퍼져 나가려는 슬픔을 동그랗게 오므리며/꽃 핀 오동나무 아래 지나간다"(「꽃 핀 오동나무 아래」, ③) 등 많은 시에서 꽃이나 나무는 내면의 그늘진 감정을 비추는 거울과도 같다. 동그랗게 오므린 꽃의 형상이든 곧게 뻗은 길의 형상이든 마음의 움직임을 따라 인식된다.

시인의 그늘진 마음과 아픈 몸은 있는 그대로의 자연을 압도한다. 자연의 모든 형상은 주체의 내면 풍경을 따라 굴곡지게 된다. "얼레

지 붉은 자줏빛에서 나는 처음인 듯한 통증을 느꼈던 것//연영초 시
드는 큰 잎이 내 病의 내력을 말해 줄 때"(「점봉산」, ②)에서 꽃의 빛깔
과 형상은 주체의 통증을 대변한다. "다저녁의 붉은빛이 나뭇잎 사이
를 뚫고 들어와 가슴을 관통해 지나가도 통증을 못 느끼는 이 하루는
길고도 아파 누가 꽃 속에 웅크린 내 마음 알 것이며 욱신거리는 꽃의
속을 의심이나 할까요"(「꽃의 안팎을 뒤적이다」, ②)에서 통증은 주체를 둘
러싼 모든 풍경을 지배한다. 시인은 저녁의 붉은빛조차 자신을 찌르
는 듯한 공격적인 느낌으로 받아들인다. 그런데 이러한 위협적인 외
부의 상황보다 더한 고통은 자기 자신의 병약한 몸과 마음이다. 찌르
는 듯 날카로운 빛에도 속수무책으로 웅크리고 있는 시인은 다만 꽃
을 거울삼아 자신을 견디고 있다. 시인의 내면이 투사된 꽃은 그녀의
'욱신거리는' 아픔을 그대로 내비친다. "검은 꽃잎이 조금씩 벌어졌
다 누가/가슴을 열고 소금을 뿌린다/까마귀 날갯죽지가 하얗게 변한
다/달이 뻘겋게 부풀어 올랐다 꽃잎들/상한 잎을 매달고 견디는 캄캄
한 봄날"(「봄의 陰畫」, ②)과 같은 기이한 봄날의 풍경은 몸과 마음의 상
처로 뒤틀린 주체의 내면을 담아낸 것이다.

> 폭우가 쏟아지는 밖을 내다보고 있는
> 이 방을 凌雨軒이라 부르겠다
> 능우헌에서 바라보는 가까이 모여 내리는
> 비는 다 直立이다
> 휘어지지 않는 저 빗줄기들은
> 얼마나 고단한 길을 걸어 내려온 것이냐
>
> 손톱이 길게 쩍 갈라졌다

그 사이로 살이 허옇게 드러났다

누런 삼베옷을 입고 있었다

치마를 펼쳐 들고 물끄러미 그걸 내려다보고 있었다

내가 입은 두꺼운 삼베로 된 긴 치마

위로 코피가 쏟아졌다

피로는 죽음을 불러들이는 독약인 것을

꿈속에서조차 너무 늦게 알게 된 것일까

—「삼베옷을 입은 자화상」부분③

　　인용한 시의 앞부분은 풍경화에 가깝고 뒷부분은 자화상에 가깝다. 이 두 개의 장면은 분리된 듯하지만 서로를 비추며 짝을 이루고 있다. 앞의 풍경화에서 주체와 객체, 안과 밖의 경계는 비교적 분명하게 구분된다. 주체는 폭우가 쏟아지는 바깥 풍경을 방 안에서 바라보고 있다. 직립의 빗줄기를 비교적 객관적으로 묘사하던 진술은 "얼마나 고단한 길을 걸어 내려온 것이냐"에서 기어이 자신의 소회를 내비친다. 휘어지지 않는 빗줄기에 강인함보다 고단함을 결부시키는 이유는 다음에 그려 내는 자화상에서 찾아낼 수 있다. 몸이 상한 채 삼베옷을 입고 있는 자화상은 기괴하기 그지없다. "길게" 갈라진 손톱이나 "긴 치마"와 같은 직선의 이미지에 쏟아지는 코피의 형상이 더해져 바로 위 풍경화에서 그려지는 직립의 빗줄기와 절묘하게 병치된다. 평생 다스리지 못한 피로가 삼베옷을 입은 자화상의 원인이 되었다는 진술로 미루어, 위의 풍경화에서 빗줄기들이 고단한 길을 걸어 내려왔다고 한 이유를 알 수 있다. 휘어지지 않고 쉼 없이 걸어온 삶이 이르는 극도의 피로와 죽음을 누구보다 절감하기 때문이다. 이처럼 자화상과 병치된 풍경화를 통해 풍경이 어떻게 주체의 시선을 반영하는지를 새삼 확인할 수 있다.

3. 몸, 흉터의 성전

세 번째 시집에서 극도로 그로테스크한 몸과 죽음의 이미지를 선보였던 시인은 이후 한결 안정된 시선과 어조를 보인다. 극한의 고통과 위태로운 몰입에서 벗어나 새로운 시선으로 주위를 둘러보게 된다. 자신의 상처를 투영하던 자연은 역으로 몸 가진 존재가 지닌 근원적 비애를 공유하는 대상으로 인식된다. "흉터,/모든 기억이 흉터라면/우리 몸은 흉터의 성전"(「벌어진 흉터」, ④)이라고 할 때 흉터는 산사나무의 것이자 시인 자신의 것이다. 몸 가진 존재로서 시인은 산사나무에 가해진 흉터에 무감하지 못하다. "우리 몸"이라는 동류의식은 몸이 겪는 고통과 공포를 절감했던 시인이기에 더욱 분명하게 감지할 수 있는 것이다. 나무의 직립성과 인고의 생명력은 자주 몸을 지닌 존재의 운명을 상징하는 장면으로 그려진다.

나무가 우레를 먹었다
우레를 먹은 나무는 암자의 산신각 앞 바위 위에 외로 서 있다
암자는 구름 위에 있다
우레를 먹은 그 나무는 소나무다
번개가 소나무를 휘감으며 내리쳤으나
나무는 부러지는 대신
번개를 삼켜 버렸다
칼자국이 지나간 검객의 얼굴처럼
비스듬히
소나무의 몸에 긴 흉터가 새겨졌다

소나무는 흉터를 꽉 물고 있다

흉터는 도망가지도 없어지지도 못한다

흉터가 더 푸르다

우레를 꿀꺽 삼켜 소화시켜 버린 목울대가

툭 불거져 나와 구불구불한

저 소나무는

—「소나무」 전문④

풍경에서 시인의 내면 의식이 전경화되던 전 시기의 시들에 비해 네 번째 시집의 서시에 해당하는 이 시에서는 소나무가 분명한 주인 공이다. 벼락 맞은 소나무의 형상을 묘사한 이 시에서는 소나무를 풍경의 중심에 놓고 충실히 그려 내고 있다. 주체가 풍경의 느낌을 주도하던 시들과 달리 대상과 거리를 유지한 채 담담한 진술을 이어 간다. 주체를 압도할 정도로 이 소나무의 형상은 강렬하다. 소나무가 겪은 참화를 대번에 짐작할 수 있을 정도로 그 몸에는 상처의 흔적이 분명하다. "칼자국이 지나간 검객의 얼굴" 같다는 것이 시인이 이 나무에서 받은 첫인상일 것이다. 상처받은 몸의 강렬한 인상은 몸을 지닌 존재의 비애를 연상시킨다. 그러한 동류의식이 소나무를 인간화하고 극적인 상상을 이끌어 낸다. 몸 전체로 칼날을 받아 낸 검객처럼 소나무는 번개를 삼키며 버텨 낸 흉터를 안게 되었다는 것이다. "먹었다", "삼켜 버렸다", "꽉 물고 있다", "꿀꺽 삼켜 소화시켜 버린 목울대가/ 툭 불거져 나와 구불구불한" 등 강렬하고 동적인 표현들로 소나무의 생명력은 극적인 이미지를 획득하게 된다.

이 시 외에도 조용미 시에서 이처럼 강렬한 이미지를 지니는 나무를 만나는 것은 드물지 않은 일이다. 직립의 형상과 강인한 생명력으로 인해 나무는 극적인 사연을 내포한 인간적인 존재로 그려지는 경우가 많다. 특히 오래된 나무의 몸에 새겨진 갖가지 흉터는 그간의 이력을 압축하며 몸 가진 존재로서 공유하는 비애를 연상시킨다. 영휘원의 오래된 산사나무가 지닌 열십자의 흉터를 보며 산사나무가 걸어왔을 지난한 삶을 떠올리는 시도 있다. "흉터,/모든 기억이 흉터라면/우리 몸은 흉터의 성전//흉터의 성전인/우리 몸에 바쳐지는/제물들"(「벌어진 흉터」, ④)에서 반복되는 "우리 몸"이라는 어휘를 주목해 볼 만하다. 산사나무의 흉터는 인간인 자신과 마찬가지로 몸이 겪는 인고의 삶을 고스란히 내비치는 것이다. 열십자의 흉터와 불에 덴 자국과 같이 처참한 고난의 흔적을 안고 견뎌 온 산사나무는 희생제의가 행해진 성전처럼 참담하면서도 신비스러운 기운을 품고 있다. 흉터를 안고 있는 성스러운 몸으로서 나무와 인간의 차이는 없다. '우리'라는 동류의식은 몸을 지닌 존재로서 겪는 고통의 인식에 기인하는 것으로 자타를 구분하지 않는다. 이전의 시들에서 주체의 내면을 투사하는 대상으로 풍경을 그리던 것과 달리 풍경은 그 스스로 몸을 지닌 개별적 주체로서 동등하게 자리하게 된다.

생사를 넘나드는 혹독한 몸의 고통을 경험해 본 시인은 모든 존재의 생멸을 새로운 시선으로 바라보게 된다. "내가 이 세상에 살아 있다는 것,/오늘 하루 이 시간 속에 놓여 있다는 것은/저 바위가 서 있는 것과 나무 의자가 놓여 있는 것과/무엇이 다를까"(「자미원 간다」, ④)와 같은 존재에 대한 근원적인 질문을 던지는 것은 그 때문이다. '내'가 지금 이 순간 살아서 이 세상을 느낀다는 것은 매우 특별한 일이지만 광대한 우주의 생멸 작용에 비추어 보면 지극한 우연에 불과한 것일 수도 있다. 무한대로 펼쳐지는 우주의 하늘 아래, '내'가 지금 살아 움직인다고 하여 저기 가만히 서 있는 바위나 나무 의자와 다르다고 할 수 있을까. "오늘 내가 이 자리에 있는 것,/북두칠성과 자미원의 운행을 짚어 보는 것은/저 엄나무가 우뚝 서 있는 것과 새털구름이 지나는 것과/무엇이 다른 것일까"(「자미원 간다」, ④)에서는 생멸과 마찬가지로 유무의 분별이 얼마나 헛된 것인지를 묻고 있다. 우뚝한 엄나무와 금세 흩어지는 새털구름의 차이도 광대무변한 우주의 시간으로 볼 때는 무의미한 것이다.

이런 근원적인 질문을 통해 시인은 새로운 시선으로 주위를 보게 된다. "개안을 하듯 세상이 새로워지는 일은, 한 우주와 한 세계를 다시 얻는 일은 저 물소리에서 목탁 소리를 듣는 것과 어떻게 다른가"(「두륜산 小記」, ④)에서와 같이 세상을 보는 시선 자체가 새로워진다. 어떤 풍경에도 주체 내면의 그림자가 드리워져 있던 이전 시기와 달리 개안에 가깝게 시야가 트이고 인식의 방법이 달라진다. 이 시기에 유난히 '문(門)'에 대한 언급이 많은 것도 의미심장하다. "길이 아니라 門이다//이 門을 어떻게 통과할 것인가"(「검은 다리 사거리」, ④)에서와 같이 오래도록 자기 자신을 찾아가는 길 위에 있던 시인은 그동안 걸었던 길과 다른 새로운 세계의 문 앞에 서게 된다. 문은 "숨어 있기도 하고 드러나 있기도 한 모든 것의 입구들"(「다랑쉬오름」, ④)이며, "門 하나하나마다 또 다른 세상이 나타나"(「바람의 행로」, ④)는 기이한 통로이다. "모든 입구에는 門이 있다/삶의 입구에 있는 門은 죽음이다/그 門을 열고 들어가는 자에게는 삶이 주어진다"(「모란낭」, ④)에서처럼 문은 운명을 뒤바꾸는 역설적 공간이기도 하다. 자기 자신을 찾아가는 오랜 길 끝에서 발견한 문은 개안에 가까운 새로운 시선을 동반하는 것으로서 삶의 미망에서 벗어나려는 부단한 인고의 결실이다. 혹독한 몸의 고통을 통해 생멸의 작용을 통렬하게 사유하며 모든 몸 가진 존재의 비애를 공감하게 되면서 타자에 대한 이해가 확대된다. 자신의 고통과 다른 존재의 고통을 대등한 것으로 바라볼 수 있게 되면서 조용미 시에는 주체와 분리된 객관화된 풍경이 자리 잡게 된다. 시인은 주체의 내면이 풍경을 압도하던 상태에서 벗어나 주체보다 더 큰 세계의 문 앞에서 존재에 대한 새로운 질문을 행한다.

4. 감각적 향유

다섯 번째 시집부터는 풍경이 시인의 감각과 인식을 주도해 가는 경향이 강해진다. 이제 풍경은 시인의 내면을 투사하는 대상이라기보다 시인의 발걸음을 이끌고 감각을 촉발하는 주체가 된다. "숲이 어두워지는 것이 내 몸의 어둠 때문이라고 말하지 않겠다 물감이 풀리듯 어두워지며 흘러내리는 시간들,//오랜 격정으로 숲이 대낮에도 어둠을 불러들이곤 했다는 걸 당신은 알지 못하리라"(「어두워지는 숲」, ⑤)와 같은 진술에서도 그러한 변화를 살필 수 있다. 이전의 시들이라면 숲의 어둠은 '내' 몸의 어둠을 투사하는 내적 풍경으로 제시되었겠지만, 이제 그것은 물감이 풀리듯 저절로 어두워지는 자연의 변화를 반영하는 것이 된다. 숲이 대낮에도 어둡다면 그것 또한 '나'의 내면이 아닌 숲이 지닌 오랜 격정에 기인한다는 식의 달라진 인식을 눈여겨볼 필요가 있다. 이제 풍경의 중심은 자연 그 자체이고 시인은 그것을 감각적 실체로서 향유하게 된다.

저 어둑한 붉은 동굴로 들어가 보고 싶다는 생각이 들었을 때, 내 몸의 온갖 뼈들이 미세하게 휘어지는 걸 느꼈다 산도를 아무 탈 없이 미끄러져 나가려면 어떻게 웅크려야 하는지 몸은 알고 있을 것이다 저 좁은 문의 바깥으로 나가 보고 싶은 열망을 더 이상 감출 수 없다 나는 두려움 없이 꽃 속으로 뛰어든다 뜨거움이 몸을 빨아들인다

—「능소화」부분⑤

이 시에서는 능소화에 매혹되어 그 안으로 빠져들어 가는 시인의 상상이 역동적으로 표출되고 있다. "어둑한 붉은 동굴"을 연상시키는 능소화의 꽃 속은 그 속으로 들어가 보고 싶다는 생각과 함께 온몸의 감각을 변화시킨다. 마치 산도를 통과하는 태아처럼 온몸의 뼈들이 휘어지는 느낌을 받을 정도이다. '나'는 온몸을 던져 꽃이 이끄는 좁은 문의 경계를 통과한다. 뜨겁고 붉은 꽃에 매혹된 '나'의 감각과 인식은 지극히 충일하고 역동적이다. 풍경이 주체 내면의 분위기를 반영하던 이전의 시들과 달리 풍경이 주체의 인식과 행위를 이끌어 가는 형국이다.

이제 풍경은 주체의 내면을 수동적으로 되비추는 거울이 아니라 능동적으로 이끌고 변화시키는 동력이 된다. "나의 몸을 뜨겁게 하고 미지근하게 하고 차갑게도 하는 저 노을과 벼랑과 모래바람은 내 마음과 어떤 구조로 친밀하게 결합하여 나를 바꾸어 나가는 걸까/이곳에서 나는 조금 변하고 있으니, 흐느낌이 없어도 흐느끼고 있으니, 나를 뚫고 지나가는 것들이 나를 이루고 또 어루만지고 있으니"(「풍경의 온도—굴업도」, ⑥)에서도 드러나듯 풍경이 '나'의 몸과 마음을 차지하고 '나'를 바꾸어 나가는 것이다. 풍경은 "나의 몸을 뜨겁게 하고 미지근하게 하고 차갑게도 하는" 감각적 실체이다. 시인은 오랫동안 풍경을 접하면서 자신이 풍경과 결합하고 그로 인해 변화해 온 것을 자각한다.

풍경을 자신에게 끌어들여 대상화하던 상태에서 풍경에 몰입하여 역동적 합일을 이루는 이러한 변화의 과정에서 감각적 경험의 양상은 상당히 달라진다. 풍경을 대상화하는 경우 시각의 작용이 압도적인 것에 비해 풍경에 몰입하게 되면서 감각의 작용은 훨씬 풍성해진다. 온몸의 다양한 감각을 모두 열고 풍경의 심층으로 다가가게 된다. "수억 개의 촉수로 이루어진/감각하는 門"(「맹목의 감각」, ⑤)을 열고 풍경으로 뛰어든다. 감각의 문을 열고 그 예민한 촉수를 뻗어 풍경을 감싸고 향유한다.

다양한 감각 중에서도 특히 '소리'에 대한 감각이 주목할 만하다. 주체 중심의 감각인 시각이 주를 이루던 이전 시들에 비해 외계에 대한 수용적 감각인 청각이 자주 활용된다는 것은 흥미로운 변화이다. 온몸의 감각을 모아 물소리를 들으며 소리의 근원을 탐문하는 장면들에서 드러나듯 시인은 자신을 벗어나 풍경의 안쪽을 향한다. 소리에 집중하는 과정은 풍경의 안으로 들어가는 과정과 상당히 흡사하다. "초록은 문이 너무 많아 그 사각의 틀 안으로 거듭 들어가기 위해선 때로/눈을 감고 색의 채도나 명도가 아닌 초록의 극세한 소리로 분별해야 한다는 것"(「초록을 말하다」, ⑤)에서 나타나는 시각과 청각의 감각적 전이에서도 그런 양상을 살필 수 있다. 이는 집중을 위해 눈을 감는 것과 비슷한 작용이다. 눈을 감으면 주체와 대상 간의 시각적 거리가 사라지고 대상을 향한 몰입도가 증가한다. 너무 많은 초록색을 분별하기 위해 채도나 명도가 아닌 '소리'에 집중한다는 것은 그만큼 이성적 판단을 지우고 대상 자체에 몰입해야 한다는 것이다. 그러므로 소리를 듣는다는 것은 자신을 대상에 온전히 투척하는 방법이 될 수 있다. "내 몸속 세포의 흐름이 저 물소리의 우주적 운율과 다르지 않아 또 몸에 귀 기울여야겠구나/이젠 몸을 떠나서 무엇을 할 수 있고 무엇을 알 수 있겠나 묻지 않는다"(「물소리에 관한 소고」, ⑤)에서는 청각을 통해 온몸의 감각이 대상과 일치가 되는 상태를 보여 준다. 시인은 자신의 몸이 물소리와 하나가 되는 경험을 통해 몸과 마음, 주체와 객체의 분별에서 벗어나 일체감에 도달할 수 있게 된다.

매화를 찾아, 마음으로 친히 지내는 벗을 찾아 봄이 오기 전의 산중으로
발걸음을 내딛었다

생겨나고, 부유하고, 바람의 기운 따라 천지간을 운행하는 별처럼 저 점
점이 떠 있는 흰 매화에서

우주의 어느 한순간이 멈추어 버린 것을, 거문고를 메고 가는 한 사내를
통해 내가 보았다면

눈 덮인 산은 광막하고 골짜기는 유현하여 그 속에 든 사람의 일은 참으로
아득하구나

천 리 밖 은은하게 번지는 서늘한 향을 듣는 이는 오직 그대뿐

밤하늘의 성성한 별들이 지듯 매화가 한 잎 한 잎 흩어지는 봄밤, 천지
간의 구분이 모호해진다

나는 그림 속 사람이 된다 별빛이 멀리서 오듯 암향도 가깝지 않다
—「나의 매화초옥도」 부분⑤

풍경과 하나가 된다는 것은 이처럼 풍경 속으로 들어가는 행위와
도 같다. 풍경에 몰입할 때 주체는 풍경의 안쪽으로 들어가게 된다.
몰아의 경지가 된다는 점에서 실제 풍경과 풍경화에 대한 심취의 결
과는 별로 다르지 않아 보인다. 이 시는 「매화초옥도」라는 옛 그림을
소재로 한 것인데 실제의 풍경 속으로 들어간 듯 생생한 감각을 촉발

한다. 그림 안에는 산속의 벗을 찾아 거문고를 메고 발걸음을 옮기는 사내가 그려져 있다. 화면의 중앙에는 매화가 가득하다. 천지간에 점점이 떠 있는 매화의 꽃잎들은 눈꽃인 듯, 별인 듯 환상적이다. 어지러운 세상은 까마득히 멀고 자연만이 충일한 풍경이다. 이 그림을 압도하는 흩날리는 매화 꽃잎들은 시각 이상으로 다양한 감각을 일으킨다. "천 리 밖 은은하게 번지는 서늘한 향을 듣는 이는 오직 그대뿐"에서는 화면에 가득한 매화의 형상을 촉각, 후각, 청각 등 여러 가지 감각들을 동원하여 표현하고 있다. 그야말로 온몸의 감각이 작용하여 풍경에 도취된 상태라 할 만하다. 마지막 장면에서는 드디어 "나는 그림 속 사람이 된다"는 상태에 이른다. 감각적 향유를 통해 풍경과 완전히 합일을 이루게 된 것이다. 이제 그림의 안과 밖, 주체와 풍경, 꽃과 별, 땅과 하늘의 구분이 사라지면서 우주적 일체감에 도달하게 된다.

풍경과 하나가 되는 감각의 개방을 통해 시인은 자의식의 좁은 테두리를 벗어나 유현하고 신비로운 세계와 만나게 된다. 자신의 의식을 지우고 대상에 집중하는 수용적 자세가 더 크고 새로운 세계를 느낄 수 있게 한다. "그저 감각하기만 하면 되는 것이다 그곳의 멈추었다 미끄러지는 모든 시간들을/순간의 모든 것을 좌우하는, 순간이 아무것도 아닌, 기이하고 아름답고 무서운 그런 풍경을"(「풍경의 귀환」, ⑥)에서 시인은 풍경과 새롭게 만나는 방법을 말하고 있다. 그야말로 감각을 열고 풍경을 온전히 향유하라는 것이다. 불현듯 감각이 열리며 풍경 속으로 들어가는 순간 그 기묘하고 아름다운 세계는 펼쳐진다.

5. 풍경의 깊이

대부분의 사람들이 도시에서 살고 있는 이 시대에 지속적으로 자연 풍경을 탐구하는 시는 어떤 의미를 가질 수 있을까? 조용미의 시가 끊임없이 제기하는 의문은 이런 것이다. 그녀의 시가 괄목할 만한 시선과 격조를 지니고 있으면서도 크게 주목받지 못한 이유도 이와 무관하지 않을 것이다. 이 시대에 자연이란 치열한 삶의 공간이라기보다 여행이나 휴양의 공간에 가깝다. '여행시'라는 말이 자주 조소의 대상이 되는 이유는 일회적인 일탈의 경험을 과시적으로 표출하는 경우가 많기 때문이다. 조용미의 시는 얼핏 보면 일상의 공간을 벗어난 자연 풍경을 그리고 있기 때문에 여행시로 오인될 수도 있다. 그러나 이 시인에게 풍경은 여행의 대상이 아니라 삶 자체라는 결정적인 차이를 간과해서는 안 된다. 지금까지 살펴본 바와 같이 조용미 시에서 풍경은 자신의 삶 전체를 투사하는 거울이거나 몸 가진 존재의 비애를 공유하는 대상이거나 온몸의 감각을 열어 만나는 자연과 우주의 심연이다. 일상의 바깥에서 가끔씩 맛보게 되는 색다른 자극의 요소로서의 풍경이 아니라 일상과 분리되지 않는 삶 자체이다. 이러한 풍경은 시인의 운명이 된다.

이처럼 풍경에 깊게 천착한 조용미의 시는 풍경을 통해 주체와 세계가 만나는 다양한 계기들을 실현한다. 주체의 내면 의식을 풍경에 투사한 시들은 정체성에 대한 존재론적인 질문을 내장한다. 조용미의 시는 어둡고 불안한 자의식으로 가득한 존재의 내적 풍경을 관념이 아닌 날것의 감각으로 그려 낸다. 존재의 심연을 파고드는 이런 내적 풍경은 유난히 날카롭고 그로테스크한 미학으로 뚜렷한 개성을 이룬다. 이러한 자의식 과잉의 상태를 벗어나 풍경이 주체와 분리된 채 관찰의 대상이 되면서 시선의 폭은 훨씬 넓어진다. 이때 자연은 인간과 마찬가지로 몸을 지닌 존재로서 고통을 공유하는 공감의 대상이 된다. 이는 주체와 동등하게 풍경이 갖는 고유한 가치를 재발견하고 자연을 새로운 감각의 대상으로 인식할 수 있는 계기를 이룬다. 이후 시인은 풍경의 내밀한 중심을 향해 다가가며 모든 감각을 동원하여 그것을 적극적으로 향유한다. 이제 시인은 풍경이 내포하는 자연과 우주의 무한한 깊이를 향해 그 예리한 감각의 촉수를 부단히 뻗어 가고 있다. 조용미의 시는 풍경의 탐구가 이를 수 있는 존재론과 미학의 첨예한 한 지점에 해당한다.

길 위의 오르페우스

―김태형론

1. 사로잡힌 영혼

김태형은 1992년 등단해서 지금까지 시집으로『로큰롤 헤븐』(1995),『히말라야시다는 저의 괴로움과 마주한다』(2004),『코끼리 주파수』(2011),『고백이라는 장르』(2015)를 내놓고 있다. 20세 초반에 등단한 무서운 신예로 20대 중반에『로큰롤 헤븐』이라는 용광로 같은 시집을 선보였던 시인이지만 그 이후에는 예상 밖으로 황소걸음을 걸어왔다.

서정주의『화사집』이 평생 두 번 내기 어려운 젊음의 시집인 것처럼『로큰롤 헤븐』도 젊음의 기운으로 가득하다. 이 시집에는 말과 리듬과 감정이 포화 상태로 넘쳐흐른다. 강렬한 록 음악의 리듬과 분위기가 가득한 파격적인 시들의 반대편에 전통적인 가락과 정서를 품은 시들이 있는가 하면 육체의 절규로 넘치는 시들과 질식할 것 같은 고요한 풍경을 담은 시들이 공존하고 있다. 혹독한 열망과 처연하기 그지없는 회한, 비천한 동물들과 쓰라린 식물들이 넘쳐 난마와 같은 삶을 연상시킨다. 어느 경우나 유창한 문장과 본능적인 리듬이 넘쳐서 막힘없이 흘러가는 느낌이다.

첫 시집에서 시인으로서의 타고난 역량을 거침없이 쏟아 내고 나서는 10년이 지나 내놓은 두 번째 시집부터는 한결 정제된 양태를 보여 준다. 얼핏 보면 많이 변한 것 같지만 좀 더 들여다보면 변하지 않고 이어지는 특징들이 더 많다. 여전히 정주보다는 방랑의 기질이 강하고 "돌아올 수 없는 곳이라는 이름에 사로잡힌"(「늑대가 뒤를 돌아본다」, ③¹) 영혼이라 할 만하다. 이 시인의 생래적 기질이라 할 만한 낭만성은 첫 시집의 젊은 열기가 가라앉은 후에도 여전히 주조음을 이룬다. 닿을 수 없이 먼 곳을 향한 이끌림과 이룰 수 없는 것에 대한 그리움은 그의 시를 이끌어 가는 근원적인 동력이다.

그는 흔히 시인의 상징으로 인용되는 오르페우스와 보통 이상으로 친연성을 보인다. 오르페우스는 시와 음악에 능통했던 인물로서 본래 한 몸을 이루었던 시와 음악의 기원을 함의한다. 김태형은 현대의 시인들에게서 현저하게 상실된 시의 음악적 본성을 구현하고 있다는 점에서 오르페우스적인 시인이라 할 만하다. 오르페우스가 아내를 찾기 위해 죽음이라는 극단의 경계를 넘어섰던 것처럼 현실 저편의 닿을 수 없는 세계에 사로잡힌 영혼이라는 점에서 그 역시 미지의 심연에 이끌리는 낭만적 예술가의 면모가 강하다. 오르페우스가 그랬듯이 그 역시 육체와 정신, 동물적인 것과 식물적인 것, 에로스와 타나토스 등 대립적인 성향의 결합을 추구한다는 점도 유사하다. 현대의 시인으로서는 드물게 그는 타고난 시인으로서 자신의 내면에서 흘러넘치는 시

---

1 인용 시가 들어 있는 시집은 다음과 같이 원기호로 표시한다. ① 『로큰롤 헤븐』, 민음사, 1995; ② 『히말라야시다는 저의 괴로움과 마주한다』, 문학동네, 2004; ③ 『코끼리 주파수』, 창비, 2011; ④ 『고백이라는 장르』, 장롱, 2015.

심을 노래해 왔다. 정주하지 않고 끝없이 먼 길을 가는 음유시인으로서 그가 걸어온 여정의 몇 가지 특징을 간추려 보도록 한다.

2. 경계의 탐사

오르페우스는 명부의 지하 세계를 돌아 나오는 여정을 통해 죽음의 깊이에 상응하는 머나먼 길을 탐사했다. 그 긴 어둠의 끝에서 절대 돌아보지 말라는 플루토의 명령을 어기고 기어이 돌아볼 수밖에 없었던 것은 무엇 때문일까? 그 순간을 통해 죽음조차 넘어섰던 그의 긴 여행은 다시 쓰라린 지상의 삶으로 이어진다. 어쩌면 돌아보는 바로 그 순간 그는 지상의 삶이란 혼자 외롭게 살아가야 하는 형벌이라는 깨달음에 이르렀을지도 모른다. 이처럼 고행의 마지막 순간 그는 고독을 자신의 운명으로 만든다. 김태형 시에서도 길은 끝없이 계속되고 황막하기 그지없다.

끝끝내 이 갈 길이 멀다는 것은 무거운 짐 지고서도
오래 견뎌 낸다는 것인지 길 떠나는 것은 결국 길 끝에 선
그 길 끝으로 다시 돌아가기 위함인지
먼지 기둥 앞에 한 사내는 알 것이다 그 뼈아픈 회한과
부르르 떨리는 손끝이 비로소 몸을 만들고 몸을 지운다는 것을
어느 한순간 녹아들어야 그 몸 물 밖으로 되돌려지는 것을

　　　　　　　　　　　　　　　　　　　　　　　—「소금의 몸」 부분①

김태형 시에 나타나는 전형적인 길은 이처럼 무겁고 멀고 힘겹다. 그 길은 어딘가에 도착하기 위한 과정이 아니라 끝없이 계속되는 멀고 먼 행로다. 그의 시에서 길은 삶 그 자체에 가깝다. 그 길을 오래

견뎌 내야 할 어떤 것으로 여기는 데서 삶에 대한 인식 역시 다르지 않음을 짐작할 수 있다. 길 끝에 남는 것은 통렬한 회한과 탈진한 몸이다. 길은 곧 "먼지 기둥"과 다를 바 없는 허망한 삶의 궤적이다. 그러나 그것은 운명이기 때문에 거부하거나 벗어날 수 없다.

그가 유독 황무지나 폐허에 난 길에 이끌리는 것은 그런 길이야말로 자신이 탐사하려 하는 근원적인 풍경과 흡사하기 때문이다. 너른 폐허에 새겨진 끝없는 길의 이미지는 내면의 탐사를 거울의 이미지로 드러내는 다음과 같은 시와 묘하게 겹쳐진다.

> 수은의 강줄기는 처음으로 되돌아 다시 흘러내리고 있었다
> 내 안의 푸른 허공을 밀어내어 점점 작아져 사라지는 듯
> 무수히 서로 비추어 내는 검은 거울의 조각들
> 물밑에 떠오르던 흰 달을 되돌아보자 이내 가라앉기 시작했다
> 깨진 거울의 회로를 따라 더 멀리 거슬러 올라갔다
> 나는 내가 온 곳으로 그 어둔 길을 따라 내려가고 있었다
> ─「깨진 거울을 따라 이르는 길─Mirror Site」 부분②

폐허의 길을 무거운 몸을 이끌고 걸어가는 자가 찾으려 하는 근원적인 풍경은 우물에 비친 달과 같은 자신의 모습일 것이다. 그러나 현실에서 그의 자아는 온전히 비치지 못하고 깨진 거울처럼 "부재를 통해서만" 드러난다. 더 깊이 물밑으로 가라앉으면 "내가 온 곳"으로 돌아갈 수 있을까? "깨진 거울의 회로를 따라" 끝없이 거슬러 올라가면 흰 달이 온전히 비치고 "나를 부르던 목소리"들이 또렷이 살아나는 순간이 돌아올까? 삶과 죽음의 경계가 사라지는 그 지점은 오르페우스가 넘나들었던 명부의 세계처럼 미지의 깊이로 가라앉아 있다. 황

막한 현실의 길이나 내면의 어두운 길에서 그가 끊임없이 추구하는 것은 '무한'의 탐사이다. "오직 마지막 울음소리만 남아 내 인생의 전부를 다 바친/저 무한에 가닿을 오오 짧은 한순간의 울음만으로"(「하이웨이 드리밍」, ②)에 나타나듯 인생을 다 바쳐서 도달하고 싶은 한순간이 바로 그것이다. 그 순간은 깨진 거울 이전의 온전한 거울에 비친 자신의 본래 모습을 만나는 순간이며, 오래 황무지를 걸어온 지친 몸이 마지막 울음을 쏟아 내는 순간일 것이다. 이 시인은 오르페우스의 후예답게 현실에서 만나기 힘든 경계의 지점을 향한 집요한 탐사를 멈추지 않는다.

오르페우스가 명부를 빠져나오는 마지막 순간 뒤를 돌아본 것은 자신이 혼자라는 사실을 확인하기 위함이 아니었을까? 생사를 넘나드는 혹독한 고난의 시간 내내 견인해 온 자기 자신을 마주하기 위함이 아니었을까? 그리하여 또다시 시작될 고단한 지상의 삶을 준비하기 위함이 아니었을까? "진정 혼자가 된다는 것은 위대한 일이다/무슨 꿈을 꿀지 모른다"(「디아스포라」, ③)는 말처럼 온전히 혼자가 된다는 것은 고독한 운명의 주인이 된다는 것이다. 이는 자신의 삶에 담대하게 맞서 끝끝내 홀로 감당하겠다는 의지의 표명이다. 길 위의 생을 가는 자는 끝없이 자신과 마주하는 자이다. "너무 먼 것은 자기를 넘어갔기 때문"(「흑백고원」, ④)이다. 자기를 넘어가기까지 "너무 먼" 길들이 한없이 펼쳐진다. 그 길은 자신의 기원을 탐사하는 심연의 깊이와 맞먹기도 하고 평생에 걸친 모든 시간의 연장이기도 하다. 자신의 운명과 마주하는 자에게 길은 어딘가에 이르기 위한 과정이 아니라 삶 그 자체이다. 오르페우스가 그러했듯이 이 시인도 끊임없이 길 위에서 노래하며 그 길을 살아 낸다.

3. 상처를 삼킨 몸

 길 위의 생을 선택한 자는 길에서 만나는 수많은 존재들의 상처와 비애에 공명한다. 무슨 일이 펼쳐질지 알 수 없는 자신의 삶 또한 그들과 다르지 않기 때문이다. 길에서 만나는 존재들은 저마다 고독하고 위태로운 상태로 자신의 전신을 움직여 간다. 시인은 자신의 내면을 탐사하는 통렬한 시선 이상으로 다른 존재들의 상태를 꿰뚫어 본다. 그의 관심은 모든 몸 가진 존재들의 내면에 새겨진 삶의 궤적에 있다. 그의 시에서는 동식물에 대한 묘사가 사람에 대한 묘사 이상으로 치밀하고 내면적이다. 단순한 형상의 묘사를 넘어서 정서적 감응을 반영한다. 길에서 만난 동물들에게서 "함부로 버려진 비애 끝끝내 버려질 수 없는 비애"(「늙은 수캐」, ①), "웅크린 불안과 드러나는 긴장"(「올빼미」, ①), "집요한 침묵"(「거미를 두려워함」, ①), "한 덩이 비애"(「두 마리 쥐」, ①)와 같은 특별한 정서적 상태를 목도하는 것은 그들에게서 사람과 다를 바 없는 불안하고 긴장된 삶의 본능을 발견하기 때문이다. 여러 동물 중에서도 뱀은 각별한 관심의 대상이다.

 저놈은 필시 뭔가 기다리는 게 분명하다
 저놈의 혓바닥이 어둠을 핏빛으로 이끌 때
 제 온몸으로 어둠 속에 삼켜지는 거다
 그렇게 제 속의 뼈를 내놓겠지만 정작 저놈은
 연신 혓바닥을 날름거리며 버텨야 하리라
 어둠이 송두리째 대가리며 미끈미끈 몸통까지
 한꺼번에 모조리 녹여 버린다면 끝장이다
 저렇듯 온몸으로 차가운 독이 되는 어둠 속
 삼킨 먹이를 낱낱의 뼈로 내놓는 일

때를 기다려 저 아가리 속 스스로 삼켜져서야

저 먼 데 핏빛은 이곳의 싸움으로 완성되리라

저 징그런 혓바닥이 지옥에까지 이른다는 것을

—「巴蛇」 부분①

　길 위의 생에 있어 몸은 생존을 위한 사투가 벌어지는 적나라한 현장이다. 제 몸보다 큰 먹이를 통째 삼키고 그것을 삭여 제 몸을 만들며 생존하는 뱀은 이렇듯 기묘하게 한 몸으로 맞물려 있는 삶과 죽음을 상징적으로 구현하는 존재이다. 삼켜진 먹이뿐 아니라 뱀도 먹이의 뼈를 뱉어 내기까지 제 목숨을 걸고 버텨야 한다. 온몸이 "차가운 독"이 될 정도로 처절한 이 싸움은 자신의 생명이 끝나는 순간까지 계속될 것이다. 길 위의 생에서 생존을 위해 온몸으로 벌이는 핏빛의 싸움은 이토록 극렬하다.

　땅 밑을 기어가는 뱀에게 길은 온몸으로 겪어 내는 삶 그 자체라고도 할 수 있다. 이러한 뱀의 생태는 환멸과 비애로서의 삶을 압축하기에 더없이 적절하다. "알몸으로 이 흉측한 벌거벗은 몸으로/땡볕에 내동댕이쳐진 것 같아요/부끄러운 곳을 가리려 꿈틀거릴수록/마른 흙에 무릎이 까지도록/살 터진 등짝으로만 웅크려서 맹렬하게 맹렬하게/내 혀를 씹어서 뱉어 낸 것처럼/한 마리 진흙덩이 뱀이 되어 있어요"(「진흙구렁이」, ③)에서 온몸으로 진흙을 뒹군 몸의 경험은 뱀이 왜 그토록 혐오스러운 몸의 상징으로 동원되는지를 보여 준다. "뱀은 운다/한껏 목을 추어올릴 뿐/자기가 뱀이라는 것을 거듭 확인하고서야/그제야 우는 것을 멈춘다"(「뱀」, ④)에서처럼 자신에게 주어진 진흙덩이처럼 가장 낮은 몸으로 뒹굴어야 하는 참담한 운명을 안고 살아간다. 한껏 목을 추어올려 울어 보지만 알몸으로 가장 낮은 바닥을 기어야 하는 운명을 부정할 수는 없다.

환멸에 이를 수밖에 없는 이러한 운명에 격렬하게 저항하는 자는 죽음을 감수해야 한다. 김태형의 첫 시집에서 강렬한 파토스를 뿜어내는 록 음악의 세계가 그러한 정서를 담고 있다. "힘겨운 이 환멸 속에서는 아무것도 들리지 않아/그래 그다음은 맨발로 유리 조각을 밟는 것/깨진 유리창을 걷어 내고 천천히 바닥으로 뛰어내리는 것/이 몸 검은 방아쇠가 되어 바닥까지 뛰어내리는 것"(「커트 코베인 듣는 밤」, ①)처럼 극단적인 방식이 그것이다. 지리멸렬한 삶에 저항하기 위해 온몸을 격렬하게 자극하고 스스로 산화하는 이런 타나토스는 기실 강렬한 삶의 본능과 짝패를 이루는 것이기도 하다. "두려운 건 아무것도 없어 오직 나 자신이 두려울 뿐/그의 모터사이클엔 백미러라는 게 아예 없다/뒤를 돌아볼 필요가 없다는 것이지"(「모터사이클 온리」, ①)와 같이 죽음을 향한 질주는 가장 강렬한 삶의 확인일 수도 있다.

젊음의 혈기로 가득한 이런 식의 저항적 정서는 첫 시집 이후에는 계속되지 않는다. 저항보다 견인의 자세가 많아지고 삶의 에너지를 분출하기보다는 응축시키게 된다. 뱀과 같은 지상의 동물들이 길 위의 생을 감내해야 하는 몸의 고통과 비애를 적시한다면 히말라야시다나 엉겅퀴 같은 식물은 상처를 안고 지속되는 강인한 정신을 함축한다. "기어코 자기를 살아 내는 마지막 체온조차/뿌리 밑으로 차갑게 흘려보내고"(「히말라야시다에게 쓰다」, ①), "결국 마른 한 장의 잎으로 돌아갈 것들은 마침내/다 돌아가 서늘히 몸 아픈 잔뿌리들을 뻗으며/뒤척일 것이다"(「엉겅퀴에 기대다」, ①)에서처럼 식물의 생존 전략은 차갑게 피를 식혀 상처에 무감해지는 것이다.

그런 것이다 침엽수림은, 몇 가닥 실핏줄로 발 시리도록 기다린다는 거

종일토록 한자리에 나앉은 침엽수림은 나는

차갑게 타오르는 얼음 불꽃을 향해 천천히 걸어갔다

—「두 그루 저녁 나무」부분②

나무의 몸은 상처와 고난에 강하다. 나무의 몸에는 상처의 흔적이 가득하다. 심지어 어떤 나무는 "나무 의자에 묶여 팔다리가 다 잘려 나간 채/구차스런 목숨만 달랑 붙어 있던/옛날 사진 속의 중국인 죄수"(「나무 공동체」, ③)처럼 처참한 형상이다. 그렇지만 나무들은 제 속으로 울음을 삼키고 차갑게 피를 식혀 오래도록 견딘다. 흔들림 없이 누군가를 기다리는 나무의 자세는 견고한 열정을 내포하고 있다. 그런 나무를 "차갑게 타오르는 얼음 불꽃"이라 할 만하다. 나무의 몸은 저스스로 길이 된다. 나무의 길은 상처를 견디기 위해 차갑게 자신을 견인하며 내면의 깊이를 확장해 가는 삶의 방식을 보여 준다.

4. 시와 음악

김태형의 시에는 생래적인 리듬 감각이 깃들어 있다. 길든 짧든 내적으로 견고하게 조율된 리듬이 자리 잡고 있어서 시를 읽는 내내 어떤 일렁임을 느끼게 한다. 리듬에서 멀어진 현대 시인들과 달리 그는 리듬을 놓지 않는다. 그의 많은 시들은 소리에 유난히 민감한 그의 개인적 자질과 음악에 대한 열정을 반영하고 있다.

그의 첫 시집에는 시와 음악을 결합하려는 의식적인 시도들이 나타나기도 한다. 록 음악의 격렬한 리듬과 파괴적 열정을 시로 표현한 과격하고 실험적인 일련의 시들이 있는가 하면 전통적인 가락과 정서를 되살린 사랑가 유형의 시들도 있다.

내 심장은 내 자궁이야 그래 자궁 속으로

심장 속으로 그래 누군가 한밤중 깨어나 악다구니 소리

씩씩 신발짝 끌고 현관문 두드려 대는 소리

급기야 삼 층 베란다 창문에 돌을 던져 깨뜨리는 소리

— 「커트 코베인 듣는 밤」 부분①

저 계집 개마고원 살고요 아으 또 살지요 팻국자락 배시시 입을 가려 가
려도 웃음이야 한 무데기 숫접은 어수리 같고요 물에 우리어 낸 듯 배시시
웃음이야 제 얼굴 다 가리지 못하고 이드거니 배어 나요 이 덩치가 웃음은
또 쬐끄매서요 웃음만치나 입술도 쬐끄매서요 그런데요 그런데요 어저저
저 풋내 나는 계집 요 웃음이 그만 나를 덥쳐요

— 「개마고원」 부분①

앞의 시는 커트 코베인의 록 음악을 들으며 벌어진 소동을 담고 있
다. "커트 코베인의 미친 듯이 숨 막히는 절규"를 듣기 위해 볼륨을
최대한 높인 결과 온 동네가 온갖 소리에 휩싸인다. "탯줄에 엉긴 듯
몸부림치며" 커트 코베인을 들으려는 자와 이웃의 저항이 한데 어울
려 거대한 소음의 도가니가 된다. 격렬하게 고동치는 리듬에 대한 탐
닉과 그에 못지않은 격렬한 거부와 저항이 맞부딪치며 일어나는 파괴
적 에너지가 거친 소리와 호흡으로 표출된다.

뒤의 시는 개마고원 깊은 산골에서 사랑을 나누는 남녀의 이야기
다. 산문시의 형태지만 '-요'라는 종결형 어미가 반복되면서 강한 리
듬감을 형성한다. 고시가에 나오는 "아으"라는 여음(餘音)을 활용하여
음악적인 느낌을 살리고 "가려 가려도", "그런데요 그런데요" 등 동일
어구의 반복으로 리듬감을 배가한다. 잔물결처럼 흔들리며 퍼져 가는

웃음과 깊어 가는 정을 친숙하고 안정된 전통 가락에 담아내고 있다.

이처럼 시적 상황이나 정서에 어울리는 다양한 리듬을 자유자재로 구사할 수 있을 정도로 그의 시는 음악적이다. 음악에 천부적인 시인들은 매 순간, 모든 사물에서 리듬을 느끼는데 이 시인 역시 리듬에 극도로 민감한 기질을 드러낸다. "내 숨 설레도록 새하얀 꽃잎에 몸의 향기로 머뭇거리다가 한차례 섣불리 흩날리다가 하면서 바닥 가득 심하게 몸을 다치거나 다친 몸에서 제각기 불우한 리듬들이 배어 나올 때"(「벚나무집」, ①)에서와 같이 그는 풍경조차 자신의 호흡처럼 밀착해서 느낀다. 꽃향기에 취해 한껏 부풀었던 숨이 흩날리는 꽃잎과 함께 흩어지는 변화는 섬세하기 그지없다. 그는 꽃잎의 다친 몸이 흩날리는 모습을 "불우한 리듬"으로 감지할 정도로 소리에 민감하다. 시의 리듬에 대한 의도적 실험은 첫 시집에 한정되지만 이후에도 그의 음악적 감각은 모든 시의 리듬에 자연스럽게 자리 잡게 된다. 시와 노래가 일치하는 음유시인처럼 그의 시에서 리듬은 언제나 살아 있다.

그는 노래가 그렇듯 말도 소리가 있고 리듬이 있다고 여긴다. 사람뿐 아니라 자연의 말에 깃든 소리와 리듬에도 민감하다. "속엣말은 이렇게 자꾸만/한 이랑 맨가슴을 치고 물밀어 와서는/마른 조막돌을 하나 힘껏 쥐었다 놓는다"(「일월저수지」, ②)에서는 저수지의 물결에서도 힘겹게 꺼내 놓는 '속엣말'을 읽어 낸다. 모든 존재의 소리와 움직임에서 숨길 수 없어 기어이 나오는 말을 찾아낸다. "제비가 두 갈래 꼬리로 소리도 없이 치고 날아간 그곳에서 어둔 눈은 또 한 획의 바람을 들여다보고 있었다 생동하고 있었다"(「유묵—제비」, ③)에서처럼 제비의 날랜 비행에서도 한 획의 필적을 감지하며 생동하는 리듬을 발견한다. 이런 글 역시 말과 다르지 않으며 살아 있는 존재의 자기표현이다.

그가 다른 존재의 말에 그토록 민감한 이유는 그의 생이야말로 말에 바쳐진 것이기 때문이다. "일생의 길을 사위스레 멈칫거리다가/아무것도 없는 허공 앞에서/제 몸을 사각사각 먹어 치우는 눈먼 애벌레처럼/진흙 먹은 울음소리로 자기를 뚫고 가는 지렁이처럼"(「내가 살아온 것처럼 한 문장을 쓰다」, ③) 살아온 그에게 '쓴다'는 것은 삶 자체이다. 그에게 말은 진흙 같은 세상을 뒹굴며 온몸으로 살아 내는 것이다. 자기에게서 나와 자기에게 돌아가게 하는 자기의 모든 것이다.

> 아무렇게나 깊은 우물 속에 내버려졌어도
> 달빛이었는지 아니면 목덜미 아래
> 젖은 어깨를 스치는
> 한 줄기 바람이었는지
> 사람들의 말 속에서 다시 태어나는 것이 있다
> 입에서 입으로 전해진 노래는
> 바닥에 떨어지지 않는다
> ──「목소리─흐르는 물과 나무 사이를 스치는 바람 소리」 부분④

가장 낮은 곳에서 시작된 소리는 사람들의 말 속에서 다시 태어나고 입에서 입으로 전해지면서 노래가 된다. 입에서 입으로 전해진 노래는 사람들의 삶을 감싸는 공감의 산물이다. 그런 노래는 시간을 넘어서고 공간을 가로지르며 유전된다. 그 노래를 통해 자연과 인간이, 인간과 인간이 연결된다. 그런 노래는 "한 번도 그 어딘가에 매달려 있지 않았으므로/단 한 번도 스스로 놓은 곳에 오른 바 없으므로" 많은 사람들의 삶으로 널리 스며든다. 공감을 일으키며 전파되기 때문에 좀처럼 소멸하지 않고 지속된다. "가장 아름다운 음악은 제 심장 뛰는 소리를 들려줄 때 이루어진다"(「진흙 연못」, ④)라는 말처럼 가장 아름답고 유구한 노래는 숨결과도 같이 친숙한 리듬을 내포한다. 이런 노래 속에는 물과 바람의 소리가, 울음과 웃음이 깃든 사람들의 말이 실려 있다. 이런 노래에서 시와 삶은 한 몸을 이루게 된다.

5. 울음과 침묵 사이

좋은 그림에서 여백이 살아 있듯이 궁극의 음악은 침묵을 포함한다. 이 시인은 소리에 민감한 만큼 침묵에도 그러하다. 그에게는 침묵조차 소리의 일부이며, 어떤 침묵은 소리보다 더 요란하게 느껴지기도 한다. 오랜 침묵 끝에 내놓는 아기의 첫울음처럼 침묵과 울음은 생의 경계에서 만나는 근원적 소리이기도 하다. "몸을 받아 태어난 아이들은 길바닥이나 연꽃잎을 가리지 않고 모두가 잃어버린 울음소리를 낸다"(「오래된 말」, ④)라는 말처럼 울음은 몸 가진 존재들에게 고유한 소리이다. 울음은 잃어버린 자신을 만나기 위한 절실한 표현이다. "자기가 무엇인지 알 수가 없어서/저렇게 밤새 울면서 또 자기를 낳을 것이다"(「개구리가 운다」, ④)에서처럼 울음에는 자기를 향한 끝없는 확인이 깃들어 있다.

울음을 삼킨 침묵에는 울음보다 더 짙은 호흡이 내재한다. "바늘같이 날카로운 한 점 그늘을 빨아들이던 히말라야시다는/어느덧 저의 괴로움과 마주한다/긴 호흡은 차라리 들끓는 숨 가쁨이었던 것"(「히말라야시다는 저의 괴로움과 마주한다」, ②)에 나타나는 무거운 침묵이 그러하다. 온몸에 날카로운 바늘 같은 잎을 달고 수직으로 솟아 있는 이 나무는 저의 괴로움을 삼켜 가시처럼 두르고 오직 내면으로 침잠하며 거대한 깊이의 침묵에 도달한다. 김태형의 시에서 이런 나무의 이미지는 자기를 향한 내적 성찰이 오래도록 안으로 깊어져 형성한 침묵의 표상을 이룬다. 나무가 삼킨 울음은 내면으로 잦아들어 고요하다.

커다란 울음을 삼킨 고요이기에 "이 소란스러운 침묵은 유려하기까지 하다"는 역설이 성립한다. 이 나무가 도달한 유려한 침묵은 현묘한 악기가 내는 마지막 음절과도 흡사하다. "밤결에 나는 또 혼자가 되어 그 낮은 걸음을 헤아려야 한다 여기 채 손끝을 들어 따르지 못한 마지막 음절이 있다"(「띵샤」, ③)에서 말하는 "마지막 음절"이란 시의 말미에 밝히고 있는 것처럼 티베트의 법구인 띵샤가 내는, 우주의 시작과 끝을 의미하는 '옴(AUM)'이라는 진언의 네 번째 음절에 해당하는 '침묵'이다. 침묵은 우주의 끝이자 무한에 이르는 길이다. 그렇다면 모든 울음은 침묵에 이르기 위한 소리이고, 침묵은 모든 소리의 고향이라 할 수 있다.

> 지금 견디는 자는 어깨도 없이 떨고 있는 사람이다
> 바닥도 없이 주저앉아 흐느끼는 사람이다
> 푸른 실핏줄 같은 통증이 나를 건너가고
> 그 끝닿은 곳 무덤으로 가져갈 것은 나 자신밖에 없으리라
>
> ─「묘비명」 전문③

  히말라야시다가 삼킨 울음을 시인은 내내 목청껏 울 것이다. 가장 낮은 곳에 쓰러져 흐느끼며 울 것이다. 그의 울음은 모든 몸 가진 존재들의 통증을 함께하며 생의 마지막 순간까지 이어질 것이다. 시인은 그 울음을 통해 끝내 자기를 찾지 못해 괴로움을 벗어날 수 없는 모든 존재들과 하나가 된다. 오르페우스가 자기를 찾는 여행 중에 타자의 괴로움을 치유했듯이 울음 같은 시로 통증 가득한 삶을 견뎌 가며 시인은 세상의 괴로움을 함께하게 될 것이다.
  김태형의 시는 음악과 한 몸이었던 시의 근원적 리듬을 간직하고

있다. 그는 울음에서 침묵에 이르는 광범위한 소리의 파장을 자유자재로 구현한다. 시의 리듬이 삶의 리듬이며 자기를 찾는 끝없는 여행의 영원한 동반자라는 것을 안다. 지금까지 단 한 번도 마침표를 찍은 적이 없는 그의 시들은 전체가 거대한 하나의 노래라고도 할 수 있다. 무한한 침묵과 하나가 되는 순간까지 이 노래는 멈추지 않을 것이다.

사랑과 사람과 삶과 시
—이병률론

    평생 물방울만 그리는 화가가 있고, 소나무 사진으로 유명한 사진작가도 있다. 시인 중에도 '새' 하면 떠올리게 되는 시인, '꽃' 하면 빼놓을 수 없는 시인이 있다. 어떤 하나의 대상에 관한 집중적인 탐구로 자신의 세계를 확고하게 구축하는 것은 분야를 막론하고 예술적 표현의 두드러진 방식이라 할 만하다. 이런 경향의 예술가들에게는 특정 대상을 향하는 구심력이 강하게 작동한다. 이와 반대로 특정할 수 없이 다양한 대상을 표현하는 원심력의 예술가들도 있다. 이들에게는 눈에 보이고 마음을 움직이는 모든 대상들이 표현의 욕구를 불러일으킨다.

    이병률에게는 구심력보다 원심력이 강하게 작동하는 것으로 보인다. 그의 시에는 특정 주제나 경향으로 요약하기 힘든 사랑과 사람과 삶과 관련된 다양한 이야기가 들어 있다. 시인일 뿐 아니라 사진가와 여행가로 세계 곳곳을 떠도는 특유의 이력도 그의 시가 드러내는 너른 진폭과 무관하지 않을 것이다. 사랑과 사람과 삶의 이야기는 이병률의 시뿐 아니라 서정시의 보편적인 주제여서 특별할 것이 없다. 이런 범박한 주제를 다루면서 자신만의 개성을 마련하기 위해서는 특정 주제에 집중할 때보다 더욱 섬세한 접근이 필요하다. 이병률의 시는 주제의 다양성을 독자적인 시선과 분위기로 갈음하여 개성을 확보한다. 대상을 충분히 담아내되 관여하지 않는 카메라처럼 담담한 태도와 범상한 장면에서 독특한 구도와 색조를 끌어내는 섬세한 감각이 서정시의 관습을 신선하게 벗어난다.

이병률은 1995년 등단 이후 지금까지 『당신은 어딘가로 가려 한다』(2003), 『바람의 사생활』(2006), 『찬란』(2010), 『눈사람 여관』(2013)에 이르는 네 권의 시집을 내놓았다. 다작은 아니지만 꾸준히 창작 활동을 지속해 왔는데, 전체적으로 큰 변화 없이 삶의 면면에서 포착한 경험과 감정을 자신만의 어법으로 드러내고 있다. 사랑과 사람과 삶의 이야기는 그의 시에서 주축을 형성하며 서로 연결되어 있다. 서정시의 이 친숙한 주제가 이병률의 시에서는 어떤 색조를 띠는지 살펴보도록 하자.

1. 그늘진 사랑

사랑의 이야기는 서정시에서 가장 흔하면서도 다루기 힘든 대상이다. 솜씨의 차이가 확연하게 드러나기 때문에 섣불리 건드려서는 낭패를 보기 십상이다. 이병률 시에서는 사랑의 이야기가 주조를 이룰 만큼 자주 등장하며 종종 절창을 이룬다. 그의 시에서 돋보이는 섬세하고 풍부한 감정의 연원이기도 하다.

한 오만 년쯤 걸어왔다며 내 앞에 우뚝 선 사람이 있다면 어쩔 테냐 그 사람 내 사람이 되어 한 만 년쯤 살자고 조른다면 어쩔 테냐 후닥닥 짐 싸 들고 큰 산 밑으로 가 아웅다웅 살 테냐 소리 소문 없이 만난 빈손의 인연으로 실개천 가에 뿌연 쌀뜨물 흘리며 남 몰라라 살 테냐 그렇게 살다 그 사람이 걸어왔다는 오만 년이, 오만 년 세월을 지켜 온 지구의 나무와 무덤과 이파리와 별과 짐승의 꼬리로도 다 가릴 수 없는 넓이와 기럭지라면 그때 문득 죄지은 생각으로 오만 년을 거슬러 혼자 걸어갈 수 있겠느냐 아침에 눈뜨자마자 오만 개의 밥상을 차려 오만 년을 노래 부르고, 산 하나를 파내어 오만 개의 돌로 집을 짓자 애교 부리면 오만 년을 다 헤아려 빚을 갚겠느냐 미치지 않고는 배겨 날 수 없는 봄날, 마알간 얼굴을 들이밀면서 그늘지게 그늘지게 사랑하며 살자고 슬쩍슬쩍 건드려 온다면 어쩔 테냐 지친 오만 년 끝에 몸 풀어헤친 그 사람 인기척이 코앞인데 살겠느냐, 말겠느냐

—「인기척」 전문(①[1])

사랑의 시에서 흔히 나타나는 과장법은 그것이 이성적인 영역 너머의 일이라는 사실을 반영한다. 사랑은 시공간의 경계와 세속적 금기를 넘어서 존재한다. 이병률의 시에서 사랑을 그릴 때는 자주 과장된 시간 개념이 등장하여 현실 감각과 전혀 다르게 작동하는 감정의 작용을 드러내 보인다. "백 년 지나고 백 년을 한 번이라 칠 수 있다면/그럴 수 있다면 당신을 보낼게요"(「백 년」, ④)와 같은 과장법이 오히려 자연스러운 것은 사랑에서 시간의 경계는 무의미하기 때문이다. 사랑의 시간에서 영원과 순간의 구분은 무화된다. 사랑의 시간을 결정하는 것은 사랑의 열도이다.

「인기척」에서는 "한 오만 년쯤"의 시간을 쉽게 오간다. 영원에 가

---

1 인용 시가 들어 있는 시집은 다음과 같이 원기호로 표시한다. ① 『당신은 어딘가로 가려 한다』, 문학동네, 2003; ② 『바람의 사생활』, 창작과비평사, 2006; ③ 『찬란』, 문학과지성사, 2010; ④ 『눈사람 여관』, 문학과지성사, 2014.

까운 이 긴 시간은 사랑이 시작되려는 찰나에 운명의 무게를 부여한다. "한 오만 년쯤 걸어왔다며 내 앞에 우뚝 선 사람이 있다면" 그 사랑을 어찌 뿌리칠 수 있을까. "오만 년 끝에 몸 풀어헤친 그 사람"이 "한 만 년쯤 살자고 조른다면" 마다할 수 있을까. "어쩔 테냐", "살겠느냐, 말겠느냐"는 의문형 어미는 답변을 요구하는 물음이라기보다 어쩔 수 없는 상황을 거듭 확인하려는 강조의 어법으로 쓰이고 있다. 사랑은 어김없이 시작될 것이다. "소리 소문 없이 만난 빈손의 인연으로" "후닥닥" 시작되어 "남 몰라라" 하며 오직 두 사람의 시간을 쌓아 올릴 것이다.

세상을 등진 채 이루어지는 이런 둘만의 사랑은 그늘을 드리울 수밖에 없다. "문득 죄지은 생각"이 드는 것은 이 때문이다. 이병률의 시에서 대개의 사랑은 이처럼 그늘지고 막막한 것으로 그려진다.

> 사랑을 하여서 나는 다리를 잘렸다
> 나를 사랑을 하여서 당신은 돌화살을 맞았다
>
> ―「사람의 정처」 부분④

> 끝없이 시차를 견디며 도망하게 될지라도 끝도 없이 영원에 대해 이야기하는 것만으로도 열정적으로 인디아에 가닿는 일일 것이므로
>
> ―「인디언 써머」 부분②

> 차 안에 남자 여자 끌어안고 죽어 있었다 한다
> 세상 맨 마지막 고갯길, 폭설처럼 먹먹하던 사랑도 견인되었을 것이다
>
> ―「견인」 부분②

이병률의 시에 나타나는 그늘진 사랑의 행로를 구성해 보면 대체로 이런 이야기에 가까울 것이다. 금지된 사랑을 하는 남녀에게 세상은 죗값을 요구한다. 사랑 때문에 불구가 되거나 상처를 입을 정도로 이 사랑이 요구하는 희생은 크다. 이 사랑을 지속하기 위해서는 "끝없이 시차를 견디며 도망"해야 한다. "시차"란 세상의 시간과 사랑의 시간 사이의 간극이다. 늦가을에 비정상적으로 나타나는 더위인 "인디언 써머"처럼 사랑은 예외적인 시간을 만들어 낸다. 세상에 받아들여지지 않는 사랑이지만 고통을 견디며 지속하는 한 그 사랑의 시간은 영원에 가깝다. 사랑의 시계는 오직 사랑하는 두 사람을 중심으로 돌기 때문이다. "세상 맨 마지막 고갯길"까지 "폭설처럼 먹먹하던 사랑"은 지속된다. 세상의 눈으로 보면 불경한 정사(情死)의 종말에 불과할지 모르지만 참으로 가열한 사랑이 아닐 수 없다.

세상과 어긋난 열정적 사랑이야말로 영원에 이르는 진정한 사랑이라는 이런 사유의 바탕에서 시인의 낭만주의적 성향을 엿볼 수 있다. 현실에 안주하지 않고 바람처럼 떠도는 삶을 이어 가는 것도 현실 저 너머의 다른 삶을 만나기 위한 것이리라. 그는 현실 너머의 삶을 무조건 동경하는 이상주의자와는 거리가 멀지만 기꺼이 그곳을 향해 가는 모험가이다. 그는 사랑이 행복보다 고통에 가깝다는 것을 알지만 그것을 마다하지 않는다. "새 길을 받고도 가지 못하는 사람처럼/사랑을 절벽에다 힘껏 던졌다/공중에 행복을 매달겠다는 것이었을까"(「행복을 바라지 않는다」, ④)에서처럼 사랑은 쉽게 걸어갈 수 있는 "새 길"이 아니라 "절벽"에 매달리는 고통이라고 생각한다. 사랑의 행복은 절벽에 매달려 있는 것처럼 늘 위태롭고 희생이 따르는 것이지만 끝없이 이끌리게 되는 근원적 충동이기도 하다.

"미치지 않고는 배겨 날 수 없는 봄날"(「인기척」, ①) 사랑은 시작된다. 시인은 사랑이 분별을 넘어선 "피의 일"(「피의 일」, ②)이라는 것을 안다. "사람이 사람을 저리도 좋아하는 것은/오장육부의 빈 골을 채우는 일"(「눈치의 온도」, ④) 같아서 애써 되는 일이 아니라 저절로 그리되는 일이다. 이병률 시에 자주 나타나는 '스미다'라는 동사가 이런 사랑의 속성과 유사하다. 엷은 공기나 물이 스며들 듯 사랑은 빈틈을 채우며 하나로 밀착되는 일이어서 인위적인 결합과는 전혀 다르다. 화학적 형질 변환처럼 사랑은 두 사람에게 그들만의 새로운 세계를 만들어 준다. 사랑의 시간이 현실의 시간과 무관한 것은 그 때문이다.

　　잠시라 믿고도 살고 오래라 믿고도 살았습니다

　　굳을 만하면 받치고 굳을 만하면 받치는 등 뒤의 일이 내 소관이 아니란 걸 비로소 알게 되었을 때

　　마음의 뼈는 금이 가고 천장마저 헐었는데 문득 처음처럼 심장은 뛰고 내 목덜미에선 난데없이 여름 냄새가 풍겼습니다
　　　　　　　　　　　　　　　　　　　　　　　　—「사랑의 역사」 부분②

　돌아보면 짧은 사랑도 있고 긴 사랑도 있지만 사랑은 매번 처음처럼 시작된다. 사랑은 "피의 일"이어서 다른 인생사처럼 학습되지 않는다. 그것은 "굳을 만하면 받치고 굳을 만하면 받치는 등 뒤의 일"이어서 '나'의 의지와는 무관하게 벌어지는 일이다. "내 소관"이 아니라면 운명이라 할 수밖에 없다. "지친 오만 년 끝에 몸 풀어헤친 그 사람 인기척이 코앞인데 살겠느냐, 말겠느냐" 물을 필요도 없는 것이다. 사랑은 언제나 이미 시작되어 있고 새로운 역사를 써 나가고 있다.

이렇듯 "내 소관" 밖에서 매번 새롭게 시작되는 것이기에 사랑의 이야기는 늘 끝나지 않고 이어진다. 시인으로서는 무궁무진 샘솟는 수원을 확보한 것이나 다를 바 없이 풍부한 정서의 근간이 되는 셈이다. 그의 연시는 매번 새롭지만 또 보편적인 사랑의 공식을 내포한다. 모든 열렬한 사랑이 내포하는 강한 주관적 정서와 생명력 넘치는 리듬감이 자리한다. 위의 「인기척」은 산문시로 썼는데도 리듬감이 충만하다. 늘 변함없이 반복되는 사랑의 과정이 호응을 불러일으키는 어조와 일렁이는 리듬에 실려 간단없이 이어진다. 애절한 사랑의 감정을 구성진 가락에 담아낸 고려가요나 사설시조의 맥을 잇듯 이병률의 뛰어난 연시에서 과장된 상상과 넘치는 리듬감은 절묘한 기율을 이루며 절창을 만들어 낸다. 그의 시는 삶의 생기가 지니는 리듬감을 생득적으로 지니고 있으며 그 생기의 절정에 해당하는 사랑의 노래에서 최고의 리듬감을 드러낸다. 삶이라는 큰 물결 속에서 더욱 섬세하게 일렁이는 사랑의 리듬을 살갑게 되살린다.

2. 쓸쓸하고 따뜻한 사람들

연시를 포함하여 이병률의 시에는 사람에 관한 관심이 나타나는 시들이 많다. 그의 시에서 자연은 직접적인 묘사의 대상인 경우가 거의 없고 대개는 사람과 삶에 대한 성찰을 뒷받침한다. 그의 시는 사람이 중심에 있는 인물화나 소설 같다. 연시와 달리 감정적 거리가 유지되는 시들에서 중심인물은 소설 못지않게 풍부한 이야기를 내포한다. 그의 눈에 포착되는 인물들은 하나같이 세상의 구석에서 가난하고 쓸쓸하게 살아가는 이들이다. 세상의 눈길에서 벗어나 있는 이들이 그의 시에서는 독특한 앵글에 포착되어 빛을 발한다.

옥탑방에서 배수구를 타고 내려오는 물소리

한밤중이나 새벽에 깨어 멀거니 혼자 앉아 있게 하는 소리

늦은 밤, 옥탑방에서는 밥 짓는 연기 비둘기처럼 날고

한 번뿐인 원피스가 삭은 줄에 걸려 야위어 가고

흐르다 말고 혼자 올라갔다 혼자 내려오는 내 물소리

한 그릇 국수를 말아 먹이고 싶은데 말 걸지 못하고 여인네의 목덜미에
번지는 내 물소리

—「조선족 여인」 부분(①)

　이 시는 많은 여백을 통해 혼자 사는 조선족 여인의 고단하고 쓸쓸
한 삶을 천천히 느낄 수 있도록 한다. 배수구의 물소리로 감지되는 여
인은 삶은 더없이 간결하고 고달픈 것이다. 한밤중이나 새벽에 잠시
밥 짓는 소리가 들릴 뿐이다. 여인은 시인과 같은 집의 위층 옥탑방에
둥지를 틀고 살아가고 있다. 다가구 주택마다 덤으로 붙어 있는 이 옹
색한 공간에 깃들어 그녀는 이국에서의 고달픈 삶을 시작한 것이다.
아래층에 살고 있는 시인은 어쩐지 마음이 많이 쓰이지만 그저 지켜
볼 뿐이다. 한밤중이나 새벽에 잠깐씩 들리는 물소리에 그녀의 고단
한 생활을 추측해 보고 옥상 빨랫줄에 널린 그녀의 단벌 원피스에 안
쓰러운 마음이 인다. 시인이 여인의 생활에 관심을 기울이면서도 좀
처럼 마음을 전하지 못하는 상태는 물소리를 통해 섬세하게 그려진

다. "흐르다 말고 혼자 올라갔다 혼자 내려오는 내 물소리"처럼 그의 마음은 혼자 오갈 뿐이다. 국수라도 말아 먹이고 따뜻한 말 한마디라도 건네고 싶지만 마음뿐이다. 오직 위아래 층을 오가는 물소리를 통해 두 사람은 애잔하게 이어진다.

시에서 인물을 그릴 수 있는 가장 효과적인 방법은 이런 것이 아닐까 싶게 이 시는 한 사람의 쓸쓸하고 막막한 삶을 압축적으로 보여 준다. 삶의 표현이 압축되어 있는 것에 비해 정서적으로는 충만한 점에서도 시적인 표현의 효과가 두드러진다. 이 시에서 여인을 지켜보는 시인의 마음은 끝내 전달되지 못하지만 그 마음의 움직임은 더할 나위 없이 섬세하게 표출된다. 분위기와 느낌이 돋보이는 이병률 시의 감각적인 연출 방식이 확연하게 드러나는 시이다.

위 시의 조선족 여인이 그렇듯 이병률 시에서 조명을 받는 것은 한결같이 곤궁하고 소외된 사람들이다. 시인은 예리한 시선으로 그들의 그늘진 삶에서 인상 깊은 장면들을 건져 올린다. 가령 칼갈이 부부가 등장하는 「검은 물」(②)에서 칼 가는 사내는 맹인인데, 시인이 권하는 커피가 "검은 물"이라고 먹지 않는다. 사내는 태어나서부터 지긋지긋하게 검은색만 보아 왔지만 "사내의 어둠이 갈아 놓은 칼"은 "집안 가득 떠다니는 지옥들마저 베어 낼 것만 같다". 어둠에 갇힌 사내가 다른 사람의 어둠을 베어 내는 삶의 아이러니가 도드라지는 이야기이다. 「파도」(②)에서는 축구를 응원하러 모인 시청 앞 광장의 인파 속에서 가장 초라한 부부를 포착한다. 실명한 듯 한쪽 눈이 팬 여자와 바스러질 듯 작은 몸피의 남자가 군중의 파도에 떠밀리며 하는 소리를 시인은 가만히 듣는다. "섬에 가자고 했다 잘못 들었다 집에 가자고 했다/생활이 말이 아니어서 미안하다 아니 생활을 넘지 못해 미안하다/앉자고 했다 잘못 들었다 웃자고 했다/바다를 건너자 했다 다리

를 건너자고 들었다/그래도 살자고 했다 아니 삼키자고 했던가"에서
처럼 시인은 군중 속에서 섬처럼 고립된 채 떠밀리는 부부의 난처한
상황에서 눈길을 떼지 못한다. 그들이 겪고 있는 나날의 삶도 이와 크
게 다르지 않은 난경일 것이다. 이처럼 시인의 시선은 언제나 가장 낮
고 구석진 곳으로 향해 애잔한 광경들을 끌어낸다.

시인이 이런 사람들과 쉽게 공감을 이루는 것은 자신도 그들과 그
리 멀리 있지 않다고 느끼기 때문이다. "오줌을 누었다//모르고 있다
가 움찔 놀라 옆을 보는데/어느 결에 왔는지 한 여인이 쭈그리고 앉
아 미안해요, 한다/여인도 오줌을 누고 있었다//과연 미안한 일인가//
미안을 외로 하고 다른 먼 데를 보려 했으나/당신의 오늘은 얼마나
참았는가"(「그런 봄」, ④)에서는 벚나무 아래서 오줌을 누다 어느 여인과
만난 이야기를 담고 있다. 두 사람 모두 어지간히 참다 급해져서 이리
되었을 것이다. 미안하다는 여인의 말에 시인은 "당신의 오늘은 얼마
나 참았는가"를 염려한다. 기본적인 생리 현상을 해결하기도 급급할
정도로 여인의 삶은 곤고할 것이다. 그런 정황이 쉽게 추측되기에 시
인은 "과연 미안한 일인가"를 반문한다.

이토록 힘겹고 외롭게 살아가는 사람들에게서 시인이 보는 것은
곤궁한 모습만은 아니다. 그는 가난하고 외로운 사람들을 지탱하는
힘을 발견한다.

사람의 집에 사람의 그림자가 드리워지는 일이 목메게 아름답다 적과
내가 한데 엉기어 층계가 되고 창문을 마주 낼 수 없듯이 좋은 사람을 만
나 한 시절을 바라보는 일이란 따뜻한 숲에 갇혀 황홀하게 눈발을 지켜보
는 일(지금은 적잖이 열망을 식히면서 살 줄도 알지만 예전의 나는 사람들
안에 갇혀 지내기를 희망했다) 먼 훗날, 기억한다 우리가 머문 곳은 사물이

박혀 지낸 자리가 아니라 한때 그들과 마주 잡았던 손자국 같은 것이라고
—「좋은 사람들」 부분 (①)

"사람의 집에 사람의 그림자가 드리워지는 일"이 가난하고 외로운 사람들을 살 만하게 한다. 그것이 "따뜻한 숲에 갇혀 황홀하게 눈발을 지켜보는 일"처럼 아름답게 그려지는 이유는 엄동설한의 눈보라도 따뜻한 숲에서 보고 있다면 견딜 만한 것이기 때문이다. 사람의 숲보다 더 따뜻하고 든든한 울타리는 없을 것이다. 집을 기억할 만한 곳으로 만드는 것은 물건이 아니라 가까이 있는 사람들이다. 이 시의 "손자국"은 "사람의 그림자"와 함께 사람 사는 세상의 온기와 기척을 전하는 따뜻한 상징이다.

끼니조차 제대로 챙기지 못하는 헐벗은 사람들의 처지는 같은 처지의 사람들이 가장 잘 안다. 「전갈(傳喝)」(①)에는 지하철 을지로 3가에서 2가를 거쳐 1가 쪽까지 "거기 시청 앞 용식이 아침에 밥 먹으러 3가로 오라고 해, 꼭"이라고 외치는 부랑인들의 이야기가 들어 있다. 메아리로 이어져 "용식이"에게 닿는 이 특별한 전갈 역시 가난하고 쓸쓸한 사람들을 끌어안는 따뜻한 상징이다.

어찌 사는가
방에 불은 들어오는가
쌀을 안 떨어졌는가

살면서 시인에게만 들었던 말
나도 따라 시인에게만 묻고 싶은 말
부모도 형제도 아닌 시인에게만 묻고

한사코 답 듣고픈 말

어찌할 것도 아닌데
지갑이 두둑해서도 아닌데
그냥 물어서 괜찮아지고 속이 아무는 말

—「시인들」 부분①

백석의 시에 나오듯 "가난하고 외롭고 높고 쓸쓸"한 시인의 처지를
가장 잘 아는 것은 시인들이다. 시인은 결코 이슬만 먹고 사는 게 아
니고 춥고 배고프면 다른 사람들과 똑같이 힘들다는 것을 시인들만이
알아준다. 같은 처지에 있는 사람의 따뜻한 말 한마디보다 더 큰 위로
는 없다. "어찌 사는가/방에 불은 들어오는가/쌀은 안 떨어졌는가"라
고, 시인에게 어울리지 않아 보이지만 시인에게 가장 필요한 말을 물
어 주는 것도 시인이다. 살면서 시인에게만 들었던 이 말은 그를 통해
메아리처럼 다른 시인들에게 전달될 것이다. 묻기만 해도 괜찮아지고
속이 아무는 이 말도 가난하고 쓸쓸한 사람들을 달래는 따뜻한 상징
이다. 가난한 삶과 혹독한 고독을 선택한 시인이지만 인생사에서 기
억할 만한 장면들은 사람과 사람이 나누는 따뜻한 말과 손자국이라는
사실을 누구보다 분명하게 안다.

3. 삶의 끝 맛

한때 "사람들 안에 갇혀 지내기를 희망했다"고 하는 시인이 혼자서
온 세계를 떠돌며 살아가는 까닭은 무엇일까. 첫 시집의 제목 "당신
은 어딘가로 가려 한다"는 다름 아닌 시인 자신을 향해 있는 말이다.
"어딘가"인지도 모를 곳을 향해 그는 끝없이 길을 떠난다. 이 지독한

방랑벽은 어느새 그의 기질이나 운명이 되어 있다. 끝없이 산을 오르는 등산가에게 왜 산을 오르느냐는 질문이 무의미한 것처럼 그에게도 왜 자꾸 떠나느냐는 말은 필요치 않다.

> 지도 위에 맨발을 올려 보고 나서도
> 차마 지도를 접지 못해 마음에 베껴 두고 잔다
> 여러 번 짐을 쌌으므로 여러 번 돌아오지 않은 셈이다
> 여러 번 등 돌렸으므로 많은 걸 버린 셈이다
> 그 죄로 손금 위에 얼굴을 묻고
> 여러 번 운 적이 있다
>
> ―「내 마음의 지도」 부분①

그에게는 "마음의 지도"가 있어 매번 등을 떠민다. 이 지도는 접히지 않고 마음속에 늘 펼쳐져 있어 기어이 그의 발길을 잡아끈다. 그 때문에 생활은 말이 아니다. 오래 떠나 있었던 집은 폐허처럼 적막하고 사람들과도 연락이 끊겨 버린다. 떠나기 위해서는 사람들에게 등을 돌려야 하고 이는 인간관계에서 많은 걸 버린다는 걸 뜻한다. 그 때문에 치르는 "죄"는 철저히 혼자인 자신과 마주해야 한다는 것이다. "뒤에서 자꾸 부르는데/돌아보면 아무도 없다"(「여행의 역사」, ④)는 사태가 일상이 되어 간다. 혼자서 하는 여행이란 언제든 바뀔 수 있는 것이며 정처가 없다. "어디로든 가지 않아도 됩니다/어디든 지나가도 됩니다/혼자인 것에 기대어 가고 있기에"(「동유럽 종단열차」, ②)라는 말의 의미는 그런 것이다. 여행뿐 아니라 생활에서도 목적이 없어진다. "반죽만큼 절반을 뚝 떼어 내 살다 보면/나는 어디에 있는 것이 아니라/어느 곳에도 없으며"(「생활에게」, ③)에서처럼 삶의 절반을 여행하는

그에게 생활은 "아무것도 아"닌 것이 된다. 어느새 손금 같은 운명이
되어 버린 이런 삶 때문에 힘들어하면서도 그는 끝내 마음의 지도를
접지 못할 것이다.

> 자꾸 먼 데를 보는 습관이 낸 길 위로 사무치게 사무치게 저녁은 옵니다
> —「저녁 풍경 너머 풍경」 부분②

> 그러면 저 먼 곳 어둠 속 허공 어딘가로부터
> 여린 기타 소리 같은 가닥이 잡혀 와서
> 그 멀리에 딱딱한 잡을 것이 있으리라는 가정을 배우게 하는 것이다
> —「절벽 갈래 바다 갈래」 부분②

> 마음에 산맥을 일으켜
> 기어서라도 그 산을 넘으려 할 것이지만
> —「비행기의 실종」 부분④

  그의 마음속 지도는 자꾸 먼 데를 가리키며 그의 발길을 이끈다.
지금 이곳이 아닌 어딘지 먼 곳으로 이끌리며 그곳이 마음의 중심을
차지하는 그의 이런 낭만주의적인 성향은 끝없는 방랑벽의 근원이다.
그의 발길을 이끄는 장소는 명확하지 않다. 그저 "먼 데"이거나 "저
먼 곳"이고 그도 아니라면 "마음에 산맥"이라도 일으켜서라도 가고
싶은 곳이다. 한없이 멀고 험한 그곳은 "사무치게" 그립거나 거부할
수 없이 매혹적이어서 "기어서라도" 가고 싶은 곳이다. 낭만주의자를
추동시키는 힘은 현실에 대한 강한 부정이나 미지의 세계에 대한 강
렬한 이끌림에서 오는데, 그의 경우는 후자에 해당한다. 멀고 먼 어떤

곳이 그를 끌어당겨 다른 무엇으로도 그를 붙잡을 수 없게 한다.

다른 시에서 그는 그것을 "끝 맛"이라고 표현한다. "끝을 놓지도 않으며/팔지도 못하겠는 건/끝까지 끝을 알아 갈 거라는 이야기/끝이 박힌 끄트머리에도/내 정수리뼈 그 꼭대기에도 언질처럼 내려앉은/(중략)/오갈 데 없는 끝을 끌어다/내 뼈에 짓이겨 채워서라도//나는 내 끝으로 이 끝 맛을 무섭게 알다 갈 것이다"(「끝 맛」, ④)라고 선언하듯이 그는 이 "끝 맛"에 무조건적으로 이끌리며 끝까지 그것을 알다 가겠다고 한다. 그것이 "끝 맛"인 이유는 그것이 특정한 맛이라기보다 끝까지 가 볼 때 느낄 수 있는 희열이기 때문이다. 이때 중요한 것은 결과가 아니라 과정이다. 그것은 지극한 몰입의 상태와 같다. "자신이 먹는 것이 짬뽕이 아니라 몰입이라는 사실도, 짬뽕 한 그릇으로 배를 부르게 하려는 게 아니라 자신을 타이르는 중이라는 사실"(「여전히 남아 있는 야생의 습관」, ②)에서 알 수 있듯 짬뽕 한 그릇을 먹으러 세 시간쯤을 들여 멀리 나갈 때 그에게 필요한 것은 짬뽕의 맛이 아니라 몰입의 시간이다. "끝 맛"은 끝내 붙잡을 수 없는 미지의 세계를 향해 치닫는 강렬한 몰입의 과정을 요구한다.

세상은 그에게 "이 안"에 있으라고 하지만 그의 마음속 지도는 자꾸 "끝 맛"을 향해 치닫는다. 그 어떤 미지의 세계로 자꾸만 이끌리는 시인이기에 경계에 대한 감각은 유난히 민감하다. "나는 지금 여기 있는 숱한 풍경들을 스치느라/저 바깥을 생각해 본 적 없는데/여기 있느냐 묻는다//삶이 여기에 있으라 했다"(「이 안」, ③)에서 그가 생각하는 바깥과 세상에서 말하는 바깥은 같지 않다. 세상에서는 그가 지나친 숱한 풍경들을 바깥이라고 하며 안에 머물라고 하지만 그에게 그동안 지나온 길들은 결코 바깥이 아니다. 그가 바람처럼 떠돌았던 온갖 풍경들은 이 세계 안쪽에 놓여 있어 그가 도달하고자 하는 "저 먼 곳"과는 다르다. 이처럼 그의 마음속 지도는 세상의 지도와 달라서 끝을 알 수 없다. 낭만주의자인 그에게 한 세계를 결정짓는 것은 세상의 기준이 아니라 자기 자신의 경계이다.

「유리병 고양이」③에서 그는 경계와 관련된 독특한 시선을 드러낸다. 유리병에 머리가 낀 고양이를 보며 "배가 고플 것이지만/만족스러워할 수도 있었다/병 안의 옹색도 나쁘지 않을 것이라고 나는 중얼거리지만/사람들이 듣지 못할 정도로 나지막했다"라고 한다. 배가 고프리라는 것이 세상의 기준이라면 옹색한 병 안에 들어가는 것도 나쁘지 않다는 말은 그의 것이다. 이런 말 자체가 세상 사람들에게 이해받기 힘들다는 것을 알기 때문에 그는 나지막하게 중얼거린다. 이 시는 며칠 후 고양이가 아예 유리병 안에 들어가 버린 장면으로 끝난다. "유리병 안에 아주 완벽하게 고양이가 들어가 있었다/차라리 세계 속으로 들어갔다"에서 알 수 있듯 그는 고양이가 다른 세계로 들어가 버린 상황을 "완벽"한 것으로 파악한다. 옹색한 유리병에 갇힌 것일지라도, 죽음에 이른 것일지라도 경계를 벗어나 하나의 온전한 세계에 안착했기 때문이다.

마음의 지도를 좇아 세계의 끝닿는 곳까지 혼자만의 길을 걸어가는 시인의 행로는 구도자의 그것과 흡사하다. 세상의 기준과 다른 자신의 마음이 그 험로를 거듭 가게 한다. 아마도 죽음에 이르는 순간까지 안팎의 경계를 넘어서려는 시도는 계속될 것이다. 그 몰입의 열도는 흡사하지만 시인의 행로가 구도의 과정과 결정적으로 다른 점은, 삶의 공허함을 깨닫는 구도의 과정과 달리 시인은 삶의 "무시무시한 찬란"을 거듭 확인하게 된다는 것이다. "찬란이 아니면 다 그만이다/죽음 앞에서 모든 목숨은/찬란의 끝에서 걸쇠를 건져 올려 마음에 걸 것이니//지금껏으로도 많이 살았다 싶은 것은 찬란을 배웠기 때문/그

러고도 겨우 일 년을 조금 넘게 살았다는 기분이 드는 것도/다 찬란
이다"(「찬란」, ③)라 할 정도로 "찬란"은 오랜 유랑 끝에 그가 발견한 삶
의 전부이다. 살아 있는 모든 것들은, 살고자 하는 모든 것들은 찬란
하다. 그 모든 것이 궁극에는 죽음의 공허에 이를지라도 생의 안쓰러
운 몸짓들은 모두 눈물겹도록 찬란하게 빛난다. 그 찬란한 생의 빛에
매혹된 시인이기에 그 "끝 맛"을 알게 되기까지 발길을 멈추지 않는
것이다.

4. 시가 오는 저녁

> 말할 수 없는 저녁에
> 가만가만 목메는 저녁 한가운데다
> 나비가 두 장으로 펄럭거리며 날다가
> 삶에 문득 관여하여서
> 담벼락의 장미향들을 물러나게 하면
> 그것으로도 시는 아닌가
> 그렇다면 시는 또 미안해서 오는 것인가
>
> ─「시는」 부분④

　이병률은 시를 쓰지 않는다. 아니 "시를 쓰는데 시가 오지 않는다"
고 한다. 시가 오게 하려고 종이를 창가에 두고 자도 잘 오지 않는다
고 한다. 시가 억지로 쓰여지는 것이 아니라 저절로 찾아오는 것이라
는 생각은 파블로 네루다의 「시」를 연상시킨다. "시가/나를 찾아왔
어. 몰라, 그게 어디서 왔는지,/모르겠어, 겨울에서인지 강에서인지./
언제 어떻게 왔는지 모르겠어,/아냐, 그건 목소리가 아니었고, 말도/

아니었으며, 침묵도 아니었어,/하여간 어떤 길거리에서 나를 부르더군"이라는 네루다에게 시는 더 확실하게, 갑자기 찾아왔던 것 같다. 이병률은 "가만가만 목메는 저녁" 나비의 날갯짓에서 시를 본다. 그것은 "일체의 힘을 버리고 와서/모든 것과 아무것도 아닌 사이"에 앉는다. 존 키츠(John Keats)의 '소극적 수용 능력(negative capability)'처럼 쓰고자 하는 의지를 접고 가만히 자신을 열어 두고 있을 때, 시는 "미안해서" 와 줄지도 모른다. 시는 "모든 것과 아무것도 아닌 사이", 말도 아니고 침묵도 아닌 어떤 것으로 다가온다. "돌을 지고 태어난 나의 시(詩)가 씨앗 하나만을 더 가지고 돌아온다면 대신 나는 발목을 잘라 차려 놓겠다"(「아파도 가까이」, ④)고 그는 무섭게 다짐한다. 시가 침묵을 깨고 찬란한 생을 펼쳐 내는 그 아름다운 순간을 위해 기꺼이 자신을 바치겠다고 한다. "아름다움은 진리며, 진리는 아름다움이다. 이것만이 지상에서 그대들이 알고 있으며 알아야 할 전부다.('Beauty is truth, truth beauty'—that is all/Ye know on earth, and all ye need to know.)"라는 낭만주의 시인 키츠의 통찰은 21세기 한국의 이 낭만주의적 시인에게 여전히 유효하다. 찬란한 생의 아름다움과 신비를 노래하기 위해 그는 "끝까지 끝을 알아 갈" 것이다.

그로테스크한 몸의 드라마

—김민정론

1. 그로테스크 미학

김민정은 첫 시집부터 문단의 주목을 받으며 일찌감치 우리 시의 확실한 개성으로 자리 잡은 시인이다. 세기말의 끝자락인 1999년 등단한 후 한참만인 2005년 내놓은 첫 시집 『날으는 고슴도치 아가씨』는 갖가지 파격으로 단숨에 논란의 대상이 되었다. 이 시집의 해설을 맡은 이장욱까지 "'전통'에서 일탈하는 것이 현대시의 임무라고 생각하는 이들에게조차도, 이것은 위태롭게 보일 것 같다"[1]라고 할 정도로 이 시집이 보여 준 파격은 대담하다. 일상어보다 비어와 속어가 더 많이 등장하고 사실보다 비사실적인 장면들이 더 자주 나타난다. 이 시집에서는 다른 시에서 접할 수 없었던 낯선 세계, 한번 접하면 잊을 수 없을 정도로 강력하게 각인되는 새로운 세계가 펼쳐진다. 일찍이 우리 시에서 만나기 어려웠던 끔찍하게 변형된 육체, 기괴하고 속악

---

1 이장욱, 「그 여자의 악몽」(해설), 김민정, 『날으는 고슴도치 아가씨』, 열림원, 2005, 153쪽.

한 삶, 비속어의 현란한 유희가 넘친다. 첫 시집의 충격파에 비해 두 번째 시집 『그녀가 처음, 느끼기 시작했다』는 오히려 온건해진 느낌이지만 특유의 사유와 어법은 여전하다.

이해 이전에 당혹감을 일으키는 김민정의 시는 그동안 적지 않은 주목을 받은 것에 비해 충분히 설명되어 왔다고 보기 힘들다. 가령 그녀의 시에 넘치는 과잉의 이미지는 흔히 '환상'과 결부되지만, 환상이라고 하기에는 매우 구체적이고 현실성이 강하다. 또한 일반적으로 환상시들이 보여 주는 독백적 어조에 비해 그녀의 시는 대화체의 성향이 짙다. 김민정 시의 화자는 내면세계에 빠져 있는 소극적 화자가 아니라 끊임없이 타자를 향해 발언하는 적극적인 화자이다.

환상적이면서도 현실성이 강하고, 특별하면서도 보편적인 경험을 드러내고, 불쾌하면서도 웃음을 자아내는 김민정의 시 세계는 그로테스크 미학을 연상시킨다. 그로테스크 미학은 우리 문학보다는 서구문학에서 한결 익숙한 전통이다. 잘 알려져 있듯이 그로테스크 (grotesque)의 어원은 고대 이탈리아어 'grotte(동굴)'이다. 15세기 말 이탈리아 곳곳의 동굴에서 발견된 고대 유물들에는 동물과 식물이 뒤엉킨 모양이나 사람의 몸에서 넝쿨이 나오는 모양이 많았는데, 그 기괴한 형태가 불쾌감과 우스꽝스러움을 동시에 불러일으켰기 때문에 이후 그런 감정을 일으키는 기이한 작품들을 '그로테스크'하다고 말하게 되었다고 한다.[2] 그로테스크는 이질적인 것 혹은 현실에는 없는 것의 병치, 혼합이 활용된 예술 작품의 표현 양식이다.[3] 그로테스크한 작품은 현실을 낯설게 느끼게 하고 그로 인해 혼란과 공포를 불러

---

2 볼프강 카이저, 『미술과 문학에 나타난 그로테스크』, 이지혜 역, 아모르문디, 2011, 34쪽 참조.

3 필립 톰슨, 『그로테스크』, 김영무 역, 서울대학교출판부, 1986, 16쪽.

일으킨다. 동시에 현실을 새롭게 바라볼 수 있게 하며 호기심을 자아내기도 한다.

그로테스크 미학이 단순히 낯선 것에 대한 호사 취미를 넘어 문제적인 의미를 지니는 것은 현실성에 기반을 두고 있기 때문이다. 얼핏보면 비현실적으로 보일 정도로 과장과 변형이 심하지만 실제로는 현실에서 흔히 볼 수 있는 대상들이 뒤엉켜 있을 뿐이다. 그로테스크는 웃음과 공포처럼 이질적인 감정들을 동시에 불러일으킴으로써 기괴한 현실을 자각하도록 한다. 그러므로 그로테스크 미학이 진정으로 실현되는 것은 독자가 반응하는 순간이라 할 수 있다. 낯설면서도 현실성이 강하고, 불편하면서도 웃음을 자아내고, 끊임없이 독자에게 말을 거는 김민정의 시를 이러한 그로테스크 미학의 범주에 놓고 살펴볼 수 있을 것이다.

2. 역동하는 몸

미하일 바흐친(Mikhail Bakhtin)은 그로테스크 이미지의 가장 두드러진 특징은 그로테스크한 몸의 양면적 가치라고 한다. 그로테스크한 몸은 완성되어 있지 않고, 언제나 새로 만들어지며 스스로 다른 몸을 세우게 된다. 이러한 몸은 자신의 크기보다 더 크게 증식하거나 개별적 몸의 경계를 넘어 새로운 몸을 낳기도 한다. 그로테스크한 몸에서는 먹기, 마시기, 배설(그밖에 다른 구분으로 발한(發汗), 코 풀기, 재채기 등이 있다), 성교, 임신, 출산, 성장, 노화, 질환, 죽음, 찢기기, 조각조각 나뉘기, 다른 몸에 먹히기 등 육체적 드라마의 행위들이 기본적인 사건을 이룬다. 이들은 몸과 세계의 경계, 새로운 몸과 낡은 몸의 경계에서 이루어진다. 그리고 이 모든 육체적 드라마의 사건들 속에서 삶의 시작과 끝은 서로 밀접하게 얽혀 있게 된다.[4] 그로테스크한 몸의 이미지 속에는 삶의 전 과정과 인류가 축적해 온 친숙하거나 기괴한 모든 몸짓이 들어 있다.

김민정의 시에는 변형, 과장, 훼손된 온갖 몸의 이미지들이 넘쳐난다. 친숙한 몸을 심하게 왜곡시키거나 돌출시켜 원래의 몸과 전혀 다른 느낌을 만들어 낸다.

나는 한 그루의 거대한 눈알나무, 밤마다 내 몸에서는 사랑스런 난자 대신 눈알들이 자라났다 개중 뼈가 휘도록 탱탱하게 살찐 녀석들은 고무공처럼 이리 팅 저리 팅 튕겨 다니더니 나만 모르게 꼭꼭 숨어 버리곤 했다 어디 갔을까, 어디로 사라져 버렸을까 어느 날 맞아 죽은 개의 악다문 입 속에서 말똥말똥 눈동자를 굴리고 있는 눈알 한 개를 찾아냈다 하지만 망치로 개의 이빨을 깨부수는 동안 부풀 대로 부푼 눈알은 오히려 죽은 개를 한입에 삼켜 버리고 마는 것이었다

—「멀리 개 짖는 소리 들리더니」 전문(①[5])

이 시에는 김민정의 시에 자주 등장하는 '눈알'의 이미지가 중심을 이루고 있다. 김민정의 시에서는 이렇듯 몸의 특정 부위가 단독으로 증식하거나 운동하는 경우가 많다. 현실에서는 있을 수 없는 일이지만 이런 이미지들은 상상의 축을 따라 부단히 움직이고 확장된다. 눈알을 몸에 속해 있는 한 부분으로 보지 않고 독립된 실체로 인식하는

---

4 미하일 바흐찐, 『프랑수아 라블레의 작품과 중세 및 르네상스의 민중문화』, 이덕형·최건형 역, 아카넷, 2001, 494쪽 참조.

5 인용 시가 들어 있는 시집은 다음과 같이 원기호로 표시한다. ① 『날으는 고슴도치 아가씨』, 열림원, 2005; ② 『그녀가 처음, 느끼기 시작했다』, 문학과지성사, 2009.

순간 그것은 자체적으로 움직이며 자신의 사건을 만들어 간다. 그로 테스크 미학의 가치를 발견한 바흐친은 실제 행위의 주체인 몸의 중요성을 소거한 데카르트에 반하여 실존하는 몸의 구체성을 강조한다. 몸과 정신에 대한 서구의 오랜 우열적 사고를 역전시키고 몸을 주체의 핵심으로 재인식한 것이다. 김민정의 시는 몸에서도 전체와 부분이 이루는 우열 관계를 해체하여 몸의 일부를 독자적인 존재로 파악하고 그것의 구체성을 극적으로 표현한다. 위 시에서 눈알은 자체 증식하고 자유롭게 운동하며 "죽은 개를 한입에 삼켜 버리고" 존재의 주체가 된다. 김민정의 시는 이처럼 정신과 육체, 전체와 부분, 주체와 타자 등의 우열 관계에서 벗어날 때 우리의 인식과 상상이 얼마나 역동적으로 전환될 수 있는지를 인상적인 이미지로 보여 준다.

　김민정의 시는 몸의 부분이 갖는 특징을 예리하게 포착하고 확대하여 새로운 이미지와 의미를 생성해 낸다. 가령 「젖소 아줌마가 작아지는 비밀」에서 "까만 점박이무늬 코트를 머리끝부터 발끝까지 뒤집어쓴" 젖소 아줌마는 남편의 지속적인 구타와 남자들의 폭행과 살인 유기의 비밀을 온몸으로 증명한다. "까만 점박이무늬 코트"는 다름 아닌 폭력으로 얼룩진 그녀의 상처투성이 몸이다. 몸은 언제나 사건의 중심에 있고 다른 무엇보다도 뚜렷하게 존재한다. 김민정의 시는 특히 피해자의 몸에 새겨진 상처의 기록을 통해 폭력적인 현실 속에서 벌어지는 몸의 드라마를 인상 깊게 펼쳐 보인다.

　1항, 2항, 3항 그렇게 10항까지 써 나간 수학 선생님이 점 딱 찍고 '시방'이라 발음하는데 웃겼어요. 왜? 여고생이니까. 고향이 충청도라는 거? 몰랐어요. 허리 디스크 수술이요? 제가 왜 무시를 해요, 마누라도 아닌데. 다시는 '시방' 때문에 웃지 않겠습니다, 칠판 앞에 서서 반성문을 읽어 나가는데 뭐시냐 또 웃기지 뭐예요. 풋 하고 터지는 웃음에 다다다닥 잰걸음으로 바삐 오시는 선생님, 부디 서둘지 마세요 했거늘 저만치 앞서 밀려나간 슬리퍼를 어쩌면 좋아요. 좀 빨기라도 하시지 언어맞아 부어오른 볼때기에 발냄새가 밸까 때 타월로 문지르니 그게 볼터치라 했고, 내 화장의 역사는 그로부터 비롯하게 된 거랍니다.

—「김정미도 아닌데 '시방' 이건 너무 하잖아요」 전문②

이 시의 화자는 여고생 시절 수학 선생님에게 구타를 당했던 기억을 진술하고 있다. "10항"을 "시방"이라고 발음해도 별 뜻 없이 웃을 수 있는 시기이지만 선생님은 감정적인 체벌을 행한다. 선생님의 슬리퍼에 언어맞아 볼이 부어오르고, 그 볼을 닦으려 타월로 문질러 시뻘게졌던 경험을 화자는 "내 화장의 역사"라며 웃어넘기지만, 한편으로는 "'시방' 이건 너무 하잖아요"라는 원망이 없을 수 없다. 여고생의 뜻 없는 웃음에 시뻘건 상처를 남기는 몸의 드라마는 권위적인 위계질서와 폭력이 횡행하는 현실의 생생한 증거이다.

몸에 각인된 기억보다 더 분명하고 지속적인 것은 없다. "낮에도 여자는 늘 세탁 중이네 피칠 두른 살에 지져진 얼룩들이 남아 영 지워지질 않네 회전하는 드럼통 안에도 흉터처럼 얼룩들 남아"(「고통에 찬 빨래 되기—나는 안 닮고 나를 닮은 검은 나나들 5」, ①)와 같이 폭력의 피해자들에게는 지워지지 않는 얼룩 같은 상처들이 지속된다. 김민정의 시는 몸에 새겨진 상처를 파고들어 주체가 세계와 맺는 구체적인 관계를 포착한다. 상처가 극단화된 이런 그로테스크한 몸은 끝없이 증식하고 변형되면서 역동적인 몸의 드라마를 구성한다.

3. 언어의 유희

김민정의 시가 그로테스크하고 상처받은 몸의 이미지들이 가득하면서도 가볍고 유머러스하게 읽히는 이유는 언어의 유희가 두드러지기 때문이다. 김민정의 시에는 특히 유사음을 활용한 말놀이가 자주 나타난다. 시의 제목부터 "내가 그린 기린 그림 기림", "陰毛라는 이름의 陰謀", "결국, 에는 愛", "페니스라는 이름의 페이스", "피해라는 이름의 해피"처럼 말놀이를 앞세워 흥미를 유도하는 경우가 많고 시의 곳곳에서 유사음을 대비시키며 웃음을 유발한다.

　　더는 박자 맞추기 싫증 났을 때 이렇게 냄새 풍겼지 메, 메조라고? 에이 난 또 메주라고!

―「참견쟁이 명수들」(②)

　　내가 언제 갈보라고 했냐고요 (중략) 당신들이야말로 진정 날 깔보지!

―「참견쟁이 명수들」(②)

　　네게 좆이 있다면
　　내겐 젖이 있다
　　그러니 과시하지 마라

―「젖이라는 이름의 좆」(②)

　　김민정 시의 말놀이에는 이와 같이 풍자와 야유, 온갖 비속어가 서슴없이 등장한다. 이런 언어 사용은 언어의 의미가 절대적인 것이 아니라 소리의 차이에 의해 발생하는 것이라는 사실을 일깨우며 언어의 권위를 해체한다. 김민정의 시에는 주로 육성에 가까운 구어체가 쓰이며 이는 언어의 구체성과 개별성을 강조한다. 이때의 말은 개별 주

체가 구체적 상황 속에서 발화하는 '행위'로서의 의미가 강하다. '몸'
이 그러하듯 '말' 또한 인간의 몸이 갖는 구체적인 실존인 것이다. 이
런 말은 정신의 작용이라기보다 몸의 표현이라 할 수 있다.

　김민정의 시에는 동음이의어를 활용한 말놀이가 많은데 이로써 말
의 불완전성과 함께 삶의 아이러니를 표출한다. 「남편이라는 이름의
남의 편」에 나오는 남자나 「아내라는 이름의 아, 네」에 나오는 남자,
「오빠라는 이름의 오바」에 나오는 남자는 모두 가장 가까우면서도 가
장 무섭고 폭력적인 존재들이다. 개별 주체의 삶이 서로 다른 상황과
분위기를 갖듯 말이란 정해진 의미에 한정되지 않고 무수한 경우와
사건들을 내포하는 것이다. 동음이의어가 유발하는 언어유희는 복잡
다단한 삶의 아이러니를 표출하기에 적합하다.

　　서른, 좆도 아닌 나이라지만 그 좆이야말로 슬픔의 심로라 시방 그녀의
　　등뼈는 불붙은 심지처럼 타고 있는 거다. 청첩장이거나 부고장이거나 일
　　요일, 化粧하거나 火葬하거나 일요일, 섹스하거나 미사 보거나 일요일의
　　우리들은 용각산 같은 그녀의 뼛가루로 시방 목을 풀거나 목이 메는 거다
　　앙코르! 앙코르! 야 이놈의 까-까-마귀들아, 시방 니들의 그 주둥이는 웃
　　자고 씨불대는 거니 울자고 씨부렁대는 거니

　　　　　　　　　　　　　　　　　　　　　　　—「일요일은 참으세요」 부분②

　이 시에서 서른 살의 화자는 일요일이면 청첩장이나 부고장에 따
라 화장(化粧)하거나 화장(火葬)한 몸을 보러 다닌다. 화장(化粧)과 화장
(火葬)은 삶의 아이러니를 함축하는 대표적인 동음이의어다. 절정의
삶과 절정의 죽음을 드러내는 이 두 말의 축을 따라 용각산과 뼛가루,
목을 풀거나 목이 메는 것, 웃음과 울음이 줄곧 대결한다. 재치가 넘

치는 말놀이에 그치는 것 같으나 실은 인생의 최고 중대사이자 진면목을 펼쳐 보이고 있는 셈이다. 화장(化粧)과 화장(火葬)을 오가는 몇 번의 일요일을 거치면서 삶은 지나가는 것이다. 김민정 시에서 삶이란 화장(化粧)과 화장(火葬)의 아이러니 같은 것이지 그 너머에 있는 특별한 것은 아니다.

고비에 다녀와 시인 C는 시집 한 권을 썼다 했다 고비에 다녀와 시인 K는 산문집 한 권을 썼다 했다 고비에 안 다녀와 뭣 하나 못 읽는 엄마는 곱이곱이 고비나물이나 더 볶게 더 뜯자나 하시고 고비에 안 다녀와 뭣 하나 못 쓰는 나는 곱이곱이 자린고비나 떠올리다 시방 굴비나 사러 가는 길이다 난데없는 고비라니 너나없이 고비라니, 너나없이 고비는 잘 알겠는데 난데없는 고비는 내 알 바 아니어서

—「고비라는 이름의 고비」 부분(②)

한동안 고비사막을 다녀와 시집이나 산문집을 내는 것이 유행이었다. 이 시의 화자는 고비사막과 같은 특별한 곳에서 얻은 특별한 경험에 삶의 답이 있으리라고 보는 것 같지는 않다. "너나없이 고비"인 삶이라고 생각하지만 "난데없는 고비"에는 관심이 없어 보인다. "곱이곱이 고비나물"이나 "곱이곱이 자린고비"에서는 오히려 "난데없는 고비"에 대한 불신과 비아냥거림이 느껴진다. 시인은 일상을 벗어난 특별한 경험보다 평범하고 구체적인 삶의 세목을 중시한다. 누구나 겪지만 누구도 벗어날 수 없는 삶의 고비야말로 탐구의 대상이라는 생각이다. 누구에게는 깨달음의 장소일 수 있는 고비사막이 이 시에서는 언어유희의 대상이 된다. 고비에 대한 말놀이로 가득한 이 시에서 언어의 다의성과 불완전성, 삶에 대한 다양한 시각의 차이를 살

필 수 있다.

　김민정 시에서 자주 나타나는 언어의 유희는 언어의 권위를 넘어서 그것을 다각도로 감지할 수 있게 한다. 상황과 맥락에 따라 달라지고, 관점에 따라 전혀 새로운 의미를 갖게 되는 언어의 불완전성과 함께 규정하기 힘든 삶의 아이러니한 면모들을 포착할 수 있게 한다. 확정적 의미를 의심하며 오히려 끝없이 흔들리며 부딪히는 모순적 관계 속에서 구체적 삶과 대면하게 한다.

4. 검은 웃음

　김민정의 시가 확보한 개성에서 웃음을 빼놓을 수 없다. 우리 시에는 웃음이 그리 흔치 않다. 슬픔이나 그리움, 쓸쓸함이 우리 시에서 익숙한 정조라면 웃음을 유발하는 시는 드문 편이다. 김민정의 시는 그로테스크한 이미지에 웃음의 코드가 깃들어 있는 매우 독특한 경우라 할 수 있다. 김민정의 시에서 웃음은 앞에서 살펴본 언어유희와도 관련이 깊고 특정한 상황 속에서 발생하는 경우가 많다.

　　#1 엄마는 매일 더러워서 유한락스로 욕조 채우기 놀이를 무지 좋아했어요 변기 위에 웅크려 앉았다가 풍당하고 욕조 안으로 뛰어들어 사포로 몸 비비기 놀이도 퍽 즐겼는데요. 이빨 쑤시듯 식칼로 배꼽 후비길 하고 재밌어 하길래 머잖아 살 찌르기 놀이나 살 썰기 놀이로 날 살 깍두기 담그게 하겠구나 하고 생각한 적은 있었어요 그치만 나는 아녜요 나는 엄마가 사랑하는 토끼를 내가 사랑하는 엄마를 위해 사다 준 죄밖에는 없거든요 범인을 잡으려면 내게 심부름 시킨 아빠부터 심문해 봐야 할걸요?

　　　　　　　　　　　　　　　　　　　─「댁의 엄마는 안녕하십니까?」 부분①

이 시는 영화의 신(scene)과 유사한 네 개의 장면으로 구성되어 있는데 인용한 부분은 그중 첫 번째 장면이다. '엄마'의 죽음을 둘러싼 미스터리를 해결하기 위해 딸, 남편, 여동생을 취조한 내용과 마지막으로 토끼의 배에 들어 있는 VTR용 필름을 돌려보는 장면이 차례로 이어진다. 가장 먼저 용의선상에 오른 가족들은 일본 영화 「라쇼몽」의 등장인물들이 그러하듯 서로 자신의 시각에서 의문을 표한다. 위에 인용한 딸의 진술을 보면 결벽증이 있었던 엄마와 함께했던 특별한 정황을 짐작해 볼 수 있다. 어린아이답게 모든 상황을 '놀이'로 말하고 있지만 진술의 내용은 섬뜩하다. 이 시의 화자처럼 무서운 얘기를 가볍게 하는 방식에서 김민정 시 특유의 블랙유머가 발생한다. 끔찍한 것과 희극적인 것의 결합은 그로테스크의 전형적인 특징이기도 하다. 심각하고 공포스러운 상황을 희극적으로 뒤트는 과정에서 감각적으로 색다른 충격이 생겨난다. 웃음이 없다면 공포물이 되었을 상황이 그로테스크해지면서 공포를 역전시키게 된다.

웃음은 지배 권력이 가장 두려워하는 능력이다. 웃음은 권력을 유지시키는 억압의 사슬을 단숨에 흐트러뜨리기 때문이다. 그로테스크는 권력이 유발하는 공포를 기괴하게 일그러뜨리고 희화화함으로써 그 힘을 소거한다.

황 형사가 사정없이 문어대가리들을 박치기시키자 부서진 석고처럼 흰 가루들이 우수수 쏟아져 내리기 시작했지. 흩날리는 가면 속에서 서서히 광대뼈를 드러내는 해골, 해골들은 말이 없고 코털 속에 귀지 속에 비듬 속에 사뿐히 내려앉은 흰가루들은 어느새 환히 눈먼 아침을 불러왔지. 다급한 듯 삐뚜름히 가발을 뒤집어쓴 채 해장국을 이고 온 여자의 젖퉁이를 주물럭대는 황 형사야, 잊지 말아요 너도 문어대가리야!

폭력적인 취조 현장을 연상시키는 이 시에서는 무력하게 고문을 당하고 있는 피해자들이 "문어대가리"로 그려진다. 가혹하기 그지없는 고문 장면을 사실적으로 묘사하기보다 그로테스크하게 표현함으로써 이러한 정황의 폭력성과 비정상성은 더욱 도드라져 보인다. 그리고 "잊지 말아요 너도 문어대가리야!"라는 마지막 구절에서는 어떤 권력도 더 큰 권력 앞에서는 무력하다는 사실을 지적함으로써 그 위력을 무화한다. 이로 인해 이 시에서 "문어대가리"라는 희화화된 이미지가 궁극적으로 보여 주는 것은 권력에 대한 비판과 풍자라 할 수 있다.

김민정의 시에는 폭력적인 남성, 아버지, 선생님에 대한 그로테스크한 표현이 자주 등장한다. 권위적 질서와 고정관념, 억압적 분위기는 분명 이 시인이 심히 혐오하는 대상일 것이다. 그런 것들에 대한 불만과 반감을 표현하기 위해 시인은 직접적인 비판보다 시적 상황 속에서 신나게 비웃어 주는 방법을 택한다. 그로테스크한 뒤틀림과 신랄한 웃음이 가득한 그녀의 시들은 이 시인이 세계를 향해 던지는 뜨거운 관심의 표현이다.

5. 그로테스크 시의 계보

"내 이상형이 이상이란 장담은 곧 농담이 될 거라며 앞서 걷는 이가 있었으니 나 모르는 내 시로 줄곧 나는 그를 따랐던 모양이다"(「이상은 김유정」)라는 시인 자신의 고백처럼 김민정의 시에는 이상의 그림자가 적지 않게 담겨 있다. 이상은 여러 측면에서 우리 시의 한 획을 그었지만, 그로테스크 시의 계보를 따져 볼 때도 첫손가락을 꼽게 되는 시인이다.

　교화적인 시와 서정적인 시의 전통이 강한 우리 시에서 그로테스크 미학이 나타나는 예는 많지 않다. 이상이 매우 선구적으로 초현실주의적인 그로테스크 이미지를 실험한 후, 최승호의 「공장 지대」처럼 인상적인 그로테스크 이미지가 나타나기까지는 오랜 기간이 걸린다. 기술문명의 발달로 온갖 새로운 이미지에 익숙해진 최근의 젊은 시인들은 이전 세대보다 이미지의 변형과 확산에 능란하다. 그런 시인들 중에서도 김민정이 구현하는 그로테스크 미학은 돌출한 개성을 확보하고 있다. 김민정의 시는 그로테스크 미학의 핵심적 요소를 이루는 몸의 왜곡과 과장이 두드러진다. 또한 공포와 웃음의 결합으로 그로테스크의 효과를 배가한다는 측면에서도 변별성이 뚜렷하다. 김민정의 시는 그로테스크 미학의 선배들에게서 보기 힘든 역동성을 드러낸다. 영화적 상상력의 영향으로 보이는 현란한 편집술과 놀라운 속도감은 이 시인만의 득의의 영역이라 할 만하다. 다소 불편하면서도 그로테스크 이미지에 끌리는 이유는 그것이 낯선 방식으로 우리의 감각을 자극하며 새로운 사유를 유도하기 때문일 것이다. 이 젊고 활력 있는 시인은 특이하게도 매우 건전한 사고와 매우 발랄한 상상력을 겸비하고 있다. 그녀로 인해 우리 시에서 그로테스크 미학의 계보는 훨씬 풍성해질 것이다.

제4부 새로운 서정

악몽을 노래하는 세헤라자데

—강성은의 시

1.

　강성은이 첫 시집의 첫 시로 「세헤라자데」를 배치한 것은 의미심장해 보인다. 세헤라자데는 천일야화를 이끌어 가는 이야기꾼이다. 날마다 목숨을 담보로 이야기하는 여인, 한순간이라도 왕을 지루하게 하면 바로 죽게 되는 그녀의 절박한 운명은 이야기의 운명과도 같다. 끊어지지 않는 이야기는 죽음을 유예하고 시간을 초월한다. 시인으로서 강성은은 세헤라자데처럼 삶과 문학이 합치되는 어떤 절대적인 경지를 꿈꾼다. 삶을 초극하여 그 자체가 삶이 되는 새로운 이야기를 그녀들은 원한다. 그 이야기는 삶의 지루함을 잠시라도 떠올리지 않을 수 있을 만큼 매혹적이어야 한다. 완전한 몰입과 끝없는 지속을 갈망하게 하는 이야기. 세상의 진부한 이야기들과 전혀 달라서 끝없이 놀라게 하는 이야기. 그 이야기는 이 세상의 이야기여서는 안 된다. 그 이야기는 완전히 상상의 산물이다. 오직 상상이 촉발하고 상상이 이끌어 가는 것이어야 한다. 현실의 시간을 초극하며 이어지는 그녀들의 이야기는 또 하나의 세상을 창조해 낸다. 그 세상은 현실에서 벗어난 독자적인 구조를 지니며 현실과는 전혀 다른 방식으로 작동한다. 그곳은 현실을 잊어버릴 정도로 매혹적이고 숨 가쁠 정도로 빠르게 펼쳐진다.

세헤라자데의 이야기가 생명을 연장하는 방법이었다면 강성은의 이야기는 죽음을 넘어서 지속되려는 충동이다. 첫 시인 「세헤라자데」와 뫼비우스의 띠처럼 연결되는 마지막 시 「음악」에는 "목소리만 존재하는 그"가 등장한다. 화자는 "어항 속에서 놀다가 그만 숨 쉬는 법을 잊어버렸"다고 한다. 자신의 이야기에 도취되어 죽은 줄도 모르고 이야기를 계속했던 것이다. 세헤라자데의 이야기가 왕이라는 절대적인 타자를 의식하면서 이어지는 것에 비해 강성은의 이야기는 자기를 되비추는 구조를 보인다. 시인은 자신의 상상 속에서 무한 증식하는 이야기들을 끄집어내어 새로운 삶을 축조한다. 새로운 삶은 죽음 너머에 있는, 초현실적 세계이다. 이야기에 도취된 시인에게 삶과 죽음, 현실과 초현실의 경계는 미약하기 그지없다. 시인의 이야기는 음악의 리듬처럼 자족적이며 견고한 지속성을 갖는다.

시인이 풀어놓는 이야기는 현실의 음화가 아니라 또 다른 현실이다. 지루하고 딱딱한 현실을 벗어나서 한없이 부풀어 오르는 상상의 세계이다. 상상의 롤러코스터를 타고 달릴 때 시인은 삶이라는 시간의 짐에서 훌쩍 벗어난다. 이 세상 밖이라면 어디든지 갈 수 있다는 기세로 시인은 달려간다. 강성은 시의 초현실적인 세계는 현실에 대한 부정의 방식이라기보다 현실을 확장하기 위한 모험으로 보인다. 현실의 경계에서 굳게 빗장이 걸려 있던 바깥의 세상이 현실보다 더 강력하게 시인의 호기심을 자극한다. 위기를 기회로 삼는 세헤라자데처럼 시인은 시의 위기를 돌파할 동력을 시의 경계를 넘어서는 방식에서 찾는다. 시인은 과감하게 시에 이야기, 그것도 세상 밖의 이야기를 끌어들이고 그것으로 새로운 시의 영역을 개척한다.

2.
　흔히 이야기의 특성으로 시간적 순서에 의한 배열을 들며 플롯과 구별한다. 인과관계가 분명한 플롯에 비해 이야기에서는 사건의 연속성이 중요하다. 물론 강성은의 시에서 이야기는 인과관계에서 자유롭다. 합리적인 판단의 범주를 넘어서는 비현실적인 이야기들이 천연덕스럽게 결합한다.

> 내 남편은 마술사예요
> 내 머리털에 기름을 끼얹고 성냥을 그어요
> 나는 커다랗게 환하게 웃어요 내 머리는 불타요
> 내 남편은 마술사예요
> 불 속에서 싱싱한 장미꽃을 피워 올리지요
> 사람들은 놀란 눈으로 소리 질러요 환호해요
> 붉은 장미 한 송이씩 따서 어여쁜 소녀들에게 나눠 주지요
> 내 남편은 마술사예요
> 줄기와 가시만 남은 내 머리 속에 신비한 향신료를 넣고 휘휘 저어요
> 나는 커다랗게 환하게 웃어요 내 머리는 부글부글 끓어넘쳐요
> 　　　　　　　　　　　　　　　　　　—「서커스 천막 안에서」 부분

　강성은의 시에는 이야기 특유의 어조가 자리 잡고 있다. 이 시에서도 화자가 일관된 어조로 자신의 이야기를 전달한다. 이야기의 내용은 끔찍하지만 화자는 전혀 동요하지 않고 진술을 이어 간다. 장면과

장면은 논리적 연관 없이 시간적 순차에 의해 연결된다. 마술의 방식이 그러하듯이 이 시의 상황 역시 매번 느닷없이 변화하며 충격을 가한다. 인과의 작용보다는 지속성을 견지하는 이야기의 속성이 더욱 강력하게 작동하고 있다. 정연하고 침착한 어조는 어떤 비논리적이고 불합리한 진술이라도 주저 없이 이어 갈 수 있을 것 같다.

　이야기 특유의 서술 구조는 강성은 시에 충만한 기이한 상상을 엮어 낼 수 있는 유용한 도구이다. 이 틀에 들어가면 어떤 상상이든 저지당하는 일 없이 이야기가 된다. 상상의 연속성을 보장하는 이야기의 구조는 시인이 인과의 질서로부터 자유롭게 현실 너머의 또 다른 세계를 구축할 수 있도록 한다. 강성은의 시에서 마술이나 꿈이나 신화와 같은 초현실의 세계가 자주 펼쳐지는 것은 우연이 아니다. 오히려 그러한 현실 밖의 세계를 그리기 위해 이야기의 구조를 끌어왔다고 해야 할 것이다. 시인 역시 자신의 이야기가 현실과는 다른 세계에 놓인다는 것을 분명하게 의식한다. 위의 이야기는 "서커스 천막 안"에서 펼쳐지는 것이다. 서커스 천막의 안과 밖에서 환상과 현실의 경계는 명백하다. 그 '안'에서는 어떤 일이 벌어지든 이성의 잣대로 볼 수 없다.

　이야기를 통해 시인이 추구하는 세계는 현실 너머에 있다. 시인은 이야기에서 현실로 되돌릴 수 있는 의미를 추구하지 않는다. 그 자체로 증식해서 현실을 잊게 하는 미지의 모험을 행하려 한다. 강성은 시에서 현실 속 화자들은 기꺼이 고립을 자초한다. "나는 많은 사람들 속에서 투명인간이 되는 법을 알아요"(「스물」), "혼자 있는 교실엔 늘 바람이 불었어요"(「혼자 있는 교실」)라고 하는 화자들은 세상으로부터 스스로를 차단한다. 심지어는 자연에도 관심이 없다. "옆으로 누우면 벽/똑바로 누우면 천장/엎드리면 바닥이었다/눈을 감으면 더 좋았다/가끔 햇빛이 집요하게 창문에 걸쳐 있다 돌아가곤 했다"(「방」)에서 알 수 있듯 온종일 방 안에 있으면서도 지루한 줄 모른다. "눈을 감으면 더 좋았다"는 말처럼 외계보다는 자신의 내면에서 펼쳐지는 상상의 세계에 더욱 관심이 가기 때문이다. 강성은 시의 이야기들은 스스로 외계에서 멀어진 주체의 내면에서 펼쳐지는 무수한 상상의 기록이다.

3.

강성은 시에서는 현실 밖의 모든 지각이나 기억들이 상상의 다양한 재료가 된다. 꿈, 마술, 신화, 동화 등에서 촉발된 상상이 이야기의 주요 내용을 이룬다. 주체 내면의 가장 자발적인 발로인 꿈, 그중에서도 악몽은 강성은 시의 주재료이다. 괴기영화의 장면들처럼 비현실적이고 불길한 이미지들이 꿈을 채운다. 아픈 몸이나 피로한 정신으로 틈입하는 꿈들은 현실보다 더 지배적이다. 꿈에서 '나'는 어떤 공포스러운 장면에서도 놀라지 않는다. 등 뒤에서 악령들이 머리를 땋아주어도(「환상의 빛」), 검은 새들이 유리문을 쪼아 대도(「살인은 연애처럼 연애는 살인처럼」), 태양이 검게 변해 흘러내려도(「한낮의 몽유」) 아무렇지도 않게 받아들인다. 꿈의 주체가 되어 능동적으로 반응하고 움직인다. 악몽의 강렬한 인상은 사람들을 끌어들인다. 심지어 「아름다운 불」에서는 파란 산불이 나는 꿈을 "신비롭고 아름다웠다"라고 표현하기도 하며 "난 이 꿈에서 깨어나고 싶지 않아"라며 불 속으로 걸어 들어가는 사람도 등장한다. 강성은의 시에서 악몽은 벗어나야 할 끔찍한 세계가 아니라 매혹적인 또 하나의 세계이다. "얘야, 너무 두려워하지 마/누구나 잠들면서 자라는 거란다"(「Lullaby」)라는 말처럼 자면서 꾸는 무수한 꿈은 삶을 형성하는 또 다른 세계인 것이다. 불안과 슬픔과 고독을 생래적인 삶의 조건으로 받아들이면서 시인은 그것을 회피하기보다는 그 어둠의 중심을 향해 치열하게 돌진해 간다. 그리고 어둡고 무거운 정신의 탐험에서 만난 무수한 악몽과 환상을 시의 내용으로 삼는다.

일상적인 삶의 다른 쪽에서, 이성 너머의 세계에서 자신의 이야기를 찾아 나선 시인에게 펼쳐지는 상상의 영토는 드넓다. 이성 이전의 세계를 대표하는 신화는 강성은의 시에서 새롭게 변주되어 자주 등장한다. 맨발로 태양 위를 걸어 다니는 왕(「태양왕」), 백 년째 계속되는 겨울(「겨울밤」), 모든 것을 다 기억하는 눈동자처럼 검은 태양(「죽은 태양이 뜬 날」), 세 개의 불타는 태양(「서른」), 풍선처럼 떠오른 아홉 개의 달(「아홉 개의 달이 떠 있는 밤」), 백 년에 한 번씩 깨어난다는 눈의 거인(「Lullaby」) 등 현실의 영역을 벗어난 신화적인 이미지들이 펼쳐진다. 이러한 신화적 상상은 현실적인 감각과 시간의 관념을 훌쩍 넘어서서 전혀 다른 세계를 드러낸다. 이는 현실을 압축하는 상징이나 알레고리와도 다르다. 현실과 다른 차원에서 독자적인 질서로 배치되는 이 기묘한 상상의 영토는 시인의 내면에 구축된 또 하나의 세계이다. 무한히 확장되는 상상을 통해 시인은 인간의 정신에 둘러쳐진 이성의 빈약한 울타리를 이탈한다.

강성은의 시에서는 근대적 이성을 대표하는 선조적 시간의 개념이 쉽게 전복된다. 백 년 정도의 시간은 단숨에 흘러가는 장면들을 흔히 볼 수 있다. 신화시대를 비롯한 고대나 중세가 배경을 이루는 경우가 많으며 이때의 시간은 근대적 시간의 질서와는 상이하다. 끝없이 변화하는 근대의 시간과 달리 오랫동안 멈춰 있거나 거꾸로 흐르기도 한다. 시인은 합리적인 근대의 시간으로 규정할 수 없는 시간의 또 다른 질서에 주목한다. 현실의 경계 너머에서 중요한 것은 내면의 시간이다. "태양은 일 년이 지나도 나타나질 않고/모래바람은 심장 속까지 불어오고/내 키는 자꾸만 자라 하늘까지 닿았어요"(「사춘기」)라는 진술은 사춘기의 독특한 증세와 심리를 초현실적인 상상으로 그려 보인다. 몸은 부쩍 자라고 마음은 새로운 차원으로 들어서게 되는 사춘기의 특성이 초자연적인 현상과 시간 의식으로 드러난다. 이성의 범주를 넘어서는 독자적인 상상이 인간의 삶과 정신에 대한 색다른 통찰을 이끈다.

시인은 신화나 동화처럼 이성에서 벗어난 활달한 상상과 친근하다. 많은 시들이 신화적 상상과 동화적 발상을 보인다. 만화영화 「이상한 나라의 폴」, 동화 「불구두와 바람샌들」 「잠자는 숲속의 미녀」 「헨젤과 그레텔」 「빨간 구두」, 소설 「벌레」 「백 년 동안의 고독」 등 구체적인 작품을 패러디한 경우도 많다. 원작 자체가 기묘한 상상을 내포하고 있는 데다 시에서는 이를 더욱 극단적인 상상력으로 밀어붙인다. 가령 「누가 그레텔 부인을 죽였나」에서는 헨젤과 그레텔이 지혜를 모아 마녀를 죽이는 원작과 달리 그레텔이 죽는 것으로 상황이 역전된다. 원작 동화가 내포하는 잔혹성은 살리면서 권선징악의 구조를 뒤집으며 충격을 준다. 대부분의 동화나 옛이야기에 담겨 있는 보편적 통념과의 타협을 강성은의 시는 거부한다. 시인이 옛이야기에서 취하고 싶었던 것은 불안하면서도 매혹적인 초현실적 장면들이다. 옛이야기들이 현실에서 승리와 행복에 이르기까지의 극적 반전의 장치로서 과장하는 불안과 고통의 과정이 강성은의 시에서는 일관된 추동력을 이룬다. 불안과 고통의 상상은 제어장치 없이 증폭되어 이성의 한계치를 돌파한다. 시인은 현실의 질서로 좀처럼 복귀하지 않고 억압되고 은폐된 미답의 영역으로 두려움 없이 들어선다.

4.

이성의 범위를 넘어서는 비이성적 상상을, 현실의 경계를 초월하는 환상의 작용을, 이성적인 사유의 도구인 언어로 표현하기 위해 시인은 자신만의 독특한 미학을 구사한다. 모순어법은 현실과 상상의 불일치를 표출하는 데 유용한 방법이다. "옛날이야기 들려줄까 악몽처럼 가볍고 공기처럼 무겁고 움켜잡으면 모래처럼 빠져나가 버리는 이야기 조용한 비명 같은 이야기"(「세헤라자데」)라고 할 때 "악몽처럼 가볍고", "공기처럼 무겁고", "조용한 비명"에서 발생하는 역설은 상식을 비켜나면서 앞으로 펼쳐질 이야기의 특이성을 암시한다. 이처럼 역설은 통념을 넘어서면서 긴장을 유발한다. 시인은 또한 초현실적인 환상을 묘사하기 위해 모순어법을 구사한다. "파란 불 속에서 산짐승들이 뛰쳐나왔다 모두 하얗게 변해 있었다"(「아름다운 불」), "나는 벌거벗고도 단추 채우는 방법을 알아요/숫자는 몰라도 시계는 스무 개가 넘어요"(「스물」), "아무도 타지 않은 자동차들이 쌩쌩 달려갔다"(「죽은 태양이 뜬 날」) 등에서는 현실에서 불가능한 현상들이 선명하게 펼쳐진다. 극사실주의 기법으로 초현실을 재현하는 달리의 그림처럼 강성은의 시는 선명한 언어와 이미지로 초현실적인 장면을 창출한다.

강성은 시에서 인과의 작용보다 상황의 연속성이 두드러지게 나타난다는 것은 이미 언급한 바 있지만, 이는 열거법이 자주 활용되는 문장의 특성에서도 잘 드러난다. 거의 대부분의 시들이 '-네', '-다', '-에' 등의 어미를 규칙적으로 활용하면서 연속적인 장면을 연출한다. 동일 어구가 반복되면서 장면과 장면은 강한 연속성을 띤다. 단조롭고 차분한 어조에 얹힌 장면들은 강렬하고 자극적이다. 선명한 이미지들이 최소한의 연결 고리로 엮여 빠르게 지나가며 전체적으로 통일된 인상을 이룬다. 시인은 인과관계보다 연속성을 드러내는 데 유리한 어미들을 활용하여 자신의 상상 속에 구축된 새로운 세계를 자유롭게 펼쳐 보이려 한다. 어떤 감정이나 가치판단도 배제된 담담한 연결어미들로 환상을 선명하게 구현한다.

강성은 시에서 나타나는 환상적 이미지는 놀라운 속도감을 보여준다. 선명한 하나하나의 이미지들이 끊임없이 변하고 움직인다. 강성은의 시에는 달리거나 뛰어가는 동작이 자주 등장하고 그에 걸맞게 장면의 전환이 빠르다.

> 우리는 달려간다 중세의 검은 성벽으로 악어가 살고 있는 뜨거운 강물 속으로
> 연필로 그린 작은 얼룩말을 타고 죄수들의 호송 열차를 얻어 타고
> 우리는 달려간다 눈가를 검게 화장한 여배우처럼
> 글러브를 끼고 아스피린을 먹으면서
> 짧지도 길지도 않은 즉흥곡 사이를 우리는 달려간다
>
> ─「오, 사랑」 부분

"우리는 달려간다"라는 구절이 반복되면서 속도감이 증폭되고, 환상적이면서 강렬한 이미지들이 펼쳐진다. 강성은 시의 속도감 있는 이미지들은 또한 매우 음악적이다. 비슷한 어구의 반복과 변주는 음악의 구조와 흡사하며 전체적인 호흡 역시 리듬감이 분명하다. 이 시의 비현실적인 이미지와 긴박한 리듬은 사랑의 환상적이고 도취적인 면모를 강조하고 있다. 시인은 이 세상의 너머에서 펼쳐질 듯한 환상적이고 매혹적인 이야기를 꿈결 같은 노래로 들려주고자 한다. 이런 언어는 의미를 넘어서 율동하는 음악에 가까워진다.

5.

　강성은 시의 혈통은 어디에서 찾을 수 있을까? 동화, 그중에서도 잔혹동화를 활용한 그로테스크한 일군의 시들은 2000년대 이후 우리 시에서 그리 낯설지 않은 풍경을 이룬다. 현실의 알레고리로 재현된 기괴한 상상의 세계는 일그러진 볼록거울에 비친 현실의 이미지이다. 이런 시들에서 잔혹동화의 상상력을 작동시키는 힘은 현실에 대한 강렬한 부정의 정신이다. 여기에는 현실과 거리가 먼 이미지로 현실을 새롭게 그리는 전략이 자리 잡고 있다. 이런 시들의 무게중심은 어디까지나 현실로 되돌아오는 셈이다.

　현실에서 벗어난 기묘한 상상을 드러낸다는 점에서 강성은의 시는 이런 선배들의 시와 유사해 보이지만 무게중심 자체가 현실을 벗어나 있다는 점에서 달라진다. 강성은 시의 궁극적 지향점이 현실이어야 한다는 암묵적 계율에서 한결 자유롭다. 이러한 계율로 인해 뒤틀리고 왜곡될 수밖에 없는 다른 시들에 비해 강성은 시의 초현실적 이미지들은 아름답고 매혹적이다. 강성은 시의 무게중심은 현실로 되돌아오지 않고 그 바깥으로 훌쩍 넘어간다. 시인은 지루하고 고독한 현실의 시간 너머에서 강렬하고 놀라운 다른 세계를 발견한다. 그곳으로 한없이 빠져들면 왜 안 되느냐고 시인은 반문한다. 그곳을 탐험하기 위해 시인은 계속 구두를 바꿔 신으며 잠이 든다. 현실 너머 꿈의 세계에서 열렬한 정신의 행군을 지속하기 위해서다. 시인은 근대의 이성이 '현실'이라고 구획해 놓은 삶의 테두리에서 벗어나, 그 이전에 있었고 그 이후에 있을 또 다른 세계를 새로운 시의 영토로 삼는다.

　새로운 시의 영토를 꿈꾸는 시인의 정신은 과감하지만 그곳을 탐색하는 방식은 주도면밀하다. 자신에게 펼쳐진 미답의 영토를 재현하기 위해 시인은 익숙한 어법과 정확한 문장, 선명한 묘사를 행한다.

자신만의 어법이나 혼란스러운 진술을 피하고 익숙한 이야기의 구조와 정교한 비유를 활용한다. 그 세계의 아름다움과 자족적인 질서를 드러내기 위해 언어의 리듬까지 살려 낸다. 시인은 악몽에 대한 편견이 없다. 현실 저편에서 한없이 펼쳐지는 그 기이하고 매혹적인 세계를 기꺼이 자신의 노래로 끌어낸다. 이야기로 생명을 구했던 세헤라자데와 달리 시인은 죽음을 넘어서는 정신의 모험을 감행한다. 또 다른 세계를 향해 닫힌 문을 열어 가야 하는 현대시의 사명을 아무런 두려움 없이 실천한다.

바람의 시학
—이은규의 시

1. 자연의 리듬

영화 「일 포스티노」에서 파블로 네루다가 시를 들려주자, 우편배달부는 단어가 왔다 갔다 하는 느낌이 바다 같다고 표현한다. 우편배달부는 그것이 '리듬' 때문이라는 것을 모르지만, 멀미를 느낄 정도로 강한 자극을 받는다. 시를 모르지만 잘 느낄 줄 아는 우편배달부는 시의 언어가 바다처럼 강렬하고 요동친다는 것을 단숨에 알아차린다. 시의 리듬은 흔히 바다의 파도에 비유된다. 무한한 율동으로 바다를 살아 있게 만드는 파도처럼 리듬은 시에 생동하는 숨결을 부여한다. 시의 리듬은 자연의 리듬처럼 끝없이 움직이고 살아난다. 살아 있는 한 멈춤이 없는 호흡처럼 그것은 계속해서 흐른다.

이은규의 시에서는 요즘 젊은 시인들의 시에서 느끼기 힘든 리듬감이 살아 있다. 정형시의 규칙적인 리듬과는 거리가 멀지만 생래적으로 작동하는 듯한 자연스러운 리듬감이 느껴진다. 이은규 시의 리듬은 파도처럼 일렁이는 느낌이라기보다 바람처럼 불어왔다 사라지는 느낌이다. 바람처럼 소리로 가득하다가 문득 고요해지기 때문에 리듬의 진폭이 매우 크다.

리듬뿐 아니라 여러 가지 면에서 이은규 시는 바람의 속성을 드러 낸다. 한시도 정주하지 않는 움직임과 공허를 존재의 바탕으로 삼는 역설적 속성이 그러하다. 무정형의 바람을 시의 동력으로 체화한 이 개성 있는 신인의 첫 시집 『다정한 호칭』(2012)에서 바람과 시의 각별 한 어울림을 살펴보도록 한다.

2. 이주의 본능

이은규의 시는 삶의 희망과 절망, 자연과 생명의 원리, 사랑의 방 식 등 다양한 주제를 아우른다. 어떤 주제이든 치열하게 붙잡고 숙성 시킨다. 그래서 젊은 시인다운 치기보다는 노련한 사유가 돋보인다. 이은규 시에서 젊은 느낌이 드는 시는 혁명의 열망이 직접적으로 드 러나는 시들이다.

우리가 혁명의 스위치를 올리는 순간, 세상이 점등될 거라 선언해요

때로 이상한 열기에 전구 내벽이 까맣게 그을리기도 할 거예요 어둠의 공기를 마신 시인의 폐벽(肺壁)처럼, 그럴 때 필라멘트는 일종의 저항선으 로 떨려요 가는 필라멘트 같은 희망으로 아침을 켤 수 있을지 귀 기울여요 고백하자면 세상을 글로 배웠습니다 책 속에 길이 있다면, 오늘의 밝기는 몇 룩스입니까

—「점등(點燈)」 부분

이런 시에서 드러나는 혁명의 열망과 변혁에 대한 기대, 어둠과 절

망에 자신을 방기하는 저항의 방식은 전형적인 젊음의 특성이다. 이 시인이 거론하는 선배들은 위 시에 드러나듯 "어둠의 공기를 마신" 이 상이나 "시대처럼 올 아침을 기다"(「육첩방에 든 알약」)린 윤동주, "아까와는 다른 시간"(「꽃을 주세요」)을 갈망한 김수영처럼 젊은 정신으로 충만한 시인들이다. 이들은 모두 자기 시대의 어둠을 직시하고 절망하거나 새로운 시간을 꿈꾸었다. 현실에 안주하지 않고 변화를 열망했다는 점에서 그들은 영원히 젊은 시인들이다. "우리가 혁명의 스위치를 올리는 순간, 세상이 점등될 거라 선언"하는 이 시인에게도 젊음의 패기가 넘친다. 젊은이답게 이 시인은 로자 룩셈부르크나 체 게바라 같은 혁명가들에게 매혹된다. 이 시인에게 시의 정신은 혁명의 열정과 다르지 않다. 그래서 "시가 존재하지 않는다면/나는 혁명을 과거 사라고 믿는 당신에 불과할 것이다"(「아직 별들의 몸에선 운율이 내리고」)라고 자신 있게 말한다. 이때의 혁명은 "허영을 채워 주는 일"이 아니라 "불가능하게 가능한 꿈"(「견고한 눈물」)이다. 시는 하늘의 별을 노래하는 데 만족하는 것이 아니라 별에 이르기 위한 돌의 눈물을 기억하는 것이라 본다. 시인의 젊은 정신은 "깨진 이마로 얼음을 부술 거야 쇄빙선에 올라 항로를 개척할 거야"(「나를 발명해야 할까」)에서와 같이 당차고 저돌적이다. 이미 주어져 있는 궤도가 아니라 극한에서 만들어 가야 하는 길을 기꺼이 가려 한다. "모든 이동은 늘 매혹적인 걸 나로부터 멀어져 극점에 다다르는 것으로 나를 발명해야 할까 구름을 초대하고 싶은 열망으로"에서처럼 끝없이 이동하고 변화하고 싶어 한다.

　이동에 매혹된 시인은 바람신의 숭배자이다. 한순간도 정주하지 않는 바람이야말로 이동의 절대 경지이기 때문이다. "동경하는 것을 닮아 갈 때/피는 그쪽으로 흐르고 그쪽으로 떠돈다/지명(地名)을 잊는다, 한 점 바람"(「추운 바람을 신으로 모신 자들의 경전」)에서 표현되는 것처

럼 유목의 피가 흐르는 것은 바람과 같은 정처 없는 세상이다. 오랫동
안 농경문화와 정주의 삶에 익숙해져 온 우리의 전통에서 이토록 강
렬한 유랑의 열망은 희귀해 보인다. 유랑에 대한 동경이 이 시인처럼
자발적인 경우는 별로 없다. 우리 시에서 유랑의 노래는 대개 삶의 거
처를 잃고 어쩔 수 없이 떠도는 자의 비애를 동반하는 것이었다. 그런
데 이 시인은 바람의 움직임에 매혹되어 기꺼이 그와 같은 유랑의 삶
을 택하려 한다.

> 걷다가 죽고 싶다
> 때로 한 줄 유언은 오랜 꿈보다 멀고
>
> 고원을 떠도는 발자국들이 다른 무리를 만났을 때 꼭 건네는 질문이 있다
> 어디서 와서 어디로 향하는 길이지, 왜 이 길을 택했지
> 바람의 무리도 없이 걷고 또 걷는 자신 스스로를 질문한다
> 풍경을 빌려 떠도는 동안에도 재차 묻는다는 건 더 이상 묻지 않아도 된
> 다는 뜻
>
> 고원의 후면(後面), 그늘에 고여 있을 바람
> 어떤 발자국도 되돌아가지 못하므로 길은 끝이 없고
>
> (중략)
>
> 걷다가 쓰러질 발자국을 떠올린다
> 맴돌던 검은 날개가 접히고 목쉰 묘지기의 배웅 너머 텅 빈 눈 속으로
> 내리는 눈(雪)

그늘에 얼어붙은 적막, 남은 몇 올 눈썹만 바람을 부리겠다

언젠가 언 손등에 입김으로 쓴 유언이 완성되지 않기를,

흰 눈을 수의처럼 덮고 잠들겠지

눈썹이 불러올 먼 곳의 바람

빈 동공으로라도 닿고 싶은, 행선지 쪽으로 부는

—「고경(高景)」 부분

    이은규의 시에서 바람은 춥고 높은 고원을 배경으로 하고 있어 더 비장한 느낌이 든다. 고행과 다름없어 보이는 험난한 길을 시인은 가려 한다. "걷다가 죽고 싶다"라는 열망은 이 유랑이 자발적인 선택인 데서 연유한다. 길 위에 있는 자들에게는 다만 길에 대한 질문만이 가능하다. 어디서 와서 어디로 가는지, 왜 이 길을 택했는지는 곧 그들의 삶 자체에 대한 질문이기도 하다. 길 위의 삶에는 끝없는 정진이 있을 뿐 질문에 대한 특별한 답이 필요한 것도 아니다. 길은 삶이자 죽음이다. 이 고원의 길에서 발자국은 죽음에 이를 때까지 멈추지 않는다. 고원 위에서 죽어 누워 있는 말의 모습은 장차 도래할 자신의 것이기도 하다. 걷다가 멈춘 곳이 곧바로 무덤이 되어 버리고 흰 눈이 수의처럼 덮일 것이다. 걷다가 죽고 싶다는 유언은 죽음으로 완성되었으나, 행선지에 이르지 못했으므로 완성되지 못한 것이기도 하다. "유언이 완성되지 않기를, 되기를"이라는 모순적 진술은 이러한 사정을 드러낸다. 아직 가닿지 못한 먼 곳을 향하여, 텅 빈 눈에 남은 몇 올 눈썹이 나부낀다. 바람만이 멈추지 않고 그곳을 향해 간다. 시인이 꿈꾸는 삶은 바람처럼 자유롭게 끝없이 움직이는 것이다. 유한한 인간으로서 바람같이 사는 법은 죽는 순간까지 걸음을 멈추지 않고 가

는 것이다. 스스로 선택한 고행의 길을 끝끝내 걸어가는 그 모습은 자못 비장하다. 최근 시에서 보기 드문 견인의 정신이 깃들어 있다. 이는 바람과 같이 멈춤 없이 정진하려고 하는 강한 집념과 패기에서 연원한다. 움직임은 변화와 창조의 동력이다. 이동에 매혹된 이 젊은 시인은 바람과 같이 한시도 정주하지 않고 미지의 영토를 향해 기꺼이 발걸음을 내딛고 있다.

3. 공허의 역설

주 활동 무대가 텅 빈 공간이라는 점도 바람의 특이한 생리이다. 비어 있는 공간에서 바람은 가장 잘 드러난다. 아무것도 없는 듯했던 곳에서 바람은 살아 움직이고 다른 사물들을 변화시킨다. 바람은 공허의 왕이다. 바람신 숭배자인 시인은 텅 빈 공간에서 일어나는 바람의 작용을 면밀하게 포착한다.

시인은 삶의 곳곳에 잠복해 있고 자주 출몰하는 바람을 주의 깊게 감지한다. "먼저 와 서성이던 바람이 책장을 넘긴다/그사이/늦게 도착한 바람이 때를 놓치고, 책은 덮인다"(「바람의 지문」)에서는 바람에 넘어간 책장에서 바람의 '지문'을 감지하는 섬세한 감성을 보여 준다. "허공 속 꽃의 향기가 다만 바람으로 차오를 뿐"(「꽃그늘에 후둑, 빗방울」)에서처럼 바람을 통해 존재를 확인하기도 한다. "분다, 바람이/소금 사막의 불편한 이름들은 바람의 입김을 타고 온다"(「누가 나비의 흰 잠을 까만 돌로 눌러놓았을까」)나 "물수제비 문장을 기억하는 바람에게/물 위에 찍힌 새의 발자국은 누가 지울까"(「물 위에 찍힌 새의 발자국은 누가 지울까」)에서 바람은 허공 속을 떠도는 모든 문장들을 기억하고 전달하는 역할을 한다. 시인은 바람의 소리를 통해 모든 기미와 흔적들에 예리한 촉수를 뻗는다. 바람이 실어 나르는 문장들은 세상에서 듣지 못하는, 혹은 잊힌 말들이다. 시인은 바람의 자취를 통해 자연의 곳곳에 숨겨진 무수한 말들을 듣는다.

바람의 권능은 다만 자유롭게 움직이는 데서 그치지 않고 생명의 발화와 소멸에 관여한다는 점에서 극대화된다. 가령 씨앗의 발아와 번식 과정에서 바람의 역할은 절대적이다. 「꽃씨로 찍는 쉼표」에서는 동화적 모티프로 바람의 속성을 비유하고 있다. 옛날 어느 왕에게 세 명의 아들이 있었는데 왕은 그들에게 꽃씨를 나눠 주며 가장 잘 간직한 사람에게 왕위를 물려준다고 한다. 첫째 아들은 고지식하게 꽃씨를 바람 한 줄기 없는 금고 속에 숨겨 두었고, 둘째 아들은 꽃씨를 팔아 더 귀한 꽃씨를 산다. 셋째 아들은 꽃씨를 심고 가꾼다. "지금 꽃씨는 어디 있느냐는 물음에/저 허공 속에 있다고 답했다는 셋째 왕자/바람이 간직하고 있다는" 말처럼 허공 속에서 씨앗을 싹틔우는 것은 바람의 일이다. 첫째 아들이 말의 일차적 의미에 치중했다면 둘째 아들은 세속적 가치에 부합했고 셋째 아들은 생명의 원리를 파악하고 보존할 줄 알았다고 할 수 있다. 현명한 셋째 아들이 바람에게 씨앗을 맡긴 것은 자연의 질서를 파악하고 있기 때문이다. 생성과 소멸은 거대하고 공허한 자연에서 무시로 일어나며 그곳을 자유롭게 넘나드는 바람이야말로 생명을 주관하는 힘이라는 것을 그는 간파하고 있다.

바람은 생성의 과정뿐 아니라 소멸의 과정에도 관여한다. "생의 체온은 그렇게 잠시, 데워진다 데워질까/저 물고기들의 체위/바람이 거두어 갈 온기인 줄도 모르고"(「어접린(魚接隣)」)에서처럼 바람이 온기를 거두어 갈 때 생명은 멈춘다. 바람은 생의 체온을 데우거나 거둠으로써 생멸을 주관한다.

바람의 속성과도 같이 생멸의 변화란 있음과 없음의 시간적 차이를 뜻하는 것이다. 지금 완연한 생명도 언젠가 소멸하게 되어 있고 캄캄한 어둠 속에서도 생명은 움튼다. 시간적 변화를 거시적으로 본다면 완전한 생명도 완전한 죽음도 없고, 모든 것이 변전할 뿐이다.

> 벗꽃의 점괘를 받아 적는 일이란
> 꽃이 꽃처럼 보이는 찰나에
> 바람의 운율로 꽃비가 내리기 시작하는 것처럼 얄궂은 일
> 혹은 그 꽃비를 두 손에 받아 모으려는 어리석음
> 가는 봄날 벗꽃의 저 흩날림은
> 안 들리던 점점의 향기가 허공에 잠시 머무르는 것일 뿐
> 빈 점괘는 꽃의 후대(後代)에나 돌아날 일
>
> —「벗꽃의 점괘를 받아 적다」 부분

변전하는 생멸의 시간을 꽃보다 더 적나라하게 드러내기는 어려울 것이다. 이 시에서는 꽃 중에서도 특히 생멸의 변화가 무쌍한 벗꽃을 통해 생의 무상함을 보여 준다. 만발한 벗꽃을 순식간에 떨어뜨리는 것도 바람의 일이다. 생멸의 시간 중에서 꽃이 꽃으로 보이는 것은 "찰나"에 불과하다. 바람의 불어 닥치면 꽃은 일순간 꽃비가 되어 떨어져 내린다. 찰나에 불과한 생명을 두고 점괘를 받아 적는 것은 허망한 일일 수밖에 없다. 일순간 사라져 버린 꽃잎의 점괘는 후대의 꽃을 통해서나 잠시 돌아날 수 있으려나.

위 시에서 순식간에 꽃잎을 떨어뜨리는 바람은 연약한 생명이 마주하는 거대한 공허의 이미지와도 같다. 그것은 작고 연약한 생명에게는 자못 위압적일 수밖에 없다. "알맹이라 착각하고 싶은 둥근 시간들이/꼬투리라는 최초의 집을 떠나면/차오른 허공을 바라보며 허부렁해질 저 꼬투리"(「애콩」)에서 애콩은 꼬투리라는 최초의 집을 세

계의 전부로 여기다가 그곳을 떠나는 순간 거대한 허공에 접하게 된다. 우리들 역시 애콩의 꼬투리 같은 자신의 세계를 넘어서면 절대적인 공허에 맞닥뜨리게 된다. 이곳에서는 삶과 죽음의 경계도 없고 있음과 없음의 관계도 달라진다. 작은 세계의 단순하고 명료한 판단은 통하지 않는다. 꽃잎의 점괘 같은 것은 가당치도 않다. 바람의 사도인 시인은 세상의 기준을 넘어서는 이 공허의 목소리를 읽고 싶어 한다.

> 음독(音讀)이 전부였던 시간이 있었다
> 인간의 목소리가 잠든 활자를 깨워 준다고 믿었던 때
> 믿음은 깨지는 순간 비로소 믿음이다
> 묵독의 기원은 경전을 동공에 새기려 했던
> 어느 불온한 수도사에게 있다
> 기록되는 순간, 잠들어 버릴 문장보다
> 행간 사이를 헤매는 것으로 길을 찾고 싶었을
> 그는 동공에 고인 그늘이 무거웠을까, 무겁지 않았을까
>
> ─「묵독(黙讀)」 부분

공허의 소리를 읽기에는 묵독이 적합하다. 음독의 전통을 깨고 묵독을 시도했던 어느 불온한 수도사처럼 시인은 인간의 목소리를 넘어서는 절대적인 소리를 듣고 싶어 한다. "행간 사이를 헤매는 것"은 활자 너머의 진리를 찾고자 하는 행위이다. 기록되는 순간 잠들어 버릴 닫힌 문장이 아니라 끝없이 생성되고 변화하는 열린 문장까지 읽어 내고자 함이다.

시인은 보통의 언어에 담기 어려운 열린 문장을 표현하기 위해 역설의 방식을 자주 이용한다. "소리 없이 속삭이는 별들/두고 간, 화

집 속엔 차갑게 타오르는 편백나무"(「차갑게 타오르는」), "저 여자를 봐요 얼마나 부끄러울까/옷 속에서 완전히 벌거벗었네"(「미병(未病)」), "지나간 부음을, 구름의 무늬에게서 미리 듣는 밤"(「구름의 무늬」) 등의 역설적 표현들은 논리적으로는 말이 되지 않지만, 그 이상의 새로운 감각이나 발견을 보여 준다. 시인의 관심은 세상의 독법을 반복하는 것이 아니라 오독이더라도 새로운 생각을 드러내는 데 있다. "잠결, 마치지 못한 문장을 쓰는 밤//세계가 바뀔 것 같은 예감"(「아름다운 약관」)에서 시인이 꿈꾸는 문장을 엿볼 수 있다. 그것은 안정된 미문이 아니라 "세계가 바뀔 것 같은 예감"으로 가득한 새로운 문장이다. 공허를 창조의 활력으로 채우는 바람처럼 그것은 활자의 행간, 언어의 바깥을 부단히 넘나드는 도전으로 가능하다.

4. 열린 호흡

이 시인이 바람에게서 무엇보다 잘 배운 것은 호흡의 방식이다. 호흡이 살아 있는 시야말로 이 시인의 득의의 영역이라 할 만하다. 앞서 언급했듯 이은규 시의 리듬은 파도보다는 바람과 흡사하다. 규칙적인 느낌보다 역동적인 느낌이 강하고, 호흡이 매우 섬세하다. 바람의 변화무쌍한 호흡을 간파한 것에서 짐작할 수 있듯 시인은 청력이 민감하다. "꽃잎의 파열음에 귀가 녹"(「벚꽃의 점괘를 받아 적다」)는다거나, "문장 읽기를 하다 당신의 가슴에 귀를 묻으면,/금세 꿈꾸는 숨소리, 차라리 음악이었고(「청진(聽診)」)"라고 표현하는 자의 귀는 비상하게 민감한 것이 틀림없다. 시인은 이런 귀의 소유자답게 "왜 대지가 내뿜는 호흡을 바람이라 했을까"(「화살 맞은 새」)라는 의문을 표한다. 대지의 온갖 소리와 들썩임이 시인에게는 바람의 호흡으로 느껴졌기 때문이리라.

이은규 시의 호흡이 바람 같은 느낌을 주는 것은 쉼표의 잦은 사용과 무관하지 않다. 시인들마다 선호하는 구두점이 있는데, 이 시인의 경우는 단연 쉼표의 사용이 눈에 띄게 많다. 어떤 시를 펼쳐 보아도 쉼표가 여러 개 찍혀 있고 각각의 쉼표가 호흡의 분절과 정확히 일치한다.

몇 점 눈송이가 겨울을 데리고 왔다
편백의 숲으로

여독에 물든 것들은
왜 추운 바람 냄새를 묻히고 다니는 걸까, 관성처럼
기다리는 안부는 멀고
희망이 가장 먼저 죽는다는 말을 의심해 보기로 한다

두고 온, 나를 잊을 수 없다
편백나무의 기억을 기억하는 어느 화가처럼

어둠일수록 별을 아끼는 이유
다가올 문장들이 기록된 문장들의 주석이 되어서는 안 된다
해석에의 동경보다 오독을 즐겨 할 것
언제일까 스스로 귀를 자를, 문장의 시간

—「차갑게 타오르는」 부분

이은규 시는 대체로 길이가 길어 유장한 느낌을 준다. 한 편의 시는 시상의 흐름에 따라 몇 개의 연으로 나누어지는데 연의 길이는 일정하지 않고, 길거나 짧은 연들이 섞여 있다. 이런 연 구성도 바람이

일렁이는 듯한 느낌을 부여한다. 이 시는 2행, 4행, 2행, 4행, 5행, 4행, 2행의 7연으로 구성되어 있다. 1연부터 4연까지 2행, 4행, 2행, 4행으로 짧은 행으로 이루어진 연들과 긴 행으로 이루어진 연들이 반복되다 5연의 가장 긴 연을 정점으로 4행과 2행의 연으로 잦아드는 느낌을 준다. 이런 식의 연 구성이 바람이 길거나 짧게 불며 일렁이는 것과 유사한 리듬감을 형성한다. 인용 부분은 이 시의 1-4연이다. 1연은 편백의 숲에 눈이 내리는 정경에 대한 조촐한 묘사이다. 2연은 추운 바람에 의해 각성된 기다림의 자세에 대한 사색을 드러낸다. 문장 구성상 3행에 놓여야 할 "관성처럼"을 2행의 끝에 배치하고 쉼표로 문장을 구분하고 있다. 이렇게 하여 "기다리는 안부"가 강조되는 동시에 "관성처럼"이 앞뒤 문장에 묘하게 걸치면서 의미를 확장하는 효과를 낸다. 여독에 물든 것들이 추운 바람 냄새를 묻히고 다니는 것이나 안부를 기다리는 것이 모두 "관성처럼" 지속되는 데 대한 괴로움을 드러낸다. 3연의 쉼표는 '나'를 강조하여 다음 행의 '어느 화가'와 '나'의 대비를 강화한다. 편백나무의 기억에 사로잡힌 화가처럼 '나' 역시 '나'를 잊을 수 없는 것이다. 4연의 쉼표 역시 바로 뒤에 오는 "문장의 시간"을 강조하는 효과가 있다. 이렇게 하여 해석을 동경하기보다 차라리 오독을 즐기겠다는 다짐으로 스스로 귀를 자르고 "다가올 문장"을 기다리려는 의지가 드러난다. 이처럼 각각의 쉼표는 의미를 강화하거나 확산하는 데 긴밀하게 작용한다.

쉼표의 사용 못지않게 이은규의 시에서는 도치법이 자주 쓰인다. 위의 시에서도 1연과 3연은 도치문으로 이루어져 있다. 도치문은 시의 중간 부분에서도 자주 쓰이지만 시의 끝부분에서는 특히 애용된다. 이는 시의 완성도를 높이기 위해 완결된 문장으로 마무리를 하는 다른 시인들과는 확연하게 다른 점이다.

잠든 나비의 흰 잠이 차가운 이마에 닿는 순간

분다, 당신이

　　　　　　　　—「누가 나비의 흰 잠을 까만 돌로 눌러놓았을까」 부분

액자를 걸어 나온 실루엣

비칠 듯 얇은 폐에 입김을 불어넣는 밤, 추운

　　　　　　　　　　　　—「바늘구멍 사진기」 부분

꽃, 닫힌 귀의 나무 그림자로 지는

　　　　　　　　　　　—「꽃은 나무의 난청이다」 부분

푸른 전갈, 감은 눈 속으로 번지는

　　　　　　　　　　　　　　　　—「툭」 부분

안부는 없고 오늘도 조금밖에 죽지 못했다

지문의 문장을 마치기에 이른, 먼

　　　　　　　　　　　—「오래된 근황」 부분

　이 밖에도 많은 시들이 도치된 문장으로 시의 대미를 장식하고 있다. 서술어와 주어를 도치시키거나 관형어를 제일 뒤에 배치하는 방식으로 시인은 의도적으로 문장을 열어 놓는다. 이렇게 하여 시가 완결되지 않고 지속되는 듯한 느낌을 주며 긴 여운을 남긴다. 마지막 문장과 함께 닫히는 시가 아니라 계속 열려서 울려 퍼지는 리듬을 시도한 것이다. 이는 끊어질 듯 계속 이어지는 바람의 호흡과도 유사하다.
　도치문이 주는 열린 느낌과 비슷하게 시인은 종종 앞의 문장을 번

복하는 듯한 문장을 병치시켜 복잡 미묘한 상태를 그대로 표출한다.

흐르는 정물들이 보이다, 안 보이다
—「구름의 프레임」 부분

막 찢겨져 나온 꽃의 그늘을 디디면
차라리 지독한 근시를 앓고 싶어, 앓고 싶지 않아
—「별무소용(別無所用)」 부분

어떤 기억은
방울로 맺히지 않을 뿐 눈을 깜박일 때마다 일상의 얇은 막 위를 흐른
다, 흐를까
—「구름의 무늬」 부분

서로의 살에 별이 뜨는 순간
궤도를 이탈한 그들은 하나도 무섭지 않았다, 않았을까
—「살별」 부분

「구름의 프레임」과 「별무소용」에서는 자신의 감각이나 감정에 대
해 단언하지 않고 흔들리는 상태를 그대로 보여 주기 위해 상치되는
진술을 이어 놓는다. 「구름의 무늬」와 「살별」에서는 단언적 진술에
대한 의심을 서술형 어미의 번복을 통해 드러낸다. 시인은 대상과 자
기 자신을 대한 열린 자세로 감지하며 감정과 인식의 혼란을 있는 그
대로 보여 주려 한다. 쉼표로 연결되는 서로 다른 종결어미들과 열린
호흡이 이러한 정서의 흐름을 실감 나게 담아낸다. 이 또한 흐르는 듯

멈추고, 멈추는 듯 흐르는 바람의 역동적인 호흡과 유사하다.

5. 끝과 시작

이은규의 첫 시집은 「점등(點燈)」에서 시작해서 「역방향으로 흐르는 책」에서 끝난다. "책장을 넘기는데 팟, 하고 전구가 나갔어요"라는 문장으로 시작해서 "끝 문장의 쉼표는 첫 문장 마침표의 도돌이표"라는 문장으로 끝난다. 첫 문장과 끝 문장 모두 긴장감과 호기심을 일으킨다. 시의 제목은 "점등"인데 왜 전구가 나간 얘기로 시작할까 하는 의문을 품고 읽다 보면 변혁의 뜨거운 열기로 인해 전구가 나간 것을 감지하고 묘한 흥분을 느끼게 된다. 이런 느낌은 시집을 읽는 내내 좀 가라앉았다 다시 고조되었다 하며 계속 유지된다. 마지막 문장은 그 자체로는 알쏭달쏭하지만 시집 전체를 읽고 나서 보면 쉽게 이해된다. 앞에서 살펴보았듯이 이은규의 시는 쉼표가 찍힌 도치문으로 끝나면서 계속 이어지는 듯한 여운을 남기기 때문이다. 끝이 시작인 듯한 마무리로 이은규의 시는 단정적인 대답을 유보하고 계속되는 질문을 남긴다. 잦아들다 다시 시작되는 바람의 소리처럼 이 질문에는 끝이 없다. 무한한 질문과 변화를 두려워하지 않는 이러한 태도야말로 이 시인의 젊은 기상을 증명하는 것이며 앞으로의 지속적인 발전을 예고한다. 이 또한 결코 정주하지 않는 바람의 역학과 상통하는 것으로 이 시인을 이끌어 갈 강력한 추동력이 될 것이다.

다성성의 시적 모험
—정한아의 시

한 시인의 첫 시집이 앞으로 전개될 시의 미래를 암시하는 것 못지 않게 시집의 제일 앞에 놓이는 「시인의 말」이 갖는 상징성은 적지 않다. 정한아의 첫 시집 『어른스런 입맞춤』(2011)은 상당히 길고 특이한 「시인의 말」로 시작되고 있어 눈길을 끈다. "구 년 만에 만난 로스는 수염이 하얘졌다."로 시작되는 「시인의 말」은 거의가 로스의 사연을 들려주는 데 할애된다. 로스는 자신이 게이라는 것을 깨닫고 신부가 되기로 결심한 중년 남성이다. 시인은 로스가 사십 년 만에 성당에 가서 수녀와 나눈 대화를 그대로 옮기기도 하고, 그가 들려주는 또 다른 친구 이야기를 적는다. 정작 시인 자신의 말은 "이 상처 받은 어린 짐승들을 보살펴 주소서./그가 집으로 가는 길에 울지 않게 하소서./아니, 그저 울음을 참지 않게 하소서."라는 마지막 구절에 응축되어 있다.

이러한 「시인의 말」은 이어질 시들의 다음과 같은 특성을 함축하고 있다. 첫째, 정한아의 시는 고정관념에서 벗어난 새로운 시도를 행한다. 특히 서정적인 시의 경계를 벗어나 서사적이거나 극적인 양식을 과감하게 도입한다. 둘째, 시적 주체로서 시인의 지위를 고집하지 않는다. 서정시에서는 시인 자신의 목소리가 중심을 이룬다는 통념과 달리 정한아의 시에서는 타자들의 목소리가 쉴 새 없이 등장한다. 셋째, 정한아의 시는 소외되고 상처받은 자들의 비애에 민감하다. 로스는 외국인이며 게이인 중년 남성이다. 시인은 주변부에서 배척당하기 쉬운 타자들의 이야기를 중심으로 끌어들인다. 극복하기 힘든 비극적 운명을 외면하지 않고 함께하려 한다.

　　정한아의 시는 산문적인 진술이 많으며 전형적인 서정시의 경계를 넘어서 자유로운 형식을 보여 주는 경우가 많다. 압축과 절제 등 서정시 특유의 작법에서 벗어나 서사적이거나 극적인 표현을 적극적으로 활용한다. 시의 정황은 서정적 주체의 단일한 정서로 응축되어 수렴되지 않고 다양한 방식으로 재현된다.

　　「만년설(萬年雪)—아홉 살에 당신의 손이 할 수 있는 것」에서는 "자발적인 일기 쓰기"가 시작된 사연을 서사적으로 구현하고 있다. '너'를 주인공으로 하는 2인칭 소설 같은 이 시에서는 친동생처럼 아끼던 수평아리가 죽은 사건을 둘러싼 의심과 분노를 그린다. 이웃집 은경이가 수평아리를 이쁘다고 하룻밤만 데려가기로 했는데 다음 날 얼어 죽었다고 하자 의심은 시작된다.

　　그날 밤 생전 처음 자발적으로 일기 쓰기를;
　　"삐약이가 죽었다. 은경이 아빠가 죽였을 거다. 은경이 엄마가 끓였을 것이다. 은경이 엄마 아빠와 병찬이는 먹었을 거다. 은경이는 어쩔 수 없이 먹었을 거다. 세상은 멸망할 거다. 은경이는 용서해 주자."

여름 끝물에 거두어 둔 나팔꽃 씨앗은 아직 책상 서랍 안에서

따따따 따따따 주먹손으로

따따따 따따따 나팔 꿈을 꾸는지 마는지

자기가 무엇이 될 수 있을지 없을지

까맣게 까맣게 모르고

　　　　—「만년설(萬年雪)—아홉 살에 당신의 손이 할 수 있는 것」 부분

　이 시는 성인이 된 화자가 아홉 살 때의 자신을 '너'로 회고하며 처음으로 일기를 쓰게 된 연유를 밝히고 있다. "은경이 아부지와 은경이 동생 병찬이는 입술에 묻은 기름을 스윽 훔치고/그건 아무래도 영계 백숙 국물 같고/배신이 금물이므로 의심은 자유여서" 분한 마음을 일기를 쓰며 달랬던 것이다. 아끼던 병아리가 잡아먹힌 사건은 세상이 끝날 것 같은 상실감과 절망을 가져온다. 그 일 이후, 어떤 존재도 "자기가 무엇이 될 수 있을지 없을지" 알 수 없다는 비관적인 인식이 시작된 것을 알 수 있다. 이 시의 성인 화자는 자신의 시선을 최대한 감추고 '너', 즉 어린 시절의 자신이 느꼈던 충격과 깨달음이 그대로 전달될 수 있도록 한다. 마음속을 오갔을 생각과 일기 구절을 상세히 재현해서 비관적 세계 인식이 생겨난 최초의 계기를 흥미롭게 극화한다.

　「당신은 누구시길래」에서는 연극적 대화 형식을 통해 존재 증명과 믿음의 어려움을 표현한다. "증명하시오//분실했다니까요//그럼 당신이 당신인지 어떻게 압니까?//믿으십시오//허가할 수 없소//당장 당신을 먹어 치울 수도 있습니다 난 증명되지 않으니까"라는 식으로 양자 간의 대화만으로 상황을 전개한다. 이와 같은 극적인 형식은 서정적 주체의 일방적인 진술보다 상황을 입체적으로 구현하여 흥미를 일으키며 독자의 적극적인 해석을 유도한다.

「얼굴」은 전체가 모노로그 형식으로 짜여 있다. 화자는 '얼굴'을 파는 사람이다. 얼굴을 판다는 설정은 비현실적이지만 상황 묘사는 매우 사실적이다.

저로 말씀드릴 것 같으면, 자랑 같지만, 밤낮으로 연습한 덕에 고속 승진 중입니다 (삭) 그런데 손님, 실례지만 지금 사용하시는 제품은 어디 건가요? 너무 애매하군요 뭐랄까, 확실하지 않아요 어디서 본 것 같기도 하고 꼭 20년 전 만원 버스 승객 같은 느낌이신데, (사삭) 대체 그 표정은 뭐죠? (사사삭) 지금 절 무시하는 겁니까? 영업하는 주제에 너무 따진다고요? (사사사삭) 야, 내가 너 같은 조무래기한테 몇 푼 빨아먹겠다고 웃고 있으니까 말이 말 같지 않아? 넌 뭐 커서 대단한 게 될 것 같아? (사사사사삭) 어때요, 리얼하죠? 오욕칠정이 순식간에 오고 갈 때 어떤 표정을 지어야 할까 고민하지 마세요 여기 7종 세트 모두 사시면 사용법을 속성으로 마스터하실 수 있는 무료 2주 특강 쿠폰을 드립니다 (사사사사사사삭) 안 살 거면 꺼지든가

—「얼굴」 부분

이 시는 연극의 대사라 해도 될 만큼 철저하게 연극적인 언어를 사용하고 있다. 이 시의 화자는 모노로그를 행하고 있는 배우와 흡사한 어조를 보여 준다. 철저히 관객을 의식하며 관객의 반응을 이끌어 내기 위한 다양한 전략을 구사한다. 괄호 안에 쓰인 "삭", "사사사삭" 등의 의태어는 연극의 지문처럼 화자의 동작을 지시한다. 한 편의 연극을 보는 듯한 시를 통해 서정적 화자의 고백적 진술과 다른 극적인 묘미를 느낄 수 있다.

정한아의 시는 전형적인 서정시의 경계를 넘어서면서 표현의 방법

을 크게 확대한다. 서사적이거나 극적인 구성을 다양하게 활용할 뿐
아니라 서정시에서 흔하지 않은 새로운 표현을 시도하기도 한다.

영원히 붙박인 폭우 속 캠프의 밤
진흙투성이 인생 끝나지 않는 축제
번개 치는 전자기타 천둥 치는 북소리

언젠가 우리의 노래가 우리에게 돌을 던지리
언젠가 우리의 춤이 우리 손을 피로 적시리

자기의 유한(有限)을 깨달은 하룻강아지들의
폭우 속 기우제 만세!
쨍쨍한 목숨들은 갈증으로 몸부림치며

포도주를 다오, 목이 마르다!
우리 솟구치는 피를, 한잔 더!
　　　　　　　　　　　　—「눈을 가리운 노래—주신제(酒神祭) 1999」 부분

　정한아의 시는 산문적이면서도 리듬감이 강한 편인데, 이 시의 경
우는 제목이 함축하듯 그러한 특성을 더욱 분명하게 드러낸다. 폭우
속에서 펼쳐지는 음악 캠프의 난장을 연상시키는 강렬한 시어와 리듬
이 인상적이다. 고딕체로 쓰인 구절들은 노래극의 코러스 같은 효과
를 가져와 배음을 형성하며 분위기를 고조시킨다. 정한아의 시에는
간간이 이런 코러스 같은 구절들이 등장하여 서정시에서 찾아보기 어
려운 다성성을 형성한다.

다성성이란 단성성과 대립되는 개념으로 여러 개의 독립된 멜로디가 화성적으로 결합하는 음악의 형식을 뜻한다. 바흐친은 이 다성성을 문학에 적용하여, 다양한 의식이나 목소리들이 완전히 독립된 실체로 존재하는 소설의 미학을 설명한다. 바흐친에 의하면 소설에 비해 시는 단일한 독백적 관점에 의거한 서정적 주관성이 두드러지기 때문에 다성성이 드러나기 힘들다. 그런데 서정적 주체의 독백이 주를 이루는 전형적인 서정시의 경우가 아니라면 시에서 다성성의 구현이 불가능하다고 단정 짓기는 어려울 것이다. 위의 시에서도 주조음을 이루는 화자의 노래에 상응하는 배음이 병렬되어 다성적인 화음을 이루고 있다. 서사적이거나 극적인 양식을 활용한 시들에서는 서정적 주체의 단일한 목소리 외에 다른 목소리들이 등장하여 다성성을 형성한다. 정한아의 시는 단일하고 분명한 서정적 주체의 목소리를 고집하지 않고 다양한 타자들의 목소리를 살려 낸다. 이는 시에서 다성성의 구현이 가능한가에 대한 흥미로운 사례를 이루는 것으로 보인다.

다성성의 시는 서정적 주체가 주도하는 단성성의 시에 비해 타자들의 다양한 목소리를 담아내기 좋다. 정한아의 시에서 다성성이 자주 나타나는 것은 기존 담론에 대한 패러디가 이루어지는 경우이다. 패러디는 기존의 담론과 상호텍스트성을 형성한다는 점에서 이미 대화적 관계를 형성하기 때문에 다중적 언어를 드러내게 된다. 기존의 담론을 비판적으로 재해석하는 패러디 과정에서 소외되었던 타자의 목소리는 새로운 의미를 띠며 부상한다.

시인은 '크루소 씨'의 후일담에 해당하는 여덟 편의 시에서 기존 담론의 패러디를 계획적으로, 집중적으로 행한다. 영국 소설가 다니엘 디포의 『로빈슨 크루소』는 이미 원작만큼 유명한 패러디 작품을 낳았지만, 끊임없이 재해석의 가능성을 유도하는 문제작이다. 정한아의 시에서는 오늘날의 한국적 일상에서 살아가는 크루소를 가정하여 다양한 각도에서 그의 삶을 조명한다. 정한아의 패러디 시 속에서 크루소는 십 년 동안 두문불출하다가 아파트 베란다에서 투신하는 어이없는 최후를 맞이한다. 그의 주변에는 앵무새와 고양이만이 함께하며 가끔씩 '금요일' 즉 프라이데이가 방문하는 정도이다. 주민들은 그가 베란다에서 투신하기 직전 아내와 다투는 소리를 들었다고 한다. 무인도에서 나와 현대 도시의 한복판에서 살아가는 크루소는 무인도보다 더한 고립과 고독을 감내한 셈이다. 다니엘 디포의 원작이 크루소를 일인칭 주인공으로 삼아 절대적인 관점을 보여 주는 것에 비해 정한아의 시에서는 매 편마다 화자가 바뀐다. 크루소가 화자로 등장하는 것은 일기 속에서뿐이고(「크루소 씨의 일기」), 앵무새(「집에 돌아와 십 년째 두문불출인 크루소 씨의 앵무새」), 이웃 주민(「집에 돌아온 크루소 씨의 십 년 만의 외출」, 「크루소 씨네 옆집 반상회에 갔더니」), 고양이(「크루소 씨네 도둑고양이」), 아내(「크루소 씨가 없는 세계」), 금요일(「크루소 씨네 섬이 있다—금요일의 잠복 일지」) 등 주변 인물들이 화자로 등장하여 다양한 관점으로 크루소의 삶을 증언한다. 이 연작의 마지막 시편에 해당하는 「크루소 씨의 일요일」에서는 "연극이 끝나자 관객은 침묵했다", "그들은 애써 웃으며 돌아간다/완성된 혼란 속에서"라는 진술로 앞의 모든 내용이 극적으로 구성되어 있다는 점을 암시한다. 이 연작의 화자들은 역할극을 담당하는 배우들처럼 저마다 자신의 입장에서 발언한 것으로 볼 수 있다. 여기에서는 시와 연극의 경계가 사라지고, 중심인물과 주변 인물의 구분이 무화되고, 모험의 상징인 크루소가 소심하기 그지없는 모습을 보이며 "완성된 혼란"을 일으킨다.

시인은 지극히 익숙한 담론을 의도적으로 변형하고 교란시켜 혼란을 가져온다. 공식적이고 안정된 담론을 흔들수록 충격의 효과는 크다. 기존의 권위적인 담론에 과감하게 개입하는 패러디 시의 다성성은 담론의 재창조를 위해 생성적 과정을 무한히 열어 놓는다. 정한아의 시에서는 익숙한 동화적 상상력을 전복시키는 패러디가 자주 행해진다. 성인 세계의 지배적 이데올로기가 뿌리 깊게 작동하는 동화를 전혀 새로운 각도에서 재해석하여 기존의 의미를 해체한다. 「살아난 백설공주의 미래에 대한 불안」에서는 해피엔딩으로 끝나는 백설공주 이야기의 마지막 장면을 수정한다. 원작의 백설공주는 왕자의 도움으로 살아나 행복하게 살게 되지만 이 시에서 백설공주는 왕자의 도움을 거부하고 뱉었던 사과를 도로 삼킨다. "일곱 난장이들은 땅을 치며 울다 왕자에게 덤벼들어 왕자의 눈을 뽑아 버린다 사랑은 봉사다 (무슨 뜻인지는 엄마에게 물어보세요)"라는 새로운 결말은 잔혹하고 충격적이다. 동화적인 결말과는 판이하게 다른 여성의 결혼 생활에 대한 냉소적인 반감을 표출했기 때문이다. 익숙한 민담인 「해와 달이 된 오누이」를 패러디한 「회의적인 육식동물의 연애」에서는 "해님 달님이 먹고 싶었다/그게 무슨 잘못이란 말인가!"라고 항변하는 호랑이의 목소리를 담아낸다. 이 시의 호랑이는 불가능한 사랑에 대한 갈망을 대변한다.

　패러디의 효과는 관점을 바꾸는 데서 극대화된다. 시인은 중심에서 배제된 인물들의 관점과 목소리를 통해 잠재되어 있던 새로운 세계를 생성해 낸다. 「험버트 씨,」는 나보코프의 유명한 소설 『롤리타』를 '롤리타'의 관점에서 재해석하고 있다. 롤리타 신드롬이라는 말이 생겨날 정도로 어린 소녀에 대한 중년 남성의 병적인 집착을 집요하게 그려 낸 이 소설에서는 일방적으로 남성의 관점만을 보여 준다. 롤리타는 이런 집착을 어떻게 받아들일까? 이 시에서는 욕망의 대상으로만 존재할 뿐 자신의 관점은 철저히 배제되어 왔던 롤리타의 목소리를 드러낸다.

소외되고 배제된 인물들의 관점을 재현하는 것은 공적인 질서의 바깥에 놓여 있는 또 다른 가능성들을 확인하는 길이기도 하다. 정한아의 많은 시들이 소외된 자들의 존재를 돌아보는 데 바쳐지는데, 그 중에서도 특히 흥미로운 것은 '론 울프'의 이야기이다. 시 말미에 붙어 있는 시인의 설명에 의하면, 론 울프는 "잊을 만하면 공공기관 앞에 발자국과 혈흔, 해독하기 힘든 낙서를 남기고 사라진 수수께끼 같은 인물로, 스스로를 '하느님과 법이 없으면 잘 살 사람'으로 불렀다고 알려져 있다."

> 그는 분명히 엘리아스에게도 말했었다; 누추한 영혼들이 새까말 정도로 빽빽한 군중을 이루고 있는 저곳으로, 나는 들어가지 않을 것이다. 어떠한 협회에도 가입하지 않을 것이다. 나 자신의 변호인단이 될 것이다. 이 결심의 자발적인 선의를, 자네는 이해하는가.
>
> ―「론 울프 씨의 혹한」 부분

이 시는 서사적 구성으로 론 울프 씨가 혹한의 겨울을 견디는 과정을 그리고 있다. 관찰자적 시점의 설명적 진술과 함께 주인공인 론 울프와 친구의 대화가 실감 나게 재현되어 한 편의 짧은 소설을 읽는 것 같은 느낌을 준다. 위의 장면에서 론 울프는 영혼의 아름다움을 견지하기 위해 혹한의 추위에도 보호시설에 들어가는 것을 거부하고 있다. 스스로를 공적인 세계로부터 유폐시키고 자신의 의지만으로 살아가려 하는 론 울프의 행동은 '필경사 바틀비'를 연상시키기도 한다. 허먼 멜빌의 소설 『필경사 바틀비』에서 바틀비는 주어진 일에 대해 "하지 않는 편을 택하겠다.(I would prefer not to.)"라며 자신을 둘러싼 세계에 대해 수동적인 저항을 선택한다. 론 울프나 바틀비는 모두가 따르는 공적인 질서에서 벗어나 있다. 그들의 저항은 수동적이지만, 적극적인 저항보다도 더 근본적으로 "다른 겹의 세계를 문제 삼는 자"의 존재를 드러낸다. 자신을 둘러싼 세계의 견고한 틀을 벗어나 있다는 점에서 이들은 혁명가들보다도 더 '유해하다.'

> 눈을 들면
> 읽고 싶어 열지 못한 책 표지처럼 굳게 닫힌 붉은 문
> 그 너머엔 아름다울 이국식 화원
> 아무려나, 저 문은 처음부터 닫혀 있으려 세워진 듯하고
> 이젠 심지어 누가 세운 것 같지도 않아
> 상기된 얼굴의 관광객이 드라마를 사려 걸음을 멈출 때
> '세상을 팔아 버린 사나이'
> (관객들의 환호)
> ((그는 나, 나, 나가고 싶었습니까))
>
> 일평생 햇볕 따위 쪼이지 못할 불우한 볼기짝을 가진
> 우리는 모험 없는 화석
> 아무려나, 우리에겐
> 튼튼한 발바닥 한 켤레가 있는 것인데,
>
> ―「부루의 뜨락」 부분

정한아의 시에서 이 세계는 "거대한 감옥"(「타인의 침대」)이나 "끔찍한 소용돌이"(「죽은 예언자의 거리」)와 같으며 "별들도 길을 가르쳐주지 않는"(「무정한 신」) 곳이다. 이토록 부정적인 세계 인식이 지배적이기 때문에, 이곳을 벗어난 '다른' 세계에 대한 열망 또한 강하다. 「부루의

뜨락」에서는 이국적인 정원을 엿보며 다른 세계에 대한 동경을 투사한다. 론 울프나 바틀비와 마찬가지로, "세상을 팔아 버린 사나이"를 외쳤던 커트 코베인은 이 세계의 틀을 훌쩍 벗어난다. "우리"들 대부분은 "튼튼한 발바닥 한 켤레"가 있는데도 "모험 없는 화석"으로 주저앉아 있는 불우한 삶을 살아간다. 지금 이곳의 삶이 "모험 없는 화석"과 같다고 느끼며 세계를 넘어서는 '모험'을 동경하는 시인은 단성성의 안정된 질서를 벗어난 다성성의 생성적 과정을 지향한다. 자신을 불살라 한 세계를 넘어서는 모험에 투신하는 존재들에 열렬하게 환호한다. 단성성의 정연한 질서에 수렴되지 않는 자유로운 영혼들과 무수한 타자들의 목소리를 다성성의 열린 구조에 담아내려 한다. 시적 모험에 관한 한 시인은 두려움이 없어 보인다. 서정시의 틀을 가볍게 벗어나며 자신의 내면을 울리는 온갖 타자의 목소리들을 거침없이 퍼올린다.

정한아의 시는 장르 간의 경계를 넘어서고 주체와 타자의 구분을 넘어서 다양한 혼성의 새로운 가능성들을 시도하고 있다. 오랫동안 시의 전형으로 자리 잡아 온 서정시는 서정적 주체의 단성성에 기반을 둔 안정된 리듬을 고유한 특질로 삼아 왔다. 시인은 서정시의 단성성에 대한 과감한 변형을 통해 다양한 관점과 목소리가 혼재된 다성성의 시를 선보인다. 단성성의 시로 표현하기 힘든 세계의 복잡성과 비결정성을 표현하기 위해서다. 다성성의 시는 무한히 재해석될 수 있는 관점의 다양성과 새로운 사유의 생성적인 과정을 드러내기에 적합하다. 얼핏 보아 과장되고 혼란스러운 장광설로 비칠 수 있는 정한아 시의 카오스모스적인 세계는 개성적인 소리들이 새로운 화성적 질서를 이루고 있는 다성성의 매혹적인 공간이다.

눈부신 불행의 낭만적 풍경
—이현호의 시

이현호 시집 『아름다웠던 사람의 이름은 혼자』(2018)의 주된 인상은 낭만성이 짙다는 것이다. 낭만성이라면 한 세기 전 우리 시단을 휩쓸었던 정념과 허무의 향연을 연상하지 않을 수 없다. 낭만주의의 선조들이 그랬듯이 이현호의 이 시집에도 불우의 감정과 낭만적 열정이 충만한 유장한 호흡이 넘쳐흐른다. 1920년대 낭만주의 시의 열풍 이후 낭만성은 우리 시사에서 극복의 대상에 가까운 것으로 인식되며 확연히 약화되어 왔다. 감정의 과잉보다는 절제가 미적 근대성의 특질로 자각되기 시작했기 때문이다. 이현호의 시는 이처럼 점진적으로 축소되어 오던 우리 시의 낭만성을 주목할 만한 미학적 현상으로 부활시키고 있다.

주지하는 바와 같이 낭만성이란 현실과 이상의 현저한 차이로부터 발생하는 감상적인 정서의 상태이다. 낭만적 주체에게 현실이란 이상적인 과거나 미래와는 거리가 먼 불행한 시간이다. 이현호 시의 낭만성은 이상 세계를 향한 동경보다 부정적 현실에 대한 자각으로 드러나는 경우가 많다. "지구가 외계인의 성경 속 지옥이 아니라는 것을 어떻게 알 수 있을까요? 악마들의 천국이 여기가 아니라고"(「나라는 시간」), "신이 갖고 놀다 버린 고장 난 장난감 같은 세상에서"(「아무도 아무도를 부르지 않았다」)처럼 이현호 시의 낭만적 주체는 현실의 삶을 지극히 불행한 것으로 느낀다. 낭만주의 시에서 흔히 그렇듯이 그의 시도 과장된 비유를 통해 현실과 이상을 극적으로 대비시키고 있는 것이다.

그런데 한 세기 전의 낭만주의 시에서 불행한 현실의 원인이 외부적 상황에 있던 것에 비해 이현호의 시에서는 그 원인을 주체 자신에게서 찾을 수 있다. "나는 내가 되고 싶은 내가 아니라 있는 그대로의 나여서/세상은 눈부신 불행으로 환히 지워지고"(「살아 있는 무대」)에서는 '나' 자신이 이상과 거리가 멀기 때문에 불행할 수밖에 없다는 의식이 드러난다. 이러한 주체는 스스로 불행을 자신의 운명으로 받아들인다. 그리하여 "오늘 밤도 내게는 몸속을 타진하는 숨결이 있고, 불행에게도 꼭 하나 손에 맞는 나라는 악기가 있고"(「울게 하소서, 그리하여—이 슬픔으로 고통의 사슬을 끊게 하소서」)에서처럼 자신을 불행에게 맡겨진 '악기'로 간주할 정도로 그것을 체화한다. 이처럼 부정적이고 수동적인 삶의 태도로 인해 이현호 시의 낭만적 주체는 살아 있으면서도 죽음과 더 가까운 아이러니한 상태에 이르기도 한다. "나는 내게서 가장 먼 곳으로 날아가 버렸다 나는 내 삶에서 탈락한 것이다"(「나의 초상」), "살아 있는 귀신과 죽은 듯이 사는 사람의 대화"(「친구들」)에서처럼 삶과 죽음의 경계가 무화되는 듯한 무기력한 상황이 그려지는 것은 이 때문이다.

"우리는 버려질 수도 없습니다, 아무도 우리를 가진 적 없으니까"(「필경사들」)에서 이 새로운 낭만적 주체가 느끼는 근원적 소외감을 엿볼 수 있다. 상실감을 맛볼 수도 없을 정도로 애초에 선택받지 못

했다는 이 처연한 고백은 그의 시에 편재해 있는 비애의 원천을 짐작
할 수 있게 한다. 슬픔은 간헐적으로 느끼는 특별한 감정이 아니라 삶
자체에 가깝다. "슬프다는 한마디, 그 속에 벌써 우리가 산다"(「문장 강
화」). 가난한 그에게도 슬픔만은 풍족해서 "슬픔을 화폐로 쓰는 나라
가 있다면 우리는 거기서 억만장자일 거야"(「만하(晚夏)」)라고 자신할 정
도이다. 낭만주의 시에서 슬픔은 이상과 현실의 괴리에서 발생하는
자연스러운 감정이다. 이현호 시에서 슬픔이 함께 살아가거나 함께
놀 정도로 익숙한 감정으로 자리 잡고 있는 것은 낭만적 주체가 삶으
로부터 느끼는 깊은 소외감을 짐작할 수 있게 한다.

이현호 시의 낭만적 주체에게 현실이란 슬픔을 안고 가야 하는 결
핍된 삶이지만, 그 과정에서 유일한 예외는 사랑하는 시간이다.

그대가 풀어놓은 양들이 나의 여름 속에서 풀을 뜯는 동안은
삶을 잠시 용서할 수 있어 좋았다

기대어 앉은 눈빛이 지평선 끝까지 말을 달리고
그 눈길을 거슬러오는 오렌지빛으로 물들던 자리에서는

잠시 인생을 아껴도 괜찮았다 그대랑 있으면

그러나 지금은 올 것이 온 시간
꼬리가 긴 휘파람만을 방목해야 하는 계절

주인 잃은 고백들을 들개처럼 뒤로하고
다시 푸른 억센 풀을 어떻게 마음밭에 길러야 한다

이 시에서도 드러나듯 이현호 시에서 낭만적 주체의 삶을 결정짓는 것은 전적으로 사랑하는 대상이다. 사랑하는 '그대'가 함께 있는 시간과 헤어지는 시간은, 이상과 현실로, 주체의 삶을 양분한다. '그대'와 함께 하는 시간은 삶을 용서할 수 있고 인생을 아끼고 싶은 특별한 시간이다. 그 순간은 "기대어 앉은 눈빛이 지평선 끝까지 말을 달리고/그 눈길을 거슬러오는 오렌지빛으로 물들던 자리"와 같이 아름답고 낭만적인 풍경으로 그려진다. 그러나 그 시간은 '잠시'일 뿐이다. 이어지는 황량하고 거친 풍경은 '그대'와 헤어진 마음의 상태 그 자체이다. 여기서 주목되는 부분은 낭만적 주체가 만남의 상태보다는 헤어짐의 상태를 당연하게 여기고 있다는 점이다. "지금은 올 것이 온 시간"으로 미루어, 헤어짐이 피할 수 없는 숙명처럼 받아들여지는 것을 알 수 있다.

"이루어진 소원은 더는 소원이 아닌 것처럼/곁에 없는 사람만을 우리는 영원히 사랑할 수 있듯이"(「음악은 당신을 듣다가 우는 일이 잦았다」), 사랑하는 사람과 함께하지 못하는 결핍의 시간은 오히려 사랑의 염원을 지속시키는 동력이 되기도 한다. "세상에 없는 나라를 상상하면 조금은 살 만해서 좋았다"(「너는 나의 나라—운주저수지」)라고 할 수 있는 것도 그 때문이다. 상상은 현실이 결여하고 있는 세상을 꿈꿀 수 있게 하고 그 꿈을 통해 현실을 견딜 수 있게 한다.

현실의 음화에 해당하는 낭만적 상상의 세계는 온전히 사랑하는 대상의 존재 여부에 의해 작동한다. "당신이 이쪽으로 걸어오자/저편 세상이/그림자처럼 어두워졌다"(「직유법」)라는 표현처럼 사랑하는 '당신'이 떠나온 세상은 '저편'의 "텅 비어 버린 세계"가 되어 버린다. 이와 비슷하게 사랑하는 사람이 부재한다는 이유만으로 '나'의 집은 '빈 집'이 되어 버린다. "빈집에 앉아 있다, 여기를 우리 집이라고 불렀던 사람이 있다/내가 가져 본 적 없는 우리 집에서 그 사람과 나는/가질 수 없었던 추억을 미래로 던지며 없는 개를 길렀다"(「가정교육」)에서 '빈집'과 '우리 집'은 사실상 같은 공간이지만 '그 사람'의 존재 여부에 의해 전혀 다른 공간으로 인지된다. '그 사람'과 함께하는 '우리 집'은 미래를 향해 던진 추억으로 가득한 충만한 공간이지만, '그 사람'이 떠난 '빈집'은 폐허와 다를 바 없다. 가진 적 없는 추억마저 사라져 버렸기 때문이다.

이처럼 이현호 시에서 사랑의 대상은 현실 너머의 낭만적 시공간을 창출하는 결정적인 동기가 된다. 그의 시에서 시상의 무게중심은 사랑하는 존재를 따라 요동친다. 현실에 붙박여 있지 않고 상상의 흐름을 따라 계속 변하기 때문이다. 그는 누구보다도 "꿈꾸는 청년을 영원히 계속"(「필경사들」)할 것 같은 낭만적인 시인이다. 사랑하는 사람의 존재와 부재는 상상 속에서 언제든 유연하게 자리바꿈한다. 그의 시에는 '당신', '그대', '너'와 같은 2인칭의 대상이 가득하다.

창밖을 나서지 못하는 음악과 동거하다 보면 문득
당신이 입술에 와 앉는다

몸속을 휘젓고 떠나간 음(音)과 귓속을 맴도는 음 사이
고산병을 앓는 밤

음악은 당신을 발명한다
                    ─「음악은 당신을 듣다가 우는 일이 잦았다」 부분

상상 속에서 '당신'이라는 존재는 이처럼 음악이 귀에 걸리는 순간처럼 예고 없이 다가와 기약 없이 머물다 간다. 무의식중에 흥얼거리는 음악처럼 '당신'은 어느새 출몰하여 함께하고 있다. 이처럼 사랑하는 사람이 마음으로 들어오는 순간 존재와 부재의 경계는 무화된다. 음악의 잔향이 보이지 않기 때문에 더 오랫동안 뇌리에 머무는 것처럼 낭만적 상상은 부재하는 대상을 오래도록 마음에 머물게 한다. '당신', '그대', '너'를 부르며 낭만적 도취 상태에 있는 이현호 시의 화자는 현실과 이상, 존재와 부재의 간극을 단숨에 초월하는 상상력의 역동성을 드러낸다. 그의 의식을 지배하는 것은 지금 현재 움직이고 있는 마음의 흐름이다. 끊임없이 흘러가는 음악처럼 마음도 멈추지 않고 흐른다.

이현호의 시에서 이러한 마음의 유동성은, 갑작스럽게 나타나 문장의 흐름을 바꾸어 놓는 언어들에서 돌출한다.

"나는 너를 좋아진다" 같은 흰소리를 들어주던 귀의 표정을 생각하는 오늘 밤은, 아직 없는 나의 아이나 그 아이의 아이의 눈동자 속으로 걸어오고 있는 별똥도 서넛쯤 있을 것이다.

—「말은 말에게 가려고」 부분

나는 휘파람에 내 이름을 실어 내게 들려준다. 실례를 당하고 싶어.

—「밤마음」 부분

"나는 너를 좋아진다", "실례를 당하고 싶어"처럼 타동사와 자동사, 능동태와 수동태를 역전시키는 경우 문법적 어긋남이 도드라지며 극화된 감정을 창출하게 된다. 「말은 말에게 가려고」에서 "나는 너를 좋아진다"는 '나는 너를 좋아한다'로는 표현할 수 없는 감정의 변화를 내포한다. 그것은 '나'의 의지와 무관하게 자동사적으로 시작되는 사랑의 느낌을 전달한다. 또한 이 사랑에서 중요한 것은 '너'라는 대상보다 '나' 자신이라는 것을 짐작할 수 있게 한다. 어느새 '좋아지는' 감정에 빠져든 '나'는 "아직 없는 나의 아이나 그 아이의 아이"에게까지 상상의 나래를 펼친다. "나는 너를 좋아진다"는 비문은, '나'도 모르게 '너'를 '좋아지게 된' 낭만적 도취의 상태를 표현하기 위해 문법의 파괴를 활용한 경우이다. 「밤마음」에서는 극도로 외로운 마음의 상태를 드러내고 있다. '나'의 휘파람 소리가 오직 '내'게로 돌아오는 황량한 외로움의 상태에서 벗어나고 싶은 마음은 "실례를 당하고 싶어"라는 황당한 문장을 낳는다. 누구든 '나'의 외로움에 틈입한다면 기꺼이 허락하고 싶은 절박한 상태임을 충분히 느낄 수 있게 하는 말이다.

""집에 오지 말고 집에 가."//집과 집 사이에서 나는 집을 잃었다"(「가」), "천천히 뛰어 바보야, 너는 웃겠지/나는 천천히 그래서 달린다"(「마라톤」)에서처럼 두 사람 사이의 미묘한 감정을 표현하기 위해 비문을 사용하기도 한다. 「가」에서는 '집' 앞의 지시대명사를 의도적으로 생략하여 혼란을 일으키며 두 사람의 달라진 관계와 그로 인해 황망해 하는 '나'의 마음을 재치 있게 그려 내고 있다. 「마라톤」에서는 '천천히'와 '달린다'를 '그래서'라는 접속사로 어색하게 연결하여 '너'를 향한 '나'의 무조건적인 순응의 태도를 강조하기도 한다. 이 밖에도 "어제부터 너를 사랑하겠어 내일부터 너를 사랑했어 지금 너를 사랑했었어 그 사랑을 사람했어"(「나라는 시간」)처럼 의도적으로 시제를 교란하는 경우도 있고, "혼자와 더불어 나는 혼자였다/날이 밝으면 나도 혼자처럼 아름답고 싶어요"(「살아 있는 무대」)처럼 문어체와 구어체가 뒤섞이는 경우도 많다.

이현호의 시에서 다양하게 구사되는 혼란스러운 진술과 문법 파괴는 복잡 미묘한 마음의 작용을 인상 깊게 표현하려는 고심의 흔적이다. 기존의 언어로, 문법에 어긋남이 없는 말로는 다 담을 수 없는 민감한 마음의 상태를 드러내기 위해 그는 수없이 쓰고 지우기를 반복하고 때로는 비문의 파격을 활용하기도 한다. 문법을 깨기 위해서는 역설적으로 문법에 능통해야 하는데, 그의 시에서 능란하게 구사되는 만연체 문장들은 그가 오랫동안 문장과 씨름해 온 시인임을 짐작할 수 있게 한다.

그는 자신의 낭만주의적 성향을 억압하지 않고 미묘한 감정의 변화와 끝없이 확장하는 상상의 세계를 표현하기 위해 언어의 경계를 넘어서는 언어를 탐구하는 데 골몰한다. 사랑은 그의 낭만적 열정이 향하는 궁극적 이상이며 그의 삶을 추동하는 근원적인 힘이다. "사랑, 끝까지 가 보는 것, 그 끝에서 나를 만나는 것"(「개벚나무 아래서」)에서 알 수 있듯 사랑의 끝에 그가 만나고자 하는 것은 바로 자기 자신이다. 우리 낭만주의 시의 전통에 무겁게 자리 잡고 있는 사회와 제도에 대한 부정의 정신과 그의 시는 다소 결을 달리한다. 아니 어쩌면 그는 전보다 더 보이지 않는 큰 힘으로 개인의 삶을 압박하는 기계문명의 절정기를 통과해 가며 인간다운 가치를 지켜 내기 위한 외로운 싸움을 이어 가고 있는 것으로 보인다. 낭만주의라는 오래된 망토를 두르고 '시'라는 연약한 악기를 든 채 그는 '나는 누구인가'라는 근원적인 질문을 계속해 나가려 한다.

슬픔의 달콤한 리듬
—이제니의 시

    현대시의 산문화 경향은 꽤 오랫동안 심화되어 왔다. 복잡 다변하는 현실을 반영할 수 있는 새로운 언어와 형식을 실현하기에 정제된 시 형식보다는 산문 형식의 자유로움이 부합하는 측면이 있기 때문이다. 길게 늘여 쓸 수 있는 산문 형식을 통해 시인들은 심도 있는 사유와 독창적인 의식을 자유롭게 표출할 수 있다. 그런데 산문화와 비례하여 현대시의 리듬은 급격히 위축되어 왔다. 물론 산문시에서 리듬이 완전히 사라지는 것은 아니지만 대개의 경우 자유시에 비해 리듬이 잘 드러나지는 않는다. 어떤 시에 대해 '시 같지 않다'라고 하는 반응은 산문과 구분하기 어려울 정도로 리듬이 소거된 형식에 대한 불만에서 기인한 것이기 쉽다. 리듬을 고려하지 않고 늘여 쓴 요설체의 시나 개인적 독백으로 가득한 산문시들은 독자들에게 단절감과 피로감을 유발하며 난해시의 늪으로 빠져든다. 시가 리듬을 잃어 가고 있다는 사실과 근래 시의 독자가 급격하게 감소하고 있는 현상은 무관하지 않아 보인다. 노래와 하나의 뿌리였던 시의 근원에서 단절될 때

시의 존립 기반은 흔들릴 수밖에 없는 것이다.

산문시의 형식 속에서도 개성적인 리듬을 실현할 수 있을까, 내밀한 사유와 의식을 감각적인 노래로도 표현할 수 있을까 하는 의문에 대해 이제니는 주목할 만한 답변에 해당한다. 이제니의 시는 산문시 형식이 많고 대개의 시가 상당히 긴 분량으로 구성되어 있다. 개인적인 상상과 의식이 내용 대부분을 차지하고 있어 쉽게 공감하기 힘들다. 그런데도 그녀의 시는 독자를 끌어들여 계속 읽게 만든다. 온전히 이해되지 않은 상태에서도 계속 읽게 만드는 이 힘은 주로 리듬의 매력에서 기인하는 것으로 보인다. 이제니의 시는 리듬으로 가득하다. 눈에 띄는 말놀이부터 내재된 리듬에 이르기까지 시 전체가 소리의 울림임으로 가득하다. 의미를 파악하기에 앞서 저절로 읽히는 그녀의 시는 "시는 의미하는 것이 아니라 존재하는 것이다"라는 아치볼드 맥클리쉬의 시법에 부합한다. 계속되는 언어의 율동과 소리의 어울림에 끌려 어느새 빠져들게 되는 그녀의 시는 요즘 듣기 힘든 사이렌의 노래다. 그녀의 매혹적인 노래가 끌어들이는 세계는 어떤 곳인가?

1. 이상한 말들의 세계

이제니의 시를 작동시키는 것은 현실보다 상상이다. "나를 달리게 하는 것은/들판이 아니라 들판에 대한 상상"(「처음의 들판」)이라는 말처럼 그녀의 시는 상상에서 촉발되어 상상이 꼬리를 물고 이어진다. 상상의 세계로 들어가는 방법은 간단하다. "너의 눈 속 터널을 상상하라 눈을 감고 너의 눈 속 터널을/눈을 감고 너의 미간 속을 지나는 둥글고 긴 터널을 상상하라"(「초현실의 책받침」)고 시인은 제안한다. 빛과 함께 터널이 열리며 상상 속의 온갖 세계가 만화경처럼 펼쳐진다. 상상 속에서는 단숨에 페루도 갈 수 있고 아프리카도 갈 수 있다. "나는 지구의 회전을 믿지 않는다/나는 나의 여백을 믿는다"(「알파카 마음이 흐를 때」)라는 말처럼 시인을 지배하는 것은 객관적 사실이 아니라 마음이나 상상의 영역이다. 시인이 지니고 있는 이 '여백'의 공간은 무한대로 확장된다.

"누구든 언제든 아무 의미 없이도 갈 수 있다"(「페루」)는 이 상상의 세계는 말로 인해 가능하다. 광활한 상상의 대지를 질주하는 이 말은 "이상한 말"이다.

> 이상할 것도 없지만 역시 이상한 말이다. 히잉 히잉. 말이란 원래 그런 거지. 태초 이전부터 뜨거운 콧김을 내뿜으며 무의미하게 엉겨 붙어 버린 거지. 자신의 목을 끌어안고 미쳐 버린 채로 죽는 거지. 그렇게 이미 죽은 채로 하염없이 미끄러지는 거지.
>
> —「페루」부분

"이상할 것도 없지만"은 이 말이 언어의 커다란 범주에서 벗어나지 않는다는 뜻이고, "역시 이상한 말이다"라는 것은 자신의 말이 상식적인 언어와 달리 경험적 사고의 범주를 벗어나 상상의 작용을 이끌어 간다는 뜻이다. 이 말(言)은 이상하기 때문에 쉽게 다른 말(馬)이 된다. "히잉 히잉"이란 뜬금없는 말 울음소리가 출현하는 것은 그 때문이다. 다음 장면에서는 말(言)과 말(馬)이 뒤섞인 진술이 이어진다. "뜨거운 콧김"은 말(馬)의 생생한 육체의 증거이자 말(言)의 기표에 해당한다. "무의미하게 엉겨 붙어 버린" 것은 말의 기표와 기의의 결합이 필연적인 것이 아니라 자의적으로 이루어졌다는 뜻이다. 데리다의 저 유명한 차연(差延)처럼 언어의 의미는 확정되지 못하고 끊임없이 연기된다. 기표는 끝내 기의에 도달하지 못하고 "이미 죽은 채로 하염없

548

이 미끄러"질 뿐이다. "이제 남은 일은 말하지 못한 말들을 삼키거나 뜻 없는 문장들의 뜻 없는 의미를 뒤늦게 알아차리는 일뿐"(「공원의 두 이」)이다. 본래의 의미에 도달하는 일은 영원히 불가능하다. 시인에게 모든 말은 어미 잃은 고아와 같다. "결국 어미 없이 혼자 서 있는 말/ 고아의 해변에서 고아의 말을 내뱉으며/혼자 울면서, 울면서 혼자 달 려가는 말"(「고아의 말」)이다.

이제니의 시에는 "울면서 혼자 달려가는 말"들이 가득하다. 어미를 잃어 갈 곳 없는 말들이 두서없이 내달린다. 말의 꼬리만을 쫓아 천방 지축으로 내닫는 고아의 말들이 넘친다. 고아의 말은 "의미 같은 건 없어. 그저 이렇게 세는 게 좋을 뿐이야"(「편지광 유우」)라고 거침없이 말할 수 있다. 의미를 따져야 하는 부담이 고아의 말에겐 없다. 어떤 관계나 질서로부터도 그것은 자유롭다. 그것이 "유우를 외롭게 하는 동시에 빛나게 한다". 외롭지만 빛나는 언어는 이제니의 시가 지향하 는 바이기도 하다. 상식의 틀에서 벗어나기 때문에 홀로 외롭지만 새 로운 어법과 기발한 상상으로 빛나는 독창적인 시가 그것이다.

고아의 말들은 자유롭게 떠돌며 쉽게 만난다. "머리카락은 땋아도 땋아도 끝이 없었지. 저주는 반복되는 실패에서 피어난다. 적어도 꽃 은 아름답다. 적어도 나는 그렇게 생각한다."(「페루」)에서처럼 각각의 문장은 일관된 의미의 질서 없이 우연적이고 부분적인 결합으로 연결 된다. "끝이 없"는 머리카락이 "반복되는" 실패로, "피어난다"가 "꽃" 으로 이어지는 식이다. "저주"는 뒤에 나오는 두 번의 "적어도"와 소 리의 어울림으로 연결되기도 한다. 의미의 질서에서 자유로운 그녀 의 시는 기표와 기표로 빠르게 미끄러지듯 이어지며 전혀 새로운 의 미의 조합을 창출한다. 현란한 말놀이와 함께 의외의 언어들이 조합 되며 불러일으키는 상상의 폭이 넓다. 의미보다 소리의 어울림에 의해 전개되는 그녀의 시에서는 "나의 누이는 까막눈, 눈이 까맣고 노래를 잘한다."(「카리포니아」), "녹슨 씨의 녹슨 기타는 녹슨 소리로 녹슨 소리로"(「녹슨 씨의 녹슨 기타」), "뗏목을 타고 뗏목을 타고. 뗏목 같은 건 없소. 땔감이 부족하오."(「미리케의 노우트」)와 같은 표현을 쉽게 만날 수 있다. 확정된 의미, 정연한 의미의 질서에서 벗어나는 순간 언어는 순수한 놀이의 대상이 되기도 하고 자유로운 상상의 질료가 되기도 한다.

이제니의 시에는 '이름'이 많이 나온다. 그녀의 시에서 이름은 사물의 의미를 고정시키기보다는 상상의 촉진제가 된다.

> 코끼리 사자 기린 얼룩말 호랑이
> 멀리 있는 것들의 이름을 마음속으로 부를 때
> 나는 슬픈가 나는 위안이 필요한가
> 아마도 아프리카 아마도 아주 조금
>
> 호랑이, 그것은 나만의 것
> 따뜻하고 보드랍고 발톱이 없는 것
>
> —「아마도 아프리카」 부분

현실에서 슬프고 위안이 필요할 때 시인은 멀리 있는 것들의 이름을 불러 본다. 멀리 있는 것들의 이름은 순식간에 먼 곳으로 나를 데려다 준다. "마음속"에 있는 그곳에서는 상상에 의해 "나만의 것"들이 만들어진다. 그곳에서는 "따뜻하고 보드랍고 발톱이 없는" 호랑이가 얼마든지 가능하다. 상상 속에서 나는 "너무나 멀리 있지만 아마도 이미 아프리카"에 도달해 있는 것이다.

이러한 상상의 힘이 작동하기 위해서는 상식적인 언어를 가볍게 뛰어넘을 수 있는 발상의 전환이 필요하다. "온 힘을 다해 살아 내지 않기로 했다"(「밤의 공벌레」), "나는 이 불모의 나날이 마음에 든다"(「별 시대의 아음」), "반성하는 습관을 버린다면 나는 좋은 사람이 될 텐데"(「나선의 바람」)와 같이 통념과 배치되는 사유와 태도가 창조적인 상상을 일으킨다. 고정된 사유에서 벗어난 자유로운 상상과 확정된 의미에서 벗어난 언어의 기발한 조합이 이제니 시에서 매력의 원천을 이룬다.

2. 지독한 부끄러움과 슬픔

이제니의 시는 유쾌한 말놀이와 도취적인 리듬으로 인해 얼핏 보면 발랄해 보이지만 자세히 보면 존재에 대한 통렬한 성찰을 드러낸다. 사람들 중에는 부끄러워서 말 못 하는 사람들과 부끄러움을 가리려 말을 많이 하는 사람들이 있다. 이제니 시의 화자들은 후자에 해당한다. "나는 지금 죽지 않기 위해 말을 하는 것이다, 죽지 않기 위해/ 너무 쉽게 붉어지는 얼굴과 너무 빤히 들여다보이는 마음이 부끄러웠다"(「네이키드 하이패션 소년의 작별 인사」)는 지극히 내밀한 고백 속에 그 단서가 있다. 지독한 부끄러움과 슬픔 때문에 한없이 침잠하면서도 유일하게 붙들고 있는 것은 리듬이다("슬픔의 순간에도 운율만은 잊지 않았지"). 리듬은 부끄러운 기억에서 벗어날 수 있는 편안한 진동을 제공한다("기억의 겉옷을 벗어던진 채 듣는 알파파의 진동").

지극히 예민한 자아에게 자기 자신보다 더 절박한 탐구의 대상은 없다.

떨어져 나간 겉장, 제목도 없는 책
나는 일평생 나라는 책을 읽어 내려고 안간힘 썼습니다

갈색의 갈색의 갈색의 책

무슨 말이든지 하세요 그러면 좀 나아질 겁니다
그렇지 않으면 완전히 침묵하는 법을 배우세요

―「갈색의 책」 부분

"나라는 책"보다 어렵고 오래된 책은 없다. 이 책은 '내'가 최초로 읽기 시작한 책이고 여전히 끝내지 못한 책이다. 겉장도 떨어져 나가고 제목도 없기 때문에 이 책의 핵심은 결국 스스로 파악할 수밖에 없다. 이 책이 "먼지와 빛의 깊이를 지닌 고고학적인 아름다움"을 지니고 있다는 것은 책이 내포한 시간이 오래되었고 고고학의 대상 같은 불가사의한 신비를 간직한 채 근본적인 탐사를 요청한다는 뜻이다. 이 책은 해독하기 어려운 문자와 누락된 제목으로 인해 미궁처럼 벗어나기 힘들다. 이 요령부득의 책 앞에서 자신을 견디는 방법은 무슨 말이든 하면서 의식을 전환하거나 완전히 침묵하는 것이다. 의미 없는 말이나 침묵은 모두 우리가 알고 있는 언어로는 이 책의 본질에 다가갈 수 없다는 뜻이다. 기표가 기의에 이르지 못하고 끝없이 미끄러지는 것과 같이 '나'라는 책의 본질에 다가가기는 어렵다.

시인은 「편지광 유우」에서도 문자의 비유를 통해 자아 찾기의 어려움을 표현한다. 이 매력적인 긴 시에서 '편지광 유우'는 자기 자신에게 끊임없이 편지를 보낸다. '유우'는 몇 개의 단어를 잃어버리거나 펜을 잃어버리거나 하여 끝내 제대로 된 편지를 쓰지 못한다. '유우'는 편지를 통해 자기 자신에게 도달하고 싶어 하지만 "자기 자신에게조차 이방인으로 느껴지는 사람에겐 어제 쓴 메모 또한 타인의 기록일 뿐이다." '유우'와 우연히 몇 번 마주친 '나'는 '유우'가 쓴 편지의 수신인이다. "왜 너는 단 한 번도 답장하지 않았니?"라고 '유우'는 '내'게 묻는다. '나'는 '유우'가 찾고자 한 바로 그 대상인 것이다. 그러나 '나'와 '유우'(you)는 영원히 함께할 수 없다. 완전한 자아 찾기가 불가능한 것과 같이("마침표는 유우의 세계에 속한 것이 아니다").

이제니 시에 등장하는 많은 '너'들은 또 다른 '나'일 뿐이다. 자신으로부터 단 한 걸음도 나가지 못할 정도로 '나'는 자아 찾기에 몰입해 있다. "너는 단 한 번도 똑같은 표정을 지은 적이 없고 나는 너에 대해 말하는 일에 또다시 실패할 것이다. 내가 기록하는 건 이미 사라진 너의 온기. 체온이라는 말에는 어떤 슬픈 온도가 만져진다."(「블랭크 하치」)에서처럼 자아 찾기는 실패의 연속이다. 기표와 기의가 끝없이 유리되는 것처럼 '나'와 '너' 또한 그러하다. 기록이란 다만 '너'의 흔적을 좇는 일일 뿐이다.

영원히 붙잡을 수 없는 대상을 추적하는 것이기에 이 일은 슬프다. 이 슬픔은 바닥을 알 수 없는 심연과 맞닿아 있다. 소멸에 이르기까지 이 슬픔은 끝날 수 없다. '나'는 슬픔에서 벗어나려 하지 않고 대신 이렇게 말한다. "슬픔은 아무도 달래 줄 수 없을 때야 진정 아름다운 법이지요."(「창문 사람」) '나'라는 책에서 고고학적인 아름다움을 발견할 수 있듯이 타개할 수 없는 슬픔에는 깊이가 주는 아름다움이 있다. 근원적인 것에 대한 감각은 미학의 드높은 지평과 맞닿아 있다. 소멸에 이르기까지 자신에게 도달하지 못하리라는 비극적 전망은 한계에 대한 통렬한 자각과 본질을 감지하는 투명한 시선을 제공한다.

한계에 대한 자각은 절망과 함께 절망의 자세를 창출한다. 절망의 자세에는 직접적인 것도 있고 역설적인 것도 있다. 이제니는 후자의 방식을 택한다. "열두 살 이후로 농담이 입에 배었다/옷에도 머리카락에도 손톱 끝에도/주황색 양파 자루 속엔 어제의 열매들/양파가 익어 가는 속도로 너는 울었지"(「아마도 아프리카」)에서 농담은 울음의 위장일 뿐이다. "만다린 주스는 울적하게 달콤 달콤/울적 울적하게 줄어들며 달콤 달콤"(「고백을 하고 만다린 주스」)에서 달콤함은 쓰디쓴 후회를 위로하기 위해 애써 과장한 감각이다. 이 위장과 역설의 독특한 방식이 이제니의 시에서 예리한 자의식과 경쾌한 리듬이 어울릴 수 있게 하는 비밀의 열쇠다.

3. 미완의 노래

이제니 시의 리듬에 작용하는 요소는 다양하지만 가장 흔하게 나타나는 것은 동일 어절의 반복이다. 의미의 확정성을 의심하는 시인에게는 말의 뜻보다 느낌이 더 중요하다. 특별한 감정을 일으키는 어휘들은 되뇌듯이 반복해서 쓴다. 반복을 통해 어감은 더욱 강화되고 도취적인 리듬이 생겨난다. "내 인식의 페이지는 언제나 나의 경험을 앞지른다. 페루 페루. 라마의 울음소리. 페루라고 입술을 달싹이면 내게 있었을지도 모를 고향이 생각난다."(「페루」)에서 페루는 고향보다 더 고향처럼 느껴지는 이름이다. 그녀의 시에서는 경험보다 인식이나 상상이 앞선다. 단순히 '페이지'의 '페'에서 촉발되었을지도 모르는 '페루'라는 말이 불러일으킨 아련하고 다정한 느낌이 '고향'을 연상시키는 식이다. "페루 페루"라고 길게 두 번 반복해서 불러 보자 어디선가 라마의 울음소리가 들리는 듯하다. 실제 라마의 울음소리가 어떤지는 중요하지 않다. '경험'보다 '인식'이 그녀의 시를 지배하기 때문이다. 페루라는 먼 나라의 이름이 시인의 마음에서는 고향보다 더 다정하게 울려 퍼지며 끝없이 확장된다.

의미의 테두리를 의식하지 않을 때 언어의 조합은 한결 자유롭고 새로워진다. "분홍 설탕 코끼리는 분홍 풍선 풍선이 되었다. 아니, 그것도 잘못된 말이다. 분홍 설탕 코끼리는 풍선 풍선 풍선이 되었다."(「분홍 설탕 코끼리」)라는 동화적이고 환상적인 표현을 보자. "분홍 설탕"의 달콤하고 경쾌한 어감이 "풍선"과 이어지고 "풍선"은 반복을 거듭할수록 더욱더 팽창하면서 날아오를 듯한 느낌을 준다.

반복은 정연하고 절제된 언술에서 느끼기 어려운 실감을 불러온다. "우리의 안녕은 이토록 다르거든요./너는 들썩인다 들썩인다. 어깨를 들썩인다."(「후두둑 나뭇잎 떨어지는 소리일 뿐」)에서는 '너'의 어깨가 반복적으로 들썩이는 모습으로 슬픔의 정도를 감지할 수 있다. "여기 누군가 두고 간 바둑판이 하나 있다/흰돌 검은돌 흰돌 검은돌/흰돌 흰돌 흰돌 검은돌 검은돌 검은돌/검고 흰 들판이라 불러도 좋겠지"(「사몽의 숲으로」)에서 여러 차례 반복되는 "흰돌"과 "검은돌"의 교차는 시각적인 인상을 풍부하게 재현한다. 이제니의 시는 반복을 통해 감정과 호흡을 조절하며 시에서만 가능한 독특한 리듬을 생성한다.

말의 의미보다 소리에 더 관심을 두는 시인은 말의 느낌이나 어울림에 민감하다. 말의 소리가 갖는 느낌을 살리고 필요하다면 소리가 어울리는 말을 새롭게 만들어 내기도 한다. "피로와 파도와 피로와 파도와/물결과 물결과 물결과 물결과"(「피로와 파도와」)에서 "피로"와 "파도"는 비슷한 소리의 어울림으로 연결되고 "파도"는 "물결"의 이미지와 결합하여 끝없이 이어지는 피로감을 표현할 수 있다. "당신은 완고해 완고 완고해/완두 완두하고 우는 완두보다 더 완고해"(「완고한 완두콩」)에서 볼 수 있는 "완고"와 "완두"의 결합도 다른 시에서 보기 힘든 독특한 것이다. "완고"와 "완두"라는 이질적인 말들이 오로지 "완"이라는 소리의 유사성에 의해 엉뚱하게 연결되며 독특한 상황을 연출해 낸다. "마침표를 잃어버린 슬픔, 양팔을 껴야만 하는 외로움. 그건 단지 요롱요롱한 세상의 요롱요롱한 틈새를 발견한 요롱요롱한 손가락의 요롱요롱한 피로"(「요롱이는 말한다」)에서 반복되는 "요롱요롱"이라는 말은 슬픔이나 외로움을 안고 살아가는 연약하면서도 영롱한 어떤 기운을 표현하기 위해 만든 말이다. 이 말을 통해 시인은 끝없이 일렁이는 듯하고, 사라질 듯 사라지지 않는 어떤 존재의 느낌을 생생하게 창조해 낸다.

이제니의 시에서 노래에 가까울 정도로 강한 리듬이 느껴지는 시들에서는 운율이 뚜렷하게 드러난다.

> 옥수수 수프를 먹는 아침
>
> 탁자가 필요하고
>
> 이왕이면 둥글고 따뜻한 탁자가 필요하고
>
> 의자가 필요하고
>
> 이왕이면 둥글고 따뜻한 의자가 필요하고
>
> 그릇이 필요하고
>
> 이왕이면 둥글고 따뜻한 그릇이 필요하고
>
> 누군가가 필요하고
>
> 이왕이면 둥글고 따뜻한 누군가가 필요하고
>
> 옥수수 알갱이는 노란색
>
> 알갱이 알갱이 알갱이 수프 속에 둥둥둥 떠 있고
>
> 알갱이마다 생각나는 얼굴 몇 개 죽었고 사라졌고 지워졌고
>
> 이제는 없으니까 알갱이를 먹는 겁니다
>
> 둥글고 따뜻한 알갱이를 먹는 겁니다
>
> ―「옥수수 수프를 먹는 아침」 부분

이 시는 플로우(flow)와 라임(rhyme)이 잘 짜인 랩을 연상시킨다. 랩의 플로우는 율격과 흡사해서 박자에 해당하는 것이고 라임은 압운과 비슷하게 일정한 소리가 반복되는 것이다. 이 시에서 길고 짧게 반복적으로 교차하는 플로우는 두 사람의 목소리가 주거니 받거니 하는 느낌을 일으킨다. 라임에 해당하는 압운 또한 다양해서 "옥수수", "이왕이면", "의자", "알갱이"의 시행 첫음절의 '이응' 소리들이 어울림이나 끝부분의 "필요하고", "떠 있고", "죽었고 사라졌고 지워졌고"의 "고"가 연속되면서 일으키는 리듬감이 선명하다. "알갱이 알갱이 알갱이"와 "둥둥둥"에서는 가볍고 부드러운 유음을 반복하며 물질과 소리의 느낌을 일치시키고 있다. 리듬 외에 '탁자-의자-그릇-옥수수 알갱이'로 동심원처럼 이어지는 둥근 형상이 죽은 자의 '얼굴'과 오버랩되는 이미지의 연쇄도 감각적이다.

그리움과 슬픔을 이토록 경쾌한 리듬에 담아내는 것은 "기어이 운율을 맞추고야 마는 슬픈 버릇"(「창문 사람」) 때문이다. 절망하면 리듬을 잃는 일반적인 경우와 달리 이제니의 시에서는 리듬이 더욱 살아난다. "각운이 아니었더라면 난 더 슬펐을 거야."(「네이키드 하이패션 소년의 작별 인사」)라는 말처럼 리듬은 절망과 슬픔을 견딜 수 있는 힘을 준다. 리듬은 생성과 소멸을 단절이 아닌 영원히 반복되는 감각으로 느끼게 한다. 말보다 더 이전에 리듬이 있었다. 말의 바다에는 "혼자 태어나서 혼자 죽어 가는 말"들이 출렁인다. "바다는, 고아의 해변은, 매 순간 다른 리듬으로 밀려갔다 밀려"(「고아의 말」)온다. 근원에 이르지 못하는 고아의 말들은 슬픔의 심연에서 아름답고 쓸쓸하게 빛나며 미완의 노래를 반복할 것이다.

이제니의 시가 미완의 노래인 까닭은 전통이나 정형의 리듬과 전혀 다른 새로운 리듬이고 늘 열린 채로 유동하기 때문이다. 이제니의 시는 리듬이 살아 있는 시들의 질서 있는 언어와도 다르고 리듬이 상실된 시들의 혼란스러운 언어와도 다르다. 언어와 존재의 한계를 의식하는 절망에 찬 시들이 리듬을 잃고 자폐적인 독백에 빠져드는 것과 달리 그녀의 시는 리듬을 잃지 않는다. 리듬은 의미 이전에 그녀의 말을 달리게 하는 동력이기 때문이다. 시인은 의미의 사슬에 매이지 않은 자유로운 말의 감각과 거침없는 상상을 펼친다. 그녀의 시에는 경험보다 광활한 상상의 대지와 경쾌하게 내달리는 생동하는 말들이 있다. 그녀가 쓰는 고아의 말들은 질서를 의식하지 않아 자유롭고 근원적 비애의 감각을 내포하고 있어 아름답다.

무모한 역설의 아름다운 꿈

—박시하의 시

1. 조감의 위치

　박시하 시에 나타나는 시점의 평균 고도를 산출해 본다면, 머리 위로 날아가는 새의 위치가 아닐까 싶다. "검은 새 한 마리 날아가며/아름답니? 묻는다"(「오로라를 보았니?」)라고 할 때처럼 지상에서 약간 높게 떠서 사람들을 내려다보며 말도 걸 수 있을 정도의 높이. 박시하는 첫 시집 『눈사람의 사회』(2012)의 서시에 해당하는 「오로라를 보았니?」에서 마치 시범을 보이듯 자신의 시에 나타날 시점의 평균 고도를 선보인다. 대부분의 시인들이 지상과 수평을 이루는 시선을 드러내는 것에 비해 박시하 시에서 시선의 고도는 지상보다 높은 데 위치할 때가 많다. 고도가 높은 만큼 시야가 넓게 확산된다. 넓은 시야로 볼 때 지상의 삶은 한 덩어리를 이루며 통합적으로 인식된다. 이러한 시선은 일상의 세목들에 집중하기보다 삶에 대한 근원적인 질문을 던지는 데 유리하다. 박시하의 시에서 조감의 시선은 지상의 삶에서 거리를 유지한 채 그것을 투시할 수 있게 한다. 또한 지상의 삶 '위'에 존재하는 또 다른 삶을 일깨운다. 「오로라를 보았니?」에서 시선의 초점을 형성하는 '검은 새'는 시인의 또 다른 자아로서 이상과 현실의 거리를 끝없이 질문한다. "아름답니?"라는 '검은 새'의 물음은 지상에 있는 '나'의 물음을 반사한 것에 가깝다. 지상에서 "짓눌린 구두 굽들은/거꾸로 자란다"는 표현처럼 날지 못하면서 하늘을 향하는 직립의 삶은 고달프고 고통스럽다. 시인은 직립의 삶 속에서도 '오로라'와 같은 아름답고 환상적인 세계를 꿈꾸지만 현실의 발밑에서는 '검은 오로라'만이 흘러간다. "아름답니?"라는 물음을 포기하지 않으면서 짓눌린 삶을 견인해 가는 현실과 이상 사이의 긴장은 박시하 시의 동력이다. 그런 면에서 '검은 새'는 박시하 시의 대표적인 표상이라 할 만하다. '새'처럼 지상을 훌쩍 넘어가고 싶은 욕망과 그럼에도 지상의 그림자에 묶여 있는 어두운 현실이 역설적으로 결합해 있기 때문이다.

'새'는 박시하 시에서 이상과 현실의 위치를 드러내는 좌표이다. 날고 있는 새는 현실 너머 이상의 세계에 속해 있고 날지 못하는 새는 현실에 속해 있다. "가장 높이 날 때/새는 잠시 눈을 감는 것입니다."(「픽션들」)에서 새는 현실에서 멀리 벗어나 있으며 그것은 눈을 감은 꿈의 세계에 가깝다. 반면에 날지 못하는 새는 처참하기 그지없다. "하늘을 날던 몸짓은 타이어에 으깨져서 더욱 가벼워/뒷골목 찌꺼기 먼지 속에서 자라난 깃털/바닥에 자꾸 새겨지고 있어"(「바닥이 난다」)에서처럼 지상에 떨어진 새는 가차 없이 훼손된다. 날개에 새겨진 비상의 꿈은 지상에서는 지켜지기 어려운 것이다. 지상에만 머물렀다면 겪지 않을 고통을 떨어진 새들은 겪어야 한다.

박시하의 시에는 이처럼 현실의 바깥을 꿈꾸는 존재들이 감내해야 하는 위험에 대한 예리한 자각이 드러난다. 그녀의 시에 발랄한 상상과 함께 슬픔이 깃드는 것은 이 때문이다. 그녀의 시에서 지상의 바깥으로 뻗어 가는 상상의 폭은 매우 넓다. 지구를 떠나 우주로도 손쉽게 펼쳐진다. 그러나 한편으로 지구를 벗어났다가도 반드시 귀환한다. 지상의 사람들을 조감할 수 있는 위치로. 시인은 지상의 삶을 조감할 수 있는 위치를 평균적 시점으로 잡아 많은 것들을 보고 많은 것들을 상상한다. 이상이 까마귀의 시선으로 1930년대 경성의 거리를 내려다보았던 것처럼 박시하의 '검은 새'는 이상과 현실이 교차하는 2010년대 우리의 삶을 광폭으로 조감한다.

2. 멀고 먼 길 끝의 꿈

박시하의 시에서 지상의 삶은 정처가 없고 힘겹다. "보이지 않는 건널목을/배고픈 사람들이 장님처럼 우우 건너간다"(「슬픔의 가능성」)라는 장면처럼 모두가 목적 없이 흘러가는 듯하다. 가야 할 곳을 모르는 채 무작정 걸어가는 것과 다를 바 없는 삶이 "가파른 절벽에 올라 안심하는 염소처럼//오늘도 뒤로 걸었다/조금 가라앉았다"(「별빛처럼」)와 같은 절묘한 비유로 표현된다. 이렇게 걸어가는 것은 뒤로 걷는 것이나 조금씩 가라앉는 것과 마찬가지이다. 가파른 절벽에 올라 안심하는 염소가 제가 서 있는 곳을 모르고 있는 것처럼 언제든 나락으로 빠질 수 있는 것이다. 이런 사람들로 가득한 곳을 시인은 "눈사람의 사회"라고 한다. "몸이 둥근 사람들이 돌이킬 수 없이 넘어집니다/우리는 더욱 조용히 웃고/펑펑, 희미하게 웁니다/눈 내리는 창 너머에서/누군가 새 눈사람을 만들고 있습니다//바닥이 깊어지고 있습니다."(「눈사람의 사회」)에서 눈사람들은 더 이상 걷지도 못하고 제자리에 붙박여 있다. 그들은 새로운 눈사람으로 대체되고 깊어진 바닥 속으로 가라앉아 소리 없이 사라질 것이다.

박시하의 시에는 암울한 지상의 삶과 비례하여 그곳에서 벗어나는 꿈에 대한 상상이 넘친다. 고통스러운 현실의 끝에는 다른 세계가 시작되는 출구가 기다리고 있을 것이라는 희망이 그것이다. "우린 서부 태생 소녀들/로데오의 관객처럼 포기를 모르죠/휘파람만 닿는 음역으로/오랫동안 반복되던 새벽의 노래를 불러요/바다에 떨어진 태양을 불러일으켜요"(「팬클럽」)에서 꿈꾸는 소녀들은 새벽의 노래로 태양을 불러일으키고 무지개를 좇는다. 박시하의 시에서 지상을 벗어나려는 꿈은 천상의 이미지로 표출되는 경우가 많다. 지상의 끝과 이어지며 드넓은 우주로 확장되는 경쾌하고 활달한 상상이 특징이다.

> 지구를 떠나다니 정말 멋진 일이지요
> 반짝이는 것이 번쩍이는 것을 조각내는 곳
> 꿈에 잠을 빌려준 사람들이 가는 곳
> 사람 아닌 사람들이 채우는 곳
> 점령당하지 않은 영혼들이 숨 쉬는 곳으로
>
> (중략)
>
> 우리는 거기서 사랑을 나눴어요
> 누워서 혹은 서서 그리고 앉아서
> 날면서 가끔은 기면서
> 먹지도 자지도 않고요
> 노래를 불렀습니다
> 끊임없이 끊임없이 다만 끊임없이
>
> ―「우주 정복」 부분

꿈이라면 최대한 멀리 벗어나 보려는 듯 이 시에서는 지구 바깥의 우주를 향해 간다. 지구를 떠나는 것이 "정말 멋진 일"로 여겨지는 것은 지구의 삶에서 그만큼 벗어나고 싶기 때문이다. 이 시는 공상과학 영화 같은 제목을 붙이고 있지만 우주 '정복'에 관심을 보이지는 않는다. 다만 지구를 떠난다는 상상에 들떠 있다. 꿈에서라도 지구를 훌쩍 떠나 "점령당하지 않은 영혼들이 숨 쉬는 곳으로" 가고 싶다는 희망 때문이다. "점령당하지 않은 영혼들"은 그곳에서 사랑을 나눈다. 그곳에서는 지상에서처럼 정처 없이 걸어가는 일은 없다. 눕거나 서거나 앉거나 날거나 심지어 기는 등 온갖 동작을 하지만 걷는 동작만은 하지 않는다. 끝없이 걸어가야만 했던 지상의 길에 대한 거부감 때문이리라. 대신 이곳에서는 끝없이 노래 부른다. "점령당하지 않은 영혼들"이 부르는 자발적이고 즐거운 노래를. '사랑'과 '노래'로 가득한 장소에 대한 꿈을 통해 시인이 지향하는 세계를 짐작해 볼 수 있다.

시인은 무겁고 힘겨운 지상의 삶에서 자유롭고 즐거운 삶을 꿈꾼다. 시는 그러한 꿈을 향한 부단한 노래이다. 시는 자유로운 영혼들이 누리는 끝없는 사랑을 꿈꾼다. 꿈속에서만은 그러한 사랑이 얼마든지 가능하기에 시인은 그토록 즐거이 상상의 날개를 펼친다. 삶의 어둠과 대비되어 그 꿈은 더욱 밝고 경쾌하다. 박시하 시에서 삶과 꿈은 서로를 견인하는 긴밀한 축이다.

3. 전복적 상상으로서의 역설

박시하의 시에서 삶과 꿈의 진폭은 매우 넓다. 첨예한 현실의 문제와 엉뚱한 상상이 공존한다. 시인은 현란할 정도로 다채로운 이미지들로 삶과 꿈의 무늬들을 펼쳐 놓는다. 이미지를 구성하는 방식 또한 시인의 개성과 상응할 텐데 박시하의 시에서는 이미지와 이미지 사이의 거리가 멀고 하나의 이미지도 역설적인 구조로 이루어진 경우가 많다. 그만큼 이미지를 통해 표출되는 상상력의 폭이 넓다.

　이미지의 작용이 활발해지는 것은 최근 시들의 대체적인 현상인데, 박시하의 시에서 특징적인 것은 역설적 상상이 결합한 이미지들이 중심을 이룬다는 것이다. 박시하의 시에는 역설적 진술이나 사실과 동떨어진 상상으로 이루어진 이미지들이 많다. "바닥 없는 바닥"(「우주 정복」), "건널 수 없는 건너편"(「슬픔의 가능성」), "뒷면 없는 뒷면", "멜로디 없는 멜로디"(「꿈에 관한 꿈」)와 같은 모순적인 진술이 수시로 등장하고, "날개 달린 물고기/두꺼비 공주"(「어느 날」), "사자가 말을 한다/앵무새가 재주를 넘는다"(「답신—b」)와 같은 엉뚱한 상상이 느닷없이 출현한다. 상식을 훌쩍 벗어나는 이런 진술들은 공통의 관념으로 구성되는 객관적 현실을 부정한다. 박시하 시의 이미지는 언어의 한계 그 너머에서 새롭게 열리는 또 다른 세계를 향해 있다. 역설은 언어로써 표현할 수 없는 그 불가해한 세계를 드러내려는 극단의 언어이다.

　　맨발을 보여 줄게
　　거울 속에서 자라난 오아시스를
　　푸른 심장의 굳은살이
　　언제부터 꽃이 되었는가를
　　그 꽃이 얼마나 천천히 차가워졌는가를

　　무지개가 가둔 바닥에 대해 말해 줄게
　　커다란 웃음소리 뒤끝에
　　배어나던 핏방울에 대해

정오를 끌어안던 그림자와

눈 속의 검은 만월에 대해

없음으로 있는 당신

모래 기둥 위의 달 같은 당신에게

　　　　　　　　　　　　　　　　—「고백의 원형들」 부분

　박시하의 시에서 모순적 진술은 이토록 자유롭게 연접하고 증식된다. 이 시에서는 "거울 속에서 자라난 오아시스", "푸른 심장의 굳은 살", "무지개가 가닿은 바닥", "웃음소리 뒤끝에/배어나던 핏방울", "정오를 끌어안던 그림자", "검은 만월", "없음으로 있는 당신" 등 거의 모든 이미지들이 역설로 이루어져 있다. 이토록 넘치는 모순적 현상들을 보여 주고 말해 주겠다고 고백하는 화자를 시인 자신으로 보아도 무방하겠다. 이 시인에게 시는 말로 표현할 수 없는 세계를 말로 표현하는 모순적 행위이다. 이런 시를 통해 말의 의미는 극도로 왜곡되는 동시에 새롭게 열린다. 즉 말의 일반적 의미에서 벗어나면서 새로운 의미를 창출하게 된다는 것이다. "어떤 진리가 무엇에 관한 것이든지, 그것을 "완전히" 둘러싸거나 전부 다 보여 주는 것이라고는 누구도 주장할 수 없을 것이다. 시의 드러내는 역량은 어떤 수수께끼 주위를 빙빙 돌며, 그 결과 이 수수께끼의 위치를 표시하는 일은 참의 역량을 완전히 무력한 실재로 만든다. 이런 의미에서 "문자들 속의 신비"는 [시에게 주어진] 진정한 명령이다."[1] 즉 시는 언어의 수수께끼 주위를 돌며 기존에 진리라고 여겨졌던 사실을 의심하게 하고 새롭게 창조된 '다른' 언어의 존재를 알린다. 그러므로 시의 진정한 역

---

1 바디우, 『비미학』, 장태순 역, 이학사, 2010, 49쪽.

량이란 '다른' 언어를 출현시켜 언어가 절대적인 진리의 자리에 머무르지 못하도록 하는 것이다. 이런 바디우 식의 언어관에 의하면, 박시하의 시는 역설을 통해 기존의 진리가 무력해지는 지점을 창출하는 시적 윤리를 적극적으로 실천한다고 볼 수 있다.

역설에서 현상적으로 모순되는 진술들은 시점을 달리해서 볼 때 가능한 진리가 되기도 한다. 박시하의 시에는 "날개들은 언제든지 추락할 수 있어서/비상할 수도 있는 거, 맞지?/바닥을 치면 이제 올라갈 일만 남은 거잖아"(「바닥이 난다」), "마음을 잃었네 그리고/마음을 담을 주머니를 받았다네"(「사랑을 잃다」), "두 눈 가진 것들이 아름답습니다/두 눈 가진 것들은 추악합니다"(「답신—a」)처럼 역설적 진리가 드러나는 아포리즘이 많다. 현상의 단면을 뒤집어서 사태의 새로운 국면을 간파해 낸다. 역으로 볼 때, 유/무, 상/하, 미/추 등 대립적 현상들의 절대성은 불완전한 것이 되고 만다. 역설은 늘 생성 중이고 끊임없이 변화하는 진리를 언어의 한계 안에서 표현하는 방식이다. 현상 저너머에서 어른대는 진리의 그림자를 의식하는 시인에게 역설은 진리의 다른 절반을 드러낼 수 있는 최선의 표현이다. 그러므로 역설 또한 불완전한 언어의 한계 안에 머물지만, 다른 진리를 제시함으로써 기존의 진리를 압박하고 의심하게 하는 시적 윤리에 기여한다.

4. 타자를 향한 질문

박시하의 시는 자유로운 이미지들의 생생한 힘으로 충만하다. 모순적인 진술에서 빚어지는 역설의 묘미를 표출하는 데도 능란하다. 그런데 이 시인은 생동하는 시적 언어로 자족적인 세계를 형성하는 데 그치지 않는다. 박시하의 관심은 미학적인 동시에 정치적인 시에 있는 것으로 보인다. 다른 젊은 시인이 진지하게 고민하는 바와 같이

"지금 우리에게 필요한 미학적 실험은 예술과 정치라는 이종적인 것들을 결합하는 다양한 방식에 대한 상상"[2]이라고 보고 가능한 방식에 대한 시적 모험을 감행한다. 다른 젊은 시인들이 그러하듯 박시하에게도 정치란 공동체의 구성원으로서 사회적 실천에 참여하는 것이다. 좀 더 구체적으로는 용산참사와 같은 비참한 현실에 대해 침묵하지 않는 것이다. 그런데 시인은 어떻게 말해야 할까?

노래입니까? 들리지 않는
정류장입니까? 보이지 않는
공간입니까? 사라져 버린
시간입니까? 흩어져 버린

울며 지나가는 아이/핫팬츠를 입은 소녀/버스를 타는 남자

그림자 있는/그림자 없는/그림자로 이루어진

암흑의 절단면
살고자 올라간 끝에서
죽은 흰 얼굴들
말 없는 말;

너입니까? 나입니까?
너이고, 나입니까?

---

2 진은영, 「감각적인 것의 분배」, 『창작과 비평』, 2008.겨울, 80쪽.

어째서

혹은 그렇다면

이 질문입니까?

—「질문」 부분

이 시에서 시인은 질문의 방식을 시도한다. 시의 제목인 "질문"에 대한 주석에서 시인은 "아마 그것은 약간 지워진 말, 지워졌기 때문에 어떤 단수적 의의(sens singulier)로 약간 풍요로워진 말이었을 것이며, 마치 물음보다 대답에서 언제나 어떤 모자람이 있는 것 같았다."라는 모리스 블랑쇼의 말을 인용한다. 질문은 타자를 향한 말이다. 타자의 존재를 의식하지 않는다면 질문이 있을 수 없다. 질문을 통해 '나'와 '너'는 관계를 형성하게 된다. 질문에 대한 대답은 완전할 수 없다는 점에서 늘 모자람이 있다. 침묵과 결핍으로 이루어진 대답에서 타자의 존재를 파악하기 위해서는 심연 속에서 들려오는 그 목소리에 귀 기울일 수밖에 없다. 질문이라는 행위에서는 역설적으로 질문하는 '나'보다 타자의 존재가 말의 중심에 놓이게 된다.

이 시에서는 안타깝게도 타자의 대답을 들을 수 없다. 침묵과 결핍으로 이루어진 "말 없는 말"에서 타자는 강력한 부재로서 존재한다. 이 시의 타자는 완전한 침묵으로 인해 "너입니까? 나입니까?/너이고, 나입니까?"와 같은 존재에 대한 근원적인 질문을 유발한다. 이 강력한 부재의 단서는 "암흑의 절단면/살고자 올라간 끝에서/죽은 흰 얼굴들"이라는 이미지뿐이다. 암시적으로만 그려진 이 죽음은 부재를 증명하는 질문으로 인해 더욱 비극적으로 느껴진다.

시와 정치를 미학적으로 결합하기 위해 시인은 현실에 대한 직접적인 발언을 피하면서 타자의 고통을 환기한다. "사라지는 입들이/

사라지는 이름을 자꾸만 불러요/사라지는 사람이/웅얼웅얼 바닥을 들어 올려요/8월의 혀처럼 뜨거운/바닥이 등을 구부리고 언덕이 돼요"(「타인의 고통」), "덧없는 시 한 편/메로나 한 입/십 원짜리 동전들/망루 속 불길"(「한참」)에서처럼 비극의 현장을 인상적인 이미지로 포착한다. 영화의 몽타주 기법처럼 단속적 이미지들이 결합하면서 극적인 효과를 낳는다.

역설적인 진술 또한 시와 정치를 효과적으로 결합하는 방식이다. 역설은 "내려갈 데가 없는 사람들이 어딘가로 자꾸 올라간다"(「4:85 p.m.」), "죽은 태양 아래에서 세계가 철컥거린다/외침은 발을 절고 날개는 기어 온다/쏘지 마!"(「패러독스 파라다이스」)와 같이 상황을 압축해서 보여 주기도 하고, "어두운 광장에 불 켜지네/죽은 사람이/산 사람의 노래를 부르고 있네"(「광장의 불확실성」), "죽은 이들의 죽음이 살아나//살아 있는 우리의 삶을 말할 때까지"(「사운드 오브 사일런스」)에서처럼 죽음의 의미를 되살리기도 한다. 역설은 직접적인 진술보다 훨씬 강력하게 새로운 진실을 펼쳐 보인다. 정치적인 의식과 결합할 때 역설은 힘이 세진다. 젊은 시인으로서 박시하는 역설의 힘을 누구보다도 분명하게 인지하고 그 가능성을 다각도로 실험하고 있다.

5. 사랑의 공동체

시는 오랫동안 시적 자아의 내면 정서를 미적인 질서로 함축하는 양식으로 인식되어 왔다. 시에서 타자의 존재는 상대적으로 중심에서 멀리 떨어져 있었던 셈이다. 그런데 최근 시에서는 시에서 타자를 어떻게 만날 것인가에 대한 탐색이 다각도로 이루어지고 있다. 박시하의 시는 타자에 대한 관심이 각별한 편이다. 늘 타자의 존재를 감지하고 끌어들인다. 그 때문에 대화체가 자주 등장하고 자아를 벗어난 폭넓은 시선을 드러낸다. 시인은 자기 자신을 판단의 기준으로 삼는 근대적 주체와 달리 타자와의 관계를 통해 형성되는 변화의 과정을 중시한다. 주체와 타자가 서로의 관련 속에서 이루어 가는 흔적들을 좇아간다. 주체와 타자의 관계가 가장 강력하게 영향을 미치는 상태인 '사랑'에 시인이 몰입하는 것은 당연해 보인다. "사랑 앞에서 부리는 고집보다 아름다운 게//이 生에 다시는 없어"(「원형들」)라는 게 시인의 지론이다. 사랑은 '너'와 '나'를 빛나게 하는 각별한 경험이기 때문이다.

시인의 사랑은 힘없고 헐벗은 존재들을 향해 있다. "나는 사랑한다/배신한 애인의 좁은 등짝을/검게 부푼 시궁창을/닳은 구두 뒤축에 밴 리듬을/죽은 사람이 남긴 가난한 노래를/병든 달빛 아래의 만루 홈런을/세계의 모든 푸르스름한 반짝임을"(「나는 어리다」)에서처럼 사랑은 희미하게 사라져 가는 존재들을 기억하고 되살리는 것이다. 미약한 타자를 향한 사랑은 공동체의 삶에 대한 윤리의 출발점이 되어 준다. 레비나스가 "윤리는 보는 것이다"라고 한 이유는 힘없는 자들의 헐벗은 삶을 외면하지 않는 것이 윤리의 시작이라고 보았기 때문이다. 타자의 고통과 나의 고통은 근본적으로 다른 것이지만 그렇다고 상호 관계가 배제되는 것은 아니다. 오히려 반대로 타자에게 있는 고통은 '눈감아 줄 수 없는 것'이며 그런 의미에서 나에게 반응을 요청한다. 이것이 내가 처한, 피할 수 없는 윤리적 상황이다.[3] 시인은 타자의 고통에 무감하지 못하고 "서로 닮지 않은 우리들이/한 쌍의 눈물처럼 춤을 춘다/내가 너의 뼈와 가죽을 가르고/무릎을 꺾으며 걸어 나온다"(「삼원색」)에서와 같이 온몸과 감성으로 반응한다. 가난과 고통에 시달리는 타자들이 존재하는 비참한 세계를 외면하지 못하고

---

3 강영안, 『타인의 얼굴―레비나스의 철학』, 문학과지성사, 2005, 227쪽.

함께하겠다는 것이 공동체를 향한 시인의 사랑이다.

박시하에게 시는 객관적인 사실 너머의 또 다른 세계를 찾아가는 방식이다. 타자의 목소리를 삼키는 단일한 언어를 경계하며 '다른' 언어의 도래를 촉구하는 일이다. "세계는 우리에 대한 사실이 아니야/어떤 확신일 뿐/단단하고 끈적대고 더러운//사실은, 사실이 아닌/이 모든 사실들을 말하고 싶어"(「아포리아」)라고 말하듯, '사실'을 확정 짓지 않고 '사실이 아닌 사실'이 있다는 것을 드러내려 한다. 역설은 '사실'에 '사실 아닌 것'을 충돌시키면서 사실의 세계에 대한 지각에 혼란을 일으킨다. 역설이 담아내는 세계는 사실보다 훨씬 넓다. 언어의 상식을 뒤틀고 흔들어 대는 무모한 역설들을 통해 시인은 사실의 좁은 테두리를 넘어서는 아름다운 또 다른 세계의 꿈을 끌어온다. 그곳은 서로 닮지 않은 '우리들'이 함께 춤추는 사랑의 공동체이다.

공감의 시학
—박준의 시

1. 새로운 서정의 예감

우리 현대시는 전통과 실험이 부단하게 길항하면서 변전을 거듭해 왔다. 실험적인 시들은 시의 전통에 충격과 자극을 가하면서 새로운 시의 지평을 넓혀 가고 전통적인 시들은 다양한 자극을 체화하며 감수성의 범위를 확장해 왔다. 실험성이 왕성했던 시기에 이어지는 서정시들은 신선한 감각으로 이전 서정시의 전통에 새로운 물결을 일으킨다. 1980년대 시의 왕성한 실험이 있고 난 뒤에 출현한 1990년대의 서정시가 '신서정'이라는 별칭이 붙을 정도로 새로운 감수성을 드러낸 것은 서로 다른 개성의 시들도 부단한 간섭과 영향을 주고받으며 전개된다는 사실을 입증한다.

2000년대 이후 우리 시에서 실험성이 강한 일군의 젊은 시인들이 끼친 영향은 적지 않다. 이들은 수적으로도 전례 없이 풍성하고 꾸준한 활동을 펼치면서 입지를 확보하고 있다. 예외적인 소수의 전위적 작업으로 치부되던 전 시대 실험시들에 비해 한결 뚜렷한 세력을 형성하며 영향력이 증대한 것으로 보인다. 이제 젊은 시인들에게 실험성은 대세를 이룰 정도로 확산되어 있다.

박준 시인이 주목되는 이유는 아이러니하게도 젊은 시인들 중에서 드물게 전통적인 서정시의 느낌이 강한 시를 쓰고 있기 때문이다. 실험성과 개성의 각축장이 된 듯한 젊은 시들 사이에서 그의 시는 너무 익숙해서 낯선 재래의 감성을 드러낸다. 실험성이 강해서 해독이 어려운 시들에 비해 그의 시는 쉽게 읽힌다. 감정 노출을 극도로 자제하는 시들에 비해 그의 시에서는 감정이 여과 없이 흘러넘친다.

무엇보다 그의 시는 타자와의 소통을 지향한다. 소통보다 개성의 표출에 주력하는 다른 시들에 비해 그의 시에서는 타자에 대한 끊임없는 관심과 소통의 시도를 엿볼 수 있다. 그의 시에서 표현 이상으로 전달의 측면이 중시되는 이유는 함께 나누고 싶은 감정과 하고 싶은 말이 분명하기 때문이다. 그의 시에 농후한 서정성은 개인적인 내밀한 감정에 국한되지 않는다. 그의 시에는 동시대인들이 폭넓게 공감할 만한 사유와 정서가 자리 잡고 있다. 시인은 서정시의 섬세한 정서를 폭넓은 공감의 영역으로 확장하는 데 있어 남다르다. 그의 시에서는 우리 시에서 좀처럼 공유되지 않는 별개의 영역으로 존재해 온 개인적 감정의 차원과 사회적 공감의 차원이 자연스럽게 섞여 있다. 가장 내밀한 개인적 경험이든 공동체적 관심사이든 그의 시에서는 풍부한 정서적 반응을 유발한다. 대상에 대한 정서적 반응은 서정시의 본질적 특징이지만 낡은 전통으로 치부하여 기피해 온 것이기도 하다. 많은 서정시가 감정의 노출을 극구 제어하면서 기교와 정서의 세련을 이루는 반면 공감대의 축소를 감수해야 했다. 박준의 시는 어느새 멀리 떠나온 듯한 서정시 특유의 풍부한 정서와 감성을 되살림으로써 요즘 시에서 만나기 힘든 신선한 감응을 일으킨다.

그렇다 하더라도 그의 시가 낡은 감성으로의 복귀에 그치고 말았다면 철 지난 유행의 남루함을 벗어나기 힘들었을 것이다. 박준 시의 진정한 새로움은 서정시의 다양한 전통을 수렴하면서 자신만의 미학을 형성해 가는 데 있다. 이 글의 관심은 박준 시에서 서정시의 전통이 어떻게 변주되며 개성적 면모를 보여 주는지에 있다.

2. 시로 행하는 위로

박준의 시는 사람 사는 이야기로 채워져 있다. 서정성이 짙은 시들에서 자주 전경화되는 자연이 그의 시에서는 삶의 비유로써 작동할 뿐이다. 사람 사는 이야기 중에서도 그가 선호하는 방식은 사람과 사람이 밀착해서 주고받는 행동이나 감정이다. 지극히 내밀한 정서에 몰입하기 때문에 얼핏 보아 시적 대상이 개인적인 차원에 머무는 듯하나 전체적으로 볼 때 그의 시의 구성원들은 문제적이다. 그의 시는 아픈 자들, 슬픈 자들, 외로운 자들, 가난한 자들로 가득하다. 사회적으로 소외된 자들뿐이다. 시의 주체와 타자 모두 그러하다. 구성원으로 보면 사회성이 짙을 것 같지만 실제 시의 느낌은 서정성이 강하다. 시인의 관심은 사회적 문제의식을 드러내는 것보다는 시로 행할 수 있는 작은 위로에 있기 때문이다.

빈부 격차가 극심한 이 시대의 가난은 모두가 가난하던 시대의 가난과는 전혀 다른 의미를 갖는다. 가난은 어느새 극복하기 힘든 무기력의 원인이 되어 가고 있다. 계층의 격차는 더욱 심해지고 변화의 가능성은 요원해 보인다. 극복이 힘들어진 가난과 고통스러운 현실 앞에서 시인은 함께 앓는 방식을 택한다. 그의 시에서는 현실을 의지적으로 극복하는 인물을 찾기 힘들다. 대신 아프다는 솔직한 고백이 넘친다. 강한 현실 극복의 의지를 드러내는 것이 미덕이었던 이전 시대의 시들과는 사뭇 다른 양상이다. 변화의 가능성이 희박한 현실에서는 힘겹고 외로운 자들과 함께 앓는 것이 가장 친근한 위안의 방식이다. 박준의 시에 자주 나타나는 열병은 한없이 무력하고 힘든 상태에서 타자로부터 받을 수 있는 절대적인 위안의 계기가 된다.

> 한껏 땀을 흘리고 깨어나면 외출에서 돌아온 미인이 옆에 잠들어 있었다 새벽 즈음 나의 유언을 받아 적기라도 한 듯 피곤에 반쯤 묻힌 미인의 얼굴에는, 언제나 햇빛이 먼저 와 들고 나는 그 볕을 만지는 게 그렇게 좋았다
>
> ―「꾀병」 부분

> 미열을 앓는
> 당신의 머리맡에는
>
> 금방 앉았다 간다 하던 사람이
> 사나흘씩 머물다 가기도 했다
>
> ―「문병―남한강」 부분

그의 시에는 죽을 지경으로 열병을 앓는 자들이 있고 그 곁에는 그들을 극진하게 돌보는 사람들이 있다. 「꾀병」의 '미인'은 밤이 새도록 환자를 돌보고, 「문병」에서는 금방 앉았다 간다 했던 사람이 사나흘씩 머물며 머리맡을 지키기도 한다. 극도로 무력한 상태에서 지극한 보살핌을 받는 자들의 삶은 충만해 보인다. 「꾀병」의 '나'는 밤새워 간호를 한 '미인'의 얼굴에 비쳐든 햇볕을 만지는 게 "그렇게 좋았다"며 마냥 행복해한다. "술이 깬다 그래도 당신은 나를 버리지 못한다

술이 깨고 나서 처음 바라본 당신의 얼굴이 온통 내 세상 같다"(「당신이라는 세상」)에서도 '나'를 버리지 않은 '당신'의 얼굴로 인해 '나'의 세상은 존재한다. 극한의 상황에서 '나'를 버리지 않고 지켜주는 누군가가 있다는 느낌으로 인해 세상은 살 만한 곳이 된다. 바닥까지 내려간 상태에서도 '나'를 버리지 못하는 '당신'의 얼굴은 '내'가 다시 일어설 최초의 세상이다. 박준의 시는 이처럼 아프고 지친 자들을 지켜 주는 근심 어린 얼굴들로 인해 따뜻하다.

박준이 쓰려는 시 역시 이런 얼굴들과 다르지 않다. 시는 비록 밥이 될 수도 없고 돈이 될 수도 없지만 아프고 외로운 사람들의 편에서 위로가 되어 줄 수 있다. "혼자 밥을 먹고 있는 사람에게/전화를 넣어 하나하나 반찬을 물으면/함께 밥을 먹고 있는 것 같기도 했고"(「눈을 감고」)에서 혼자 밥을 먹는 사람을 지켜 주는 마음 같은 것이 시이다. 세상이 아무리 삭막해지더라도 시는 가난하고 외로운 사람들의 편에 끝까지 남아 있어야 한다고 시인은 생각한다. "우리는 그러지 못했지만 모든 글의 만남은 언제나 아름다워야 한다는 마음이었다"(「당신의 이름을 지어다가 며칠은 먹었다」)에서 짐작할 수 있듯이 시인에게 글은, 더구나 시는 언제나 아름다워야 할 최고의 가치이다. 끝까지 삶의 논리에 훼손되지 않는 최후의 보루 같은 것이다. 시인이 사랑, 아픔, 슬픔과 같은 감성적 시어들을 서슴없이 쓰는 이유는 감정의 토로가 결코 기피할 일이 아니라 오히려 가치 있는 일이라 여기기 때문이다. "하지만 작은 눈에서/그 많은 눈물을 흘렸던/당신의 슬픔은 아직 자랑이 될 수 있다"(「슬픔은 자랑이 될 수 있다」)에서처럼 슬픔을 살아 있고 열려 있는 풍부한 감정으로 받아들인다. 그리하여 슬픔과 아픔과 가난이 비웃음의 대상이 되는 "좋지 않은 세상"에서 타자의 고통을 향해 다가가는 것을 시의 일로 삼는다.

3. 연하고 무른 마음의 무늬

사랑의 감정을 표현하는 것은 서정시의 오랜 전통을 이루지만 언제부터인지 우리 시에서 만나기 힘든 장면이 되었다. 감정은 절제의 대상으로 인식되고 더구나 사랑이라는 과도한 감정의 상태는 되도록 피하고 싶은 부담스러운 영역을 이룬다. 그런데 이 젊은 시인은 아무렇지 않게, 아주 자주 사랑의 감정을 표현한다. 시가 원래 사랑 얘기 아니었냐는 듯 거침없이 사랑의 장면들을 그린다. 그의 시에서 내밀하게 드러내는 사랑의 감정들은 오랫동안 서정시의 정수를 이루던 연시의 존재를 새삼 상기시킨다. 극도로 개인적이고 주관적인 정서를 다루어야 하는 연시는 제삼자들에게는 자칫 과장된 감정의 노출로 비치기 십상이다. 박준의 시가 진술한 감정을 담으면서도 세련된 느낌을 주는 것은 연인들 사이에 오가는 섬세한 마음의 무늬를 감각적으로 그려 보이기 때문이다.

우리는 매번 끝을 보고서야 서로의 편을 들어줬고 끝물 과일들은 가난을 위로하는 법을 알고 있었다 입술부터 팔꿈치까지 과즙을 뚝뚝 흘리며 물복숭아를 먹는 당신, 나는 그 축농(蓄膿) 같은 장면을 넘기면서 우리가 같이 보낸 절기들을 줄줄 외워 보았다

─「환절기」 부분

그의 시에서 사랑은 연인들이 함께 보내는 시간의 흔적으로 드러난다. 가난은 사랑을 더욱 핍진하게 하는 조건이다. 가난한 연인들이 가난한 음식을 나누는 장면의 묘사에서 사랑의 표현은 절정을 이룬다. 시장을 세 바퀴나 돌아서 산 끝물 과일을 탐스럽게 먹는 '당신'과 그 모습을 하염없이 바라보는 '나'의 시간들은 인생에서 가장 빛나

는 한 절기임이 틀림없다. 그의 시에서 가난한 음식들은 가난한 연인들의 마음이 오롯이 마주치게 하는 효과적인 매개체다. "그때.//작은 냄비에 두 개의 라면을 끓여야 했던 일을 열락(悅樂)이나 가는귀라 불러도 좋았을 때, 동짓날 아침 미안한 마음에 "난 귀신도 아닌데 팥죽이 싫어라" 하거나 "라면 국물의 간이 비슷하게 맞는다는 것은 서로 핏속의 염분이 비슷하다는 뜻이야"라는 말이나 해야 했을 때"(「동지(冬至)」)에서 라면은 가난한 음식이지만 서로의 마음을 전달하는 결정적인 작용을 한다. 일인용 냄비에 두 개의 라면을 끓이는 일이 '열락'인 것은 가난하고 외로운 삶이 연인으로 인해 충만해졌기 때문이다. 서로를 연민하고 사랑하는 '마음'이 있는 바로 그 순간이 열락이다. 마음에 있어 그들은 누구보다 부유하고 행복하다. 함께 있고 함께 먹는 소소한 행동만으로도 한껏 충만해지기 때문이다.

그러나 이 사랑이 영원한 것이라고 시인은 결코 말하지 않는다.

한철 머무는 마음에게
서로의 전부를 쥐여 주던 때가
우리에게도 있었다

—「마음 한 철」 부분

사랑의 열락으로 가득한 시들도 자세히 읽어 보면 과거의 회상인 경우가 대부분이다. 서로의 마음이 온전히 오갔던 '그때'의 기억이 고스란히 살아서 재현된 것이다. 비록 '한철'이어도 그것이 지옥의 경험이 아니라 열락의 경험이라면 아름답지 아니한가. 이 시인은 마음이 만들어 내는 가없는 세계를 무엇보다도 중시한다. 마음의 무늬는 한없이 연하고 무른 것이어서 하염없이 들여다보고 떠올리는 자에게만 비친다. 박준의 시는 마음과 마음이 그려 내는 절정의 순간들을 지울 수 없는 선연한 흔적으로 새겨 놓는다. 가난한 연인들이 나누었던 충만한 열락의 순간들을 그의 시보다 더 아름답고 감각적으로 포착한 시를 만나기는 쉽지 않을 것이다.

4. 소외된 삶의 풍경

박준의 시는 연시로 표현되는 내밀하고 개인적인 차원을 넘어 사회적인 차원으로 확장된다. 가난한 연인들에게 그러했던 것처럼 가난한 이웃들을 향한 관심과 연민은 각별하다. 그의 시선은 철저하게 가난하고 소외된 자들을 향한다. 그는 "좋지 않은 세상"의 문제를 비판적으로 드러내기보다는 그곳에서 고통받는 약자들의 슬픔을 생각하는 것을 자신의 일로 여긴다. 사회문제에 대한 직접적인 비판보다는 약자들의 삶에 공감하는 정서적 반응에 주력한다. 그의 시 중에서 가장 첨예한 사회문제에 해당하는 용산참사를 다룬 경우조차 독특한 서정적 방식을 보여 준다.

> 빛은 적막으로 드나들고 바람도 먼지도 나도 그 길을 따라 걸어 나왔다 청파동에서 한 마장 정도 가면 불에 타 죽은 친구가 살던 집이 나오고 선지를 잘하는 식당이 있고 어린 아가씨가 약을 지어 준다는 약방도 하나 있다 그러면 나는 친구를 죽인 사람을 찾아가 패(悖)를 좀 부리다 오고 싶기도 하고 잔술을 마실까 하는 마음도 들고 어린 아가씨의 흰 손에 맥이나 한번 잡혀 보고 싶다는 생각을 한다
>
> —「용산 가는 길—청파동 1」부분

시인은 '나'의 눈에 비친 용산이라는 주관적인 시점을 선택한다.

참사의 현장은 "청파동에서 한 마장 정도 가면 불에 타 죽은 친구가 살던 집이 나오고"라는 한마디 속에 압축되어 있다. '나'는 그를 위해 "패(悖)를 좀 부리다 오고 싶기도 하"다는 마음을 먹을 뿐 실제로는 그러지 못한다. 그와 마찬가지로 약자인 '내'가 할 수 있는 일은 "매일 병(病)을 얻"고 아파하는 것뿐이다. 박준의 시에 나오는 그 많은 화자들이 아프고 병들어 있는 것은 이처럼 시대의 고통과 슬픔 앞에 무기력하게 지낼 수밖에 없는 상황과 무관하지 않다. '나'는 "좋지 못한 세상"을 만들어 가는 강자들을 찾아가 패악을 부리지는 못하고 약자들의 곁에 남아 함께 아프고 힘들어한다. "남은 청파동 사람들이 막을 떠나가고 있었다 이제 열에 둘은 폐가고 열에 여덟은 폐허였다"(「2:8—청파동 2」)며 끝까지 남아 마지막 모습을 보고한다. 가난한 사람들의 삶을 지켜만 보고 있는 자신에 대해 "사실 그때부터 나의 사랑은 죄였습니다"(「관음(觀音)—청파동 3」)라며 부채 의식에서 벗어나지 못한다. 이러한 감정의 밑바탕에는, 함께 어울려 사는 세상에서 불행한 이웃이 있다면 자신 또한 결코 행복할 수 없다는 지극한 연민의 정서가 자리 잡고 있다. 그의 시에서는 감정을 배제한 담담한 정경 묘사에서도 공동체적인 삶의 관계에 대한 섬세한 관조가 엿보인다.

중국 서점이 있던 붉은 벽돌집에는 벽마다 죽죽 그어진 세로 균열도 오래되었다 그 집 옥탑에서 내가 살았다 3층에서는 필리핀 사람들이 주말마다 모여 밥을 해 먹었다 건물 2층에는 학교를 그만둔 아이들이 모이는 당구장이 있었고 더 오래전에는 중절 수술을 값싸게 한다는 산부인과가 있었다 동짓달이 가까워지면 동네 고양이들이 반지하 보일러실에서 몸을 풀었다 먹다 남은 생선전 같은 것을 들고 지하로 내려가면 어미들은 그새 창밖으로 튀어 나가고 아비도 없이 자란 울음들이 눈을 막 떠서는 내 발목을

하얗게 할퀴어 왔다

— 「발톱」 전문

이 시는 한 건물에 대한 객관적 묘사만으로도 소외된 삶의 절박한 느낌을 실감 나게 드러내고 있다. 화자가 살던 다세대 주택은 삶의 변방으로 몰린 자들의 집합소 같다. 이국땅에서 외롭게 살아가는 외국인들, 학교를 그만둔 아이들, 값싼 중절 수술을 하는 산부인과, 도둑 고양이들까지 한결같이 황막한 삶의 풍경을 구성한다. 아비도 없고 어미조차 달아나 최소한의 보호막도 없는 고양이들이 본능적으로 발톱을 세우고 있는 장면과, 이 고양이들과 다를 바 없이 거친 환경에 내몰린 자들이 모여 사는 이 건물의 세로 균열이 절묘하게 중첩되면서 소외된 삶의 인상을 선명하게 각인시킨다.

시인의 섬세한 시선은 소외된 삶의 현장 속에 새겨진 '발톱'이나 '눈물'을 놓치지 않는다. 「유성고시원 화재기」에서는 열악한 환경의 고시원에서 발생한 화재와 그곳에 사는 소외된 자들의 삶이 무관하지 않다는 사실을 역설한다. "누전이나 방화는 아니었다고 생각합니다 그건 단지 그동안 울먹울먹했던 것들이 캄캄하게 울어 버린 것이라 생각됩니다"에서 자연스럽게 틈입한 감정적 진술에는 소외된 삶에 대한 진한 연민의 정서가 내재해 있다.

이처럼 박준의 시에는 가난하고 외로운 사람들을 향한 관심과 연민이 뚜렷하게 자리 잡고 있는데, 그의 시에서 남다른 진정성이 느껴지는 이유는 자신의 삶 또한 그들과 다르지 않다는 동류의식이 강하게 드러나기 때문이다. 그의 시에 등장하는 아프고 병든 화자가, 더 거슬러 올라가 유년 시절 가난에 적응해 가는 다음과 같은 장면은 무척 인상 깊다.

그때, 수학여행에 못 가고 벤치에서 몸을 김밥처럼 말아 넣는 놀이를 하고 있을 때 친구들은 첨성대를 돌아 천마총으로 향하고 있었을 겁니다 뒷산에서부터 저녁이 미끄러져 내려왔습니다 철봉에 거꾸로 매달리는 놀이, 혀가 마른 입술을 아리게 만나는 놀이, 시소가 떠난 무게를 기억하는 간단한 놀이, 누가 부르는 것 같아 자꾸 뒤돌아보는 놀이 들을 모래에 섞어 신발에 넣었습니다 네가 돌아오면 '경주는 많이 갔다 와 봐서, 바다로 가족여행을 다녀왔어'라고 신발을 털며 말하고 싶었지만

—「천마총 놀이터」 부분

세상에 이보다 더 쓸쓸한 놀이터가 있을까. 수학여행을 못 가 혼자 남은 화자가 천마총을 상상하며 행하는 쓸쓸한 놀이는 어찌 보면 시가 탄생하는 자리라고 할 수 있을 것이다. 가난 때문에 소외된 마음의 공허를 상상이 메운다. 가고 싶은 곳을 상상으로 그려 보는 이 쓸쓸하고 복잡한 마음속에서 삶에 대한 깊은 고뇌와 이해가 생겨났을 것이다. 철저하게 외롭고 슬픈 이 시간을 경험한 그는 그런 소외의 장면들에 무심하지 못하고 함께 아파하는 공감의 정서에 친숙하다. 그의 시선은 사회에서 가장 낮은 곳, 쓸쓸한 곳에 머물며 그곳에 놓인 불안과 상처를 섬세하게 드러낸다.

5. 아름다운 만남

박준의 시는 가난하고 소외된 삶에 집중되어 있으면서도 따뜻한 정서로 가득하다. 가난한 연인들이 나누는 사랑과 소외된 이웃에 대한 관심이 인상 깊게 펼쳐진다. 그의 시는 "좋지 않은 세상"에서도 매몰되지 않는 '마음'의 움직임을 그린다. 섬세한 감각과 풍부한 감정이 중심을 이루는 시선을 보여 주는 그는 전형적인 서정시인이라 할 수

있다. 그는 사람과 사람의 마음이 만들어 내는 또 하나의 세상을 꿈꾼다. 그곳에는 '미인'이 산다. 그의 시에서 독특하게 출현하는 미인은 무한한 사랑과 믿음의 산물이다. 열병에 걸린 연인의 곁을 근심스럽게 지키는 미인은 삶에 대한 긍정의 첫 출발점이다. 환영이든 실제이든 미인의 존재로 인해 삶은 아름답게 빛난다.

그에게 사람보다 더 큰 가치는 없다. 서정시에서 흔한 자연의 예찬을 그의 시에서는 찾기 힘들다. 그의 시에서 자연은 인간 세상 너머에서 빛나지 않고 인간의 곁에서 함께한다. 가장 높은 곳에서 빛나는 별조차 인간의 높이로 내려와 있다. "별들은 날아오른 새들이/들깨 씨를 토해 놓은 듯/별들도 한창이었습니다"(「별들의 이주(移住)—화포천」)의 "들깨 씨"나 "그제야 우리 어머니 잘하는 짠지 무 같은 별들이, 울먹울먹 오열 종대로 쏟아져 내렸다"(「별의 평야」)의 "짠지 무"같이 친숙한 느낌이다. "작은 창으로 바라본 하늘엔 봉제선 같은 별들이 두둘두둘 많다"(「잠들지 않는 숲」)의 별도 "봉제선"을 떠올리게 하며 가난한 삶과 이웃한다. 그의 시에서 별들은 고고하게 초월해 있지 않고 지극히 인간화된다. 인간 세상에서도 가장 낮은 곳에 있는 가난하고 외로운 자들의 곁에 있다. "달이 크고/밝은 날이면/별들도 잠시 내려와//인가(人家)의/불빛 앞에서/서성거리다 가는 길"(「입속에서 넘어지는 하루」)에서처럼 인가의 불빛만큼 낮은 곳에서 창밖을 지킨다. 우리 시에서 보기 드문 이런 인간화된 별의 이미지는 사람을 최고의 가치로 삼는 시인의 관점과 상응한다.

그의 시에서 가장 아름다운 장면은 사랑과 연민의 눈길이 오가는 만남의 순간이다. 절정의 사랑을 나누는 사람이 미인이고, 사랑하는 사람들의 눈길이 닿는 곳이 아름다움의 끝이다. 사랑으로 충만한 마음으로 인해 세상은 열락의 장소가 된다. 박준의 시는 서정시가 오래도록 잊고 있었던 마음의 섬세한 작용과 공감의 능력을 떠올리게 한다. 위로가 되고 희망이 되는 서정시 특유의 치유력을 돌아보게 한다. 서정시의 다양한 물꼬를 받아들이고 바꾸어 가는 그의 시에서 또 한 번의 새로운 서정을 예감하게 된다.

어른아이와 불확실성의 언어
—이우성의 시

　우리 근대시의 첫 장면은 '소년'에 대한 무한한 기대로부터 출발한다. 「해에게서 소년에게」의 소년은 새 시대를 이끌어 갈 가능성으로 충만하다. 혼란스러운 변화의 기류 속에서 소년은 구시대를 타파하고 새 시대를 펼칠 변혁의 주체로 상정된다. 1920년대 낭만주의 시에서 소년 또는 아이는 삭막한 현실 저편에 존재하는 무구한 세계의 상징이 된다. 그것은 파괴되지 않은 존재의 근원이나 원초적 자연의 동의어로 통용되며 현실에 대응하는 문학적 기호로 자주 호출된다. 식민지배가 심화되는 1930년대의 「오감도」는 닫힌 세계 속에서 질주하는 '아해들'을 통해 출구 없는 시대의 절망감을 극화한다. 이 시에서 아이들은 희망이나 순수의 상징과 직결되던 통념에서 벗어나 불가해한 공포를 표출하는 부정적 이미지를 형성하게 된다. 해방 이후 산업화 시대를 거치면서 우리 시는 외세보다 독재정권에 대한 저항에 주력하게 된다. '아버지'로 상징되는 권위나 절대 권력과의 지난한 싸움이 시작된다. 1980년대에는 아버지에게 적대적인 '청년들'의 거센 반발과 부정이 빈발한다. 아버지 못지않게 강한 청년들이 불합리한 권위에 불복하고 신랄한 야유도 서슴지 않는다. 1990년대 이후에는 아버지 또는 정권의 권위가 해체되는 반면 확고했던 주체의 혼란이 시작된다. 외부와의 싸움에서 내면의 성찰에 눈을 돌리고 존재의 근원에 대해 질문하는 새로운 변화가 생겨난다. 2000년대 이후 우리 시는 전례 없이 복잡다기한 주체의 탐구에 몰입하게 된다. 단일한 주체에 대한 확고한 믿음이 흔들리면서 변화무쌍한 주체들이 출현한다. 남성과 여성, 어른과 아이, 심지어 사람과 귀신의 구분마저 모호해진다. 주체 개념의 동요는 자기동일성에 대한 근본적 의심에서 비롯된다. 자기동일성을 확인할 만한 뚜렷한 기준이 없는 상태에서 주체는 끊임없이 흔들리고 분산된다. 주체는 혼란스러운 한편 자유로워진다. 많은 시인들이, 어른이지만 아이와 같은 존재를 통해 자유로운 주체를 발현한다. 이우성의 시에 나타나는 '어른아이'의 이미지가 이런 현상의 흥미로운 예가 될 수 있을 것이다.

'어른아이'는 아이 같은 어른을 일컫는 말이다. 흔히 '피터팬 증후군'이라고도 하는 '어른아이 증후군'은 성년이 되어도 어른들의 사회에 적응할 수 없는 남성을 뜻한다. 사회학적으로는 IMF 외환위기 이후 경제적 활동을 하지 않고 부모에게 의지하며 함께 사는 성인 자녀들을 의미하는 캥거루족과 밀접한 관련이 있다. 피터팬 증후군이라고 할 때는 이들이 갖는 경제적인 상황보다 심리적인 문제에 더 관심을 갖는다. 이들의 문제는 성인에 합당한 태도를 보이지 못하고 어린아이와 같은 사고방식이나 행동으로 책임을 회피하려 한다는 것이다. 이들은 어른이지만 아이의 세계에 머무는 듯 자기 위주이며 철이 없다.

이우성 시에서 자주 등장하는 '나'는 어른아이를 연상시키는 성인 남자이다. 「구순기의 총각은 스크류바를 빨고」라는 시 제목처럼 구순기에 고착된 듯 단순하고 철없어 보이며 "애인이 없으면 잘못 사는 것 같다"(『이우성』)고 고백할 정도로 솔직하다. 규율이나 제약에 얽매이는 법 없이 자유분방하고 본능에 충실한 것으로 보이는 한편 자화자찬을 멈추지 못할 정도로 심각하게 콤플렉스를 드러내기도 한다. 결정적으로 그에게는 잉여적 존재가 되는 것에 대한 두려움이 나타난다.

철봉에 매달린다

여자아이가 배를 가리키며 웃는다

너는 환할 때 혼자 놀이터에 오는 어른은 되지 마

무거워지지도 말고

슈퍼마켓 주인아저씨가 수건으로 사이다 병을 닦는다

미끄러지듯

난처한 유리

택시가 사람을 두고 간다

—「먼지」 전문

철봉에 매달린 '나', 성인 남자가 자신의 배를 가리키며 웃는 '여자아이'에게 말한다. "너는 환할 때 혼자 놀이터에 오는 어른은 되지 마"라고. 이런 어른은 틀림없이 직장도 없고 할 일도 없이 외롭고 따분하게 살아가고 있을 것이다. 동네 슈퍼마켓에서 먼지를 뒤집어쓰고 놓여 있는 사이다 병처럼 아무도 그에게 관심을 두지 않는다. 아무리 미끄러지듯 닦아 놓은들 그 사이다 병이 팔려 갈 날이 있을까. 이 처치 곤란한 사이다 병은 다시 택시가 "두고 간" 사람으로 이어진다. 택시에서 내린 것이 아니라 택시가 두고 간 사람 또한 어지간히 "난처한" 상황에 놓여 있는 것이리라. 이 시는 제목처럼 우리 사회에서 먼지 같은 잉여적 존재들을 그리고 있다. 아무리 닦아도 다시 쌓이며 쓰일 기미는 전혀 보이지 않는 "난처한" 존재들.

　그렇지만 제대로 쓰이는 온전한 어른이라고 해서 긍정하는 것은 아니다. "어른은 권한을 담은 것/쌓이는 구석//겨울의 수영장/세 번째 스윙/저녁이 되는 집"(「변신」)이라는 짤막한 시에서 알 수 있듯, 어른이란 권한은 있지만 적막하고 허무한 상태로 변하는 존재로 인식된다. 권한은 있지만 활력이 없는 대상에 대해 시인은 강한 거부감을 표시한다. "박물관에서는 손가락을 씹지 않는다/박물관에서는 나무를 심지 않는다/가지에 손가락을 걸지 않는다"(「어쩌면 이 모든 식물이」)에서 박물관은 어린아이 같은 상태와 상반된다. 어린아이는 미숙하지만 그렇기 때문에 변화무쌍하고 생기가 넘치는 반면 박물관은 움직임이나 생기가 없다. 시인은 바로 그런 정체된 안정성, 진부한 권한에 대한 거부감 때문에 어른이 되기를 거부하고 어린아이와 같은 상태를 지향한다.

　어른과 아이의 결정적인 차이는 어른이 성장을 멈추고 고정된 실체가 되는 것에 비해 아이는 성장 중이며 끊임없이 변화해 간다는 점이다. 고유한 하나의 이미지를 갖는 어른들에 비해 아이들의 이미지가 종잡을 수 없이 변하는 것은 그 때문이다. 더 이상 변화를 멈추고 자아동일성을 형성한 어른은 자신이 고정점이 되는 확고한 세계를 확립할 수 있다. 이에 비해 아이는 아직 통합된 자아동일성에 이르지 않은 상태이기 때문에 고정점 없이 흔들리며 부단히 변화한다. 이러한 어른과 아이의 차이점은 '자아'와 '주체'의 개념을 연상시킨다. '자아'가 세계의 중심이 되는 확고한 위치를 차지하는 것에 비해 '주체'는 부단히 다른 것에 간섭되며 온전히 통합된 상태에 이르지 못한다. 지젝의 말처럼 주체는 실체가 스스로를 온전히 실현하거나 완전한 자기동일성에 이르는 것의 불가능성에 붙여진 이름이다. 그러나 지젝은 주체의 불완전성을 부정적으로 보지 않고 타자를 향해 열려 있기 때문에 연대감을 갖고 사회의 일원으로 함께할 수 있는 조건으로 본다. 주체는 자아처럼 온전히 전체가 될 수 없는 공백이나 예외의 상태를 포함하며 고정된 의미화가 불가능한 존재이다. 이러한 주체의 개념을 긍정하는 젊은 시인들은 어른보다 아이의 상태에서 변화무쌍한 주체의 출현을 인지하며 기꺼이 거기 머물려 한다.

이우성의 시에서 '나'는 자아가 아닌 주체의 개념을 구현하고 있다. '나'는 고정불변의 자아와는 거리가 멀고 타자와의 관계에 의해 끊임없이 변화하는 주체이다. "공기의 모양을 추측하는 표정으로 사람들이 서 있다/우성이가 사실인지 어리둥절하다/우성이를 만진다/우성이가 자신과 똑같다는 사실이 놀랍다/그러나 우성이가 모두 다르다는 사실은 놀랍지 않다//나는 내가 다 어디로 가는지 모르지만/수십 수백만 개의 우성이가 떠오를 거라고 말했다"(「사람들」)에서 '나' '우성이'는 사람들의 시선과 관심에 따라 다양하게 분화한다. 무수한 타자들과 만나 형성된 "수십 수백만 개의 우성이"는 주체의 고정된 의미화가 불가능하다는 증거이다. 시인은 확고한 자아와 달리 매 순간 변화하는 주체를 뚜렷하게 감지한다. "한 방향으로 걷는 다리를 세우고 앉는다/있던 곳으로 돌아갈 수 있다/그러나 방에 들어와 있는 나는 발굴한 字 같다"(「오래전의 내가 분명해지는 때」)에서 '나'는 걸을 때와 앉을 때, 거리와 방 안에서 전혀 다른 느낌이다. 어느 순간 '나'는 "발굴한 字"처럼 생소하다. "정신없는 날에는/나머지 반이 잘 있다고 믿는 게 조금 불안합니다/그러므로 우리가 웃는 모습을/우리에게 보여주는 사진은 필요합니다"(「손끝이 말해 줍니다」)에서 '나'는 다리가 걸을 때 머리는 딴생각을 한다. 그렇다면 '나'는 어디에 있다고 할 수 있을까? 증명사진 속의 '나'와 일상의 '나' 중에서는 누가 더 확실하다고 할 수 있을까? 주체의 개념은 이런 근본적인 질문들을 불러일으킨다. 판단과 행동의 확실한 출발점이 되어 주었던 '나'의 의미가 불확실해지면서 존재의 근거에 대한 전면적인 문제의식이 생겨난다.

　존재의 불확실성에 대한 의식은 언어에 대한 사유와 무관하지 않다. '나'라는 존재가 고정불변하는 것이 아니라 타자와의 관계에 따라 달라지듯이 언어 역시 절대적으로 확립되어 있는 것이 아니라 관계 속에서 형성되어 온 것이다.

네 살배기 조카 데리고 과자 사러 가는데
조카가 손가락으로 개나리를 가리키며
삼촌, 진달래 한다
진달래가 아니라 개나리야 해도
진달래! 한다
기우뚱 기우뚱 신나게
진달래 한다
길가에 벚꽃이 줄지어 피었기에 조카에게
목련, 한다
조카도 따라서
목련 한다
내 손을 꼭 잡고
목련 한다
산들바람 불자 맞장구치듯
벚꽃도 목련하며 고개 끄덕인다
어딘가에서 목련이 벚꽃! 하는 소리 들린다

—「조카의 꽃 이름」 전문

한창 말을 배우고 있는 조카가 개나리를 가리키며 진달래라고 한다. 꽃 이름을 잘못 알고 있는 것이다. 그렇지만 개나리니, 진달래니 하는 이름은 꽃의 본질과는 상관없이 임의로 부여된 것일 뿐이다. 다르게 부르기 시작했다면 다른 이름을 갖게 되었을 것이고 심지어 많은 사람들이 새로운 이름으로 부른다면 그렇게 바뀔 수도 있는 것이다. 우리가 별로 의심하지 않고 쓰는 모든 언어들이 실은 매우 불완전한 약속에 기반을 두고 있다. 어른아이 같은 시인 삼촌은 조카의 엉뚱한 말을 흉내 내며 언어의 형성 과정을 반추해 본다. 개나리, 진달래, 벚꽃, 목련 모두 우연하게 결합된 이름에 의해 불리고 있다. 언어는 존재에 덧입힌 불완전한 기호일 뿐 그 본질과는 무관하다. 불교에서는 언어의 한계를 넘어서 사물의 본질에 이르는 방법으로 '사벌등안(捨筏登岸)'의 지혜를 제시한다. 언어는 인식의 도구일 뿐 진리 자체와는 거리가 멀다고 본다. 그리하여 언어의 한계를 돌파하기 위해 종종 논리가 통하지 않는 극한의 언어를 깨달음에 이르기까지의 화두로 삼는다.

어린아이의 언어와 시인의 언어, 그리고 종교적 언어는 논리의 영역을 초월하면서 확장된다는 점에서 상통하는 점이 있다. 기성 언어에 미숙하기 때문이든 그 한계를 넘어서기 위한 것이든 이런 언어는 기성 언어와 어긋나면서 신선한 자극과 깨달음을 불러일으킨다. 인과의 논리를 벗어난 엉뚱한 문장의 결합이나 부정확한 단어 선택이 의외의 느낌을 유발하며 감각을 확장한다.

이우성은 어린아이 같은 시선과 어법을 활용하여 새로운 언어를 펼쳐 보인다. 가령 "사라진 친구에게 못 한 말이 많아요/나침반의 고집에 대해/조급해진 가방과 감기 걸린 나무에 대해/귀가 긴 아이들이 공원의 아까시나무 아래에서/토끼가 묻어 놓은 아코디언을 찾아냈어요"(「약속하고 다짐하고 노트」)에서는 논리적 질서를 벗어난 자유로운 연상이나 소리의 어울림에 의한 단어 선택이 이루어지고 있다. 인과관계와 무관한 비논리적 언어는 의미 차원에 한정된 언어 바깥에서 새로운 의미를 찾기 위한 방법이 될 수 있다. 소리의 어울림만으로 선택된 단어들은 의미의 바깥에서 자유롭게 존재하는 언어의 가능성을 드러낸다.

직관에 의해 조어를 만들어 내는 방법에도 어린아이와 같은 사고방식이 작동한다. "나는 다시 태어났어 머리 대신 사과를 얹고/늦었지만 밝게"(「사과얼굴」), "저 나무는 생각들로 이루어졌다 나무가 걷지 않는다고 말할 수 있을까 우리의 발이 닿는 곳에 나무가 있다"(「사람나무」)에서 "사과얼굴"이나 "사람나무"는 '사과 같은 얼굴'이나 '사람 같은 나무'처럼 두 관념이 병치되는 것이 아니라 한 단어로 결합되면서 선명한 이미지를 만들어 낸다. 원관념과 보조관념을 구분하지 않고 동등하게 결합하면서 의외의 느낌을 불러일으킨 셈이다. 어린아이와 같은 직관 속에서 순간적으로 결합한 단어들을 그대로 살려 쓰면서 생겨난 표현이라 할 수 있다.

해가 가슴주머니를 가져갔다 나는 깍지 낀 손을 머리에 얹고 고개를 젖혔다

내 메모와 새들 그리고 일찍 일어나 기다린 오후를 품고
해가 열린다

—「아, 라고 발음할 때」 전문

"가슴주머니"도 이우성식의 조어이다. 가슴에 무언가 많은 것이 담겨 있는 상태를 "가슴주머니"라는 하나의 이미지로 표현한 것이다.

감정은 직접 표출되지 않고 간결한 이미지나 상황의 제시를 통해 드러난다. "일찍 일어나 기다린 오후"에서 기다리는 주체는 "오후"이다. 논리적으로는 비문이지만 시적으로는 흥미로운 구절이다. 오후가 앞당겨졌다는 것은 밤새워 무언가를 썼다는 말일 것이다. "해가 열린다"라는 말도 논리에서 벗어나지만 시적으로는 충분히 가능하다. "가슴주머니"에 담긴 말을 밤새도록 메모했고 아침 해가 뜨고 새들이 지저귀는 소리를 들으며 드디어 "아" 하고 고개를 젖히는 상황을 그린 것을 알 수 있다. 해가 뜨면서 메모를 멈추었으니 "해가 가슴주머니를 가져갔다"라고 한 것이다. 그의 시에서는 이처럼 논리를 벗어나지만 자연스러운 유추가 가능한 말들이 새롭게 생성되기도 한다.

자기동일성의 부정과 주체의 다양성에 대한 인식, 어른아이와 같은 미성숙한 관점을 활용하는 시작 방식은 이우성만의 것이라 하기 어렵다. 이우성을 비슷한 성향의 다른 젊은 시인들과 구별해 주는 보다 분명한 개성은 과감한 생략을 통해 언어의 불확실성을 극대화하는 방식이다. 시의 산문화 경향은 우리 시에서 꽤 오랫동안 심화되어 온 양상인데, 2000년대 이후 실험성이 강한 젊은 시인들의 시에서도 산문화 경향은 더욱 가속화되어 왔다. 일찍이 우리 시에서 보기 힘들었던 새로운 주체들의 출현은 주로 요설체의 장황한 언어들을 동반하며 이루어진다. 새로운 주체들은 자신을 설명할 만한 수다한 사연이나 상황과 함께 등장한다. 그에 비해 이우성의 시는 별다른 설명 없이 전개된다. 논리적 인과관계마저 생략되는 경우도 부지기수이다. 그의 시는 과감한 생략이 특징이지만 그렇다고 전통서정시에 나타나는 절제미나 여백의 미와는 거리가 멀다.

목은 연주를 그만두었어

하지만 몸의 먼 곳에 하늘을 무릎과 손가락이 주고받은 대화를 풀 사이를
지나온 빛을 걸어 두었지

　멀어지는 물
다가오는

생각과 지느러미와 흔들리는 손바닥

구름이 목에 닿는다

　열린다

비옷을 입고 건널목에 서서 하품을 하고
                         —「고요는 물고기 같아」 전문

　이우성의 시에서 이루어지는 과감한 생략은 절제나 여백의 효과를
불러온다기보다 세계의 실재와 하나가 되는 언어의 실재를 구현하는
방법이라 할 수 있다. 위의 시는 "고요"한 세계의 실재를 생략을 통해
고요해진 언어로 드러내고 있다. "목은 연주를 그만두었어"라는 이우
성식의 표현은 물질(物)을 주어로 삼아 주체를 다각화한다. 소리가 멈
추고 고요가 차지한 공간은 자유로운 연상과 감각적 이미지들과 풍부
한 여백으로 신선하게 드러난다. 고요한 공간은 물고기가 헤엄치는
물속과 같다. 물고기처럼 생각이 흔들리며 지나다니고 연주를 그만둔
목은 구름이 닿는 듯 막혔다가 열린다. 마지막 구절은 이 시를 발생시
킨 현실적인 상황으로 추측된다. 이 시에서 묘사한 것은 흥얼거리다

건널목에 멈추어 선 순간의 고요가 아닐까? 비옷을 입고 있기 때문에 물속의 지느러미 같은 이미지를 연상하게 되었을 것이다. 하품이 나오는 순간의 목은 구름이 걸려 있다 열리는 하늘과 유사하다. 이런 식의 유추가 가능하긴 하지만 이 시에서 중요한 것은 "고요"한 세계를 구현하는, 언어의 고요하고 감각적인 운용에 있다.

세계의 실재와 하나가 되는 언어는 고정관념에서 벗어나는 과감한 혁신을 필요로 한다. "우리의 걸음이 우리의 걸음에 닿는다/흐르는 집들/바다의 바다/정확한 일/우리는 불안을 예감하게 하는 위치/오후가 가라앉고 있습니다"(「빛의 마음」)에서 어떤 의미를 포착하기는 쉽지 않다. 그러나 "빛의 마음"이라는 제목에 어울리는 속도감이 이 시를 지배하는 것에서 세계와 언어의 실재가 부합한다는 느낌을 받게 된다. "풍선이 비행기를 뜯고 쏟아져 나온다/벌써 알고 있구나/세상의 색들은/비행기를 싣고 높이/하늘은 왜 셀 수 없지//하나와 하늘//집 안에 풍선이 가득했어요"(「날아간다」)에서도 논리적인 인과관계를 벗어난 무질서한 언어들이 난무한다. 화자도 계속 바뀌고 시제나 서법도 수시로 변하며 서술 방식의 일관성도 찾아보기 힘들다. 마치 지우개로 군데군데 지워 놓은 그림처럼 이 시에서는 의미의 맥락이 끊어져 있고 두서가 없다. 이 시 역시 제목처럼 "날아간다"는 행위의 자유분방함과 예측 불가능성을 언어적으로 구현해 보인다. 시인과 독자가 공감할 수 있는 시를 의도했다면 이런 시는 분명 실패작에 가까울 것이다. 그러나 이 시인은 하나의 의미나 감정으로 엮일 수 있는 시보다는 다양하게 확산되는 시를 쓰고자 한 것 같다. 스스로도 "산만한 흔적"(『나는 미남이 사는 나라에서 왔어』 표지4글) 같다고 표현한 자신의 시가 독자들의 또 다른 감성에 부딪히며 파생시킬 무수한 파문들이야말로 그가 의도한 것이리라. 독자들이 자신과 같은 무늬를 보기를 바랐

다면 그의 시는 좀 더 설명적이었을 것이다. 그러나 그는 많은 생략과
여백을 통해 독자들이 저마다 새로운 의미를 창출해 내도록 한다.

> 동그라미를 그린다
> 벽에 붙인다
> 들어간다
>
> 떨어진다
>
> ―「흑백사과」전문

이 시에서도 상황 묘사가 극도로 압축되어 있기 때문에 정확한 의
미를 추출하기 어렵다. 시에 가득한 여백은 독자들의 이러저러한 상
상을 자극한다. 설명이 생략되어서 독자들이 여백을 채우도록 유도한
다. 그는 표현의 기능보다 제시의 기능이 강한 언어를 사용하여 독자
들이 참여할 여지를 많이 부여한다. 거의 모든 시에서 구두점이 생략
된 것도 표현의 기능을 억제하여 다양한 잠재 의미를 발생시키는 요
인이 된다. 이는 주체의 자기동일성이나 의미의 확정성을 부정하며
타자와의 관계에서 무수히 생성되는 낯선 주체와 잠재 의미의 가능성
을 열어 놓는 인식의 태도와 무관하지 않다. '나'만이 나의 '말'의 온
전한 주인이라고 할 수 없고 '말'은 또 하나의 실재로서 세계의 실재
와 상응하는 것이다. 설명이 배제된 간결한 언어를 통해 그는 실재의
세계와 언어를 날것인 채로 제시하려 한다. 불확정적인 실재의 세계
처럼 불확실한 언어로 주체와 타자가 함께 생성해 가는 생생한 현실
을 유도한다.

이우성의 시에 나타나는 어른아이와 같은 미성숙한 주체는 자기동

일성에 대한 믿음이 근본적으로 흔들리는 시대적 인식을 반영한다. 그의 시에 나타나는 어른아이는 이전 시대 시인들의 '소년'이나 '청년' 이미지가 함유했던 희망과 순수, 혹은 저항의 상징과는 전혀 다르다. 그는 철없는 어른아이의 이미지를 통해 혼돈의 시대를 증상으로써 구현한다. 그는 신념이나 이성과는 거리가 먼 불안과 혼란의 언어를 구사하며 주체에 대한 근본적인 인식의 변화를 드러낸다. 불완전한 주체를 반영하는 불확실성의 언어는 낯설고 새로운 의미의 영역으로 우리를 이끈다. 과격하게 생략되어 커다란 틈을 벌리고 있는 그의 시들은 새로운 의미의 생성에 참여할 타자를 향해 무한대로 열려 있다.

박모(薄暮)의 시경(詩境)

—김명인의 신작 시

    시가 젊음과 열정을 요하는 예술이라는 생각은 서양 쪽에서 들어온 꽤 영향력 있는 믿음에 해당한다. 랭보 같은 조숙한 시의 천재들이 보여 주는 특이한 행보는 시에 있어 젊음이 지니는 불가해한 에너지를 신화화할 만한 강력한 근거가 되어 준다. 시란 뮤즈의 노래를 받아 적는 것이라는 오래된 낭만적 관념도 시를 영감의 촉발과 수용에 비교적 유연한 젊은 시절의 일로 한정 짓게 한다. 젊은 시절 도달했던 시의 정점에서 한참 멀어져 구태의연한 동어반복이나 일상의 넋두리에 불과한 시들을 쓰는 시인들이 적지 않기 때문에 이런 생각이 섣부른 단견일 뿐이라고 마냥 몰아붙이기도 어렵다.

    그렇지만 시는 열정과 영감의 산물일 뿐 아니라 연마와 숙고의 산물이기도 해서 연륜을 더할수록 심화의 경지에 도달하기도 한다. 영감을 중시하는 서양에 비해 동양에서는 시를 인격과 함께 수양해 나가야 하는 명도(明道)의 방편으로 삼아 왔다. 평생을 통해 도를 깨우치기 힘든 것처럼 시를 잘 쓰는 것 또한 힘들다. 심성 수양의 정도와 시의 경지가 비례한다고 보기 때문에 기교보다 뜻의 깊이가 좋은 시의 척도가 된다.

이미 열 권의 시집을 내놓았지만 한결같은 자세로 시를 쓰고 있는 김명인 시인의 경우는 시와 삶의 일치를 추구하는 동양적인 시의 정신을 실천하고 있는 것으로 보인다. 여전히 엄격하고 견고한 시형에는 좀처럼 해이해지지 않는 정신의 열도가 투영돼 있다. 평생 시를 쓰며 단단해진 사유의 힘과 치밀하게 선택하고 배치한 언어들이 시와 함께해 온 시간의 깊이를 드러낸다.

김명인의 신작 시들은 시인 특유의 관조와 성찰을 보이면서도 근황의 변화로 인해 이전의 시들과 다소 다른 느낌을 준다. 다양한 유랑의 체험을 반영하던 확장된 공간이 대폭 줄어 주로 집 안에서 생활하는 모습을 담고 있다. 근황에 대한 솔직 담백한 묘사로 인해 그 이유가 "초로"와 "지병"과 관련된 것으로 짐작된다. 그동안 드넓은 바다와 사막, 국내와 국외에 이르는 너른 보폭을 보여 주었던 시인은 근래 방한 칸에 가까운 협소한 공간에 머물고 있다. 움직임은 극도로 위축되어 앉아서 바라보는 일이 주를 이룬다. 그렇게 바라보는 눈앞에 펼쳐지는 것은 "풍경이 아니라 너머의 허공"(「국적」)이다.

산책도 외출도 삼가니 무문에 든 듯
삼시 세끼 공양만 불쑥불쑥 디밀어진다
생각거니 그동안이 세끼 밥상머리에 앉으려고
불러들였던 세월 같고, 그 밥상 둘러엎으며
처연했던 나달 같고
살아 내는 질 하도 여럿이라서
읽히는 쪽이 빙산의 일각이라니!

세상에 왔다 가는 사정은

물도 아니고 색도 아닌

그저 흐리멍텅한 물색이라는 생각,

여명이 회색빛으로 번지다가

이내 깜깜해질 이 박모(薄暮)에!

—「빙산의 일각」 부분

　그동안의 궤적이 천지를 주유하며 바깥의 풍경을 살피는 것이었
다면 산책도 외출도 삼가는 이러한 일상은 두문에 들어 마음의 행로
를 따라가는 것이라고나 할까. 방 안의 칩거는 동안거에 비유될 정
도로 적막하다. 풍경을 쫓던 시인의 예리한 눈길은 하염없는 허공에
서 마음의 첩첩한 갈피를 헤집는다. 프로이트가 무의식의 심연을 빗
대었던 빙산에서 시인은 세월이 새겨 놓은 시간의 무수한 지층을 읽
는다. 헤아릴 만한 시간이 빙산의 일각이라면 그 기저에는 기억의 저
층으로 사라진 무수한 나달들이 굳어 가라앉아 있을 것이다. 그리하
여 눈앞에 드러난 광경이란 빙산의 일각이 보여 주는 "얼음뿐일 표정
들"이다. 면벽수행에 가까운 엄혹한 자기 응시를 통해 시인이 마주하
고 있는 것은 한 생이 응축되어 보여 주는 명료한 이미지이다. 그것
이 빙산의 형상으로 나타났다는 것은 상당히 흥미롭고 의미심장해 보
인다. 빙산이나 설산처럼 무채색의 단호하고 거대한 형상이 주는 인
상은 불가해한 신비와 범접할 수 없는 위엄이다. 그것은 채색된 산들
이 드러내는 친밀감과 거리가 먼 비정한 느낌을 자아낸다. 접근을 불
허하는 차갑고 거대한 빙산으로 응축된 삶의 이미지는 시인이 마주하
고 있는 삶이라는 화두의 무게를 짐작게 한다. 그것은 이제는 꽤 오를
만한 야산으로 느껴지기는커녕 멀리서 차가운 얼굴로 빛나는 가파른

빙산 같은 것이다. 시인이 그토록 이끌렸던 거대하고 무거운 물의 이미지는 이제 새롭게 단단히 얼어붙은 빙산의 이미지로 출현하고 있는 듯하다. 물을 쫓아 헤매던 발길이 멈추자 허공에 쌓게 된 삶의 이미지는 절묘하게도 빙산의 형상을 띄고 있다. 빙산은 삶이라는 의문을 쫓아 무수히 이어지던 시인의 발길 앞에 갑작스레 모습을 드러낸 그것의 이미지이다. 깊이를 알 수 없는 거대한 빙산의 차가운 얼굴은 삶을 향한 시인의 의문이 앞으로도 긴장감 넘치게 펼쳐지리라는 기대를 낳는다. 시인에게 삶은 끝없는 탐문의 대상인 것이다.

물에 관해서라면 누구보다 오래고 깊은 탐색을 지속해 온 시인에게 삶은 "물도 아니고 색도 아닌/그저 흐리멍텅한 물색"으로 표현할 수밖에 없는 어떤 것이다. 색즉시공 공즉시색의 시적 변주에 해당하는 이 구절에서, 평생에 걸쳐 찾아온 삶의 이미지는 "흐리멍텅한 물색"으로 압축된다. 흐리멍텅하다는 부정적 어감에는 여전히 알 수 없는 삶의 의미에 대한 갈급한 역정이 묻어난다. 생의 시간은 어느새 깜깜한 어둠 직전의 박모(薄暮)에 도달해 있는데 "세상에 왔다 가는 사정"이 고작 "흐리멍텅한 물색"으로 귀결된다는 생각 때문에 마음에 각이 설 수밖에 없는 것이다.

구차한 일상의 토로에서 시작되어도 연륜이 깃든 통찰을 거쳐 삶의 의미에 대한 질문을 강화하는 데 이르는 이런 시는 '박모(薄暮)'의 '시경(詩境)'만이 보여 줄 수 있는 색다른 경지일 것이다. 재기와 열정으로 충전한 젊은 시가 삶의 다채로운 색채를 드러낸다면 노년의 드넓은 시야에는 생과 공이 뒤섞인 담담한 무채색이 삶의 진경을 드러낸다. 색이 섞일수록 불투명한 무채색이 되는 것처럼 생의 여러 갈피에서 스며 나온 다양한 색들이 뒤섞여 인지되는 노년의 색이란 무채색에 가까운 것이 아닐까. 이는 허공 속에서 떠올린 삶의 응축된 이미지인 빙산의 색과도 일치한다. 여러 색이 뒤섞여 결국 아무 색도 나타내지 않고 거대한 하나의 덩어리를 이룬 빙산은 여러모로 적절한 삶의 상징이 되어 준다. 박모의 시간이라는 절박감을 느끼면서도 빙산처럼 거대한 삶에 대한 탐문을 다시금 끌어안은 시인은 시와 삶을 일치시키며 한결같이 견인해 가는 태도를 견지하고 있다.

노년기에 삶에 대한 통찰이 배가하는 요인은 생로병사라는 근원적 고통의 대부분을 이 시기에 집중적으로 경험하기 때문일 것이다. 극심한 고통은 자신에 대한 무력감과 자신을 움직여 가는 더 큰 힘을 인지할 수 있게 한다. 김명인 시인의 신작 시에서도 병들고 늙어 가는 자신의 모습을 대면하면서 일어나는 복잡미묘한 감정을 살필 수 있다. 몸의 변화를 따라잡지 못하는 마음이 망연자실 겉도는 상황의 묘사에서 그 심경은 적나라하게 드러난다.

> 잠에서 깨어나 하루치의 인상과 마주할 때
> 반반한 거울 너머 주름투성이 저 얼굴은
> 어디서 이목구비를 꾸어 왔을까?
> 오래 돌아서 온 길이라며 수심 가득 찬
> 표정을 풀어놓아 새날의 기분을 구겨 놓는다
>
> 얼굴은, 왜 화가 나느냐며
> 상전벽해도 시시로는 안 바뀐다며 어른 위에
> 어린아이를 덮어씌우지만
> 턱수염까지 쉬어선 믿을 수 없다
> 증명하면서 항변하면서 내 눈앞에 떠 있는 저 얼굴은
>
> ―「얼굴」 부분

요로에 장애가 생긴 뒤부터 요의까지 지겹다
식민을 다그쳐 온 훈령이 물컹하니
다스리고 거둬들이는 질서들이 허름해졌다
광복을 포기한 나약한 굴종조차
통치 못 하는 식민 관리의 우울이여

—「식민일기」 부분

「얼굴」은 늙어 가는 자신에 대한 당혹감을, 「식민일기」는 병든 몸으로 인한 우울함을 진솔하게 그리고 있다. 주로 물가에 앉아 물낯을 대면하며 자신의 심경을 투사하던 이전의 시들에 비해 「얼굴」의 자기 응시는 매우 직접적이다. "반반한 거울"과 "주름투성이 저 얼굴"의 대면은 아마도 정반대로 '일렁이는 물낯'에 '반반한 얼굴'을 대어 보던 젊은 시절의 상황과는 전혀 다르다. 젊은 시절에는 얼굴보다 일렁이는 물낯으로 인해 흔들렸던 마음이 이제는 주름투성이 얼굴 때문에 흔들리고 있다. 세월의 물결이 흔들어 놓은 얼굴의 변화는 돌이킬 수 없다는 절망감과 무력감을 낳을 뿐이다. 「식민일기」에서는 식민지라고 여겼던 몸을 다스릴 수 없는 마음의 황망하고 울적한 심사를 드러낸다. 노약해진 몸은 그동안의 무심하고 자만했던 마음을 돌아보게 한다. 몸이 마음을 따르던 시절을 지나 마음이 몸을 따라야 하는 노년기에 접어들면 삶의 의미는 이처럼 새롭게 다가오게 된다.

노약해지는 몸은 자신의 의지를 넘어서는 자연의 이치이기 때문에 무력한 자신을 향한 근원적 비애와 상실감을 일으킨다. 늙고 병든 몸을 그린 절창 중에 두보(杜甫)의 「등고(登高)」를 지나칠 수 없다.

萬里悲秋常作客 만리타향 서글픈 가을에 언제나 나그네 되어

百年多病獨登臺　한평생 병 많은 몸이 홀로 대에 오르네.

艱難苦恨繁霜鬢　온갖 고생과 한으로 서리 같은 귀밑털만 많아지고

燎倒新停濁酒杯　쇠약하고 낙담하여 최근에는 탁주 잔도 끊었다네.

　앞부분의 자연 묘사에 이어 본격적인 신세타령이 나오는 이 부분은 비장미가 넘쳐난다. 늙고 병들어 낙백한 시인의 불우한 삶은 존재의 고독하고 비감한 근원을 상기시킨다. 노년을 한탄하는 시들이 단순한 넋두리 이상의 깊이로 다가오는 이유는 여전히 힘겨운 삶과 대면하며 자신을 지켜보는 자세에서 말미암는다. 이 정도면 괜찮지 않으냐며 여유를 가장하지도 않고 모든 것이 헛되고 헛되다며 초연하지도 않고 현재의 비애를 그대로 마주하는 정신은 그만큼 강건한 것이다. 김명인의 시가 여전히 흐트러짐 없이 긴장감을 유지하는 힘도 이런 정신의 자세에서 오는 것이리라.

　신작 시에서 '빙산'이나 '거울', '모서리' 등 유난히 날카롭고 차가운 이미지가 많다는 것은 시인의 정신이 얼마나 팽팽하게 날이 서 있는지를 반증하는 듯하다. 시인은 이같이 예리하게 돌출하는 형상에 자신의 생애를 비추어 보며 긴장을 늦추지 않는다. 물의 이미지도 "흐리멍텅한 물색"(「빙산의 일각」)이라든가 "질퍽한 개펄"(「얼굴」)처럼 부정적이다. 자신을 돌아보는 시인의 눈길은 이처럼 가차 없다.

　자신에 대한 엄격한 시선에 비하면 타인에 대해서는 한결 너그러워 분명한 대비를 이룬다. 신작 시 중에서 타인을 대상으로 쓴 시 「뉘 알리」는 다른 시들에 비해 유쾌한 분위기여서 확연한 차이를 드러낸다.

　알리, 한 세대를 풍미한 전설이었네

　춤으로 주름잡으며 복서처럼 늙었으니

그 침에 쏘인 파트너들 셀 수도 없었다

세기의 복서가 죽었을 땐 핵주먹보다

감춰진 선행이 더 빛났던 것처럼

우리의 알리에게도 일화가 많다면 많았을 터,

적선은 대개 사후에도 가려지는 편이어서

그가 쏘아 놓은 무수한 벌침 자리들 부풀었어도

풍선으로 떠오르진 않았을 테니

불뚝한 아랫배, 그 속을 뉘 알리!

— 「뉘 알리」 부분

이 시는 카바레 춤꾼 알리의 전설 같은 춤솜씨를 그려 내고 있다. 변두리 인생의 남다른 재주는 그것만이 도드라지면서 독특한 아우라를 만들어 내고 실제 이상으로 부풀려지기가 쉽다. 아무려나 이 춤꾼의 특이한 이력은 "우리의 알리"라 할 만큼 다중의 흥미를 불러일으키는 것이 사실이다. 유명인의 이름을 본뜬 수많은 아류 인생들이 있고, 그 역시 '나비처럼 날아 벌처럼 쏜다'라는 세기의 복서 알리의 이름을 슬쩍 가져다 쓰는 형편이지만, 춤에 관한 한 그 이름에 걸맞은 숱한 일화를 품고 있을 법하다. 이런 알리의 이야기는 그의 춤솜씨만큼이나 가벼운 스텝으로 경쾌하게 이어진다. 이쯤 되면 '알리'의 재미나고 비밀스러운 인생을 약전(略傳)에 가깝게 소개한 끝에 "뉘 알리"라는 흥겨운 말놀이까지 덧붙이는 시인의 속내가 더 궁금해진다.

짜증스러운 노구에서 기인하는 상념들이 대다수를 이루는 신작 시들 중에 「뉘 알리」만은 유난히 가볍고 유쾌한 느낌을 준다. 움직임이 거의 없는 다른 시들에 비해 이 시는 움직임의 극치인 춤에 관해 쓴 것이다. 불편한 몸이 자유로운 몸의 상상을 자극한 것일까? "열망의 계절은 지나갔다"(「식민일기」)라는 탄식이 본능에 충실한 다른 생의 사정을 염탐하고 싶게 한 것일까? 극과 극은 상통하는 것처럼, 열망의 계절을 지난 시인 자신에 관한 시나 열망의 계절을 살았던 알리에 관한 시나 몸에 관한 사유와 연결되어 있다. 몸을 다스리던 질서가 흐트러지면서 그간의 훈령들은 전면적인 재검토를 요하고 있다. 몸의 변화가 마음을 움직이고 새로운 느낌으로 삶을 마주하게 한다. 신작 시 다섯 편 중 네 편의 시가 느낌표(!)로 마무리되었고 나머지 한 편도 쉼표(,)로 끝난 점이 흥미롭다. 평이하게 마침표(.)로 끝난 시가 한 편도 없다! 길 위의 여정을 잔잔한 깨달음으로 갈무리하던 이전의 시들에 비해 부동에 가까운 면벽수행이 오히려 내면의 요동을 고스란히 드러내고 있다. 정중동(靜中動)의 묘미라 할 만하게, 정적인 상황에 비해 시어와 리듬은 치밀하고 동적이다. 특히 잘 조율된 리듬 사이로 간간이 보이는 구두점들은 마치 구성진 가락을 부추기는 추임새처럼 적절하고 흥겹다. 김명인 시인은 잦은 행간 걸침을 행하기 때문에 리듬과 거리가 멀다고 오해되기도 했지만, 누구보다 능란하게 효율적으로 리듬을 구사한다. 그에게 시는 무한의 언어를 탐구하는 것이고 그 언어의 살아 있는 생명은 바로 리듬에 있다. 김명인 시의 저변에 흐르는 숨결처럼 자연스러운 리듬은 그가 언어와 함께 살아 내려는 시의 진경을 드러낸다.

김명인의 시는 노년의 시가 동어반복의 넋두리에 불과하다는 통념을 불식시킨다. 평균수명의 연장으로 시인들의 활동 기간도 예전과 비교할 수 없을 정도로 길어지고 있다. 지금까지 긴장감을 잃지 않고 시와 삶의 일치를 추구해 온 김명인의 시는 오랜 시력(詩歷)을 어떻게 견지해 가야 할지에 대한 좋은 참조가 되어 준다. 정서적·언어적 긴장감이 없이는 시를 쓰지 않겠다는 무언의 약속이 그의 시에 생기를 부여한다. 노년의 심경을 읊을 때조차 그의 시는 발견과 성찰의 순간 들로 빛난다. 눈앞에 거대한 빙산같이 버티고 있는 삶의 의미를 찾기 위해 시인은 여전히 바쁠 것이다.

세 개의 시선
—이현승, 심재휘, 정은영의 신작 시

1. 인간에 대한 질문

'벌거벗은 생명'으로 번역되는 '호모 사케르'는 이탈리아 철학자인 아감벤의 동명의 책을 통해 널리 쓰이게 된 용어이다. 아감벤은 주권 권력과 호모 사케르의 관계에서 근대 정치의 핵심을 발견한다. 호모 사케르는 "살해는 가능하되 희생물로 바칠 수는 없는 생명"[1]으로서 주권 권력에서 배제되는 동시에 포섭되는 예외적 존재이다. 아우슈비츠의 희생자들이 그 대표적인 예이며, 수용소에 갇혀 있는 포로들이나 불법노동자들도 현대사회에 편만한 호모 사케르들이라 할 수 있다.

아우슈비츠엔 정신병과 감기가 없었다.*

이런 이야기를 들을 때면 나는 은유가 무섭다.

---

1 조르조 아감벤, 『호모 사케르』, 박진우 역, 새물결, 2008, 45쪽.

정신병이나 감기가 없는 곳이 다 아우슈비츠 같기 때문이다.

뭔가 없어져야 해서 결국 없애 버린 곳은 다 강제수용소 같다.
한 덩어리의 빵을 위해 누군가를 벼랑으로 밀어 버릴 수 있다면
부모가 제 자식을 때려죽여도 그리 놀랄 일은 아니겠지만
사람은 무슨 일이든 할 수 있고 자칫
무슨 일이든 다 하면 그건 안 한 것만 못한 것인데

안 되는 것을 되게 하려는 열정이
되려는 것을 막으려는 힘과 맞붙는,
혁명은 너무 뜨거운 사랑이어서
혁명 이후는 권태도 그만큼 깊다.

더 이상 혁명을 믿지 않는 사람들이란
한두 번 달려 보고 나서는 전력 질주하지 않는
선착순 달리기의 뒷무리들 같다.

살기 위해서는 뭐라도 해야 하고
우리는 여전히 아우슈비츠에 살고 있지만
그럼에도 불구하고 도저히 할 수 없었던 쪽에 인간은 있다.
인간으로 살기 위해서 최소한 인간이 필요하다.

*쁘리모 레비.

—이현승, 「호모 사케르」 전문(『창작과 비평』, 2019. 여름)

이현승의 「호모 사케르」는 아우슈비츠의 호모 사케르들에 대한 쁘리모 레비의 증언에서 출발하고 있다. 쁘리모 레비는 유대계 이탈리아인으로 아우슈비츠 생존자로서 『이것이 인간인가』를 비롯한 여러 편의 증언문학을 내놓았다. "아우슈비츠엔 정신병과 감기가 없었다"라는 쁘리모 레비의 간명한 증언은 그곳이 얼마나 혹독하고 참담한 공간이었는지를 짐작할 수 있게 한다. 정신병과 감기는 기피의 대상이기는 하지만 쉽게 제거하기 힘든 질병들이다. "뭔가 없어져야 해서 결국 없애 버린 곳"은 강제수용소처럼 극단적인 생명정치가 행해지는 곳이다. 아감벤에 의하면 "생명정치적 신체를 생산하는 것이 바로 주권 권력 본래의 활동이라고 말할 수 있다."[2] 주권 권력은 생물학적 생명을 통치의 대상으로 삼고 정교하게 조종한다. 아우슈비츠에서 주권 권력의 횡포는 극에 달해 심지어 정신병과 감기를 없앨 정도로 강력하게 작동했던 것이다. 주권 권력에서 배제된 타자들에게 가해지는 이런 극단적 폭력은 인간이란 무엇인가라는 근본적인 의문을 불러일으킨다. 주권 권력이 과도하게 작동하여 무슨 일이든 할 수 있는 상태가 되었을 때 인간은 동물과 구별되지 않는 야만의 상태가 된다. 쁘리모 레비는 아우슈비츠의 광기를 견디며 "그대들이 타고난 본성을 가늠하오./짐승처럼 살고자 태어나지 않았으며/오히려 덕과 지식을 따르기 위함이라오"라는 단테의 『신곡』을 암송한다. 『신곡』의 지옥 편을 방불케 하는 아우슈비츠의 현실을 견디기 위해 그는 끊임없이 짐승과 다른 인간의 본성을 떠올려야만 했다. 덕과 지식이라는 인간의 숭고한 정신은 아우슈비츠의 폭력 속에서 번번이 무너지면서도 호모 사케르였던 그를 지켜 낸다.

---

2 조르조 아감벤, 『호모 사케르』, 42쪽.

이현승의 시는 아우슈비츠 이야기에서 출발했지만 거기에 머물지 않는다. 아우슈비츠가 은유하는 폭력과 야만이 여전히 횡행하고 있는 현실을 바라본다. 우리의 현대사에서도 주권 권력의 과도한 압력과 그에 저항하여 인간다움을 지키려는 힘의 격돌이 여러 차례 나타난다. 주권 권력이 폭력으로 변질되는 것은 대개 "안 되는 것을 되게 하려는 열정"이 지나치게 작동할 때이다. 인간다움의 경계마저 허물며 주권 권력이 행사될 때 그것을 막으려는 힘인 혁명이 발생한다. 혁명은 자신의 전(全) 존재를 던져 행하는 투쟁이기에 "너무 뜨거운 사랑"이라고 할 만하다. 그러나 혁명 이후에도 또 다른 주권 권력이 자리 잡게 되고 다시 과도한 압력을 행사하는 악순환이 반복된다. 김수영이 「그 방을 생각하며」에서 "혁명은 안 되고 나는 방만 바꾸어 버렸다"라고 한 것은 바로 이러한 상황을 뜻한다. 그렇기에 혁명 이후 허탈감과 권태는 그만큼 깊을 수밖에 없다. 이현승의 시에서는 이러한 심리 상태를 "한두 번 달려 보고 나서는 전력 질주하지 않는/선착순 달리기의 뒷무리들 같다"라고 흥미롭게 표현하고 있다. 학창 시절 대부분 경험해 본 것처럼 선착순 달리기에서 뒷무리들은 힘겨운 반복 운동 끝에 자신은 결코 승자가 되지 못하리라는 자포자기의 심정이 되어 전력 질주를 멈추게 된다.

이현승의 윤리적 질문은 바로 이 지점에서 발생한다. 선착순 달리기에서 번번이 실패하는 뒷무리들처럼 "더 이상 혁명을 믿지 않는 사람들"은 어떻게 살아야 하는가? 시의 말미에 그의 묵직한 성찰이 드러난다. 우리는 여전히 아비규환의 아우슈비츠에서 살고 있다는 것, 살기 위해 뭐라도 해야 하지만 그래도 도저히 할 수 없는 것이 있다는 것, 할 수 없는 것을 하지 않는 것이 인간으로서 지켜야 할 최소한의 도리라는 것이 그것이다. 인간으로서 도저히 할 수 없는 일이 벌어지는 곳은 어디든 아우슈비츠가 될 수 있다. 과도하게 남용되는 주권 권력은 늘 자신의 권력을 강화할 호모 사케르들을 필요로 한다. "인간으로 살기 위해서 최소한 인간이 필요하다"라는 자각이 없는 한 인간사회는 언제 어디에서든 아우슈비츠의 비극을 반복할 수 있다. 혁명은 인간으로서 지켜야 할 최소한의 도덕과 양심이 파괴될 때 주권 권력을 충격하기 위해 일어나는 변화의 힘이다. 그것은 "안 되는 것을 되게 하려는 열정"과 맞붙어 "인간"을 지키려는 사랑이기에 주권 권력이 재편된 후 반복되는 권력의 횡포에 절망하기 쉽다. 이로 인해 이 시에서 "권태"라고 표현한 무기력증에 빠져들곤 하는 것이다.

이러한 과정을 고스란히 겪었던 선배 시인 김수영의 제언에서 혁명의 권태에서 벗어날 방법을 참조할 수 있을 것이다. "혁명을 하자. 그러나 빠찡꼬를 하듯이 하자. 혹은 슈샤인 보이가 구두닦이 일을 하듯이 하자."(「들어라 양키들아」)는 것이다. 전력 질주하듯이 하지 말고 "상식적인 의무"로 생각하고 평범한 기분으로 행하자는 것이다. 인종차별과 계급적 불평등과 식민지적 착취로부터의 해방이 20세기 청년들의 상식적인 의무였다면, 21세기의 청년들에게 혁명은 무엇인가? 이현승은 21세기에도 여전히 인간으로서 도저히 할 수 없는 일이 벌어지는 아우슈비츠가 있고, 혁명은 인간으로서 살기 위해 필요한 최소한의 인간을 지키는 일이라고 말한다. 20세기만큼 노골적이지 않지만 교묘하게 따라서 지속적으로 행해지는 주권 권력의 횡포에 맞서기 위해서는 혁명도 그만큼 일상적이고 부단히 이어져야 할 것이다. 아우슈비츠가 사어가 아니라 은유로서 여전히 무섭게 느껴지는 세상이라면 '인간이란 무엇인가'에 대한 질문이 절실하게 요청된다는 것이고 '인간으로 살기 위해서' 변화를 도모하는 노력이 필요하다. 그런 면에서 혁명은 아우슈비츠와 호모 사케르가 존재하는 한 결코 완성될 수 없는 일이다. 시인은 모두가 이만하면 괜찮지 않냐고 할 때에도 아우슈비츠에 남아 있는 호모 사케르를 잊지 않고 아직도 인간 취급을 받지 못하는 벌거벗은 생명이 있다는 것을 이야기하려 한다. 아도르노는 아우슈비츠 이후 서정시를 쓰는 것이 가능한지에 의문을 제기한 바 있다. 이현승에게도 이러한 의문은 강력하게 작동하는 것으로 보인다. 이 시는 여전히 아우슈비츠 같은 세상에서 살아가고 있는 호모 사케르들이 있는데 시는 무엇을 해야 하는지에 대한 진지한 탐문을 드러낸다.

2. 타인의 얼굴과 마주한 순간

힘주어 읽게 되는 동네 이름 페컴은
없는 고개라도 넘어와야 하는 곳
흑인들이 많이 사는 곳 내 듣기에 어두운 곳
궂은 날이 개려는지 꾸덕한 바람이 불어서 거리에는
서너 집 건너 억센 머리카락을 자꾸 쳐내야 하는
이발소들이 많다

머리를 매만지며 이발소를 나오는 청년의
바짝 깎은 생의 윤곽이 너무 선명해서
건들거리는 사람 모양으로 오려진 그의 등 뒤가
밝디밝아서 더욱 검정인 그의 쑥스러움을
그저 어둡다고 말하기에는 나는
모르는 것이 많다 부끄러워하는 그의
검은 눈동자에 대해 아는 것이 없는 나의 페컴

새 구두의 내 걸음은 갈수록 뒤뚱거리고

뒤꿈치가 까진 걸음을 흘리며 걷는 거리에서는

마트의 비닐봉지에 담겨 내게로 다가오는

흑인 모녀의 저녁을 가진 적이 없고

낯선 이에게 건네는 그들의 눈인사에

당황하는 나는 나의 무엇을 책망해야 할지

페컴

—심재휘, 「페컴—런던」 전문(『시로 여는 세상』, 2019.가을)

이 시의 제목은 낯설다. 런던이라는 부제가 붙은 것으로 보아 그곳의 지명임을 짐작할 수 있다. 익숙지 않은 지명을 제목으로 내세운 만큼, 시의 출발도 이 이름과 함께한다. 시인이란 언어의 시각적·청각적 또는 그 이상의 온갖 감각적 이미지에 유별나게 예민한 촉수를 뻗는 자들이고, 그 대상이 이국의 지명이라고 예외일 리는 없다. 더구나 이곳은 시인이 꽤 여러 달 머문 거주지이다 보니, 지명이 주는 독특한 어감을 되새기며 예리한 언어 감각을 발동시키게 되었을 것이다.

'페컴'은 즉각적으로 '베컴'을 연상시키나, 영국을 대표하는 이 유명한 축구 선수의 이름보다도 훨씬 강한 어감을 드러낸다. "힘주어 읽게 되는 동네 이름"인 것이 분명하다. 동네의 이름과 실제 분위기는 비슷하기도 하고 전혀 다르기도 한데, 페컴의 경우는 상당히 닮은 듯하다. 페컴은 그 거칠고 어두운 어감처럼 런던의 변두리에 있는 가난하고 그늘진 동네이다. 서울이라면 영락없이 달동네에 해당하기 때문에 "없는 고개라도 넘어와야 하는 곳"이라고 했을 것이다. 페컴의 분위기를 결정짓는 것은 동네 이름처럼 어두운 얼굴의 흑인들이다.

동네의 군데군데 자리 잡고 있는 이발소야말로 실질적으로 이 지역의 특색을 반영하는 장소라 할 만하다. 얼굴색만큼이나 확연히 다르다는 머리칼을 다루기 위해서는 특별한 기술이 필요하기 때문이다. 이곳의 이발소들은 흑인 특유의 억센 머리카락을 잘 쳐내야 할 것이다.

이발소에서 나오는 흑인 청년의 묘사가 상당히 길어진 것은 바로 그의 모습에서 페컴의 이미지를 발견했기 때문이다. 방금 이발을 마친 청년의 짧은 머리에서 "바짝 깎은 생의 윤곽"을 연상하는 것은 그의 삶이 그다지 여유 있게 운영되지 못하리라는 추측 때문이다. 청년은 흑인 특유의 건들거리는 걸음걸이로 걸어간다. 이발소를 나서며 마주친 '나'에게 '그'는 쑥스러운 표정으로 눈인사를 건넨다. '그'와 정면으로 눈빛이 마주친 '나'의 반응은 상당히 당황스러워 보인다. "나는/모르는 것이 많다 부끄러워하는 그의/검은 눈동자에 대해 아는 것이 없다"에서는 교묘한 분절로 두 사람이 공유한 '부끄러움'을 묘사하고 있다. '그'의 부끄러움은 "밝디밝아서 더욱 검정인 그의 쑥스러움"을 이어서 '그'의 곤고한 삶에 대한 '나'의 상상을 반영한다. 이에 비해 '나'의 부끄러움은 '그'에 대해, 또는 '그'가 사는 페컴에 대해 아는 바가 없는 자신에 대한 성찰에서 비롯된다.

이 순간 끼어든 "나의 페컴"이라는 갑작스러운 명명은 페컴에 있으면서도 그곳의 삶과 분리된 시인의 상황을 압축해 낸다. 페컴에서 지내면서, 그곳의 흑인 청년에게 눈인사를 받으면서도, 시인에게 페컴은 이질적인 장소일 수밖에 없다. "새 구두의 내 걸음은 갈수록 뒤뚱거리고"에서 그가 이곳의 정주민이 아니라 임시로 머물고 있는 상태라는 것이 드러난다. 뒤꿈치가 까질 정도로 많이 걸어 다니고 동네의 낯선 이들에게 곧잘 눈인사를 받으면서도 그는 그때마다 당황하고, 또 그런 자신을 책망한다.

시인이 이국의 도시에서 흑인들의 눈인사를 받으며 느끼는 당혹감은 흔치 않은 경험이다. 이는 단순히 여행 중에 느끼는 타인의 눈길과는 다른 것이다. 그는 세계적인 대도시 런던의 유명한 관광지가 아닌 변두리 삶의 터전에서 임시로 머물고 있다. 관광지가 아니기에 그곳에 사는 흑인들은 그를 동네 주민으로 여기며 눈인사를 건넸을 것이다. 그러나 그는 그들의 눈인사에 번번이 당황한다. 그는 그들이 느끼는 동류의식을 공감하기 힘들기 때문이다. 그들에게 삶의 터전인 그곳이 그에게는 잠시 머무는 곳이고, 그들이 "바짝 깎은 생의 윤곽"을 드러내는 그곳에서 그는 하염없이 걸어 다닐 수 있는 여유 있는 시간을 보내고 있기 때문이다.

　그렇다면 그가 느끼는 당혹감과 자신에 대한 책망의 이유에 조금 더 다가가 보자. 당혹감은 페컴의 흑인들이 그를 같은 주민으로 여겨 눈인사를 건네는 데서 온다. 그러나 시인은 그들과 동류의식을 갖기 힘들다. "흑인들이 많이 사는 곳 내 듣기에 어두운 곳"이라는 표현에서 페컴에 대한 시인의 심리적 거리감을 짐작할 수 있다. 바짝 깎은 머리나 마트의 비닐봉지에 담긴 저녁 식사가 그곳에 사는 흑인들의 곤궁한 생활을 암시한다. 시인이 그들의 눈인사에 당황하는 이유는 그들이 표하는 동류의식을 인정하기 힘들기 때문이다. 그리고 나서는 그러한 자신의 차별 의식에 부끄러움을 느낀다.

　이러한 부끄러움은 레비나스의 '타인의 얼굴'을 연상시킨다. 레비나스는 "타인의 얼굴은 환원되지 않는 차이인데, 나에게 부여되고 나에 의해 이해되며 나의 세계에 속하는 모든 것에 뜻하지 않은 출현을 일으킨다"라고 하여 타인의 얼굴이 지니는 윤리적 호소력에 대해 언급한 바 있다. 가난한 자, 고아, 과부, 나그네 등 고통받는 자들의 얼굴은 뿌리칠 수 없게 끝까지 따라와 나를 사로잡고 괴롭힌다고도 했다. 물론 이 시에서 시인은 레비나스가 제기한 윤리적 책임 의식과는 다소 결이 다른, 자신의 차별적 인식에 대한 반성을 행하고 있다. 그런데 중요한 것은 그러한 성찰이 시작되는 지점이 타인의 얼굴과 마주한 순간이고, 그로 인해 부끄러움, 당황, 책망 등의 감성적 반응이 유발되었다는 점이다. 타인의 얼굴은 나의 의지와 무관하게 불현듯 나타나고, 감성적으로 열려 있는 자들은 그 순간 자신이 그들과 뗄 수 없이 연결되어 있는 존재임을 간파하게 된다.

이 시를 구성하는 세 개의 연은 페컴이 '나'에게 점점 가까이 다가오는 과정을 담고 있다. 첫 번째 연에서는 페컴에 대한 일반적인 인상을 담담하게, 다소 부정적으로 그려 낸다. 가운데 연에서는 그곳에 사는 흑인 청년의 모습을 세밀하게 관찰한다. 페컴을 상징하는 그 청년과 '나'의 마주침이 발생하지만 '그'에 대해 아는 것이 없다는 자각이 드러난다. 마지막 연에서는 시선이 좀 더 시인 자신의 내면을 향한다. 페컴에 사는 타인들의 눈인사를 받으며 당황하고 자책하는 시인의 심리가 섬세하게 펼쳐진다. 이러한 만남과 부딪힘의 과정을 통해 페컴은 그 이름처럼 거칠고 어두운 이국의 동네에서 점점 "나의 페컴"이 되어 간다. 이 과정은 타인의 얼굴이 어떻게 윤리적 성찰의 동기로 작동하는지를 짐작할 수 있게 한다. 타인의 눈인사는 '그'와 '나'의 이질적인 삶을 공동의 장으로 확장시킨다. 그것은 보이지 않는 끈처럼 사람과 사람을 연결한다. 그리하여 눈길이 마주친 그곳은 '나'와 '그'들의 공동의 장소로서 새롭게 자리 잡게 된다.

3. 시간의 풍경화

침엽수는 지구에 사는 생물 중에서 가장 나이가 많은 축에 속한다. 약 3억 5천만 년 전에 출현했다니 양치류를 제외하고는 최고령에 속하는 셈이다. 침엽수는 선조가 아주 오래전에 나타났을 뿐 아니라 개체 또한 장수하는 것으로 유명하다. 미국 네바다주에는 4,600년 된 소나무가 현존하고 있다고 한다. 피라미드가 만들어지던 즈음에 태어나 지금까지 살아 있는 나무를 상상해 보면 인간 세계를 넘어서는 어떤 신성한 기운이 감지될 듯하다. 오래된 나무들이 그득히 들어찬 숲에 가면 신묘한 느낌이 드는 것도 유구한 시간의 작용과 무관하지 않을 것이다.

붉은 달을 베어 먹고
돌아누워 있자니
서러운 짐승이다

그제 죽은 오소리가 운다
쪼볏대던 새들이 떠나고
향나무 껍질의 갈라진 틈으로
무너진 시간의 잇몸이 드러나 있다

물고기 한 마리
숲으로 뛰어든다

숨죽인 삭망(朔望)

이생이 무심히 기울어져도
자갈은 흙이 된다
이내 물기는 걷힌다

선회하던 매 한 마리

비껴가는 바람을 포기하지 않는다

　　　　　　—정은영, 「침엽수림」 전문(『문학동네』, 2019.겨울)

　정은영의 「침엽수림」에는 시간과 관련된 역동적인 상상이 넘친다. 이 시에서 '달'은 시간을 표현하는 중요한 매체이다. "붉은 달을 베어 먹고/돌아누워 있"는 행위의 주체는 명시되어 있지 않지만, 제목으로 제시된 "침엽수림"으로 짐작해 볼 수 있다. 침엽수림 속으로 달이 들어가 가려지는 모습을 표현한 것이리라. 초저녁 낮고 크게 뜬 붉은 달이 침엽수림에 가려지는 것을 보고 붉은 살점을 베어 먹는 짐승을 연상한 것이다. 붉은 달을 꿀꺽 삼킨 후 검은 등을 돌리고 있는 침엽수림은 "서러운 짐승"처럼 고적하다. 커다란 덩치로 등을 돌리고 있는 짐승들은 왠지 쓸쓸하고 허전해 보이는 법이다. 침엽수림은 가늠할 수 없이 오랜 시간 동안 붉은 달을 삼키며 자신만의 세월을 지나왔을 것이다.

　붉은 달을 베어 먹는 죽음의 이미지를 이어 "그제 죽은 오소리가 운다"라는 유사한 이미지가 등장한다. 침엽수림 속에서는 온갖 생명체의 삶과 죽음이 자리한다. 죽은 오소리의 울음소리 같은 반향이 맴돌고 새들은 무리 지어 모였다가 흩어진다. 침엽수림 안에서 삶과 죽음, 순간과 영원의 경계는 흐릿하다. 이곳에 축적된 오랜 시간의 느낌은 향나무의 형상으로 극화된다. 향나무는 다른 침엽수에 비해 유독 가지가 많이 뒤틀리고 옆으로 퍼지기 때문에 동물적인 느낌이 강한 편이다. 앞에서 붉은 달을 베어 먹은 짐승에 비유되었던 침엽수림을 응축한 듯한 모습이라 할 수 있다. 거칠게 갈라진 향나무의 껍질은 동물의 각화된 피부를 연상시키는데, 여기서는 "무너진 시간의 잇몸"이라는 표현을 얻어 이 숲이 지나온 오랜 시간을 축약해 보인다.

다음 연에서는 느닷없이 "물고기 한 마리/숲으로 뛰어든다"라는 돌연한 이미지가 등장한다. 침엽수림 옆의 물가에서 물고기 한 마리가 솟아올라 숲 쪽으로 사라진 장면에서 착안한 것으로 보인다. 도저히 불가능한 일을 뜻하는 '연목구어(緣木求魚)'와 흡사한 이 장면부터 시적 긴장감은 고조되고 "숨죽인 삭망"에서 절정에 이른다. "삭망"이라는 시간적 이미지가 "숨죽인" 순간이라는 교란 과정을 거치면서 전혀 다른 경지가 펼쳐지게 된다. 물고기 한 마리가 숲으로 뛰어드는 '시각적' 이미지를 '시간적' 이미지로 환치한다면, "자갈은 흙이 된다"라는 시간의 차원과 유비를 이룰 것이다. 자갈이 흙이 되기까지의 유구한 물리적 시간은 물고기가 육상동물이 되기까지의 진화의 시간과 마찬가지로 인류 역사를 넘어서는 광활한 시간의 단위를 떠올리게 한다. 무수히 변전해 온 이러한 시간의 차원으로 볼 때 "이생"이란 찰나에 불과하다. 유구한 자연의 시간 속에서 "이생"은 무심히 스쳐 가는 한순간에 지나지 않는다. 자갈이 흙이 되고, 물이 뭍이 되는 시간의 차원은, 앞에 나온 "물고기 한 마리"를 진화론적 층위에서 상상할 수 있게 한다.

그렇다면 이 시는 유구한 시간 속에서 기울어 가는 "이생"의 무상함을 그린 것일까? 마지막 연에서 다시 한번 나타나는 긴장감은 그러한 해석을 거부한다. 까마득한 과거의 장면에서 갑자기 현재로 귀환한 듯 여기에서는 "이생"의 삶이 충만하게 표출된다. 공중에서 선회하고 있는 "매 한 마리"는 현재성의 표상이다. 기류를 타지 못하는 새는 단 한순간도 떠 있을 수 없다. "비껴가는 바람"은 "이생이 무심히 기울어져도"에서의 시간과 흡사하게 무심하고 유구한 자연을 연상시킨다. 그 자연 속에서 살아가는 개체는 매 순간 온 힘을 다해 존재한다. "포기하지 않는다"라는 결연한 자세는 유구한 자연의 시간 속에서 개체적 생명들이 이어 온 습성인 것이다. 이렇게 읽고 보니 첫 연의 장면과 맞물리며 서럽고 간절하게 생존의 몸짓을 이어 온 삶이라는 의미가 강화된다.

화자의 감정적 개입이 억제된 채 주로 선명한 시각적 이미지만으로 채워진 이 시는 풍경화를 보는 듯한 느낌을 준다. 그런데 이 풍경화는 결코 편안하고 정적인 구도에 머물지 않는다. 많은 장면들이 사선에 가까운 독특한 동선을 내포하고 있기 때문이다. "물고기 한 마리/숲으로 뛰어든다", "이생이 무심히 기울어져도", "매 한 마리/비껴가는 바람을 포기하지 않는다" 등의 구절에서 연상되는 동선은 비스듬하게 기울어진 사선들이다. 이런 사선의 이미지는 시각적으로 긴장감을 유발하며 끝없이 변전하는 시간 속에서 개체들이 벌이는 치열한 몸짓을 부각한다.

이 시에서 풍부하게 나타나는 '동물성'은 역동적인 느낌을 유발하는 또 다른 요소라 할 수 있다. '침엽수림' 자체도 "서러운 짐승"이라 하여 동물성으로 표현되고 있으며 그중 하나인 향나무도 "무너진 시간의 잇몸"을 드러내며 동물적인 몸을 보여 준다. 침엽수림 안에 있는 자연물 중에서도 오소리, 새, 물고기, 매와 같은 동물을 주로 그려내고 있는 것도 특징적이다. 이 시에서는 '달'마저 "붉은 달", "숨죽인 삭망"에서처럼 동물적인 느낌이 강하게 드러난다. 이처럼 동물성으로 가득한 풍경화이기 때문에 역동성이 두드러진 것이다.

시간의 극적 대비는 이 시의 역동성을 더욱 강화한다. 이 시의 표층에는 침엽수림이 삼킨 달, 숲으로 뛰어든 물고기 한 마리, 숨죽인 삭망, 선회하는 매 한 마리 등의 순간적 인상이 자리한다. 그러나 그

이면에는 유구한 시간의 지층이 잠재해 있다. 침엽수림이 내포하는 장구한 세월, 향나무 껍질이 상징하는 "무너진 시간의 잇몸", 물고기가 숲으로 뛰어들어 겪게 되는 진화의 시간, 자갈이 흙이 되는 물리적 과정 모두 인류 역사를 넘어서는 오랜 시간의 이미지를 형성한다. 이처럼 찰나에 가까운 시간과 유구한 자연의 시간이 교차하면서 순간과 영원, 삶과 죽음, 이생과 저생이 혼용되는 독특한 시간의 차원이 재현된다. 이 시의 배경으로 '삭망'이 선택된 것 또한 의미심장하다. 삭망은 음력 초하룻날과 보름날을 아울러 이르는 말로 달이 가장 크거나 이지러진 상태이기 때문에 시간의 변화를 함축하는 자연의 시계라 할 만하다. 따라서 삭망을 배경으로 펼쳐지는 침엽수림 속 자연의 역동적 움직임은 무수히 변전해 온 시간의 역사를 함축한다.

리드미컬하게 변하는 이 시의 형식적 특징도 역동성을 더하는 요소라 할 수 있다. 시의 어조는 간결한 평서형으로 이루어진 것에 비해 리듬감이 느껴지는 이유는 연과 행의 구성이 단조롭지 않고 효과적이기 때문이다. 연과 행의 구성은 현대시에서 리듬감을 형성하는 핵심적 요소이다. 이 시에서는 전체 6연이 각각 3행, 4행, 2행, 1행, 3행, 2행으로 다채롭게 구성되어 있고, 의미의 변화에 호응하며 긴장감을 조성한다. 순간적 인상을 포착해 내는 경우일수록 연의 길이가 짧아지며 긴장감이 고조된다. 3연 2행에 이어 4연에서 1행으로 가장 고조되고 5연에서 잠시 이완되었다 6연에서 다시 2행으로 긴장감을 주며 마무리한다. 유구한 시간을 나타내는 연들이 비교적 호흡이 긴 것에 비해 현재 또는 긴장된 순간은 짧은 호흡으로 변화를 준다.

이 시는 시간을 담은 풍경화라 할 수 있을 정도로 시간의 흐름을 확장적으로 담아내고 있다. 시로 그린 이 그림 속에는 현재의 순간적 인상과 유구한 시간의 깊이가 조화롭게 공존한다. 이 시에는 좋은 그림이 내포하는 역동성과 리듬감이 깃들어 있다. 그것은 지금 이 자리에 존재하는 우리 삶의 지난한 역정을 단숨에 감지할 수 있게 하고 대자연의 일부로서 살아가는 이생의 의미를 균형 잡힌 시선으로 조감할수 있게 한다. 자연의 시간이 지닌 역동성을 뛰어난 통찰로 포착해 낸이 흥미로운 풍경화를 가까이 걸어 두고 오래 감상하고 싶다.

무위(無僞)의 시
―김광규 시선집 『안개의 나라』

1. 사무사(思無邪)의 정신

김광규는 1975년 등단하여 지금까지 40여 년간 11권의 시집을 내며 쉬지 않고 시를 써 왔다. 시선집 『안개의 나라』는 오랫동안 왕성하게 이어 온 시작(詩作) 과정을 한눈에 조감할 수 있게 해 주는 편리한 축도에 해당한다. 그에게 관용적으로 붙던 '늦깎이 시인'이라는 수식어가 무색할 정도로 등단 이후 상당한 세월이 흘렀다. 출발은 그다지 빠르지 않았지만 등단 후 그는 일찌감치 주목받는 시인의 대열에 서 있었다.

'늦깎이 시인'이라는 별칭 못지않게 그를 따라다니는 것은 '점잖은 시인'의 이미지이다. '점잖다'는 인상은 시인의 실제 풍모에서 기인하기도 하지만 그의 시가 주는 느낌과 관련이 깊다. 등단 초부터 그의 시는 신인다운 발랄한 감성보다는 중후한 지성으로 눈길을 끌었다. 그는 특이하게도 등단작으로 시론시(詩論詩)를 내놓았다. 이는 그가 신인답지 않게 분명한 시 의식을 가지고 출발했음을 방증한다. "언어와 더불어 사는 사람은/두려워하지 않고 슬퍼하지 않고/아무런 축복도 기다리지 않고//다만 말하여질 수 없는/소리를 따라/바람의 자취를 좇아/헛된 절망을 되풀이한다"(「시론(詩論)」)라는 생각에는 언어의 한계에 도전하기보다 그것을 인정하고 수용하는 자세가 두드러지게 나타난다.

　이러한 면모로 인해 김광규의 시는 젊음이 결핍되어 있다는 평가를 받기도 한다. '점잖다'는 말 그대로 '젊지 않은' 시여서 안정되어 있지만 당돌하고 새로운 맛이 없다는 것이다. 우리 현대시를 추동해 온 새로움이라는 강력한 미적 기준으로 볼 때 그의 시는 오히려 역행에 가깝다. 새로움을 위해 익숙한 문법을 해체하고 극단의 상상을 행하기도 하는 '젊은' 시와 거리를 둔 채 그는 오랜 전통을 고수한다. 새로운 미래의 방향으로 원심력을 발산하는 시들과 달리 그의 시는 근원적인 정신을 향한 구심력을 드러낸다.

　김광규의 시는 "시 삼백을 한마디로 말한다면 사무사(思無邪)이다"라고 했던 공자의 말을 연상시킨다. '무사(無邪)'란 왜곡되지 않고 바르게 드러난다는 뜻으로, 시에서 정서와 사유가 어긋나지 않고 일치된 상태로 나타나는 것을 말한다. 마음속 생각과 정이 밝게 드러나는 시는 꾸밈없이 진실하다. 동양에서 오랫동안 시의 기교보다 정신을 높이 평가해 온 것은 이런 무위(無僞)의 가치를 중시했기 때문이다. 이는 정직하고 과장되지 않은 시에서는 감정과 사유가 유리되지 않고 공히 진실을 드러낼 수 있다는 믿음을 반영한다. 현란한 기교보다 묵직한 사유에 중심을 두는 김광규의 시는 사무사라는 동양의 오랜 시정신에 충실한 무위의 시라 할 수 있다.

2. 정직한 기록

　새로움을 좇아 끝없이 변화하는 원심력보다 근원적 진실을 향한 구심력이 강한 김광규의 시는 오랜 시력(詩歷)에 비해 변화가 크지 않다. 그의 시는 초기부터 지금까지 중심 생각이 굳건하게 자리 잡은 채 반복되는 양상을 보여 준다. 그의 시에서 반복되는 주제는 '나는 누구인가'라는 존재 탐구에 바탕을 둔, 일상의 관찰과 역사에 대한 통찰, 자연과 인간의 삶에 대한 사유이다. 시인은 자신의 삶과 관련되는 다양한 상황들에 대해 주의 깊게 바라보고 생각하면서 바람직한 방향을 모색해 왔다. "우리는 죽어 과거가 되어도/역사는 언제나 현재로 남고/얽히고설킨 그때의 삶을/문학은 정직하게 기록할 것이네/자기의 몸이 늙어 가기 전에/여보게 젊은 친구/마음이 먼저 굳어지지 않도록/조심하게"(「늙은 마르크스」)에서 말하듯, 문학은 정직한 기록을 통해 오래 살아남으며 삶과 역사의 진실을 전달하는 것이라는 믿음을 실천해 왔다. 그러기 위해서는 "마음이 먼저 굳어지지 않도록" 항상심을 유지해야 하는데, 수십 년간 변함없는 그의 시작 태도는 그러한 마음의 상태를 입증한다.

김광규 시의 출발점은 자신의 존재에 대한 질문이지만, 이를 위해 그는 내면으로 침잠해 들어가기보다는 세상과의 관계 속에서 답을 구하려 한다. 이 역시 수신(修身)을 바탕으로 주변과의 관계를 넓혀 나가야 한다고 보는 유가의 전통에 가까운 태도이다. 그의 시는 자신이 경험하는 일상성에 대한 면밀한 관조와 치열한 반성에 기반을 둔다. 그는 일상성의 탐구를 통해 자신이 살아가고 있는 시대의 속성을 예리하게 포착하고 비판한다. "돈벌이가 끝날 때마다/머리는 퇴화하고/온몸엔 비늘이 돋고/피는 식어 버려"(「저녁 길」)는 현대인들의 일상성을 그는 "파충류처럼 늪으로 돌아간다"라고 표현한다. 자본주의적 일상에 매몰되어 지적으로, 정서적으로 퇴화하고 있는 현대적 삶의 문제를 심각하게 인식한 것이다. 자신도 모르게 무사안일한 일상에 빠져드는 현대인들의 삶은 그의 시에서 종종 늪이나 안개에 휩싸인 것으로 그려진다. "안개 속에 사노라면/안개에 익숙해져/아무것도 보려고 하지 않는다"(『안개의 나라』)와 같은 상황이 펼쳐지게 되는 것이다. 바로 눈앞의 일을 처리하기에 급급하고 자신을 둘러싼 세상과의 관계를 제대로 파악하지 못하는 삶은 곧 폐허가 되고 파멸에 이를 수 있다. "시와 정치의 사이/정치와 경제의 사이/경제와 노동의 사이/(중략)/관청과 학문의 사이를//생각하는 사람이 없으면 다만//휴지와/권력과/돈과/착취와/형무소와/폐허와/공해와/농약과/억압과/통계가//남을 뿐이다"(『생각의 사이』)에서 그러한 인식을 살필 수 있다. 모두가 오로지 자신의 일만 생각하고 다른 일과의 관계에 무관심하게 되면 황폐하고 공허한 세상이 된다고 보는 것이다.

일상성에 매몰되지 않기 위해 시인은 자신을 둘러싼 세상과의 관계를 성찰할 뿐 아니라, 이와 더불어 역사의식을 잃지 않는다. 역사의식이란 자신이 살고 있는 시대의 현실과 과거의 시간적 연관성을 자각하는 것으로, 이 또한 자신의 삶을 둘러싼 세상과의 관계를 중시하는 태도를 반영한다. 시인이 몸소 겪었던 4.19 혁명은 평생 기억 속에 남아 그를 이끌어 가는 동력이다. "언제부터인가/4월은 해마다 오기만 하고/가지 않는다/진달래 개나리 곳곳에 피어나고/라일락 향기 깊어지면/찢어져 바랜 깃발 다시 펄럭이고/옛날에 다친 허리 뜨끔거린다"(『사오월』)에서처럼 몸속 깊이 각인된 기억이며, "역사를 이끌어 갈/머리의 힘/마음의 꿈"(『책 노래』)을 확인할 수 있었던 살아 있는 체험이다. 기억하고 새기지 않으면 역사는 부당한 권력에 자리를 내어주고 힘없는 자들을 내몬다는 것을 그는 분명하게 자각한다. 그리하여 늘 자신이 살아가고 있는 현실을 각성하고 역사적 책무를 되새기려 한다.

깨어 있는 의식으로 나날의 삶을 면밀하게 돌아보는 그의 눈길은 자연에 대해서도 세심한 관찰을 행한다. 그는 서울 토박이로서 오랫동안 서울에 살아왔지만, 누구보다도 지속적으로 생태에 대한 관심을 보여 왔다. 급격한 도시화로 훼손되는 자연을 주의 깊게 살피며 남다른 생태적 감성을 발현해 왔다. "지하철 공사로 혼잡한/아스팔트 길을 건너/바로 맞은쪽/인왕산이나/안산으로/날아갈 수 없어/이 삭막한 돌산에/갇혀 버린 꿩들은/서울 시민들처럼/갑갑하게/시내에서 산다"(「서울 꿩」)에서처럼 변화되는 환경으로 피폐해지는 자연을 자신의 삶과 동일시하며 안타까워한다. 서울이라는 고향은 그에게 "떠나갈 수 없는 곳/그리고 이젠 돌아갈 수 없는 곳"(「고향」)이다. 계속 살아온 곳이지만 너무 많이 변해서 본래의 모습에서 멀어져 버렸기 때문이다. 자연에서 멀어지는 것은 생명의 항상성에서 멀어지는 것과 같다. 그가 지나친 도시 개발을 비판하며 도시 속에서도 자연의 숨결을 찾아내 면밀하게 들여다보는 것은 생명의 항상성을 지키기 위해서다.

김광규의 시는 자신의 삶을 이루는 모든 관계들에 대한 깊은 사색을 반영한다. 자신과 세상이 떼 놓을 수 없이 그물처럼 엮여 있다는 것을 철저히 인식하고 있다는 점에서 그의 시는 현실성이 강하다. 그는 현실과 역사와 자연에서 동떨어져 존재할 수 없는 자신의 처지를 확인하며 바람직한 삶의 방향을 모색해 왔다. 그에게 시란 자신과 세상의 관계를 각성하고, 기억하는 방법이다. 나날의 삶 속에서 반성과 사유를 이끌어 내는 정직한 기록이라 할 수 있다.

3. 긍정의 힘

삶의 진실과 가치에 대한 믿음은 지속적으로 김광규의 시를 이끌어 온 구심력에 해당한다. 현실에 대한 예리한 비판을 행하는데도 그의 시가 부정의 힘보다는 긍정의 힘을 드러내는 것으로 느껴지는 이유는 그 때문이다. 그의 시에 나타나는 반성이나 비판은 현실을 더 넓은 시야로, 또는 이전과 다른 관점에서 파악하여 보다 나은 방향을 모색하기 위한 것이다. 이 역시 전위적인 현대시들이 철저히 부정의 정신을 발휘하는 것과 구별되는 점이다. 임계점 없이 극한의 부정을 행하기보다 긍정의 방향을 찾기 위해 부정을 행하는 데서 김광규 시의 개성을 살필 수 있다.

늙음과 죽음에 대한 사유가 드러나는 시들에서 긍정의 힘은 남다르게 펼쳐진다. 대부분의 사람들이 부정하고 싶어 하는 늙음과 죽음이라는 현상이 그의 시에서는 그저 자연스러운 삶의 과정으로 그려진다. 「늙은 소나무」에서는 백여 년을 살아온 늙은 소나무를 더 살리기 위해 시멘트를 바르고 주사를 놓는 사람들의 행태에 대한 비판적 시선을 보여 준다. "아무리 바람직하지 못하다 해도/늙음은 가장 자연스러운 일"인데 그것을 억지스럽게 막으려 하는 것이 못마땅하기 때문이다. 늙음이 자연스러운 일이라는 인식은 자신의 경우를 생각해 볼 때도 예외는 아니다. "낯익은 얼굴 구부정한 어깨/매일 거울 속에서 그를 본다/형이 되어 버린 나를 본다"(「형이 없는 시대」)에서처럼 그는 어느새 주위 모든 사람들에게 형이 되어 버린 자신의 처지를 자각한다.

자신이나 사물을 객관화시켜 바라볼 수 있는 능력이 늙음과 죽음이라는 고통스러운 삶의 과정을 담담하게 받아들일 수 있게 한다. 가령 「뼈」에서는 엑스레이 필름에 찍힌 자신의 뼈를 보면서 그것이 지닌 물질성을 적나라하게 확인하고 언젠가 부서지고 가루가 될 그것의 최후를 그려 보기도 한다. "뼈는 부러져 나를 떠나고/붐비는 시장과 거리에도/오래 머무는 사람은 없다"라는 상상은 모든 존재가 유한하며 영원한 것은 없다는 통찰을 보여 준다. 그런데 이렇게 죽음 너머를 상상할 때도 그는 허무주의에 빠지지 않고 죽음을 자연적인 현상으로 담담하게 받아들인다. 자신의 생을 특별하게 여기지 않고 자연의 일부로서 인식하기 때문이다. 「한식행(寒食行)」에서는 수술받고 퇴원 후 성묘하러 가서 잠들었다 깨어난 체험을 그리고 있다. "여기가 어딘가/돌아가신 아버지 어머니 곁/죽음처럼 안락했던 그곳/꿈결에 잠깐 다녀온 듯"이라고 하여 죽음을 꿈결처럼 안락한 느낌으로 상상한다. 늙고 수술도 받은 몸으로 성묘를 하는 상황에서 돌아가신 아버지 어머니의 곁이 가깝게 느껴진 것이다. 이처럼 죽음이라는 금기조차 자연스럽게 받아들이는 태도는 시인 특유의 긍정적 사유와 관련된다.

김광규의 긍정적 사유는 늙음과 죽음과 같은 존재론적 문제뿐 아니라 현실적 삶의 문제에서도 예외 없이 작동한다. 그는 권력자들이 횡포를 부려 온 역사와 약자들이 소외되는 현실, 자연이 훼손된 도시의 삭막한 삶을 치밀하게 관조하고 비판하지만, 궁극적으로는 더 나은 삶에 대한 희망을 잃지 않는다.

> 그렇다 절망의 시간에도
> 희망은 언제나 앞에 있는 것
> 어디선가 이리로 오는 것이 아니라
> 누군가 우리에게 주는 것이 아니라
> 싸워서 얻고 지켜야 할
> 희망은
> 절대로
> 외래어가 아니다
>
> ―「희망」 부분

불공평하고 부당하고 폭력적인 현실을 겪어 온 그에게 '희망'이라는 말은 어쩌면 '외래어'처럼 어색한 것이다. 그러나 그는 절망 너머에 언제나 희망이 있다고 확신한다. 그것은 저절로 오지도 않고 그저 주어지는 것도 아니고 "싸워서 얻고 지켜야 할" 것이기에 외래어일 수 없다. 4.19를 경험한 그는 변화를 향한 희망의 가치를 믿는다. 그때 바로 옆에서 쓰러져 끝내 일어나지 못했던 친구들을 계속 기억하며 그들이 헛되이 사라지지 않고 "영원히 젊은 사자가 되어", "우리의 잃어버린 이상을/새롭게 가꿔 가는"(「아니다 그렇지 않다」) 것을 느낀다.

그는 언제나 약자의 편에서 그들을 지탱하는 희망을 그리려 한다. 노동에서 소외된 노동자들을 연민 어린 시선으로 그리고, 가진 것 없어도 사랑스러운 가족들을 기리며, 짓눌려도 살아가는 자연의 끈질긴 생명력에 경탄한다. 모든 생명이 지닌 자연스러운 본성에 경외감을 느끼며 부당한 폭력에 맞서 자신의 삶을 지키려 하는 처절한 희망의 몸짓들을 긍정한다. 그의 시는 삶에 대한 비판적 통찰이 긍정의 힘과 이어지는 흔치 않은 경우를 보여 준다.

4. 절제와 소통의 언어

현대시를 이끌어 온 새로움에 대한 추구는 주로 언어예술로서의 시의 가능성을 타진하기 위한 방법으로 작동해 왔다고 할 수 있다. 새로운 언어를 탐색하려는 시도는 많은 경우 난해성이라는 문제를 수반하기도 한다. 김광규는 현대시의 이런 흐름과 무관하게, 정확하게 전달될 수 있는 소통 중심의 언어를 일관되게 추구해 왔다. 이는 그의 시가 언어미학에 대한 관심보다 의미 전달에 더 많은 비중을 두고 있기 때문이다. 김광규의 시가 흔히 산문적이라고 언급되는 것은, 산문처럼 정확한 문장으로 의미를 전달하는 경향과 관련된다. 현대시에서 리듬과 의미의 역동성을 살리기 위해 흔히 사용되는 시행 엇붙임 같은 방법조차 그의 시에서는 거의 찾아보기 힘들다. 그는 정확한 문장과 정돈된 행갈이로 의미를 명료하게 전달한다.

기교를 억제하는 그의 시에서 시적인 효과를 드러내는 방식은 묘사 중심의 객관적인 서술에서 기인하는 절제의 미학이다.

한 줄의 시(詩)는커녕
단 한 권의 소설도 읽은 바 없이
그는 한평생 행복하게 살며
많은 돈을 벌었고
높은 자리에 올라
이처럼 훌륭한 비석을 남겼다
그리고 어느 유명한 문인이
그를 기리는 묘비명을 여기에 썼다
비록 이 세상이 잿더미가 된다 해도
불의 뜨거움 꿋꿋이 견디며
이 묘비는 살아남아
귀중한 사료(史料)가 될 것이니
역사는 도대체 무엇을 기록하며
시인(詩人)은 어디에 무덤을 남길 것이냐

―「묘비명」 전문

이 시에 들어 있는 세 개의 문장은 시적인 생략이나 수사 없이, 산문의 문장처럼 정확하고 건조하다. 전체 내용이 묘비명에 대한 담담한 묘사에 가깝다. 화자는 묘사의 대상인 '그'의 일생을 묘비명의 기록을 빌어 간략히 압축해 보인다. 시나 소설과는 아무 상관없이 살며 평생 부와 명예를 누린 '그'는 죽은 후에도 "훌륭한 비석"으로 자신의 생을 과시하고 있다. 화자는 자신의 감정을 전혀 드러내지 않으면서도, 묘비명의 주인인 '그'와 '그'를 위해 묘비명을 써 준 '문인'을 대비하며 삶의 아이러니를 표출한다. 평생 시 한 줄, 소설 한 권 읽지 않은 사람을 위해 "유명한 문인"이 '그'를 기리는 글을 쓴 것도 아이러니한데, 단단한 돌로 된 이 묘비가 세상이 잿더미가 되더라도 살아남아서 귀중한 사료가 될 수도 있다는 사실은 더욱 아이러니하다. 차분한 관조를 통해 지적인 통찰에 이르는 이러한 절제의 방식은 '낙이불음 애이불상(樂而不淫 哀而不傷)'이라 하여 지나친 감정의 표출을 삼가한 공자의 가르침을 떠올리게 한다. 감정을 절제한 채 상황을 통해 의미를 전달하기에 그의 시는 더 널리 소통하고 공감을 끌어낼 수 있다. 또한 산문과 달리 생을 응축해서 보여 주는 시적 구성미를 통해 통찰적 사유를 효과적으로 행한다.

주위를 살피는 시간은 꽤 길고
먹이를 삼키는 순간은 아주 짧다
(시 쓰기와 비슷하지 않은가)
뒤이어 산비둘기와 까치가 다녀가고
저녁때는 옆집 고양이가 살금살금 다가와
냄새만 맡고 돌아간다
날이 저물어 새 모이 소반
어둠 속으로 사라지면
밤하늘 날아가는 기러기 행렬
끼룩거리는 소리 들려온다

오늘도 시를 쓰지 못했구나

—「새와 함께 보낸 하루」 부분

김광규의 시에서는 비유 또한 생을 압축하는 방식으로 쓰인다. 이 시는 온종일 새를 관찰한 과정을 담고 있다. 사실적인 묘사가 이어지 다가 어느 순간부터 장면 장면이 삶의 유비로 인식된다. 사방을 한참 둘러보다 순식간에 빵 부스러기를 삼키는 새를 보며 "시 쓰기"를 연 상하는 식이다. 새의 동작이 오랜 관조와 탐색 끝에 한 편의 시를 써 내는 시작의 과정과 흡사하다고 본 것이다. 새 모이 소반을 두고 많은 새들과 옆집 고양이까지 얼씬거린다. 먹고살기 위해 쉼 없이 움직이 는 우리네 삶과 다를 바 없다. 드디어 날이 저물고 기러기 행렬이 끼 룩거리며 날아가는 장면에서는 한 줄 시도 쓰지 못한 채 속절없이 지 나가는 하루를 연상한다.

이처럼 김광규 시에서 비유는 수사적 기교라기보다 현실을 압축해 서 표현하는 방식이다. "낡은 혁대가 끊어졌다/파충류 무늬가 박힌 가죽 허리띠/아버지의 유품을 오랫동안/몸에 지니고 다녔던 셈이다/ (중략)/이제 나의 허리띠를 남겨야 할/차례가 가까이 왔는가/앙증스 럽게 작은 손이 옹알거리면서/끈 자락을 만지작거린다"(「끈」)에서도 '끈'은 단순한 비유 이상으로 생애를 압축한다. 아버지의 유품으로 지 녔던 끈이 끊어지는 순간 손주가 작은 손으로 그것을 만지작거리는 상황은 그야말로 끈처럼 이어지는 혈연의 연계를 드러내 보인다. 김 광규의 시는 이처럼 꾸밈없고 명료한 비유로 누구나 공감할 만한 삶 의 통찰을 끌어낸다. 이는 기교보다 소통을 중시하는 김광규식의 표 현법이라 할 만하다.

5. 삶의 시, 시의 삶

지금까지 쉼 없이 정진해 온 김광규의 40여 년 시 인생은 시와 삶이 서로를 포괄하며 하나가 되어 온 시간이라고 할 수 있다. 그의 시는 꾸밈없이 순수한 사유의 발로로서, 더 나은 삶을 향한 부단한 모색의 방법으로서 그의 삶과 함께해 왔다.

김광규는 우리 현대시가 가장 격변해 온 시기를 함께하며 오늘에 이르고 있다. 자신이 당면한 현실에서 그는 책임을 다하며 중심을 지켜 왔다. 4.19 세대로서 그는 부당한 권력을 비판하며 약자들의 편에서 희망을 꿈꾸어 왔다. 급변하는 자연환경으로 훼손되는 작고 연약한 생명들과도 누구보다 오랜 시간을 함께하며 섬세한 눈길을 주고받았다. 또한 한글세대로서 우리말의 보호에도 각별한 관심을 기울여 왔다. 고집스러울 정도로 정확한 언어를 구사하며 이해와 소통이 용이한 시를 추구해 왔다.

그의 시는 결코 화려하지 않지만 담백하면서도 깊은 울림을 주며 우리 시사에서 빼놓을 수 없는 하나의 맥을 이어 왔다. 새로움을 향한 경쟁으로 치열했던 현대시사에서 그는 시의 오랜 전통과 가치를 지켜내며 독자적인 경지를 펼쳐 왔다. 사회 전반에서 원로다운 원로가 드문 시대에 이 시인이 걸어온 진중하고 일관된 행보는 단연 돋보이는 사례가 된다. 『안개의 나라』에는 삶의 길과 시의 길이 일치되어 온 김광규 시의 여정이 오롯이 축약되어 한눈에 돌아볼 수 있게 한다.

감각의 발견
—장석남 시집 『새 떼들에게로의 망명』의 시사적 의미

1. 1990년대 시사의 맥락

어느 시대나 전 시대와의 차별성에 의해 새로운 면모가 부각되는 법이어서, 1990년대 시의 경우 1980년대 시와 비교해 볼 때 그 특성이 확연해진다. 1990년대 시는 정치적 성향이 유난히 강했던 1980년대 시와는 대조적으로 개인적이고 내밀한 정서가 두드러진다. 이 시기는 우리 현대시사에서 예외적일 정도로 정치적 성향이 약화된 시기에 해당한다. 질곡의 현대사를 통과하면서 우리 시의 정치적 관심은 꾸준히 지속되며 시사의 중심을 이루어 왔다. 1980년대는 우리 시사에서 정치성이 가장 고조되었던 시기로 중심축이 현실 면으로 크게 기울어 있었다. 그리하여 현실과 가장 거리가 먼 서정적인 시들조차 기본적으로 정치적 상상력의 자장 안에 놓여 있었다. 이런 양상의 직접적인 이유는 1980년대라는 시대적 의미를 결정짓는 광주항쟁에서 찾을 수 있다. "1980년대 시인들은, '광주의 5월'로부터 자유롭기 어려운 것이 사실"[1]이라는 말처럼 광주항쟁을 야기한 부당한 독재정권에 대한 부정과 저항은 1980년대를 지배한 보편적 정서이다. 1980년대 시사에서 정치적 현실이 차지하는 의미가 절대적인 것에 비해 1990년대에는 현실적으로 많은 변화가 있었을 뿐 아니라 1980년대 시에 대한 반발력으로 인해 전혀 다른 경향이 나타나기 시작한다.

"1990년대 시의 공간에는 '문화적 삶'의 문제와 관련된 새로운 시적 주제들이 떠올랐다. 죽음과 소멸의 미학, 도시적 일상성의 탐구, 대중문화와의 접속, 디지털 환경과 사이버 세계, 몸의 시학, 여성주의와 섹슈얼리티, 생태학적 상상력, 정신주의의 세계 등 다채로운 테마들은 전 시대에 볼 수 없었던 세계 인식의 다원화를 가져왔다."[2] 전 시대에 위축되었던 서정시는 개인의 내밀한 정서를 새로운 감각으로 드러내는 변화를 보이게 된다. 이런 시들은 '신서정'이라는 별도의 명칭으로 불릴 정도로 참신한 느낌을 선사한다. 서정시는 현실적인 성향의 시들과 쌍벽을 이루며 우리 현대시사를 추동해 왔지만 그 기본적인 특성상 새로운 면모로 주목받기는 어렵다. 1990년대 '신서정' 시의 새로움은 우리 서정시의 혁신 가능성을 보여 주었다는 점에서 각별한 주목을 요한다.

장석남은 1990년대 '신서정'을 대표하는 시인이며 서정시에서 '감각'의 가치를 재발견하게 했다는 점에서 두드러진 면모를 보인다. 특히 1991년에 간행된 그의 첫 시집 『새 떼들에게로의 망명』은 1990년대 시의 새로움을 견인하는 핵심적 역할을 했다는 점에서 시사적 의미가 크다. 여기서는 이 시집을 중심으로 장석남 시가 새롭게 보여 준

---

1 김재홍, 「1980년대 한국시의 비평적 성찰」, 김윤식 외저, 『한국현대문학사』, 현대문학, 2005, 550쪽.
2 이광호, 「1990년대 시의 지형」, 김윤식 외저, 『한국현대문학사』, 614쪽.

'감각'의 시적 가능성을 살펴보려 한다.

'감각'은 우리 시사에서 오랫동안 그리 주목받지 못했던 특질이다. 서정시의 경우도 주체의 감정이나 정신의 표현이라는 관점이 주도해 왔고 감각은 그에 대한 보조 작용으로 간주되어 온 편이다. "감각은 의미나 이념과 무관하거나 그것들로 보충되어야 하는 것이 아니라, 그것들의 필연적인 출발지이자 정박지다"[3]와 같은 관점이 정립된 것은 비교적 최근의 일이다. 의미나 이념이 감각을 결정짓는 중심역할을 한다는 오래된 관념과 정반대로 감각이 그것들의 출발점이자 귀결일 수 있다는 이 새로운 주장은 상당 부분 들뢰즈의 감각에 대한 이론과 관련된다. 들뢰즈에게 감각은 예술의 본질에 가까운 것으로 이성에 선행한다. 들뢰즈는 재현으로서의 예술이라는 오랜 전통에서 벗어나 예술은 "감각들의 덩어리를, 하나의 순수한 감각 존재를 추려내는 것이다"[4]라고 한다. 따라서 예술가들이 할 일은 재현을 위해 기교를 행하는 것이 아니라 그것과 단절하고 감각 자체를 드러내는 것이다.

들뢰즈의 감각 이론은 장석남의 시를 새롭게 읽는 데 많은 참조가 된다. 장석남의 시는 일찍이 우리 시에서 보기 어려울 정도로 감각 그 자체를 드러내는 일을 섬세하게 수행한다. 장석남의 시에서 감각이 어떻게 발현되는지를 들뢰즈의 관점을 통해 살펴보고, 그것이 갖는 의미를 새롭게 조명해 보도록 한다.

2. 순간의 지각

---

3 권혁웅, 『시론』, 문학동네, 2010, 531쪽.

4 질 들뢰즈, 『철학이란 무엇인가』, 이정임 역, 현대미학사, 1995, 239쪽.

1

찌르라기 떼가 왔다
쌀 씻어 안치는 소리처럼 우는
검은 새 떼들

찌르라기 떼가 몰고 온 봄 하늘은
햇빛 속인데도 저물었다

저문 하늘을 업고 제 울음 속을 떠도는
찌르라기 떼 속에
환한 봉분이 하나 보인다

2

누군가 찌르라기 울음 속에 누워 있단 말인가
봄 햇빛 너무 뻑뻑해
오래 생각할 수 없지만
오랜 세월이 지난 후
나는 저 새 떼들이 나를 메고 어디론가 가리라,
저 햇빛 속인데도 캄캄한 세월 넘어서 자기 울음 가파른 어느 기슭엔가로
데리고 가리라는 것을 안다
찌르라기 떼 가고 마음엔 늘
누군가 쌀을 안친다
아무도 없는데
아궁이 앞이 환하다

─「새 떼들에게로의 망명」 전문

장석남의 첫 시집 『새 떼들에게로의 망명』의 표제 시이기도 한 이 시는 시집 전체를 대표할 만한 시인 것은 물론이고 감각이 어떻게 존재하는지를 보여 주는 최적의 사례이다. 이 시 중에서도 전반부의 압도적인 느낌은 세계와의 "근본적인 마주침"이 사유 이전의 감각으로 온다[5]는 것을 적시하는 듯하다. 찌르라기 떼가 뒤덮은 봄 하늘은 햇빛마저 가려져 저물어 가는 저녁의 풍경으로 뒤바뀐다. 느닷없이 출몰한 찌르라기 떼의 검은 물결과 하늘 가득 울려 퍼지는 "쌀 씻어 안치는 소리"는 사유 이전의 "근본적인 마주침"을 던진다. 이 장면은 시적 주체의 사유나 감정을 재현한 것이라기보다 그에 선행하는 감각의 상태를 보여 준다. 주체의 사유나 감정이 선행할 때 세계 인식의 테두리가 정해지는 것에 비해 감각이 선행할 때 그것은 한정되지 않은 새로운 차원으로 확장될 수 있다. "지각이나 정서를 지각하거나 느끼는 누군가에게 더 이상 기대지 않는 자율적이고 자족적인 존재들로서 향해 갈 때 비로소 우리는 지각이나 정서에 가닿을 수 있다."[6] 이때의 지각이나 정서는 감각에 의해 촉발된 것으로, 주체로 하여금 기존의 관념을 넘어서는 자율적이고 자족적인 세계 속으로 들어가 그 일부가 되게 한다. 이러한 세계 속에 들어가기 위해서는 "그 순간 자체"[7]가 되어야만 한다. 이 세계와 하나가 되는 순간 주체는 이 세계와 더불어 새롭게 생성된다. 감각은 무수한 사물에 동등하게 열려 있기 때문에 관념의 테두리를 넘어 새로운 사유를 만들어 낼 수 있는 강력한 동력이 된다. 감

---

5 "세상에는 사유하도록 강요하는 어떤 사태가 있다. 이 사태는 어떤 근본적인 마주침의 대상이지 결코 어떤 재인의 대상이 아니다. (중략) 마주침의 대상이 지닌 첫 번째 특성은 오로지 감각밖에 될 수 없다는 데 있다." 질 들뢰즈, 『차이와 반복』, 김상환 역, 민음사, 2004, 311쪽.

6 질 들뢰즈, 『철학이란 무엇인가』, 240쪽.

7 질 들뢰즈, 『철학이란 무엇인가』, 243쪽.

각을 통해서는 동물과 식물, 심지어 분자나 영(靈)이 될 수도 있다. 예술은 이러한 역동적 생성을 가능하게 하는 창조적 행위이다.

위의 시는 감각이 선행하고 지각이나 정서가 이에 뒤따르며 확장된 사유에 이르는 과정을 담고 있다. 시의 전반부에서는 감각적 인상에 몰입된 상태를 보여 주며 후반부에서 그와 관련되는 지각과 정서가 드러난다. "봄 햇빛 너무 뻑뻑해/오래 생각할 수 없지만"에서 주체가 찌르라기 떼가 일으킨 감각적 충격 상태에 여전히 지배되고 있다는 것을 알 수 있다. 그는 자신을 압도하는 이 놀라운 감각의 세계 속으로 들어와 있으며, 그것과 관련하여 자신을 새롭게 사유하게 된다. "나는 저 새 떼들이 나를 메고 어디론가 가리라"는 상상은 저 무수한 새 떼들 속에 언젠가 자신도 뒤섞이게 될 것이라는 예감을 담고 있다. 봄 하늘을 검게 뒤덮었던 찌르라기 떼는 이 세계 안에 전혀 다른 또 다른 세계가 들어 있다는 것을 지각하게 한다. 햇빛 가득했던 봄 하늘을 불시에 점령한 새 떼처럼 그 세계는 느닷없이 닥칠 것이다. 그런데 이 시는 삶에 내재하는 죽음의 징후라는 의미에 한정되지 않는다. 이 시의 마지막 장면에서는 찌르라기 떼가 가고 난 후의 마음의 변화를 그리고 있다. 찌르라기 떼가 사라진 후에도 "쌀 씻어 안치는 소리"는 여전히 잔향으로 남아 있다. 그것이 "아무도 없는데/아궁이 앞이 환하다"는 상상을 불러일으킨다. 찌르라기 떼는 죽음의 감각뿐 아니라 삶의 감각과도 연결되는 것이다. 찌르라기 떼는 "쌀 씻어 안치는 소리"가 불러일으키는 삶의 본능을 촉발한다. '환한 아궁이'는 '환한 봉분'과 짝을 이루며 삶과 죽음이 닮은꼴을 이루고 있는 존재의 비의를 암시한다. 찌르라기 떼가 일으킨 감각적 충격은 죽음의 예감을 상기시키는 데서 그치지 않고 개체의 존속을 넘어서는 삶의 무한한 생성의 작용을 감지하는 데 이르게 한다.

찌르라기 떼가 주체에게 다가온 순간의 감각은 세계와 주체의 만남을 전면적으로 새롭게 한다. 이 순간의 지속을 위해서 주체는 자기의 것이 아닌 힘들이 드러나는 생성의 장을 충실히 수용해야 한다. 기존의 관념이나 주관적 감정은 버리고, 순간의 지각 속에 감각적으로 감지된 모든 것을 담아야 한다. 그렇게 감지된 세계는 결정 불가능, 구별 불가능의 지대여서 마치 "사물들, 짐승들, 사람들이 각기 그들의 본질적인 간극을 일시에 넘어서 버리는 지점에까지 무한히 닿아 있는 것만 같다. 이것이 바로 우리가 정서라고 부르는 것이다."[8] 이 지점을 지배하는 것은 주체가 아니라 예술 자체이다. 감각에 의해 열리는 이 세계를 지속시키기 위해서 주체는 그 순간 자체가 되어야 한다. 객관적 세계와 자기 자신으로부터 벗어나, 이러한 정서에 도달하는 자는 "견자이며 생성되어 가는 자"[9]이다. 장석남 이전의 시에서 이토록 철저하게 감각에서 연원하는 지각과 정서를 보여 주는 시들을 찾기는 쉽지 않다. 서정성이 농후한 시들의 경우도 주체의 감정이나 관념을 재현하기 위해 감각적 표현을 끌어오는 재현의 방식이 주를 이루었다. 장석남의 시에는 감각이 앞서는 상태에서 주체와 세계가 동일한 정서로 고양되는 변화의 양상이 잘 나타난다. 그의 시는 한정 지을 수 없는 결정 불가능의 세계를 있는 그대로 펼쳐 보인다.

주체를 내세우지 않고 감각이 이끄는 대로 자신을 열어 놓는 방식이 그의 시가 갖는 차별성이다. 그의 시에는 "빗방울 떨어지며 후두둑 나를 읽는다"(「가책받은 얼굴로」), "저녁해가 지다 말고 내 얼굴에 왔다"(「저녁해가 지다 말고」)처럼 주객이 뒤바뀐 관점이 자주 나타난다. 빗방

---

8 질 들뢰즈, 『철학이란 무엇인가』, 249쪽.
9 질 들뢰즈, 『철학이란 무엇인가』, 246쪽.

울이 스치는 감각에서 자신이 읽힌다는 느낌을 받고, 저녁해를 바라보면서 해가 자신에게 찾아왔다고 할 정도로 주체보다는 대상의 능동적 작용을 감지한다. 주체와 대상의 역전된 관계는 주체의 관념과 감정을 넘어서는 다양한 감각적 순간들을 발생시킨다. 그는 또한 주체와 대상의 감각을 통합적으로 지속시킨다. "장작을 넣지 않고 있으면 불은 나를/자기 품 더 가까이 불렀다"(「군불을 지피며 3」), "내가 그들에게 들켰다/자동차 수리점에서 개개비 울음을 들은 죄/그게 죄다"(「얼굴을 닫고」) 등 장석남의 시에는 주체와 대상 사이의 정서적 교감이 강조되는 장면들이 많다. 이는 주체의 감정이 투사된 것이라기보다 대상의 감각에 호응하면서 발생한 것에 가깝다. 주체가 정서를 주도하던 기존의 서정시와 달리 감각 그 자체가 주객의 정서를 통합적으로 이끌어 가는 의미 있는 변화를 살필 수 있다. 장석남은 감각이 주체의 감정이나 관념에 예속된 것이 아니라 자족적이고 능동적인 작용이라는 것을 누구보다 정확하게 포착하고 시적으로 보여 준 시인이다.

3. 풍경되기

장석남 이후 우리 시에서 감각은 주체의 재현적 기술이라는 기존의 관념과 달리 주체와 대상의 교응으로 형성되는 생성의 과정이라는 새로운 개념을 획득하게 되었다. 감각은 주체와 대상에 선행하며 그 둘 사이에 공통의 사건을 만들어 내는 동력이다. 감각에 의해 우리는 객관적 세계와 우리 자신으로부터 벗어난다. 그리고 풍경의 안에서 그것과 하나가 된다. "지각은 인간이 부재하는, 인간 이전의 풍경이다."[10]라는 말의 의미는 감각에 의해 생성되는 세계에서는 풍경이 인간의 배

---

10 질 들뢰즈, 『철학이란 무엇인가』, 242쪽.

경이 되는 것이 아니라 풍경이 인간을 흡수하고 생성시킨다는 뜻이다. 들뢰즈는 예술 작품에서 인간은 풍경의 일부가 됨으로써 존재할 수 있다고 본다. 그가 말하는 '비인간적 풍경', '비인간적 되기'는 인간이 풍경으로 스며들어 객관적 세계와 자기 자신으로부터 벗어나는 상태를 의미한다. 가령 「델러웨이 부인」의 주인공은 마치 '만물을 통과하는 예리한 칼날'과도 같이 도시로 스며들어 그녀 자체를 지각할 수 없게 한다. 즉 델러웨이 부인은 그녀가 살고 있는 도시와 한 몸을 이루는 것이다. 감각에 충일한 예술은 인간이 풍경에 흡수되어 새로운 존재로 생성되어 가는 과정을 보여 준다. 인간의 '풍경되기'는 재현의 방법으로서의 풍경의 묘사와 달리 새로운 지각과 정서를 창조해 낸다.

　　저녁이면 어김없이 하늘이 붉은 얼굴로
　　뭉클하게 옆구리에서 만져지는 거기
　　바다가 문병객처럼 올라오고
　　그 물길로 통통배가
　　텅텅텅텅 텅 빈 채
　　족보책 같은 모습으로 주둥이를 갖다 댄다

　　잡어 떼, 뚫린 그물코, 텅 빈 눈,
　　갈쿠리손, 거품을 문 게

　　풀꽃들이 박수 치는지
　　해안 초소 위로 별이 떴다
　　거기에 가면 별이 뜨기 전에
　　돌아와야 한다

별에 눈 맞추며 덜컹대는

수인선 협궤열차에 가슴을 다치지 않으려면

별에 들키지 않아야 한다

가슴에 휭한 협궤의 터널이 나지 않으려면

—「소래라는 곳」 전문

이 시는 풍경에 주체가 스며들어 가는 과정을 섬세하게 보여 준다. "붉은 얼굴", "뭉클하게 옆구리에서 만져지는 거기", "주둥이를 갖다 댄다", "별에 눈 맞추며 덜컹대는", "가슴에 휭한 협궤의 터널" 등 많은 구절들이 감각이 신체적 반응이라는 사실을 새삼 환기시킨다. 이 신체적 반응은 수사학과 달리 주체와 대상의 직접적인 관계에서 생성되는 것이다. 즉 이곳의 하늘이 "붉은 얼굴"을 하고 있다거나 "뭉클하게 옆구리에서 만져"진다는 감각은 대상에 대한 묘사에 그치는 것도 아니고 주체의 감정을 표현한 것만도 아니다. 이러한 신체적 감각은 대상과 주체가 신체라는 단 하나의 장소에서 통합된 것이다. "선험적 이성이 감각을 통합하는 것이 아니라 신체가 그것을 통합한다. 감각은 정확히 감각하는 이 신체에 닻을 내린다. 그것들은 추상적 실체로 환원되지 않으며, 개별적이면서도 독자적이다."[11] 이 시에서 주체가 풍경 속으로 스며들어 가는 과정은 다양한 신체적 이미지로 표출되고 있다. 이러한 신체적 감각에는 주체와 풍경의 내밀한 교감이 작용한다. 저녁 하늘의 붉은 얼굴이 뭉클하게 옆구리에서 만져진다고 할 때 주체와 풍경은 불안과 소멸의 정서를 공유하는 것이다. 텅텅거리는 통통배의 이미지나 "잡어 떼, 뚫린 그물코, 텅 빈 눈,/갈쿠리손, 거품

---

11 권혁웅, 『시론』, 530쪽.

을 문 게" 등 몽타주처럼 던져지는 배 안의 풍경도 그러한 정서를 심화한다. 마지막 연에서 주체는 시선을 원경에 비추면서도 그것을 자신의 내면에 접속하면서 풍경과 하나가 된다. 해안선에 별이 뜨고 그것을 향해 협궤열차가 달려가는 모습은 다시 자기 자신의 가슴에 협궤의 터널이 뚫리는 상상으로 이어진다. 퇴락하여 소멸해 가는 항구의 풍경이 필멸의 존재로서의 공감을 자극한 것이다. 소래 바닷가의 붉은 하늘과 통통배, 별과 협궤열차 등은 주체의 신체 감각과 통합되면서 독자적인 이미지를 형성한다. 주체는 풍경과 하나가 되어 필멸의 존재로서의 지각에 도달한다.

> 군불을 지핀다
> 숨 쉬는 집
> 굴뚝 위로 집의 영혼이 날아간다
> 家出하여, 적막을 어루만지는 연기들
> 적막도 연기도 그러나
> 쉬 집을 떠나진 않는 것
> 나는 깜빡 내
> 들숨소리를 지피기도 한다
>
> ―「군불을 지피며 1」 전문

이 시에서도 풍경과 주체의 감각은 서로 스며들며 일체가 된다. 군불을 지피는 주체의 행위는 "숨 쉬는 집"의 이미지와 연결된다. 집의 신체화된 감각은 주체의 감각이 풍경으로 생성되는 과정을 보여 준다. "숨"은 "영혼"으로 변이되며 주체와 풍경을 더욱 내밀하게 결합한다. 이제 주체와 풍경은 인간과 비인간의 경계를 넘나든다. "家出"한 연기들이 "적막을 어루만지는" 장면은 인간의 신체와 영혼을 연상시킨다. 주체와 풍경은 서로에게 스며들며 하나의 신체처럼 겹쳐진다. 적막도 연기도 "쉴 집을 떠나진 않는 것"은 주체가 그런 것과 다를 바가 없다. "숨 쉬는 집"의 풍경이 일으키는 감각은, 적막을 어루만지며 고요히 침잠해 있는 주체의 내면 그 자체이기도 한 것이다. "나는 깜빡 내/들숨소리를 지피기도 한다"에서 '나'와 집의 신체적 감각은 완전히 일치하며 한 몸을 이룬다.

오래도록 서정시에서 풍경은 대체로 주체의 관념이나 감정을 수식하는 배경으로 작용해 왔다. 풍경은 미리 설정되어 분위기를 만들어 내거나 감정의 여운을 전달하는 장식적 역할을 담당하는 정도로 기능해 왔다. 그에 비해 장석남 시에서 풍경은 주체에 선행하는 감각의 동력이다. 그의 시에서는 풍경이 중심을 이루고 주체의 지각이나 정서가 뒤따르는 경우가 많다. 풍경에 내재하는 다양한 신체적 감각은 주체와의 긴밀한 감응에서 기인한다. 주체가 풍경과 상통하며 감각적 생성을 이루어 가는 이러한 방식은 새로운 세계의 발견을 가능케 한다. 배경에 불과한 것으로 밀려나 있던 풍경은 무수한 생성의 가능성을 지닌 세계이기 때문이다.

4. 미약한 존재들의 우주

장석남의 시에는 일상 세계보다 자연이 자리 잡고 있는 경우가 많다. 그것도 꽃 한 송이, 나비 한 마리, 별 하나처럼 아주 소소한 자연이다. 그는 1980년대 대부분의 시들이 머물고 있던 현실의 자장에서 벗어나 거의 주목받지 못했던 작고 미약한 존재들과 접촉한다.

저 입술을 깨물며 빛나는 별

새벽 거리를 저미는 저 별

녹아 마음에 스미다가

파르륵 떨리면

나는 이미 감옥을 한 채 삼켰구나

유일한 문밖인 저 별

—「별의 감옥」 전문

『새 떼들에게로의 망명』의 서시에 해당하는 이 시는 장석남이 이끌리는 세계의 구도를 상징적으로 보여 준다. 이 시의 별은 드높은 이상이나 희망을 뜻하는 별들과는 거리가 멀다. "입술을 깨물며", "파르륵 떨리면"에서 드러나듯 그것은 한없이 연약하고 불안한 존재이다. 별에 대한 이런 감각은 지상과 천상의 이분법이 아닌 미약한 존재로서의 공감에서 기인한다. 저렇듯 불안하고 고통스러운 모습으로 견디고 있는 별을 통해 '나'는 그와 다를 바 없는 자신의 막막한 처지를 자각한다. 출구가 보이지 않는 암담한 상태의 자신을 별의 모습 속에서 확인하면서 그는 문득 자신이 살고 있는 이곳이 "감옥"이라는 통찰에 도달한다. "저 별"이 있는 곳이 "유일한 문밖"이라면 이 세상 전체가 감옥이라는 것이다. 이런 생각은 인간 중심으로 현실을 바라볼 때와 다른 우주적 구도를 만들어 낸다. 하나의 감옥에 해당하는 인간 세상은 '소멸의 존재들'에 불과한 인간의 존재론적 한계를 지각하게 한다.

장석남의 시에는 이렇게 극미의 세계와 극대의 세계에 대한 통합적 감각이 드러나는 경우가 많다. 「물방울 방」에서는 물방울 안에 "버짐 핀 아낙과 새끼들" 그리고 "헐벗은 사내"가 들어가 있는 모습을 그리고 있다. 둥근 물방울에 비친 방 안의 풍경은 곧 하나의 세계이기도 하다. 인간 세상의 중심을 이루는 가족들은 달리 보면 무수한 물방울 우주를 이루고 있다. "그러다가 그냥 환한 것이 되는/무엇이 되는 것이 아닌 방"에서 그것은 언제든 사라질 수 있는 존재에 대한 감각으로 그려진다.

들뢰즈에 의하면 예술은 모든 유한한 사물을 하나의 감각 존재로 만드는 것이다. 그것은 '소멸의 존재들'인 존재의 구성의 구도 위로 도피함으로써만 영구히 존속된다.[12] 인간은 유한한 삶에 감금되어 있지만 삶 자체는 우주적 생성의 과정에 놓여 있다. 예술을 통해 유한한 인간이 무한한 우주적 생성에 도달할 수 있다. 예술 창작이란 인간적 삶에서 해방되어 우주적 삶의 영역으로 확장되어 가는 것이다. 이러한 예술은 인간 이전 혹은 인간 이후의 세계로 종결되는 우주의 비유기적 삶을 포착한다. 이 진실을 체험한 사람은 자신과 세계를 근본적으로 바꾸게 된다. 이때의 진실은 이미 정해져 있는 진리를 재인식하는 '앎'이 아니라 새로운 진리를 구축하는 창조의 과정으로서의 '배움'이다. 이성보다는 감각이 이러한 창조의 과정에 부합한다.[13] 감각은 언어나 이성에 의해 배제되어 왔던 세계에 직접 접촉할 수 있는 방법이기 때문이다.

장석남이 감각에 의해 포착한 세계는 감옥 같은 세상에 갇혀 있는 인간의 유한한 삶과 그 너머의 무한한 우주이다. 그의 감각에 와닿는 앎이란 인간이 풀꽃이나 나비와 다를 바 없이 작고 약한 존재이며 언

---

12 권혁웅, 『시론』, 274쪽.
13 "배움은 문제(이념)의 객체성과 마주하여 일어나는 주관적 활동들에 부합하는 이름인 반면, 앎은 개념의 일반성을 지칭하거나 해(解)들의 규칙을 소유하고 있는 평온한 상태를 지칭한다. (중략) 배우는 자는 각각의 인식능력을 초월적 실행으로 끌어올린다. 감성 안에서 그는 오로지 감각밖에 될 수 없는 것을 파악하는 이 이차적 역량을 분만시키고자 노력한다. 이런 것이 감각들의 교육이다." 질 들뢰즈, 『차이와 반복』, 362-363쪽.

제든 소멸하게 될 운명을 안고 있다는 점이다. 이러한 앎을 넘어서는 어떤 거창한 이념이나 정신도 그의 관심을 붙잡지 못한다. 그는 이 '소멸의 존재들'이 보여 주는 여리디여린 몸짓이나 숨결을 포착하는 데 모든 감각을 집중한다. 유한한 삶의 진실을 분명하게 감지하면서도 그는 허무주의에 빠지지 않고 미약한 존재들의 낱낱의 삶을 애틋하게 지켜본다.

> 어미소가 송아지 등을 핥아 준다
> 막 이삭 피는 보리밭을 핥는 바람
> 아, 저 혓자국!
> 나는 그곳의 낮아지는 저녁해에
> 마음을 내어 말린다
>
> ──「저녁 햇빛에 마음을 내어 말리다──섬진강에서」 부분

"어미소가 송아지 등을 핥아" 주는 감각은 "막 이삭 피는 보리밭을 핥는 바람"과 정확히 일치한다. 그것은 또한 "낮아지는 저녁해"가 와 닿는 "마음"으로 이어진다. 그 마음은 한때 "적산가옥/청춘의 주소 위를 할퀴"며 지나갔던 바람에 시큰거리기도 했던 마음이다. "저 혓자국"은 모든 헐벗은 존재들을 감싸는 근원적 느낌을 상기시킨다. "저 혓자국"이 없다면 한없이 연약하고 헐벗은 존재들은 거할 곳이 없을 것이다. 장석남의 시는 유한한 생명을 지닌 존재들의 미약한 몸짓을 그지없이 섬세한 감각으로 포착해 낸다. 사물의 대소, 강약을 나누는 인간적 관점을 버리고 아주 작은 생명에 깃든 생성과 소멸의 작용들을 면밀하게 살핀다.

내가 반 웃고

당신이 반 웃고

아기 낳으면

돌멩이 같은 아기 낳으면

그 돌멩이 꽃처럼 피어

깊고 아득히 골짜기로 올라가리라

아무도 그곳까지 이르진 못하리라

가끔 시냇물에 붉은 꽃이 섞여 내려

마을을 환히 적시리라

사람들, 한잠도 자지 못하리

—「그리운 시냇가」 전문

    그는 한 생명의 탄생과 소멸을 다른 존재들과 무관하지 않은 인연의 과정으로 본다. '나'와 '당신'의 웃음이 합쳐져 아기가 생기기까지 돌멩이가 꽃이 되는 것 같은 신비한 생명의 작용이 일어난다. 한 생명은 그것이 존재하는 한 세상과 함께하는 것이다. 시냇물에 섞인 붉은 꽃은 마을을 환히 적신다. 한 생명은 두 사람의 웃음에서 시작되어 마을을 환히 밝히며 사람들과 함께한다. 돌멩이나 꽃이나 사람 사이에 어떤 차별이 있을 수 없다. 누구든 존재의 기미에 무감하지 못하다. 모두가 기적 같은 생명을 지니고 생겨났고 또 한갓되이 소멸할 것이라는 엄연한 진실이 연민 어린 감응을 불러일으키는 것이다. 장석남의 시에서 유한한 생명에 대한 연민은 인간과 자연, 주체와 타자를 구분하지 않는다. 모두가 필멸하는 존재들이라는 엄연한 진실이 모든 차별적 사유를 능가한다.

5. 감각의 시적 가치

장석남의 시에 이르러 감각은 말초적 신체 작용이나 장식적 수사라는 편견에서 탈피할 수 있게 되었다. 장석남 이전의 시에서 감각의 작용을 찾을 수 없는 것은 아니지만, 그의 시처럼 감정이나 관념을 능가하는 감각의 시적인 가치를 분명하게 드러낸 경우는 찾기 힘들다. 그의 시는 감각이 재현을 넘어서는 능동적인 생성의 과정이며, 주객의 이분법을 넘어서 풍경과 하나가 될 수 있는 방법이라는 것, 또 유한한 삶을 넘어서 무한한 우주의 생성에 도달하는 예술적 앎이라는 것을 보여 준다.

1990년대 시사에서 이러한 장석남의 시는 현실적인 성향의 시와 대척점에 있는 서정시의 전형으로 간주되어 왔다. 이때의 현실이란 1980년대 시에서 주축을 이루었던 정치적 현실이다. 장석남의 시가 인간 세계의 변화와 개혁을 촉구하는 현실적인 성향의 시와 거리가 먼 것은 분명한 사실이다. 그런데 2000년대 중반 이후 활발해진 '시와 정치' 논의와 관련해서는 다른 해석도 가능할 듯하다. 들뢰즈나 랑시에르 등의 미학자들에 의하면 '윤리'란 자신의 삶을 자각하는 활동이고 '정치'란 타인의 삶을 변화시키는 활동인데, 이를 위해서는 말보다 감각이 더 효과적일 수 있다. 말이 이성에 호소하는 방식이라면 감각은 신경계에 직접 닿는 방식이기 때문이다. 감각을 통해 지각된 삶은 기존의 앎으로 설명할 수 없는 다른 차원의 진실과 맞닥뜨리게 한다. 들뢰즈는 그런 면에서 예술은 그 자체가 정치적이라고 본다. 감각은 재현의 무게에서 자유롭게 현실과 다른 차원에서 접촉할 수 있게 하며 이를 통해 주체의 개방과 확장을 가능하게 하기 때문이다.

장석남은 현실 정치와 거리가 먼 아주 작고 연약한 존재들의 세계에서 자신의 감각에 육박하는 삶의 진실을 만난다. 그것은 필멸하는 존재의 유한성에 대한 자각이다. 그러나 그는 이것을 죽음의 관점에서 바라보지 않고 삶의 관점에서 바라본다. 그리하여 안간힘을 쓰며 살아 있는 미약한 존재들의 눈물겨운 분투에 연민과 공감을 드러낸다. 소멸에 이를 존재들이라는 진실 앞에 인간과 동물, 풀꽃 사이의 차별은 없다. 모두가 힘겹게 살아 있고 또 모두가 연결되어 있다. 이렇듯 모든 생명이 동등하며 공명한다는 지각은 이성이 아닌 감각의 차원에서 얻어진 것이어서 훨씬 섬세하고 분명하다. 어떤 정치적인 구호보다 명료하게 새로운 앎을 제시한다. 이렇게 볼 때 장석남의 첫 시집 『새 떼들에게로의 망명』은 감각의 시적 가치를 전격적으로 발견한 것으로서 미학의 정치적 가능성을 선구적으로 실현한 기념비적인 시집이라 할 수 있다.

반짝이며 흘러가는,
—최정례 시집 『빛그물』

 『빛그물』의 서평을 청탁받은 상태에서 최정례 시인의 부고를 받았다. 수술을 받으면 희망이 있다고 들었던 터라 너무 뜻밖의 소식으로 여겨졌다. 시인의 시에 자주 등장하는 '어리둥절'한 상황이었다. 10년 전쯤 시인은 자신의 부음을 알리는 문자를 받고 황당했던 경험을 「병깍 호수」에 썼었는데, 실제의 죽음 또한 황망하기가 이를 데 없게 된 것이다. 「병깍 호수」에는 "남편에게 전화해서 웃긴다고 말했더니 남편의 말이 그것은 시인의 죽음이지, 당신은 시인이 아니잖아 했다."라는 구절이 나온다. 이 말에 비추어 보면 최정례 시인은 너무나 시인다운 죽음을 맞았다고 할 수 있다. 고도의 압축과 자유로운 비약이 가능한 시처럼 이 시인은 시인으로서 누구보다 알차게 살아 낸 후 갑자기 훌쩍 떠나갔다. 시인은 투병 중에도 마지막 시집이 된 『빛그물』을 계속 다듬었고 출간 후 발송까지 직접 챙겼다 한다. 결과적으로 이 기간은 시인으로서 가장 행복하고 보람 있는 시간이었으리라 본다.

『빛그물』을 받아들고 처음 읽었을 때 시인이 다가간 또 하나의 진경을 느낄 수 있었다. 인간사 희로애락을 가감 없이 드러내도, 꿈과 현실이 뒤섞여도, 시적 비약과 산문적 진술이 엇갈려도, 어김없이 시가 되는 경지가 펼쳐지고 있었다. 특히 표제 시인 「빛그물」은 최정례 시가 도달한 가장 빛나는 지점을 보여 준다. 최정례 시의 많은 특징이 함축되어 있으면서 또 새로운 경지가 열리는 길목과도 같은 시이다.

1

두 마리 수사슴이 싸우다 한 마리가 죽는 장면을 보았다 승리한 사슴은 자기 뿔에 엉켜 매달린 죽은 사슴의 뿔에서 벗어나려고 벗어나려고 머리를 휘두르고 있었다 사자 한 마리가 멀찍이 그 몸부림을 지켜보고 있었고

그 장면이 무슨 비유인 것 같다고 생각하면서 잠들었는데 잠의 수면으로 흘러가다 떠오르다 다시 흘러가면서

강을 건너는 한 무리 사슴들을 보았다 물에 잠겨 떠가는 관목처럼 사슴의 뿔이 왕의 관처럼 떠내려가는데

천변에 핀 벚나무가 꽃잎을 떨어뜨리고 있었다 바람도 없는데 바람도 없이 꽃잎의 무게가 제 무게에 지면서, 꽃잎, 그것도 힘이라고 멋대로 맴돌며 곡선을 그리고 떨어진 다음에는 반짝임에 묻혀 흘러가고

그늘과 빛이, 나뭇가지와 사슴의 관이 흔들리면서, 빛과 그림자가 물 위에 빛그물을 짜면서 흐르고 있었다

2

바탕이 무늬를 이기면 야하고 무늬가 바탕을 이기면 간사하다고 기억하고 있었다 『논어』에서 읽은 질승문즉야(質勝文則野) 문승질즉사(文勝質則史)하니 문질빈빈(文質彬彬)해야 한다고, 그러니까 무늬와 바탕이 서로 빈빈해야 아름답다고 들었다 그 빈빈이 좋아서 그 빈빈의 빛그물로 누워 떠내려가고 싶었다

—「빛그물」 전문

이 시는 크게 두 부분으로 이루어져 있다. '1'에서는 수사슴이 싸우다 죽고 물에 떠내려가며 나뭇가지와 어울려 "빛그물"을 이루는 형상을 그리며, '2'에서는 『논어』를 인용하며 무늬와 바탕의 어울림에 대해 이야기한다. '1'만으로도 충분히 시가 될 만한데, '2'가 덧붙어 색다른 시가 되었다. 이 시를 중심으로 최정례 시의 특징을 살펴보도록 한다.

시의 첫 부분에는 사슴 두 마리가 서로 싸우다 한 마리가 죽고 나머지 사슴이 죽은 사슴의 뿔에서 빠져나오지 못해 발버둥 치는 모습을 멀리서 지켜보는 사자가 등장한다. 「동물의 왕국」 같은 프로그램에서 흔히 볼 수 있는 장면이다. 「동물의 왕국」은 약육강식의 질서와 생사의 엇갈림이 적나라하게 펼쳐지기 때문에 어떤 드라마보다 강렬한 인상을 줄 때가 많다. 이 시에서는 격렬한 싸움 끝에 한 마리 사슴이 죽고 이긴 사슴은 죽은 사슴의 뿔에서 빠져나오지 못해 위험에 처하게 되는 아이러니한 상황이 부각된다.

최정례의 시에는 동물과 관련된 시들이 유난히 많은 편이다. 동물 이미지는 인간의 다양한 성격과 관계를 명쾌하게 보여 줄 수 있는 방편이다. 이 시집에도 많은 동물이 등장하며 다채롭게 활용된다. 동물

이미지는 인간 삶의 비유로 익숙하다. 「토끼도 없는데」에서는 토끼 굴 같은 아파트 생활을 그리고, 「매미」에서는 "뭔가 가슴 찢는 게 있"는 사람들이나 "비겁한 사내들의 허약한 이야기 주머니"를 연상한다. "염소들이 나무에 올라가 있다/먹기 위해서가 아닌 것 같다/살기 위해 그러는 것도/아닌 것 같다/올라가기 위해 그냥/올라가서는/내려오지 못해/매달려 있는 것이다"(「삼단어법으로」)의 염소는 뜻 모를 무한 경쟁에 빠진 사람들을 암시한다. 동물의 속성으로 표현된 인간사는 훨씬 기괴하고 우스꽝스러워 보인다. 이런 장면이 최정례 시 특유의 유머가 주로 발생하는 지점이다.

이번 시집에는 동물 이미지로 '생각'이나 '말'을 표현하는 경우가 많다. "끈끈한 액체로 몸을 밀고 다니다 밟히면 곧장 뭉개진다./하고 싶은 말이란 게 그렇다."(「소라 아니고 달팽이」)나 "몸 없는 말로만 토끼를 잡으려다/내 그럴 줄 알았네//토끼는 저만큼 튀어 달아나 버렸고/모자만 혼자 엎어져 있네"(「오늘은 오락가락 시작법」)에서는 동물의 몸짓을 통해 말의 허약함이나 무력함을 실감 나게 표현한다. 「개미와 한강 다리」에서는 개미가 북한산만큼 모여 한강 다리를 건너가면 한강 다리가 휠 거라는 다소 황당한 상상을 통해 "생각의 무게 같은 것이 지나"갈 때 그것이 아주 작게라도 "존재의 무게"에 영향을 줄 것이라는 사유를 드러낸다. 「안개와 개」에서는 "어쩌다가 내가 안개 속에서 개가 되어/미친 듯 뒤지고 있다"라며 헤어날 수 없는 생각에 몰입한 상태를 묘사한다. 생각이나 말 같은 무정형의 관념조차 동물 이미지를 통해 확연한 형상을 얻게 된다.

이처럼 동물이 비유로 쓰이는 경우도 있지만, 동물 그 자체로서 인간과 비교의 대상이 되는 경우도 있다. 「앵무는 조류다」에 등장하는 앵무는 정신적 자극이 필요할 정도로 지적인 새이다. 이 별난 앵무는 사람보다 더 사람 같은 언행으로 숱한 일화를 남긴다. 이에 비해 「애완용 인간」에 나오는 사람은 숲에서 자라다 발견되어 궁에서 살게 되지만 끝내 말도 못 하고 옷 입기를 싫어하며 사람답지 못하게 살다 죽는다. 「물고기 얼굴」에는 사람 얼굴을 꼭 닮은 물고기가 등장한다. 사람 같은 동물이나 동물 같은 사람의 이야기는 인간이란 무엇인가라는 근본적인 질문을 내포한다.

최정례 시에 나타나는 다양한 동물 이미지는 인간의 본성과 삶의 의미를 통찰하는 데 적극적으로 활용되며 각별한 생기와 재미를 부여한다. 동물의 생태는 그것과 비견되는 인간의 특성을 확연하게 부각한다. 동물이 등장하는 시에서 시인은 묘사와 상상을 자유롭게 오가며 특유의 역동적인 사유를 펼친다.

동물 이미지와 함께 최정례 시에 역동성을 더하는 것은 현실과 꿈, 기억과 상상의 자유로운 변용이다. 「빛그물」로 다시 돌아가 보도록 하자. 첫 장면에 이어 다음과 같은 진술이 나온다. "그 장면이 무슨 비유인 것 같다고 생각하면서 잠들었는데 잠의 수면으로 흘러가다 떠오르다 다시 흘러가면서//강을 건너는 한 무리 사슴들을 보았다"라고 하여 현실과 꿈이 아주 자연스럽게 연결된다. 텔레비전에서 보았던 장면이 꿈으로 바로 이어지고 있는 것이다. 사실적인 묘사지만 상상 속에서 펼쳐지는 장면이라 할 수 있다. "잠의 수면"과 화면의 강이 합쳐지고 그 위로 사슴의 뿔과 벚꽃잎이 아련하게 흘러간다. 싸우던 수사슴은 어느새 죽어서 강물 위로 떠내려가고 있다. 꿈으로 이어지는 시간은 과감하게 생략되고 합쳐진다. 사슴의 싸움을 지켜보던 사자는 다시 등장하지 않는다. 이 시에서 중요한 것은 사슴의 뿔이 물 위로 떠가는 장면이다. 사슴의 뿔이 왕의 관처럼 떠내려가고 마치 이를 추모라도 하듯 "천변에 핀 벚나무가 꽃잎을 떨어뜨리고 있"다. 바람도 없이 고요한 가운데 꽃잎은 오직 제 무게로 떨어져 내려 맴돌다 반짝이는 강물에 묻혀 흘러간다. 이제 시선은 다시 강물 위를 향한다. 나뭇가지와 사슴의 관이 흔들리며 흘러가는 물 위로 빛과 그림자가 "빛그물을 짜면서" 흐른다. 끊임없이 움직이며 나뭇가지와 사슴을 실어 나르는 강물 위로 빛과 그림자가 얽히며 짜 낸 "빛그물"의 형상은 신비롭고 아름답기 그지없다. 죽음과 삶이, 정지와 운동이, 그늘과 빛이 얽혀서 하나의 몸으로 흐른다.

'기억'과 '시간'의 문제는 최정례 시의 핵심적 화두에 해당한다. 최정례의 시에서 기억은 느닷없이 솟구치고 펼쳐지며 현재의 시간으로 침투한다. 기억은 현실의 삶과 갑작스럽게 뒤섞이며 그 상처나 욕망의 흔적을 드러낸다. 최정례 시에서 기억은 과거의 사실로 머물지 않고 현재 또는 미래의 시간과 자유롭게 뒤섞이며 새롭게 발견된다. 「물리 시간 밖에서」는 시인이 얼마나 시간의 흐름을 능숙하게 다루는지를 잘 보여 주는 시이다. 이 시는 물리 수업 시간에 선생이 화병 두 개를 주면서 물을 갈아 주라고 지시하는 장면에서 시작한다. 꿈속의 일 같기도 하고 기억 속의 일 같기도 한데, 중요한 것은 물리 선생에 대한 반감으로 교실로 돌아가지 않으려는 심리가 발동하는 것이다. 다음 장면에서는 결혼 전의 신랑과 부모님 옆방에 함께 있으면서 결혼이 이런 식으로 진행되는 것인지 의아해하는 모습이 그려진다. 다시 이런 상황을 후회하며 물리 교실로 돌아가려 하는데 장소가 기억나지 않아 돌아가지 못하고 계속 계단을 오르내리는 장면이 이어진다. 물리 시간과 결혼은 전혀 상관없는 두 장면인 것 같은데 이 시에서는 "이름도 생각 안 나는 그 물리 선생 때문에 내 인생을 다 망친 것 같은 생각"이 든다고 한다. 물리 교실로 돌아가지 못하는 상황과 어쩌다 수십 년을 살아 버린 결혼 생활이 묘하게 겹치면서 생의 아이러니를 느끼게 한다. 어쩌면 삶이란 이상한 오기가 작동하며 어긋나 엉뚱한 시간의 길로 접어드는 경험의 연속이라 할 수도 있으리라. 최정례 시에서 자주 출현하는 느닷없는 기억이나 꿈의 묘사는 이러한 삶의 예측 불가능성을 실감 나게 재현한다.

최정례 시에서 어떤 기억이나 경험도 자연스럽게 시의 몸으로 섞여 들고 연결되는 것은 시인 특유의 능란한 화법과 관련이 깊다. 시인은 구어체의 묘미를 잘 알고 즐겨 사용한다. 시인의 산문시 실험이 성공적이었던 것도 상당 부분 화법의 효과와 관련되는 것으로 보인다. 구어체의 산문은 누군가의 이야기 속으로 빠져드는 것과 비슷한 느낌을 준다. 이런 진술에서는 논리적 전개를 넘어서는 선택과 집중이 가능하다. "송재학 시인에게 들은 이야기"라는 부제가 붙은 시 「남의 소 빌려 쓰기」에는 송재학 시인에게 들은 소 이야기가 생생하게 담겨 있다. 누구나 하나쯤 가지고 있을 법한 평생의 비밀이 이야기의 형식으로 전달된다. 한번 시작하면 정신없이 빨려 들어가게 하는 이야기의 힘이 고스란히 느껴진다. 동대문시장에 갔다가 사십 년 경력의 이불 장수에게 말려들어 엉겁결에 이불을 사게 된 이야기를 담은 시 「이불 장수」도 흥미롭다. 이불 장수의 수완에 끌려들어 가는 과정과 이야기가 시작되고 무르익고 그로부터 빠져나오는 과정이 혼연일체가 되어 당시의 상황이 생생하게 전달된다. 산문시는 이런 이야기의 연속성을 살려 내기에 적합한 형식이다. 시인의 천연덕스러운 입담은 산문시의 긴 호흡 속에서 이야기의 재미를 충분히 즐길 수 있도록 한다.

다시 한번 「빛그물」로 돌아가 보자. 이 시의 '흐름'을 이야기하고 있었다. 강물 위에서 빛과 그림자가 섞여 아름다운 "빛그물"을 짜면서 흐른다는 장면까지 살펴보았다. 어쩌면 이쯤에서 마무리해도 괜찮았을 것 같은 이 시에 시인은 또 한 부분을 병렬해 놓았다. '2'에서는

『논어』를 끌어와 바탕과 무늬의 관계를 이야기하고 있다. 시에서 인용한 구절은 군자의 품격을 논한 부분으로, 사람의 타고난 바탕과 후천적인 수양이 조화를 이루어야 이상적이라는 뜻을 담고 있다. 이를 글쓰기에 적용하기도 하는데, 글에서도 본래의 뜻과 드러난 수사가 적절히 어울려야 아름답다는 의미가 된다. 시인은 "문질빈빈"의 "빈빈"에 매혹되어 "빈빈의 빛그물"을 떠올린다. "빈빈"의 특이한 어감과 아름다운 뜻에 이끌린 것이다. 그리고 "빈빈의 빛그물"에 누워 떠내려가는 자신을 상상한다. 시인이 유명을 달리한 후라 이 구절이 새롭게 읽히며 가슴을 친다. 이 시의 앞부분에서 "빛그물"은 나뭇가지와 사슴의 관을 담고 흐르는 강물의 반짝임을 형용한 것이었다. 시인은 어쩌면 강물의 반짝임에 실려 저세상으로 흘러가는 자신을 예감했던 것은 아닐까. 시의 앞부분을 이루는 사슴의 죽음에 대한 관조적 묘사에 그치지 않고 뒷부분에서 자신을 드러냄으로써 이 시는 보편성을 넘어서는 개인적 삶의 고백을 내포한다. 평생 "빈빈"의 아름다움에 이끌리는 시인으로 살며 바탕과 무늬의 조화를 이루려 했던 시인의 꿈이 이 특별한 부분에 반영되어 있다. 시인의 꿈이자 예감이자 현실이 된 이 장면을 통해 이 시는 삶의 자세와 시의 길을 찾기 위한 큰 질문을 품게 되었다.

생의 마지막 순간까지 이토록 전진한 시인이었기에 이 시집의 빼어난 성취에도 불구하고 아쉬움과 안타까움이 크다. 시인의 남다른 열정과 재미난 이야기 솜씨와 지칠 줄 모르는 도전을 더는 볼 수 없다는 게 아직도 믿기지 않는다. 시인은 일곱 번째 시집인 『빛그물』에 이르기까지 매번 새로워지는 시를 위해 탐구를 멈추지 않았고 그 결과 독자적인 시 세계를 확보할 수 있었다. 산문시의 가능성, 구어체 화법의 역동성, 삶의 아이러니에 대한 예리한 통찰, 동물 이미지의 생동감을 극대화하는 등 이미 개척해 놓은 성과가 뛰어나지만, 누구보다 열렬한 진행형의 시인이었기에 미답의 새로운 경지에 대한 아쉬움을 금할 수 없다. 마지막 시집의 정수인 「빛그물」에서 그려 낸 것과 같은, 보편성과 개별성, 본질과 형상, 삶과 예술이 조화롭게 어울리며 지극히 자연스러운 아름다움에 도달하는 고차원의 시 세계를 더 이상 볼 수 없다는 것이 안타깝다. "빈빈의 빛그물"에 실려 간 그곳이 부디 흘러가 몸을 맡길 만한 "뜨거운 내 집"(「국」)이기를 바란다. 강물의 반짝임을 볼 때마다 당신이 평생 짜 놓은 "빈빈"한 시의 "빛그물"을 떠올리게 되리라. 「입자들의 스타카토—반짝임, 흐름, 슬픔」을 읽으며 반짝이며 흘러가는, 당신을 그려 본다.

> 반짝이는 것과
> 흘러가는 것이
> 한 몸이 되어 흐르는 줄은 몰랐다
>
> 강물이 영원의 몸이라면
> 반짝임은 그 영원의 입자들
>
> 당신은 죽었는데 흐르고 있고
> 아직 삶이 있는 나는
> 반짝임을 바라보며 서 있다.

궁극의 시를 찾는 숨비 소리
—정희성 시집 『흰 밤에 꿈꾸다』와 박종국 시집 『숨비 소리』

1.

　숨비 소리는 물질을 마친 해녀들이 물 밖으로 올라와 가쁘게 토해 내는 숨소리이다. 인공적인 장비의 도움이 전혀 없이 자신의 숨에만 온전히 의지하여 바닷속 틈틈을 헤집고 캐내는 한바탕 물질 끝에 더 이상 참을 수 없을 정도로 가빠진 숨을 뱉어 내는 절정의 순간 숨비 소리는 터져 나온다. 그런데 그토록 오래 참았던 숨이 휘몰아쳐 나오는 이 절체절명의 순간 숨비 소리는 의외로 맑고 경쾌한 소리를 낸다. '호이' 하며 휘파람 소리와도 같은 선명한 음향이 울려 퍼진다.

　존재의 심연을 향해 끝없이 침잠하며 궁극의 시를 찾기 위해 전력하는 시인들의 행보는 극한의 모험을 감수한다는 점에서 숨비 소리를 연상시킨다. 해녀들에게 숨을 참는 바닷속과 숨을 쉬는 바깥세상의 차이가 극명하듯이 시인들에게 시는 바깥세상과 다르게 펼쳐지는 "닿을 수 없는 그리움"(정희성, 「시를 찾아서」, 『시를 찾아서』)의 근원이다. 바깥세상과는 달리 편한 숨을 참고 한없이 헤매야 하는 시의 심연을 향해 시인들은 끝없이 이끌린다. 시의 심연에 가까워질수록 언어의 한계에 절망하고 존재의 불확정성에 혼돈을 느끼면서도 시인들은 궁극의 시를 향한 힘겨운 자맥질을 멈추지 않는다. 그들은 검푸른 바닷속을 오랜 시간 헤맨 끝에, 가까스로 토해 내는 숨비 소리와 함께 한 편 한 편의 시를 내놓는다. 그들의 숨비 소리를 닮은 시들은 침묵에 가까운 궁극의 시와는 여전히 거리가 멀지만 세상의 거친 소리와도 구분되는 독특한 음색을 드러낸다.

정희성과 박종국의 새 시집은 숨비 소리를 연상시킬 정도로 시와 존재에 대한 집요한 탐문의 흔적을 담고 있다. 두 시인 모두 수십 년 간 시작을 지속해 오며 여러 권의 시집을 낸 바 있지만, 여전히 새로운 시를 향한 모험의 정신이 느껴지는 시들을 내놓고 있어 놀랍다. 두 시인의 시집에서는 검푸른 시의 바다에서 오래 숨을 참으면서 헤맨 끝에 뱉어 놓은 색다른 시의 숨결을 만날 수 있다.

2.

정희성의 새 시집 『흰 밤에 꿈꾸다』(2019)는 『그리운 나무』 이후 6년 만에 내놓은 시집이다. 1970년 등단 이후 근 50년의 창작 활동을 통틀어 일곱 번째로 내놓은 시집이니 과작인 편이다. 그는 일찍이 「저문 강에 삽을 씻고」, 「답청」 등 서정성이 뛰어난 리얼리즘 시로 주목을 받았지만, "나는 나의 말로부터 해방되고 싶고 가능하다면 나 자신으로부터도 해방됐으면 싶다."(「시인의 말」, 『시를 찾아서』)라며 기존의 시 세계에 안주하지 않고 끊임없이 변화를 추구해 왔다. 리얼리즘 시가 간과하기 쉬운 시의 서정성과 아름다움에 대한 탐구는 오랫동안 그가 천착해 온 시의 심연이라 할 수 있다. 그리하여 그는 절제의 미와 서정적 격조가 돋보이는 시 세계를 견지해 왔다. 이 시집에서 눈에 띄는 극도로 절제된 형태의 단형시들은 시의 근원을 향한 그간의 탐구가 응결된 양상이다.

> 그대 떠나도
> 거기 있을 거야 나는
>
> 산이니까

—「이별 1」 전문

감정을 드러내는 말 한마디도 없이 이 시에서는 '당신'과 '나' 사이의 각별한 감정을 응축해 낸다. 이별은 두 사람이 가장 두려워하는 상황일 텐데 그러한 이별조차 두 사람의 관계를 위태롭게 하지는 못한다. 두 사람만이 알고 있는 영혼의 거처인 "거기"에 '나'는 변함없이 남아 있을 것이기 때문이다. 당당하게 하나의 연을 이루고 있는 "산이니까"라는 구절의 운용이 절묘하다. 군더더기 없이 고도로 압축된 이 구절은 산처럼 변함없이 묵직할 '나'의 마음을 각인시킨다. 화려한 수사로 치장하는 것보다 절제된 언어와 결정적 이미지가 감정을 표현하는 데 더 효과적이라는 것을 보여 주는 시이다.

정희성의 시집에는 이 시 외에도 3, 4행으로 이루어진 아주 짧은 시들이 많다. 이런 시들은 언어의 가능성과 한계에 첨예하게 다가가는 시의 근원적인 속성을 일깨운다. 이 시집에는 또한 이런 단형시들과 확연하게 구분되는 일군의 서술적인 시들도 자리 잡고 있다. 「독서 일기 2」, 「무지개로 서다」, 「그네들만의 축제」, 「꼴라주 병신년 한국전쟁사」 등 시사성이 짙은 시들에서 서술성이 두드러진다. 세월호 참사나 대북 강경론 등 지난 정권의 실책을 비판하는 내용들이 때로 고백의 양식으로, 때로 콜라주 기법으로 다양하게 펼쳐진다. "서정시를 쓰기 힘든 시대가 되었다"(「독서 일기 2」)라는 인식과 함께 어떻게 시를 쓸 것인가에 대한 고민이 심화된 것이다. 그리하여 "나는 너무도 오랫동안 미움의 언어에 길들어 왔다. 분노의 감정이 나를 지배하는 동안에만 시가 씌어졌고 증오의 대상이 내 앞에 모습을 드러낼 때만 마음이 움직였다."(「시인의 말」, 『시를 찾아서』)라는 자기반성을 철회하고, "이런 시대에 사는 것 자체가 죄"(「그러나 그게 무슨 문제란 말인가」)라는 처절한 자기 혐오와 "여기가 첨단인데, 미래가 있을까요?"(「꿈꾸는 나라」) 같은 부정 정신에 다시금 휩싸인다. "세상을 아름답고 살 만한 곳으로 만들어 가는 것"(「그의 손」)을 꿈꾸기에 그 꿈에서 멀어져 거꾸로 가는 세상에 대해 울분과 낙담을 감추지 못하는 것이다.

침묵의 언어에 근접하는 절제된 시와 세상의 고통에 공명하는 참된 시는 정희성의 시 세계를 추동해 온 두 개의 장력이다. 언어의 절대적 아름다움을 추구하는 전자의 시와 더불어 사는 세상의 아름다움을 추구하는 후자의 시는 쉽게 한 몸을 이루지 못하고 그의 시 세계를 여러 차례 굴절시켜 왔다. 이 시집에는 그동안 시인이 붙들고 있던 이 두 가지 방향이 길항하거나 혼융되면서 다양한 양상으로 드러나고 있다. 다음과 같은 시에서 두 개의 장력이 합쳐진 새로운 가능성을 살펴볼 수 있다.

정처 없어라

구정물통에
박씨 하나

—「박 씨」 전문

세상에!

등에 업힌 저 개구리들 좀 봐

겨우내 얼마나 힘들었을꼬

—「경칩」 전문

「박씨」에서는 간결한 언어로 현실 정치에 대한 날카로운 비판을 행
한다. '박씨'는 「흥부전」을 떠올리게 하면서 부패하고 무능한 지난 정
권의 수장을 암시하기도 한다. 「흥부전」에서는 복을 가져온 박 씨이
지만 "구정물통"에 담긴 '박씨'는 정반대의 결과를 낳는다. '정처'를
잃은 '정치'가 나라 전체를 도탄에 빠트린 것이다. 「경칩」에서는 봄의
시작을 알린다는 경칩의 풍경을 통해 새로운 세상의 희망을 포착한
다. 겨우내 움츠렸던 개구리들이 서로의 등에 의지하여 세상으로 첫
걸음을 내딛는 장면에서 더불어 사는 세상의 아름다움과 희망을 느낄
수 있다. 이처럼 절제된 형식으로 삶에 대한 사유의 정수를 드러내는
시들은 이 시인만의 득의의 영역이라 할 만하다.

이렇듯 간결한 시어로 포획해 내는 묵직한 통찰은 오랜 세월 시의
바다를 헤매어 온 시인으로서의 지난한 세월을 짐작할 수 있게 한다.
"자나 깨나 시를 생각하는 시인은 24시간 노동자"(「반성」)라는 고백처
럼 그는 반세기에 해당하는 세월 동안 시의 바다에 침잠하여, "거짓
말처럼 솟구쳐 오르는/눈먼 숭어 같은 시"(「시인의 집에 가서」)를 건져 올
리는 인내의 시간을 지내 왔다. 오랜 숨을 참았다 내놓는 그의 시들은
해녀들의 숨비 소리처럼 의외로 짧고 맑다. 절제는 시의 가장 깊은 바
다에서 그가 발견한 미덕이다.

3.

박종국은 1997년 등단 이후 20여 년 동안 부지런히 창작 활동을 해왔고 다섯 번째 시집인 『숨비 소리』(2019)를 냈다. 이 시집이 놀라운 것은 바로 앞 시집인 『누가 흔들고 있을까』와 크게 달라진 변화를 보일 뿐 아니라 우리 시에서 흔히 보기 힘든 예리한 존재론적 탐색을 행하고 있다는 점이다. 『누가 흔들고 있을까』에서 텃밭을 가꾸며 느낀 몸과 마음의 구체적인 경험을 담아냈던 것에 비해 새로운 시집에서는 삶과 자연에서 발견한 첨예한 존재론적 성찰이 펼쳐진다.

삶의 밑바닥으로부터 거슬러
오르는 바람 소리는 너와
나를 몸부림치게 하는 전신을
감싸고 도는 공포가 혐오를 만드는
창살 없는 감옥 같다

—「산봉우리들은」 전문

꼬리에 꼬리를 물고
반짝이는 갖가지 빛깔과 소리들
포효할 것만 같은 침묵이
오싹오싹 모여들고 있다

—「호수」 부분

무더운 여름날을 찢어발기듯
매미는 울고 조금만
움직여도 산산조각이 날 것

같은 공터는 초록빛 눈을

가진 뱀의 문적문적한 살갗

처럼 넘실거리고

―「공터」 부분

일찍이 우리 시에서 자연에 대한 묘사가 이토록 긴장감으로 팽만
했던 적이 있었는가. 박종국의 새 시집에 등장하는 자연은 거의 다 이
처럼 긴장감으로 가득하다. 서정시에서 대개 인간의 근원적 거소로
인식되며 고요하고 안정된 정서를 불러일으키던 자연이 이 시집에서
는 끝 모를 긴장감이나 심지어 공포감과 관련된다. 자연은 배경처럼
고요하게 머물지 않고 끊임없이 움직이고 변화한다. "능선의 전심전
력은/산을 이루고 산은 능선을 이루고 있다"(「능선에 기대어 1」)에서처
럼 부동하는 영원성을 상징하는 산조차 쉼 없이 변화하고 동요한다.
이처럼 산이 생물처럼 움직이며 바람이나 눈비에 몸부림치며 울부짖
는 장면의 묘사들은 자연에 대한 새로운 시선으로 인해 가능하다. 「호
수」에서도 자연은 고요하고 조화로운 질서를 이루기보다 긴장된 상태
로 격동한다. 이 시에서 호수는 자신의 물결로 산 그림자를 지우고 햇
빛을 튕겨 낸다. 묵묵히 모든 것을 포용하는 일반적인 호수의 이미지
와는 전혀 다르다. "빠지면 죽을 것 같은 물빛"으로 느껴져 공포를 일
으키는 것도 이 호수의 특별한 점이다. "포효할 것만 같은 침묵"을 내
장하고 있는 이 호수의 위협적인 이미지는 거의 동물적이다. 이 시는
이처럼 호수의 정적이고 편안한 이미지를 역전시켜 전혀 새로운 관점
을 제시한다. 「공터」에서는 뱀처럼 긴장감으로 가득하고 넘실거리는
공터의 이미지를 창출해 낸다. 텅 빈 공터가 매미의 날카로운 울음으
로 가득 차면서 동물적인 감각의 공간으로 전환된 것이다. 이 시에서

는 "고래 심줄보다 질긴/어둠의 그물을 쳐 놓은/땅거미가 시간을 물어/뜯고 있고"라 하여 심지어 시간조차 동물적인 이미지로 그려 낸다.

이처럼 자연의 침묵을 긴장으로, 그 정적인 이미지를 동물성의 이미지로 파악하는 의식의 기저에는 "저기에 무엇이 있을 것이다"(「저기에 무엇이」)라는 강한 호기심과 예리한 관찰력이 작동하고 있다. 자연은 텅 빈 채 고요히 자리 잡고 있는 배경이 아니라 '무엇'이 살아서 움직이는 주체적인 공간이 된다. 시적 주체에게 타자로 존재하던 자연은 매 순간 변화무쌍하게 움직여 가며 스스로 주체가 된다. "순간,/나는 내 바깥에 서 있다/말해질 수 있는 것이 아무것도 없는"이라는 「시인의 말」은 미지의 세계를 탐사하듯 "내 바깥"을 바라보기 시작한 시인의 새로운 출발을 함축하고 있다. 시인의 눈길이 닿는 모든 '순간'과 '바깥'이, "말해질 수 있는 것이 아무것도 없는" 미답의 영역이 된다. 강물의 반짝임과 다른 반짝임 사이를 다른 순간으로 파악하는 예리한 지각이라면 모든 존재는 매 순간 변하고 움직이는 살아 있는 대상이 될 것이다. "이곳을 이어 가는 반짝임같이/나를 단련시키는 서늘함같이/아무것도 말할 수 없는 또/다른 여기를 반짝이며/울고 있다"(「겨울 강」)에서 겨울 강의 반짝임이 "아무것도 아닌 것들"을 에워싸고 무수히 많은 "또/다른 여기"를 들추며 반짝이듯이 '순간'에 집중하는 예리한 시선 속에서 대상은 잠시도 머물지 않고 변하는 미지의 존재가 된다. 이처럼 매 순간 변화하는 "내 바깥"의 존재로부터 "나를 단련시키는 서늘함"을 느끼며 시인의 감각은 극도로 예리해진다.

어제보다 얇아진 나는

더 이상 얇아질 것도 없는 칼날 같아서

꼬리에 꼬리를 물고 돋아나는

수많은 나를 잘라 내다 지쳐 잠이 드는

그 눈동자 속에
그칠 줄 모르는 집념이
한밤중이다

—「녹턴 1」 부분

존재의 매 순간을 인지하려는 시인의 감각은 벼리고 벼리어진 칼날처럼 서늘하다. 그것이 자신을 향할 때는 오랜 시간의 지층을 저미며 "수많은 나를 잘라 내"는 기억의 기술이 되기도 한다. 어떤 순간도 예리하게 잘라 내 선연하게 살아 있는 현존의 순간으로 각인시키려 하는 시인의 "그칠 줄 모르는 집념"은 "말해질 수 있는 것이 아무것도 없는" 존재의 심연을 향해 활짝 열려 있다. "위험을 무릅쓰고/바닥을 헤엄쳐 다니느라 숨이 잦아드는 헛바람 새는 소리/독사같이 모질고 매몰차다"(「숨비 소리」)는 숨비 소리는 시인 자신의 것이기도 하다. 이제껏 가 보지 않았던 미답의 깊이까지 내려간 시인이 부디 아무도 찾지 못했던 시의 비경에 도달하기를.

무상한 시간의 서정적 발화

—윤석산 시집 『절개지』와 이상호 시집 『너무 아픈 것은 나를 외면한다』

1.

윤석산의 여덟 번째 시집 『절개지』(2018)와 이상호의 아홉 번째 시집 『너무 아픈 것은 나를 외면한다』(2019)는 수십 년간 시인들에게 시를 쓰게 하는 동력이 무엇인가를 생각해 보게 한다. 시인도 많아지고 평균 활동 기간도 늘어났기 때문에 이렇게 오랫동안 시를 쓰며 많은 시집을 내는 시인들도 아주 드물지는 않다. 그렇더라도 등단 이후 수십 년 동안 시작(詩作)을 지속해 오는 데는 특별한 동력이 작동하리라 본다.

두 시인 모두 평범한 일상과 현실의 체험에서 시적 순간들을 발견하며 진솔하고 절제된 언어로 시적 감흥을 표출한다는 점에서 친숙한 서정시 계열의 시들을 써 왔다고 할 수 있다. 새 시집들에서도 '나'의 성찰로부터 일상적 소회, 시대와 현실의 인식에 이르기까지 삶의 모든 순간에서 두루 산출되는 다양한 서정적 감흥이 펼쳐진다.

에밀 슈타이거는 서정적인 것의 특징으로 '감흥'을 들었고, 감흥이란 의도적으로 만들어지는 것이 아니라 저절로 생겨난다는 점을 강조했다. 감흥이 일어나는 순간에는 자아와 대상, 내용과 형식, 음성과 의미가 모두 혼용되어 하나가 된다. 그는 또한 이러한 서정적인 감흥은 '근원을 알 수 없이 흐르는 무상한 것의 흐름'과 하나가 되는 느낌이라고 하였다. 이때의 흐름이 무상하게 느껴지는 것은 그 누구도 똑같은 흐름에 몸을 맡길 수 없고 그 위에서 정착하는 것은 불가능하기 때문이다. 바로 이 '무상한 것의 흐름'이라는 측면에서 볼 때 서정적인 정조는 얼핏 생각하는 것처럼 동일한 느낌의 반복이라기보다 오히려 영원히 유동하는 순간에서 발생하는 역동적인 작용이라 할 수 있다. 서정적인 것이야말로 무상한 흐름 가운데 우발적으로 존재하기 때문에 매 순간 새로운 감흥을 불러일으키며 감각적으로 발화할 수 있는 것이다.

이를 통해 볼 때 두 시인이 수십 년간 시를 쓸 수 있었던 동력은 무상한 시간의 흐름 속에서 문득문득 찾아온 시적인 순간의 마력 때문이었을 것이다. 시로써 붙잡을 수밖에 없었을 그 특별한 감흥에 화답하기 위해 두 시인은 언제든 감각의 수문을 열어 두고 그 무상한 것의 흐름과 하나 되는 순간을 기다려 왔던 것이다. "나이 일흔을 바라보며/가끔은 일어나는 욕망처럼/시란 놈, 가끔은 불뚝거린다"(「시」)라는 윤석산 시인의 고백이나, "추위에 덜덜 떠는 이에게는 가녀린 햇살 한 줌만도 못한 시를 왜 계속 써야 하는가? 낮에 품었던 회의를 어둠이 덮어 버리는 밤이 오면 또 마음속으로 스멀스멀 시가 기어들어 가려워진다"(「시인의 말」)라는 이상호 시인의 말에서 짐작할 수 있듯이, 그들에게 시는 저절로 발동하는 별난 감흥이다. 여전히 찾아드는 이 시적 순간에 화답하며 그들은 시 쓰기를 멈추지 않는다. 그들의 시는 오랜 시력(詩歷)을 반영하듯, 풍성한 시간의 주름 사이에서 빛나는 기억과 삶의 지혜가 깃들어 있다.

2.

    윤석산의 시집 『절개지』에는 정년 퇴임 이후 변화된 삶에 대한 자의식이 두드러지게 나타난다. 서시에 해당하는 「넥타이」에서도 넥타이를 맬 일이 줄어든 일상을 자각하며 "내가 넥타이를 매는 것인지/넥타이에 매달려 지금까지 내가 끌려온 것인지"를 돌이켜보는 화자가 등장한다. 직장 생활을 하면서는 무심코 매던 넥타이도 퇴임 후에는 어쩌다 매게 되면서, 새삼스럽게 일생을 회고하는 계기가 된다. 지금껏 넥타이에 매달려 끌려오듯 살아온 것은 아닌지 하는 각성이 찾아온 것이다. "거울 속 알 수 없는 나, 비로소 만난다."라는 마지막 구절은 거울 너머의 자신을 낯설게 대면하는 새롭게 각성된 자아를 드러낸다. 이러한 예리한 자의식은 "정년은 마침표가 아니다./한 번쯤 쉬었다가 숨 고르고/다시 가라는 쉼표."(「정년」)에서 알 수 있듯, 정년을 마침표로 간주하고 안주하지 않으려는 팽팽한 긴장감에서 기인한다. "음악이 아름다운 건 쉼표가 있기 때문이라고"에서처럼 시인은 쉼표로 지속되는 삶이 아름답다고 여긴다. 삶은 고단하고, 막막하고, 힘겨운 것이지만 그럼에도 아름다운 것이라는 무한한 긍정이 작동하기 때문이다.

> 일기를 읽으며
> 젊은 나에게 반하여
> 아, 아 다시 젊은 내가 되어
> 웃고 우는
> 이제는 늙어 버린 나.

켜켜이 쌓인 시간의 더께

그 너머

빛바랜 잉크의 흔적이나마

푸르게 남아 웃고 있는

나

서툰, 그러나 힘주어 쓴,

아직 풋풋하게 살아 있는

너

너와 나로, 오늘 먼 시간 속, 이렇게 만나고 있구나.

—「일기를 읽으며」 부분

「넥타이」에서 거울이 두 개의 자아를 만나게 하는 매개였다면 이 시에서는 일기가 "젊은 나"와 "늙어 버린 나"를 만나게 하고 있다. 사랑과 미움에 잠 못 이루던 고통스러운 기억은 일기장에 쌓인 먼지처럼 흐려지고, 젊음으로 가득하던 그 시절이 마냥 그립기만 하다. 일기를 읽는 현재의 '내'가 "젊은 나"에게 반하여 빠져드는 장면은 흥미롭기 그지없다. '나'를 사로잡은 것은 '나'의 '젊음' 그 자체이다. 이처럼 젊음은, 살아 있음은 그 자체로 아름다운 것이다. "먼 시간"의 흐름이 "젊은 나"의 아름다움을 새롭게 발견하게 한다. "켜켜이 쌓인 시간의 더께" 그 너머에서 빛바랜 잉크처럼 "푸르게" 웃고 있는 '나'는 어느새 "먼 시간"의 저편에서 "풋풋하게 살아 있는/너"가 된다. '나'의 저편에 있는 '너'는 별개의 자아로 분리된다. 자신의 아름다움에 취한 나르시스처럼 시인은 "젊은 나"에게서 아름다움을 발견한다. 이처럼 모두의 생이 지닌 아름다움을 통찰하는 것은 시간의 더께를 지나온 시인이어야 가능한 일일 것이다.

정년 퇴임 이후 떠밀리듯 살아온 시간에서 벗어나 자신을 돌아볼 여유를 갖게 된 시인은 기억과 일상의 많은 순간에서 의미 있는 시적 통찰을 행한다. 한 생에 주어진 시간은 무한하지 않고 "모두에게는 약정된 시간"(「약정」)이 있어, "저 화면 마냥/모두가 마모되며 정지가 되리"(「고속버스를 타고 가다가」)라는 자각이 분명해지면서 삶과 죽음에 대한 깊이 있는 시선이 작동하게 된다. 시인이 오랫동안 친숙하게 구사해 온 서정시 특유의 회감(回感)의 방식은 오래전 기억으로부터 일상의 한순간에 이르기까지 모든 시간들을 자연스러운 감흥으로 이끈다. 회감이란 무상한 시간의 흐름 속에서 출현한 우연하고 감각적인 느낌으로 서정적인 감흥의 독특한 특질을 함축하는 개념이다. 가령 「삼천리눈깔사탕이 먹고 싶다」에서 전쟁이 끝나고 궁핍하기 그지없었던 시절 "엄마를 조르고 졸라 사 입에 넣은 삼천리눈깔사탕"의 맛이 생생하게 떠올라 "오늘 그 삼천리눈깔사탕이 먹고 싶다"는 간절한 욕구가 일어나는 것처럼 서정시의 회감은 느닷없이, 강렬하게 일어나 수십 년의 시간적 격차를 한순간으로 융합해 버릴 수 있는 것이다. 「오이지」, 「두고 온 이름 한 자」, 「아버지」, 「우리의 음악 선생님」 등 회감의 작용으로 호출된 많은 기억들은 서글프면서도 아름답다. "날줄과 씨줄이 서로 어우러지며/이어 나가는,/한산 모시 같던/아, 아내 삶의 촘촘함이여"(「어느 날, 문득」)라는 성찰처럼, 돌이켜 보면 생의 매 순간이 힘겹고 막막했지만 그것들은 또 "한산 모시" 같은 고유의 결을 이루고 있다. 뒤돌아보면 그제야 온전히 전체를 드러내 보이는 길처럼 인생 또한 멀리 지나와 돌아볼 때 전모를 드러내는 것이리라. 그리하여 회감 속에서 발견하는 삶은 그 자체가 낙원의 이미지에 가깝다. "오늘도 우리의 낙원에서/단돈 삼천 원에 따뜻하게 말아 주는/순대국밥, 그리고 소주 한 잔./행복해하고 있다./지금 내가 있는 이곳이 바로 낙원, 낙원이니까."(「우리의 낙원상가」)라는 깨달음은 고단한 생을 힘껏 지나온 사람만이 느낄 수 있는 것이다. 인생의 간난신고를 지나온 시인에게 삶은 회감 속에서 매 순간 아름답고 푸른 기억으로 남아 있으며 지금, 이곳이 곧 낙원이라는 통찰로 이어진다. 아침노을보다 저녁노을이 장려하듯이, 오랫동안 겪은 세파의 흔적은 그의 시에 한산 모시처럼 유려한 서정적 감흥으로 채워져 있다.

3.

이상호의 시에서도 삶에 대한 전체적인 통찰이 드러나는 장면들이 많다. 이럴 경우 연륜이 쌓여야 간파할 수 있는 삶에 대한 직관이 작용한다. 그의 시에서도 길은 삶을 압축하는 이미지로 등장한다. 그런데 그의 시에서 길의 이미지는 "우리가 가는 길/살아 내야 할 길//부드럽게 돌고 돌아가기를 바라지만/직면하면 언제나 뱀처럼 꿈틀거리네//멀어지면 아름답고/가까우면 소름 돋고"(「뱀처럼」)에서처럼 뱀의 이중성과 겹쳐지며 감각적인 느낌을 더한다. 돌고 돌며 지나가게 될 인생길은 가까이에서 보면 뱀처럼 위협적으로 꿈틀거리고 멀리서 보면 아름다운 곡선을 드러낸다는 묘사는 복잡 미묘한 삶의 느낌을 포착한 적실한 비유이다.

시인은 이처럼 삶이 단순하지 않고 관점에 따라 변화한다는 사실을 인지하고 있기에 비교적 여유 있게 그 변화를 받아들인다. "내 생의 여름은 다시 오지 않음을/죽기 전에 벌써 알고 있다는 것을/타전한다 윙~ 윙~"(「풀베기」)에서처럼 자신의 생이 여름 같은 절정기를 이미 지나 버렸다는 것을 선언하기도 하고, "꺾은 꽃으로 만들어진 꽃다발이 아름답다면/꺾인 청춘으로 받아 든 늘그막도 단맛일 거야"(「알다가도 모를 꽃」)라며 미구에 찾아들 노년의 삶을 기꺼이 긍정한다. 한 사람의 일생도, 모두의 세상사도 끝없이 변화하는 무상한 시간의 흐름에서 벗어날 수 없다는 것을 분명하게 알게 되었기 때문이다.

요즘 게임 놀이에 빠진 아이들이 많아져 텅 빈 골목이 늘어난다고 말들이 많은데 우리들 어릴 때는 날만 새면 골목으로 몰려다니며 소꿉놀이나 딱지치기를 하다가 그마저 싫증 나면 친구 집 높은 봉당에 나란히 올라서서 오줌발 내기를 했지 다들 바지를 내리고 누가 오줌발을 가장 멀리까지 보내는지, 마땅한 놀 짓이 없어 제 몸을 장난감 삼아 긴 여름 한낮을 킬 킬 킬 죽여 버리던 그 애들 이젠 외톨이를 자청하는 아이들의 할아버지쯤 되어 제 발등에 떨어지는 오줌발 걱정이나 하다가 겨울로 접어들면 사다리도 없이 천 길 얼음벼랑으로 변하는 폭포 같은 세월 생각에 텅 빈 골목은 사라지고 없겠지

—「입동 무렵 2」 전문

이 시에서는 게임에 빠진 아이들 때문에 달라진 골목 풍경을 언급하다가 자연스럽게 시인의 어린 시절 기억으로 빠져든다. 회감의 작용 속에서 현재의 시간과 과거의 시간이 연결되는 양상이 흥미롭다. 회감에서 중요한 것은 시간이 아니라 원초적인 정서의 바탕이라는 에밀 슈타이거의 지적처럼 서정시에서는 이처럼 서로 다른 시간의 층위들도 순간적 감흥에 의해 자연스럽게 융합될 수 있다. 어린 시절 골목 놀이의 마지막을 차지하던 "오줌발 내기"는 다시 할아버지가 된 현재의 "오줌발 걱정"과 이어지면서 시간의 순간 이동이 일어난다. 어린 시절 골목 놀이가 펼쳐지던 "긴 여름 한낮"의 시간이 "겨울"로 변

하고, 친구들과 몰려다니던 "골목"이 "천 길 얼음벼랑"으로 변하는 등 시공간적 변이가 급격하게 펼쳐지며 회감의 역동성을 드러낸다. 서정시 특유의 내적 융화에 의해 무상한 시간을 압축하는 시적 순간이 탄생한 것이다.

이상호 시인은 이처럼 과거와 현재가 만나서 하나가 되는 시적 순간을 중시한다. "일찍이 표현의 미감을 섬긴 사람들이/남기고 싶은 속마음을 고스란히 남긴/반구대 암각화/새록새록 숨 쉬며/어제와 오늘과 내일이 맞물려 돌고 도는/둥근 수레바퀴의 한가운데 살고 있는 새끼 멧돼지/말없이 말의 강을 이루고/속삭이며 시간을 죽이며/빛과 힘과 꿈을 날라 준다"(「새끼 멧돼지—반구대 암각화」) 등에서 그에게 특별한 감흥을 일으키는 미학을 엿볼 수 있다. 그것은 근원을 알 수 없는 무상한 시간의 흐름 속에서도 면면히 이어지는 근원적인 유대감 같은 것이다. 반구대 암각화에서 그는 수천 년의 시간적 격차를 뛰어넘는 마음과 마음의 이어짐을 느꼈고, 그것이 "말없이 말의 강"을 이루며 정서의 심층까지 도달하는 것을 체험한다. 감흥을 일으키는 시적 순간이란 이처럼 불현듯 가슴을 치며 다가온다는 깨달음은 「네가 시인이다」에서도 잘 드러난다. 이 시에서는 여섯 살도 채 안 된 손주가 "나는 눈물로 바다를 채울 수 있어"라고 하는 말에 놀라는 장면이 나온다. 고해로서의 인생에 대한 탁월한 선견지명이 있는 이 꼬마 시인에 대해 시인은 아낌없는 찬사를 보낸다. 눈물로 바다를 채울 정도로 인생은 굽이굽이 험난하지만 그래도 또 돌이켜보면 아름답게 기억되는 길이라는 것을 시인은 이미 안다. 그렇기에 "평생 3할만 쳐도 칭송을 받는 타자"처럼 "세상살이가 돌아간다면/날마다 꽃 피고 노래할 텐데"(「실패해도 괜찮아」)라며 고달픈 인생을 위안하려 애쓴다. 오랜 세월 시와 함께하며 현실에 매몰되지 않는 시적 순간들을 만나 온 시인은, 돌아볼 때 전혀 달라 보이는 인생을 감각적으로 재현하며 조금은 더 여유 있게 살아갈 것을 제안한다.

  윤석산의 시는 묵직하고 처연한 분위기로, 이상호의 시는 경쾌하고 감각적인 분위기로 사뭇 다른 결을 드러내면서도, 다양한 시간의 지층을 천의무봉으로 융합해 내는 서정시의 묘미를 한껏 발휘하고 있다. 그들이 오랜 세월 고된 인생길을 지나오면서도 삶을 긍정하고 그 아름다움을 발견할 수 있었던 것은 무상한 시간의 흐름 속에서도 서정적 감흥의 순간을 놓치지 않았기 때문일 것이다. 그들은 수십 년간 단련해 온 시적 감각으로, '막막하면서도 아름다운 인생길'이라는 형용모순을 인상 깊게 압축해 낸다.

환상의 미학과 타자의 윤리
—이기성 시집 『동물의 자서전』과 신영배 시집 『물안경 달밤』

1. 환상시의 활로

이기성과 신영배는 시력(詩歷) 20년이 넘는 중견 시인들로 독자적인 시 세계를 심화해 왔다. 이들의 시는 이름을 가리고 보더라도 누구의 시인지 짐작할 수 있을 정도로 뚜렷한 개성을 확보하고 있다. 그런데 각각 대체할 수 없는 독자성을 지니고 있는 이들의 시에서 간과할 수 없는 공통점이 감지된다. 두 시인 모두 환상성과 현실성을 절묘하게 결합한 시 세계를 구축하고 있다는 점이 그것이다.

2000년대 이후 한국시에서 환상성은 더 이상 예외적이지 않은 시의 흐름을 형성해 오고 있다. 디지털 기술의 발달로 환상적 세계의 체험이 일상화되면서 시적 상상력과 결합한 환상의 영역은 더욱 증폭해 왔다. 많은 시에서 환상은 때로 실재를 압도하면서 새로운 감각을 추동한다. 환상성은 무궁무진한 시의 신개지로 환호를 받기도 하고, 소통 불능의 자폐적 유희에 그칠 수 있다는 우려를 낳기도 한다. 환상의 시적 가능성을 긍정하든 부정하든, 시에서 환상의 영토가 증대하고 있다는 것은 부정하기 힘든 사실이다. 이에 따라 환상의 범주나 역할도 다양해질 수밖에 없는데, 이를 거칠게 나누어 보자면 현실을 환상적으로 드러내는 시들과 환상이 현실을 압도하는 시들이 있다. 비유하자면 전자의 시들은 환상적 리얼리즘 소설처럼 현실 재현의 새로운 방식으로 환상이 활용되는 경우이고, 후자의 시들은 환상소설처럼 환상의 세계를 현실적으로 구체화하는 경우이다. 전자의 환상은 현실과 길항하며 현실을 새롭게 자각할 수 있게 하며, 후자의 환상은 현실을 초월한 '다른' 세계를 재현한다. 양자는 환상의 구심점이 현실이냐, 환상 그 자체이냐로 구분된다.

이런 기준으로 본다면 이기성과 신영배의 시는 환상을 통하여 현실을 재인식하게 하는 경우라 할 수 있다. 이들의 시에서 환상은 현실의 충실한 재현과는 다른 방식으로 현실을 새롭게 구성한다. 이들에게 환상은 현실을 다른 차원에서 보게 하는 방법이며 주체의 감각을 넘어서려는 모험이다. 이들의 환상은 현실 너머의 세계를 배태하는 주체의 초월적 관념이라기보다 오히려 주체를 해체하여 타자의 세계로 틈입하기 위한 실존적 모험의 과정이다. 이들의 시는 이 시대의 가장 어둡고 낮은 곳에서 신음하는 타자들에게 머물며 그들의 삶을 살려 내기 위해 환상적 도정을 감행한다. 이들은 '환상의 미학'과 '타자의 윤리'라는 낯선 조합을 실천하며 환상시의 새로운 활로를 개척하고 있다.

2. 망각에 저항하는 환상의 모험

이기성의 시집 『동물의 자서전』(2020)은 「망각」으로 시작되어 「노래」에서 끝난다. "너의 망각 속에서 나는 하얗게 얼어붙으리, 생각하면 이게 뭘까, 내 입속에 수북한 눈송이."(「망각」)로 차갑게 얼어붙었던 기억은 "밤의 노래를 네게 주리. 죽은 자의 관에 너를 넣어 주리. 죽은 자의 귓속에서 울게 하리. 죽은 자의 꿈속에서 무한히 걷게 하리, 죽은 자의 뺨에 흐르는 눈물."(「노래」)의 '눈물'이 되어 흐른다. 이렇게 보면 시집 전체가 하얗게 얼어붙었던 망자의 기억을 되살리는 애도의 과정을 담아낸 것으로 볼 수도 있다. 그렇다면 시는 망각에 저항하는 진혼의 방법이 될 터이다. "너를 묻고 나는/노래하는 사람이 되었다"(「풀」)라는 진술도 이런 맥락을 보강한다. 같은 시의 "너를 위해서/조금의 감정이 필요하고/그것은 풀처럼 조용한 것이다"라는 구절의 '감정'은 앞의 '눈물'과 무관하지 않을 것이다. 감정의 노출을 극구 배제하는 이기성의 시에서 이런 시어들의 의미는 각별하다. "그것은 30년 후에 혹은 백 년 후에 돌아올 폭풍과 같으며 눈물처럼 범람하는 것"(「동물의 자서전」)으로 표현되는 시인의 문장은 망각에 저항하며 시간을 극복하는 시의 힘을 암시한다.

> 당신을 따라갔다. 하얀 운동화를 신고 갔다. 오래전 당신을 따라간 내가 오늘 당신을 따라갔다. 도청 앞에 여자들이 옷가지와 운동화를 쌓아 놓았다. 춥고 배고픈 사람이 많다고, 노란 스카프 두른 여자가 확성기를 들고 소리친다. 늙은 남자들이 쭈그리고 앉아 뜨거운 국밥을 퍼먹는다. 예전에 그들은 두꺼운 군화를 신고 있었지만 지금은 그저 노인일 뿐이다. 쭈글거리는 손등과 누런 얼굴의 검버섯을 공평하게 나누어 가진. 여기서 사람들이 죽었다는 걸 믿을 수 없다. 내 입에서 침이 흐른다. 한 사람 또 한 사람이 당신을 스쳐 간다. 나는 춥고 배가 고픈 것 같았다.

> —「그림자」 전문

망자를 기억하기 위해 이기성 시의 '나'는 종종 '당신'을 따라간다.

'당신'은 여러 가지 이유로 죽임을 당한 후 망각 속으로 내던져졌던 사람들이다. '나'는 '당신'에게 이끌리는 듯 어두운 기억의 저편으로 들어간다. 그곳에서 '나'는 오래전 '당신'이 겪었던 삶과 죽음을 나눈다. '당신'은 '나'의 '그림자'인 듯 하나가 된다. 오래전 '당신'이 그랬던 것처럼 '나'는 춥고 배고픈 것을 느낀다. 이 시에는 오월 광주나 세월호 사건 같은 역사적 상흔이 어려 있지만 어렴풋하게 암시적으로만 드러난다. 객관적이고 치밀한 묘사와 다르게 현실과 비현실의 경계가 모호한 환상적 이미지를 제시하여 시공간을 뒤섞고 주객을 전도한다. 춥고 배고픈 사람이 많은 그곳에 갔던 '나'는 어느새 춥고 배고픈 사람이 되어 있다. 이기성 시에서 환상은 주체 중심의 시선에서 벗어나 타자에 근접하는 방식이 된다. 현실과 비현실을 가볍게 넘나드는 환상은 삶의 그림자로서 죽음을, '나'의 그림자로서 '당신'을 감지할 수 있게 한다. 그림자를 의식한다는 것은 삶의 다른 차원을 떠올리는 것과 같다. 이기성의 시집에서 그것은 현실의 저편에 인접해 있는 어두운 역사의 흔적을 기억하는 것으로 나타난다.

이 시집에서 자주 '너' 또는 '당신'으로 불리는 타자는 망각된 역사의 그림자 같은 존재들이다. 춥고 배고픈 상태로 삶의 에너지가 거의 소진된 채 떠도는 저 유령 같은 존재들이야말로 시인이 불러내어 함께하려는 타자이다. "퉁퉁 부어오른 발과 어느 날 검은 표면을 일그러뜨리며 떠오르는 흰 얼굴"(「한 사람」), "한쪽이 계속 구겨진 얼굴"(「그녀」), "검은 물 뚝뚝 떨어지는 너의 얼굴"(「검은 식당에서」)을 한 타자는 레비나스의 말처럼 그 비참함과 벌거벗음과 배고픔으로 '나'에게 호소한다. 이기성 시에서 '타자의 얼굴'은 이미 죽은 자를 포함해서 존재하지만 존재하지 않는 것과 다를 바 없는 유령과 같은 삶을 모두 포함한다. 산 자와 죽은 자의 경계가 모호한 환상적 이미지는 그 숱한 죽음을 낳았던 역사가 여전히 진행 중이라는 사실을 역설한다.

이기성 시에서 현실은 가난하고 슬픈 사람들이 가득한 디스토피아 같은 풍경으로 그려진다. 시집 전체에서 일관된 분위기를 형성하는 것은 흰색, 검은색, 회색과 같은 무채색으로 가득한 색채 이미지이다. "회색 그림자처럼 세계는 고요하구나, 닫힌 창문에서/문득 피어오르는 재의 냄새"(「회색」)에서처럼 회색은 고요하게 닫혀 있는 폐허와도 같은 세상을 상징한다. "그 애가 회색이 되겠다고 했을 때/미친 듯이 웃었다 우리는/먼지로 가득 찬 커다란 구멍을 벌리고"(「회색의 시」)에서도 모든 사람이 회색 먼지처럼 황막한 세상을 펼쳐 보인다. 검은색은 더욱 어둡고 불길한 느낌을 연출한다. "검은 유리처럼 얼굴에 쩍, 금이 가기 시작한다"(「매혹」), "검은 빙판처럼 쩍 갈라진 밤의 목구멍 속으로 자정의 버스가……"(「자정의 버스」)에서처럼 검은색은 순식간에 나락 같은 죽음의 세계로 떨어질 수도 있다는 무의식적 공포와 관련된다. 그리고 이 시집에서 압도적으로 많이 나타나는 흰색은 슬픔의 색이다. 그것은 "새하얀 얼굴과 같은 죽"(「죽을」)의 색깔이고 "슬픔의 아이들이 하얀 팔을 뻗어 서로를 꼭 끌어안고 있는 저녁"(「재단사의 노래」)의 색깔이다. 잿빛의 삭막한 세계에서 힘겹게 싸우다 스러져 간 검은 주검들의 창백한 영혼의 색깔이다. 무채색으로 가득한 이기성 시의 풍경은 황막한 삶과 억울한 죽음, 슬픈 영혼으로 가득한 참담한 현실을 관통하는 이미지이다.

재의 냄새로 가득한 이 황막한 세계의 문제는 그것이 좀처럼 변하기 어려우리라는 사실이다. "아이를 잃은 여자처럼 영영 밤을 찾아 헤매는 사람처럼 절규하는 골목, 골목, 골목"(「영영」)이야말로 암담하기 그지없는 이 세계의 축도이다. "골목에서 사라진 아이들은 어느 날 늙은이가 되어서 나타난다"라는 허탈한 진술처럼 이기성의 시에는 순식간에 늙어 버린 아이들이 자주 등장한다. 출구 없는 골목을 헤매다 탕진해 버리는 세월은 "불타는 망각의 외투를 껴입고/알 수 없는 말을 중얼거리며 황혼에 취한 늙은 아이"(「죽기 전에」)의 것이다. 그런데 "봄날의 시간을 탕진하고 무구한 것들을 밟아 죽였으니 슬픔의 여린 손목을 잡아 주지 못했으니/나는 죽을 때까지 용서받지 못할 것이다."라는 이 "늙은 아이"의 후회는 역으로 이 어둡고 답답한 골목에서 벗어날 수 있는 단서를 내포하고 있다. 봄날의 시간을 간직하고, 무구한 것들이 살게 하고, 슬픔의 여린 손목을 잡아 주는 것이 그것이다. "불타는 망각의 외투"를 벗어던지고 타인의 얼굴을 기억하는 것이 그것이다.

　　오늘은 수 세기 전 고문서 창고에 숨어 있던 벼룩 한 마리 톡 튀어나와서 틱틱톡톡 뛰어다닌다면
　　저 두꺼운 책들의 엉덩이에 들러붙어서 달콤한 피의 향연을 벌인다면
납작하게 눌어붙은 혁명의 이마를 간질인다면

　　(중략)

　　오늘은 심장의 시큼한 누룩과 푸른곰팡이 냄새에 취한 채 무의미의 귓불이 하얀 반죽처럼 부풀어 오르고 아가씨의 검은 머리카락처럼 출렁이고
　　창고 속 늙은 혁명의 이마 위에서 틱틱톡톡 명랑한 벼룩의 춤을 춘다면
백 년 동안 쌓인 먼지처럼 두꺼운 겨울이 오지 않을 춤을 함께 출 수 있다면
　　　　　　　　　　　　　　　　　　　　　　　　　　　　　　　—「도서관」 부분

　　이기성의 시에서 보기 드물게 가볍고 유쾌한 이 시에서는 벼룩 한

마리의 춤이 "백 년 동안 쌓인 먼지"를 뒤흔든다. 축축한 고문서 창고를 일순간 신나는 춤판으로 만드는 것은 "틱틱톡톡" 솟구쳐 오르는 벼룩의 율동이다. "창고 속 늙은 혁명의 이마"나 "딱딱하게 굳은 세월의 심장"(「재단사의 노래」)을 간질이고 어루만져 일깨우는 것은 이런 작지만 생기 있는 움직임이다. "오래전에 잃어버린 기침"(「동물의 자서전」)처럼 "시인의 재채기처럼 툭 튀어나온"(「도서관」) 그것은 굳어 버린 대기를 흔들고 "두꺼운 겨울이 오지 않을 춤"이 된다. "그것은 30년 후에 혹은 백 년 후에 돌아올 폭풍과 같으며 눈물처럼 범람하는 것"(「동물의 자서전」)이며 "백 년 동안 검은 전염병이 창궐한 뒤에도"(「이야기」) 살아남을 이야기이다. "늙은 재단사의 외투를 입은"(「재단사의 노래」) 이 노래는 "아마도 사랑에 관한 시일 것이다."(「사랑에 관한 시」)

이 시집의 원점은 1970년 "밤의 재단사처럼 활활 타오르는 책을 움켜쥐고 화염의 문장을 박음질하는 재봉틀 소리"처럼 '당신'의 호흡이 끊겼다 이어진 바로 그때이다. 시집의 뒤표지에 명시하고 있듯이 시인은 "오랫동안 1970년에 대해서 생각했다." 1970년은 전태일 열사가 처참한 노동 현실에 저항하며 분신을 감행했던 바로 그해이다. 그가 스러진 그 순간 '당신'은 태어나 어둡고 황량한 도시의 골목을 맴돈다. '당신'은 그가 남긴 생명과 사랑의 숨결이다. '당신'의 시는 전태일로부터 시작되어, 무수한 역사의 상흔으로 이어지다, 여전히 "더러운 신문지를 덮고 누운 노인"(「사랑에 관한 시」)과 같은 헐벗은 타자의 얼굴을 마주한다. 이는 곧 망각에 저항하며 죽은 자의 뺨에 눈물 흐르게 하는 시인의 '노래'이다. 시인은 타자의 고통과 죽음을 애도하며 힘겹게 이 '밤의 노래'를 완성한다. 기억의 고통과 싸우며 망각의 죄를 피하고자 전력을 다한다. 이 잿빛 세상의 가장 낮고 후미진 그늘에서 유령처럼 존재하는 타자들과 만나려 한다. 이기성의 시는 레비나스의 말처럼 이미지, 환영, 유령들이 점점 더 증식해 가는 시대에 타자와 어떻게 정의로운 관계를 맺을까 하는 진지한 물음에 답하려 한다. 시의 역사성과 환상성을 결합하는 기묘한 실험을 통해 타자와 함께할 방법을 모색한다. 인간이 유령처럼 되어 버린 세상에서 그들의 그림자처럼 밀착하여 기억 저편에서 떠도는 타자들의 삶과 죽음을 되살린다. 망각에 저항하며 타자의 얼굴과 온전히 마주하려는 이 기성의 시에서 환상은 윤리적 실천의 첨예한 방편이 된다.

3. 연약한 존재들의 아름다운 연대

신영배는 그동안 '물' 또는 '그림자'에 대한 집중적인 탐색으로 개성 있는 시 세계를 구축해 왔다. 물이나 그림자는 무정형의 표변하는 사물로서 끝없이 변화하고 이동한다. 그 동적인 움직임을 포착하는 데 있어 시인은 누구보다 섬세하고 유연한 감각을 발휘해 왔다. 이전 시집에서 '물랑'이라는 독특한 시어로 주체와 타자의 경계를 무화하는 매끄러운 물길을 냈던 시인은 이 시집에서는 주체와 타자가 꽃 더미처럼 뒤섞이는 '물송이'의 세계를 피워 낸다. '물랑' 또는 '물송이' 같은 새롭고 아름다운 조어는 시집 한 권을 가득 채울 정도로 반복되면서 독자적인 세계를 만들어 낸다. 그러니까 『물안경 달밤』(2020)은 '물송이'들로 가득한 하나의 가상세계 같은 곳을 형성하고 있다.

마냥 아름다울 것만 같은 이 '물송이'들의 세계는 예상과 전혀 다르게 끔찍한 폭력의 현장과 맞닿아 있다. "길가에서 터졌다 질질 끌려가며 터졌다 헤어지지 못하고 터졌다"(「데이트」), "맞은 곳이 푸른색에서 붉은색으로 변하고 있었다"(「물속에서 손을 잡았다」)와 같은 무자비한 구타, "치마는 어디로 갔을까/소문에/풀이 자란다"(「풀과 교복」), "끌려 들어갔던 그날처럼/다리와 골반이 휘어졌다"(「물과 B, 80」)로 암시되는 성폭행, 심지어 "골목이 어긋나고 어긋난 곳에 그녀는 유기됐다"(「B, 풍기다」)로 표현되는 살해까지 매우 강도 높은 폭력이 묘사된다. 폭력의 피해자는 대개 여자들이지만 아이들이나 개도 포함되어있다. 저항할 힘이 없는 이런 약자들에게 폭력은 일방적이고 가차 없이 행해진다. 감정을 섞지 않은 차가운 즉물적 묘사는 이들에게 행해진 무자비한 폭력을 더욱 예리하게 각인시킨다.

'물송이'는 각각의 폭력이 극에 달한 바로 그 순간 등장한다. "포크에 찍힌 손등을 찾는 순간, 모든 것을 찾을 수 없었다//이제 손끝엔 물송이가 달리기 시작하고"(「데이트」)에서처럼 그것은 절체절명의 순간 갑자기 움직이기 시작한다. 지극히 즉물적인 묘사 끝에 갑작스럽게 이어지는 '물송이'의 움직임은 환상의 개입으로 얻어진 놀랍게 역동적인 장면들을 표출한다. 극한상황에서 출현한 '물송이'들은 달리거나, 튀어 오르거나, 구르거나, 떠다니거나, 굽이치거나, 출렁이거나, 춤추거나, 날아오르거나, 출렁이거나, 돌거나, 끌면서, 움직인다.

강가에 소녀가 앉아 있었다
건널 수 있을까?
건널 수 없을까?
어느새 소녀가 사라지고 운동화만 남았다
강물에 운동화가 비쳤다
소녀의 웃음소리가 났다
물송이1과 물송이2
강물에 여행 가방이 비쳤다
물송이3과 물송이4
강물이 출렁였다

웃음소리가 가득했다
물송이1과 물송이2
물송이3과 물송이4
환하게

—「물운동화 3」 부분

　이 시의 소녀는 집을 잃고 여행 가방을 끌며 방황하다 물속으로 사라져 버린다. 더없이 처참하고 쓸쓸한 죽음의 현장이지만 시의 분위기는 사뭇 다르다. 소녀가 물속으로 사라진 순간부터 웃음소리가 나고, 강물이 출렁이고, '물송이'들이 환하게 피어나는 밝고 가벼운 분위기가 펼쳐진다. 소녀가 들어간 물속은 '물송이'들이 어울려 가볍게 출렁이는 전혀 새로운 세상이다. 이곳은 주객의 경계 없이 함께 사는 하나의 집이며 모두가 한 몸이 되어 출렁인다. 소녀는 홀로 무거운 짐을 끌고 헤매던 이 세상에서 다른 '물송이'들과 어울려 함께 출렁일 수 있는 새로운 세상으로 건너간 것이다.

　이처럼 신영배 시에서 환상은 현실의 역상(逆像)을 창출하며 존재의 전환에 대한 간절한 염원을 반영한다. 현실에서 고통받던 여성들과 약자들이 존재의 전환을 일으키는 변곡점이 '물'과 관련된다는 것은 의미심장하다. 노자(老子)에게 물은 최고의 부드러움을 상징하고, 최고의 부드러움이야말로 그 어느 것에도 공격받지 않고 오래 살아남을 수 있는 성질이다. 또한 가장 낮은 곳으로 향하는 물의 흐름은 도(道)가 작동하는 방식과도 같다. 물이 낮은 곳으로 향하는 것은 자기만 살려고 하는 태도와 달리 포용과 조화를 위한 움직임이다. 이러한 도의 여성성은 경쟁과 폭력이 지배하는 현대의 삶과 거리가 멀지만, 지속 가능한 인류 역사를 위해 회복해야 할 가치이다. 신영배는 위기의 순간 '물송이'로 피어나는 여성적 존재들에 대한 끈질긴 상상으로 폭력적 현실에 맞선다. 가혹한 폭력에 정면으로 맞서는 것이 아니라 가장 약하고 부드러운 저항의 방식을 취한다. '물송이'로 변하는 여성들에 대한 상상은 폭력을 수용하고 희생을 용인하는 것으로 보일 수도 있지만, 지배 질서와 전혀 다른 방식의 대응을 보인다는 점에서 오히려 새로운 저항의 방식이 될 수도 있다. 『노자』 21장에서는 '요혜명혜 기중유정(窈兮冥兮 其中有精)'이라고 하여, 고요하고 그윽한 가운데 정기가 깃들어 있는 '물'의 성질을 거론하고 있다. 아직 무엇이 되기 전의 충만한 에너지 상태인 이러한 '물'이야말로 자유롭게 변전하며 새로운 길을 낼 수 있는 물질이다. 신영배 시에서 그것은 '물송이'라는 좀 더 구체적인 형상을 띤 채, 가장 약하면서 한없이 유동적이고 또한 아름답기 그지없는 이미지로 편재해 있다.

환상은 이러한 '물송이'의 독자적인 이미지와 자유롭고 생기 있는 에너지를 역동적으로 구현하는 방식이다. 시인은 주체적인 시선과 판단을 유보한 채 '물송이'의 움직임을 묘사하는 데 주력한다. 신영배 시에서 주객은 자주 뒤바뀌거나 하나가 된다. "소녀는 물송이/나도 물송이/우리는 몸에서 물송이와 닮은 것들을 상상했다"(「물버스 정류장」)에서 '소녀'와 '나'는 '물송이' 같은 몸을 가진 존재로서 '우리'가 된다. 연약하고 유동적인 '몸'들로서 쉽게 하나가 된다. 신영배 시에 자주 나타나는 '우리'는 약자로서 고통받고 버려진 여성들의 몸의 연대이다. "강을 찾으며/우리는 함께 돌았다/물송이1과 물송이2와 물송이3과 물송이4와/잃어버린 손을 찾았을 때/우리는 물속이었다"(「물속에서 손을 잡았다」)에서 '우리'는 함부로 유기된 신체를 함께 찾고, "총소리가 났다/우리는 쓰러졌다/B와 B와 B와/우리는 손가락으로 물송이 모양을 만들었다/팽팽해지자/물송이를 날렸다"(「물고무줄 총」)에서 '우리'는 약자에게 행해지는 집단적인 폭력에 힘겹게 저항한다. "빈집으로 소녀를 끌고 가지 마라/나도 쓰러진 B/나도 칼에 찔린 48/나도 당하는 그녀"(「칼과 물거울」)에서처럼 '나'는 잔혹한 폭력에 휘둘리는 '그녀'들과 다르지 않은 몸이다. 이번 시집에서 '물송이' 못지않게 많이 등장하는 'B'는 무자비한 폭력에 희생된 여성들의 대명사이다. 중심을 'A'에게 내주고 타자로서, 비주류로서 낮은 자리에 놓였던 'B'는 남성이 아닌 여성, 강자가 아닌 약자를 통칭하는 기호이다. 현실에서 소외된 약자로서 갖가지 폭력에 희생되는 무수한 'B'들은 환상 속에서 '물송이'들로 변전하여 다른 '물송이'들과 함께 움직인다.

> 너는 알아들을 수 없는 귀를 가졌고, 알 수 없어서 부푸는 몸을 가졌고, 나는 달빛을 따라가는 눈을 가졌고, 벌어지는 입을 가졌고, 너와 나는 수시로 자리가 바뀐다. 너와 나 사이에 써야 할 시가 있다. 지금 너는 물송이를 알아들을 수 없고, 지금 나는 물송이를 쓰려고 하고, 나는 지금 물송이를 쓸 수 없고, 너는 지금 부푼다. 손에 빗물을 받는 사이에, 너의 머리가 빗속으로 들어가는 사이에, 발이 멀어지는 사이에, 나무가 흔들리고, 닿지 않는 사이에, 써야 할 지금, 미끄러지는 사이에.
>
> ──「달밤」 부분

이 시는 "나는 왜 쓰는가"라는 질문, 또는 "나는 시를 쓰면 안 되는 사람일지 모른다"와 같은 회의에서 출발하여 "너와 나 사이에 써야 할 시가 있다"는 각성에 도달하는 과정을 보여 준다. '나'는 '너'와 수시로 자리가 바뀌는 존재로서 '물송이'로 변전하는 '너'의 몸의 경이를 쓰고자 한다. "알아들을 수 없는 귀"와 "알 수 없어서 부푸는 몸"을 가진 '너'의 슬프고 황홀한 몸에 대해 써야만 한다는 것을 안다. 수많은 'B' 또는 '비'의 몸이 부풀어 '물송이'가 되는 그 변전의 순간을 포착함으로써 '물송이'들이 가득 피어 출렁이는 아름다운 세상을 그려 내고자 한다. '물송이1'과 '물송이2'와 '물송이3'과 '물송이4'가 꼭 붙어서 함께 걸어가는 이곳은 부드럽고 고요하고 평화로운 환상의 세계이다. 무수한 'B'들의 처참한 현실을 직시하며 시 쓰기에 회의를 느꼈던 '나'는 '너'의 부푸는 몸에서 '물송이'의 환상을 발견하고 전혀 '다른' 세상을 펼쳐 보인다. '타자'와 하나가 되어 함께 꿈꾸고 함께 걷는 시의 길을 가려 한다. 부드럽지만 끊임없이 흐르는 물은 바위도 뚫는다. 가장 낮은 곳에서 모여 함께 흐르는 '물'과 같은 약자들의 지속적 연대는 폭력이 횡행하는 현실의 지형을 바꾸어 갈 수 있을 것이다. 그런 점에서 이 시집을 가득 채우는 '물송이'들의 세계는 타자와 어떻게 정의로운 관계를 모색할 것인지에 대한 의미 있는 답변이라고 할 수 있다.

고요의 무늬
—이미화 시집 『비가 눈이 되고 눈사람이 되고 지나친 사람이 되고』

1. 내면의 기척과 확장

　『비가 눈이 되고 눈사람이 되고 지나친 사람이 되고』(2023)는 이미화의 첫 시집이다. 등단한 지 10년이 훌쩍 넘은 시점에서 나온 시집으로, 독자적인 세계를 향한 모색이 치열하다. 「시인의 말」로 짐작해 볼수 있듯 오랫동안 "입 닫음과 고요와 혼자 안아야 될 것들을 위해" 분투한 흔적이 역력하다. 고요하지만 광활한 내면의 세계에서 혼자 감당해야 할 존재의 질문을 붙들고 골몰했던 것이다. 내면세계와의 고독한 대면을 위해 시인은 기꺼이 "자폐에 자폐가 숨어 있는 방"(「불투명한 방」)에 자신을 유폐시킨 채 오직 숨 막히는 '고요'의 절정에서 드러나는 존재의 '무늬'를 발견하려 한다. "잠시 숨을 참고 있는 순간에 발각되는 것들이 있다면/그 무늬를 볼 수가 있다면/한 며칠쯤은 고요한 진공으로 보낼 수도 있을 것 같다"(「몸의 커서를 옮기다」)라는 고백으로 알수 있듯 그 무늬는 숨조차 참으며 자신의 존재와 정면으로 마주할 때, 아주 잠깐 나타나는 것이다. 이쯤이면 시인의 관심이 번잡한 세상사의 정반대 쪽에 놓인 심오한 존재의 탐구에 있다는 것을 알 수 있다.

시인의 눈길이 향하는 것은 내면의 세계에서 "기다리는 것들이 잡아당기는/기척"(「시인의 말」)이다. 이러한 기척은 눈앞의 현실보다 꿈속에서 더 잘 느껴진다. 꿈결처럼 펼쳐지는 이 내면의 세계에서는 "소음을 갖고 놀 수도/손끝으로 먼지를 나눌 수도 있다"(「불투명한 방」). 극미의 세계가 확장되어 전혀 다른 감각으로 변화할 수 있는 것이다. "잠은 짧아지고 꿈은 점점 길어진다"(「분류법」), "이틀에 한 번씩 꿈은 불어났지"(「아프리카 접시 아래 유럽 접시」)에서처럼 꿈이 넘치는 상태에서는 다채로운 초현실적 상상이 가능하다.

> 사막의 절벽에 화공들이 들소의 뼈를 새기고 있었지 새의 살점을 파먹은 바람이 여름 꽃들처럼 웃음을 흘렸지 구름의 목소리는 말의 잔등을 닮았지 방금 뒤집어 본 공중처럼 이틀에 한 번씩 꿈은 불어났지 얼음에서 비린내를 꺼냈지 날짜들이 빗물로 고여 있었지 아프리카 접시 아래 유럽 접시가 그 아래 태몽이 깔렸지 태몽이 밖으로 나와 어린 짐승들을 묶었지
> ——「아프리카 접시 아래 유럽 접시」 부분

꿈에서는 이런 식의 다변하는 이미지의 연쇄가 펼쳐질 수 있다. 꿈은 논리를 초월하는 초현실의 정신적 작용을 내포하기 때문이다. 이 시에서 표현되는 것은 개인적이고 내밀한 상상의 세계이지만 각각의 장면들이 작동하는 기본 원리는 연상 작용에 가깝다. "들소의 뼈"가 "새의 살점"으로 이어지고 "바람"이 "여름 꽃"과 결합한다. "웃음"은 소리를 연상시키며 구름의 "목소리"로 이어지고 구름의 형태는 "말의 잔등"을 연상시킨다. 구름과 바람의 이미지들은 "공중"으로 이어지고 그것들의 다변하는 모양은 꿈이 불어나는 양상과 겹쳐진다. "꿈"에서

"얼음"으로 이어지는 부분은 비약적이지만, "뒤집어 본 공중"처럼 엉뚱하고 상반되는 상황이 결합한다는 점에서 연속성이 있다. 또 '꿈'이 프로이트의 '무의식'의 발견 이후 거대한 빙산의 밑부분으로 표현된다는 상징성에서도 연결점을 찾아볼 수 있다. "얼음"의 변화에는 "날짜"라는 시간성이 개입하고 그 변화의 결과는 "빗물"로 이어진다. 물론 "비린내"란 해빙과 함께 얼음이 내장하고 있던 생명의 흔적이 노출된 과정을 연상시킨다. 이는 앞서 "사막의 절벽"과 "바람"이 각각 "들소의 뼈"나 "새의 살점"을 내장하고 있었던 장면과도 절묘하게 겹쳐진다. "아프리카 접시"는 인류의 "시초"가 태동했던 대륙의 흔적을, "유럽 접시"는 그 이동 경로와 같이 밀접한 연속성을 드러내는 것이 아닐까? 그리고 그 "시초"의 이미지는 생명의 "태동"으로 이어지고 "태몽"은 다시 "어린 짐승들"의 탄생과 연결된다. 어린 짐승들은 태몽을 빠져나와 언젠가 화공이나 바람의 손길에 의해 "들소의 뼈"나 "새의 살점"으로 새겨질 것이다.

물론 이는 가능한 여러 해석들 중 하나일 뿐이다. 중요한 것은 이 미화 시에 자주 등장하는 이러한 환유적 표현 방식이 현실적 장면에 대한 객관적 묘사보다 초현실적인 상상 속에서 펼쳐지는 다변하는 이미지들을 포착하고 결합하는 데 유용하다는 점이다. 이 시인은 고요하고 집중된 내면의 세계에 골똘한 채 그 안에서 무한히 증폭되는 존재의 무늬를 대면하려 한다.

2. 자기로부터의 소외와 관계의 탐구

이처럼 현실보다 내면의 세계에, 잠보다 꿈에 경도된 사람의 자의식은 어떠할까? "창을 긁어 대는 안개처럼 나는 우글거리는 존재"(「어디로도 가닿지 않는 길」)라는 진술이 눈에 띈다. 창을 넘어 한사코 안으로 들어오려는 안개처럼 '나'의 마음은 내면으로 파고든다. '나'는 이미화의 시에서 무엇보다 중요한 탐구 대상이다. "나는 다른 사람보다도/나를 몰라요"(「나는, 내가 아는 사람」)라는 고백처럼 '나'라는 "우굴거리는 존재"의 실상은 좀처럼 파악하기 힘들기 때문이다. "내가 나를 처음 알게 된 때는 아마도 울음이 아니었을까 싶어요 그 울음이 바깥을 흔드는 것이 아니라 안쪽을 흔든다는 것을 알았을 거예요"(「나는, 내가 아는 사람」)라는 말로 미루어 볼 때, '나'는 울음과 함께 어렴풋이 '나'의 존재를 자각하게 된다. "울음을 울 때는 내가 내 옆에 있는 것 같고/웃을 때는 타인이 내 옆에 있는 것 같으니까요"에서처럼 웃음은 사회적 관계를 위한 위장된 표현으로 인식하고 울음을 통해 훨씬 밀접하게 본래의 자신을 만나게 된다는 것을 알 수 있다. 울음은 '바깥'이 아닌 '안쪽'을 흔드는 감정으로 '나'와 가장 가까워질 수 있는 계기인 것이다. 그러나 '내'가 '나'와 온전히 만나 하나가 되는 것은 불가능하다. "외따로 펄럭이는/내 옆에 내가 있어"(「프쉬케」)에서처럼 '나'는 "외따로 펄럭이는" '나'의 옆에 있을 뿐이다. 이는 영원히 닿을 수 없는 존재의 심연을 자각한 자가 느끼는 자기로부터의 소외를 드러낸다. 이미화의 시에서 '나'의 이미지가 종종 "겉모습이 말라 가는 사람"으로 표현되는 것은 진정한 자아에 이를 수 없다는 절망적인 소외 의식과 관련된다.

이미화 시에서 '나'로부터의 소외 의식과 불화는 '너'와의 관계에서도 그대로 이어진다. "네 손목에서 내 손목까지 불화는 따뜻해", "네 눈동자가 차가운 몇 방울로 보여"(「닫는 시간」)라든지 "팔을 펴고 당신의 음절을 고른다면 으깬 통증을 물고 있는 것과 같아요"(「사랑한 앞니」)에서처럼 '너'와 접촉하는 '나'의 감각은 지극히 부정적이다. '너'의 눈동자와 기억은 차갑고 아픈 통각으로 남아 있고, 오직 불화의 기억만이 따뜻하게 느껴질 지경이다. '나'와 '너'의 만남은 그저 한때의 스침이 된다. 심지어 그 스침은 "스치는 동안 당신과 나는/어느 한 곳도 닿지 않았습니다"(「스치는 사람」)라고 할 정도로 무의미한 행위에 가까운 것으로 남는다. 통렬하고 씁쓸한 뒷맛을 남기는 이러한 관계의 이유는 "너라는 책은 읽을수록 접혀진다", "열 개의 바위를 열면 쏜살같이 달아나는 당신이라는 문"(「장서표」)에서처럼 '너'라는 타인은 아무리 알려 해도 알 수 없기 때문이다. '나'와의 만남이 어려운 것 이상으로 '너'의 존재는 이해 불가능한 미지의 세계에 가깝다.

그러나 이미화의 시는 그토록 알기 힘든 '너'와 '나'의 관계에 대해 집요한 관심과 추구를 드러낸다. 이미화의 시에서 '우리'라는 복수형 대명사가 의외로 자주 목격되는 것은 그 때문이다.

> 우리는 모두 다른 모양의 단추, 너는 단추를 보고 인사하고 나는 단추를 만진다 세상의 단추들은 섞이는 걸 좋아한다
>
> —「세상의 인사들」 부분

> 우리는 손을 가둔 사이인가요
> 손을 잡는다는 것은 흔들리는 감정을 맞춰 보자는 거지요
>
> —「우리 집에는 손이 가득할까요」 부분

> 넓은 눈밭에 누군가 벗어 놓고 간 발자국 한 쌍이 여전히 그립지
>
> —「발자국은 겨울에만」 부분

위 시들에서 '단추'와 '손'과 '발자국'은 모두 서로 다르지만 맞추려고 애쓰는 '관계'를 상징한다. 단추는 "왼손의 배웅과 오른손의 마

중"(「하녀의 방향」)이 있어야 제대로 기능할 수 있는 관계적 도구이다. 또한 세상에는 온갖 모양의 단추만큼 무수히 많은 사람들이 섞여서 어울리며 살아간다. 단추는 서로 다른 개성의 사람들이 만나 이루는 관계의 다양한 양상을 떠올리게 한다. 손의 얽힘은 그 자체가 관계의 양상을 나타낸다. 손과 손의 만남에는 '나'와 '너'의 감정이 직설적으로 드러난다. 손은 사람과 사람을 가두기도 하고 연결하기도 하는 절묘한 관계의 상징이다. 서로 다른 사람들이 서로 다른 손을 통해 서로 다른 감정을 애써 맞춰 보려 한다. 손과 손의 얽힘이 관계의 직접적인 표현이라면, 누군가의 발자국 속에 '나'의 발자국을 담아 보는 행위는 그 시간적 격차로 인해 그리움의 표현에 가까워진다. 겨울의 눈밭에 찍힌 "누군가 벗어 놓고 간 발자국"을 신어 보는 '나'는 "짝이 맞지 않는 발자국"을 확인하며 쓸쓸함과 그리움을 느낀다. 이미화의 시에는 이처럼 '나' 자신과 '너'로부터의 절망적인 소외 의식, 그럼에도 끝없이 이어지는 간절한 그리움이 담겨 있다.

3. 웅크린 말의 힘과 자유를 향한 일탈

이미화의 시는 자신으로부터의 소외와 타인과의 어긋난 관계를 예리하게 드러낸다. 이에 따라 이미화의 시에서는 아픔과 슬픔, 외로움이 주조를 이룬다. 그러한 감정은 애써 감추는데도 스며 나오는 것이어서 더 처절하게 느껴진다. 이미화 시에서 지극한 감정과 이어지는 '흰빛'은 그 감정이 얼마나 오래 견디며 굳어진 것인지를 보여 준다. 가령 "흰 뼈들은 불면 중이고/하얀 속살에도 아픈 말들이 있어/뼈가 굳는 소리에 절뚝이는 파편이 있다"(「깁스」)에서 "흰 뼈"와 "하얀 속살"은 오랫동안 축적된 고통의 시간을 내포한다. "고래들의 언어에는 외로움이 있다/물 밖으로 몸을 내밀 때/수면의 손목들은 희고 쓸쓸하다//외로운 것들은 흰빛을 지닌다 딱딱한 수면같이 고래는 수염으로 공중을 묶어 놓고 해석되지 않으려 한다"(「고래들의 환유」)에서도 '흰빛'은 '외로움'을 표현하는 최고의 상징색이 된다. 심연과 같은 외로움은 해석의 범위를 벗어나는 것으로, '흰빛'이 색의 범위를 벗어나는 것처럼 근원적이다.

색이나 말의 스펙트럼에서 이미화는 가시적인 스펙트럼을 벗어나는 영역을 표현하고 싶어 한다. 통상적인 말로 옮기기 어려운 존재의 깊이에 도달하고 싶어 하는 것이다. 이러한 말은 현실에서 쓰이는 소통의 언어와는 거리가 멀다. "말이 섞인다면 혼잣말이 될까/아니면 어떤 병의 전문용어가 될까/잘못을 사과하면 의심을 품을까?/발자국의 가장자리에 앉아 미안해해"(「강요의 사과」)에서처럼 현실의 언어에서 유리된 '혼잣말'에 가깝고 의심과 불안의 대상이 된다. 현실의 언어에서 벗어난 '혼잣말'은 꼭 쥔 손처럼 "한껏 웅크린" 말이기도 하다. "나는 어떤 말에 꼭 쥐어져 있었을까 궁금할 때가 있다/꼭 쥔 손은 너무 좁아서/나에겐 내가 풀 수 없는 아주 작은 힘 하나 있다"(「쥐여 줌으로써」)에서처럼 '나'는 '나'조차 풀 수 없는 그 말의 힘에 끌린다. 물론 "아무리 꼭 쥔다 해도 손은 외부"여서 펼쳤을 때 그 의미는 이미 변해 있지만, 꼭 쥔 손의 내부에는 거부할 수 없는 '다른' 말의 힘이 분명히 자리한다.

이미화 시에서 '나'는 세상의 기준에서 비켜난 채 자신만의 시선과 말을 지키려 한다. 이처럼 독자적으로 구축해 온 자신만의 세계는 웅크림이나 비스듬함, 갸웃함 등의 독특한 태도로 표출된다. 「사차원의 친절」의 "웅크리거나 기울어지는 쪽은 또 친절하다/무릎에는 넘어진 흔적이 있고/웅크림은 모든 흉터를 되새김한다"라는 진술로 볼 때 웅크림은 흉터와 상처의 기억을 지니고 있으며 기울어짐은 기대거나 누

울 수 있게 하는 자세이다. 같은 시에서 "기댄 벽이 통증을 부축하는
것은,//보이는 차원이/보이지 않는 차원을 부축하는 일/벽은 안과 밖
을 차별하지 않는다"라고 한 것으로 보아 안과 밖의 차별 없이 통증
을 부축해 주는 '벽'은 아픈 몸과 마음이 기댈 수 있는 '친절'한 '사차
원'의 공간이다. 「나의 비탈진 중력」에서는 비탈진 곳에 서 있는 '내'
가 "딱 한 눈금 벗어 난 절반의 바깥을 견디고 있"는 상태를 묘사한
다. "절반은 늘 자유롭고/언제든 이쪽이나 저쪽이 될 준비가 되어 있
지만/우리는 딱 한 눈금에 시달린다"라는 말처럼 '절반'이라는 이분
법적 분류 앞에 '나'의 자의식과 자유는 늘 위태롭게 흔들린다. 그러
나 다른 한편으로 "절반이 흔들릴 때마다/깨어나는 절반"의 덕에 '나'
는 또다시 자유를 향한 "자의적 일탈"을 감행하게 된다. "누가 나의
무게를 묻는다면/갸웃하는 방향이라고 대답한다"라는 말은 '내'가 처
한 현실의 '비탈진 중력'을 견디며 흔들림과 깨어남 사이에서 계속
"갸웃하는 방향"으로 긴장을 유지하겠다는 뜻이리라. 이미화의 시에
서 인상적인 비스듬하고 갸웃한 기울기는 세잔의 정물화에 나타나는
비스듬히 기운 정물들의 위태로우면서도 역동적인 긴장 상태처럼, 보
이는 세계와 보이지 않는 세계 사이에서 밀고 당기는 존재의 치열한
운동을 연상시킨다.

4. 존재의 얽힘과 나아감

　여기, '혼란'한 세상의 가장자리에서 '고요'한 그늘에 놓인 존재의
무늬를 그리는 데 골몰하는 시인이 있다. 떠들썩한 소리와 강렬한 색
으로 가득한 세상에서 최대한 멀어진 채 오롯이 자신의 내면을 들여
다보거나 홀로 존재하는 외로운 대상들을 향해 한량없는 눈길을 보
내는 시인이 있다. 이미화의 시는 보이는 것과 보이지 않는 것의 강한

유대를 드러낸다. 이러한 연결에는 내면의 세계를 향한 정신적 지향이 작동한다. 이미화의 시에서 내면의 세계를 향한 투시력은 보이는 세계 이상으로 광활하게 확장되며 독자적인 영토를 만들어 낸다. 이는 현실의 경계를 넘어서 전에 없는 분위기와 풍경을 창출하는 초현실주의 그림을 방불케 하는 것이다.

초현실주의 그림이 화가의 무의식을 담아내며 완전히 해독되지 않는 미완의 의미를 내포하는 것처럼 이미화의 시도 해독하기 힘든 개인적 이미지와 표현들로 충만하다. 그러나 의미에 대한 강박을 내려놓고 본다면 이미화의 시에서는 매력적인 회화적 이미지들과 독특한 감각을 만날 수 있다. 고요한 호수에 일렁이는 수많은 물무늬처럼 끝없이 증폭되는 이미지와 사유의 흐름을 접하게 된다. "바늘구멍만 한 기억이 운동장만 한 기억으로 부"(「기흉」)푸는 것은 이미화의 시에서 흔히 볼 수 있는 이미지의 작동 방식이다. 이는 현실과 비현실 사이의 경계를 풀고 자유롭게 넘나드는 정신의 작용으로 가능한 방법이기도 하다. 보이는 세계와 보이지 않는 세계를 수평적으로 연결하는 환유적 연쇄를 즐겨 활용하는 것도 이러한 정신의 특성과 무관하지 않은 이미화 시의 미학적 원리라 할 수 있다.

적극적인 사회적 소통과 연대를 모색하는 시들에 비해 이미화의 시는 지나치게 소극적이고, 거의 자폐적인 것으로 보일 수도 있다. 그러나 달리 보면 이런 시야말로 소외된 인간 존재의 본질을 자각하고 내면의 자유와 변화를 도모하기 위한 근본적인 노력의 소산이라고 할 수 있다. 이미화의 시는 본래의 자신, 또 타인과의 근원적인 거리감을 냉철하게 자각하면서도 관계에 대한 탐구를 멈추지 않는다. 이미화의 시에 나타나는 비스듬하고 갸웃한 기울기는 끝없이 얽히고 변화하는 존재의 역동성을 드러낸다. 존재의 본질을 향한 탐구는 보이는 것과 보이지 않는 것을 단절시킨 근대의 맹목을 넘어 다시, 새롭게 탐구되어야 할 예술의 과제이다. 이는 내면의 세계에서 끝없이 펼쳐지는 고요의 무늬에 이토록 골몰하는 이미화 시인의 작업을 눈여겨보아야 할 이유이기도 하다. 짐작건대 이 시인은 고요하면서도 집요한 성정으로 "수만 번의 무릎을 꺾고도 다시 비행을 시작하"(「발목들의 편대」)는 '새들'처럼 지치지 않고 이 미지의 세계를 향해 나아갈 것이다.

뜨거운 평면의 세계
―김해선 시집 『중동 건설』

1. 새로운 중동 건설

김해선 시집 『중동 건설』의 표제작인 「중동 건설」에는 '중동 건설'
이 나오지 않는다. 이 시에는 '중동' 대신 '토마토'가 나온다.

>　토마토를 반으로 가른다
>　긴 통로가 보인다
>
>　통로 밖으로 콘크리트 기둥이 서 있다
>　아이들이 강물을 건너간다
>　머리에 옷을 이고 간다 통로에서 멀어질수록 까만 씨앗처럼 떠다닌다
>　큰비가 오면 돌아오지 못한다
>
> 　　　　　　　　　　　　　　　　　　―「중동 건설」 부분

토마토를 반으로 갈랐을 때 보이는 가느다란 줄기를 "긴 통로"로,

바깥의 단단한 살과 이어진 부분을 "콘크리트 기둥"으로 표현한 것이 아닌가 추측된다. 그렇다면 물기가 많고 씨앗이 들어 있는 안쪽의 모양을 보며 강물을 건너는 아이들을 연상했으리라. 작은 씨앗 중에서도 좀 더 진하게 보이는 부분에서 아이들이 머리에 이고 있는 옷을 떠올리고, 아주 작고 까맣게 보이는 씨앗은 멀리 사라져 가는 아이들로 보았을 것이다. 가장 작은 씨앗마저도 보이지 않고 물기만이 가득한 부분은 큰비가 와서 모든 것을 삼켜 버린 강물 같아서 "큰비가 오면 돌아오지 못한다"고 했으리라.

이 정도만 읽어 보더라도 이 시가 일상적 언어나 사고의 범위와 다르게 작동하고 있다는 것을 짐작할 수 있을 것이다. 뒷부분으로 가면 상상력의 진폭은 더욱 커져서, 일상적 시공간의 영역을 벗어나는 기이하고 환상적인 장면들이 펼쳐진다. "유리 조각에 못을 박고 뽑아낸다/머리카락이 올라온다/알 수 없는/피부에 둘러싸인 강/이마가 뜨겁다"처럼 비현실적이면서도 예리하게 감각적인 문장들이 이어진다. 이런 진술이 가능한 것은 시적 주체가 자신의 의식과 무의식을 완전히 개방한 채 연상의 흐름을 펼쳐 보였기 때문일 것이다. 그리고 그 흐름의 끝은 "이마가 뜨겁다", "활활, 벽지를 벗긴다"와 같은 뜨거운 감각이다. 「중동 건설」이라는 제목과의 관련성을 유추해 볼 수 있는 대목이다. 좀 더 넓게 생각해 보자면, 무에서 유를 만들어 낸 '중동 건설'의 경이로운 과정처럼 '토마토' 반쪽에서 유추한 이 새로운 세계 또한 다른 방식의 '중동 건설'이라 할 만한 독창적인 창조의 과정이라 할 수 있을 것이다.

『중동 건설』이라는 시집의 제목에서 현실성이 강한 리얼리즘 시를 예상했던 독자라면 이 시집에서 줄곧 펼쳐지는 예측하기 힘든 연상의 만화경에 당혹스러울 수 있을 것이다. 그러나 어떤 문장에서 출발하든 예기치 못했던 초현실의 세계로 이어지는 역동적인 연상의 과정을 함께 즐길 준비가 된 독자라면 이 시집은 흥미로운 사유의 여행지가 되어 줄 것이다. 이 시집에서 '중동 건설'은 저 열사의 사막을 기적의 땅으로 바꾸었던 현실 세계와 달리 시인의 자유로운 상상이 배태한 뜨거운 이미지들로 가득한 초현실의 세계에서 이루어진다.

2. '나'를 향한 탐사

이 시집에서는 자유연상이 주도하는 초현실주의 기법을 통해 '나'를 찾기 위한 집요한 여정을 펼친다. 대부분의 시가 '나'라는 존재의 무수한 변전과 타자와의 관계를 다루고 있다. 주체와 타자, 의식과 무의식, 현실과 환상의 경계를 넘나드는 초현실주의적 사유의 방식은 이러한 존재론적 질문에 절묘하게 부합한다.

김해선 시에서 '나'는 특정한 형상으로 고정되지 않고 끊임없이 유동한다. 시인에게 '나'는 매일, 매 순간 변화하는 생각 속에 자리하는 존재이다. 생각 속의 '나'는 어디든지 가고, 무엇과도 함께할 수 있다. "나는 제네바로 간다/1톤 트럭에 대파를 가득 싣고"(「제트 분수와 운봉 대파」) 같은 진술이 가능한 것은 그 때문이다. 현실과 초현실의 경계를 무화한 상태에서 '나'는 무한히 이동하고 변화한다. '나'의 사유 속에 존재하는 '나'를 따라가 보면 그것은 한순간도 고정되지 않는 변화 그 자체라고 할 수 있을 것이다. "나는 일기를 쓴다/삼백 번째 내가 쌓여 간다 녹물이 희미하게 번지며 옥상 난간으로 스민다"(「월요일:나 화요일:나 수요일:나 목요일:나」)에서 일기 속의 '나'는 날마다 새롭게 쌓인다. 육안으로 잘 보이지 않지만 녹물이 매 순간 조금씩 번지며 옥상 난간으로 스며드는 것처럼 '나' 또한 계속 변화하는 상태에 있는 것이다.

여기서 더 나아가 의식 속의 '나'와 무의식 속의 '나'의 차이까지 무화시킨다면 "버스 정류장 나무 의자에 졸고 있는 내가 보인다 또 다른 잠은 버스를 타고 간다/정류장에 남아 있는 나의 잠과 버스를 타고 가는 나의 잠이 풍선을 들고 간다"(「새로 쓰는 잠 ½」) 같은 표현이 가능해진다. 버스 정류장에서 졸고 있는 현실의 '나'와 버스를 타고 가려 했던 '나'를 동시에 그려 내면 저와 같은 이미지가 펼쳐질 수 있는 것이다. '나'의 의지나 행위와 무관하게 '나'에게 일어날 수 있는 모든 가능성을 열어 놓는다면 '나'라는 존재의 이미지는 무궁무진해진다.

> 나도 동생처럼 일찍 죽을 거 같아서 어린 무당과 함께 살았다 애기 무당의 숨과 나의 숨이 실처럼 이어져 내가 오래 살 수 있을 것이라는 할머니의 신념이었다 유치원에 다니기 전 어느 날 눈을 떴을 때 나는 붉은 옷과 붉은 가면을 쓰고 있었다 진짜 귀신이 내게 들어온 걸 몰랐을 때다
>
> —「마리 이야기」 부분

이 시에는 일상의 매 순간 무수히 많은 '나'를 마주하는 시인의 이러한 독특한 세계관이 형성되기까지의 비밀이 담겨 있다. 할머니는 세 살이 못 되어 죽은 동생처럼 될까 봐 '나'와 '어린 무당'이 함께 살게 한다. 서로의 숨이 이어져 오래 살게 하려는 믿음 때문이다. 할머니는 어린 '나'에게 무당처럼 붉은 옷과 붉은 가면을 씌워 서로의 운명이 뒤섞이게 한다. 어느 날 음식점에 차려져 있는 바닷가재의 붉은 발톱과 거기 매여 있는 가느다란 실을 보면서 '나'는 붉은 옷을 입고 뛰어가던 어린 시절의 자신을 떠올린다. 그리고 어려서 죽은 동생과 자신과 어린 무당과 할머니가 모두 하나의 운명으로 묶여 있다는 사실을 깨닫는다. "나는 가재 알처럼 작아져서 수많은 나에게 다닥다닥 붙어 있다 이렇게 하루하루가 지나간다"라는 진술은 이러한 성찰

을 반영한다. '나'는 절대적이고 유일무이한 독자적 존재라기보다 질긴 인연의 사슬에 연결되어 있으며 무수히 많은 타자들과 한 몸을 이루고 있는 것이다.

김해선 시에서 '나'에 대한 탐구와 '너'에 대한 질문이 다르지 않은 것은 이 때문이다. '너'는 "보이지 않는 곳"(「오늘 다리를 지나가는 이발사」)에서 '나'와 반대의 시간을 살지만 "나의 다섯째 손가락 첫마디가 움찔거린다/네가 메시지를 읽지 않았다는 신호다"에서 알 수 있듯 '나'에게 계속 감지되는 존재이다. 심지어 "너를 한 번도 본 적이 없는데 무엇이 너와 내가 오래 살았다고 느끼게 하는 걸까 매일 땀 흘려 일한다고 생각하는 너"(「사실주의 마테차」)에서처럼 본 적이 없는데도 자꾸 생각나는 사람이다. "너의 팔목은 수시로 나타난다 나를 감는다"(「가리옷 유다의 변명」)에서 '너'는 '나'의 죄의식을 건드리는 깊은 무의식에 가까운 것으로 보인다. '나'의 것일 수도 있었던 슬프고 어두운 운명을 살다간 '너'의 존재는 수시로 '나'에게 의식된다.

가깝게는 어릴 때 죽은 동생의 운명이, 멀게는 가족을 모두 잃은 시리아 난민 압둘라의 처지가 '나'와 무관하지 않다. "우리의 손은 무덤이라는 구명보트를 붙잡고 있는 것 같"(「더블」)기 때문이다. 죽음이라는 운명 앞에 누구나 다를 것 없이 하나로 연결되어 있다는 의식은 '나'와 '너'를 '더블'처럼 밀착된 관계로 받아들이게 한다. "너와 나 안과 밖이 바뀌었는지도 몰라"라고 생각할 때 산 자와 죽은 자, 현실과 초현실의 경계는 희미해지고 주객 혼융의 전혀 새로운 세계가 열리게 된다. 김해선 시에서 주조를 이루는 초현실주의적 진술은 무수한 '나'의 존재를 발견하고 '더블'처럼 밀착된 타자와의 관계를 탐구하는 방법으로써 긴밀하게 작동한다.

3. 보이지 않는 나라

'나'와 '너'의 경계를 넘나드는 시인에게 세상이 정해 놓은 기준은 의심과 부정의 대상이다. 시인의 투시적 시선은 현상의 이면에 쌓여 있는 무수한 시간의 퇴적층에 가닿는다. "뿌리를 파면 작은 바다가 숨어 있었어"(「너의 할머니 할아버지의 어머니 아버지가 살고 있는 이백 년 전 마을」), "숨어 있는 날개의 뿌리를 찾아 바닥을 뚫고 간다 깨어나지 못한 시간이다"(「우울한 해부」)에서와 같이 그녀는 일상적 시공간 너머에 봉인되어 있는 미지의 세계를 향해 간다. '뿌리'를 찾는다는 것은 겉으로 드러나 보이지 않는 시간의 깊이에 대한 탐사를 뜻한다. 이 시인이 일상적 차원의 경험 세계와 다른 지향점을 향해 있다는 것은 점점 분명해지고 있다.

> 0이라는 숫자가 좋다 어떤 계획도 세우지 않는 나와 닮아 있다 새우가 물속에서 살아가듯이 0 안에서 먹고 자고 0이라는 그네가 흔들거린다 나무 그네를 0이라고 부른다 줄을 달아서 거실 벽에 매달아 둔 나무 그네가 나의 새로운 정부처럼 천천히 움직인다
>
> ―「나의 신정부 정책」 부분

일상적 세계에서 '정책'이란 '계획'과 일치하지만, 이 시에서 '나'의 "신정부 정책"은 정반대이다. 어떤 계획도 세우지 않고 흔들리는 대로 천천히 움직이는 무계획의 계획이 그것이다. 계획을 앞세우고 흔들림 없이 추진하는 것을 목표로 하는 일반적인 정책과 전혀 다르고 새로운 것은 분명하다. "올 상반기는 시험제도를 없애고 내년에는 서서히 학교를 없애야 한다는 기사가 계속 올라온다"라는 것으로 보아 '나'의 정책은 시험이나 학교와 같은 규범적 제도에서 탈피하려 한다. "시

작부터 인사만 하는 교육이 의심스럽다"(「감정교육」)에서도 틀에 박힌 교육에 대한 거부감이 읽힌다. 「라만차 사람」에서는 "이쪽과 저쪽을 누가 정해 놓은 것일까 그가 태어나기 전부터 달렸던 기차 아무도 내리지 않는 간이역을 지나 매 순간 자신에게 던지는 질문에서 벗어나지 못한다"라고 하여 세상이 정해 놓은 기준에 대한 의문을 표시한다. "라만차 사람"은 세상의 기준과 전혀 다른 자신만의 지향점을 향해 달려갔던 독특한 개성의 전범인 돈키호테를 떠오르게 한다. 돈키호테는 "새로운 정부"를 꿈꾸는 '나'의 먼 선조라 할 만하다. 이들의 세상은 규범적 제도가 지배하는 세상과 전혀 다르거나 훨씬 넓다. 이곳은 세상 사람들의 눈에는 "보이지 않는 나라"(「오늘 다리를 지나가는 이발사」)이지만 다른 시간과 공간을 꿈꾸는 자들에게는 열려 있는 세계이다.

현실 너머의 '다른' 세계를 향한 시인의 관심은 상당히 뜨겁지만 그렇다고 현실의 지층을 뒤흔들지는 않는다. 이는 상상력의 열도는 강렬했던 것에 비해 현실의 변혁과는 거리가 멀었던 초현실주의자들의 행보와 상통한다. "중요한 것은 현실의 체적을 줄이거나 희박하게 하는 것이 아니라, 낱말들을 '초현실적으로 사용'하여 현실이 움직일 수 없는 것이라는 믿음을 파괴하는 일이다. 낱말들을 지배하여 빈약한 내용과 죽은 지식들을 실어 나르게 하는 낡은 연상을 청산하여, 그 낱말들을 낡은 의미 가치에서 풀어내는 것이 우선적인 과제다. 이때 현실은 파괴되거나 사라지는 것이 아니다. 오히려 감추어져 있던 그 비밀스러운 구석들이 햇빛 속에 얼굴을 들어 다른 현실의 발명에 참가한다."[1] 초현실주의자들의 언어는 현실의 다층적 면모를 발견하고 단 하나의 고정된 현실에서 탈피하기 위한 창조적 표현으로 작용

---

1 앙드레 브르통, 『초현실주의 선언』, 황현산 역주, 미메시스, 2012, 27쪽.

한다. 초현실주의자들은 사회혁명보다 정신의 혁명을 더 근본적이고 진정한 혁명으로 여겼으며, "존재의 심층이나 '세계의 신비스러움'과 일치되고 소통되는 방법으로써, 그리고 현실적 세계에 종속되지 않는 방법으로써 '시를 실천하는 일'"[2]을 중시했다. 김해선의 시는 일상의 저편에 놓여 있는 '알 수 없는' 세계, 즉 '다른 세계'를 환기하며 존재의 심층을 탐사한다. 이때 시는 현실 원칙을 넘어서는 자유로운 정신의 표상이 된다.

4. 꿈, 몸, 말

김해선의 시에서 현실과 환상의 경계는 쉽게 무너지고 넘나든다. 이 시집에 유난히 잠과 꿈의 상태가 많이 나타나는 것은 현실 이상으로 환상의 작용을 시의 매개로 삼는 시작의 방식과 관련된다. 이 역시 꿈과 상상력에서 극대화되는 인간 정신의 자유로운 발현을 중시했던 초현실주의자들과 상통하는 면모이다. 현실에서 불가능한 일들이 자연스럽게, 연속적으로 일어나는 꿈속의 상황은 자유로운 상상력이 거침없이 작동하는 자동기술의 상태와 유사하다. "문 앞에서 망설이다 사라지는 순간 갇혀 있는 시간을 만지작거린다 멈추지 않고 이백 분 이상 꿈을 꾸고 싶은 소용돌이가 눈꺼풀 속에서 일어난다 알 수 없는 지느러미와 나무가 달려온다 하루 종일 목까지 찼던 지퍼를 연다 톱니바퀴 속에 새들이 앉아 있다"(「과태(過怠)」)에서처럼 '꿈'은 "갇혀 있는 시간"의 빗장을 열고 소용돌이처럼 용솟음치는 환상을 불러내는 계기가 된다.

---

2 오생근, 『초현실주의 시와 문학의 혁명』, 문학과지성사, 2010, 53쪽.

검정은 내 안의 폭포

나뭇잎처럼

수많은 세포들이 흔들린다

나뭇잎 정수리를 열고 쏟아진다

그곳은 또 하나의 세계

자두가 자두를 들고

심장이 자전거를 타고 간다

기억할 수 없는 기억들이 소각장 굴뚝처럼 연기를 내보낸다

창문을 열고 이불을 털어 내는 일도 새로운 검정이다

―「검정 폭포」 부분

환상 속에서 '나'의 몸은 "검정 폭포"와도 같다. 온몸의 세포들이 나뭇잎처럼 흔들린다. 그곳은 현실과 전혀 다른 "또 하나의 세계"이기 때문에 "자두가 자두를 들고/심장이 자전거를 타고" 가는 '알 수 없는' 일들이 아무렇지도 않게 벌어진다. 이는 무의식의 지층에 자리 잡고 있던 "기억할 수 없는 기억들"이 기묘하게 뒤섞이고 솟구치며 벌어지는 환각과도 같다. 이때 중요한 것은 환상의 내용이 아니라 환상을 통해 표출되는 무의식의 상태일 것이다. 불안하고 우울한 화자의 내면은 줄곧 검은색의 이미지로 표출된다. 화자의 내면을 압축한 "검정 폭포"나 흔들리고 쏟아지는 나뭇잎 같은 세포의 느낌은 위태롭게 분출되는 무의식의 이미지이다.

초현실주의 여성 작가들은 남성 작가들에 비해 훨씬 감각적이고 주체화된 방식으로 몸의 이미지를 통해 지각적 경험 속에서 의미를 구현하려는 시도를 하였다[3]고 하는데, 김해선의 시에서도 내면의 자

---

3 조윤경, 「초현실주의 여성들의 몸 이미지 연구」, 『프랑스학 연구』 31호, 프랑스학회, 2005, 22쪽.

아를 집요하게 탐색하는 예리한 몸의 감각을 살필 수 있다.

> 오른쪽 어깨에 통증이 생겼다 겨울을 보내고 봄이 왔다 날갯죽지 깊숙
> 한 곳에서 곪고 있는 뿌리가 왼쪽의 고독과 마주쳤다 그것은 찢어진 매혹
> 미끄러지는 빗길 땅을 딛고 있으면서도 땅으로 내려올 수 없는 비닐 조각
> 날마다 새로운 말을 만들어 낸다 구멍 난 스웨터의 실처럼 올을 잡아당기
> 면 풀려나가듯이 새로운 말이 사라진다 팔목도 심장도 풀려나온다 중얼거
> 리며 쏟아진다 숨어 있는 날개의 뿌리를 찾아 바닥을 뚫고 간다 깨어나지
> 못한 시간이다 바다와 사막이 만나는 입천장과 혀 사이 여름과 겨울이 멈
> 추지 않는다
>
> —「우울한 해부」 부분

초현실주의에서 몸은 정신을 비추는 스크린처럼 명료하게 의식의
내면을 투영한다. 이 시에서도 몸의 통증은 내적인 고통과 상통한다.
오른쪽 어깨에 생긴 통증은 계절이 바뀌도록 지속된다. 오른쪽 어깨
의 육체적 고통은 왼쪽 날갯죽지에서 곪고 있는 정신적 고통 즉 고독
의 깊이에 상응한다. 곪아서 날 수 없는 날개는 "찢어진 매혹"을 내
포하며 땅조차 제대로 디딜 수 없는 상태는 "미끄러지는 빗길"로, 그
것의 미끄러움은 다시 "비닐 조각"으로 연결된다. 날 수 없는 날개의
"찢어진 매혹"은 기의와 기표 사이에 영원히 메울 수 없는 간격을 내
포하고 있는 '말'의 운명과도 같다. 말은 영원히 불완전하면서도 끝없
이 이어진다. 새로운 말이 생겨나 스웨터 실의 올처럼 계속 풀려나간
다. '몸'과 '말'은 어느새 한 몸이 되어 "팔목도 심장도 풀려나온다".
환상 속으로 빠져들 듯이 몸도 말도 끝없이 이어진다. "숨어 있는 날
개의 뿌리"를 찾아 "깨어나지 못한 시간"의 지층까지 "바다와 사막이

만나는" 근원적 장소까지 파고 들어가는 무의식의 탐사는 여름을 지나 겨울이 다 되도록 멈추지 않는다. 아픈 몸의 통증과 잃어버린 존재의 뿌리를 찾는 일은 모두 지난하고 끝없는 과정이다.

5. 평면의 시학

김해선의 시는 마치 언어로 그린 그림처럼 변화무쌍하고 시각적이다. 그림처럼 선명하면서 미끄러지듯 변화하여 다채로운 이미지를 발산한다. 현실과 초현실이 경계 없이 뒤섞이고 쉼 없이 연속된다. 현실로 틈입한 초현실적 이미지는 자동기술의 방식으로 새로운 이미지를 생산하며 증식한다. 초현실은 현실과 맞닿아 있지만 끝없이 변형되고 확대된다. "현실을 뜯어내고 붙이는 순간//손자국이 나면/금방 썩는다"(「새로 쓰는 잠 ½」)에서 초현실의 세계를 창출하는 시인의 비결을 엿볼 수 있다. 현실과 초현실의 접점이 천의무봉의 솜씨로 자연스럽게 연결되어야 현실에서 초현실의 세계로 미끄러지듯 들어와 자유롭게 유영할 수 있는 것이다. 초현실주의 특유의 자동기술법은 언어의 창조적 가능성을 최대치로 실현하는 놀라운 증폭 장치이다. 블랑쇼는 브르통이 자동기술을 통해 "말과 나의 자유가 일체를 이루는 일"[4]을 행했다고 본다. 자동기술법은 이성이나 논리적 억압에서 자유롭게 '나'의 무의식을 표현할 수 있게 하며 말이 스스로 자유로운 상태에 이르게 한다.

초현실주의 시는 현실과 다른 차원의 세계를 표현한다는 점에서 초현실주의 회화와 유사하다. 김해선의 시에서 초현실의 세계는 "평면은 비밀이다 평면은 뜨겁다 오후 세 시 해를 받고 있는 나무와 그

---

4 오생근, 『초현실주의 시와 문학의 혁명』, 65쪽.

네가 평면 위에서 흔들린다 한꺼번에 매미가 운다"(「평면의 자전거」)에서처럼 '평면'으로 인식되어 입체적인 현실 세계와 변별된다. 그녀의 시에서 평면은 어떤 이미지도 자유롭게 펼칠 수 있는 스크린 같은 매개로서 초현실적 환상이 출현하는 무대이다. 평면 위의 이미지를 이어 가는 것은 자동기술처럼 연속되는 말들이다. 이 말들은 초현실주의 회화가 그렇듯이 이성적인 추론을 벗어난다. "신경 쓰지 않을 거야 평면이 말한다 모두가 이해하는 말만 할 수 없잖아 어떻게 모두의 입맛에 맞는 말만 해야 해? 언제나 알 수 없다는 말로 납작하게 기죽이는 말 위에서 아이가 자전거를 기다리는 것을 보고 있어"(「평면의 자전거」)라는 말에는 시인이 지향하는 초현실주의적 언어 의식이 압축되어 있다. 모두가 이해하고 수긍할 만한 현실의 언어와 다른 언어 때문에 언제나 "알 수 없다"는 반응과 함께 소외되어 왔지만, 그래도 신경 쓰지 않고 자신의 길을 가겠다는 것이다. 현실 세계 저편에 있는 자아의 심층과 오랜 기억의 퇴적층을 탐사하기 위해서는 알 수 없는 언어와 이미지로 펼쳐지는 자유로운 상상력을 한껏 활용해야 하기 때문이다. 김해선 시의 초현실적 상상은 진지한 내면 탐구와 결합하여 주체와 타자, 의식과 무의식, 의미와 무의미 등 인간과 언어의 본질을 묻는 묵직한 질문이 된다. 현실 밖 평면의 스크린 가득 펼쳐지는 시인의 역동적인 상상은 미답의 정신세계를 향한 탐구의 열정으로 뜨겁다.

발표 지면

제1부 발견과 질문

고백과 공감: 『시인시대』, 2016.가을.

초현실주의 시와 현실의 재발견: 『문학에스프리』, 2017.겨울.

2010년대 서정시와 질문의 확장성: 『현대시학』, 2019.7-8.

'나'의 자각에서 '나들'의 발견까지—젠더 관점으로 보는 허수경과 김선우의
　시: 『서정시학』, 2017.겨울.

산문시의 리듬과 대화의 시학: 『시로 여는 세상』, 2022.가을.

균열된 세계의 그늘: 『시로 여는 세상』, 2017.봄.

변화에 관한 시적 통찰: 『시로 여는 세상』, 2017.여름.

'너'의 시학: 『시로 여는 세상』, 2017.가을.

시와 농담: 『시로 여는 세상』, 2017.겨울.

모방과 창조의 거리: 『시로 여는 세상』, 2015.가을.

어려운 횡단, 갱신의 유희: 『현대시학』, 2017.9-10.

파라미타를 향한 일심의 시학—정효구의 불교시학: 『불교평론』, 2019.봄.

자유와 공존의 모색—이경수론: 『한국문학평론』, 2016.상반기.

제2부 견고한 정신

유랑 체험의 심화와 정신적 고양의 도정—릴케와 백석 시의 비교: 『비교한국
　학』 30권 1호, 국제비교한국학회, 2022.

운동주 시의 시간 의식—발터 벤야민의 시간 개념과 관련하여: 『한국문학이
　론과 비평』 22권 2호, 2018.